Nancy Thayer:

Das Glück am Rande des Wassers

Roman

Deutsch von Gesine Strempel

Deutscher
Taschenbuch
Verlag

Für meine Mutter Jane,
meine Schwester Martha
und für Jean, Robb, Diana,
Vicki, Merry, Jill, Katherine
und Miriam

Ungekürzte Ausgabe
Mai 1991
3. Auflage März 1992
Deutscher Taschenbuch Verlag GmbH & Co. KG,
München

Titel der amerikanischen Originalausgabe:
›Three Women at the Waters' Edge‹
(Doubleday & Co., Inc., New York)

ISBN 3-547-79070-0
Umschlaggestaltung: Celestino Piatti unter
Verwendung des Gemäldes ›Mélisande‹ von
Marianne Stokes
Gesamtherstellung: C.H. Beck'sche Buchdruckerei,
Nördlingen
Printed in Germany · ISBN 3-423-11382-6

Es fährt ein Schiff weit über das Meer,
Tief liegt es im Wasser, beladen so schwer.
Nichts ist so tief wie die Liebe in mir,
Weiß nicht, geh' ich unter oder find' ich zu dir...

Altes Seefahrerlied

I

Daisy las, was ihre Mutter, Margaret Wallace, ihr geschrieben hatte:

»Liebste Daisy,
ich bin so glücklich wie noch nie in meinem Leben. Ach, Liebling, natürlich war ich sehr glücklich – überglücklich geradezu –, als Du geboren wurdest und als Dale geboren wurde. Aber das war ein so erschöpftes, heißes, diffuses Glück. Das Glück jetzt gibt mir Kraft, es ist ein ganz und gar selbstsüchtiges, klares und reines Glück. Wenn Du mich jetzt hier sehen könntest und wenn Du mein Haus sehen könntest, dieses schöne Haus mit seinen Fenstern, die vom Ozean ausgefüllt werden, dann würdest Du mich verstehen. Du solltest mich jetzt sehen, du liebe Güte, Du solltest mich besuchen!

Hier, Liebling, ich habe Dir einfach gleich einen Scheck ausgestellt. Bestimmt reicht das Geld für die Flugreise von Chicago nach Vancouver. Du solltest Vancouver wirklich mal kennenlernen, und außerdem solltest Du etwas Abstand gewinnen von Deinen Kindern und Paul – es würde Dir guttun. Wenn Du Touristenklasse fliegst statt erster Klasse, reicht das Geld vielleicht sogar noch für einen Babysitter, damit Paul sich über nichts beschweren kann, über gar nichts. Kommst Du? Oh, ich würde Dir so gern alles hier zeigen! Es gibt nichts Vergleichbares auf der Welt. Ich fühle mich wie neugeboren. Ich wünschte, ich könnte Dir sagen, Dir zeigen, wie glücklich ich bin. Ich bin froh, daß ich geschieden bin und frei, ich bin richtig verliebt in mein neues Leben hier in Vancouver. Ja, genau, es ist wie verliebt sein, verstehst Du, dieses Gefühl, das Du hast, wenn Du endlich, *endlich* gefunden hast, wonach Du Dich dein Leben lang gesehnt hast, und alles ist gut, wirklich alles. Dein ganzes vergangenes Leben ist gerechtfertigt, weil alles zu diesem Ziel hingeführt hat. Und Du kannst ausruhen. Du kannst Dich ausruhen und sogar sterben, weil Dir das geschenkt worden ist, Dir nicht vorenthalten worden ist, diese vollkommene, erfüllte und erfüllende Glückseligkeit. Bitterkeit schwindet. Neid und Begehren schwinden, bis auf das Begehren, noch einen weiteren solchen Tag zu erleben und dann noch einen. Aber die Bitterkeit fällt von Dir ab, und all die vielen unschönen Gefühle, die an Dir genagt haben, und Du bist zu allen Menschen freundlich, strahlst jeden an, weil Du hier bist, weil es Dir geschenkt worden ist, weil Du es gefunden hast, und Du bist zufrieden. Ja, es ist wie in den ersten, betäubenden und wunderbaren Tagen einer neuen Liebe.«

Daisy ließ den Brief ihrer Mutter sinken. In diesem Moment konnte sie es nicht ertragen, noch ein weiteres Wort zu lesen: *betäubend, wunderbar, neue Liebe.* Wie kam ihre Mutter dazu, solches Zeug zu schreiben? Was wußte ihre Mutter schon von Liebe? Sich verlieben, sich verlieben! Die Liebe konnte ihr gestohlen bleiben, und alle, die sich verliebten, dazu! Eine Illusion war die neue Liebe, eine Illusion, die zwei Menschen ein vorübergehendes, falsches Glück bescherte – und allen anderen Sorgen und Leid.

Auch Paul hatte gesagt, er hätte sich verliebt, und wenn sie ihn jetzt sah! Weder höflich noch freundlich, noch zufrieden. Nein. Reizbar und gemein war er, bedrückt und konfus. Sie hatte schreckliche Angst, daß Paul sie verlassen würde.

Daisy setzte sich plötzlich im Bett auf. Sie wollte aufstehen, sich etwas zu trinken holen, einen Scotch mit Wasser, einen dünnen. Aber während sie sich aufrichtete, wurde ihr schwindelig. Sie legte sich wieder zurück. Sie sollte sowieso tagsüber nicht trinken, vor allem jetzt nicht, sie war im dritten Monat. Es war zwei Uhr, die Zeit ihrer Mittagsruhe. Danny, ihr Vierjähriger, war bis drei Uhr im Kindergarten. Jenny, ihre zweijährige Tochter, hielt in ihrem kleinen rosa-weißen Kinderzimmer Mittagsschlaf. Daisy hatte vielleicht eine Stunde für sich, in der sie die Füße höher legen und sich dem Luxus der Stille hingeben konnte. Dann würde Jenny aufwachen, und Danny würde nach Hause kommen, und beide mußten an die frische Luft und zwischendurch etwas essen und brauchten einen Schiedsrichter für ihre Kämpfe und dann Abendessen, und danach mußten sie eine Geschichte vorgelesen bekommen.

Und Paul würde nach Hause kommen. Er würde sich mit den Kindern auf dem Fußboden balgen, wie ein gehorsamer Sklave sein Abendessen essen, ohne Daisy ein einziges Mal in die Augen zu sehen. Ruhelos würde er auf und ab gehen und schließlich mit einer fadenscheinigen, verzweifelten Entschuldigung aus dem Haus stürmen: »Ich muß einen Brief einstecken.« »Ich habe keine Rasiercreme mehr.« »Ich will mir die Newsweek kaufen.« Er würde in irgendeine Telefonzelle fliehen, wie Daisy wußte, um Monica anzurufen.

Manchmal kam er dann etwas ruhiger nach Hause, manchmal nicht. Manchmal ging er ins Bad, ließ das Wasser laufen, setzte sich auf den Klodeckel und weinte. Einmal hatte sie die Badezimmertür aufgemacht, ohne zu wissen, daß er dort war, weil sie dachte, Danny hätte den Wasserhahn nicht zugedreht. Und da saß er, Paul, ihr Mann, saß dort angezogen auf dem Klo, hatte den Kopf in die Hände gestützt und weinte aus Liebe zu einer anderen Frau. Er zuckte zusammen, als sie die Tür öffnete und er sich plötzlich bloßgestellt sah, er zuckte zusammen und blickte zu ihr hoch, seine blauen Augen funkelten sie durch die Tränen hindurch an, und er sah aus wie Danny, wenn der Junge wußte, daß er bei etwas erwischt worden war, wofür er eigentlich einen Klaps verdiente. Schuld, Reue, Abwehr. Verdammt. Sich verlieben.

Es kam ihr so vor, als ob das Baby sich bewegte. Daisy legte die Hand auf ihren leicht gerundeten Bauch, sie wollte gern die erste entschiedene Bewegung ihres Kindes spüren. Was für eine zarte Lust, ein Baby im Bauch zu haben. Sie zog die blaue Wolldecke höher, und der Brief ihrer Mutter glitt vom Bett auf den Fußboden.

Es war seltsam, wie glücklich Daisy sein konnte – jetzt, wo überall um sie herum die Welt zusammenbrach –, wenn sie hier ruhig und warm in ihrem Bett lag, allein mit ihrem sanften ruhigen dritten Kind, das so beengt in ihr eingeschlossen war. Einfach nur die Füße hochlegen – das war schon eine wahre Wonne. Sie spürte, wie der Druck in ihren Kniekehlen nachließ, und genoß die wohltuende Festigkeit da, wo Waden und Pobacken mit dem Bett in Berührung kamen. Durch die Füße schien ein Fluß zu strömen, sie glühten wie Feuer. Schultern und Arme spannten und entspannten sich, und ihr Rücken, der in seiner ganzen Länge das Bett berührte, war, so kam es ihr vor, das Solideste in ihrem Leben.

Erleichterung. Stütze für die Teile des Körpers, die den ganzen Tag lang andere trugen – andere Körper, andere Dinge. Manchmal legte sich Daisy ein Heizkissen unter, und die Wärme floß in ihren Körper wie weiche Butter in ein Toastbrot. Wie hätte sie nicht glücklich sein können? Es war wie ein Augenblick der Verzauberung, und es entschädigte sie fast für den Rest des Tages, wenn diese Stunde so köstlich war.

Aber sie war müde. Sie war immer so müde.

Sie war nicht nur müde, sie war auch zu dick, und die Kinder nahmen sie völlig in Anspruch, und sie war glücklich. Sie lebte gern für die Kinder, ein Leben, das sich um die Kinder und um die Wohnung drehte. Es war Ende September, und die Wochentage verliefen in einem angenehmen lockeren Gleichmaß. Morgens blieb Daisy so lange wie möglich im Bett liegen – Paul stand früh auf, zu früh, um halb sieben, und wollte zum Frühstück nur schwarzen Kaffee, den sie schon am Abend vorbereitete, so daß sie nur noch die Zeituhr einzustellen brauchte. Er duschte, rasierte sich, zog sich an, trank seinen Kaffee und ging zur Arbeit, während Daisy noch in ihren besonderen morgendlichen Träumen versunken dalag. Daisy blieb so lange wie irgend möglich im Bett, bis die Kinder sie schließlich aufweckten. Da sie die warme Gemütlichkeit ihres Bettes, die kleine warme Höhle, die sie sich da geschaffen hatte, nicht gern verließ, verführte sie Danny und Jenny oft dazu, zu ihr ins Bett zu krabbeln. Dann schmuste sie mit ihnen, erzählte ihnen Märchen oder spielte Spiele mit ihnen, bei denen sie sich Laken und Decken über die Köpfe zogen und so taten, als wären sie Raupen, die sich verpuppten, oder Bären in ihrer Höhle. Es war schummrig und warm und eng unter der Decke, nah und befriedigend. Zum Schluß jedoch wurde es allen langweilig, und sie schlug die Decke zurück und ging aus dem Bett in die Welt hinaus. Das Bett sah, wenn sie es verlassen hatten, wie ein gestrandetes Schiff aus, das angesichts der leuchtenden Felsen, die der Tag bot, verwüstet und verwahrlost wirkte.

Noch in ihrem langen Nachthemd, das so alt und gemütlich war wie eine zweite Haut, schickte Daisy dann Danny und Jenny vor den Fernsehapparat, während sie das Frühstück machte. Eine riesige süße erste Mahlzeit: Pancakes mit Ahornsirup und Butter, oder heißen Haferbrei mit Butter und braunem Zucker, oder Eier und Toast, dick mit Butter und Himbeermarmelade bestrichen. Daisy trank mehr Milch als Danny und Jenny, auch mehr Saft, immerhin war sie ja schwanger. Gewöhnlich ließ sie Teller und Gläser auf dem Frühstückstisch stehen, damit sie zusammen mit den Kindern ›Kapitän Känguruh‹ sehen konnte.

Die Kinder liebten Kapitän Känguruh, aber Daisy liebte ihn womöglich noch mehr. Sie sank in einen Sessel, eine dampfende Tasse Kaffee mit Sahne und Zucker zwischen den Händen, und Danny und Jenny rekelten sich auf dem Fußboden oder auf dem alten, schmuddeligen, von den Kindern zerschlissenen Sofa. So verbrachten sie eine weitere Stunde in höchster Zufriedenheit miteinander. Es brach ihnen allen das Herz, wenn sie aus irgendeinem Grund die gesungene Einführung der Show verpaßten. Sie war das Beste vom Ganzen, sie machte alle glücklich, sie machte Daisy geradezu irrational glücklich und fröhlich, wie bei einem wunderbaren Fest, und es erfüllte sie mit Liebe für die ganze Welt, wenn sie die Einleitung zu ›Kapitän Känguruh‹ sah und hörte. »Guten Morgen, Kapitän«, sangen alle. Sie fand es wunderbar, all diese Schauspieler und Berühmtheiten zu sehen, wie sie, jeder auf seine charakteristische Art und fröhlich, guten Morgen sagten, und am meisten liebte sie den Schluß der Einleitung: etwas, was absolut zuverlässig kam: Kapitän Känguruh, der seinem Publikum einen guten Morgen wünschte. Er hatte einen Ponyhaarschnitt, und er war nie erkältet und hatte nie Tränensäcke unter den Augen. Sie liebte ihn. Er hatte etwas von einem Nikolaus – das runde Gesicht, der rote Mantel, seine Liebe zu Kindern, das magische Augenzwinkern, die Geschlechtslosigkeit. Er war amüsant und schlau und vertraut und freundlich. Er war einzigartig und tröstlich: Er verlangte keine Beteiligung, wie so viele der anderen Kinderprogramme, er streute keine psychologischen Weisheiten ein, die dir helfen sollten, dich selbst mehr zu mögen, und war kein Tugendbold. Er war wirklich wie ein Elf oder wie ein Gnom. Unmöglich zu glauben, daß er irgendwann sterben würde, und doch paßte es zu ihm, daß er älter wurde. Er gehörte nicht in die Alltagswelt, er war etwas Besonderes. Daisy konnte sich, wie erwachsen sie auch war, nicht vorstellen, daß es nicht wirklich einen Mann gab, der Kapitän Känguruh hieß, sondern daß er ein Schauspieler war, der nach der Arbeit den roten Mantel ablegte, das rosa Haus verließ und durch die vergänglichen Straßen der Stadt spazierte.

»Eltern, verbringt heute ein bißchen Zeit zusammen mit euren Kindern«, pflegte Kapitän Känguruh immer irgendwann in seiner Sendung zu sagen. Es war seine einzige Bitte, eine vernünftige Bitte, die außerdem bewies, daß er wußte, daß die Erwachsenen zuschauten.

»Du hast recht, Kapitän Känguruh, das werde ich tun«, dachte Daisy dann jedesmal. Sie stellte das Geschirr in den Geschirrspüler, wenn ein Werbespot lief, unterbrach manchmal ihre Arbeit sofort, wenn Danny rief: »Mami, Mami, ›Onkel Backward‹ ist wieder da.« Nachdem sie mit unentschlossenen Bewegungen den Küchentisch abgewischt hatte, begann der härteste Teil des Tages: mit den Kindern an die frische Luft gehen. Bei warmem Wetter machte es Spaß, aber jetzt, im Herbst, war es oft zermürbend. Jenny war zu klein, um allein in ihren gurkenähnlichen Pullover oder Overall hineinzukommen, und auch Danny brauchte Hilfe bei seinen Stiefeln, den Handschuhen, der Mütze, dem Schal. Wenn es warm war, gingen sie den Hügel hinunter, um im Sand zu spielen oder um nachzusehen, was sich Neues ereignet hatte an dem langen gebogenen Ufer des Sees. Aber wenn der kalte Herbstwind vom Wasser heraufwehte, mußten sie in der Nähe des Hauses bleiben. Dann fuhr Danny mit dem Fahrrad in der Einfahrt, und Daisy gab Jenny auf der Schaukel einen Schubs oder half ihr, ihr kleines Pedalauto zu lenken, oder sie spielten zu dritt Fangen. Irgendwann beklagte sich dann einer – meist Jenny – über die Kälte. Und dann gingen sie wieder ins Haus und kneteten oder malten oder bauten mit Plastikbauklötzen oder spielten Vater, Mutter, Kind oder irgend etwas. Irgend etwas. In der Nachbarschaft wohnten keine Kinder – einer der Nachteile von Hausbesitz in einer teuren, gesetzteren Wohngegend. Deshalb sah es Daisy als ihre Pflicht an, sich viel um ihre Kinder zu kümmern. Meistens konnte sie sie dazu bringen, zwischendurch eine Viertelstunde nett miteinander zu spielen, oder jedes für sich, so daß sie die Wäsche machen konnte, Staub saugen, Staub wischen, den Kühlschrank säubern, einen Kuchen anrühren konnte, Dinge, die nicht sofort zu Ende geführt werden mußten. Schließlich machte sie das Mittagessen, und danach kam eine andere Mutter vorbei, hupte in der Einfahrt, und Danny ging weg, in die Vorschule, und Daisy legte Jenny schlafen. Jenny war ein liebes, zuverlässiges Kind: Sie schlief mittags mindestens zwei Stunden lang. In der ersten Stunde erledigte Daisy Hausarbeiten. Wäsche, Kleidung zusammenlegen und wegräumen, bügeln. Einmal in der Woche fegte, wischte und bohnerte sie den großen Küchenfußboden. Wischte klebrige Fingerabdrücke vom Hochstuhl, vom Tisch, von den Arbeitsflächen und den Schranktüren in der Küche. Putzte die Toilettenbecken und die Badewannen und die Badezimmerwände, putzte das Waschbekken im Bad, in dem Pauls abgeschnittene Schnurrbarthaare wie kleine blonde Käfer lagen, während die Seifenablage naß und schmierig war von den Kindern. Es war ein großes Haus – sie hatten es so gewollt und waren entzückt gewesen, als sie es gefunden hatten, ein Haus am See, groß und weitläufig, mit vielen Winkeln und Treppenabsätzen und kunstvollen Holzarbeiten. Aber sie konnten nur die Raten für das große, interessante Haus aufbringen und hatten nicht genug Geld übrig, um eine Hilfe bezahlen zu können, die beim Abstauben der interessanten und kunstvollen Holzarbeiten half oder beim Putzen der bleigefaßten Fenster. All das machte Daisy, wenn Jenny schlief.

Müßte ich ein Formular ausfüllen, dachte sie manchmal, und über meinen Beruf Auskunft geben, würde ich hinschreiben: Sachen wegräumen. Denn daraus bestand ein großer Teil ihrer Arbeit. Sie holte staubige Socken und Unterwäsche unter den Betten hervor, wo diese kleinen Baumwollartikel sich wie scheue weiße Mäuse versteckten, tat sie in den Wäschekorb, dann auf den richtigen Wäschehaufen, dann in die Waschmaschine, dann in den Trockner, dann auf den Tisch, um sie zusammenzulegen, und schließlich oben in die richtige Schublade, wo sie gehorsam liegenblieben, bis irgend jemand anders sie wieder herausnahm und trug, sie dann wieder auszog und irgendwo fallen ließ: vielleicht unter das Sofa im Fernsehzimmer. Sie stellte Teller und Töpfe und Pfannen auf den Tisch und den Ofen und in die Spüle und in die Geschirrspülmaschine und in die Regale und wieder auf den Tisch und den Ofen. Sie räumte unzählige winzige Gegenstände weg: blaue Plastikhaarspangen, die wie Schleifen oder Enten geformt waren, kleine orangefarbene Stöckchen, die zu dem Tinkertoy-Set gehörten, oder noch kleinere Plastikquadrate mit Dellen unten, die in den Lego-Baukasten gehörten, Kugelschreiber, Bücher, Papier, Zettelhalter, Fingernagelscheren, zerbrochene Malkreiden, Manschettenknöpfe, zerknüllte Papiertaschentücher, häßliche, hart gewordene Keksstückchen, Windeln, Puppensocken, Schraubenzieher, Münzen, versteinerte alte Kaugummis, Telefonbücher, Zeitungen, Zeitschriften, Briefe, kleine schmierige Tuben Klebstoff, Hustensaftflaschen und klebrige Teelöffel, den Klebebandhalter, Gummibänder, zerknüllte Bindfäden, Matchbox-Autos, Puppenschürzen, Schuhbänder, Puzzlespielteile, Rechnungen, Visitenkarten. Sie räumte die Dinge von dort, wo sie nicht hingehörten, an ihren Platz. Sie beförderte Lebensmittel aus den Regalen in den Läden ins Auto, aus dem Auto auf die Arbeitsflächen in der Küche und von dort an ihren

Platz im Schrank – und holte sie wieder heraus, um sie zu kochen oder sie zu zerschneiden, ehe sie gegessen wurden. Manches kam gleich in den Müllschlucker, manches, wie Knochen und Eierschalen, in einen Müllsack und in die Mülltonnen und später die Einfahrt hinunter bis an die Ecke. Sie fegte die hintere Diele und die Kellertreppe, die zum Wäscheraum führte. Sie hatten eine Katze, die alle liebten. Die Katze ließ überall ihre feinen weißen Haare liegen, die sich unten am Besen sammelten oder an den zerbrochenen Hälften der Geleebananen, die Daisy unter den Sofakissen hervorholte. Wenn sie größere Arbeiten vorhatte, wenn sie den Ofen reinigen, die Brenner säubern und die Kochmulden mit Aluminiumfolie auslegen wollte oder wenn sie Brot oder Kuchen backen oder einen Auflauf für eine Essenseinladung am Wochenende machen wollte, dann arbeitete Daisy den ganzen Nachmittag hindurch, ohne sich mittags hinzulegen. Aber da der Arzt ihr gesagt hatte, sie *müsse* sich hinlegen, *mußte* sie sich hinlegen; denn da sie schwanger war und zwei kleine Kinder hatte, war die Mittagsruhe für sie wie eine Medizin, die regelmäßig eingenommen werden mußte. Und so verbrachte sie die letzte Stunde von Jennys Mittagsschlaf gewöhnlich, indem sie sich ausruhte.

So, wie sie es jetzt tat.

Ihr Leben war weder mühselig noch schwer. Es gefiel ihr sogar. Es machte sie glücklich, weil sie beschlossen hatte, daß es sie eine Zeitlang glücklich machte. Es würde ihr nicht immer gefallen, aber vorerst war es gut so. Sie bewältigte alles gutgelaunt und nicht ohne Anmut, obwohl sie manchmal, wenn sie fertig war, vor Erschöpfung weinte. Jeden Tag bekam sie bei der schlichten und schönen Aufgabe, Jenny, die warm und anschmiegsam war, aus ihrem Kinderbettchen zu heben, Schmerzen und Verspannungen in den Schultern und im Rücken, als sei dieser Moment, den sie so sehr liebte, für ihren dummen Körper eine Folter.

Viertel nach drei setzte die andere Mutter Danny wieder ab, und er kam ins Haus gerannt und überreichte ihr ein hingekleckstes farbenfrohes Gemälde oder eine Bastelarbeit aus Strohhalmen oder getrockneten Bohnen. Je nach Notwendigkeit nahm Daisy die Kinder dann manchmal mit, um Lebensmittel einzukaufen oder um neue Gummistiefel zu besorgen oder Staubsaugertüten oder um zur Reinigung zu gehen oder um eine Geburtstagskarte oder ein Geschenk zu kaufen. Irgend etwas mußte immer erledigt werden. Manchmal, einmal oder zweimal in der Woche, besuchte Daisy mit ihnen eine Freundin. Dann saß sie mit der anderen Mutter zusammen, trank Kaffee oder Diätlimo und lachte, während die Kinder spielten. Dienstags ging sie mit ihnen zur Märchenstunde in die Bücherei. Zwischen halb fünf und fünf kam sie nach Hause, setzte die Kinder vor den Fernseher, kochte das Abendessen, badete die Kinder und las ihnen Geschichten vor und brachte sie dann schließlich mit dem heroischen Vorsatz, freundlich zu bleiben, zu Bett. Meistens gelang ihr das einigermaßen zufriedenstellend, aber es gab auch Abende, da verlangte Jenny mehr Wasser, mehr Wasser, und Danny jammerte: »Aber ich bin nicht müde, ich will noch nicht ins Bett, lies mir doch noch eine Geschichte vor, kratz mir den Rücken«, so daß sie manchmal die Kinder anbrüllte. Die Tränen kamen schnell. Wenn Paul zu Hause war, kam er manchmal herauf und sah sie an, als ob sie den Verstand verloren hätte, und sprach dann mit Danny in einem ruhigen und verständnisvollen Ton, dem Ton des *guten* Elternteils. Daisy verschwand dann schuldbewußt im Badezimmer, stieg in die Wanne und badete in derart heißem Wasser, daß ihre Haut hinterher gerötet war.

Am Samstag hatte Danny keine Vorschule. Dann besorgte Daisy zusammen mit den Kindern den Großteil der Lebensmittel für die ganze Woche. Vielleicht gab es danach irgendwo ein Geburtstagsfest oder eine Nachmittagsvorstellung für Kinder im Kino, oder sie machten einen Ausflug in den Zoo oder besuchten Freunde. Sonntags war Kirche, und da Paul zu Hause war, putzte sie nicht. Sie gaben sich Mühe, irgend etwas gemeinsam, als Familie, zu unternehmen. Die Sonntage waren gewöhnlich lange Tage und Mißerfolge.

Eine Weile lang war es ein ganz schönes Leben, zumal Daisy genießerisch mit Kirschen oder Marshmellows gefüllte Pralinen oder Romane verschlingen konnte, deren Heldinnen weder Ehemänner noch Kinder hatten und meist nicht einmal ein Haus, in dem Staub gewischt werden mußte. Ganz zu schweigen von ihren anderen Wonnen, ob sie sich mit den Kindern abgab oder Jennys Windeln wechselte und sich hinunterbeugte und ihr in ihre dicken Schenkel biß oder mit einer Freundin Kaffee trank oder in einem ruhigen Zimmer im warmen Bett lag.

Trotzdem, es war kein sehr romantisches Leben. Daisy wußte, daß sie viel von ihrer Anziehungskraft verloren hatte, besonders für Paul. Ihr Körper hatte sich verändert. Und selbst wenn sie die Veränderung als etwas Vorübergehendes betrachtete, war es eine groteske Veränderung. Das fröhliche, energische Morgengesicht bekam Paul nur selten zu sehen – er war dann meist schon gegangen. Er erlebte sie hauptsächlich an den langweiligen und verpatzten Abenden, wenn sie vor Erschöpfung nur noch schimpfte und jammerte. Sie war auch nicht mehr sehr darauf aus, mit Paul zu schlafen. Für sie war es ein sinnlicheres Vergnügen, niemanden anfassen zu müssen, ganz still liegen zu können, auf niemandes Bedürfnisse achten zu müssen – das war für sie jetzt befriedigender als die Lust, Pauls Haut zu streicheln, seinen Körper dem ihren anzupassen. Sie wußte, was sie anrichtete, und im Grunde konnte sie auch verstehen, daß Paul eine Affäre brauchte, sich eine Zeitlang mit einer anderen Frau amüsieren wollte. Sie betrog ihn ein bißchen – mit den Kindern –, und so war es gerecht, wenn er sie auch ein bißchen betrog, mit einem hübschen jungen Mädchen.

Aber sich in das Mädchen zu verlieben, sich nach ihr zu sehnen, ihretwegen zu weinen, seine Frau und die Kinder verlassen zu wollen, um mit ihr zusammenzuleben, so als wäre alles, was gewesen war und noch war, bedeutungslos – das war unverzeihlich, das war Verrat. Eine Verletzung der dehnbaren Regeln ihrer Liebe. Eine Wunde, ein Riß in ihrem gemeinsamen Leben. Wahnsinnig unfair.

Und da Daisy nicht wußte, wie sie damit fertig werden sollte, ignorierte sie es, tat so, als merkte sie nichts. In den vergangenen paar Wochen hatte sie in einer Scheinwelt gelebt. Sie wußte, daß es eine Scheinwelt war, daß sie bewußt unwiderruflichen, unerträglichen Tatsachen auswich. Sie dachte an die Geschichte von Isak Dinesen in dem Band ›Winter's Tales‹, wo die beiden jungen Liebenden, Peter und Rosa, auf einer großen Eisscholle vom Festland in die See hinaustreiben. Genau das geschah ihr, nur daß Paul, anders als der treue Peter, abgesprungen war und sicher die Küste erreichte und der Eisscholle sogar noch den entscheidenden Schubs versetzt hatte, der sie auf den Weg ins Verderben schickte, und daß sie, Daisy, nun gescheitert auf der Eisscholle saß, nicht mit einem Geliebten, wie Rosa, sondern mit ihren zwei kleinen und noch ganz von ihr abhängigen Kindern. Dinesens Geschichte endete sehr hübsch mit einem Versinken in wahrer Liebe und Leidenschaft. Die beiden Liebenden ertranken: »Die Strömung war stark, sie hielten sich umschlungen und wurden in Sekundenschnelle herabgerissen.« Daisy aber hatte nur die Kinder in ihren Armen, und sie wollte wahrhaftig nicht, daß sie allesamt im kalten Wasser ertranken. Sie wollte lieber gar nicht an die Zukunft denken. Es führte zu nichts.

Also dachte sie nicht daran, und sie wollte auch nicht darüber sprechen. Paul ging auf und ab, stürmte aus dem Haus, er schlief nicht mit ihr, er berührte sie nicht, er saß im Bad und heulte. Manchmal las sie in seinen Augen, daß er sie am liebsten umgebracht oder zumindest gern geschüttelt hätte, bis sie eingewilligt hätte, ihm wenigstens zuzuhören und mit ihm zu reden, vernünftig zu sein und ja zu sagen: Einverstanden, ich willige in die Scheidung ein. Wenn sie manchmal, spätabends, in der heißen Badewanne saß, Tee aus einer blauen Plastiktasse trank (die, falls sie sie fallen ließ, nicht in winzige Scherben zerbrach, an denen die Kinder oder sie sich die Füße hätten zerschneiden können), dachte sie manchmal: Was muß das für ein Mann sein, der seine Frau, die ihm zwei Kinder geboren hat und das dritte erwartet, einfach so verlassen würde? Ein schlechter Mann. Und Paul war im Grunde ein guter Mann, und er wollte ein guter Mann sein. Wenn sie also sein irrwitziges Flehen nicht zur Kenntnis nahm, ihm nicht einmal zuhörte, bewahrte sie ihn davor, sich von einem guten Mann in einen schlechten Mann zu verwandeln. Später einmal würde er ihr dafür dankbar sein.

Aber schon während sie das dachte und ihren schweren Körper aus der Wanne hob, wußte sie, daß es so nicht stimmte. Gedanken wie diese, die sie beruhigten und ihr ein Gefühl der Sicherheit gaben, verflüchtigten sich wie der Wasserdampf, der den Badezimmerspiegel trübte.

Und heute, während sie unter ihrer blauen Decke im Bett lag, den Brief ihrer Mutter neben sich auf dem Teppich, hatte sie Angst. Die Angst durchdrang die Behaglichkeit, sie konnte nicht ruhig liegen. Sie wälzte sich im Bett, die Decke rutschte, ihr wurde nicht warm.

Heute abend wollte Paul mit ihr essen gehen. Er hatte

von sich aus einen Babysitter bestellt, was er noch nie getan hatte. »Daisy, ich habe Barbara gebeten, heute abend zu kommen«, hatte er gesagt, »ich möchte mit dir essen gehen. Kannst du um sieben fertig sein?« Er wollte mit ihr essen gehen, er wollte neu anfangen, er liebte sie noch!

»Ja, warum nicht«, hatte sie lächelnd geantwortet. »Eine gute Idee!« Sie hatte gedacht: das rote Umstandskleid. Das würde sie anziehen. Sie sah darin sexy aus, weil der tiefe Ausschnitt ihre großen Brüste zur Geltung brachte, und ihren Bauch würde man überhaupt nicht sehen. Sie sah sich schon in dem Kleid, den roten seidigen Stoff auf ihrer weißen Haut, und bemerkte deshalb nicht gleich die Botschaft in Pauls Augen, die harten Linien seines Gesichts.

»Also, okay«, sagte er und verließ das Haus.

Viertel vor acht war das gewesen. Daisy war gerade aufgestanden und bewegte sich langsam in ihrem warmen alten Morgenrock. Ihr Haar war unordentlich – natürlich, sie hatte sich ja noch nicht gekämmt, und sie hatte sich auch noch nicht das Gesicht gewaschen und die Zähne geputzt, weil Jenny sie geweckt hatte, die in die Windeln gemacht hatte und trockengelegt werden mußte. Sie war langsam die Treppe hinuntergegangen, Jenny in ihren Armen, hatte ihre zarte, schlafwarme Haut gestreichelt. Unten an der Treppe war sie stehengeblieben und hatte sich ungeschickt gebückt, um Jenny abzusetzen – es fing jetzt an, ihr schwerzufallen, sich anmutig aus der Taille heraus zu bücken. Als sie sich aufrichtete, sah sie Paul an der Haustür stehen, die Klinke in der Hand, sah, wie er sie kritisch musterte. Er sah wunderbar aus: sauber, frisch, rasiert, gut angezogen, jung, schlank, stolz. Sein teures After-shave durchzog die Luft zwischen ihnen. Und sie war sich auch genau bewußt, wie sie selber aussah – so, wie die Kinder es gern mochten: eine warme, kuschelige Schlampe, unförmig und weich wie ein Kissen.

Und er hatte gesagt, er wolle mit ihr essen gehen, und sie hatte gelächelt, ihr Körper war hoffnungsvoll wach geworden, und Paul hatte sie angesehen und war gegangen, und als er die Tür hinter sich geschlossen hatte, war auch die Vision – sie in ihrem roten Umstandskleid – verschwunden, denn die Art und Weise, wie er die Tür mit fester Hand geschlossen hatte, sagte ihr, daß sie sich vor dem Ende des Tages fürchten mußte.

Was konnte sie dagegen unternehmen? Sie wußte es nicht. Selbst wenn sie aufstand, einen Babysitter bestellte und zur Kosmetik ging, ihr Haar frisieren, das Gesicht schminken, die Hände maniküren ließe – es würde nichts ändern. Vielleicht gab es nichts, was die Dinge jetzt noch ändern konnte – es ging schon zu lange so. Paul hatte sie vor sechs Jahren geliebt, als sie heirateten, dessen war sie sich sicher. Und sie hatte ihn geliebt.

Sie hatten sich in Chicago kennengelernt, wo sie gerade ihr Studium abschloß und darüber nachdachte, wie ihr Leben nun weitergehen sollte. Er machte in der gleichen Zeit sein Diplom in Betriebswirtschaft. Sie hatten sich zum erstenmal auf einer großen Party gesehen, die sie beide mit anderen Begleitern besucht hatten, und obwohl sie nur kurz miteinander sprachen, war die Begegnung so intensiv gewesen, daß Paul sie am nächsten Tag anrief und sie abends zu einer Pizza einlud, und sie hatten gleich miteinander geschlafen, nachdem sie sich vierundzwanzig Stunden kannten. So war es gewesen. Wenn Daisy jetzt zurückblickte, hatte sie manchmal das Gefühl, daß die Kinder, die geboren werden wollten, Ursache der Leidenschaft und nicht ihr Ergebnis waren. Wie hätte sich sonst diese magnetische Anziehungskraft erklären lassen? Sie kannten sich nicht sehr gut, und sie hatten unterschiedliche Wertvorstellungen, aber bei ihrer sexuellen Leidenschaft fiel das kaum ins Gewicht. Paul war von Daisy beeindruckt, weil sie groß war und das hatte, was er »Klasse« nannte, und noch mehr war er davon beeindruckt, daß ihr Vater Arzt war, ein reicher, angesehener Arzt. Paul kam aus einer armen und unbedeutenden Familie. Daisy hatte damals gedacht, daß das, was ihr da geschah, richtig und Schicksal war. Sie hatte sich Gedanken gemacht, wie ihr Leben nun weitergehen würde, sie hatte beruflich keine großen Ziele oder Wünsche, und da war nun Paul, der wie gerufen kam. Sie hatte gewußt, daß sie eines Tages heiraten würde.

Die Party, auf der sie sich kennengelernt hatten, war im Frühling gewesen. Im August hatten sie geheiratet und sich eine Wohnung gemietet. Paul hatte sein Diplom gemacht und einen guten leitenden Posten in einem Industriebetrieb in Milwaukee bekommen. Daisys Eltern schenkten ihnen einen Scheck, weil Paul und Daisy sich keine üppigen Hochzeitsgeschenke, sondern Geld gewünscht hatten. Sie hatten auch keine richtige Hochzeitsreise gemacht, aber das zählte nicht. Sie hatten sich auf einen gemeinsamen Weg gemacht, und eine Rast hätten sie gar nicht genießen können. Daisy fand eine gute Stellung als Sekretärin, und am Wochenende lernte sie, ein ausgezeichnetes Cassoulet zuzubereiten, Beef Wellington, Crêpes, Doboschtorte, starke Cocktails und Champagnerpunsch. Sie gaben viele gelungene Partys, die völlig anders waren als die Wein- und Bierpartys an der Universität. In seiner Firma war Paul sehr angesehen, und das war auch nur gerecht, weil er soviel arbeitete, immer bis spät in den Abend hinein und an den Wochenenden und an Feiertagen. Er tat es gern. Sie sparten viel Geld. Paul wollte Reichtum und Sicherheit. Daisy wollte alles, was Paul wollte. In vielen Nächten dieser ersten zwei Jahre waren sie einfach zu müde gewesen, um miteinander zu schlafen, aber wenn sie zusammen schliefen, dann mit ihrer gewohnten, gierigen, überschwenglichen Leidenschaft. Und natürlich wurde Daisy, trotz Kalender und Verhütung, nach einiger Zeit schwanger.

Sie betrachtete es als einen natürlichen, unausweichlichen Teil ihres gemeinsamen Schicksals. Paul sah es anders. Ihre ersten ernsten Streitigkeiten begannen.

Möglicherweise hatte damals das Ende ihrer Ehe begonnen – als Danny noch nicht größer war als eine Sommersprosse und Daisy auf dem Sofa im Wohnzimmer saß, mit lavendelfarbenem Lidschatten und einer durchsichtigen Bluse, weil der Moment, in dem sie es Paul sagte, ein »großer« Augenblick sein sollte. Paul dagegen reagierte auf eine Art, die sie bisher nur aus Büchern kannte: Er wurde bleich. Er zuckte zurück, wurde weiß, er sah elend aus und so, als ob er Angst hätte. Daisys Beef Stroganoff stand unberührt in der Küche, unbeachtet, wurde trocken und kalt.

»Ich bin noch nicht bereit für Kinder«, hatte Paul gesagt. »Ich will die Verantwortung nicht. Ich will die Kosten nicht.«

Daisy meinte, wenn sie jetzt ein Kind bekäme (jung und gesund, wie sie war), könnte sie schon in fünf Jahren, wenn das Kind in die Schule kam, wieder richtig und für immer arbeiten gehen, aber wenn sie es hinauszögerten, würde ein Kind immer eine Unterbrechung ihrer Karriere bedeuten. Es sei deshalb ökonomischer, auf lange Sicht, das Baby jetzt zu bekommen, um es hinter sich zu bringen. Und, so betonte sie, wenn sie das Baby jetzt bekämen, würden seine Arbeitgeber ihn noch gesetzter und zuverlässiger finden, für einen verantwortungsbewußten Familienvater halten, und wahrscheinlich würden sie sein Gehalt erhöhen. Außerdem, so hatte sie hinzugefügt, koste ein Baby nicht die Welt, es werde ihr Leben nicht wesentlich verändern. Vielleicht könnte sie sogar halbtags weiterarbeiten. Insgeheim war Daisy erstaunt, wie viele Gründe ihr einfielen, das zu schützen, was da gerade erst in ihr zu wachsen begonnen hatte.

Als Danny dann geboren war, konnte sie sich gar nicht mehr vorstellen, daß Paul ihn nicht gewollt hatte. Hätte jemand sie gefragt, hätte sie aufrichtig geantwortet, daß auch Paul ein Baby gewollt habe, von Anfang an. Und was Pauls Arbeitgeber betraf, so hatte sie recht gehabt: Sie beförderten ihn und erhöhten sein Gehalt. In Dannys ersten zwei Lebensjahren war Daisy so sehr mit dem Kind beschäftigt, daß Paul Zeit und Kraft genug hatte, noch mehr zu arbeiten. Er stieg noch höher auf, bekam weitere Gehaltserhöhungen – er war der Goldjunge. Als Daisy merkte, daß sie mit Jenny schwanger war – was sie mit sich allein abmachte, ohne mit Paul wirklich darüber zu sprechen, nur mit dem sicheren Gefühl, daß Paul bestimmt Danny nicht als Einzelkind aufwachsen lassen wollte –, hatten sie gerade das Haus gekauft.

Es war ein großes altes Tudorhaus, verwinkelt und anmutig. Sein Hauptvorzug war, daß es »am See« lag, was, wie Paul dachte, die Leute beeindrucken und, wie Daisy dachte, sie selbst für immer und ewig glücklich machen würde. Als sie mit dem Makler durch das leere, hallende Haus gingen, hatte Daisy über die verwitterten Fensterbretter nach draußen geblickt, auf das teure Schimmern des blauen Sees. Er schien so groß, so endlos – wie das weite Meer. Der Michigansee war immerhin achtzig Meilen breit und dreihundert Meilen lang. Und das Gelände hinter dem Haus fiel langsam ab, zu einem schmalen Sandstrand. Ein Paradies, dachte Daisy, für die Kinder.

Eigentlich konnten sie sich das Haus gar nicht leisten. Es kostete zuviel Geld. Aber es war so imposant mit seinem steilen Schieferdach und der schweren eichenen Eingangstür, daß Paul fand, es passe zu ihm, und danach fanden sie kein anderes Haus mehr, das sie so ansprach. Sie liehen sich etwas Geld von Daisys Eltern, benutzten ihre gesamten Ersparnisse für die Anzahlung und nahmen eine große Hypothek auf. Es blieb ihnen nichts übrig für Reparaturen oder Renovierungen, und sie hatten kaum genug zu essen. Daisy arbeitete ein halbes Jahr lang an dem Haus. Sie kratzte die alte, abblätternde Farbe von den Holzarbeiten, malte, tapezierte, nähte Vorhänge und Gardinen, klopfte mit dem Hammer schiefe Türrahmen wieder gerade und schraubte die Messingtürgriffe wieder fest. Sie arbeitete nicht mehr als Sekretärin, sie brachte kein Geld mehr nach Hause, aber sie arbeitete wie verrückt an dem Haus. Wenn sie nicht kochte oder auf Danny aufpaßte, renovierte sie irgend etwas. Sie gönnte sich keine Mittagspause, sie las weder Bücher noch Zeitschriften, sie saß nicht mit ihren Freundinnen zusammen. Wer mit ihr reden wollte, mußte sie besuchen, sich auf den Fußboden setzen, mit einem Tuch um den Kopf, um die Haare vor Sägemehl und Farbe zu schützen, und mußte sich mit ihr unterhalten, während sie arbeitete.

An diese Zeit dachte Daisy, und wahrscheinlich stimmte es, daß Paul die Arbeit, die sie geleistet hatte, nicht richtig zu schätzen wußte. Er verließ morgens das Haus, um Geld zu verdienen, und kam abends heim. In der Zwischenzeit hatte sie womöglich ein ganzes Flügeldoppelfenster sorgfältig gestrichen, einschließlich all der Holzleisten, die die rautenförmigen, geschliffenen Scheiben trennten. Da er selber niemals Malerarbeiten verrichtete, konnte er nicht ermessen, was für eine Leistung das war. Er äußerte sich freundlich und anerkennend, fand aber, daß Daisy nur ihre Arbeit als Ehefrau tat. Er tat seine Arbeit, sie die ihre. Als das Haus eingerichtet war, gaben sie ein großes Fest – Daisy in ihrem sexy roten Umstandskleid. Sie hatten alle ihre Freunde und die Leute aus Pauls Firma eingeladen. Der Anlaß war nicht nur Besitzerstolz. Es sollte wirklich ein Fest werden, eine Party, ein Freudenfest. Paul hatte das Gefühl, daß er etwas erreicht hatte, was durch das Haus repräsentiert wurde: eine gesicherte Existenz, Ansehen, eine Art Würde. Das Haus war für ihn ein Symbol, ein Markstein in seinem Leben. Und deshalb konnte er diesen Markstein, sobald er ihn erreicht hatte, ohne weiteres hinter sich lassen. Für Daisy dagegen war das Haus kein Symbol. Für Daisy war es Realität, ein Zuhause, das Haus, in dem sie lebten und sich heimisch fühlten. Eine Zuflucht aus großen, schönen Zimmern, die nun ein Teil ihres Lebens und des Lebens ihrer Kinder waren.

Als Jenny geboren wurde und Paul eine weitere Gehaltserhöhung bekam, konnten sie etwas aufatmen. Sie konnten sich jetzt einen Babysitter leisten und ins Kino gehen, und sie konnten häufiger Leute zum Abendessen einladen.

Als das Haus fertig war, wollte Paul, daß Daisy wieder arbeiten ging. Aber Daisy wollte nicht. Sie wollte zu Hause bleiben und sich um ihr schönes Heim und um ihre schönen Kinder kümmern. Die Vorstellung, aus dem Haus zu gehen und Danny und Jenny bei irgendeiner fremden Person abzuliefern für die Zeit, in der sie in einem grauen Büro tippte, war für sie alles andere als reizvoll. Sie sagte, die Kosten für Fahrgeld und für die Tagesmutter würden den größten Teil ihres Gehalts fressen. Wieder argumentierte sie höchst einfallsreich: Wenn sie außer Haus arbeiten ginge, fügte sie hinzu, brauchte sie neue, angemessene Kleider. Das allein würde den Verdienst der ersten Monate verschlingen. Seit Dannys Geburt hatte sie aufgehört, sich gute Sachen zu kaufen, die – unter anderem – eine gute Figur voraussetzten, und war zufrieden mit Jeans und Pauls weiten, weichen alten Hemden. Paul dagegen gab, weil er ordentlich angezogen sein mußte, sehr viel Geld für Kleidung aus und war fast eitel geworden. Er liebte gute Sachen und genoß es, sich zu schmücken. Schließlich gab er Daisy recht: Sie sollte zu Hause bleiben und für die Kinder sorgen, zumindest noch eine Weile. Und er begriff, daß die eleganten Abendessen, die sie für seine Kollegen vorbereitete, geplant werden mußten und viel Zeit und Arbeit kosteten. So blieb Daisy tatsächlich zu Hause. Sie hielt das Haus sauber und schön und pflanzte hübsche Blumen im Garten. Bei ihren Partys sah sie blendend aus (höchstens etwas dick) und an den übrigen Tagen schlampig. Undefinierbarer Schmutz und Essensreste, die Jenny an der Windel oder dem Handtuch vorbeigespuckt hatte, klebten an ihren Hemden oder hafteten an ihren Jeans. Und obwohl sie glücklich war, war sie oft müde, und sie lernte, die Stunden zwischen acht und zehn Uhr abends als Freizeit schätzen, in der sie sich erholte, allein, entweder vor dem Fernsehapparat oder in der Badewanne, mit einem guten Buch. Und es dauerte nicht lange, da war sie wieder schwanger, und sie freute sich.

Und damit kam es zu einem weiteren Streit. Paul wollte, daß Daisy abtrieb. Sie müßten an die Kosten für Dannys Vorschule denken, sagte er, und die Arztrechnungen seien unglaublich hoch, und die Abzahlung der Hypothek verschlinge sein Gehalt – sie könnten sich kein weiteres Kind leisten. Er wollte, daß Daisy abtrieb. Daisy wollte das Kind haben. Sie schrie, es sei ihr Baby, ihr Körper, sie wolle ihr Kind nicht töten, sie wolle ihren Körper nicht antasten lassen. Und da das Baby in ihrem Bauch war, gewann sie: Paul konnte sie schließlich nicht an den Haaren zum Arzt schleppen. Aber er sagte, er hasse sie und er hasse das neue Kind. Sie sagte ihm, das sei ihr egal, sie liebe das neue Kind schon jetzt mehr, als sie Paul liebe.

Dann hatten sie sich angestarrt, erstaunt, was sie sich da an den Kopf geworfen hatten, Sätze, die sie unter normalen Umständen nicht einmal sich selbst gesagt hätten.

Paul war aus dem Zimmer gegangen und aus dem Haus. Er konnte sich das leisten – er mußte nicht bleiben, um auf die Kinder aufzupassen. Daisy hatte sich einen Drink gemacht, hatte geweint, eine Freundin angerufen, und mit Hilfe des Drinks und der Freundin hatte sie sich wieder gefangen. Sie kam zu dem Schluß, daß alle Ehepaare, vor solche Entscheidungen gestellt, sich zankten. Es war wie bei einer Geburt, wenn es galt, eine Zeit der Schmerzen und des Leidens durchzustehen, um neues Leben hervorzubringen. Sie kochte ein schönes Abendessen und versuchte, lieb zu Paul zu sein, als er nach Hause kam. Sie glaubte, daß sich im Prinzip nichts geändert hätte. Aber sie irrte sich. Alles hatte sich geändert.

Und so lag sie jetzt allein in ihrem Bett und hatte Angst vor dem Abend. Sie war weder dumm noch oberflächlich. Sie hatte einfach zwei Fehler gemacht, soweit sie wußte: Sie hatte getan, was sie wollte, und sie hatte einen anderen Menschen falsch eingeschätzt. Die meisten Menschen begingen im Laufe ihres Lebens mehrfach Fehler wie diese. Sie wußte, was sie liebte, war jetzt nicht mehr Paul – es war die Ehe, das Verheiratetsein. Die Vorstellung, keinen Daddy mehr im Haus zu haben, erfüllte sie mit Verzweiflung. Was sollte sie tun, was sollte sie bloß tun. Die Kinder brauchten einen Vater. Sie hatte das Gefühl, daß sie alles Menschenmögliche getan hatte. Bei den Streitigkeiten, die zwischen ihnen aufflackerten, sobald sie längere Zeit allein waren, hatte sie oft zu Paul gesagt, daß er seine Geliebte behalten könne, daß er mit anderen Frauen weggehen könne, daß er so oft, wie er nur wolle, mit ihr schlafen könne und daß sie ihm keine Szenen machen werde, wenn er bloß ihr, Daisys, Mann und der Vater ihrer Kinder bliebe. Jede andere Frau, sagte sie, hätte von ihm verlangt, die andere aufzugeben, aber das verlange sie ja gar nicht von ihm. Sie war so großzügig und aufgeschlossen wie nur möglich. »Denk an deine Firma«, hatte sie gesagt, »was würden die von dir halten, wenn du deine Frau und drei kleine Kinder verläßt, um mit einer jungen Frau wie Monica wegzulaufen? Denk darüber nach.« Sie hatte ihn sogar gefragt: »Was kann ich tun, was kann ich tun, um dich glücklich zu machen in unserer Ehe, was kann ich denn noch tun? Sag es mir, und ich werde es versuchen.«

Sie hatte Monica mehrere Male gesehen. Sie arbeitete als Reporterin bei einer Zeitung mit liberaler, fast sozialistischer Tendenz. Sie kam aus einer reichen Familie. Monica trug eine Hornbrille und kaute Kaugummi, und sie war sozial sehr engagiert. Paul, der gerade lernte, daß wohlhabende Liberale oft mehr Klasse hatten als wohlhabende Konservative, fand, daß Monica wirklich sehr viel Klasse hatte. Und das stimmte. Sie war dünn, Daisy dagegen dick. Sie war chic und schnell, Daisy lasch und langsam. Sie war schnell bereit, sich zu entrüsten, Daisy dagegen lachte oder gähnte schnell. Zweifellos war sie besser im Bett als Daisy, das machte ihr, Daisy, nicht mehr viel aus. Monica konnte sich bestimmt auch besser unterhalten, und vielleicht stimmte es sogar, daß Monica Paul mehr liebte, als sie ihn liebte. Einmal, als sie Monica gesehen hatte, war sie, Daisy, gerade aus einem Juweliergeschäft gekommen: Sie hatte dort einen silbernen Kamm und eine Bürste für das Baby einer Freundin gekauft. Ihre eigenen Kinder hatte sie an diesem Nachmittag mit einem Babysitter zu Hause gelassen, aber sie dachte ständig an sie, und so wollte sie in ein Kaufhaus gehen und Danny ein Paar neue Socken kaufen und für Jenny noch eine Windelhose, und sie wollte beide Kinder mit einem neuen Spielzeug überraschen, mit einer Taube, die sie sich wünschten, die singen konnte, wenn man an einem Bändchen zog. Sie war also aus dem Juweliergeschäft gekommen, glücklich über das Geschenk für das Neugeborene, das sie silberweiß verpackt in den Händen hielt, und sie stellte sich die Gesichter der Kinder vor, wenn sie die Taube erblicken würden, da sah sie, wie genau gegenüber, auf der anderen Straßenseite, Paul und Monica aus einem Restaurant kamen.

Monica trug sexy Stiefel mit hohen Absätzen – Ich würde mit solchen Stiefeln stolpern, dachte sie, hinfallen und mir den Hals brechen – und einen weiten braunen Pullover, der an Daisy wie eine Wurstpelle gewirkt hätte. An den Hüften war sie schmaler als Daisy an der Taille, selbst wenn Daisy nicht schwanger war. Daisy blieb regungslos stehen und starrte das Mädchen an. Paul interessierte sie nicht, sie wußte, wie er aussah. Seine Freundin faszinierte sie. Und sie sah, wie Monica über irgend etwas, was Paul zu ihr sagte, lachte, sich spontan hochreckte und Paul auf den Mund küßte, in aller Öffentlichkeit. Sie sah aus wie eine glückliche Frau, glücklich darüber, mit dem Mann zusammenzusein, in den sie so offensichtlich verliebt war, so daß die Leute, die sie sahen, unwillkürlich lächelten. Selbst Daisy lächelte. Sie kannte das aufwogende Gefühl der Liebe, das sich durch eine Berührung Ausdruck verschaffen mußte, nur daß sie sich, wie ihr jetzt bewußt wurde, nicht mehr hochreckte, sondern bückte – zu den kleinen zappeligen Körpern ihres Sohnes und ihrer Tochter hinunter.

Paul und Monica gingen Arm in Arm davon, ohne zu ahnen, daß Daisy ihnen verblüfft nachsah und dachte, wie glücklich die beiden doch waren, und daß sie das Paul nicht mißgönnte. Wer würde einem anderen Menschen etwas wegnehmen wollen, was es so selten gab. Sie dachte, wenn sie so großzügig und ehrlich Paul etwas gönnte, warum er dann nicht auch ihr ihr Glück lassen konnte.

Das Problem war, daß es Paul inzwischen vermutlich egal war, was Daisy wollte. Er sah Daisy jetzt als eine Feindin. Er wollte ihr entkommen oder sie vernichten.

Außerdem liebte er die Kinder nicht, das wußten sie beide. Er war selten mit ihnen zusammengewesen, hatte sie kaum je in den Armen gehalten, und es war schwer, etwas zu lieben, was man nicht kannte. Daisy hatte gewollt, daß Paul bei Dannys Geburt dabei sei, sie hatte ihn gebeten, an dem Kurs für natürliche Geburt teilzunehmen und bei der Entbindung dabeizusein. Aber Paul hatte sich im Kreißsaal übergeben. Ihm war nicht übel geworden, weil Daisy Schmerzen hatte, sondern weil das Blut und die Exkremente, die zwischen Daisys langen, schlanken Beinen hervorrannen, ihn schockierten. Als Jenny geboren wurde, bat Daisy ihre beste Freundin, sie zu begleiten, die Wehen zu zählen, für sie dazusein. Paul ging inzwischen zu dem Mann der Freundin und trank, und auf Danny paßte ein Babysitter auf. Sie würde ihn, dachte Daisy, bei der Geburt ihres neuen Kindes nicht vermissen.

Trotzdem, *verflucht*! Wie konnte er seine Familie verlassen, wie konnte er ein Kind verlassen, das er noch nicht einmal gesehen hatte? War er verrückt? Krank? Verstockt? Er war doch einst durchaus zärtlich gewesen. Ließ die überwältigende Liebe zu Monica gar nichts mehr übrig für seine eigene Familie?

Daisy wälzte sich wieder im Bett, und die blaue Decke fiel auf den Boden. Sie zitterte und wischte ihre Tränen am Kopfkissenbezug ab. Es war fast drei Uhr, sie mußte aufstehen, sie mußte etwas tun. Sie hätte gern ihre Mutter angerufen und sie um Rat gefragt, aber ihre Mutter hatte sich in der letzten Zeit so dramatisch verändert, daß Daisy nicht recht wußte, wie sie reagieren würde, und eine neue, verrückte Mutter, als Krönung alles anderen – das verkraftete sie nicht. Daisy seufzte also nur und stand auf. Sie glättete das Bett, hob die Decke auf, sammelte die Blätter des Briefes ihrer Mutter zusammen und legte sie auf den Nachttisch. Sie hörte das Auto ihrer Freundin in der Einfahrt, sah durch das Fenster, wie ihr Sohn den Weg zur Haustür heraufgerannt kam, und wurde von Liebe überschwemmt. Sie konnte es kaum glauben, daß dieser anmutige kleine Junge aus ihrem Körper entstanden war. Sie lächelte bei der Vorstellung, wie sie ihn drücken würde, wenn er zur Tür hereinkam, und wie er lächeln würde.

»Laß uns nichts Wichtiges besprechen«, hatte Paul an diesem Abend gesagt, als er Daisy im Restaurant den Stuhl zurechtrückte. »Laß uns das Essen genießen und beim Kaffee reden.«

Gutgelaunt hatte Daisy zugestimmt. Rückblickend wußte sie, daß allein schon diese Sätze ihr hätten sagen müssen, was folgen würde. Aber auch in den härtesten Zeiten ist es schwer, nicht zu hoffen. Und was hätte es geändert, wenn sie sich während des ganzen Essens gegrämt hätte? Das Essen war ausgezeichnet. Seit Monaten war sie in keinem so guten Restaurant gewesen, warum sollte sie sich die Gelegenheit verderben? Es hätte nichts geändert.

Sie aß eine knusprig überbackene französische Zwiebelsuppe und Ente mit süßen Kirschen und Wein und einen pikanten Salat mit ölig-weichen Avocados und einen sahnigen Mokka-Dessert.

»Noch einen Irish Coffee?« fragte Paul. Daisy nickte schon etwas schläfrig und gefügig durch all den Wein.

Paul schien sich zurückgehalten zu haben. Als der Irish Coffee serviert wurde, begann er zu reden. Er stützte die Ellbogen auf den Tisch, umklammerte seine Kaffeetasse mit beiden Händen und machte keine Umschweife.

»Ich habe ein gutes Angebot von einer Firma in Los Angeles bekommen«, sagte er. »Eine gute Stellung mit Aufstiegschancen. Ich könnte eine Menge Geld verdienen.«

Daisy dachte: Nein, ich will nicht umziehen, ich will mein Haus nicht verlassen und auch nicht den See.

»Ich werde diese Stellung annehmen«, sagte Paul, ohne Daisys Antwort abzuwarten. »Ich werde die

Stellung annehmen, und ich werde Monica heiraten. Ich habe mit einem Anwalt gesprochen. In Wisconsin gibt es ein neues Scheidungsrecht. Ich brauche nur eine nicht wiedergutzumachende Zerrüttung unserer Ehe geltend zu machen, und die Scheidung kommt durch. Daran kannst du gar nichts ändern. Ich werde mich scheiden lassen. Wenn du dich anständig verhältst, werde ich mit Geld so großzügig sein, wie ich kann, und ich werde nett zu den Kindern sein. Aber falls du kämpfen willst, falls du mir Schwierigkeiten machen willst, werde ich auch dir Schwierigkeiten machen. Ich werde gemein sein mit dem Geld, und ich werde gemein zu den Kindern sein. Ich werde sie nicht besuchen, ich werde nicht an ihre Geburtstage denken, ich werde sie schlagen.«

Daisy starrte ihren Mann an. Ihr ganzer Körper zuckte vor ihm zurück, ihr wurde schlecht vor Abscheu. »Mein Gott«, sagte sie.

»Ich bin verzweifelt«, sagte Paul.

»Du bist widerlich«, sagte Daisy.

»Du auch«, sagte Paul.

»Mein Vater hatte recht«, sagte Daisy, flüsternd, als spräche sie mehr zu sich selbst.

»Was willst du damit sagen?« fragte Paul. »Was hat dein Vater gesagt?« Das war etwas, wo er verletzlich war. Er betete Daisys Vater an, er wollte von ihm geschätzt werden.

Im Vertrauen auf den Schutz ihres Vaters lächelte Daisy. »Ich wage nicht, es dir zu erzählen«, sagte sie, »sonst behauptest du noch, daß ich mich nicht anständig verhalte, und schlägst Danny.«

Zu ihrer Überraschung kamen Paul die Tränen, und seine Stimme wurde weich: »Daisy, bitte«, sagte er. »Ich habe dir gesagt, daß ich verzweifelt bin. Ich versuche den starken Mann zu spielen, alles, um dich zu bewegen, daß du mich gehen läßt. Ich will die Kinder nicht schlagen.«

»Warum kannst du nicht mit mir verheiratet bleiben, den Kindern weiterhin Vater sein und nebenher deine Geliebte haben?« fragte Daisy. Etwas war geschehen, das Schlimmste war vorüber. Sie trank einen Schluck von ihrem Irish Coffee.

»Weil ich dich nicht liebe. Ich ertrage deinen Anblick nicht. Du bist schön gewesen, aber du bist es nicht mehr. Du interessierst mich nicht. Du bedeutest mir nichts mehr. Ich kann das Leben mit dir nicht genießen. Bei der Elternversammlung von Dannys Vorschule neulich dachte ich, mir würde schlecht werden oder ich würde mir gleich die Haare raufen, und du warst so glücklich, machtest Vorschläge, warst interessiert. Das Leben, das du willst, will ich nicht. Ich will mit Monica leben. Ich möchte jeden Abend elegant zu Abend essen, ohne jammernde störende Kinder, ich möchte frei jeden Augenblick genießen können oder den ganzen Sonntagvormittag im Bett liegen und vögeln oder die ganze Nacht durchschlafen, ohne Kindergeschrei. Ich möchte egoistisch sein können.«

»Und was machst du, wenn Monica schwanger wird?« fragte Daisy. »Sie ist jung, so was kann passieren. Wirst du sie dann auch verlassen?«

»Ich werde mich sterilisieren lassen«, sagte Paul. »Und Monica hat sich für eine Tubenligatur entschieden. Wir werden also keine Kinder in unser Leben einbeziehen müssen. Obwohl sie durchaus bereit ist, nett zu Danny und Jenny und dem neuen Baby zu sein, wenn sie zu Besuch kommen«, fügte er hinzu.

Daisy starrte ihn über den Rand ihres Glases hinweg an. Wie vollkommen Paul sein neues Leben geplant hatte. Monica war sogar bereit, *freundlich* zu den Kindern zu sein! Daisy juckte es in den Fingern, sie hätte Paul gern etwas Heißes und Pfefferiges oder Öliges und Scharfes an den Kopf geworfen. Aber der Tisch war abgeräumt, sogar die Krümel hatte der Kellner weggebürstet. Nur das weiße Tischtuch, die Wassergläser, Pauls Glas und ihr eigenes mit dem Irish Coffee, der zu gut schmeckte, um weggeworfen zu werden. Daisy wurde klar, daß ihr nicht mehr viele Möglichkeiten blieben. Ihr wurde klar, daß Paul die Sorte Mensch geworden war, die sie nicht leiden konnte und nicht einmal kennen wollte. Vielleicht hatte sie ja von ihm bekommen, was sie bekommen wollte, die wunderbaren Kinder und das schöne Haus. So, wie er jetzt war, brauchte sie ihn nicht in ihrer Nähe. Daß er die Kinder gezeugt hatte, war in Ordnung: Er war groß und sah gut aus. Aber vielleicht war es das beste, wenn sein Einfluß hier und jetzt aufhörte.

»Also?« fragte Paul ungeduldig.

Sie wollte es jedoch noch nicht zugeben. Sie wollte nicht zu schnell nachgeben. Sie hatte eine unbestimmte Angst vor Dingen, die sie noch nicht einmal benennen konnte. Sie spürte, daß sie irgendwie noch die Oberhand hatte und daß sie nicht bereit war, aufzugeben, nicht, wenn sie die Spielregeln und das Spiel so wenig kannte. Sie zögerte. Sie sah Paul an, sah einen gutaussehenden Mann, etwas über dreißig, mit einem gepflegten Schnurrbart über einem üppigen Mund und mit harten Augen, hart wie – wie was? Wie sein Herz?

»Du Schwein«, sagte sie ruhig. »Du Schwein.«

Erstaunt und verwirrt sah sie, wie Paul in Tränen ausbrach, mitten im Restaurant. »Mein Gott, Daisy, hör auf«, sagte er, »warum machst du das? Du liebst mich nicht mehr, du liebst mich schon lange nicht mehr. Seit Jahren willst du nicht mehr, daß ich dich anfasse. Du verabscheust mich, weil ich mich abstrample, um Geld zu verdienen, weil ich nicht spielend, nicht still und unauffällig reich geworden bin wie dein Vater. Du wolltest alles haben, was gut und teuer ist, das Haus, den Montessori-Kindergarten für die Kinder. Aber irgendwo unterwegs hast du mich aus den Augen verloren. Ich gefalle dir immer nur dann, wenn ich etwas mit den Kindern oder für die Kinder tue. Warum um alles in der Welt willst du, daß ich bei dir bleibe? Kannst du nicht großzügig sein, freundlich? Du hast so vieles – du liebst die Kinder, und sie lieben dich, kannst du mich nicht freigeben, damit ich auch geliebt werden kann?«

Am Ende seiner Rede tat Paul etwas Unglaubliches: Er putzte sich mit der weißen Stoffserviette die Nase. Darüber mußte Daisy lachen. Sie saß da, kam sich etwas albern vor, weil sie leicht beschwipst war, und wußte, daß sie jetzt irgend etwas Gemeines und Schneidendes hätte sagen können. Aber Paul hatte den Kopf gesenkt, während er seine Nase putzte und sich die Tränen abwischte, und auf seiner weißen Stirn erschienen rote Flecken: der gleiche nervöse Ausschlag, den Danny und Jenny bekamen, wenn sie traurig oder wütend waren. Und da er einen Moment lang verletzlich war und wie ein Kind und immerhin noch genug Schmerz empfinden konnte, um sogar in der Öffentlichkeit zu weinen, und da sie, genau wie bei den Kindern, der einzige Mensch auf der Welt war, der seine Tränen stillen, den Schmerz lindern konnte, sagte sie: »Okay, Paul.« Sie streckte die Hand über den Tisch und strich mit ihren schmalen Fingern leicht über seine Stirn. Ihr eigener Schmerz würde später kommen, das wußte sie, später, wenn niemand da war, um sie zu streicheln. »Okay, Paul«, sagte sie noch einmal. »Schon gut. Okay.«

Später, sehr viel später in dieser Nacht, lag Daisy wieder allein in ihrem Bett und trank Brandy aus einem großen Glas. Sie kam sich enorm betrunken vor und fühlte sich irgendwie königlich. Mit einer huldvollen Handbewegung konnte sie ihre Gunst verteilen: »Und dir gewähre ich vollständige Freiheit.« Sie war tief beeindruckt von ihrer Majestät. Der Brandy in ihrem Glas sah aus wie flüssiges Gold. Paul schlief im Gästezimmer, so daß sie das ganze Doppelbett für sich allein hatte. Sie saß genau in der Mitte des Bettes, die blaue Decke über ihre Knie gebreitet, und der Rest des Bettes war ihr Königreich. Im Haus war es sehr still. Es war lange nach Mitternacht. Im Restaurant hatte Paul sich schnell wieder beruhigt und mit der Erörterung konkreter Einzelheiten ihrer Scheidung begonnen: wie schnell sie geschieden werden könnten, wen er als Rechtsanwalt nehmen, wen sie als Rechtsanwalt nehmen würde. Und daß er so schnell wie möglich ausziehen wollte, zu Monica ziehen wollte.

»Ich glaube, ich muß noch etwas trinken«, hatte Daisy gesagt.

Gedämpft durch den Alkohol, einen weiteren Irish Coffee und noch einen, hatte sie sehr wenig gesagt und zu allem, was Paul sagte, mit dem Kopf genickt. Vielleicht werde ich diesen Mann nie wieder nackt sehen, dachte sie und kam sich albern vor, vielleicht werde ich nie wieder den Penis dieses Mannes sehen. Ich weiß, wie seine Brust aussieht, wo seine Muttermale sind, ich kenne den merkwürdigen Zehennagel an seinem linken kleinen Zeh. All das werde ich nie wiedersehen. Nicht, daß ich ihn in den letzten Jahren oft in den Armen gehalten hätte... Nimm deinen komischen Zehennagel und verschwinde, Paul. Wen kümmert es schon, wen kümmert es? Ich bin zu betrunken, als daß es mich kümmern könnte.

»Daisy«, fragte Paul, »hörst du mir zu?«

Eine große betrunkene Müdigkeit überkam sie. »Ich höre dir zu, Paul«, antwortete sie, »ich höre jedes Wort, das du sagst.« Aber als sie schließlich das Restaurant verließen, fragte sie sich: Wer ist eigentlich dieser Fremde, warum erzählt er mir all diese Sachen, was hat das mit mir zu tun?

Schweigend fuhren sie nach Hause. Daisys Kopf fiel nach hinten gegen die Kopfstütze, und sie döste während der Fahrt. Sie gingen ins Haus, sprachen ganz normal mit dem Babysitter – es war merkwürdig, wie normal sie sich vor einem Publikum bewegen konnten, das aus einer Vierzehnjährigen bestand –, und Paul fuhr das Mädchen nach Hause. Er brauchte sehr lange, und Daisy hatte den dumpfen Verdacht, daß er irgendwo angehalten hatte, um Monica anzurufen und ihr zu sagen, daß der Abend erfolgreich verlaufen sei.

Wieder zurückgekehrt, kam er ins Schlafzimmer, nahm seinen Schlafanzug aus der Schublade und meinte: »Ich werde heute nacht im Gästezimmer schlafen.«

»Oh«, sagte Daisy, die sich die Zähne geputzt und das Gesicht gewaschen hatte und anfing, wieder wach zu werden. Seine Ankündigung hatte sie auf obskure Weise sehr verstört, und da sie spürte, daß sie drauf und dran war, die Nerven zu verlieren, ging sie, ohne das Licht anzudrehen, im Dunkeln hinunter und goß sich ein Wasserglas voll Brandy ein. Sie trank sofort etwas, in großen brennenden Schlucken, und sagte dann laut zu sich selbst: »Was stehe ich hier unten im Dunkeln und trinke?« Sie ging wieder hinauf. Die Kinder schliefen friedlich in ihren Zimmern: Paul war ins Gästezimmer gegangen und hatte die Tür fest hinter sich geschlossen.

»Auch gut«, sagte Daisy zu der Tür und trank wieder einen Schluck.

Sie ging ins Schlafzimmer – *mein* Schlafzimmer, dachte sie –, legte zwei Kissen genau in die Mitte des Bettes und ließ sich hineinsinken. Sie saß eine Weile da, trank, starrte auf die blaue Bettdecke, auf die Wände, und sie kam sich nicht nur ziemlich stark vor, weil sie der einzige Mensch im Haus war, der nicht schlief, sondern auch ziemlich souverän, und das hieß für sie in diesem Augenblick: groß, ruhig und allein. Sie kam sich bedeutend vor, ohne daß sie sich erklären konnte, warum – wahrscheinlich war es der Alkohol. Als sie sich im Zimmer umsah, entdeckte sie den Brief ihrer Mutter, der immer noch halb ungelesen auf dem Nachttisch lag. Sie nahm ihn und fing an zu lesen und trank dabei in großen Schlucken. Sie hatte das Glas schnell ausgetrunken, bevor sie den Brief zu Ende gelesen hatte, und schlief im Sitzen ein – das Licht brannte noch, und das klebrige Brandyglas lag auf der blauen Decke. Der Brief ihrer Mutter war ihr aus der Hand gefallen.

Margaret Wallace schrieb: »Jeden Morgen sehe ich, wenn ich aufwache, das Wasser im strahlenden Sonnenschein glitzern, und dann liege ich da und beobachte die langsam vorübergleitenden großen, schlanken Frachtschiffe und versuche, die richtigen Bezeichnungen für all die verschiedenen Blaus, die ich auf dem Wasser tanzen sehe, zu finden (Vogeleiblau, Indigoblau, Saphirblau, Lilablau). Ich strecke mich in meinem breiten Bett, auf meinem kühlen blauen Laken und möchte nicht aufstehen, und dann denke ich: Ich muß ja gar nicht aufstehen. Und manchmal weine ich vor Freude, weil mein Leben so schön, so luxuriös geworden ist.

Abends ergeht es mir ähnlich. Ich bringe es kaum fertig, schlafenzugehen. Ich sitze in meinem alten blauen Sessel (ich habe einen Batiküberwurf in einem Geschäft in Dundarave gefunden, einen Bezug mit breiten wilden Regenbogenstreifen, den ich über den Sessel geworfen habe, so daß er nicht mehr so aussieht wie früher, sondern wie neu, so wie ich). Und ich starre aus dem Fenster, auf das Wasser, in die Dunkelheit. Manchmal ergießt sich das Mondlicht in ungleichmäßigen, unruhigen Streifen über das Wasser, immer schimmernd und sich verändernd, neue Formen bildend, so, als ob es leicht und ruhelos auf der Oberfläche des Wassers liegen müsse, das es sonst aufsaugen, schlürfen, zum Verschwinden bringen würde, anders als die zuverlässige, feste Erde, die nur abwehrt und reflektiert. Manchmal scheint der Mond nicht, aber trotzdem tanzen die Lichter, Lichter der Autos, die in beiden Richtungen über die Lion's Gate Bridge fahren, hin und her, und dann die Lichter der Häuser, und noch spät in der Nacht kann ich irgendwo Lichter sehen. Einsam fühle ich mich nicht, ich habe Gesellschaft genug, und manchmal frage ich mich, ob auf der anderen Seite des Hafens, an der östlichen Küste, eine andere Frau mit einem Glas Brandy in der Hand sitzt, auf das Wasser starrt und zu mir herüberlächelt. Pandora besucht mich oft nachts in meinem Zimmer – das ist ihre Zeit, mußt Du wissen –, und dann kommt sie in mein Schlafzimmer, springt auf mein Bett, eben außer Reichweite, und einen kurzen Moment lang begegnen sich unsere Augen. Ich brauche nicht mit ihr zu reden, unsere Blicke treffen sich, das genügt, und dann sitzt sie da und beobachtet mit mir die Nacht und vermeidet es vornehm und verständnisvoll, unser glückliches Schweigen mit einem Laut zu brechen. Eine sehr angenehme Katze.

Manchmal frage ich mich, was mich eigentlich so verliebt macht: Vancouver, diese blaue und silberne Stadt, die glitzert und glänzt und funkelt und doch so real ist, oder dieses Haus, *mein* Haus. Oder ist es mein Leben, meine wunderbare, schöne neue Freiheit – oder das, was aus mir geworden ist? Alles erfüllt mich mit großer Freude: wenn ich mich im Spiegel betrachte, mit meinen weiten fröhlichen neuen Kleidern, wenn ich durch die Zimmer meines Hauses gehe, die wie Pflanzen auf mich reagieren, schweigend und doch großzügig Düfte verströmend, oder wenn ich durch die Stadt gehe und die nassen Straßen im Regen glitzern sehe. Es ist, als lebte ich in einem Regenbogen, so schimmernd und schillernd und schön ist alles. Erinnerst Du Dich noch an den Sommer, in dem wir alle in Paris waren und den Film ›Peau d'âne‹ mit Cathérine Deneuve gesehen haben? Erinnerst Du Dich, daß sie sich ein Kleid von der Farbe des Himmels wünschte und dieses Kleid dann wunderbarerweise auch bekam und trug, ein Kleid in den herrlichsten blaßblauen Tönen, in dem echte Wolken segelten. Erinnerst Du Dich an die Pferde, auf denen die Ritter und Soldaten in dem Film ritten, Pferde, die wirklich rot, wirklich blau waren? Genauso ist mein Leben jetzt, mein wirkliches Leben, wie ein Kleid, das aus dem Stoff des Himmels genäht wurde, wie das blaue Pferd, wie das Haar der Prinzessin, das so fein und hell ist wie gesponnenes Gold.

Heute morgen – eigentlich war es eher mittags, kurz nach elf, als ich schließlich aufstand –, heute morgen aß ich zum Frühstück frische Erdbeeren und trank ein Glas Champagner. Ich aß und trank es von dem Kristallgeschirr mit dem Platinrand und dem Blattmusterschliff, das meine Großmutter mir geschenkt hat und das Dein Vater und ich sonst nur bei formellen und pompösen Abendgesellschaften benutzt haben. Ich wischte meine Finger an einer Leinenserviette ab, die taubengrau und durch herabstoßende dunkelblaue Vögel und große rosa Blüten belebt ist. Diese Servietten kennst Du noch nicht. Sie sind neu. Dann habe ich in mein Tagebuch geschrieben, mich angezogen, bin am Strand spazierengegangen, habe meinen Rock hochgezogen und bin wie eine Bäuerin oder wie eine Königin barfuß am Rand der Wellen entlanggegangen. Das Wasser war sehr kalt. Es wird Herbst. Eine Zeitlang saß ich an einen angeschwemmten Baumstamm gelehnt und ließ Sand durch meine Finger auf meine nackten Zehen rieseln und rieb einen glatten Kiesel zwischen Mittelfinger und Daumen. Leute kamen vorbei – ständig sind Leute am Strand, stochern im Sand herum, gehen an der Wasserkante entlang. Manche lächeln mir zu und grüßen. Eine ältere Frau sagte: ›Sie sehen so vollkommen aus, wie Sie da in Ihrem blauen Kleid sitzen, als wären Sie eine Nixe, die gerade aus dem Meer gekommen ist, um nun unter den Menschen zu leben.‹ Vielleicht war sie einfach nur eine verrückte alte Frau, aber ich kann mich nicht erinnern, daß mir jemals ein schöneres Kompliment gemacht worden wäre. Ich glaube, diese alte Frau wußte alles über mich, wie eine Hexe, und ich nehme an, sie spürte, daß ich eine Veränderung durchgemacht habe, so dramatisch wie die einer Nixe, die unter die Menschen geht. Obwohl ich, für mein Teil, mir eher wie die Nixe vorkomme, die endlich das Meer gefunden hat, ihr Element, ihre Heimat. Hier gehöre ich her. Und ich bin begeistert, daß die alte Frau das zu mir gesagt hat. Kannst Du Dir eine Person in Liberty, Iowa, vorstellen, die so etwas sagen würde? Zunächst einmal kann ich mir nicht vorstellen, daß die Menschen dort so etwas überhaupt denken würden. Und schon gar nicht würden sie es einer Fremden gegenüber aussprechen. Liberty, Iowa. Mein Gott. Welche Ironie!

Das einzige, was mich zuweilen deprimiert, ist der Gedanke daran, wie viele Jahre ich dort gelebt habe – gedankenlos all die richtigen Dinge tat, Dinge, wie sie die Ehefrau von Dr. med. Harry Wallace zu tun hat. Erinnerst Du Dich noch an Arnold Baker, den Pfarrer der Ersten Methodisten-Gemeinde, der nach knapp einem Monat verrückt wurde und ins staatliche Irrenhaus kam? Bei einem Willkommenstee, den Gladys Fletcher für ihn gab, sagte er zu mir: ›Dr. med. Harry Wallace, P. A.? Ich nehme an, das soll heißen: praktischer Arzt. Und ich nehme an, daß Sie Mrs. Harry Wallace sind. Aber in Ihrem Fall dürfte das P. A. für Perfektionismus und Anstand stehen müssen!‹ Ich stand mit offenem Mund da und fühlte mich irgendwie gekränkt und direkt angegriffen. Es ist Jahre her, Du und Dale, ihr wart noch klein, und ich glaubte damals noch, daß Perfektionismus und Anstand in Liberty, Iowa, die einzig mögliche Art zu leben überhaupt sei. Seither habe ich manchmal an Pastor Baker gedacht. Ich frage mich, ob er immer noch in einer Anstalt lebt. Ich frage mich, ob er mein Leben verändert hätte, wenn er noch ein paar Wochen länger in Liberty geblieben wäre und mir weiter zugesetzt hätte. Heute finde ich, daß er überhaupt nicht in eine Anstalt gehört. Im Gegenteil, man sollte ihn dafür bezahlen, daß er durch die Kleinstädte der Vereinigten Staaten zieht und zu den perfekten und anständigen Hausfrauen aufrüttelnde Worte spricht.

Manchmal ärgere ich mich darüber, daß ich so alt bin. Achtundvierzig Jahre! Ich habe nicht mehr sehr viel Zeit. Und ich könnte mich dafür hassen, daß ich soviel Zeit damit verschwendet habe, gedankenlos und wie ein Automat in Liberty, Iowa, zu leben. Aber dann denke ich, Ihr Mädchen habt eine schöne und glückliche Kindheit in Liberty gehabt, und das ist wichtig. Es wäre nicht gut für Eure Entwicklung gewesen, wenn Ihr ohne Vater aufgewachsen wärt. Nein, meine Zeit dort war nicht vergeudet. Sie hat Euch eine unbeschwerte und ungetrübte Kindheit ermöglicht. Und jetzt, wo ich die Veränderung gewagt habe, kann sie Euch beiden nicht mehr schaden, und ich habe sie allein und ganz von mir aus vollzogen, ohne daß ich mich von irgend jemandem dazu hätte treiben lassen, was auf irgendeiner Werteskala mit ein paar Punkten zu Buche schlagen wird, und da bin ich nun.

Hier bin ich. Hier bin ich, eine unabhängige Frau, eine Frau, die frei ist, die niemandem etwas schuldet, hier in Vancouver, der schönsten Stadt der Welt, in diesem kleinen, makellosen Haus, das mir gehört und nur mir. Ich habe keine Pläne. Vielleicht werde ich Kurse belegen, um einen Abschluß zu machen – ich war ja nur ein Jahr auf dem College und habe dann Deinen Vater geheiratet und bekam meine Kinder. Zu meiner Zeit machten wir Frauen das so. Und ich nehme an, viele Frauen machen es immer noch so, wenn auch nicht mehr so viele, Gott sei Dank. Ich bedaure es nicht, ich verschwende meine Zeit nicht damit, etwas zu bedauern. Es macht mir nichts aus, daß ich keinen

Abschluß habe, es ist nur so, daß alle glauben, ich hätte einen. Ich versuche, den Leuten klarzumachen, daß ich *lese*, daß ich immer gelesen habe und nicht nur Schauerromane, die Hausfrauen helfen sollen, einen freudlosen Winter mit kranken Kindern durchzustehen – obwohl ich, weiß Gott, auch solche Bücher gelesen habe und sogar liebe.

Was wollte ich sagen? Ach ja, daß ich viel lese, und zwar alles: Romane, Biographien, Geschichte, Philosophie, Anthropologie und so weiter. Ich habe Plato gelesen, ich habe Voltaire gelesen, ich habe Walker Percy gelesen. Warum sollte ich Kurse an der Universität belegen? Wer weiß, vielleicht habe ich im nächsten Jahr Lust dazu und Spaß daran. Es gibt hier eine Universität, die ich sehr liebe, sie heißt Simon Fraser, nach dem Forscher, und ist eine neue Universität – neu und liberal. Sie wurde auf dem Gipfel eines Berges erbaut und ist architektonisch geradezu atemberaubend, ziemlich modern und klassisch zugleich. Ich gehe sehr gern dorthin, ich benutze die Bibliothek dort – Miriam gehört der Fakultät an und leiht die Bücher für mich aus. Oft ist es ganz wolkig, weil die Universität so hoch oben auf dem Berg liegt, und wenn Du die Straße zurück nach Vancouver hinuntergehst, ist es, als stiegest Du aus den Wolken. Eine Universität wie auf dem Olymp. Ja, ich glaube, ich werde mich im nächsten Jahr dort einschreiben. Im nächsten Jahr. Ich möchte mich nicht drängen lassen, es besteht keine Veranlassung zur Eile. Im nächsten Jahr werde ich nur ein Jahr älter sein, und ich fühle mich dort oben wohl, auch wenn ich zwanzig Jahre älter als die anderen Studenten bin.

Liebe Daisy, was für ein langer Brief! Deine Kinder werden Dir sicher nicht die Zeit lassen, ihn in einem Rutsch zu lesen. Du wirst denken: Was plappert sie da vor sich hin! Aber es ist der erste Brief, den ich an Dich schreibe, seit ich mich von Deinem Vater scheiden ließ und mich wie ein neuer Mensch fühle, und ich wollte mich Dir irgendwie vorstellen. Bitte, nimm den Scheck an und besuche mich. Ich möchte Dir so viel zeigen, Dir so viel erzählen! Ich hoffe, Du machst Dir keine Sorgen wegen Deines Vaters. Bitte, mach Dir keine Sorgen. Du brauchst es Dir nur auszumalen: In der Minute, in der ich meinen Platz im Flugzeug einnahm, standen die Frauen von Liberty vor seiner Haustür Schlange, mit gebratenen Hühnchen und Schokoladenkuchen. Er wird wie im Schlaraffenland leben und keinen Abend einsam sein. Und er wird bald wieder heiraten. Er ist ein Mann, der sich gern bedienen läßt, und Liberty wimmelt von Frauen, die nur zu gern dazu bereit sind.

Aber ich höre lieber auf, ehe ich noch scharf und bitter werde. Ich wollte Dich nur ein bißchen aufheitern, die Sorgen zerstreuen, die Du Dir womöglich machst. Deinem Vater geht es bestimmt gut, und ich bin, wie gesagt, glücklicher als je zuvor in meinem Leben. Ich bin glücklich, und ich bin froh, und ich bin ein neuer Mensch. Macht Dich das nicht neugierig? Möchtest Du mich nicht kennenlernen, mein Haus sehen, mich? Ich glaube, Du wärst überrascht. Bitte, sag mir Bescheid. Bitte komm bald. Ich würde Dich gern sehen, Daisy, meine Blume. Grüße Paul und die Kinder von mir. Ich hoffe, es geht Dir gut – ich weiß, daß Du keine Zeit zum Schreiben hast, ich kann mich noch sehr gut an diese Zeit erinnern.

Alles, alles Liebe,
Mutter.«

2

Rocheport, Maine, liegt am Atlantischen Ozean, zwanzig Meilen südlich von Portland. Die Stadt selbst ist einige Meilen landeinwärts gelegen und sicher vor den Launen der See, aber ein langes Stück Strand gehört offiziell zum Stadtgebiet. Dale Wallace brauchte genau eine Viertelstunde, um von der High-School, an der sie unterrichtete, bis zum äußersten Ende des Strandes von Rocheport zu gelangen. Sie parkte das Auto – ein dunkelblaues VW-Cabrio mit grauem Dach – mit einem jähen, quietschenden Ruck, sah durch die Windschutzscheibe auf den Strand und lachte laut auf. Es machte nichts, wenn sie sich merkwürdig aufführte und mit sich selbst sprach, denn die meisten Häuser an der Strandpromenade, die auf den Ozean blickte, waren Sommerhäuser, und jetzt war Oktober, und weit und breit war keine Menschenseele zu sehen. Allerdings hätte es ihr auch nichts ausgemacht, wenn Leute dagewesen wären. Dale lachte, zog ihre Clogs und ihre flauschigen grünen Kniestrümpfe aus, krempelte die Jeans hoch und sprang barfuß aus dem Auto.

Es war Ebbe. Der weiße, weiche Sandstrand erstreckte sich weit zu beiden Seiten der Küste und weit ins Meer hinaus. Dale kreischte, als ihre nackten Füße den harten, kalten Sand berührten. Sie lief zum Wasser hin, zum verführerischen Saum des Ozeans, der weit draußen schäumte. Und als sie ihn erreicht hatte, änderte sie ihre Richtung und rannte am Wasser entlang, spielte mit den kleinen Wellen, versuchte, sich so dicht und so lange wie möglich an der Wasserkante zu halten, bis das Wasser sie wieder überraschte, einholte, hochspritzte und seine herzlose Kälte ihre Füße und Knöchel durchfuhr.

Dale rannte und rannte. Die Sonne stand tief, und

das Meer war wie Silber, der Strand war Silber, der Himmel war Silber: Die ganze Welt war aus Silber. Ein flüssiges Juwel. Und sie war das Feuer darin. Sie rannte und rannte. Sie sprang, lachte, warf den Kopf zurück, planschte am Rand der sanften Wellen entlang, bis ihre Jeans durchnäßt waren. Sie konnte nicht aufhören zu laufen. Sie rannte, bis sie die Felsen am nördlichen Ende der Bucht erreicht hatte, machte dann kehrt und lief den ganzen Weg zurück. Die Wellen griffen nach ihr, holten sie ein, überschlugen sich an ihren schlanken Knöcheln, ihren festen, glatten Beinen. Dale streckte beide Arme weit aus und wirbelte im Kreis herum, bis ihr schwindelig wurde und sie atemlos innehalten mußte. Sie beugte sich vor, umfaßte ihre Knie mit den Händen, lachte und japste und kam zu Atem, so daß sie wieder losrennen konnte. Sie rannte und rannte. Sie war verliebt.

Der Mann, in den sie sich verliebt hatte, hieß Hank Kennedy und wäre wahrscheinlich erstaunt gewesen, wenn er von Dales Liebe erfahren hätte. Dale und Hank hatten sich erst zweimal im Leben gesehen. Aber Dale war ganz sicher, daß es endlich geschehen war: Sie hatte sich verliebt. Sie war vierundzwanzig Jahre alt und beinahe schon zu dem Schluß gekommen, daß ihr dergleichen niemals widerfahren würde. Natürlich hatte es damals, in Iowa, Schulfreunde gegeben. Und Liebhaber – Männer, mit denen sie geschlafen hatte – im College und während ihres zweijährigen Europaaufenthalts. Aber sie hatte sie nie *geliebt* – nicht einen von ihnen. Sie hatte nie weiche Knie gehabt, wenn sie einen von ihnen sah, obwohl einige ganz gut ausgesehen hatten. Niemals hatte sie das überraschende Pochen kennengelernt, das sie an dem Tag, an dem sie Hank zum erstenmal sah, in ihrer Brust spürte und das bei der zweiten Begegnung so heftig war, als hätte ihr Herz plötzlich ein Eigenleben begonnen: Es schlug mit einer wilden, wütenden Kraft, wie ein unbändiges

Tier klopfte es unter ihrer Haut. Beim erstenmal war sie einfach regungslos stehengeblieben und hatte albern gelächelt, glücklich und erstaunt über dieses neue Gefühl. Das war es also, wovon alle erzählten, die Dichter, die Liedermacher. Das hatten sie ihr sagen wollen! Mein Gott, was für ein wunderbares *Gefühl.*

Es war in der High-School-Cafeteria gewesen, an einem Donnerstagabend im vergangenen Monat, im September. Lehrer aus dem ganzen Bezirk waren zusammengekommen, um über die Verteilung der staatlichen Förderungsgelder, die der Bezirk gerade erhalten hatte, zu beraten. Dale, die als neue Lehrerin in dem Bezirk ihr erstes Unterrichtsjahr absolvierte, war voller Energie und Enthusiasmus. Sie unterrichtete Biologie und Französisch in der Unter- und der Oberstufe, aber zu dem Treffen war sie gegangen, um Geld für einen regionalen Filmclub zu beantragen, den sie gründen wollte. In Rocheport gab es kein Kino, das nächste war zwanzig Minuten weit in Portland. Dale ging leidenschaftlich gern ins Kino, sie wollte nicht einem langen kalten Winter ohne Kino entgegensehen müssen und fand natürlich, daß die Studenten und die Stadt von einem Filmclub nur profitieren konnten. Sie hatte die Cafeteria Punkt halb sieben betreten, als die Versammlung eigentlich beginnen sollte, und sah sich in dem großen Raum nach Leuten um, die sie kannte, um sich zu ihnen zu setzen, als sie den dunkelhaarigen Mann erblickte, der am anderen Ende des Raumes stand, beide Arme auf einen langen schmalen Tisch gestützt, und ernst auf eine Gruppe von Lehrern einredete. Ihr Blick heftete sich auf ihn, ihr Herz schlug heftig. Sie war nicht in der Lage gewesen, ihre Augen von ihm abzuwenden. Sie hatte dagestanden, geradezu lächerlich verzaubert, unfähig, ihr Lächeln zu unterdrücken, verloren im wilden Gehämmer ihres Herzens. Noch nie im Leben war sie so glücklich gewesen.

»Oh, da bist du ja«, sagte Carol Mellon zu ihr, die,

mit Heften und Papieren beladen, hereinkam. »Setzen wir uns doch. Was ist los mit dir? Du siehst so merkwürdig aus. Ist dir schlecht?«

»Nein, nein«, hatte Dale geantwortet, »es geht mir gut, wirklich gut. Wo willst du sitzen?« Es gelang ihr, Carol durch den ganzen Raum zu folgen, sich an einen Tisch zu netten Kollegen zu setzen, und es gelang ihr, so zu tun, als ob nichts wäre.

Aber sie konnte ihre Augen nicht von dem Mann abwenden. Er mußte etwa in ihrem Alter sein, dachte sie, vielleicht ein paar Jahre älter, siebenundzwanzig oder achtundzwanzig. Er war nur wenige Zentimeter größer als sie. Sie selber war einssiebzig und schätzte ihn auf einssiebenundsiebzig oder einsachtundsiebzig. Wir würden ganz gut zusammenpassen, dachte sie. Und ihr wurde ganz heiß, und sie lächelte wieder, und ihr Atem ging schneller.

»Geht es dir gut?« fragte Carol sie immer wieder flüsternd.

Sein Körper war wunderbar proportioniert. Fest, schlank, kräftig – wahrscheinlich trieb er irgendwelchen Sport. Die Haare dunkelbraun und leicht gewellt. Die Augenfarbe konnte sie nicht erkennen. Aber seine Augenbrauen waren schön geformt und die Wangenknochen hoch. Er bewegte sich wie ein Mann, der sich fest in der Gewalt hat.

»Sag mal, hast du dich an meinem Preludin oder sonst irgendwelchen Pillen vergriffen?« fragte Carol. Sie war zwei Jahre älter als Dale. Sie hatten sich auf dem Williams College kennengelernt und sich eng befreundet. Carol hatte Dale dann auch ermuntert, aus Europa zurückzukommen, ein »richtiges Leben« anzufangen und die Stellung in Rocheport anzunehmen. Sie hatte sogar arrangiert, daß Dale im ersten Jahr bei ihr mit wohnen konnte, bis sie sich an die langen Winter und die Ruhe in der kleinen Stadt gewöhnt hätte. Carol war eine sehr nette, kluge und tüchtige Frau, der es gelang, Torheiten zu widerstehen und dabei großzügig und warmherzig zu sein. Sie hatte kurze Haare, eine randlose Brille, ausladende Hüften. Sie war Geschichtslehrerin an der High-School, ihre Talente lagen aber offenkundig im administrativen Bereich. Und da sie aus der Gegend stammte und streng und taktvoll zugleich sein konnte, sagten viele voraus, daß sie eines Tages die Leitung der Schule übernehmen würde, wenn Loren Hansen, der Ende Fünfzig war, in Pension ging.

Dale hatte nicht gewußt, daß Carol überhaupt Preludin besaß, und konnte sich auch nicht vorstellen, wofür sie es brauchte. Aber die Frage holte sie auf die Erde zurück. Sie zwang sich, ihre Augen von dem Mann am anderen Ende des Raumes loszureißen, und wandte sich Carol zu. »Nein, natürlich nicht«, antwortete sie. »Um ehrlich zu sein, ich bin nur – also, der Mann da drüben, ich finde ihn wirklich ... Wer ist das? Kennst du ihn?« Sie mußte ihn wieder ansehen, sich vergewissern, daß er wirklich da war, sich nicht in Luft aufgelöst hatte. »Ist er Lehrer? Wo unterrichtet er? Ist er verheiratet?«

Carol sah zu dem Mann hinüber, der sich inzwischen zu den anderen Lehrern an den Tisch gesetzt hatte. Er redete und lächelte und war völlig ungezwungen. Er rieb sich das Ohr.

»Das ist Hank Kennedy«, sagte Carol. »Er unterrichtet oben in Portland, an der Shelton Academy für Jungen. Ich glaube, er kommt dienstags und donnerstags immer runter und unterrichtet an unserer Schule – ich glaube, Geschichte. Ich weiß es nicht mehr. Er stammt nicht von hier. Früher kam er immer in den Sommerferien, mit seinen Eltern, aus der Gegend von Boston. Dann hat er hier die Stellung angenommen und sich eine kleine Farm gekauft. Ich glaube nicht, daß er verheiratet ist, aber ich weiß eigentlich gar nichts über ihn. Soll ich ihn dir nachher vorstellen?«

»O Gott, nein«, sagte Dale erschrocken. »Ich wollte nur wissen, wie er heißt, mehr nicht. Um diese Jahreszeit laufen hier ja nicht gerade viele attraktive Männer herum.«

»Ich weiß«, sagte Carol, »und ob ich das weiß.« Aber ihre Stimme blieb ruhig. Sie war mit einem Freund aus ihrer Kindheit verlobt, der in Massachusetts Tiermedizin studierte. Er war klug, tüchtig und ruhig wie Carol, und niemand zweifelte daran, daß sie in absehbarer Zeit heiraten und sich zu festen Säulen der Gemeinde entwickeln würden.

Die Versammlung begann und zog sich bis spät in den Septemberabend hinein. Draußen regnete es, und alle waren bemüht, an diesem feuchten Abend soviel wie möglich hinter sich zu bringen, um andere, trockenere Herbstabende für sich zu haben. Man redete, machte Vorschläge, gab Anregungen, erhob Einwände. Auch Dale sprach. Sie erläuterte ihre Idee, einen Filmclub zu gründen, las Zahlen vor, die sie recherchiert hatte, beantwortete Fragen. Sie freute sich, daß so viele ihre Idee gut fanden und einmütig dafür stimmten, daß sie einen definitiven realistischen Kostenplan ausarbeitete. Sie wurde aufgefordert, sich als Leiterin des Clubs zur Verfügung zu stellen, weil es schließlich ihre Idee gewesen sei. Mehrere Leute boten freiwillig ihre Hilfe an. Aber Hank Kennedy gehörte nicht zu ihnen. Den ganzen Abend über war Dale sich sehr ihres Körpers bewußt, vor allem wenn sie aufstand, um vor den anderen zu reden. Sie konnte es nicht lassen, sich herausfordernd zu verhalten. Sie neigte den Kopf beim Sprechen, so daß ihre langen hellbraunen Haare seidig über ihre Schultern fielen, leckte sich langsam die Lippen (und hoffte, daß die Leute glaubten, sie sei nervös), beugte sich nach vorn und stützte die Hände auf den Tisch – so wie er, als sie ihn zuerst erblickt hatte –, damit sich ihre hohen, großen Brüste unter dem Pullover abzeichneten. Sie ärgerte sich über sich selbst, aber sie hatte ihren Körper nicht in der Gewalt; sie kam sich vor wie eine lüsterne Pfauendame. Aber da sie so aufgeregt war, sprach sie sehr eloquent für den Filmclub und wollte deshalb auch keine Schuldgefühle in sich aufkommen lassen.

Sie war todunglücklich, als die Versammlung um halb elf zu Ende war und Hank Kennedy aus der Tür ging, ohne sich nach ihr umzudrehen. Der Raum wurde eng, war plötzlich eine kahle, graue Cafeteria, wo Zigarettenqualm unter der Neonbeleuchtung kreiste und die Stühle aus Metall und Plastik unordentlich herumstanden. Carol sammelte geschäftig ihre Papiere und Hefter zusammen und war so intensiv mit ihren Gedanken bei der Versammlung, daß sie Dales Interesse an dem Mann völlig vergessen hatte.

»Komm«, sagte sie. »Wir haben morgen Unterricht. Laß uns nach Hause gehen und etwas schlafen. Gott, diese Versammlungen. Dafür müßten wir ein zusätzliches Gehalt bekommen.«

»Hm«, meinte Dale und ging mit Carol hinaus.

Irgendwie hatte sie die Nacht überstanden und dann mehrere lange Wochen, ohne von Hank Kennedy etwas zu sehen oder zu hören. Sie war zu vorsichtig, Carol noch einmal auf ihn anzusprechen; sie kannte Carol und wußte, was Carol tun würde – sie würde darauf bestehen, sie Hank vorzustellen, oder sie würde sorglos zu einer anderen Lehrerin sagen: »Sollte dir Hank Kennedy über den Weg laufen, richte ihm doch bitte aus, daß Dale Wallace ihn gern kennenlernen möchte.«

Dale kam zu dem Schluß, daß sie gar nichts tun konnte, außer ihn zu vergessen, was ihr nach drei Wochen schon etwas leichter erschien. Sie merkte, daß sie sich schon nicht mehr genau an die Konturen seiner Gestalt erinnern konnte. Doch das Gefühl, der Ansturm herzklopfender Freude, blieb. Daran konnte sie sich gut erinnern, es war das erste, woran sie morgens beim Aufwachen dachte. Und fast jede Nacht träumte sie von Hank. In ihren Träumen kam er regelmäßig auf sie zu, sah ihr ins Gesicht, lächelte sie an, und sie stöhnte und seufzte erwartungsvoll. Aber mehr passierte nicht in ihren Träumen. Nie gelang es ihm, nahe an sie heranzukommen, nie berührte er sie.

Und heute nun, als sie mit den Anwesenheitslisten über den Flur zum Büro des Rektors gegangen war und überhaupt nicht an ihn gedacht, ja eigentlich an gar nichts gedacht hatte, außer daran, daß sie müde war und am Abend noch zum Waschsalon mußte, als sie gerade im Begriff war, das Büro des Rektors zu betreten, öffnete sich die Tür, und Hank Kennedy kam heraus. Er sprach mit einem anderen Lehrer und hatte mit der einen Hand die Tür aufgestoßen, den Kopf dann aber rückwärts gewandt und noch etwas gesagt, das die Sekretärinnen zum Lachen brachte. Deshalb stieß er fast mit Dale zusammen.

»Oh, Verzeihung«, sagte Hank und blieb so abrupt stehen, daß der Mann hinter ihm gegen ihn prallte. Er sah Dale an, die erstarrt war, als er so plötzlich leibhaftig vor ihr stand. »Hallo«, sagte er, und es klang fast wie eine Entschuldigung.

»Ich – ich wollte da gerade rein«, sagte Dale mit leiser Stimme, fast unhörbar.

»Ich wollte da gerade raus«, sagte Hank lächelnd und hielt ihr die Tür auf.

Einen Augenblick lang konnte Dale sich nicht rühren, war wie gelähmt vor Entzücken. Ja, da stand er, Hank Kennedy. Schlank, kräftig, dunkel, gutaussehend. Er hatte Jeans an, Stiefel, ein kariertes Button-down-Hemd und einen Pullover mit V-Ausschnitt. Sein dunkelbraunes Haar, auf der linken Seite gescheitelt, fiel ihm in die Stirn, der Mund war fein geschnitten, schmal und vollkommen. Die Augen waren grün, mit langen Wimpern, dichten Wimpern. Dales Herz hüpfte und überschlug sich.

»Danke«, sagte sie endlich und ging in das Büro, das Hank und der andere Mann verließen. Sie brachte es nicht über sich, die Tür hinter sich zu schließen; sie stand da, hielt die Tür und starrte wie betäubt den beiden Männern nach, die den Gang hinuntergingen. Sie starrte Hank Kennedy nach, sie war ausgehungert nach seinem Anblick, und sie liebte das Gefühl der Begierde, das ihren Körper so heftig durchzuckte. Sie war wie gebannt von dem Augenblick, von der Wirklichkeit seiner Gegenwart. Und sie wollte nicht, daß dieser Augenblick verging.

Hank ging weiter den Gang hinunter, blieb dann zufällig im Gespräch stehen und blickte zurück und sah Dale an. Ihre Augen trafen sich. Einen Moment lang dachte Dale, er würde ganz bestimmt den Mann verlassen, kehrtmachen und den Gang zurück und zu ihr kommen. Doch er sah sie nur an, und dann sagte der andere Mann irgend etwas zu ihm, und Hank lächelte, drehte sich wieder um, ging um eine Ecke und war nicht mehr zu sehen.

Ihr blieb nichts weiter übrig, als ihre Anwesenheitslisten abzugeben, mit den Sekretärinnen höflich zu plaudern, dann zu ihrer Klasse zurückzukehren und die Dinge zu erledigen, die am Ende eines Tages erledigt werden mußten. Schließlich hatte sie alles geschafft, sie war frei. Sehr beherrscht ging sie zu ihrem VW-Cabrio und fuhr sofort ans Meer, zog Schuhe und Socken aus und rannte los. Sie rannte und rannte, rannte vor Freude, rannte vor Liebe. Sie rannte dicht am Rande der Brandung, weil Hank Kennedys Augen grün waren.

Sie rannte und fand, daß ihr bisheriges Leben schal war im Vergleich zu diesem Augenblick und daß es sie nicht darauf vorbereitet hatte. Sie war voller Freude, voller Energie, sie war in Hochstimmung, nur weil dieser eine Mann auf Erden lebte und einen Moment lang stehengeblieben war und ihren Blick erwidert hatte. Und jetzt würde er sie anrufen, dessen war sie sich sicher. Und wenn sie nichts sonst in den zwei Jahren Europa gelernt hatte, so hatte sie jedenfalls gelernt, durch die Art, wie sie sich bewegte, wie sie blickte, zu sagen: *Ich habe Interesse an dir!* Oder: *Laß mich in Ruhe!* Im Büro in der Schule war sie dann natürlich durchgedreht und hatte nicht mehr vernünftig reden können, aber jeder Nerv in ihrem Körper hatte reagiert und sich ihm entgegengereckt, und bestimmt, oh, ganz bestimmt verstand er diese Zeichen. Und sie war nicht unattraktiv – auch das hatte sie gelernt. Sie war aufgewachsen in dem Glauben, daß ihre ältere Schwester Daisy die Schönheit der Familie war und sie, Dale, die Intelligente, was hauptsächlich daran lag, daß Daisy blonde Haare und blaue Augen hatte, Dale dagegen hellbraunes Haar und braune Augen. Aber im College und später, in Europa, hatte sie zu ihrem Entzücken und später zu ihrem Verdruß entdeckt, daß sie etwas besaß, das Männer anzog: große Brüste. In den letzten sechs Monaten in Europa war sie das Getue, das Männer um ihre Brüste machten, so leid gewesen, daß sie schließlich in Paris eine Schönheitschirurgin aufgesucht hatte, um sich ihre Brüste verkleinern zu lassen. Aber die Kosten waren nicht zu bezahlen, und die Chirurgin hatte warnend geraten: »Warten Sie damit, Sie sind noch jung, Sie sind nicht verheiratet, warten Sie ab.« Sie hatte sich immer weitere Pullis und Hemden gekauft, und daraus hatte sich mit der Zeit so etwas wie ein Stil entwickelt: Jeans, Stiefel, weite Pullis oder Hemden, weite Kleider. Ihr einziger eitler Punkt waren jetzt ihre Haare, die dicht waren, hellbraun, mit einem rötlichen Schimmer: Sie ließ sie seit zwei Jahren wachsen, und sie reichten inzwischen bis über die Taille. Sie konnte sich noch nicht ganz draufsetzen, aber in einem halben Jahr würde es soweit sein. Sie hatte schönes Haar und liebte das Gefühl, wenn es sich wie ein schützender Mantel über ihren Rücken breitete, oder sie band es mit einem gestreiften Band hinten fest zusammen, so daß es gebündelt herabhing. Das waren ihre Pluspunkte: ihr Haar, ihre großen Brüste und ihr gutgeschnittenes Gesicht – nein, unattraktiv war sie nicht. Sie war attraktiv. Anziehend. Hatte er sich zu ihr hingezogen gefühlt? Hatte Hank Kennedy ihre Anziehungskraft gespürt? Sie glaubte es, sie hoffte es, hoffte es inständig. Denn unter der unbezähmbaren Freude, die sie durchströmte, lag eine leichte Spannung, die Spannung der Begierde.

Schließlich ging die Sonne unter, und die Dinge verloren nach und nach ihre Leuchtkraft. Der Himmel, das Wasser, der Sand wechselten von Silber zu Grau. Es war wirklich ziemlich kalt am Strand. Ihre Füße und Knöchel waren taub vor Kälte. Sie blieb weiter unten am Strand, lief nicht mehr, sondern ging jetzt, umarmte sich selbst, um warm zu werden. Die Flut stieg langsam und drängte sie immer mehr strandaufwärts in die festgefügte Welt mit ihren Häusern, Autos, Menschen und Telefonen. Dale wollte die Einsamkeit des Meeres nicht verlassen, wollte diese reine, wilde Ekstase nicht aufgeben – sie wollte sich ihrem gewöhnlichen Leben nicht stellen müssen, nicht grübeln, ob der Mann sie je anrufen, ob sie ihn je wiedersehen würde. Er mußte anrufen. Weil sie es wollte. Wenn nicht, würde ihr Leben so leer und kalt und grau sein wie die Welt hier, und das könnte sie nicht ertragen. Dann lieber immer weitergehen, die letzten Schauer der Freude und der Begierde auskosten. Solange sie am Strand ging, hatte sie noch alles, hatte sie noch Hoffnung.

Aber als ihr vor Kälte die Zähne aufeinanderschlugen, war ihr klar, daß sie nach Hause mußte. Im Auto merkte sie erst, wie schwach und müde sie war. Ihr war so kalt, daß sie immer weiter zitterte. Es gelang ihr, sich die Socken überzuziehen, aber die Clogs waren ihr zu schwer. Sie fuhr nach Hause, die Autoheizung voll aufgedreht, der bestrumpfte Fuß glitt ihr ab und zu vom Gaspedal. Es war dunkel, als sie das im Kolonialstil erbaute Haus erreichte, in dem sie bei Carol im zweiten Stockwerk wohnte. Carol war zu Hause, hatte überall Licht gemacht und offenbar gekocht, obwohl eigentlich Dale an der Reihe war. In der Wohnung duftete es nach dem guten Rindfleischeintopf, den Carol so gern kochte. Dale sehnte sich geradezu nach dem warmen, kräftigen Essen.

»Mein Gott, wo bist du denn gewesen?« fragte Carol und sprang von einem Sessel auf, als Dale hereinkam. »Du siehst aus wie eine ertrunkene Katze.«

»Ich bin am Strand spazierengegangen«, antwortete Dale, »es war wunderbar, ganz phantastisch. Unbeschreiblich. Aber mir ist so kalt, ich kann nicht aufhören zu zittern.«

»Los, schnell in die Badewanne, das Wasser so heiß, wie du es aushalten kannst. Beeil dich, runter mit den Sachen, du bist ja völlig durchnäßt. Am Strand spazierengehen, um diese Jahreszeit! Du bist verrückt! Was ist bloß in dich gefahren? Sieh mal, dein Haar, es sieht wunderbar aus. So lockig und aufgeplustert durch die Feuchtigkeit. Komm, rein mit dir in die Badewanne. Ich bring' dir – was bloß? Was soll ich dir bringen, was würde dir guttun? Was haben wir an Alkohol im Haus? Hier. Wie wär's mit einem ordentlichen Scotch. Das ist fast so gut wie Brandy. Was um alles in der Welt wolltest du draußen am Strand?«

Dale ging ins Bad und ließ Wasser in die Wanne ein. Sie goß einen großen Schuß Badeöl hinein, türmte die Haare auf dem Kopf zusammen und steckte sie mit zwei Holzspangen fest, schälte sich die nassen Jeans und den Pullover vom Körper. Die Jeans waren fast gefroren, und die Haut war ganz bleich, überall von einer Gänsehaut überzogen. Das heiße Wasser tat ihr weh an ihrer wunden Haut, ein brennender Schock, aber sie zwang sich, in die Wanne zu steigen und sich in die heiße, schaumige Tiefe gleiten zu lassen, bis nur noch der Kopf aus dem Wasser sah. Sie hörte, wie Carol im Zimmer nebenan vor sich hin schimpfte, und lächelte. In Zeiten wie diesen war es gut, mit Carol zusammen zu wohnen. Sie nahm die Dinge tatkräftig in die Hand, und niemand war so umsichtig wie sie. Carol würde eine gute Mutter abgeben, dachte Dale, sie sollte zehn Kinder haben. Carol war eine Künstlerin, wenn es darum ging, andere zu umsorgen. Sie erinnerte Dale an ihre eigene Mutter – so, wie sie sie in Erinnerung hatte. Sie hatte ihre Mutter seit der Scheidung der Eltern nicht mehr gesehen. Sie wußte nicht, wie ihre Mutter jetzt sein mochte, seit diese mysteriöse und unerklärliche Veränderung mit ihr vorgegangen war. Sie konnte nicht glauben, daß ihre Mutter sich so verändert hatte, wie ihr Vater schrieb. Sie konnte sich ihre Mutter nicht anders vorstellen als so, wie sie sie in den vergangenen vierundzwanzig Jahren gekannt hatte: warmherzig, großzügig, freundlich, umsichtig, immer bereit, zu helfen.

»Hier«, sagte Carol und kam ins Badezimmer. »Ein schöner, ordentlicher Scotch, ohne Eis, ohne Wasser. Trink einen Schluck. Du kannst ihn brauchen.« Sie gab Dale das Glas, dann setzte sie sich auf den Klodeckel, schlug die Beine übereinander und sah Dale liebevoll an. »Geht's dir besser? Zumindest klapperst du nicht mehr mit den Zähnen.«

»Carol, es tut mir leid mit dem Kochen«, sagte Dale, »ich hatte ganz vergessen, daß ich heut' an der Reihe war.« Sie trank einen Schluck. Der Scotch brannte. Brannte den Weg durch die Brust bis in den Magen.

»Meine Güte, mach dir deshalb keine Sorgen«, sagte Carol. »Ich hatte Lust, Rindereintopf zu kochen. Riecht gut, nicht? Ich habe so viel gemacht, daß wir morgen nicht zu kochen brauchen, wir können den Rest aufwärmen. Ach, übrigens hat Hank Kennedy angerufen. Zweimal. Einmal, als ich gerade angekommen war, und dann noch einmal vor einer Viertelstunde.«

»Er hat angerufen?« Es sollte möglichst ganz locker klingen, aber Dale wunderte sich, daß sie das Glas Scotch nicht in die Wanne fallen ließ. »Hat er gesagt, was er wollte?«

»Nein, nur, daß er dich gern sprechen wollte. Ich habe ihm gesagt, du müßtest jede Minute nach Hause kommen. Er hat gesagt, er würde wieder anrufen. Oh, der Scotch wirkt. Die Farbe kehrt zurück, du siehst schon beinahe wieder menschlich aus. Soll ich das Essen auftragen, oder willst du noch etwas im Wasser bleiben?«

»Ja, ein paar Minuten noch«, sagte Dale, »ich möchte durch und durch warm werden. Sogar meine Knochen sind da draußen ausgekühlt. Dieser Rindfleischtopf riecht besser als alles, was ich jemals in meinem Leben gerochen habe. Ich bin so hungrig, ich kann dir gar nicht sagen, wie hungrig ich bin.«

»Das kommt davon, wenn man Ende Oktober am Strand rumläuft«, sagte Carol, stand auf und verließ das Badezimmer. »Sag Bescheid, wenn du aus der Wanne steigst.«

Dale trank noch einen Schluck von dem Scotch, dann reckte sie sich, um das Glas auf den Badevorleger zu stellen. Wasser und Schaum tropften von ihrem Arm auf den Fußboden. Dann ließ sie sich wieder in das heiße Wasser sinken und preßte beide Hände an ihr Herz und überlegte: Sie würde jetzt in der Wanne bleiben, bis ihr richtig warm war, dann würde sie ihr kuschligstes Nachthemd und Hausschuhe anziehen und dann den Eintopf essen und ein Glas Rotwein trinken, dann Carol beim Abwaschen helfen, dann die Arbeiten zensieren, dann eine saftige Birne essen und Kaffee trinken. Und wann würde Hank Kennedy anrufen? Wenn sie den Gürtel ihres Bademantels zuband oder wenn sie in das süße, weiße Fleisch der Birne biß?

Als sie schon fast die Hoffnung aufgegeben und gerade das letzte der Hefte durchgesehen und benotet hatte, rief er an. Als das Telefon klingelte, schrie sie beinahe auf. »Ich geh' ran«, sagte sie zu Carol.

Seine Stimme klang leise, sehr männlich. »Dale Wallace?« fragte er. »Hier ist Hank Kennedy, ich bin nicht sicher, ob Sie wissen, wer ich bin...«

»Ich weiß, wer Sie sind«, antwortete Dale ruhig. *Ich weiß, wer Sie sind: Ich habe mich nämlich in Sie verliebt.*

»Na, dann«, meinte er, »ich wollte fragen – ich würde mich gern mit Ihnen verabreden.«

»Ja, ich auch, das würde ich auch gern.« War sie zu schnell, zu direkt? Es war ihr egal.

»Wann?« fragte er. »Ich meine, wann würde es Ihnen passen?«

Heute abend, wollte sie sagen, *jetzt.* Statt dessen schob sie ihm die Entscheidung zu: »Mir paßt es fast immer. Wann würde es Ihnen denn passen?«

»Na, vielleicht morgen? Nach der Schule? Ich könnte Sie abholen, und wir könnten zusammen essen gehen. Es gibt hier mehrere nette Restaurants.«

»Das wäre schön«, antwortete Dale, »sehr schön.«

»Ich hole Sie also morgen von der Schule ab. Welche Zeit wäre Ihnen recht?«

»Fünf«, sagte sie, »fünf ist eine gute Zeit, bis dahin habe ich alles aufgeräumt.«

»Gut«, sagte er, »bis dann.«

»Ja, bis dann«, sagte Dale und legte auf. Sie wandte sich Carol zu und lächelte. »Das war Hank Kennedy«, sagte sie ruhig.

»Na, also«, sagte Carol und erwiderte ihr Lächeln. »Und stell dir vor, wie wir jetzt Strom sparen können, wir brauchen bloß die Geräte in deine Nähe zu stellen, und sie werden auf Hochtouren laufen.«

»Carol«, sagte Dale bittend, jede Silbe betonend. Sie wollte Carols ungeteilte Aufmerksamkeit auf sich lenken, ihre Verständnisbereitschaft und ihren gutmütigen Spott, denn es stimmte genau: Sie strahlte, sie war wie elektrisiert. Sie zitterte. Sie hätte jetzt sowieso nicht einschlafen können, und so setzte sie sich zu Carol und erzählte ihr von den Jahren in Europa, vom College, von der Schule, bis Carol schließlich sagte: »Du mußt entschuldigen, Dale, aber ich brauche ein bißchen Schlaf, und du auch.«

Also legte Dale sich gehorsam schlafen, aber am nächsten Morgen kam es ihr so vor, als ob sie die ganze Nacht auf dem Rücken gelegen und erwartungsfroh an die Decke gestarrt hätte, ohne ein Auge zuzumachen.

Sie aßen in einem kleinen Fischrestaurant in Ogunguit. Je mehr es auf fünf Uhr zuging, um so ängstlicher war Dale geworden. Sie hatte Angst, daß irgend etwas nicht stimmte, wenn sie Hank Kennedy schließlich dicht vor sich sah, daß er womöglich schlechte Zähne hatte oder aus dem Mund roch, daß er langweilig war oder dumm oder daß irgendeine andere Unvollkommenheit alles zunichte machte. Deshalb wurde sie nun im Verlauf des Abends immer übermütiger vor lauter Erleichterung, denn er war vollkommen: schön und intelligent und beherrscht. Ihr Herz klopfte heftig, als sie ihn wiedersah, und den ganzen Abend lang war sie in höchster Erregung und wollte ihn berühren. Von Anfang an, schon auf der Sitzbank seines kleinen roten Transporters, wollte sie zu ihm hinüberrutschen und ihren Schenkel an seinen pressen. Und im Restaurant wollte sie über den Tisch langen und seine Hände halten.

Zu Beginn des Abends hatten sie über naheliegende Dinge gesprochen: seine Arbeit, ihre Arbeit, was sie von den einzelnen Fachbereichsleitern hielten, über Carol und ihre Stellung in der Gemeinde, die Trostlosigkeit der Küste Maines im Winter, die Schönheit der Küste Maines im übrigen Jahr. Es war, als stimmten sie in allem überein. Alles, was Hank sagte, schien Hand und Fuß zu haben. Als sie ihr köstliches Essen verspeist hatten und bei Kaffee und Cognac saßen, wurde ihr Gespräch persönlicher.

»Du bist aus Iowa?« fragte Hank. »Wieso bist du dann hier gelandet?«

»Wegen Carol«, antwortete Dale. »Wir haben uns im College kennengelernt und sind enge Freundinnen geworden. Im ersten Jahr bin ich dann in den Sommerferien nicht nach Hause gefahren, sondern hierher, um Carol und ihre Familie zu besuchen. Und natürlich bin ich hängengeblieben. Ich habe als Kellnerin in der Blauen Scheune in Rocheport gearbeitet und hatte nachmittags immer frei, weil dort nur Frühstück und Abendessen serviert wurde. So habe ich den ganzen Sommer am Strand verbracht, oder ich schlenderte durch die Stadt, in die ich mich gleich verliebt habe. Ja, und dann war ich zwei Jahre in Europa, aber im letzten Frühjahr schrieb Carol mir, hier würde eine Lehrerin gesucht, für Biologie und Französisch, und so bin ich hergekommen. Du siehst, es ist alles Carols Schuld. Aber sie wußte, wie sehr ich die Gegend hier liebe, besonders das Meer. Weißt du, es ist merkwürdig, daß ich mich hier so zu Hause fühle. Vielleicht sollte ich mich nach Iowa sehnen, nach den sanften Hügeln, den Feldern und Wiesen, dem Himmel. Aber ich sehne mich nicht danach. Oder *doch,* aber es macht mir nichts aus, weil ich hier das Meer habe. Es ist sehr – ich weiß nicht, wie ich meine Gefühle für das Meer, für das Wasser ausdrücken soll. Ich verbringe viel Zeit dort.«

»Das verstehe ich«, sagte Hank. »Zum Teil bin ich auch deswegen hier. Meine Eltern leben in Arlington bei Boston. Sie hätten es gern gesehen, wenn ich dort geblieben wäre. Früher haben wir immer die Sommerferien hier verbracht, fünfzehn Jahre lang hatten wir ein Sommerhaus, direkt am Meer. Das Sommerhaus ist immer noch Familienbesitz, aber seit mein Bruder und ich nicht mehr zu Hause wohnen, verbringen meine Eltern nicht mehr so viel Zeit hier oben wie früher. Das Haus gehört uns noch, aber sie vermieten es fast den ganzen Sommer lang. Sie halten mich für verrückt, daß ich ständig hier oben leben möchte, und manchmal, im Februar zum Beispiel, gebe ich ihnen sogar recht.«

»Aber du hast eine Farm, nicht?« fragte Dale, und schon während sie es fragte, spürte sie, wie Hank sich in sich zurückzog.

»Ja«, antwortete er, »das ist richtig, und das ist für sie noch ein weiterer Grund, mich für verrückt zu halten. Aber so wollte ich nun mal leben, und ich bin damit zufrieden. Wie kommt es, daß du Biologie und Französisch als Hauptfächer gewählt hast?«

Sie wunderte sich über den plötzlichen Themawechsel, und einen Moment lang war sie unzufrieden, fühlte sich irgendwie betrogen. Warum wollte er ihr nicht von seiner Farm erzählen? Aber er beugte sich wieder vor und sah so aus, als würde ihn ihre Antwort sehr interessieren.

»Französisch war nur mein Nebenfach«, sagte Dale, »aber ich habe in den zwei Jahren in Europa viel dazugelernt. Und so reicht es für High-School-Studenten. Mein Hauptfach war Biologie. Eigentlich wollte ich mein Leben lang Ärztin werden. Mein Vater ist Arzt, praktischer Arzt in Iowa, und er ist dort so etwas wie ein Gott. Alle lieben ihn. Und sie haben auch Grund dazu, er ist wirklich fabelhaft. Er hat sich ganz der Stadt verschrieben. Ich habe immer geglaubt, daß meine ältere Schwester Daisy so wie meine Mutter werden würde – eine hübsche, wohlorganisierte, großzügige Ehefrau und Mutter. Und von mir habe ich immer gedacht, daß ich wie mein Vater werden würde – eine weise und beliebte Ärztin.« Sie mußte über sich selber lachen. Und jetzt konnte sie auch darüber lachen, und es schmerzte nicht mehr, sagen zu müssen: »Auf dem College hatte ich ein Vorsemester Medizin, und ich war einfach nur schlecht. Ich weiß immer noch nicht, woran es gelegen hat, denn auf der High-School hatte ich in Biologie, Physik und Chemie immer glatte Einser. Ich kann dir gar nicht beschreiben, wie erstaunt ich darüber war, daß mir diese Kurse so zu schaffen machten, ebenso wie die harte Konkurrenz. Und diejenigen, die in den Kursen gut waren, waren echte Streber, für die es nichts anderes gab als Lernen. So habe ich mich dann am Ende meines ersten Fachsemesters für Biologie als Hauptfach entschieden. Alle sagten, damit könne ich beruflich gut weiterkommen, im Labor und so. Aber ich kann dir nicht sagen, wie verzweifelt ich am Ende dieses ersten Semesters gewesen bin. In allen naturwissenschaftlichen Kursen hatte ich nur ein Befriedigend, und selbst dafür hatte ich mich noch abschuften müssen. Gott, ich mag gar nicht mehr daran denken. Ich kam mir vor wie ein Versager. Das war mit einer der Gründe, warum ich den Sommer bei Carol in Rocheport verbrachte. Ich hatte das Gefühl, es nicht ertragen zu können, nach Iowa zurückzukehren und meinen Vater mit meiner Niederlage zu konfrontieren. Er wollte auch, daß ich Ärztin würde, obwohl er mich nie gedrängt hat. Das war das schlimmste Jahr meines Lebens, und vielleicht ist es das Schlimmste gewesen, was mir je widerfahren ist. Ich mußte hinnehmen, daß ich die Träume meiner Kindheit nicht verwirklichen konnte. In den folgenden Jahren, meine ganze restliche College-Zeit hindurch, war ich wie betäubt. Zwar hatte ich in vielen Fächern eine Eins, das zählte aber nicht für mich, es bedeutete mir nichts, ich fühlte mich noch immer als Versager. Und das war mit ein Grund, warum ich nach Europa ging. Ich war noch nicht bereit, mein Erwachsenenleben anzufangen. Nicht, weil ich noch immer Ärztin hätte werden wollen, sondern mehr deshalb, weil ich mich plötzlich mit der Tatsache konfrontiert sah, daß mein weiteres Leben nicht so einfach und glatt verlaufen würde wie meine Kindheit.«

Plötzlich hatte sie das Bedürfnis, *dort* zu sein, im Land ihrer Kindheit, Hank bei der Hand zu nehmen und ihn durch ihr glückliches Leben in Iowa zu führen, wie durch ein fernes, wundersames Land. Sie wollte ihm Liberty zeigen, dieses große, freundliche, zwischen sanften Hügeln gelegene Dorf, in dem in ihrer Kindheit Vater und Mutter König und Königin gewesen waren und sie und ihre Schwester Daisy die Prinzessinnen. Eine Kleinstadt wie im Bilderbuch. Ihr Leben dort war ebenso einfach gewesen wie das Erwachen in ihrem rosa-weiß geblümten Zimmer. Die Stadt zählte 4500 Einwohner, in der Mehrzahl Farmer, oder man arbeitete in der Futtermühle, verkaufte Traktoren und landwirtschaftliche Geräte oder reparierte Traktoren und landwirtschaftliche Geräte. Und natürlich gab es die Lehrer, die an den zusammengeschlossenen Grundschulen unterrichteten, und die Inhaber der verschiedenen notwendigen Läden – den Drugstore mit Sodatresen und kleiner Kaffeebar, den jeder am Sonntagmorgen nach der Kirche aufsuchte, um die Sonntagszeitung zu kaufen und einen Schwatz abzuhalten. Dann war da die Post, das Lebensmittelgeschäft, der Gemischtwarenladen, in dem alles verkauft wurde, vom harten Bonbon bis zum Hüfthalter, und das Eisenwarengeschäft.

»Mein Gott«, meinte Hank, »das klingt ja ganz wie der Inbegriff der heilen Welt.«

»Es war die heile Welt.« Dale lachte.

Sie erzählte weiter. Ihr fiel alles wieder ein, und sie erzählte es ihm. Liberty war die Kreisstadt mit dem Kreisgericht. Und deshalb war die Stadt recht hübsch, symmetrisch angelegt, vier Häuserzeilen säumten den Gerichtsplatz. Das graue Gerichtsgebäude erhob sich an der Nordseite wie eine trutzige Burg, welche die

Stadt vor den schlimmsten Winterstürmen schützte. In der Mitte des Platzes stand eine Bronzestatue zur Erinnerung an die Toten der beiden Weltkriege. Kleine Jungen kletterten auf die Statue und setzten sich auf die Kanonen. Außerdem gab es dort einen kleinen Brunnen, an dem im Sommer die Kinder spielten, Blumenanlagen und ein paar Bäume, eine turmhohe Tanne, die jedes Jahr im Dezember weihnachtlich geschmückt wurde, und sogar einen Musikpavillon mit einem achteckigen, gestreiften Dach und sieben breiten Stufen und einem Geländer. Dort spielte am 4. Juli, am Tag der Unabhängigkeitserklärung, das Orchester der High-School. Es gab drei Kirchen in Liberty, die katholische, die baptistische und die methodistische. Dales Eltern gingen in die Methodistenkirche. Ihre Mutter war lange Zeit Präsidentin des Damenhilfskomitees gewesen. Die einzige Bar der Stadt befand sich im Haus der Amerikanischen Legion, das an einer der vier Ecken stand – das einzige Gebäude von Liberty, das Dale nie betreten hatte. Wenn sie jetzt zurückblickte, sah sie deutlich, daß Liberty nicht viel zu bieten hatte: kein Kino, wenn man auch in der kleinen Bibliothek in dem winzigen gelben Fachwerkhaus, als Dale ein Teenager war, damit begonnen hatte, an Sonntagnachmittagen alte Schwarzweißfilme für Kinder zu zeigen. Trotzdem hatte sie eine wunderbar lebhafte Kindheit gehabt. Sie war Pfadfinderin gewesen, hatte die Sonntagsschule besucht, war Mitglied der Jugendgruppe der Methodisten gewesen. Als Schulmädchen hatte sie eine Zeitlang Flöte im Schulorchester gespielt, wenn auch nicht sehr gut. Später war sie Cheerleader und Mitglied im französischen Club gewesen, hatte im Schülerparlament und in der Theatergruppe mitgearbeitet.

Und ihr Elternhaus, ihr schönes, schönes Elternhaus! Nur ein paar Schritte vom Gerichtsplatz entfernt, ein riesiges, spätviktorianisches Backsteinhaus mit Veranden aus Holz, Fenstern aus buntem, in Blei gefaßtem Glas und mit einem großen flachen Garten. Ihre Mutter hatte hinter dem Haus Gemüse gezogen und vor dem Haus Blumen gepflanzt. Dale und Daisy liefen gemeinsam auf Rollschuhen zur Schule. Jedes der Mädchen hatte sein eigenes Zimmer – Daisys war natürlich in Weiß und Gelb gehalten, Dales in Rosa und Weiß, mit einer Rosentapete. Wenn Dale die Augen schloß, konnte sie genau sehen, wie die Sonne an einem Sommermorgen schräg in ihr Zimmer schien, auf das weiße Bücherregal, in dem ihre Bücher und ihre Kuscheltiere standen, und wie ihre Strahlen das Weiß in eine unbeschreibliche Farbe verwandelten. Es war kein Weiß mehr, sondern Licht, ein Leuchten, das friedlich und still und doch lebhaft und lebendig schien. Und die Küche, wo es nach heißer Schokolade duftete, nach Kirschkuchen oder nach Mutters selbstgemachter Pampelmusenmarmelade. Und das Arbeitszimmer ihres Vaters, das verbotene Zimmer, wo er seine Akten aufbewahrte und manchmal mit verzweifelten Patienten sprach. Und das Elternschlafzimmer, groß und geheimnisvoll, wo sich die Bücherstapel ihrer Mutter türmten, und das Bad mit den weißen achteckigen Kacheln.

Am Sonntagnachmittag, an jedem Sonntagnachmittag, so kam es ihr jetzt vor, war ihr Vater mit ihr und Daisy über die Straße und um den großen Platz herum zum Drugstore gegangen. Bei gutem Wetter machten sie das Beste aus dem Spaziergang, gingen noch ein paar Ecken weiter, um sich im Frühling die Blumen, die neu aufgeblüht waren, anzusehen, oder das bunte Laub der Ahornbäume im Herbst. Im Winter beeilten sie sich, geduckt gegen den Wind, daß sie möglichst schnell den überheizten Laden erreichten. Dort angekommen, spendierte Dr. Wallace seinen Töchtern eine Cola oder eine Limonade, während er selbst eine Tasse Ovomaltine trank, und dann saßen alle zusammen und plauderten mit Mr. Pendergast, dem Inhaber des Ladens, und mit den anderen Kunden, die gerade da waren. Und dann kaufte Dr. Wallace seinen Töchtern irgend etwas Besonderes: Anziehpuppen zum Ausschneiden, als sie kleiner waren, Comics und ›Mad Magazine‹, als sie älter wurden, und schließlich, noch später, die Zeitschrift ›Seventeen‹. Das war sein wöchentliches Geschenk für sie. Er fand es schön, ihnen etwas Hübsches zu kaufen, womit sie sich am Sonntagabend beschäftigen konnten, wenn er und seine Frau zu kirchlichen Geselligkeiten oder zum Abendessen bei Freunden gingen. An jedem Sonntagnachmittag ihres jungen Lebens konnten Dale und Daisy sich darauf freuen, daß der König mit seinen beiden Töchtern ausging. Sie trugen dann noch ihre besten Kleider, die sie in der Kirche angehabt hatten. Nach der Kirche gab es ein ausgiebiges Sonntagsessen, anschließend halfen sie ihrer Mutter in der Küche beim Abwaschen, und dann gingen sie mit ihrem Vater spazieren, während ihre Mutter sich hinlegte und Pfefferminzbonbons aus einer blauen Tüte lutschte. Es war der Tag der Komplimente für Dale und Daisy: Jedesmal beteuerte irgendeine alte Dame, die sie länger nicht gesehen hatte, wie groß und wie hübsch sie geworden seien, oder sie begegneten zufällig dem katholischen Priester, der Dale lobte, weil sie den Aufsatzwettbewerb gewonnen hatte, oder sie trafen irgend jemanden, den sie kaum kannten, der sie aber kannte, der, und das war das Wichtige daran, ihren Vater *verehrte* und sie begrüßte und ihnen sagte, was für hübsche Kleider sie anhätten und daß aus ihnen sicher einmal sehr schöne Mädchen werden würden. Dr. Wallace stand dann lächelnd dabei, als ob Lob und Preis ihr Verdienst sei und nichts mit ihm zu tun hätte.

Dale hatte gar nicht weggehen wollen. Sie hatte an der nur dreißig Minuten entfernten Universität von Iowa studieren wollen, aber ihre Mutter bestand mit Vehemenz darauf, daß Dale ein College an der Ostküste besuchte. »Du mußt hier raus«, hatte sie immer wieder zu Dale gesagt, und als Dale fragte, warum denn, hatte sie nur geantwortet: »Du mußt mehr sehen von der Welt, du mußt deinen Gesichtskreis erweitern.« Ihr Vater wollte, daß sie auf die Universität von Iowa ging, hatte sich aber dann den Wünschen seiner Frau gefügt. Seine Frau vertrat für gewöhnlich keine andere Meinung als er und bat nur selten darum, daß es nach ihren Wünschen ging.

Jetzt dachte Dale manchmal, daß sie, hätte sie an der Universität von Iowa studiert, die medizinischen Kurse hätte schaffen und Ärztin werden können. Dann hätte sie nach Liberty zurückkehren und sich als praktische Ärztin niederlassen können. Manchmal ließ der Gedanke an das, was ihr entgangen war, sie wochenlang in einem Sumpf der Verzweiflung versinken.

»Und was hat deine Schwester gemacht?« fragte Hank.

»Daisy? Sie hat ein College im Westen besucht«, sagte Dale. »Sie ist vier Jahre älter als ich, und sie war nie sehr gut in der Schule. Ich will nicht behaupten, daß sie weniger klug gewesen wäre als ich, weil das nicht stimmt; sie war nur nicht so *interessiert.* Sie war nicht besessen von der Idee, Ärztin zu werden. Meine Mutter hat auch sie dazu gebracht, Liberty zu verlassen, aber sie ging nicht so weit weg wie ich. Ich glaube übrigens nicht, daß Daisy von irgendeinem College an der Ostküste angenommen worden wäre. Sie hat das gemacht, von dem wir alle wußten, daß sie es machen wollte, das, was sie immer gewollt hatte: Sie heiratete mit zweiundzwanzig und bekam zwei Jahre später ein Kind und nach zwei Jahren wieder eins, und das dritte ist gerade unterwegs. Sie lebt in Milwaukee. Sie haben ein Haus, direkt am Michigansee. Daisy schreibt, daß es ein tolles Haus sei, ich habe es nie gesehen. Ich sollte sie mal besuchen ...«

»Hast du ein gutes Verhältnis zu deiner Schwester?« fragte Hank.

»Ich weiß nicht. Als wir klein waren, natürlich, aber wir haben uns jetzt seit drei Jahren nicht mehr gesehen. Und wir leben sehr verschieden. Trotzdem, wir schreiben uns ungefähr einmal im Monat. Sie hat sehr hübsche, bezaubernde Kinder. Ich sollte sie einmal besuchen, das könnte lustig werden.«

»Fährst du manchmal nach Liberty?«

»Das letztemal bin ich dort gewesen, als ich mit dem College fertig war. Es war schön, wie immer. Es ist in gewisser Weise ein langweiliger Ort, eine einfache, langweilige, kleine, bäuerliche Stadt, aber ich liebe sie noch immer. Es würde mir nichts ausmachen, dort zu leben oder an einem ähnlichen Ort. Es hat Charme. Aber wenn ich an das Meer, die Küste hier denke – ich fühle mich jetzt hier zu Hause. Ich glaube, ich würde durchdrehen, wenn ich nicht täglich ans Meer gehen könnte. Ich brauche es. Deshalb werde ich mich vielleicht für immer hier niederlassen, wenn es geht.« Dale wurde still, sie dachte an ihre Situation: an die Wohnung, die sie mit Carol teilte und wo sie ausziehen mußte, wenn Carol heiratete. Sie dachte an ihre Stellung an der High-School, die ihr die Sicherheit eines Dreijahresvertrags gab, mehr nicht. Würde sie angestellt werden? Das ließ sich vorläufig noch nicht sagen.

Und nun dieser Mann, der ihr gegenübersaß und ihr so aufmerksam zuhörte. Wie paßte er in ihr Leben? Sie hatte sehr schnell geredet, den ganzen Abend, und ihr Verlangen, ihn zu berühren, in ihre Worte gelegt. Und er saß dort ganz ruhig und sah sie an und hörte ihr zu. Was dachte er jetzt, nachdem sie ihm soviel von sich offenbart hatte? Mochte er sie? Wollte er sie auch gern berühren?

Die Kellnerin kam und sagte entschuldigend, daß sie schließen würden, und so verließen Dale und Hank die Wärme des Restaurants und landeten in der Kälte des roten Transporters. Dale bewunderte die Art, wie Hank sich um die Rechnung gekümmert hatte. In Europa hatte sie ihr Essen meist selber bezahlt und ziemlich oft sogar das der Männer, weil die meisten Männer, mit denen sie etwas angefangen hatte, weniger Geld gehabt hatten als sie. Als sie in den Wagen kletterte, bedankte sie sich höflich für das Essen und wollte ihn fast schon für irgendwann zum Essen in ihre Wohnung einladen. Aber sie hatte Angst, zu erpicht auf ein Wiedersehen mit ihm zu wirken und einen zu häuslich-biederen Eindruck zu machen. Schon der Umstand, daß sie nun in den engen, abgeschlossenen, dunklen Raum des Autos stiegen, wo er jeden Atemzug von ihr hören konnte, machte sie unsicher. Sie verlor die Leichtigkeit, die sie in dem warmen, hellen Restaurant gespürt hatte, wo auch noch andere Menschen sich bewegten und aßen, und die Lust, die sie den ganzen Abend in dieser Umgebung zurückgehalten hatte, verdrängte jetzt jeden Gedanken, jede Geste. Hank setzte sich ans Steuer. Seine Jacke war aus einem rauhen Leder, seine Hände groß und behaart. Sie spürte die Härte seines rechten Schenkels, als er auf den Gashebel trat. Ihr Mund wurde plötzlich trocken. Der Abend war fast vorbei. Sie geriet in Panik. Und er sagte nichts. Sie saß schweigend da, leicht an die Tür gelehnt, die Arme vor der Brust gekreuzt.

»Die Heizung wird in einer Minute warm«, sagte Hank.

»Es wird kalt draußen«, antwortete Dale.

»Na ja, es ist Ende Oktober. Ein paar warme Tage werden wir noch bekommen, aber der Sommer ist endgültig vorbei.«

Dann schwiegen sie beide. Als sie bei Dale ankamen, war sie vor Verzweiflung den Tränen nahe. Sollte sie ihn bitten, noch mit nach oben zu kommen? Es war nach elf, sie mußten beide am nächsten Tag unterrichten. Sollte sie ihn zum Essen einladen? Sollte sie ihn –

was? Was konnte sie tun? Die direkte, lässige Frau, die sie zwei Jahre in Frankreich gewesen war, ließ sie jetzt im Stich. Sie wäre lieber gestorben, als daß sie jetzt – wie so oft in den letzten zwei Jahren zu so vielen Männern – gesagt hätte: »Willst du mir keinen Kuß geben?« Oder sogar: »Wollen wir zusammen schlafen?« Ihr wurde klar, wie glatt sie in Europa gewesen war, wie sicher und unberührbar, wie *feige* – dabei war sie sich die ganze Zeit wie eine freie Frau vorgekommen, mit gewagten sexuellen Gewohnheiten und starken sexuellen Bedürfnissen. In Europa hatte sie sich in niemanden verliebt, also konnte sie auch von niemandem verletzt werden. Die Männer, mit denen sie geschlafen hatte, waren nie wirklich an sie herangekommen, sie hatten sie nie verletzt, hatten sie gar nicht verletzen können. Wenn sie ihr Angebot abgelehnt hätten, was nie einer getan hatte, aber wenn – sie hätte nur die Achseln gezuckt. Und auch wenn sie mit ihr geschlafen hatten, sie waren nie an sie herangekommen. Das wurde ihr jetzt klar. Und nun saß sie hier, fast krank vor Verzweiflung, weil der Abend vorbei war und sie nicht wußte, wie es weitergehen sollte, was sie sagen oder machen konnte. Sie waren beide erwachsen, Himmel noch mal, natürlich konnte sie zu ihm sagen: »Willst du mich nicht küssen?« Oder: »Willst du die Nacht bei mir bleiben?« Und er würde nicht entsetzt sein. Aber sie hatte Angst, daß er ablehnen würde. Als sie ihn kurz ansah, war sein Gesicht unbewegt und beherrscht. Dachte er schon an morgen, an die Arbeit, die er schreiben lassen würde? Plötzlich haßte sie ihn. Warum war er nicht so heftig für sie entflammt wie sie für ihn? Fand er sie nicht attraktiv?

Als sie vor ihrem Haus anhielten, fragte sie: »Willst du noch auf eine Tasse Kaffee mit nach oben kommen?« Beim Sprechen tat ihr der Hals weh.

»Lieber nicht«, meinte Hank, »ich muß noch etwas

tun, ich habe noch allerlei zu erledigen. Ich bringe dich bis zur Tür.«

Er stieg aus dem Auto, und Dale saß wie blind da, heiß vor Begierde und Schmerz. Hank ging höflich um das Auto herum, um ihr die Tür zu öffnen und ihr beim Aussteigen behilflich zu sein – auch etwas, was die Männer, die sie in Europa gekannt hatte, selten taten. Er hielt ihre Hand, als sie von dem Transporter heruntersprang, ließ sie dann aber sofort wieder los. Schweigend gingen sie auf das große Haus zu. In den vorderen Räumen brannte Licht, Carol war entweder noch wach, oder sie hatte das Licht für sie brennen lassen. Und da waren sie nun – standen im Dunkeln vor Dales Haustür.

»Das Essen war sehr gut«, sagte Dale. »Nochmals, vielen Dank. Ich – ich würde dich auch gern mal zum Essen einladen, bei mir. Es gibt ein paar Sachen, die ich ganz gut kochen kann.«

»Das wäre nett«, sagte Hank. Er starrte sie so ernst an, daß Dale einen Moment lang dachte, er fühle die gleiche Panik wie sie. Doch dann sagte er: »Es war ein sehr schöner Abend. Wir sollten das gelegentlich wiederholen.«

Und sie sagte: »Ja«, und er lächelte und ging zum Wagen zurück.

Dale ging hinein, schloß die alte Tür hinter sich ab und blieb ins Leere starrend vor der Treppe, die sie hinaufgehen mußte, um in die Wohnung zu gelangen, stehen. Sie wollte keine Treppen mehr steigen, sie wollte sich keinen Schritt weiter von dem Zusammensein mit ihm trennen. Aber sie hörte, wie der Wagen startete und wegfuhr und die Nacht wieder still wurde. Darauf stürmte sie blindlings die Treppe hinauf, und als sie in die Wohnung trat, schluchzte sie vor Enttäuschung.

Carol saß in ihrem Polstersessel. Sie trug einen gesteppten pfirsichfarbenen Morgenrock und las. »War's schön?« fragte sie.

»Mein Gott!« schluchzte Dale. »Er hat mich nicht einmal geküßt zum Abschied! Nicht einmal *angefaßt*!«

»Liebes«, sagte Carol und kam zu Dale und legte den Arm um sie. »Komm, reg dich nicht so auf, Dale. Hank Kennedy gehört zu der zurückhaltenden Sorte. Du bist die erste Frau, mit der er ausgeht, soweit man weiß, seit er hierhergezogen ist.«

»Vielleicht ist er ja schwul«, sagte Dale. »Das fehlte mir noch zu meinem Glück!«

Carol lachte. »Der ist nicht schwul. Da gibt es genügend Mädchen, die ihn gekannt haben, als er die Sommerferien mit seinen Eltern hier verbrachte, die das bezeugen könnten. Reg dich nicht auf. Du mußt morgen unterrichten. Soll ich dir eine heiße Milch machen?«

»Heiße Milch?« Dale mußte lachen. »Heiße Milch? Das letzte Angebot, mir eine heiße Milch zu machen, kam von meiner Mutter. Ach Carol, du bist süß! Ich fürchte nur, daß ich über das Heiße-Milch-Stadium hinaus bin, auch wenn ich mich wie eine sentimentale Jugendliche aufführe. Nein, ich trinke einen ordentlichen Scotch, und dann gehe ich schlafen.«

Und wieder kam es ihr so vor, als läge sie die ganze Nacht hindurch schlaflos da. Anfangs versuchte sie, sich den Abend ins Gedächtnis zurückzurufen, und horchte, ob das Telefon klingelte. Vielleicht rief er ja noch an, um ihr zu sagen, daß er sie sofort sehen müsse, daß er gleich kommen und sie abholen werde oder daß er sich morgen abend mit ihr treffen wolle. Aber das Telefon klingelte nicht. Dale mußte sich damit begnügen, sich an seine Hände zu erinnern, an die genaue Farbe seiner grünen Augen und die wenigen intimen Dinge, die er aus seinem Leben erzählt hatte.

Am nächsten Tag rief er nicht an. Die ganze Woche rief er nicht an. Dale war außer sich, dann abwechselnd überdreht und lustlos. Sie dachte daran, ihn anzurufen, ihn zum Essen einzuladen, aber sie brachte es irgendwie nicht fertig. Sie fing an zu glauben, daß sie ihn niemals wiedersehen würde. Sie mied den Strand, arbeitete fleißig an der Vorbereitung ihrer Stunden, machte Pläne für das kommende Jahr, fertigte komplizierte, detaillierte Karten und Übersichten an.

Und schließlich rief er an, acht Tage nachdem sie zusammen gegessen hatten. Es gebe am morgigen Abend einen Film in Portland. Um sechs würde er sie abholen.

Der nächste Tag war ein Sonnabend, am Tag darauf war also keine Schule, und es gab keinen Grund, früh nach Hause zu gehen. Dale hatte sich für das Essen damals ihr weitestes Hemd angezogen; sie hatte zwanglos und uninteressiert an Sex erscheinen und auf keinen Fall aufdringlich wirken wollen. Für die Kinoverabredung zog sie ihren engsten Pulli an. Es war ihr egal, wie sie wirkte, sie wollte nur irgendeine Reaktion. Sie trug zu dem Pullover enge Jeans, Lippenstift, Lidschatten und Parfüm. Im letzten Moment hatte sie aus Angst, vielleicht allzu direkt zu wirken, ihr langes dichtes Haar zu zwei dicken Zöpfen geflochten, die ihr ein unschuldiges Aussehen geben und alles andere Lügen strafen sollten.

Im Kino berührten sie einander nicht, nur einmal kurz, als er ihr in den Mantel half. Nach dem Kino lud Dale ihn zu sich ein, zu Kaffee und einem Dessert. Sie sagte nicht, daß Carol das Wochenende bei ihren Eltern verbrachte. Es war wunderbar, Hank mit seinen schweren männlichen Schritten hinter sich die Treppen zu ihrer Wohnung heraufkommen zu hören. Wunderbar, ihn so dicht neben sich stehen zu fühlen, so wirklich, als sie die Wohnungstür aufschloß.

In ihrer Wohnung legte sie Musik auf, machte Kaffee, servierte den Kuchen. Hank saß auf einem Stuhl in der Küche und sah ihr zu. Er erzählte ihr von einem seiner schwierigen Schüler und von der Schulleitung.

Der Junge wollte während des Unterrichts seine rote Mütze nicht absetzen, die Schulleitung sah darin ein abweichendes Verhalten, konnte aber in der Schulverfassung keine Regel gegen das ständige Tragen einer Mütze finden. Dale saß da, trank ihren Kaffee und rührte den Kuchen nicht einmal an. Sie hörte Hank zu, wie er von dem Jungen erzählte. Sie hatte gehofft, ihre Lust würde bei dieser zweiten Begegnung weniger groß sein, aber sie begehrte ihn eher noch mehr. Seine Haut, so fest und glatt. Sie fragte sich, ob er Haare auf der Brust und dem Rücken hatte. Seine Schenkel. Sie mußte ständig auf seine Schenkel blicken, die sich so deutlich in den blauen Jeans abzeichneten. Seine Hände. Rauhe Hände für einen Lehrer. Aber das kam wahrscheinlich davon, daß er Tiere hielt und eine Farm bewirtschaftete. Seine Hände waren sauber, die Nägel kurz und eckig und gleichmäßig; aber seine Hände kamen ihr rauh vor, und sie wollte fühlen, wie sie über ihre Haut strichen. Sie wußte keine intelligente Antwort auf das, was er sagte. Sie war nicht mehr interessiert an seinen Worten. Vielleicht machte sie einen gelangweilten Eindruck. Er stellte seine Kaffeetasse auf den Tisch und erhob sich.

»Ich muß gehen«, sagte er.

Dale erhob sich ebenfalls. Sie dachte, sie würde gleich anfangen zu weinen. Sie konnte nicht anders und sagte schließlich die Worte, die sie schon so oft gesagt hatte, doch diesmal flüsterte sie fast unhörbar, und zu ihrem Entsetzen füllten sich ihre Augen dabei mit Tränen: »Willst du mir keinen Kuß geben?«

Hank stand einen Moment da, an der Seite des Küchentischs, und sah sie so ernst an, daß Dale glaubte, sie würde ohnmächtig. Dann sagte er: »Mein Gott« und kam zu Dale herüber. Er nahm sie in die Arme. Erstaunt bemerkte sie, daß er zitterte. »Mein Gott, Dale«, sagte er wieder und beugte sich zu ihr herunter und küßte sie, gründlich und fest. Er drückte sie an sich, und seine linke Hand lag auf ihrem Kopf, als er ihren Mund, ihre Augen, ihren Hals küßte. Seine rechte Hand preßte resolut ihren Körper an seinen. Sie begriff, warum er gezögert hatte, sie zu küssen. Auch er begehrte sie. Und es gab kein Zurück mehr, nachdem sie angefangen hatten, sich zu lieben.

Seine Brust und sein flacher Bauch waren behaart, sein Rücken nicht, seine Haut hatte einen olivfarbenen Ton, und sein Körper war in unterschiedlich braune Zonen aufgeteilt. Arme und Hals waren am dunkelsten, von der Arbeit auf der Farm, Becken und Po waren heller als der Rest, verrieten die Form seiner Badehose. Seine Schenkel waren lang, dünn und hart und von wunderbar dichtem schwarzen Haar bedeckt, wie von einem Fell. Dale rieb ihr Gesicht an seinen Schenkeln, leise murmelnd. Als er das erstemal in sie eindrang, konnte sie nicht kommen, sie konnte sich nicht konzentrieren, wollte viel zuviel auf einmal spüren: seine Hände, seinen Penis, seine Beine, seinen Mund. Und er kam fast sofort, vergrub seinen Kopf dabei an ihrem Hals. Sie beobachtete ihn, sie mußte ihn einfach ansehen, ihn beobachten, obwohl es, wie sie fand, unfair war. Als sie ihn das Gesicht verziehen sah, sein Seufzen hörte, fühlte sie eine so intensive Regung wie nie zuvor, und sie drückte sich fest an ihn, als würde er sonst sterben. »Zu schnell«, sagte er, »es tut mir leid.« Aber sie küßte ihn und ließ ihn nicht ausreden, und als er sich auf den Rücken drehte, setzte sie sich auf, nackt, wie sie war, um ihn zu erforschen. Sie sah seinen Körper an, streichelte ihn überall mit ihren Händen. Er lag da und sah ihr zu. Er berührte ihre Brüste, ihren Bauch. Er machte ihre Zöpfe auf. Ihr Haar fiel über ihre Schultern. Er wurde wieder hart, und er drückte sie wieder auf das Bett und drang in sie ein. Diesmal ließ er sich lange Zeit, und diesmal war es Dale, die kam. Sie schrie auf, als sie kam, und Hank hielt sie fest und fürsorglich, während sie hilflos durch Wellen der Angst, der Offenbarung und des Entzükkens trieb und schließlich an die Küsten tiefsten Friedens gespült wurde.

Sie hielten sich in den Armen und redeten. Dale stand auf, holte ein Glas Wasser, das sie tranken, sie erforschten gegenseitig ihre Gesichter und Körper, schmiegten sich dann sanft aneinander und schliefen. Sie erwachten in der Nacht und liebten sich, schliefen wieder ein. Am Morgen liebten sie sich wieder, ließen sich liebevoll und zwanglos Zeit, dann machte Dale das Frühstück, ging nackt durch die Wohnung, fühlte sich glücklich und zufrieden in ihrem Körper. Schließlich meinte Hank, daß er zur Farm müsse, die Tiere füttern, und er bat Dale, ihn zu begleiten, bat sie, den Tag dort mit ihm zu verbringen, er wolle ihr die Farm zeigen. Dale merkte daran, daß nun eine Art Vertrag zwischen ihnen bestand, denn dieser Mann, in den sie sich verliebt hatte, nahm nichts auf die leichte Schulter. Und ihr war fast elend vor Glück.

Sie zogen sich vernünftig an und fuhren mit dem Transporter hinaus zu seinem Hof. Diesmal saß sie dicht neben ihm, während er fuhr, die Hand auf seinem Schenkel. Er meinte, sie werde von seiner Farm enttäuscht sein, und das stimmte auch zuerst. Das Haus war kein besonderes Haus, es war vielleicht achtzig Jahre alt und hatte lange leergestanden. Die vordere Veranda hatte morsche und zerbrochene Balken, der Außenanstrich brauchte dringend eine Erneuerung. Dach und Dachrinne mußten repariert werden. Aber hinter dem Haus standen zwei große Scheunen und mehrere kleinere Gebäude, die in der letzten Zeit offensichtlich repariert und rot gestrichen worden waren, mit neuen grünen Dächern. Zu Dales Erleichterung war das Wohnhaus innen sauber, hell und solide. Es hatte zwei Stockwerke, aber Hank bewohnte ausschließlich die vier großen Räume im Erdgeschoß: Küche, Schlafzimmer, Arbeitszimmer, Wohnzimmer. Das Wohnzimmer ging in das Arbeitszimmer über, die Wände standen voller Bücher, und neben einem alten Sessel, offensichtlich Hanks Platz, lagen haufenweise Zeitungen und Zeitschriften und Bücher. Hank ging mit Dale durch das Haus, machte sie auf einige Dinge aufmerksam, die er repariert hatte, um das Haus wieder wohnlich zu machen: Er hatte all die alten morschen Holzfensterbretter erneuert, den Fußboden von den diversen harten Farbschichten befreit, den ursprünglichen Dielenboden abgeschliffen, die Fugen verspachtelt und schließlich alles mit Kunstharz versiegelt. Er hatte Doppelfenster eingebaut, in die Küche und ins Arbeitszimmer je einen Holzofen gesetzt und alle Wände weiß gestrichen. Das Schlafzimmer sollte später das Eßzimmer werden, wenn er jemals oben mit den Arbeiten fertig würde und falls er jemals ein Eßzimmer brauchte. Jetzt aß er immer in der Küche. Die Küche war sauber, hell und groß. Hank hatte neues Linoleum gelegt, aber den großen alten gekachelten Spülstein gelassen. Er besaß einen Kühlschrank und einen Gasherd, gestand ihr aber, daß er manchmal auf dem Holzofen kochte und sogar versucht hatte, Brot darin zu backen. Dale ging im Haus herum, es gefiel ihr, und sie war begierig, jeden Winkel, jede Ecke kennenzulernen, weil es das Haus von Hank war. Die Möbel waren alt, aber gut. Ausrangiertes von Hanks Familie. Das Haus war durchaus gemütlich, aber es fehlte die Anmut, die eine Tapete oder Vorhänge oder Pflanzen ihm verliehen hätten. Es war gemütlich und zweckmäßig, ein Haus mit hohen Decken, großen, breiten Fenstern und schönen Holzfußböden. Dale fuhr langsam mit der Hand über den Stuhl, in dem Hank immer saß. Sie wollte wie dieser Stuhl sein, ihn umfangen, ihm Behaglichkeit vermitteln, fühlen, wie seine Knochen, sein Fleisch in sie einsanken.

Er tat die nötigen Arbeiten, während er ihr die Ställe zeigte. Er besaß die Farm erst seit einem Jahr und hatte offensichtlich seine Hauptarbeitskraft in die Ställe gesteckt. Sie waren sauber und gepflegt. In einem kleineren Gebäude hielt er Hühner, siebzehn Stück, darunter fünf Zwerghühner. In einer größeren Scheune stand sein Traktor, ein grüner John Deere, und auch sein Werkzeug befand sich hier; der Werkraum war offensichtlich sein ganzes Entzücken: Hämmer, Nägel, Schraubenschlüssel, Sägen, Riegelschlösser, Seile, Ketten, Fässer, Büchsen, Laternen, Draht, Drahtscheren – alles am richtigen Platz. In der dritten Scheune waren die Kühe und Hanks Pferd. Er schien sehr erfreut, daß Dale wußte, daß es Herefordkühe waren, Fleischkühe, und das Pferd ein Reitpferd, ein Wallach. Die großen braun-weißen Kühe standen dicht zusammen in einem großen Pferch in der Scheune – es waren achtzehn, und sie muhten und stießen Hank absichtlich mit ihren schweren Körpern an, als sie durch die geöffnete Tür in das Gatter und dann auf die Weide trotteten. Er gab ihnen liebevolle Klapse, und Dale sah ihm an, was er für sie empfand. Sie verstand jetzt, warum er sich und seine Tiere nicht gern fremden kritischen Blicken ausgesetzt sehen wollte. Er führte das Pferd auf die Weide, stand daneben, klopfte seinen Hals und redete mit ihm und gab ihm etwas Futter, aber schließlich wurde dem Pferd die Zuwendung zuviel, und es trottete davon. Der Morgen war kühl und frisch, aber sonnig. Dale und Hank gingen über die Weiden, und ihre Schuhe wurden dunkel vom nassen Tau.

Hank besaß nur vierzig Morgen Land, hatte aber eine Option auf die angrenzenden einhundertfünfzig Morgen, die der Eigentümer zu Hanks Erleichterung im Moment noch nicht zu verkaufen bereit war. Noch machte er mit seiner Farm keinen Gewinn, im Gegenteil, sie verschlang sein ganzes Lehrergehalt. Das Geld, das er von seinem Großvater geerbt hatte, steckte als

Sicherheit in Pfandbriefen. Er fand heraus, daß es teurer war, Hühner zu füttern, als Eier im Supermarkt zu kaufen. Aber er mochte die Hühner und aß gern frische Eier. Er versprach Dale, Rührei zum Mittagessen zu machen. Die Weide war breit und groß, an einer Seite standen viele Bäume, nicht so viele, daß man von einem Wald hätte sprechen können, aber groß und alt genug, um Hank mit dem Großteil des Feuerholzes zu versorgen, das er benötigte. Das war auch so eine Sache, gestand er, die ihm gut gefiel: einen alten Baum fällen, ihn in Stücke von der richtigen Länge zu zersägen, den Anhänger des Traktors damit zu beladen und sie dann hinter dem Haus an der hinteren Veranda zu stapeln, in bequemer Nähe der Küche. Der Baumbestand war vielfältig: Hank besaß Ahornbäume, Birken, Ulmen und Eichen. Ein Nachbar, den er kannte, ließ ihn so viel Holz von den Bäumen seiner Apfelplantage nehmen, wie er brauchte, vorausgesetzt, die Bäume waren abgestorben oder krank. Der alte Farmer besaß weder einen Ofen noch einen Kamin und brauchte das Holz nicht, schätzte aber eine ordentliche Obstplantage. Und Hank schätzte den Geruch von Apfelbaumholz im Winter, der das Haus heimeliger machte.

Die Zäune um Hanks Besitz waren aus Stacheldraht und in gutem Zustand. Kein Strang war ausgebeult oder von seinem Pfosten losgerissen. Auf dem Rückweg gingen sie durch die Scheunen, wo es nach frischen Heuballen roch, die Hank dort für den Winter gestapelt hatte. Dale setzte sich auf einen Ballen und sah Hank beim Ausmisten des Kuhstalls zu, wie er den Mist in eine Ecke gabelte und frisches Stroh auflegte. Sie fand seine Hände schön, die so fest und sicher mit der Mistgabel umgingen, und beobachtete das Spiel seiner Armmuskeln, während er arbeitete.

Hank arbeitete ungefähr eine Stunde lang. Dale sah ihm zu, die Ellbogen auf die Knie, das Kinn in die Hände gestützt. Sie empfand Ruhe und Zufriedenheit hier mit Hank in der Scheune, von den festen Scheunenwänden umgeben, deren Balken sich kreuzten und sich zu kunstvollen Mustern zusammenfügten, die Schönheit und Festigkeit bewirkten.

»Es gefällt dir hier, nicht?« fragte Hank, als er fertig war.

»Natürlich«, sagte Dale, »wundert dich das?«

Hank zuckte mit den Schultern. »Es gibt auch Frauen, die Mist verabscheuen oder vor Mäusen und anderem Getier Angst haben.«

»Nein, auf die Idee bin ich noch gar nicht gekommen«, sagte Dale. »Es gefällt mir hier wirklich.« Dann mußte sie ihr Gesicht verstecken, weil sie so stolz darauf war, daß ihm ihre Ungezwungenheit gefiel.

Später machte er Rührei für sie in der Küche und zündete das Holz im Ofen an, der eine angenehme Wärme ausstrahlte. Er servierte heißen Kaffee und Rührei und Toast und Honig vom benachbarten Imker, sie redeten.

»Meine Eltern halten mich für verrückt«, sagte Hank, ohne zu lachen, »sie halten die Farm für reine Geldverschwendung und sind überhaupt der Ansicht, daß ich mein Leben vergeude. Sie wollen, daß ich Rechtsanwalt werde, nicht Geschichtslehrer. Und sie wollen, daß ich in die Fußstapfen meines Vaters und meines Bruders trete, ein nettes Haus in der Stadt, eine nette Frau, Geschenke zur Silberhochzeit, ein nützliches Leben, das alle respektieren, weil in den entsprechenden Spalten der entsprechenden Zeitungen darüber berichtet wird. Sie waren sehr entsetzt, als ich ihnen sagte, daß ich hierherziehen, die Stellung an der Schule annehmen und versuchen wollte, die Farm zu bewirtschaften. O Gott, meine arme Mutter. Erst die Scheidung und dann das. Ich glaube nicht...«

»Scheidung?« fragte Dale. Ihr stockte der Atem.

»Ja«, antwortete Hank. Er stand mit dem Rücken zu ihr, weil er gerade Holz nachlegte, drehte sich aber um und sah sie an, als er weitersprach: »Ich bin geschieden.«

»Mit anderen Worten, du warst verheiratet?« fragte Dale. Was hieß das für sie, warum tat es ihr so weh?

Er schlug die Eisenklappe des Ofens zu und lachte. »Ja«, sagte er freundlich. »Um geschieden zu werden, muß man verheiratet sein.«

»Oh«, sagte Dale und verstummte. Sie hatte tausend Fragen, wußte aber von keiner einzigen, ob sie paßte.

»Ich war nur etwa zwei Jahre verheiratet«, erzählte Hank. Er kam zurück und setzte sich zu ihr an den Küchentisch. Er redete in seine Kaffeetasse hinein, war auf einmal mißmutig und sprach plötzlich so, als sagte er etwas auswendig Gelerntes auf. »Meine ehemalige Frau hieß – heißt Elaine. Sie war – sie ist sehr hübsch, sehr süß, sehr nett. Sie kam aus der richtigen Familie, fand bei meinen Eltern Anklang. Sie meinten, sie sei das richtige Mädchen für mich zum Heiraten. Sie war groß und schlank, hatte das Wellesley College besucht, und sie liebte Städte, Museen, Galerien, Leute, Mode. Unsere Hochzeit war eine große formelle Angelegenheit, die ganze Ehe war eigentlich nur eine Rechtfertigung für diese Hochzeit. Es war großartig. Der Rest der Ehe war weniger großartig. Sie war – wie ich – dazu erzogen worden, zu glauben, daß Glück ein recht vulgäres Ziel, daß Mäßigung hingegen bewundernswert sei und die richtige Art, das Leben zu führen, darin bestehe, so zu leben wie die anderen auch, mit einem ausgewogenen Flair, um interessant zu bleiben, und mit Zurückhaltung, um nicht aus dem Rahmen zu fallen. Ich will sie nicht schlechtmachen. Ich hasse sie nicht. Ich habe sie nicht geliebt. Ich habe ihr sehr weh getan – nein, das wäre falsch, ich habe ihr sehr große Sorgen bereitet, weil ich die Heirat als Experiment betrachtet habe, als Test, um herauszufinden, ob ich das Leben führen könnte, das meine Eltern für mich wollten. Ich habe nicht lange gebraucht, um zu erkennen, daß das Arrangement für mich unannehmbar war. Jurastudium, Winterferien bei Elaines Eltern in Sea Island, geprägtes Briefpapier, Besitz, Maßhalten, kontinuierlicher Erfolg im Beruf. O Gott, die Arme, sie hat mich geheiratet und nie den Zweifel in mir gespürt, nie den Verräter. Sie hat wieder geheiratet, einen New-York-City-Bankier, sie ist glücklich, und ich bin froh darüber. Ich lebe jetzt hier und mache das, wofür ich mich entschieden habe. Ich bin glücklich und werde niemals jemandem meinen Lebensstil aufdrängen. Ich unterrichte gern, und ich liebe diese Farm. Ich liebe das einfache, zurückgezogene Leben. Es macht mir nichts aus, allein zu sein.« Er brach abrupt ab, blickte zu Dale hoch. »Verzeihung, ich habe zuviel geredet.«

»Hast du nicht«, protestierte sie. »Überhaupt nicht, ich weiß nur nicht, was ich sagen soll.« Sie war verlegen und wollte ihm zu verstehen geben, daß alles okay war – die Ehe, die Scheidung, die Farm, alles an ihm. »Meine Eltern haben sich kürzlich scheiden lassen«, erzählte sie ihm. »Dreißig Jahre waren sie verheiratet. Ich kann es immer noch nicht glauben, daß sie geschieden sind. Ich muß sie besuchen. Ich fürchte, meine Mutter ist senil geworden, oder verrückt, oder irgend etwas. Offenbar eine Persönlichkeitsveränderung.«

»Dreißig Jahre«, meinte Hank, »das ist lange für eine Ehe. Obwohl – meine Eltern sind mindestens ebenso lange verheiratet. Nein, es müssen schon *vierzig Jahre* sein. Das kann einen erschrecken, nicht?« Er lächelte.

»Erzähl mir mehr von deinen Eltern«, bat Dale.

»Gern«, sagte Hank, »aber später. Jetzt ist die Sonne durchgekommen, und ich würde gern mit dir einen Spaziergang machen. Später werde ich dir alles von meinen Eltern erzählen. Aber keine Sorge, es wird keine aufregende Geschichte werden. Komm.«

Er zog sie hoch und führte sie durch die Küchentür nach draußen. »Hier entlang«, sagte er. Draußen kam er ihr gelöster vor, jünger. »Da drüben ist ein Weg, der durch die Bäume führt, zu ein paar riesigen uralten grauen Felsen, und in einem der Felsen ist eine Höhle. Das Land gehört mir nicht, aber ich kenne den Besitzer, ich habe die Option auf das Land, und er hat nichts dagegen, wenn ich dort gehe. Ich möchte es dir zeigen, es ist wahnsinnig schön. Ist dir auch warm genug?«

Dale lachte. War ihr warm genug? Sie glühte unter ihrem Pullover und der Lederjacke, sie war geradezu weißglühend vor Entzücken. Er wollte ihr Felsen und Höhlen zeigen, ihr von seinen Eltern erzählen. Er hatte mit ihr geschlafen, hatte Essen für sie gemacht, hatte mit ihr geredet, hielt ihre Hand. Der späte Oktobertag war klar und kalt und golden. Die Blätter raschelten unter ihren Füßen, Vögel riefen. Als sie einen Hügel hinaufkletterten, konnten sie auf die Kuhherde hinuntersehen, die am äußersten Ende der Weide stand, wie betäubt von der Wonne der warmen Sonne auf ihren Rücken. Dale meinte, die Wohligkeit der Kühe nachfühlen zu können, die Zufriedenheit der singenden Vögel, die friedliche Festigkeit der Erde unter ihren Füßen. Wenn sie Hank ansah, mußte sie lächeln, und er lächelte sie auf die gleiche Art an. Jedem Lebewesen wird bestimmt ein Freudentag zuteil, dachte sie, und dies ist mein Freudentag. Sie genoß ihn, einerlei, wieviel sie dafür bezahlen müßte. Es war ein so süßer, zarter Tag, sie würde alles dafür geben. Manchmal blieb Hank stehen, nahm sie in die Arme, küßte ihr Gesicht, ihre Brüste, ihren Hals, stand eine Weile still, hielt sie einfach an sich gepreßt, so, als spürte auch er das Wunder dieses Tages. Hand in Hand wanderten sie durch den Wald, lehnten sich an einen Baum, umarmten sich, wunderten sich immer wieder über das, was sie empfanden, über diese vollkommene, erfüllende Freude, so groß und verzehrend und gleißend wie ein Flammenmeer.

3

Am siebten Tag im November goß es in Vancouver in Strömen, genau wie an den vorangegangenen drei Tagen. Regen tropfte von den Masten der im Hafen dümpelnden Segelboote, von den Zweigen und Nadeln der Kiefern und Weißdornbüsche, von den überlaufenden Dachrinnen und bildete Pfützen und kleine Bäche im Rasen. Der Himmel gab wenig Licht her, so verhangen war die Sonne von dichten, regenschweren Wolken. Die Kinder bekamen Schnupfen, wurden aber dennoch von ihren nervösen Müttern spazierengeführt. Im Stanley Park Aquarium wurden die Schildkröten betrachtet, wie sie durch die riesigen grünen, schwach beleuchteten Becken glitten, oder man ging einfach nur in den Drugstore, schlenderte herum, kaufte bunte Seife, die niemand brauchte, oder irgend etwas, was einem erlaubte, noch etwas länger in den großen hellen Räumen zu bleiben, wo man nicht an den Regen denken mußte. Die Geschäftsleute waren durchnäßt, wenn sie von ihren Autos über den Parkplatz zum Büro hinüberliefen. Die klatschnassen Hosenaufschläge schlugen traurig gegen die Knöchel, Wasser lief ihnen von der Hutkrempe oder den Ohren den Rücken hinunter und machte das Gefühl, ein frisch gebügeltes Hemd anzuhaben, zunichte. Die Autoscheinwerfer und die Lampen in den Wohnungen brannten den ganzen Tag lang, und die Menschen kamen sich allmählich wie eingesperrt vor. Der Winter kam, Tag und Nacht glichen sich immer mehr, der Regen fiel monoton, stetig und anhaltend.

Margaret Wallace verbrachte die vier Regentage größtenteils in ihrem Bett. Ab und zu stand sie auf, machte Gymnastik nach Musik, schrieb in ihr Tagebuch, nahm ein ausgedehntes Bad oder aß etwas. Meistens aber blieb sie im Bett und las. Sie las drei Bücher: einen witzigen, bissigen, glänzend geschriebenen feministischen Roman, eine Essaysammlung über die Natur des Menschen und einen neuen mitreißenden Kriminalroman. Manchmal überkam sie das Bedauern, daß sie sich geschworen hatte, keine Schokolade mehr zu essen, da Schokolade dick machte und bewirkte, daß ihr Gesicht aufgeschwemmt aussah. Dabei aß sie Schokolade doch so gern, besonders wenn sie einen Kriminalroman las! Statt dessen knabberte sie jedoch eine Stange Sellerie, die sie sich in viele kleine, geradezu elegant mundgerechte Stückchen geschnitten hatte. Und am Ende der vier Tage, als sie sich zum Ausgehen angekleidet hatte, stieg sie auf die Waage und stellte fest, daß sie trotz der im Bett verbrachten Tage kein Pfund zugenommen hatte. Es glich sich alles aus: Sie hatte die Schokolade aufgeben müssen, hatte dafür aber feste und auffallend hübsche Gesichtszüge und eine gute Figur bekommen.

Der Regen machte ihr nichts aus, sie genoß ihn. Sie fand es schön, gemütlich, zufrieden und allein in ihrem kleinen Haus zu sein. Sie machte Feuer im Kamin, kochte Tee und blickte nur selten hinaus, weil sie das Meer nicht erkennen konnte, obwohl es nur hundert Yards von ihrem Standort entfernt war. Sie sah nur graue Regenvorhänge. Es störte sie aber nicht weiter. Mitten am Tag schlief sie ein, mitten in der Nacht fing sie an zu lesen – es machte ihr nichts aus. Sie war beinahe etwas ungehalten über die Unterbrechung dieser Tage durch den Abend, für den sie sich mit ihrer Freundin Miriam und deren Ehemann Gordon verabredet hatte. Aber sie raffte sich auf. Das Programm war gut, das Orchester spielte Vivaldi, Holst und Brahms, und anschließend wollte sie noch mit Miriam und Gordon zu einer Cocktailparty gehen, wo viele Leute sein würden, die sie noch nicht kannte. Es würde ein schöner Abend werden, und am nächsten Tag könnte sie lange schlafen und den ganzen Tag im Bett bleiben und lesen.

Margaret zog sich enge, schwarze Hosen an, die sich wie Seide anfühlten, und dazu eine lange, weite, fließende, pflaumenblaue Bluse. Mit leichter, sicherer Hand trug sie Lidschatten auf, Lidstrich, Rouge, Lippenstift. Ihr dunkelbraunes Haar, das sie wachsen ließ, hatte gerade eine etwas ungünstige Länge, es bedeckte knapp die Ohren. Sie strich eine Seite zurück und befestigte sie mit einem schwarzen Kamm. Sah sie nicht gut aus? Elegant, selbstsicher. Sie griff nach einem warmen dunkelblauen Schal, für die Schultern, und im letzten Moment nach dem Schirm, ehe sie das Haus verließ und zu Miriam und Gordon ins Auto stieg, die sie lächelnd erwarteten. Niemand in Liberty, Iowa, hätte sie erkannt. Sie war uneingeschränkt und auf sehr angenehme Weise sie selbst geworden.

In Rocheport war der siebte Tag im November kalt, öde, windig und trüb. Hank holte Dale von der Schule ab und fuhr mit ihr zu seiner Farm – wie jeden Abend in den vergangenen zwei Wochen. Heute hatten sie einander viel zu berichten. Dale hatte Informationen für ihren Filmclub erhalten, und Hank wollte eine Klassenreise nach Boston leiten. Außerdem mußte jede Einzelheit des Tages, den sie getrennt verbracht hatten, erzählt werden. Während sie redeten, schnitten sie flink das Gemüse: Tomaten, Salatblätter, Zwiebeln. Sie kochten Tacos. Dale rührte das Fleisch und die Sauce, Hank mixte Margaritas. Beim Anblick der Drinks lief Dale das Wasser im Mund zusammen. Die Ränder der Gläser waren eiskalt und mit einer Salzkruste überzogen. Sie setzten sich einander gegenüber an den Holztisch, aßen hungrig, nahmen sich mit gierigen Fingern eine zweite Portion, die Hände und Münder fettig und verschmiert. »Gott, schmeckt das gut!« sagten sie abwechselnd, viel zu gierig, um mehr sagen zu können.

In der ersten Woche waren sie nach Hause gekommen und sofort ins Bett gegangen und hatten dann gegessen. In der zweiten Woche drehten sie den Stundenplan um und aßen zuerst. Nachdem sie das Taco bis auf den allerletzten Krümel aufgegessen hatten, wischten sie sich flüchtig Mund und Hände ab und eilten dann unter Gelächter und mit den Margaritas ins kalte Schlafzimmer, wo sie sich die Kleider vom Leib rissen, lachten und nach Luft schnappten, weil die Laken so kalt waren. Nachdem sie zusammen geschlafen hatten, brachten sie die Küche in Ordnung, aßen rote Johannisbeeren, hörten Musik, lasen. Schließlich fuhr Hank Dale aus Schicklichkeitsgründen zu ihrer Wohnung. Sie wusch sich die Haare, badete und sank erschöpft ins Bett, satt und voll von Essen und Liebe.

In Milwaukee regnete es zwar am siebten Tag im November nicht, aber das Wetter hatte sich auf dramatische Weise verändert: Es wehte ein stürmischer Ostwind. Daisy erwachte von dem Geräusch der Wellen, die gegen die Felsen unterhalb ihres Hauses krachten. Der Himmel war graublau, drohend, dunkler merkwürdigerweise als der See, und der See selber war wild und unruhig. Daisy war wie gebannt. Der Sturm über dem Wasser faszinierte sie, sie sehnte sich danach, am Wasser zu stehen und zu beobachten, wie die weißen Schaumkronen wuchsen und an den Felsen explodierten. Aber Jenny war nörgelig und wich ihr nicht von der Seite, und das Frühstück mußte gemacht werden. Und außerdem zog Paul aus.

Er hatte Daisy mitgeteilt, daß er ausziehen und so lange bei Monica wohnen würde, bis sie beide nach Kalifornien ziehen konnten. Mehrere Tage lang war er durch das Haus gegangen, hatte seine Bücher zusammengesucht, seine Platten, Papiere, Kleider, seine persönliche Habe, und alles in Pappkartons gestopft, die er sich vom Lebensmittelhändler besorgt hatte. An diesem Tag hatte er zufrieden festgestellt, daß endlich alles, was er mitnehmen wollte, eingepackt war, und er machte sich daran, das Ganze nach draußen ins Auto zu schaffen. Er beeilte sich, weil er Angst hatte und befürchtete, daß es zu regnen anfangen und daß der Regen seine Sachen ruinieren würde. Daisy war Paul aus dem Weg gegangen, sie mochte nicht, wie er sie ansah beziehungsweise wie er es vermied, sie anzusehen, wenn sie im selben Zimmer waren. Sie sah abwechselnd nach den Kindern, ob sie etwas brauchten, und aus dem Fenster, auf den See. Sie konnte nicht *denken,* konnte ihren Kopf nicht dazu bringen, einen einzigen Gedanken zu fassen. In ihrem Kopf schwirrten absurde Erinnerungen: an die erste Nacht mit Paul, fest in seinen Armen, ihre nackten Füße mit seinen verschränkt. An ihre gemütlichen gemeinsamen Abendessen in den ersten beiden Jahren ihrer Ehe, wenn sie sich gegenseitig von ihrem Arbeitstag erzählten, Wein tranken, über Geld redeten. An den Tag, an dem sie und Jenny aus dem Krankenhaus heimgekommen waren: Sie hatte auf dem Rücksitz gesessen, beide Kinder in den Armen, ihren eifersüchtigen zwei Jahre alten Sohn und ihre winzige vier Tage alte Tochter. Paul hatte vorn gesessen, am Steuer, und Daisy war vollkommen zufrieden und dachte, daß sie nun eine richtige Familie seien, mit Paul, der sie durch die Welt geleitete, über sie wachte und sie beschützte, weil sie alle zusammengehörten. Sie hatte geglaubt, daß dies nie aufhören würde, daß es immer so weiterginge. Sie hatte angenommen, daß ihr neues Leben so ähnlich verlaufen würde wie ihr früheres Leben in Liberty. Sie hatte angenommen, daß das Leben dieser neuen Familie, mit ihr als Mutter und Paul als Vater, sich ebenso freundlich, geregelt und harmonisch entfalten würde wie ihr Leben mit ihren Eltern und mit Dale. Sie hatte gefühlt, daß sie eine Einheit geworden waren, die aus ihr, Paul, Danny und Jenny bestand, eine zusammengeschweißte, unzertrennliche Einheit. Wenn Paul ging, dann war die Einheit zerstört, hatte plötzlich keinen Wert mehr. Es tat weh, darüber nachzudenken. Es war so sinnlos, so unwirklich. Sie erwartete jeden Moment, daß sie aus dieser unglaublichen Situation aufwachte oder daß Paul lachte und sagte: »Oh, Daisy, ich kann dich und die Kinder doch nicht verlassen.« Sie hatte ihrer Mutter nichts von der Scheidung erzählt und ihrer Schwester auch nicht und auch keiner ihrer Freundinnen. Sie wollte glauben, daß Paul vielleicht doch noch plötzlich verkündete, er habe einen Fehler gemacht, er wolle sie nicht verlassen, und das Leben ginge so weiter, wie es vorher gewesen war.

Aber jetzt zog Paul wirklich aus. Dennoch gelang es ihr nicht, sich das klarzumachen, es gelang ihr nicht, die volle Bedeutung seines Tuns zu begreifen. Sie war konfus. Wie betrunken. Mehrmals schüttelte sie heftig den Kopf, als könnte sie ihn so klären, aber er wurde nicht klarer.

Sie war oben in Jennys Zimmer, wechselte Jennys Windel, als sie Paul rufen hörte: »So, ich glaube, das wäre alles. Ich gehe jetzt. Ich rufe dich bald an.«

Jennys Po leuchtete feuerrot – sie hatte Durchfall und brüllte wütend. »Was?« schrie Daisy, Jennys Geschrei übertönend, und fragte sich gleichzeitig, ob Jenny vielleicht krank sei: »Einen Moment, Paul!« Aber als sie die Vaseline aufgetragen und die frische Papierwindel befestigt hatte, als sie Jenny hochgenommen und an ihre Schulter gedrückt hatte, um sie zu beruhigen, und schließlich mit der wimmernden Jenny im Flur angelangt war, da war Paul bereits gegangen. Die Haustür geschlossen.

Daisy stand oben auf der Treppe und blickte hinunter auf die geschlossene Haustür. Unwillkürlich streichelte sie weiter Jennys Rücken. »Das ist alles ein Irrtum«, sagte sie laut. Dann rief sie, noch lauter:

»Paul? Das stimmt doch alles nicht. Das muß ein Irrtum sein.«

Keine Antwort. Daisy lief die Treppe hinunter und erreichte gerade noch rechtzeitig das Fenster, um sehen zu können, wie Pauls kleiner roter Mustang um die Ecke fuhr und ihrem Blickfeld entschwand. Jenny vergrub ihr Gesicht an Daisys Schulter, schmierte Tränen und Rotz an Daisys Morgenrock. Daisy trug Jenny ins Wohnzimmer und setzte sie auf die Couch. Es war kurz nach zehn. Danny hatte sich auf seinen kleinen gelben Plastikplattenspieler eine ABC-Platte von Walt Disney aufgelegt: Schrille Kinderstimmchen sangen ein Lied über die Zahlen. Er selber saß am Boden und baute aus Lego-Steinen ein Raumschiff. Jenny ließ sich von der Couch gleiten und lief zu ihren Puppen. Daisy sank auf die Couch und starrte ins Leere. Bis auf die Kinderplatte – »... acht, neun, zehn, und du kannst gehn!« – schien das ganze Haus still und verödet zu sein. Sie sah auf ihre Hände, die zitterten. Sie saß da, sah zu, wie die Kinder spielten, wie sie glücklich in ihr Spiel vertieft waren und sie gar nicht beachteten. Sie saß da und zitterte. Sie erhob sich in der Hoffnung, daß Bewegung ihr helfen würde. Sie ging in die Küche, um sich eine Tasse Tee zu machen. Alles wirkte so normal, so alltäglich: der weiße Teekessel mit den Blümchen an der Seite, der ziehende, pfeifende Wasserdampf, die benutzten Frühstücksteller, die Toastkrümel auf dem Tisch. Und sie selber war immer noch sie selbst, dick und schwanger, in ihrem flauschigen alten grünen Morgenrock. Aber ihr Leben hatte sich vollständig verändert, und es gab nichts, was sie dagegen unternehmen konnte, nichts, was sie hätte tun *können*, um ihre Lage zu verbessern. Sie konnte sich nur Tee einschenken und das feuchte gestreifte Geschirrtuch nehmen und damit die Krümel vom Tisch wischen.

Sie hatte Angst. Etwas Gewaltiges, Einschneidendes

war ihr widerfahren, sie hatte Angst, und sie wußte nicht, was tun. Sie spürte deutlich eine Gefahr für ihr Leben, aber sie konnte nichts Bestimmtes, nichts Konkretes dagegen tun. Ihre Gedanken überschlugen sich. Wie sollte sie Danny ohne einen Mann im Haus erziehen? Würden die Kinder ohne Vater einen psychischen Schaden fürs Leben bekommen? Wer kümmerte sich um sie, wenn sie selber einmal krank würde? Ja, und wer würde die Kinder versorgen, wenn sie das neue Baby bekam? Wie konnte sie noch irgendeinen Sinn in ihrem Leben entdecken, dessen Muster so unerbittlich zerfetzt worden war? Wenn sie es ihren Freundinnen erzählte, wie würden sie reagieren? Sie bemitleiden und sie zugleich als Frau ansehen, die plötzlich keinen Wert mehr hatte? Was sollte sie mit ihrem Leben anfangen? Sie kam sich vor wie ein freischwebender Astronaut, dessen Nabelschnur zur Raumkapsel gerissen ist und der nun hilflos durchs All treibt.

Der Sturm heulte den ganzen Tag lang. Daisy wanderte durchs Haus, verfolgt von ihren diffusen, aber übermächtigen Ängsten, und rief am Ende doch keine ihrer Freundinnen an, aus Angst, daß es einen Strom von Gefühlen freisetzen würde, mit dem sie im Moment noch nicht umgehen konnte. Sie fühlte sich sehr allein.

Als Danny von der Vorschule nach Hause kam, hielt sie es nicht mehr aus, sie mußte etwas tun, das Haus verlassen. Sie ging mit ihnen an den See. Es war herrlich, wie die Wellen gegen die sie brechenden Felsen donnerten. Sie kniete mit den Kindern nur ein paar Meter vom Wasser entfernt im Sand und sah zu, wie die riesigen Wellen auf das Land zurollten, im Heranwogen immer mehr Kraft gewannen und schließlich mit solcher Wucht gegen die Felsen krachten, daß die Felsen erbebten. Gischt spritzte auf und sprühte über Daisy und die Kinder herab. Sie kreischten alle drei, es war ein so aufregendes Schauspiel, und es rief irgend etwas Ungestümes in ihnen wach, wie die Wellen unaufhaltsam heranrollten, unaufhaltsam, und nichts konnte ihnen Einhalt gebieten oder ihre Kraft mindern – sie rollten heran, unaufhaltsam, unaufhaltsam, immer größer und immer höher, und schlugen zu. Als wäre das Meer zum Leben erwacht, ein wütender Riese, der auf die Felsen einschlug, als versuchte es immer wieder, die Menschheit zu erreichen, und würde doch jedesmal wie durch Magie in kalte, aber harmlose Regenschauer verwandelt. Jedesmal, wenn eine Woge gegen die Felsen schmetterte, hüpften die Kinder auf und nieder, klatschten in die Hände und schrien vor Freude, als wollten sie das Getöse des Windes und des Wassers übertönen. Sie klatschte in die Hände und schrie mit ihnen, immer wieder.

Schließlich ging sie mit ihnen ins Haus zurück, alle drei naß und durchgefroren. Sie steckte Danny und Jenny in die Badewanne und zog sie danach warm an. Sie machte ihnen heißen Kakao und Nudelsuppe mit Hühnchen und viel Toast mit Zucker und Zimt. Als sie eine Scheibe von dem süßen Toast aß, spürte sie, daß die Angst, die an ihr gezerrt hatte, einer tiefen Erschöpfung gewichen war. Sie sah mit den Kindern fern, las ihnen Geschichten vor und brachte sie schließlich zu Bett. Dann setzte sie sich drei Stunden lang vor den Fernsehapparat, glotzte auf den Bildschirm – es war ihr egal, was sie sah, irgend etwas, was sie ablenkte. Gegen halb zwölf schleppte sie sich schließlich nach oben und sank in ihr Bett, zu erschöpft, um nachzudenken oder sich Sorgen zu machen. Sie schlief schnell ein.

Ein paar Stunden später wurde sie von Jennys Gebrüll aufgeweckt. Sie zwang sich, wach zu werden, und ging zu Jenny ins Zimmer. Das kleine Mädchen versuchte, etwas zu sagen, brachte aber nur ein trockenes, bellendes Schluchzen hervor. Krupphusten. Sie bekam kaum Luft.

Daisy hatte das schon einmal erlebt, mit Danny. Sie nahm Jenny ruhig und mit sicherem Griff hoch, trug sie ins Bad, setzte sie auf den Badewannenrand und drehte die Dusche voll auf, damit sich der Raum mit warmem Dampf füllte. Jennys Atem ging wieder leichter, sie schlief wieder ein, aber Daisy blieb wach: Da war ein Pfeifen im Atem ihrer Tochter, das sie störte. Sie füllte einen Wasserdampfapparat und stellte ihn zu Jenny ins Zimmer. Sie stopfte Jenny Kissen unter Kopf und Rücken und beobachtete sie, und da sie nicht in ihrem eigenen Zimmer schlafen konnte, holte sie schließlich ihre Decke und ihr Kissen und schlief auf dem Fußboden in Jennys Zimmer, wo sie sie auch im Schlaf hören konnte.

Der Rest der Nacht verging ohne Störung, aber morgens um sechs wachte Jenny wieder weinend auf und atmete wieder rasselnd und stockend. Daisy fühlte Jennys Stirn. Sie hatte Fieber, ihre Augen waren trüb. O Gott, dachte Daisy. Was hatte sie da bloß angerichtet! Wie gedankenlos, daß sie ihre kleine Tochter bei so schlechtem Wetter mit nach draußen genommen hatte. Sie rief den Arzt an, schickte Danny in die Vorschule und war den ganzen Nachmittag lang mit Jenny beschäftigt: Sie zog sie an, fuhr mit ihr ins Krankenhaus, wartete eine Ewigkeit im Wartezimmer, immer mit Jenny auf dem Schoß, die bleich und apathisch war und um jeden Atemzug ringen mußte. Als der Arzt schließlich Jenny untersuchte, stellte er einen schweren bronchialen Infekt und einen rot entzündeten Hals fest.

»Ich weise so kleine Kinder nicht gern ins Krankenhaus ein, vor allem nicht, wenn sie Atembeschwerden haben«, sagte er. »Die Ängste, die durch den fremden Ort hervorgerufen werden, wirken den Heilmöglichkeiten entgegen. Außerdem besteht im Krankenhaus erhöhte Ansteckungsgefahr.« Er bemühte sich um einen sorglos lockeren Ton, der jedoch an Daisys Müdigkeit abprallte, und wurde wieder geschäftsmäßig: »Sie kann also wieder mit Ihnen nach Hause, aber Sie müssen gut aufpassen. Sie müssen sie ruhig halten. Sie muß in einem Zimmer mit sehr hoher Luftfeuchtigkeit liegen – nehmen Sie am besten zwei Verdampfer, wenn Sie sie haben. Die nächsten vierundzwanzig Stunden sind kritisch. Sie müssen das Kind ständig beobachten. Ich gebe Ihnen ein Rezept für den bronchialen Infekt, aber es dauert einige Stunden, bis das Penicillin wirklich hilft. Es wird ihr bald wieder gutgehen, wenn sie die nächsten vierundzwanzig Stunden überstanden hat. Dafür müssen Sie sorgen.«

Während sie dem Arzt zuhörte, spürte Daisy, wie ihre diffusen Ängste sie verließen. Sie konnte sich keine Sorgen mehr um etwas so wenig Greifbares wie ihre Zukunft machen, ihr war schlecht vor Angst um ihr Kind, und die Last der Verantwortung drückte sie nieder. Sie wickelte Jenny in Decken und fuhr mit ihr zum Drugstore, ging, Jenny in den Armen haltend, die Gänge auf und ab und wartete auf die Medikamente, die der Apotheker aus den Regalen holte. Jenny schnaufte, wand sich und strampelte in Daisys Armen, stieß mit Ellenbogen und Füßen gegen Daisys dicken Bauch. Verdammt, dachte Daisy, warum gibt es hier keine Stühle, damit Kranke oder Mütter mit kleinen Kindern sich hinsetzen können? Und warum braucht der Apotheker so lange? Sie haßte den hohen Tresen, der ihr das Gefühl vermittelte, daß die Apotheker sich wie Götter fühlten, die nach ihrem Gutdünken die lebensrettende Medizin verteilten. Sie hörte, wie der Apotheker mit seiner Kollegin redete und lachte, sie wollte schon mit dem Fuß aufstampfen und schreien: »Hören Sie auf, beeilen Sie sich, geben Sie mir die Medizin! Wie können Sie nur! Mein Kind braucht die Medikamente!« Aber als der Apotheker schließlich sagte, daß alles bereit sei, nahm Daisy das kleine Päckchen mit einem leisen Dankeschön und lief zur Tür hinaus.

Auf dem Parkplatz merkte sie, daß ihr Auto auf beiden Seiten sehr dicht von anderen in ungeschicktem Winkel parkenden Wagen eingekeilt war. Sie setzte Jenny auf den Rücksitz, zwängte ihren sperrigen Körper hinter das Steuerrad und begann, ihr Auto aus dieser Falle herauszumanövrieren, schlug das Lenkrad wütend erst in die eine, dann in die andere Richtung ein. Sie mußte ihren Oberkörper verdrehen, um zu sehen, ob sie dem Caravan neben ihr einen Kratzer verpaßte. Sie schwitzte vor lauter Anstrengung unter ihrem Mantel. Jenny fing an zu weinen und zu husten, und das Päckchen mit der Medizin fiel mit einem unheilvollen Rumms auf den Boden. Sie hielt an und suchte auf dem Boden nach der Medizin, wobei sie sich den Bauch am Sitz stieß. Zum Glück war die Medizinflasche heil geblieben. Sie konzentrierte sich wieder darauf, das Auto freizubekommen, und während sie sich abmühte, fiel ihr Blick auf zwei alte Männer, die an der Hauswand der Apotheke lehnten und sie mit hellen, überlegenen, kritischen Augen musterten. Ihre prüfenden Blicke machten sie so nervös, daß sie das Lenkrad falsch einschlug und plötzlich das Gefühl hatte, daß alles sinnlos sei. Sie würde das Auto niemals freibekommen. Sie sah, wie die Männer lachten und redeten, und außer sich vor Wut, kurbelte sie ihr Fenster herunter, steckte den Kopf hinaus und schrie sie an:

»Halten Sie das Maul! Halten Sie das Maul, wer glauben Sie denn, wer Sie sind, daß Sie meinen Fahrstil kritisieren. Ich habe mein Auto nicht falsch abgestellt. Die beiden Idioten links und rechts von mir haben falsch geparkt! Wie können Sie es wagen, verdammt noch mal, da rumzustehen und sich über mich lustig zu machen! Mein Kind ist krank! Ich habe ein krankes Kind! Sie sollten sich beide schämen. Haben Sie nichts Besseres zu tun, als hier herumzulungern und eine Frau mit einem kranken Kind auszulachen!«

Die beiden Männer starrten Daisy völlig verwundert an, und ihr kam der Gedanke, daß sie sie womöglich gar nicht kritisiert hatten. Die Peinlichkeit und die Anstrengung rötete ihr Gesicht. Wütend stieß sie den Wagen vor und zurück und kam schließlich aus der Parklücke heraus. Weinend fuhr sie nach Hause. Wie in aller Welt sollte sie das alles in Zukunft schaffen?

Aber als sie wieder in ihrem Haus war, beruhigte sie sich, dankbar, wieder auf vertrautem Grund zu sein, loslegen und die notwendigen Schritte tun zu können. Danny kam von der Vorschule nach Hause, und sie brachte beide Kinder ins Wohnzimmer. Jenny lag erschöpft und regungslos auf der Couch. Sie gab Jenny die Medizin, füllte den Wasserdampfapparat und schleppte ihn ins Wohnzimmer. Sie deckte Jenny mit einer Decke zu und sagte zu Danny, daß Jenny sehr krank sei und daß er ganz lieb und ganz leise sein müsse. Sie setzte sich einen Augenblick hin, nahm Danny auf den Schoß, damit sie sich gegenseitig trösteten und weil er so schön warm war. Gleichzeitig streichelte sie Jennys Hand und ihren Rücken. Als Danny sich zu langweilen begann und nicht mehr fernsehen wollte, setzte sie sich mit ihm auf den Boden und puzzelte mit ihm. Sie machte Danny Essen, gab Jenny ein Fläschchen mit Apfelsaft und machte sich selbst eine Tasse Tee. Sie beobachtete Jenny, die ins Leere starrte und nach Luft rang. Es tat Daisy so weh, sehen zu müssen, wie ihre Tochter sich quälte. Es tat weh, nicht helfen zu können.

Früh brach die Nacht herein, und die Fenster wurden blind vor Dunkelheit. Daisy kam sich plötzlich verlassen vor, abgeschnitten von der Welt. Der Sturm hatte nachgelassen, es fing an zu regnen, und als sie durch das Haus eilte, ihr Nachthemd und den Morgenrock anzog, den Wasserdampfapparat in Jennys Zimmer aufstellte, empfand sie den Regen, der gegen die Fenster prasselte, wie eine Belagerung. Schließlich trug sie Jenny in ihr Bett, gab ihr die Medizin, deckte sie zu und war dankbar, daß das Zimmer durch den Dampf warm und feucht vernebelt war. Sie half Danny, sich für die Nacht fertigzumachen, und war gerührt, wie willig er versuchte, ganz brav zu sein. Aber als er in seinen festen, gesunden Schlaf gesunken war, kam sie sich verlassen vor. Sie ging zurück in Jennys Zimmer, um die Jalousie herunterzulassen, und zog die Vorhänge zu, um die nächtliche Kälte auszusperren. Sie schloß die Schlafzimmertür, damit der Dampf nicht hinausströmte, hatte dabei kein gutes Gefühl, weil sie damit Danny ausschloß. Sie hoffte, sie würde ihn hören, falls er nachts nach ihr rief.

Jenny schlief nicht. Sie lag mit halb geöffneten Augen im Bett, schien sich auf jeden Atemzug mühsam zu konzentrieren. Daisy saß an ihrem Bett.

»Soll ich dir etwas vorlesen? Oder dir ein Schlaflied singen?« fragte Daisy. Aber Jenny antwortete nicht. Daisy konnte nur dasitzen und ihre Tochter beobachten, beobachten, wie sich die kleine Brust unter dem Pyjama hob und senkte. Sie wollte etwas *tun.* Irgend etwas. Aber es gab nichts zu tun. Sie fand, daß es leichter gewesen war, Jenny zu gebären – da hatte sie wenigstens die Wehen ertragen müssen, damit ihr Kind leben konnte. Jetzt war sie machtlos. Das war nicht gerecht, das war ungerecht. Gab es irgend etwas, womit sie das Schicksal bestechen konnte? Jedenfalls, dachte sie, weiß ich, daß jetzt die Antibiotika in Jennys Körper wirken werden – eine reale und eindeutige Kraft.

Draußen regnete es ununterbrochen, es war ein beständiges leise grollendes Rauschen. Jennys Haar wurde durch den Wasserdampfapparat immer feuchter und kringelte sich rings um ihren Kopf. Daisy streichelte ihr eine Zeitlang das Gesicht, ließ es dann aber, da sie nicht wußte, ob die Berührung Jenny angenehm war oder sie störte. Sie glaubte, ein fremdes Geräusch zu hören, blickte hoch und sah, daß winzige Wassertröpfchen die Plastikrippen der Jalousie herunterliefen. Eine winzige Bewegung erregte ihre Aufmerksamkeit: Sie wandte den Kopf und sah, daß einem der gelben Filzküken, die sie Jenny zu Ostern geschenkt hatte, der Kopf locker herabbaumelte. Mehrere Abende hatte sie, nachdem die Kinder im Bett waren, damit zugebracht, aus verschiedenfarbigem Filz Tiere zu basteln und sie auf einen langen leuchtendgrünen Filzstreifen aufzukleben. Die Körper und die Köpfe der Küken waren gelb, die Füße orangerot, Flügel und Augen schwarz. Jenny hatte vor Freude über diese Osterüberraschung gequietscht – und ebenso hatte Danny sich über seine Osterhasen gefreut. Daisy hatte die Küken schließlich aufhängen müssen, so hoch, daß Jenny nicht daran kam, sie aber gut sehen konnte – sie hätte sie sonst vor Zärtlichkeit zerdrückt. Jetzt löste sich der Klebstoff in der feuchten Luft. Langsam und unaufhaltsam, spielerisch, als wäre es Teil eines modischen Gags, knickten die Köpfe der Küken einer nach dem anderen, senkten sich immer tiefer, fielen ab und landeten lautlos auf dem Teppich. Den Tränen nahe sah sie zu und beobachtete, wie der Flügel sich ebenfalls zu lösen begann.

»O Gott«, dachte Daisy, »alles bricht zusammen.«

Aber als sie wieder zu Jenny blickte, sah sie, daß sie die Augen geschlossen hatte. Sie berührte ihr Gesicht – ja, sie war einfach eingeschlafen. Daisy lief die Treppe hinunter, um sich eine weitere Tasse Tee zu machen, saß dann am Fußende des Bettes ihrer Tochter, schlürfte den heißen gesüßten Tee, beobachtete Jenny und wartete.

Gegen halb elf Uhr nachts weckte sie Jenny, um ihr einen Löffel von dem rosa Antibiotikum und einen Löffel von dem gelben Hustensaft zu geben. Jenny machte ein bißchen Theater, weil sie aufgeweckt wurde, aber Daisy beruhigte sie, hielt sie, und nach einer

Minute war Jenny wieder eingeschlafen. Daisy weinte fast vor Erleichterung beim Anblick ihrer schlafenden Tochter. Die nächsten vierundzwanzig Stunden würden kritisch sein, hatte der Arzt gesagt. Sie beschloß, wach zu bleiben.

Die Stunden vergingen, und Jenny schlief friedlich weiter. Jetzt erst wurde Daisy sich ihrer unbequemen Körperhaltung bewußt. Vorsichtig erhob sie sich vom Bett und legte sich auf den Fußboden, ordnete sich ihr Nest aus Kissen und Decken so, daß sie sich dagegenlehnen konnte und doch hoch genug war, um Jenny beobachten zu können. Obwohl das Zimmer voller Feuchtigkeit war, hatte Daisy das Gefühl, daß ihre Augen vor Anstrengung trocken waren und brannten. Ein winziges Geräusch ließ Daisy hochfahren: Ein weiterer Kükenkopf war heruntergefallen, dicht neben Daisys Hand. O Gott, dachte Daisy in ihrer Erschöpfung, laß alle Küken runterfallen, aber laß Jenny am Leben. Der Wasserdampfapparat zischte gleichmäßig. Er war wie ein lebendes Wesen, ein diensteifriger Freund. Sie hüllte sich in eine Decke und empfand die Wärme als so tröstlich, daß ihr Tränen in die Augen schossen. Sie war so müde. Sie beschloß, einen Moment lang die Augen zuzumachen, um das Brennen unter den Lidern zu lindern. Jennys Atem ging ganz gleichmäßig, ein, aus, ein, aus. Das Röcheln hatte aufgehört. Daisy schlief ein. Es war kurz nach zwei Uhr.

Morgens um fünf schrie Jenny gellend: *»Mommy!«*

Daisy sprang auf, kämpfte sich durch Wolken von Müdigkeit, um zu ihrer Tochter zu kommen. Jennys Atem rasselte, war ein beängstigendes Röcheln geworden.

»Mommy!« brüllte Jenny wieder.

»Ich bin hier, ich bin doch hier!« rief Daisy, stolperte ans Bett und nahm Jenny hoch, in ihre Arme. Ihr Blick wurde klar, ihr Kopf wurde klar, alles wurde schmerzlich klar: Der Wasserdampfapparat lief nicht mehr. Die Luft im Zimmer war zu trocken geworden. Jenny schluchzte, ein rasselndes Geräusch entriß sich den Tiefen ihrer Brust und kam nach jedem Atemzug wieder, worauf ein seltsamer, fast greifbarer dumpfer Knall folgte, als klappten winzige Falltüren über Jennys Lungen zu.

»Mommy! Mommy!« Jenny brüllte, und gleichzeitig schlug sie nach Daisy, wehrte sie ab. Sie war wach und zu Tode erschrocken, weil sie nicht atmen konnte. Ihre Augen leuchteten hell und angstvoll wie die eines gefangenen Tieres.

»Es wird ja wieder gut, es wird ja wieder gut«, sagte Daisy, ergriff ihre um sich schlagende Tochter und lief mit ihr ins Badezimmer. Jenny schrie und schlug und trat, und Daisy spürte die Schläge in ihrem Bauch, und eine Welle der Angst um das neue Baby überkam sie, und dann dachte sie: Nein, laß das neue Kind sterben, wenn es sein muß, aber laß dieses Kind leben. Sie stürzte ins Badezimmer, warf Jenny fast auf den Boden und schloß die Tür. Sie drehte den Heißwasserhahn voll auf, steckte den Stöpsel in den Badewannenabfluß, betätigte den Duschhebel und zog die Duschvorhänge so kräftig zu, daß die Metallringe klimperten. Dann packte sie Jenny und setzte sich mit ihr auf den Badewannenrand, hinter den Duschvorhang.

»Ist ja gut, Jenny, ist ja gut«, sagte sie in einem absurden Singsang, um ihre außer sich geratene Tochter zu beruhigen.

»Ist ja gut, Liebling, ist ja alles gut.«

Jenny hatte aufgehört zu brüllen, aber sie schluchzte, als könnte sie nie wieder aufhören. Ihr Atem ging heftig und stoßweise, und auf jeden Atemzug folgte das gräßliche Rasseln und der dumpfe Knall.

»Ist ja gut, Jenny, ist ja gut, Liebling, Mommy ist bei dir. Ich passe auf dich auf, siehst du, der Dampf kommt und macht alles wieder gut. Siehst du, da kommt er, siehst du das komische neblige Zeug da aufsteigen? Das ist Dampf, der steigt auf und macht, daß du wieder besser atmen kannst. Du mußt nicht weinen.« So redete und redete sie und streichelte Jennys Rücken und streichelte ihr Gesicht. Sie mußte es schaffen, daß Jenny aufhörte zu weinen, mußte es schaffen, daß Jenny sich beruhigte. Jenny erstickte fast, ihr Atem ging ungleichmäßig, stoßweise.

»Beruhige dich, Jenny, Mommy ist bei dir, alles wird wieder gut, du mußt nicht weinen. *Jenny, Schluß! Hör auf zu weinen, oder ich verhaue dich! Schluß jetzt!«*

Daisy hörte zu ihrem eigenen Entsetzen, wie sie ihre Tochter anbrüllte, sah, wie sie mit ihren eigenen Händen ihre Tochter plötzlich verzweifelt schüttelte. Du lieber Gott, dachte sie, und Verzweiflung erfüllte sie, was bin ich für eine Mutter, die ihr todkrankes Kind anschreit!

Doch ihr Zorn hatte gewirkt. Erschrocken von Daisys wütendem Geschrei verschluckte Jenny einen Schluchzer und drehte sich um, um ihre Mutter mit großen Augen anzustarren. Ihre Unterlippe zitterte unwillig, aber ihr Atem wurde etwas gleichmäßiger.

»So ist es besser, Jenny. Paß auf, daß du nicht noch Danny aufweckst«, sagte Daisy in ihrem befehlenden Mutterton, der Jenny so vertraut war. Gehorsam beruhigte Jenny sich noch mehr, und ihre Brust bebte vor unterdrückten Schluchzern. »Beruhige dich«, sagte Daisy wieder. »Hör auf zu zappeln.« Jenny rührte sich kaum noch, schien aber durch Daisys unwilligen Ton Mut zu schöpfen. Sie entspannte sich. Und der Dampf stieg auf, und das heiße Wasser donnerte in die Wanne, rauschte wie die brandende Flut.

Daisy saß da und hielt Jenny, ohne zu denken, wie hypnotisiert von Jennys rasselnden Atemzügen und der Kraft des Wassers, das aus der Dusche strömte und gurgelte und die Luft mit lebensrettendem Dampf erfüllte. Sie sah ihre Tochter an, die sich jetzt erschöpft an sie lehnte, und stellte fest, daß grüner Schleim von

Jennys Nase zum Mund hinunterrann. Jenny schien es nicht zu merken, aber Daisy konnte den Anblick nicht ertragen. Sie drückte mit der einen Hand das Kind an sich und suchte mit der anderen in der Tasche ihres Bademantels nach einem Kleenex. Ihr dicker Bauch war so hinderlich, daß sie fast in die Badewanne fiel. Sie zog ein Taschentuch heraus, benutzt, aber noch brauchbar, und wischte Jenny die Nase ab. Jenny fing an zu husten, ein schmerzhaftes, wildes Husten, das den ganzen Körper schüttelte. Daisy glaubte, ihr Herz würde zerspringen vor Angst, daß Jenny starb. Jenny verschluckte sich. Ihr Gesicht wurde scharlachrot, sie würgte und spuckte, und dann übergab sie sich. Würgend beugte sie sich vor, und das Erbrochene schoß in einem dicken Strahl in das heiße Wasser der Badewanne.

»Mommy!« schrie Jenny.

»Das ist doch gut, Jenny, das ist gut für dich, es wird dir helfen«, sagte Daisy, aber sie schluchzte jetzt auch und hielt Jenny fast hilflos umklammert. »Das ist *gut*, alles wird wieder gut«, rief sie. Jenny fing wieder ängstlich an zu weinen, ihr Körper bebte, sie erbrach wieder. Daisy hielt Jennys Schultern, die Tränen strömten ihr über das Gesicht.

Und dann war es vorbei. Jenny ließ sich keuchend gegen Daisys Brust fallen. Das rasselnde Geräusch war verschwunden.

Daisy hielt Jenny mit dem einen Arm und nahm mit dem anderen ein Handtuch vom Ständer und wischte Jenny Mund und Kinn ab. Dann schleppte sie sich zum Waschbecken, füllte Jennys Mickymaus-Plastiktasse mit kaltem Wasser und hielt sie ihr an die Lippen.

»Trink das, Jenny, Liebes, dann schmeckt dein Mund besser«, sagte sie. Gehorsam trank Jenny einen Schluck und stieß dann die Tasse weg. Ihr Gesicht war weiß vor Erschöpfung. Aber sie atmete jetzt fast gleichmäßig, das Rasseln hatte aufgehört.

»Mommy«, sagte Jenny schließlich. »Ich bin müde.«

Daisy drehte das heiße Wasser aus. Der Raum war immer noch voller Wasserdampf.

»Wir gehen gleich wieder zu Bett«, sagte Daisy und streichelte ihre Tochter. »Nur noch ein paar Minuten. Merkst du, wie der Dampf dir hilft? Wie es dir bessergeht?«

Jenny schloß die Augen. Sie lehnte sich schwer an Daisy, atmete laut und mühsam, aber gleichmäßig. Das Rasseln hatte aufgehört.

»Jenny«, sagte Daisy, »ich möchte, daß du genau hier auf der weichen Badematte sitzen bleibst, ja? Ich gehe und fülle Wasser in den Verdampfer. Du wartest hier.« Sie lehnte den schlaffen, erschöpften Körper ihrer Tochter an die Wanne, an die Innenseite des Duschvorhangs, den Kopf gegen das weiße Porzellan der Wanne, dicht an dem Dampf. Sie ging aus dem Badezimmer, holte den Apparat und füllte ihn auf. Sie lief hinunter ins Wohnzimmer und holte den Verdampfer, den sie am Abend aufgestellt hatte, als sie vor dem Fernseher gesessen hatten, füllte auch ihn auf und brachte ihn ebenfalls in Jennys Zimmer. Sie tat noch einen Teelöffel Backpulver hinein, damit der Dampf sich schneller entwickelte. Als sie den Apparat einschaltete, explodierte er fast vor Dampf und spuckte so viel Feuchtigkeit aus, daß sie ein Handtuch unterlegen mußte. Aber das Zimmer füllte sich schnell mit warmer Feuchtigkeit, und Daisy brachte Jenny wieder zu Bett. Sie gab ihr noch einmal Medizin. Sie legte sie in die Kissen, deckte sie zu, und dann saß sie da und starrte Jenny an, die hilflos in einen tiefen Schlaf sank. Sie atmete jetzt fast normal, gleichmäßig, ein und aus, ohne die Spur eines Rasselns oder eines knallenden Geräuschs.

Daisy begann zu zittern. Angst und Schlafmangel verursachten ihr Schmerzen in Kopf und Magen. Sie lief durch den Flur zurück zum Badezimmer. Die Luft im Flur war auffallend kühl und trocken – es kam ihr so vor, als eilte sie durch einen eisigen Tunnel. Im Badezimmer glaubte sie, sie müßte sich übergeben, doch nichts geschah.

»Oh, *Paul*«, schluchzte sie. »Bitte, helft mir doch.«

Doch da war nur die Stille und das kühle Porzellan unter ihrer Hand.

Sie richtete sich auf und trank einen Schluck kalten Wassers. Das schien zu helfen. Sie ging in Dannys Schlafzimmer und sah, daß er friedlich schlief. Sie steckte die Decke rings um ihn herum fest. Dann ging sie wieder durch den Flur, um sich zu Jenny zu setzen.

Jenny schlief fest. Sie wirkte blaß und dünn. Ihr Atem ging ruhig und gleichmäßig. Daisy setzte sich auf die Bettkante und paßte auf. Sie sackte vor Erschöpfung zusammen, aber sie war sich immer noch nicht ganz sicher, ob Jenny nun wirklich wieder entspannt atmete. Durch die Ritzen der Fensterläden fiel das erste Licht. Der Morgen brach an. Sie dachte an Paul, der mit seiner Geliebten im Bett lag und schlief, dachte daran, wie die beiden frühstücken würden, ungestört und friedlich. Einen Moment lang sehnte sie sich danach, ihn anzurufen, um ihre Sorgen mit ihm zu teilen, zu sagen: »Jenny ist so krank, und ich kann es nicht ertragen, allein zu sein.« Aber sie wußte, daß ein Anruf bei ihm ihr nicht helfen und ihn nur nervös machen würde. Er würde glauben, Daisy erfände etwas oder übertreibe, um ihn anrufen zu können. Sie – Paul und Monica – würden denken, sie gebärde sich wie eine zeternde, abgewiesene Frau, bitter und streitsüchtig. Nein, sie würde Paul nicht belästigen, und was konnte er auch schon tun? Er konnte herüberkommen und nach Jenny sehen, die jetzt schlief, aber dann würde er zur Arbeit gehen. Er hatte noch nie einen Arbeitstag versäumt, nur weil ein Kind krank war. Nein, er war keine Hilfe.

Aber Daisy sehnte sich nach einem Menschen. Sie

wollte in den Arm genommen, dafür gelobt werden, daß sie Jenny durch die Nacht gebracht hatte. Sie wollte, daß jemand sagte: »Ich passe eine Weile auf Jenny auf, du kannst dich hinlegen und ein wenig schlafen.« Aber wer konnte das tun? Niemand. Ihre Mutter und Schwester waren zu weit fort. Ihre Freundinnen hatten selber Kinder und konnten nicht zu ihr kommen. Sie konnte es nicht von ihnen verlangen. Außerdem hatte sie das Gefühl, es sei wichtig, daß sie, Daisy, bei ihrer Tochter wachte, als ob nur sie Jennys Leben retten könnte. Sie sah auf ihre Tochter hinunter, die jetzt so unschuldig und friedlich schlief. Daisy war einerseits todmüde und andererseits zutiefst froh. Sie hatte Jenny lebend durch die dunkle Nacht gebracht, in den neuen Tag hinein. Sie fühlte Jennys Stirn: Das Fieber war weg. Zuinnerst wußte sie, daß trotz Wasserdampf und Antibiotika die Kraft ihres Willens, ihrer Liebe das echte Lebenselixier gewesen war, das ihre Tochter gerettet und den Geist des Todes aus dem Zimmer vertrieben hatte. Sie erinnerte sich an die gleichbleibende, großherzige Fürsorge ihrer eigenen Mutter, wenn sie oder Dale oder der Vater krank gewesen waren. Sie erinnerte sich an das Gefühl einer kühlen Hand auf ihrer Stirn, das Gefühl, daß jemand, der stark und gut war, neben ihrem Bett stand und sie beschützte und wollte, daß sie gesund wurde. Jetzt war sie an der Reihe, sich um ihre Kinder zu kümmern, und sie grollte nicht über diese Pflicht und diese Arbeit. Sie empfand es fast als eine Ehre, dazu fähig zu sein, als sei sie eingeladen worden, an einem uralten magischen Ritual teilzunehmen. Sie war also froh. Aber sie war so müde. Und so allein.

Daisy saß am Bett ihrer Tochter, beobachtete sie, bis es halb acht war und sie Danny in seinem Zimmer hörte. Sie weckte Jenny, gab ihr wieder die Medizin. Jenny schluckte sie halb im Schlaf und sank wieder in die Kissen. Ihre Atmung war fast normal. Daisy ging durch den Flur, um nach Danny zu sehen. Sie schmuste mit ihm einen Moment lang in seinem Bett und wurde fast überwältigt von ihrem Bedürfnis nach Ruhe und Schlaf. Dann gelang es ihr, aufzustehen, sie half ihm beim Anziehen und machte ihm sein Frühstück. Sie hatte keinen Hunger und auf nichts Appetit. Sie trank schwarzen Kaffee, in der Hoffnung, daß er sie wach hielt.

Um acht drehte sie den Fernsehapparat an, und da war er wieder, Kapitän Känguruh mit seinem roten Mantel, an einem Schwimmbecken mit dressierten Delphinen. Verzaubert blickte Daisy auf den Bildschirm. Sie war erstaunt, zu sehen, daß da draußen die ganze Welt versammelt war: Kapitän Känguruh, gehorsame Delphine, lachende Kinder, Kameraleute. Überall machten Frauen jetzt Frühstück, sorgten sich Kinder wegen irgendeines Tests in der Schule, setzten alte Leute ihre Zahnprothesen wieder ein, winselten Hunde, die auf den Rasen gelassen werden wollten. Überall gab es Menschen, die sich jetzt hellwach auf den Weg machten, Auto fuhren, Radio hörten, gurgelten, frühstückten, die Haustür zuknallten, auf Wiedersehen riefen. Es war wunderbar, fand sie, wunderbar und überwältigend, sich das vorzustellen.

Ja, dachte Daisy, während sie zusah, wie der graue Delphin sprang und auf dem Brett wippte, all das gibt es da draußen, aber es gibt auch kranke Kinder, an deren Betten Mütter und Väter sitzen, voller Angst und Hoffnung, und die ganze wunderbare Welt schrumpft zusammen auf die Größe eines engen, von Dampf erfüllten Raumes.

»Danny«, sagte sie, »ich muß mal nach Jenny sehen. Du mußt heute ein ganz braver, lieber Junge sein. Jenny ist krank, sie war die ganze Nacht lang krank, und ich bin sehr müde. Weißt du was, du darfst heute den ganzen Vormittag lang fernsehen.«

»Alles, was ich möchte?« fragte Danny.

»Alles«, antwortete Daisy. Sie ging die Treppe hinauf in Jennys Zimmer. Jenny schlief friedlich.

Der Tag ging weiter. Daisy trank Kaffee, gab Jenny ihre Medizin und konnte sie dazu bringen, ein Babyfläschchen voll Apfelsaft zu trinken. Danny ging in die Vorschule und kam wieder nach Hause. Jenny ging es wieder so gut, daß sie nachmittags im Wohnzimmer sitzen und Zeichentrickfilme sehen konnte. Daisy bewegte sich wie ein Roboter, dem ein paar Sicherungen durchgebrannt sind, sie erledigte dieses und jenes, das Notwendigste. Sie blieb den ganzen Tag im Nachthemd und Morgenrock. Sie rief niemanden an, niemand rief sie an, Einsamkeit umgab sie und ihr Haus wie dichter Nebel.

Abends um sechs konnte sie sich kaum noch bewegen, so müde war sie, todmüde. Jenny war wieder zum Leben erwacht, sie atmete leicht, ihre Gesichtsfarbe war normal, sie wollte herumlaufen, was Daisy ihr aber nicht erlaubte. Sie sehnte nur noch die Schlafenszeit herbei. Ihr war ständig leicht übel, das Gehen tat ihr weh, jedes Lächeln tat ihr weh. Schließlich hatte sie die Kinder im Bett, und endlich schliefen sie ein. Daisy gab der Katze zu fressen, wusch das Geschirr von Dannys Mahlzeiten ab, machte einen kurzen Versuch, das Wohnzimmer aufzuräumen, den sie bald aufgab. Sie war zu müde. Um neun sah sie noch einmal nach den Kindern, dann rollte sie sich in ihrem Nest auf dem Fußboden in Jennys Zimmer zusammen. Beide Wasserdampfapparate schnorchelten vor sich hin. Sie sank in einen tiefen Schlaf.

Gegen Mitternacht weckte Danny sie auf, er weinte. Er übergab sich. Daisy zog sich müde vom Boden hoch, warf einen Blick auf Jenny, die normal und mühelos atmete, und lief hinaus, um Danny zu helfen. Sie trug ihn ins Badezimmer (wie *schwer* er war), wobei er ihren Morgenrock vollspuckte. Er übergab sich über der Bastematte und spuckte schließlich in die Toilette.

Er weinte und spuckte. Daisy fühlte seine Stirn. Sie war warm, aber nicht heiß. Sie zog ihren beschmutzten Morgenrock aus, und Danny den klebrigen Schlafanzug und zog ihm einen frischen an, lief in die Küche und holte ihm ein Glas 7-Up. Sie trug ihn in sein Zimmer, setzte ihn auf den Fußboden, wechselte sein Bettzeug und säuberte den Teppich. Sie legte Danny wieder ins Bett, breitete ein Handtuch über seinem Kopfkissen aus und eins über seiner Bettdecke. Er weinte abwehrend, als sie ihm das Fieberthermometer in den Mund stecken wollte, sagte, es ginge ihm gut, er wolle schlafen. Daisy fühlte seine Stirn und ließ ihn in Ruhe. Sie ging in ihr Schlafzimmer und kramte einen alten Morgenmantel hervor, der sich über dem Bauch nicht schließen ließ, aber Arme und Rücken wärmte. Sie sah noch einmal nach Danny, legte die vollgespuckten, übelriechenden Sachen auf einen Haufen im Badezimmer, taumelte dann die Treppe hinunter, um das rosa Penicillinfläschchen für Jenny aus dem Kühlschrank zu holen, stieg die Treppe hoch, gab ihrer verschlafenen Tochter die Medizin, mühte sich die Treppen wieder hinunter, um die Medizin wegzustellen. Als sie die Treppe wieder hochstieg, weinte sie leise vor Müdigkeit. Sie füllte die Verdampfungsapparate mit Wasser auf, sank dann in ihr Nest in Jennys Zimmer und schlief ein.

Zwei Stunden später weinte Danny wieder und mußte sich erneut übergeben. Und wieder half Daisy ihm, gab ihm 7-Up zu trinken, wechselte seine Bettwäsche und legte ihn wieder hin. Als sie die schmutzige Wäsche auf den Haufen im Badezimmer warf, merkte sie, daß sie schluchzte und Paul laut verfluchte. Der zusätzliche Wäscheberg erfüllte sie mit Panik. Sie wollte nichts als schlafen. Sie sah noch einmal nach Jenny, kroch dann in ihr eigenes Bett, in der verzweifelten Hoffnung, daß bis Mittag niemand sie wecken würde. Aber Danny weckte sie um sechs Uhr früh, er übergab sich, und jetzt war er sehr schwach. Daisy trug ihn, beruhigte ihn, säuberte ihn, legte ihn schlafen. Dann ging sie wieder ins Bett.

Die Kinder wachten um acht Uhr auf, als wäre es eine normale Nacht gewesen. Danny war müde und schlecht gelaunt, er hatte blaue Ringe unter den Augen. Aber Jenny ging es offensichtlich besser. Sie war voller Bewegungsdrang und laut. Sie zerrte an Daisy, drehte sich und hüpfte herum, so daß Daisy schon beim Zusehen übel wurde. Daisy konnte vor Müdigkeit kaum noch auf den Beinen stehen. Sie stolperte die Treppe hinunter, füllte zwei Teller mit trockenen süßen Flocken und setzte die Kinder zur Kapitän-Känguruh-Show vor den Fernsehapparat. Sie sagte, sie sollten dort ruhig sitzen bleiben, bis die Show zu Ende sei. Dann ging sie wieder in ihr Bett und schlief eine wunderbare Stunde lang. Um neun klingelte das Telefon.

»Daisy? Hier ist Karen. Es tut mir leid, aber ich kann Danny heute nicht in die Vorschule fahren, Andrea ist krank, sie hat eine Darmgrippe.«

»O nein!« sagte Daisy, überwältigt von dem Klang einer freundlichen Stimme. »Oh, Karen. Danny ist auch krank, er war die ganze Nacht wach.«

»Na, dann mach dich auf eine aufreibende Woche gefaßt«, sagte Karen fröhlich. »Die Sache ist sehr ansteckend. Du wirst sie auch bekommen, und Jenny auch, und Paul wird sie auch bekommen, und wenn ihr einen Hund oder eine Katze habt, auch die ...«

»O Gott«, sagte Daisy und weinte erschöpft. »Karen, Jenny hat Bronchitis, sie darf nicht auch noch Darmgrippe bekommen.«

»Wenn Danny sie hat, kannst du das gar nicht verhindern«, meinte Karen. »Mach dir nicht zuviel Sorgen, es dauert nicht lange, in achtundvierzig Stunden ist es überstanden. Du kannst die Kinder pflegen, dann kann Paul dich pflegen, und dann kannst du Paul pflegen. He, weinst du?«

»Oh, Karen«, heulte Daisy, »ich bin so müde. Ich habe seit drei Nächten nicht geschlafen. Und Paul ist weg. Er hat mich verlassen, er lebt mit einer anderen Frau zusammen.«

Nach einer langen Pause sagte Karen: »Daisy, mein Gott. Ich weiß gar nicht, was ich dazu sagen soll. Es tut mir so leid. Was um alles in der Welt denkt sich Paul denn dabei? Was hat er denn? Seine Midlife-crisis?«

Daisy fing an zu lachen, und lachend wischte sie sich die Tränen ab. »Ach, Karen, Paul steht noch nicht einmal in der Mitte seines Lebens, wie soll er da eine Midlife-crisis haben? Für ihn ist das keine Krise, sondern die große, romantische Liebe: Freiheit und Ekstase. Die Scheidung. Ich hoffe nur, Danny ist es gelungen, den Grippevirus ins Haus einzuschleppen, ehe Paul abgehauen ist. Ich hätte gern, daß seine neue Liebe zuhört, wenn er sich übergibt.«

»Daisy, kann ich etwas tun? Kann ich dir helfen? Ich kann heute nicht einmal kommen, wegen der Grippe!«

»Ich weiß, ich weiß. Das macht nichts. Hör zu, vielleicht rufe ich dich später noch einmal an. Es hilft schon, zu wissen, daß du da bist. Ich muß jetzt nach den Kindern sehen. Ich habe sie mit ihren Flocken unten im Wohnzimmer vor den Fernseher gesetzt, und ich glaube, ich habe vergessen, Jenny heute morgen ihre Medizin zu geben. Mach dir keine Sorgen, ich werde es schaffen. Ich rufe dich später an.«

Sie legte den Hörer auf, kroch aus dem Bett und ging hinunter. Ihr war schwindelig vor lauter Schlafmangel, sie hatte seit drei Nächten nicht eine Nacht ohne mehrere Unterbrechungen geschlafen. Aber sonst war sie wieder zuversichtlicher: Sie wußte, daß sie später mit Karen sprechen konnte. Das Wohnzimmer sah wüst aus. Jenny wollte ihre Flocken nicht essen und hatte aus Versehen ihren Teller, der auf der Erde gestanden hatte, umgestoßen. Aber beide Kinder saßen ruhig, mit tiefliegenden Augen, an die Couch gelehnt auf dem Boden, und starrten auf den Bildschirm. Daisy kroch auf dem Fußboden herum und las die Flocken auf. Sie gab Jenny ihre Medizin, hielt sie fest und zwang sie, noch mehr 7-Up zu trinken. Sie trottete die Treppe hinauf, nahm die schmutzige Wäsche, trottete hinunter in den Waschmaschinenraum, füllte die erste Maschine. Als sie wieder nach oben kam, weinte Danny und spuckte gerade eine höchst eindrucksvolle Menge klarer Flüssigkeit aus. Sie säuberte ihn und den Wohnzimmerteppich, hüllte ihn in eine Decke und las ihm Geschichten vor, bis er in ihren Armen eingeschlafen war.

Es klingelte an der Tür. Daisy sah auf die Uhr. Zehn Uhr dreißig. Sie zögerte aufzumachen, da sie wußte, wie sie aussehen mußte an diesem klaren Morgen, in ihrem zu engen, zerdrückten Morgenrock, im Nachthemd, die Haare zerzaust. Trotzdem legte sie Danny auf die Couch und ging an die Tür.

Eine leicht affektierte, sehr korrekt gekleidete Dame in den Sechzigern stand lächelnd mit einem großen schwarzen Notizbuch vor der Tür.

»Mrs. Mitchell?« fragte sie. »Ich bin Corinne Wentworth. Ich arbeite für Hamilton. Hamilton und Dunne, Immobilien. Entschuldigen Sie bitte, wenn ich Sie in einem ungünstigen Augenblick störe, aber ich war gerade in der Nähe, und da dachte ich mir, daß es Ihnen sicher nichts ausmachen würde, wenn ich mir das Haus ansehen würde.«

»Wieso? Was ist mit dem Haus?« fragte Daisy wie betäubt.

»Um die Informationen für unsere Listen zusammenzustellen, für unsere Kunden, natürlich«, sagte Corinne Wentworth strahlend. »Ich bin übrigens überzeugt, daß Sie keine Schwierigkeiten beim Verkauf des Hauses haben werden, jeder möchte am See wohnen.«

»Unser Haus wird nicht verkauft«, sagte Daisy.

Die Frau starrte sie an. »Doch, aber natürlich«, sagte sie. »Bestimmt, Mr. Mitchell hat heute morgen erst mit uns verhandelt.«

»Dieses Haus wird nicht verkauft«, sagte Daisy, und sie begann zu zittern. »Dieses Haus wird jetzt nicht verkauft, und es wird nie verkauft werden. Mr. Mitchell hat keinerlei Befugnis. Ich wohne in diesem Haus, und meine Kinder auch, beide sind krank, und niemand wird hier in dieses Haus kommen und mich und meine Kinder belästigen. Weder jetzt noch später.«

»Es tut mir wirklich sehr leid«, sagte Corinne Wentworth, ohne einen Zentimeter zu weichen, »aber Mr. Mitchell hat heute morgen mit mir persönlich gesprochen, und er hat mir versichert . . .«

»Dieses Haus wird nicht verkauft werden!« schrie Daisy. »Sollten Sie versuchen, in dieses Haus einzudringen, werde ich Sie umbringen! Mr. Mitchell ist ein Lügner, und es wird ihm nicht gelingen, dieses Haus zu verkaufen. Mein Vater hat mir die Anzahlung gegeben, und der Vertrag läuft ebenso auf meinen wie auf Mr. Mitchells Namen. Dieses Haus wird nicht verkauft, weder jetzt noch später, und sollten Sie mich noch einmal belästigen, rufe ich die Polizei und zeige Sie wegen Nötigung an. Und jetzt verlassen Sie bitte meinen Grund und Boden!« Daisy schlug der Frau die Tür vor der Nase zu und verriegelte das Sicherheitsschloß.

Sie lief ins Wohnzimmer. Danny schlief, und Jenny starrte friedlich auf den Bildschirm. Das Sonnenlicht, das ins Fenster strömte, kam ihr irrwitzig vor und zugleich auf schmerzende Weise normal. Sie ging in die Küche und wählte die Nummer von Pauls Büro. Als er antwortete, mußte sie ihre Fingernägel in ihre Schulter krallen, um sich zu zwingen, ihn nicht anzuschreien. Sie war nicht verrückt, machte sie sich klar, sondern *er*: verrückt und gemein.

»Paul«, sagte sie, »ich habe gerade eine Frau weggeschickt, die der Ansicht zu sein scheint, dieses Haus stünde zum Verkauf und du hättest ihr das gesagt.«

»Daisy«, fing Paul an.

»Ehe du weitersprichst«, sagte Daisy mit bebender, aber resoluter Simme, »möchte ich dir sagen, daß Jenny vor zwei Nächten fast gestorben wäre. Jetzt sind *beide* Kinder krank, Jenny hat eine Bronchitis und Danny Darmgrippe. Du wirst uns nicht aus dem Haus werfen, weder jetzt noch später.«

»Daisy«, sagte Paul. »Es tut mir leid zu hören, daß die Kinder krank sind. Und es tut mir leid, daß Mrs. Wentworth dich belästigt hat. Sie hätte nicht heute morgen zu dir kommen sollen. Das war übereilt. Ich habe beiläufig erwähnt, daß ich das Haus verkaufen möchte, und sie hat übereifrig gehandelt, nehme ich an.«

»Du wirst das Haus nicht verkaufen«, sagte Daisy.

»Daisy, ich möchte nicht mit dir streiten, wenn alle krank sind. Wir müssen das jetzt nicht diskutieren. Warum wollen wir nicht später darüber reden, wenn es dir besser geht?«

»Du wirst das Haus niemandem anbieten. Du wirst das Haus nicht verkaufen.«

»Daisy, ich brauche das Geld. Ich kann unmöglich weiterhin die Kaufraten zahlen, und ich brauche das Geld, das ich bezahlt habe.«

»Der größte Teil des Geldes, das wir bezahlt haben, ist die Summe, die mein Vater uns geliehen hat«, sagte Daisy kühl.

»Zwanzigtausend davon«, erwiderte Paul. »Die anderen zwanzigtausend sind von uns. Zur Hälfte von dir, zur Hälfte von mir. Solltest du einen Weg finden, deinem Vater die zwanzigtausend zurückzuzahlen, und eine Möglichkeit, mir meine zehntausend zu geben und dann die furchteinflößenden Hypothekenschulden und die Heizölrechnungen zu zahlen, dann kannst du das Haus behalten. Andernfalls wirst du das

Haus verkaufen müssen, mehr gibt es dazu nicht zu sagen.«

»Es ist unser *Zuhause*«, flüsterte Daisy verzweifelt.

»Es ist zu groß für dich«, sagte Paul. »Eine Frau und zwei kleine Kinder brauchen kein so großes Haus.«

»Als du noch mit uns gewohnt hast, brauchten wir ein so großes Haus, obwohl du hier nur geschlafen hast«, sagte Daisy. »Und erlaube mir, dich daran zu erinnern, daß hier bald eine Frau und drei Kinder leben werden. Paul, ich bin bei allem, was geschehen ist, so freundlich zu dir gewesen, wie ich nur sein konnte. Aber wenn du versuchen solltest, mir das Haus wegzunehmen, wirst du große Schwierigkeiten bekommen.«

»Daisy, ich möchte nicht mit dir streiten. Du mußt vernünftig sein. Es wird sowieso alles vor Gericht ausgetragen werden, und kein Richter wird dir so ein großes Haus zubilligen, kein Richter wird von mir erwarten, soviel zu zahlen. Mein Gott, wenn ich die Raten für das Haus zahlen müßte, bliebe mir nichts, um dir Unterhalt für die Kinder zu zahlen und selber leben zu können.«

»Du kannst das Haus nicht verkaufen«, wiederholte Daisy stur.

»Daisy, du bist müde. Du bist durcheinander. Ich werde das Haus nicht jetzt verkaufen. Wir werden warten. Es tut mir leid, daß die Frau dich belästigt hat. Laß uns irgendwann wieder darüber reden. Vielleicht Anfang nächster Woche.«

Daisy legte auf und verließ den Raum. Sie ging wie in Trance durch das Haus, starrte auf die Eichenholzarbeiten, die sie gewachst und poliert hatte, die unterteilten Fenster, die sie gestrichen hatte, die hohen Wände, die sie tapeziert hatte. Sie versuchte, die Müdigkeit, die sie erfüllte, zu durchdringen. Das Haus. Ihr wurde bewußt, daß sie in den vergangenen Wochen zuwenig nachgedacht hatte, daß sie wie eine Schlafwandlerin umhergegangen war oder wie ein Unfallopfer unter Schock, nicht bereit, die Folgen klar zu erkennen, die unwiderruflichen Veränderungen in ihrem Leben. Paul wollte gehen. Paul war gegangen. Er kam nicht mehr zurück. Sie *wollte* auch nicht wirklich, daß er wiederkäme. Und sie lehnte sich an das sanft geschwungene Treppengeländer und weinte leise darüber, daß es sie mehr schmerzte, ein Haus zu verlieren als ihren Ehemann. Sie fühlte sich schuldig bei dieser Erkenntnis. Trotzdem hatte es etwas Obszönes, daß sie beides verlieren sollte, daß Paul ihr und den Kindern alle Sicherheit nahm und ihr jetzt ihr Zuhause wegnehmen wollte. Sie war so müde – als sei sie besessen von einem Dämon, als stünde sie unter Drogen. Ihr Körper zerrte an ihr, versuchte, sie auf eine flache Ebene zu ziehen, wo er zusammenbrechen konnte. Aber sie taumelte zurück in die Küche und wählte wieder Pauls Büro.

»Paul«, sagte sie, als er den Hörer abhob, »ich fahre nächste Woche zu meiner Mutter nach Vancouver. Reg dich nicht auf, es wird dich keinen Cent kosten. Meine Mutter bezahlt das Flugticket. Du mußt nur in der Zeit kommen und bei den Kindern bleiben.«

»Aber Daisy, sei nicht töricht«, sagte Paul, »ich kann nicht bei den Kindern bleiben.«

Sie unterbrach ihn. Ihre Stimme klang kühl und ungeheuer beherrscht. »Natürlich kannst du das. In wenigen Monaten wirst du in Kalifornien leben und es mir überlassen, den Rest meines Lebens für drei Kinder zu sorgen. Ich verlange von dir lediglich, daß du dich eine Woche lang um zwei Kinder kümmerst. Du wirst nicht daran sterben. Danny geht jeden Nachmittag in die Vorschule. Ich kann dir Namen und Telefonnummern vieler Babysitter geben. Du mußt den Kindern nur das Abendessen machen und sie anziehen. Das ist nicht viel. Du kannst ja Monica bitten, dir zu helfen. Wenn du mit ihr lebst und wenn sie die Freuden mit dir teilt, wird es ihr sicherlich nichts ausmachen, *freundlich* zu den Kindern zu sein, wie du mir versichert hast, daß sie es sein würde.«

»Daisy«, fing Paul an, »das ist absurd, ich kann nicht ...«

»Paul«, sagte Daisy, »ich fliege nächsten Montag nach Vancouver, und ich verlasse das Haus, in dem sich zwei Kinder befinden werden, *deine* Kinder. Du wirst diese eine Woche deines Lebens die Verantwortung für deine Kinder übernehmen müssen, und es wird dich nicht umbringen. Solltest du nicht kommen, werden die Kinder hier eine Woche lang allein leben und verhungern oder einen elektrischen Schlag bekommen, und das wird alles auf dein Konto gehen, denn ich werde in Vancouver sein. Sieh es von der finanziellen Seite, Paul. Bei meinem Besuch werde ich sehen, ob ich nicht etwas Geld von meiner Mutter kriegen kann, damit ich das Haus behalten kann. Sieh es so.«

»Schon gut, schon gut«, sagte Paul, und seine Stimme klang heiser vor Zorn. »In Ordnung. Aber mach die Termine mit den Babysittern für die nächste Woche fest. Such jemanden, der auch tagsüber auf die Kinder aufpaßt. Ich werde abends dasein, aber tagsüber muß ich, wie du weißt, arbeiten.«

Wieder legte Daisy den Hörer auf und rief dann, ehe der Mut des Augenblicks sie wieder verließ, beim Reisebüro an, um den Flug nach Vancouver zu buchen. Sie telefonierte mit Babysittern und machte Termine mit ihnen aus. Später, wenn sie Karen anrief, würde sie sie bitten, gelegentlich nach den Kindern zu sehen. Und plötzlich war alles erledigt, alles arrangiert. Hätte sie eine Pause gemacht und darüber nachgedacht, ehe sie es anpackte, hätte sie es für unmöglich gehalten, ihre beiden Kinder eine Woche lang allein zu lassen. Sie hatte sie noch nie länger als fünf Stunden allein gelassen.

Sie ging ins Wohnzimmer zurück. Inzwischen waren

beide Kinder eingeschlafen. Sie lagen ausgestreckt auf der Couch und schnarchten zufrieden. Daisy würgte es in der Kehle, als sie sich im Zimmer umsah. Kein Spielzeug, kein Buch, kein Malstift und keine Puppe – nichts war mehr dort, wo es hingehörte, sondern lag seit Tagen irgendwo auf dem Fußboden herum. Kleine violette, orangefarbene, rote, schwarze und grüne flache Scheiben aus Plastik aus Dannys »Puh-der-Bär-Spiel« lagen wie Konfetti auf dem Teppich verstreut. Puzzleteile waren zu Türmchen gestaltet, die Puppen ausgezogen, die Reißverschlüsse der Puppenkleider offen, jeder Knopf aufgeknöpft – alle Puppensachen waren in irgendeine Ecke geworfen. Ein Berg schmutziger Handtücher lag in der Nähe der Couch. Im Fernsehen war gerade eine adrette Hausfrau zu sehen. Ein gepunktetes Tuch um den Kopf, in der einen Hand einen Mop, küßte sie ihren Mann mit einer für einen normalen Haushalt geradezu krankhaft wirkenden Ausgelassenheit ab. Daisy ging zum Fernsehapparat und drehte ihn aus. Sie setzte sich auf den Teppich und fing an, die Puzzleteile zu sortieren. Rotkäppchen auf einen Haufen, die Eulenfamilie auf einen anderen und so weiter. Nach einer Weile wurde es ihr zu langweilig, und nach einem weiteren prüfenden Blick auf die Kinder ging sie hinauf ins Badezimmer und putzte sich die Zähne.

Sie war überrascht, wie alt, abgehärmt und hager sie aussah, wie grau ihre Haut war, die Haare strähnig und angeklatscht, die Lippen aufgesprungen, die Augenlider hingen – sie sah aus wie fünfzig und war erst neunundzwanzig. Der Gedanke an die nächsten Tage, die vor ihr lagen, zu Hause mit zwei kranken Kindern und keinerlei Ablenkung, außer den Arbeiten, die getan werden mußten, ließ sie schaudern. Sie konnte nicht guten Gewissens einen Babysitter anrufen, ein Mädchen, das kam und ihr ein paar Stunden lang die Arbeit abnahm, dazu war Dannys Darmgrippe leider zu ansteckend. Sie mußte die Situation durchstehen, allein auf sich gestellt, ohne Hilfe. Allein. Überleben, bis sie am Montag abreisen konnte, um ihre Mutter zu besuchen.

Ihr wurde klar, daß es von nun an immer so sein würde. Außer, daß bald noch ein Kind mehr dasein würde, für das sie sorgen mußte. Dann hatte sie womöglich drei kranke Kinder auf einmal zu pflegen, sie konnte sich jetzt schon in Gedanken auf dieses Happening vorbereiten.

Es war wirklich sehr komisch. Wie hatte es dazu kommen können, daß sie demnächst mit drei Kindern dastand, und ohne Haus, und Paul eine neue junge Frau haben würde? Es reichte aus, um sie vor Haß und Wut auf den Mann, den sie geheiratet hatte, laut aufheulen zu lassen. Als sie heranwuchs, und später, als sie heiratete, hatte sie niemals gedacht, daß aus ihr je eine verbitterte Frau, eine tief verzweifelte Frau werden könnte. Und noch jetzt wollte sie es nicht sein. Aber so viele Dinge zwangen sie nieder – all die jetzt wichtigen, konkret anstehenden Probleme: Dannys und Jennys Krankheit, der Verlust des Hauses und, schlimmer noch, diese unermeßliche, namenlose Angst. Sie kam sich plötzlich einsam vor, zurückgestoßen, ungeliebt, nicht liebenswert und häßlich. Sie wollte Paul und Monica weh tun und haßte sich gleichzeitig für dieses Bedürfnis. Sie war hilflos und voller Kummer. Sie hatte Angst vor der Zukunft und war viel zu erschöpft, um mehr tun zu können, als den Moment zu überstehen. Und sie spürte, wie die Wut in ihr immer größer wurde, so, wie die Schaumkronen der Wellen größer wurden, wenn sie auf die Küste zurollten. Sie hätte sich gern wütend auf den Badezimmerboden geworfen und geweint.

Aber das ging nicht, noch nicht. Sie mußte nach den Kindern sehen, auf sie aufpassen. Bei ihrer Mutter würde sie sich fallenlassen und richtig laut toben und sich ausweinen, aber bis dahin mußte sie sich zusammenreißen. Sie war sich nicht recht darüber im klaren, welche Richtung ihr Leben nahm, aber sie wußte, daß sie die, die ihr anvertraut waren, schützen wollte: ihren Sohn, ihre Tochter und das neue Kind, das jetzt heftig in ihr strampelte, als reagierte es auf die Turbulenzen ihres Herzens.

Sie mußte lächeln und sagte: »Hallo, Baby.« Sie zog sich ihren Morgenrock und ihr Nachthemd aus, ging unter die Dusche und streichelte lange ihren Bauch, als wollte sie das neue Baby kennenlernen und sich dafür entschuldigen, daß sie es in den vergangenen Tagen sowenig beachtet hatte. Sie wusch sich die Haare, verrieb Feuchtigkeitslotion in ihrem Gesicht, zog sich frische Sachen an und benutzte Parfüm. Sie machte Pläne für den Tag – die anspruchslosen, zerbrechlichen Pläne, die Frauen mit kranken Kindern wie zur Belohnung für sich selbst machen, um den Tag durchzustehen: Sie würde Karen anrufen und auch ihre beiden anderen engeren Freundinnen. Und am Abend würde sie ihre Mutter anrufen, um ihr zu sagen, daß sie in der nächsten Woche zu ihr käme. Und sie würde sogar Dale anrufen. Mit Dale hatte sie schon lange nicht mehr telefoniert. Sie würde für morgen einen Babysitter bestellen, damit sie schlafen konnte, falls die Kinder nachts wieder für Unruhe sorgten, oder damit sie einmal eine Zeitlang aus dem Haus gehen konnte. Bestimmt würde Dannys Darmgrippe morgen nicht mehr so schlimm sein. Heute würde sie Schoko-Chip-Kekse backen, auch wenn Danny und Jenny wahrscheinlich noch zu krank waren, um sie zu essen; sie konnte sie in die Keksdose tun und für nächste Woche aufbewahren – und selber das meiste von dem Teig essen, denn der Teig für Schoko-Chip-Kekse gehörte für sie zu den besten Dingen des Lebens überhaupt. Sie würde das Wohnzimmer aufräumen und die Wäsche fertig waschen, aber das übrige Haus lassen, wie es war, sollte Paul doch putzen und aufräumen, wenn es ihn störte. Um drei Uhr nachmittags würde sie ein Glas Chablis trinken. Sie würde mit den Kindern spielen und sich um sie kümmern, aber solange sie vor dem Fernseher saßen, würde sie einen neuen Liebesroman lesen. Sie würde den Tag hinter sich bringen und den nächsten und auch den übernächsten, bis sie zu ihrer Mutter fahren konnte, bis sie dorthin fahren konnte, wo sie wieder Kind sein durfte und wie ein Kind Trost und Fürsorge bekommen würde.

Sie ging die Treppe hinunter und in die Küche und begann, die Kekse zu machen. Sie liebte es geradezu, den braunen Zucker und die Butter cremig zu rühren, sie liebte den alkoholischen Duft der Vanille, sie liebte das Üppige, Nahrhafte an den Schoko-Chips. Sie war fast glücklich – überdreht vor Müdigkeit. Sie ging ins Wohnzimmer, schleckte Teig von einem Eßlöffel und stand da, schwankend, und betrachtete ihre süßen schlafenden Kinder, horchte, wie sie atmeten.

4

Daisy mußte laut lachen. Sie dachte an die kleinen Wundertüten, die sie ihren Kindern am Morgen geschenkt hatte, damit sie durch ihre Neugier auf die Schätze darin abgelenkt wurden und nicht weinten, wenn sie sahen, daß ihre Mutter wegfuhr. Sie hatte ihnen Süßigkeiten geschenkt, kleine Golden Books und ein paar billige Plastikspielsachen, darunter für jedes Kind eine Mundharmonika, die eine rot, die andere gelb. Die Kinder liebten Mundharmonikas und spielten ununterbrochen darauf, wenn sie eine hatten. Daisy warf sie meistens, sowie eine ins Haus kam, weg, weil das Geräusch selbst der liebevollsten Mutter den letzten Nerv raubte. Jenny gab sich gewöhnlich damit zufrieden, durchs Haus zu gehen und einfach immer wieder an einem Ton die Luft ein- und auszuziehen, womit sie das Geräusch einer französischen Polizeisirene hervorbrachte. Aber Danny versuchte, auf seiner Mundharmonika richtige Lieder zu spielen, einfallsreich und unermüdlich. Weder ihn noch Jenny schien es zu stören, daß ihre Musik unmelodisch, laut und quälend war – so, wie Kinder sich ja auch durch das Kreischen, Weinen oder Plärren anderer Kinder nicht verrückt machen ließen. Sie brachten es fertig, in einem Zimmer Mundharmonika-Duette zu spielen, bis Daisy der Kopf weh tat und sie vor Wut bebte. Sie hoffte nur, daß den Kindern die Geschenke gefielen und daß sie ihrem Vater ein Mundharmonika-Ständchen bringen würden, wenn er abends vom Büro nach Hause kam, und ein Morgenständchen als erstes beim Aufwachen. Es war kein großer Racheakt, den Kindern beim Abschied Mundharmonikas zu schenken, aber für etwas Besseres war keine Zeit, und der Gedanke daran verschaffte ihr eine echte Befriedigung. Sie mußte laut lachen.

Es war halb zwei Uhr nachmittags, und sie hatte den Vier-Stunden-Flug von Chicago nach Vancouver fast hinter sich, und sie hatte ihn sehr genossen. Als das Flugzeug mit seiner fast unvorstellbaren Geschwindigkeit und Leichtigkeit vom Boden abhob, fühlte sie sich plötzlich befreit und erleichtert. Danny und Jenny hatten beide ihre Krankheit überstanden, sie selber war erschöpft von der ständigen Anspannung und Sorge. Jetzt trug sie frische, saubere Sachen und hatte eine ganze Reihe im Flugzeug für sich allein: Sie flog Clubklasse, ein wahrer Luxus, ohne ein entzückendes, aber strampelndes Kind, das auf ihr herumkletterte, ihr aus Versehen in ihren dicken Bauch trat oder Limonade über ihr frisches Kleid schüttete oder seine klebrigen Finger daran abwischte. Zum erstenmal seit vier Jahren war sie für sich allein und brauchte nur auf ihre eigenen Wünsche zu reagieren. Und sie flog zu ihrer Mutter, die ihr den Rat und die Hilfe, die sie so dringend brauchte, geben würde. Herrlich. Um die Kinder kümmerten sich erfahrene Babysitter, die täglich ins Haus kamen, und Daisys Freundinnen Karen und Jane hatten versprochen, täglich nach dem Rechten zu sehen. Und abends würde Paul bei den Kindern sein. Daisy konnte sich auf eine Woche in Freiheit freuen. Sie wollte sich ausschlafen, ausspannen, ihrer Mutter erzählen, in was für eine üble Lage sie geraten war, und sie würde liebevolle Hilfe und Unterstützung bekommen und damit zu Hause der furchteinflößenden Zukunft entgegensehen.

Die Zukunft. Daisy war zu sehr damit beschäftigt gewesen, den Tag zu überstehen, um an die Zukunft denken zu können, aber als das Flugzeug sich in die Lüfte erhob und sanft abdrehte, versuchte sie, sich zu sammeln und Pläne zu machen. Sie lehnte sich in ihren Sitz zurück und faltete die Hände über ihrem Bauch. Das Flugzeug, so schien es ihr, war Sinnbild und zugleich ein Zeichen. Es entzog sich so mühelos der

Schwerkraft der Erde, als ob es ihr sagen wollte: Sieh mal, wie schwer und erdgebunden ich auch bin, für eine gewisse Zeit kann ich mich befreien. Und obwohl diese Flucht Kraft kostet, war die Kraft der Phantasie vielleicht das wichtigste daran. Sie wollte die Kräfte ihrer eigenen Phantasie, ihren Mut und ihre Intelligenz zusammennehmen und sich auf die Zukunft konzentrieren.

Da waren Danny und Jenny und das neue Baby – sie waren immer das wichtigste. Und auf Paul konnte sie nicht mehr zählen, sie war allein. Es fiel ihr schwer, noch weiter darüber hinaus zu denken. Sie wußte, daß sie an irgendeinem Punkt ihrer Überlegungen zusammenbrechen und weinen und jammern und klagen würde über das, was sie verloren hatte, und manchmal meinte sie, daß ihr Leben seinen Sinn verloren habe. Wenn Paul sie und die Kinder nicht mehr wollte, wer würde sie dann noch wollen? Sie war zu sehr mit den Kindern beschäftigt gewesen, als daß sie über das Verlorene hätte trauern können, aber sie spürte den Kummer, den Kummer, der sich in ihr ballte, so real und schwer wie das Baby in ihr. Vielleicht, so hoffte Daisy, konnte sie bei ihrer Mutter ausspannen, vielleicht konnte sie sich fallenlassen und weinen. Sie hatte ihrer Mutter noch nicht von der bevorstehenden Scheidung erzählt. Sie wollte es ihr, wenn sie bei ihr war, erzählen, wollte in die tröstenden Arme ihrer Mutter sinken und weinen. Sie wollte sich den Schmerz von ihrer Mutter wegwischen lassen. Ja, sie wollte den Schmerz erst bei ihrer Mutter an sich heranlassen, die ihr helfen konnte. Als sie Paul heiratete, hatte sie geglaubt, daß sie erwachsen sei und ihre Mutter nicht mehr brauchte. Aber in den letzten Wochen hatte sie von der zärtlichen Wärme und der weitherzigen besänftigenden Liebe ihrer Mutter geträumt, sie konnte sich nichts Schöneres vorstellen, als zu ihrer Mutter zu fliegen.

Also – die Zukunft. Es konnte geschehen, daß sie ihr

Haus verlassen mußte, dieses anmutige, einladende Haus, das Daisy renoviert und geputzt und zu ihrem Heim gemacht hatte. Es war Anfang November. Sie hatte Paul zu überreden versucht, daß er sie wenigstens bis Weihnachten dort wohnen ließ. Sie hatte versucht, ihn dazu zu bringen, daß sie bis Ende März, wenn das Baby geboren würde, dort bleiben dürfte. Aber Paul übte Druck aus, er brauchte das Geld, und der Makler übte Druck auf ihn aus, er wollte das Haus seinen Kunden zeigen können. Außerdem meinte Paul, und natürlich hatte er recht, war es für Daisy einfacher, aus dem Haus auszuziehen, ehe das Baby geboren wurde. Nach der Geburt würde sie erschöpft sein. Wenn sie im Januar auszog, blieben ihr zwei Monate Zeit, um sich mit den beiden Kindern in einer neuen Wohnung einzurichten, ehe das Baby ihr Leben veränderte. Daisy hatte eingewilligt, nicht aus Überzeugung, sondern weil ihr alles so unwirklich vorkam. Und Paul, erleichtert über ihre vermeintliche Einsicht, erbot sich, das Haus an den Abenden, an denen er da war, Interessenten zu zeigen, damit Daisy entlastet wurde. Zwei oder drei Leute waren drauf und dran, das Haus zu kaufen, ohne es von innen gesehen zu haben, nur aufgrund des Anblicks, den es von der Straße her bot. Er hatte Mrs. Wentworth auch gebeten, nach einer hübschen kleinen Wohnung in einer guten Gegend für Daisy und die Kinder Ausschau zu halten, er tue alles, um sie zu unterstützen, sagte er.

»Du hast den falschen Beruf, Paul«, hatte Daisy einmal am Telefon gesagt. »Du hättest Gebrauchtwagenhändler werden sollen. Du bist umwerfend.«

»Was?« fragte er, mit einer Spur Furcht in der Stimme.

»Schon gut«, sagte Daisy. »Schon gut.« Sie wußte, daß Boshaftigkeit keine Hilfe war, aber die Versuchung war immer sehr groß. Sie wollte Paul verletzen, ihm kleine Wunden zufügen, weil das, was er ihr antat, so tief ging.

Natürlich wußte sie, daß Bosheit sie nicht weiterbrachte. Das einzige, was wirklich ihre Lage verändern konnte, war Geld. Sie suchte Trost bei ihrer Mutter, und sie wollte noch etwas von ihr: Geld. Sie wünschte sich nichts sehnlicher, als daß ihre Mutter ihr Geld anbieten würde, so viel Geld, daß Daisy ihr Haus behalten konnte. Sie hoffte, daß ihre Mutter ihr das Geld einfach *schenken* würde, leichthin und großzügig, wie sie Daisy früher Fahrräder und Kleider für Partys und Puppen geschenkt hatte. Aber sie wußte nicht genau, wieviel Geld ihre Mutter besaß oder ob sie als erwachsene Tochter Rechte hatte, wenn sie größere Summen forderte. War ihre Forderung zu unbescheiden, oder war sie habgierig? Wie sollte sie das Thema anschneiden, wenn ihre Mutter ihr nicht von sich aus ein Angebot machte? Und was sollte sie machen, wenn ihre Mutter sich tatsächlich verändert hatte? Sie war vor ein paar Tagen ganz schockiert gewesen, als ihre Mutter am Telefon sagte: »Ich bin ja froh, daß du ohne die Kinder kommen willst, ich hatte schon befürchtet, du würdest sie mitbringen.« Was war das für eine Großmutter, die ihre Enkelkinder nicht sehen wollte? Auch aus ihren Briefen hatte sehr deutlich die Veränderung gesprochen, und Daisy versuchte, sich darauf einzustellen. Trotzdem, ihre Mutter war ihre *Mutter.* Sie mußte ihr helfen.

Die Zeichen »No Smoking« und »Fasten Seat Belt« leuchteten auf. Daisy blickte aus dem Fenster. Das Flugzeug sank durch die Wolken, und sie sah nichts als Dunst und eine flache graue Landschaft. Das sollte das schöne Vancouver sein? Vielleicht war ihre Mutter verrückt geworden. Sie griff nach ihrer Handtasche, kämmte sich noch einmal die Haare und malte sich die Lippen frisch an. Ein paar Nächte Schlaf ohne Unterbrechung hatten ihrem Gesicht seine hübschen Züge wiedergegeben, und ihre Augen leuchteten vor Aufregung. Das Flugzeug landete mit dem vertrauten Rumpeln, und Daisy entspannte sich, während es heftig abgebremst wurde und dann schnell zum Flugsteig rollte. Sie ließ fast alle Passagiere durch den Gang zum Ausstieg, ehe sie aufstand. Sie wollte jeden Augenblick genießen. Sie liebte ihre Mutter, sie hatte sie immer geliebt, und tiefe Freude breitete sich in ihr aus, jetzt, wo der Augenblick des Wiedersehens nahe war. Sie verließ das Flugzeug, wartete ungeduldig auf ihr Gepäck und ging durch den Zoll. Schließlich war es soweit, daß sie durch die Glastüren in die Empfangshalle gehen durfte. Erwartungsfroh lächelnd sah sie sich um.

Aber sie konnte ihre Mutter nicht entdecken. Viele Menschen standen dort, und manche winkten ankommenden Passagieren zu, aber ihre Mutter war nicht in der Menge. Daisy sah auf die Uhr. Das Flugzeug hatte ein paar Minuten Verspätung: Ihre Mutter mußte dasein, sie hatte gesagt, sie würde kommen. Daisy stellte ihre schweren Koffer ab. Es sah ihrer Mutter gar nicht ähnlich, daß sie nicht pünktlich war. Ein paar Schritte von ihr entfernt lächelte eine schlanke ältere Frau, die chic und fabelhaft aussah und ihr bekannt vorkam. Daisy erwiderte das Lächeln höflich, sah weg und sah dann, sprachlos, wieder hin.

»Hallo, Liebling«, sagte ihre Mutter und streckte die Arme aus. Sie trug einen langen, weiten Rock aus blauer Baumwolle und aus dem gleichen Material, aber in einem helleren Blau, eine Jacke. Als sie die Arme nach Daisy ausstreckte, fielen die Ärmel des Oberteils anmutig wie Engelsflügel über die Arme zurück. Margarets Haare waren dunkelbraun und umrahmten glatt und weich Gesicht und Nacken. Sie hatte violetten Lidschatten aufgelegt, und silberne Ohrringe baumelten an ihren durchstochenen Ohrläppchen. Sie war schön. Diese Frau war schön, und sie war ihre Mutter.

Die Mutter, an die Daisy sich erinnerte, hatte Übergewicht: Das war ihr Hauptmerkmal gewesen. Margaret war nie fettleibig gewesen, was unakzeptable Massen von Fleisch bedeutete, sondern sie war angenehm dick gewesen. Groß und rund. Sie hatte einen dicken Bauch und dicke Schenkel gehabt, die nie das Sonnenlicht sahen, und hängende, melonenschwere Brüste, runde Beine und Arme. Und all das Fett war in einfache, formlose, trotzdem aber teure und würdevolle Kleider mit einer Stoffblume am weißen Kragen oder einer Brosche oder einer Schleife unter dem Kinn verpackt worden. Margaret hatte ihr Haar immer kurz und lockig getragen. Sie war jede Woche zum Friseur gegangen. Und seit Daisy sich erinnern konnte, war dieses kurze lockige, irgendwie altmodisch wirkende Haar grau gewesen. Außer einem rosa Lippenstift, zur Pflege der Lippen, hatte Margaret nie Make-up benutzt. Und bis auf ihren Ehering und die vornehmen Broschen auch keinerlei Schmuck. Und ihre Ohrläppchen hatten mit Sicherheit keine Löcher gehabt, wie die Ohrläppchen dieser Frau! Daisys Mutter hatte wie eine richtige Mutter ausgesehen: rundlich, teuer, aber schlecht gekleidet, geschlechtslos. Sie hatte absolut selbstlos und uneitel gewirkt und hatte sich bereitwillig der Eitelkeit anderer gewidmet.

Jetzt war sie völlig verändert. Jetzt war Margaret schlank, chic, sehr gut angezogen, wunderschön, wie von Zauberhand verwandelt. Aber wenn es irgend etwas mit Sicherheit nicht gab, dann eine solche Zauberhand. Margaret hatte sich aus eigener Kraft verändern müssen, und das bedeutete Eitelkeit, Selbstdisziplin und Willensstärke. Eigenschaften, die Daisy ihrer Mutter nicht zugetraut hätte. Daisy wußte genau, wieviel Anstrengung es kostete, fünf Pfund abzunehmen, und ihre Mutter hatte mindestens dreißig Pfund abgenommen. Es war faszinierend. Es war erstaunlich. Daisy war fassungslos. Ihre Mutter bot einen sehr erfreulichen Anblick.

»Mutter«, sagte Daisy. »Du erstaunst mich. Ich bin

überwältigt. Ich kann meinen Augen kaum trauen. Du siehst fabelhaft aus.«

»Danke, meine Liebe«, gab Margaret zurück. »Du siehst auch wunderbar aus – auch wenn du ein bißchen zugenommen hast.«

»Mutter«, erwiderte Daisy, »ich bin immerhin im fünften Monat.«

»Ja, das ist nicht zu übersehen«, sagte Margaret. »Aber du hast auch zugenommen. Du bist sehr viel dicker als bei Danny.«

»Mutter«, sagte Daisy, »ich glaube, ich muß mich setzen.«

»Natürlich, Liebling«, antwortete Margaret. »Wir gehen jetzt zum Auto. Es dauert eine Stunde, bis wir in Vancouver sind, und wir werden uns während der Fahrt wunderbar unterhalten. Ich habe dir soviel zu erzählen.«

»Ich habe dir auch sehr viel zu erzählen«, sagte Daisy fast kleinlaut. Während sie ihren Koffer nahm und mit ihrer Mutter das Flughafengebäude verließ, dachte sie wehmütig, daß dieser Empfang ganz und gar nicht ihren Vorstellungen entsprach. Sie hatte vorgehabt, in die dicken, tröstenden Arme ihrer Mutter zu sinken und sich fallenzulassen, aber die Arme ihrer Mutter waren nicht mehr dick, und Margaret hatte überhaupt nichts Tröstliches an sich. Sie hatte sogar das Gefühl, daß ihre Mutter sie abschätzend betrachtet hatte, als ob sie, Daisy, ein Buch wäre und Margaret noch nicht wüßte, ob sie es lesen wollte. Wie ihre Mutter sich verändert hatte! Während Margaret vor Daisy herging und Daisys schwersten Koffer mühelos und anmutig trug, sah ein gutaussehender Mann, der darauf wartete, daß ein Gepäckträger sein Gepäck aus einem Taxi auslud, Margaret mit einem bewundernden Lächeln nach. Und Margaret lächelte zurück, leichthin, und ging beschwingt weiter. Daisy kam sich wie eine uninteressante, watschelnde Ente vor.

»Gehe ich dir zu schnell, Daisy?« Margaret sah sich um und wartete, bis Daisy sie eingeholt hatte. »Entschuldige bitte, ich wollte nicht, daß du mir nachrennen mußt.« Sie nahm Daisys Arm und zog sie an sich. Aber Daisy hatte beschlossen, daß sie sich verletzt fühlte. Das war nicht fair! Tatsächlich war sie eifersüchtig auf ihre Mutter, die so gut aussah und von einem gutaussehenden Mann angelächelt worden war, der seinem Alter nach Daisy näherstand als Margaret. Während sie über den Parkplatz gingen, erzählte Margaret von den Leuten, die sie mit Daisy bekannt machen wollte, und Daisy dachte, daß es vermutlich eine recht anstrengende Woche werden würde. Sie hatte gehofft, ihre Mutter würde sich ausschließlich ihr widmen und ihr helfen. Und nun sah es allmählich so aus, als müßte sie sich anstrengen, um überhaupt Margarets Aufmerksamkeit zu erregen.

Das Auto war eine weitere Überraschung. Es war ein kleines hellblaues Mercedes-Cabrio 280 S.

»Waw«, sagte Daisy. »Was hat der denn gekostet?«

»Nicht viel mehr als die riesigen Caravans, die ich sonst immer gefahren habe«, sagte Margaret. Sie verstaute das Gepäck hinter den Vordersitzen und stieg elegant in das Auto. »Außerdem weißt du ja, daß wir immer Geld hatten – wir waren nur nie so leichtsinnig, es für Luxusdinge auszugeben. Und außerdem«, fügte sie schelmisch lächelnd hinzu, »habe ich es von einem Freund gebraucht gekauft. Es war also gar nicht so teuer, wie du vielleicht denkst.«

Daisy hievte sich in das Auto und starrte ihre Mutter an, während Margaret das Auto aus dem Parkplatz manövrierte und sich in den Verkehr auf dem Highway einfädelte.

»Die Gegend hier heißt Delta«, sagte Margaret. »Wenn du nach links siehst, siehst du in der Ferne gerade noch die Umrisse des Küstengebirges. Die Fahrt nach Vancouver dauert etwa eine Stunde, du wirst also eine Zeitlang nichts Aufregendes zu sehen bekommen.«

Daisy unterbrach sie: »Mutter, wieso hast du dich so verändert? Ich kann gar nicht glauben, daß du das bist.«

Margaret schwieg eine Weile, dann sagte sie mit sanfter Stimme: »Also gut, reden wir darüber. Dann können wir uns, wenn wir in Vancouver ankommen, ganz auf die Szenerie konzentrieren. Einverstanden.« Sie wurde still, und Daisy sah ihrem Gesicht an, wie sie sich konzentrierte. »Ich möchte mein neues Leben mit dir teilen, aber ich möchte nicht über irgend etwas aus der Vergangenheit mit dir diskutieren müssen. Es macht mich nervös, über die Vergangenheit nachzudenken – es ist einfach zu schwierig. Trotzdem bin ich dir vielleicht so etwas wie eine Erklärung schuldig. Ich muß dir sehr verändert vorkommen – und ich bin verändert. Das letztemal haben wir uns gesehen, als ich nach Jennys Geburt zu dir kam, um dir zu helfen – Danny war gerade zwei. Damals war ich noch eine dicke alte Matrone. Die vollkommene Großmutter. Das ist zwei Jahre her. Es bringt nichts, darüber nachzudenken, über die Vergangenheit, die Zeit, die ich vergeudet habe. Ich war so – alt und dick und geachtet. Und ich kann dir auch den Zeitpunkt nennen, von dem an mein Leben sich verändert hat. Erinnerst du dich noch an Dee-Dee Lubbock, deren Vater Pfarrer der Baptistengemeinde war? Dee-Dee war so alt wie Dale, ich glaube, sie ist sogar mit Dale in die gleiche Klasse gegangen. Ich habe Dee-Dees Mutter, Wanda, nie leiden können: Ich konnte ihr nicht vergessen, daß sie ihr Kind Dee-Dee genannt hatte. Außerdem habe ich Wanda immer für sentenziös gehalten. Oder meine ich tendenziös? Wahrscheinlich beides. Sie war so sentimental, erinnerst du dich? Und ich saß immer in demselben Wohltätigkeitskomitee wie sie – das machte mich fast verrückt. Eines Tages jedenfalls, gleich nach

Weihnachten vor zwei Jahren, kam Dee-Dee zu mir, saß linkisch da und fing an, wie ein Kind zu weinen und zu jammern, sie sei in Roger Mills verliebt, und er wolle sie heiraten, aber er sei katholisch, und ihre Eltern würden sie eher umbringen, als ihr zu erlauben, einen Katholiken zu heiraten, und ob ich ihr nicht einen Rat geben könnte. Ich gab ihr Milch und Kekse und sagte ihr, daß ich mit ihren Eltern darüber reden wollte – du lieber Gott, Dee-Dee war immerhin schon zweiundzwanzig und ein Trumm von einem Mädchen und nicht sehr helle, und ich fand, ihre Eltern sollten vor Freude in die Luft springen, daß es überhaupt einen Mann gab, der sie haben wollte. Ich saß also da, hörte ihr zu, schrecklich gelangweilt, weil sie immer weiter redete. Sie genoß ihr kleines Drama, aber ich nicht. Ich wollte wieder nach oben zu meinem Kriminalroman. Schließlich brachte ich sie dazu, sich zu verabschieden, und an der Tür drehte sie sich plötzlich um, umarmte mich fest und heiß und sagte zu mir – oh, mein Gott, es verletzt mich jedesmal, wenn ich daran denke. Sie sagte, sie bewundere mich, sie bete mich an, und sie sei froh, daß ich in dieser Stadt lebte. Ich sei für sie immer die Frau von Santa Claus, die Frau vom Weihnachtsmann gewesen. Großer Gott! Ich dankte ihr für das Kompliment, schob sie aus der Tür und ging nach oben in mein Zimmer, aber statt mich wieder hinzulegen und weiterzulesen, stand ich da und betrachtete mich lange im Spiegel. Ich sah wirklich wie eine Frau Santa Claus aus: rund, alt, grauhaarig, dick, freundlich, abstoßend gütig. Und in diesem Moment wußte ich, daß ich es nicht länger ertragen konnte. Ich konnte nicht länger Frau Santa Claus für die Dee-Dees dieser Welt sein, nicht eine Minute meines Lebens mehr. Ich nahm meine Handtasche, stieg ins Auto und fuhr nach Iowa City und ging dort schnurstracks in Elaine Powers Fitneß-Studio.«

»Mutter!« Daisy holte tief Luft. »Wirklich?«

»Ja«, sagte Margaret, und jetzt lächelte sie wieder. »Ja, so ist es gewesen. Ich dachte, ich würde tot umfallen, als die schlanken jungen Frauen dort mich mit ihrem Zentimetermaß traktierten, aber ich schrieb einen Scheck für ein Zwölf-Wochen-Programm aus, und zwar gleich über die gesamte Summe, um mich daran zu hindern, es mir anders zu überlegen. Dann kaufte ich mir ein Trikot und Strumpfhosen, ging in die Bibliothek, wo ich mir Bücher über Gesundheit, Ernährung und Schönheit und Gymnastik heraussuchte, und schrieb mich an der Universität für eine Filmreihe am Montagabend ein. Und dann – ja, dann veränderte ich mich weiter. Armer Harry. An dem Abend damals mußte er sein Roastbeef, den Kartoffelbrei mit Erbsen und die Brötchen mit Butter allein verspeisen, während ich dasaß und Sellerie aß. Er fand es gräßlich. ›Mir schmeckt das Essen nicht, wenn du nicht das gleiche ißt wie ich‹, sagte er. Und ich sagte ihm, das sei Unsinn. Ich hätte aus gesundheitlichen Gründen beschlossen, abzunehmen. Er als Arzt müsse doch wissen, wie gefährlich zuviel überflüssiges Fett sei. Aber er konnte es nicht ausstehen, daß ich eine Diät machte, und mit jedem Pfund, das ich verlor, wurde es schlimmer. Er konnte es nicht ausstehen, daß ich täglich nach Iowa City zum Fitneß-Studio fuhr und daß ich an jedem Montagabend den Filmkurs besuchte. Ich argumentierte, daß ich nicht öfter fort sei als sonst auch, nur daß ich jetzt etwas für mich selbst machte, statt Schulveranstaltungen oder kirchliche Versammlungen zu besuchen, aber er behauptete, solange es um schulische und kirchliche Veranstaltungen ginge, wäre ich doch immer noch irgendwie auch mit ihm verbunden, weil es Veranstaltungen bei uns im Ort seien.

So ging es ungefähr ein Jahr lang. Ich verlor langsam und stetig an Gewicht. Ich wurde Mitglied des YWCA in Iowa City und ging zweimal in der Woche schwimmen. Mein Gott, Daisy, kannst du dir vorstellen, daß ich seit fünfzehn Jahren nicht geschwommen hatte? Ich ging also schwimmen, machte Gymnastik und hielt meine Diät, und eines Tages betrachtete ich mich und stellte fest, daß ich an die dreißig Pfund abgenommen hatte und anders auszusehen begann. Sonja, die Managerin des Fitneß-Studios, hatte mich in ihr Herz geschlossen. Ich war ja auch ein gutes Aushängeschild für ihr Geschäft. Sie erzählte allen, wie ich früher ausgesehen hätte, und hängte meine Tabellen ans Schwarze Brett, um anderen Mut zu machen. Sie war wirklich stolz auf mich. Ich hatte in einem Jahr dreißig Pfund abgenommen und rund sechzig Zentimeter an Taillenumfang verloren, zwölf Zentimeter an Oberweite, zwölf an den Hüften und fünf an Schenkeln und Armen. Ja, und Sonja meinte, ich sollte doch mal etwas mit meinen Haaren machen, eine andere Frisur und eine andere Farbe. Ich war schockiert, aber dann fand ich Gefallen an der Idee. Ich fragte Sonja nach einem guten Friseur. Die Friseurin schlug vor, ich sollte mir die Haare wachsen lassen. Sie färbte es so, wie ich es jetzt habe – es ist meine ursprüngliche Haarfarbe, und sie hat es so geschnitten, daß es locker am Kopf liegt und nicht wie bisher in diesen militanten kleinen grauen Kringeln abstand. Ich saß da und starrte diese neue Frau im Spiegel an und mußte weinen. Ich gebe zu, ich hatte auch Angst. Die Angst war sogar das beherrschende Gefühl. Frau Santa Claus zu sein, war zwar langweilig gewesen, aber ungefährlich. Aber als ich mich jetzt mit meinen neuen braunen Haaren und meinem fast schlanken Körper betrachtete, wußte ich, daß ich nun nicht mehr eine fremde Rolle zu spielen brauchte, sondern anfangen konnte, ich selber zu sein.

Und dann fuhr ich nach Hause, und Harry war da, und er regte sich beim Anblick meiner Haare derart auf, daß er fast einen Herzanfall bekam. Ich meine das nicht witzig. Er lief dunkelrot an und mußte sich hinlegen. Ich lief nach oben und wickelte mir ein Tuch um den Kopf. Er hatte sich lange eingeredet, ich litte an Wechseljahrbeschwerden und würde irgendwann wieder vernünftig werden. Jetzt wußte er, daß ich mich unwiderruflich verändert hatte. Und als ich seine Reaktion sah, wurde mir klar, daß ich mein Leben noch drastischer verändern, daß ich Harry und Liberty verlassen würde. Und der Gedanke daran machte mich geradezu trunken vor Freude, trunken vor Erleichterung, Klarheit und Hoffnung. Es war ein wahnsinniger Abend! Harry brüllte und schimpfte pausenlos, und ich mußte in mich hineinlächeln. Ich kann es dir nicht erklären, Daisy«, sagte Margaret und wandte die Augen einen Moment von der Straße ab, um ihre Tochter anzusehen. »Du weißt, daß ich deinen Vater immer geliebt habe. Aber plötzlich wußte ich, daß ich nicht mehr mit ihm leben konnte, keine Minute länger. Weil ich mein Leben, so wie es war, keine Minute länger ertragen konnte und weil ich wußte, daß Harry sich nicht ändern wollte und sich nicht hätte ändern können, selbst wenn er es gewollt hätte. Er war glücklich und zufrieden mit seinem Leben. Ich sagte ihm, daß ich kurze Ferien in Vancouver machen wollte, um Miriam zu besuchen – sie war meine beste Freundin in der High-School gewesen und hatte nach Vancouver geheiratet. Ich weiß nicht, warum ich beschloß, sie zu besuchen, es fiel mir einfach ein, vielleicht war es der einzige Ort, wo ich hinfahren konnte. Harry hoffte, die Reise würde mir guttun, damit ich wieder zu mir käme. Na, den Rest kennst du. Ich flog hierher, blieb zwei Monate, zahlte das Haus an, flog zurück, um alles zu besprechen, und packte die paar Habseligkeiten, die ich aus meinem früheren Leben mitnehmen wollte, zusammen und ging.«

»Armer Daddy«, sagte Daisy. »Es muß eine Katastrophe für ihn gewesen sein.«

»Ja«, sagte Margaret. »Er wurde sehr bitter, und unglücklicherweise gab ich es ihm zurück. Ich war zugegebenermaßen nicht sehr freundlich und habe vieles gesagt, was vielleicht besser ungesagt geblieben wäre. Aber ich kämpfte um mein Leben. Ich nehme an, wenn an dem Tag, an dem Dee-Dee Lubbock mich als die Frau von Santa Claus bezeichnete, ein Schneesturm getobt oder das Auto eine Panne gehabt oder irgend etwas anderes mich daran gehindert hätte, Liberty zu verlassen, dann hätte ich den alten Armeerevolver deines Vaters aus dem Schrank hervorgeholt und mir eine Kugel durch den Kopf geschossen.«

»Mutter«, flüsterte Daisy entsetzt, »war dein Leben wirklich so schlimm?«

Margaret warf ihrer Tochter einen kühlen Blick zu: »Daisy, bitte, fang nicht an zu heulen. Ich kann dir gar nicht sagen, wie leid ich es bin, weinende Menschen um mich herum zu haben. Kein Wunder, daß ich so fett gewesen bin, wenn ich wie ein Schwamm all die Tränen um mich herum trocknen mußte. Du fragst doch im Grunde nicht, ob mein Leben wirklich so schlimm war, sondern ob es so schlimm war, als du noch zu Hause warst, als ihr, du und Dale, klein wart, als ihr meine kleinen Töchter gewesen seid. Nein, damals war mein Leben nicht schlimm. Ich war glücklich. Ich wußte, ich wurde gebraucht, fühlte mich geliebt und sicher, ihr beide habt mir sehr viel Freude gemacht. Aber du, Daisy, lebst seit zehn Jahren nicht mehr zu Hause, und Dale ist seit sechs Jahren weg. Bemitleide dich also nicht selbst, versuche nicht, dich als ungeliebtes Kind zu sehen. Ich hatte dich sehr lieb, ich hatte euch beide sehr lieb, ich war sehr gern eure Mutter. Aber ich habe mich verändert, und wenn die Liebe, die ich damals für euch empfand, auch unangetastet bleibt, verändert es doch unsere jetzige Beziehung. Ich weiß, daß ich zum erstenmal in meinem ganzen Leben nach meinen eigenen Prinzipien lebe, *meinen* Wertvorstellungen, und ich würde dir sehr gern zeigen, wie sie aussehen. Es ist zu spät, dich danach zu erziehen, du bist erwachsen und kein Kind mehr, das ich prägen könnte. Du wirst mich also als erwachsener Mensch kennenlernen. Ich möchte nicht mehr deine Mutter sein. Ich möchte deine Freundin werden.«

»Verdammt«, sagte Daisy.

»Verdammt? Wieso verdammt?« fragte Margaret.

»Weil ausgerechnet jetzt ich sehr viel dringender eine Mutter gebraucht hätte als eine Freundin. Paul hat mich verlassen. Wir lassen uns scheiden. Er hat sich in eine andere Frau verliebt und will mit ihr nach Kalifornien ziehen.« Daisy starrte geradeaus auf die Straße und fühlte, wie sie sich verkrampfte und auf die Antwort ihrer Mutter wartete.

»Oh, Liebes«, sagte Margaret, und wieder sah sie Daisys Gesicht an. »Warum sagst du mir das erst jetzt? Mein Gott. Scheidung! Daisy, wie fühlst du dich dabei?«

Daisy konnte nur lachen. »Wie ich mich dabei *fühle*? Na, furchtbar, natürlich. Ich bin traurig und wütend und habe wahnsinnige Angst. Ich bin fast dreißig Jahre alt und zu dick, und ich werde bald für drei kleine Kinder allein sorgen müssen. Und Paul will, daß ich das Haus verkaufe, damit er die Hälfte vom Erlös nach Abzug der Schulden für sich nehmen kann. Ich weiß nicht, wo ich wohnen soll, ich weiß, daß niemand für mich da ist, und ich habe schreckliche Angst. Ich bin entsetzt. Ich wollte ein sinnvolles, harmonisches Leben führen, Teil einer Familie sein, und jetzt ist alles zerstört. Ich bin am Ende.«

»Na, ich weiß aber nicht, ob das die richtige Einstellung dazu ist«, sagte Margaret.

»Einstellung!« sagte Daisy und wandte ihr Gesicht ihrer Mutter zu. Das war nun wirklich zuviel, dachte sie, das war einfach verrückt!

Aber Margaret fuhr fort: »Ja, Einstellung«, sagte sie. »Vieles im Leben hängt davon ab, wie du es betrachtest. Sieh mal, Daisy, du hast ein ganz neues Leben vor dir. Einen neuen Anfang. Du weißt, ich habe mir aus Paul nie viel gemacht. Also, wenn ich du wäre, würde ich jetzt feiern. Genau, das werden wir: Wir kaufen uns eine Flasche Champagner und trinken auf deine Zukunft.«

»O Mutter!« rief Daisy. »Du hast dich wirklich verändert. Ich wollte mich bei dir fallenlassen und ausweinen, ich wollte, daß du mich in die Arme nimmst und tröstest ...« Der Gedanke an das, was sie sich erhofft hatte, ließ Daisys Augen in Tränen schwimmen und verschloß ihr die Kehle. Sie legte ihren Kopf an das Autofenster und fühlte sich hilflos und todunglücklich. Sie tat sich unendlich leid. Zurückgewiesen vom Ehemann und jetzt von der eigenen Mutter. Das war einfach zuviel. Sie brauchte Trost und Hilfe, Mitleid und Rat, und sie bekam nichts. Sie fühlte sich verletzt, ihr war jämmerlich zumute; sie kam sich vor wie ein kleines Mädchen, das zum Bonbonladen läuft und feststellen muß, daß geschlossen ist. »Mutter«, sagte sie, »wirklich, ich weiß nicht, was ich machen soll.«

»Also«, antwortete Margaret und tätschelte Daisys Hand so kurz, daß es fast eher einem Klaps gleichkam. »Zuerst wischst du dir die Tränen ab und hörst auf, an dich zu denken. Du hast noch Zeit genug, über dich nachzudenken. Du bist noch nie in Vancouver gewesen, und es ist die himmlischste Stadt, die ich kenne. Vergiß eine Weile lang die Scheidung und alles, was damit zusammenhängt, und genieße. Sieh mal, die Berge – sind sie nicht wunderschön? Wir sind jetzt mitten in Vancouver, und ich finde, daß die Hochhäuser einen großartigen Kontrast zu den Bergen bilden. Ich mache jetzt einen kleinen Umweg mit dir durch den Stanley-Park, ehe wir nach Hause fahren. Ich glaube, wir sollten sogar aussteigen und ein bißchen spazierengehen. Das wird dir guttun. Und du kannst noch etwas tun, Daisy. Bitte, mach dir klar, daß ich dir das, worum du mich bittest, nicht mehr geben kann. Früher verteilte ich gute Ratschläge wie Milch und Kekse. Es schien, als sei es genau das, was die Leute haben wollten, diese dummen Leute, die denken, daß guter Rat mundgerecht abgepackt geliefert werden kann. Und ich versuchte, jeden satt zu bekommen. Aber ich backe nun keine Kekse mehr, und ich erteile auch keine guten Ratschläge mehr. Was nicht heißt, daß du von mir nichts lernen könntest. Du bist nicht dumm, Daisy. Du bist eine hübsche kluge junge Frau, und du bist meine Tochter, und ich liebe dich. Ich meine es gut mit dir. Aber Kekse und Trost zu verteilen, ist eine Angelegenheit, die ich mir nur schwer abgewöhnen konnte, und jetzt, wo ich es geschafft habe, möchte ich nicht wieder damit anfangen, für niemanden. Gerade auch nicht für dich. Besonders nicht für dich, Daisy, denn du und Dale, ihr seid die Menschen auf der Welt, die ich am meisten liebe. Du mußt lernen, auf eigenen Füßen zu stehen.

Schau, das ist der Stanley-Park. Eintausend Morgen Parklandschaft zwischen der Stadt und dem Meer. Da drüben links liegt die Lost Lagoon. Wir wollen dort anhalten, am Aussichtspunkt. Von dort hast du den schönsten Blick über West-Vancouver, die Berge und den Hafen. Sieh mal, ist das nicht ein großartiger Totempfahl? Die indianischen Bräuche und die indianische Kunst, die Teil von British Columbia sind, faszinieren mich sehr. Den Kanadiern ist es irgendwie gelungen, von dem Reichtum ihres indianischen Erbes vieles in ihre moderne Welt zu integrieren. Wir Amerikaner haben das nicht geschafft. Hier lebt eine Künstlerin, Emily Carr, die wunderschöne, hinreißende Bilder malt, ein bißchen wie Georgia O'Keeffe, aber man kann sie nicht vergleichen, weil ihre Bilder soviel Indianisches haben, soviel von den ursprünglichen Menschen, die lebten, als wären sie ein Teil der Erde und nicht ihre Besitzer. Wollen wir jetzt aussteigen und ein bißchen spazierengehen?«

Daisy starrte ihre Mutter einen sehr langen Moment an. Sie fand, Margaret war so sensibel und aufmerksam wie eine Dampfwalze. Aber gegen diese direkte, unverhüllte Energie gab es keine Gegenwehr. So blieb ihr wohl nichts weiter übrig, als sich führen zu lassen. Margaret stieg aus, ging zu einer Brüstung und blickte auf das Meer hinaus und schien Daisy vergessen zu haben. Daisy seufzte und stieg widerstrebend aus dem Auto. Aber nun stürmte Vancouver auf sie ein, fordernd geradezu in seiner aufregenden Schönheit. Daisy lehnte am Auto, überwältigt und selbstvergessen. Sie sah sich um, und ihr Blick wurde höher und höher getragen. Zu ihrer Linken sah sie die zerklüfteten, majestätischen, mit Schneehauben bedeckten Berge, die sich über dem glitzernden Ozean erhoben. Zu ihrer Rechten dehnte sich ein Tannenwald, dessen Bäume so hoch waren, wie sie es noch nie gesehen hatte, und dahinter, dort, wo die Bäume gerodet waren, um Platz zu schaffen für die Stadt, erhoben sich die von Menschen geschaffenen Gebäude aus Beton und Glas und Stahl. Daisy wurde fast schwindelig, sie war eine weniger heftige Umgebung gewöhnt – flaches Land oder sanfte Hügel, die Gleichmaß bedeuteten, Ordnung und Ruhe. Diese Landschaft erzählte von wilden Extremen, von kühner, triumphierender Isolation. Es war wirklich zuviel, dachte Daisy, diese Veränderung ihrer Mutter und jetzt die überwältigende Schönheit dieser Landschaft, die sich nicht ignorieren ließ, die ungestüme Wünsche und Sehnsüchte in ihr wachrief, die durch ihre bloße Präsenz Unmögliches möglich erscheinen ließ – sie konnte verstehen, daß ihre Mutter hierhergezogen war.

»Phantastisch, Mutter!« Daisy ging zu Margaret hinüber und lehnte sich neben sie an die Brüstung. Sie beobachtete die Autos, die zwischen West-Vancouver und Stanley-Park auf dem geschwungenen grünen Band der Lions-Gate-Brücke fuhren. Unten glitzerte der Ozean mit seinen Frachtern und Schleppern. »So etwas habe ich überhaupt noch nie gesehen. Sagenhaft. Mir fehlen die Worte.«

Margaret lächelte. »Ich weiß«, sagte sie. »Jahrelang hat Miriam mir geschrieben, ich müßte hier Ferien machen. Aber ich habe mich immer geweigert, sie zu besuchen. Ich glaube, ich hatte Angst. Und als ich dann kam, wußte ich, daß ich meine Heimat gefunden hatte. Seltsam, nicht, daß ich mein Leben lang in der Mitte eines Kontinents zugebracht habe, um im fortgeschrittenen Alter von achtundvierzig Jahren herauszufinden, daß ich in Wirklichkeit in einem anderen Land, in einer anderen Stadt, in einer anderen Welt zu Hause bin.«

»Glaubst du, du hättest das auch gespürt, wenn du vor zehn, fünfzehn Jahren nach Vancouver gefahren wärst, oder auch nur vor fünf Jahren?« fragte Daisy.

»Ich habe mich das oft gefragt, Daisy. Ich weiß die Antwort nicht. Jedenfalls hätte ich vor zwanzig Jahren nicht hierherziehen können. Ihr wart noch klein, ich hätte euch nicht entwurzeln, eurem Zuhause, eurem Vater entreißen können. Vor fünf Jahren – ich weiß nicht. Vielleicht. Ich glaube, zu großen Veränderungen mußt du *bereit* sein, der Zeitpunkt muß stimmen. Es ist durchaus möglich, daß ich vor fünf oder auch noch vor drei Jahren die Stadt bewundert hätte und dann glücklich nach Liberty zurückgekehrt wäre. Hauptsache ist, daß ich zum richtigen Zeitpunkt hergekommen bin und jetzt hier lebe. Und ich bin froh, daß du jetzt hier bist, weil ich dir soviel sagen möchte. Ich weiß gar nicht, wohin ich mit dir zuerst gehen soll, es gibt so vieles zu sehen und so vieles zu unternehmen.«

Daisy hatte ihre Mutter beobachtet und ihre fast kindliche Begeisterung bemerkt, sie war so fröhlich und selbstbezogen, als ob sie keinerlei Sorgen hätte. Na, vielleicht hat sie ja auch keine, dachte Daisy grollend. Jedenfalls schien sie sich über Daisys Probleme nicht den Kopf zu zerbrechen. Damals, vor zwei Jahren, war Margaret zu Jennys Geburt nach Milwaukee gekommen, um sich um alle zu kümmern, und war warm und großzügig gewesen. Daisy hatte sich ausruhen können – ihre Mutter kochte, putzte und achtete auf die Kinder. Warum mußte sie ihre Mutter zum selben Zeitpunkt verlieren wie ihren Mann? Denn sie mußte sich damit abfinden: Wenn sie es recht betrachtete, hatte sie ihre Mutter verloren. Sie wollte schluchzen und sich gehenlassen, aber offensichtlich wollte Margaret nichts mit Daisys Problemen zu tun haben.

Als ob Margaret ihre Gedanken gelesen hätte, sah sie Daisy an. Immer noch anmutig an die Brüstung gelehnt, locker und entspannt, sagte sie mit fester Stimme: »Weißt du, Daisy, ich habe mein ganzes Leben damit zugebracht, mir anderer Leute Probleme anzuhören. Deine Situation ist halb so schlimm, wie du glaubst, nicht einmal halb so schlimm wie manches, was ich gehört habe. Du bist jung, und wenn du abnimmst, wirst du wieder attraktiv sein. Du wirst irgendwo eine Wohnung und deine drei hübschen Kinder haben. Und jetzt hast du die Chance, Ferien zu machen. Ich kann dir bei der Lösung deiner Probleme nicht helfen, aber ich schenke dir eine Woche Freude, wenn du mich nur läßt. Versuche, diese Woche zu genießen. Entspann dich, mach die Augen auf. Vielleicht kannst du etwas lernen. Und bitte denke daran: Du hast ein Recht darauf, wütend zu sein, und ich habe ein Recht auf meine Ruhe.«

»Schon gut, Mutter«, sagte Daisy. Was blieb ihr auch anderes übrig?

»Gut«, sagte Margaret, »laß uns weiterfahren. Ich möchte dir so gern mein Haus zeigen.«

Daisy saß wieder im Auto und hörte ihrer Mutter zu, die erzählte, wie sie ihr wunderbares Haus gefunden hatte. Hin und wieder äußerte sie ein Wort der Bewunderung für die Landschaft, durch die sie auf dem Weg nach West-Vancouver fuhren. Und sie bewunderte die Landschaft wirklich, die erstaunlich schön war. Aber Daisy kam sich vor wie auf dem Mond oder wie auf einem anderen Planeten, geführt von einer Fremdenführerin, von der sie nicht genau wußte, ob sie ein menschliches Wesen war, so weit entrückt schien sie allen menschlichen Sorgen zu sein.

Margarets Haus war ein weiterer Schock für Daisy. Das Haus in Liberty war vollgestopft gewesen mit Sesseln, dicken Teppichen, Gebrauchsgegenständen. Alles konnte angefaßt, benutzt werden, jeder konnte sich überall hinsetzen, es war ein Haus für eine darin lebende Familie. Aber durch Margarets neues Haus ging Daisy wie durch ein Museum. Tatsächlich war ihr erster Gedanke, daß sie Danny und Jenny gar nicht hätte mitbringen können. Sie hätten den gläsernen Tisch im Wohnzimmer mit klebrigen Fingerabdrücken übersät und wären möglicherweise über die sonderbare grüne Eskimostatue aus Saponit gestolpert, die direkt neben dem Kamin stand. Sie hätten die weißen Wände angepatscht und überall Spuren hinterlassen und vielleicht die große chinesische Vase umgestoßen, in der Zweige mit getrocknetem Herbstlaub und Blumen standen. Aber Daisy war auch froh, daß sie Danny und Jenny nicht mitgebracht hatte. Sie hätte sich sonst nicht so unbeschwert und konzentriert das Haus ansehen können. Es war ein schönes Haus, das ließ sich nicht leugnen. Es war atemberaubend schön.

Die Eingangstür öffnete sich auf einen kleinen Flur, den Margaret vom Wohnzimmer mit einem hinreißenden chinesischen Wandschirm aus dunkelroter, fast schwarzer Seide mit kirschroten und gelben Blüten abgeteilt hatte. Trat man hinter dem Wandschirm hervor, sah man, wie sich der spiegelblank polierte dunkle Holzfußboden bis hin zur Glaswand erstreckte, die den Blick auf den Ozean freigab. Die anderen Wände waren weiß. Da war ein weißer Marmorkamin und ein lebhaftes abstraktes Gemälde in blauen und orangeroten Tönen, das Daisy noch nie gesehen hatte, über dem Kaminsims. Da war ein kleiner weißer Teppich, ein elegantes weißes Sofa und ein Sessel, ein Schaukelstuhl aus Rohrgeflecht mit einem Überwurf, der wie ein Schal aussah, und das Glastischchen. An der einen Seite des Zimmers befand sich die Eßecke, die vor Chrom und Glas nur so glänzte, und Daisy mußte sich abwenden, weil ihr der riesige Eichentisch und die gemütliche Eichenholzanrichte einfielen, mit denen sie aufgewachsen war. Die Küche war durchdacht und klein, und sonst gab es nur noch zwei weitere Zimmer: Margarets Schlafzimmer und das Zimmer, in dem Daisy schlafen sollte.

Die Wände in Margarets Schlafzimmer waren weiß, und der Teppich war dick, flauschig und weiß, aber alles andere war in leuchtenden Farben gehalten. In der Ecke neben der Glaswand stand der Stuhl, von dem Margaret ihr geschrieben hatte, mit dem gebatikten Überwurf darüber, wellenförmig gestreift, rot, violett, grün, gelb und orange. Margaret hatte zu Daisys Überraschung ein breites Bett, Queen-size – sie nahm sich vor, sie später zu fragen, wieso, wenn sie wieder zu Kräften gekommen war –, das mit einer dicken Steppdecke in unregelmäßigen hellen und dunklen Blautönen bedeckt war. Der Schrank aus Kirschholz stammte von Margarets Mutter; früher hatten Harry und Margaret ihre Kleider darin verstaut, jetzt hatte ihn Margaret für sich. Auf einem kleinen Damenschreibtisch aus Nußholz lagen Papiere und Stifte und Journale mit roten und blauen Einbänden aus Leder. Und dann ein vertrautes Zeichen, das Daisy das Gefühl gab, daß sie ihre Mutter nicht völlig verloren hatte – der alte Waschtisch aus Kirschholz, der wie früher als Nachttisch diente und auf dem sich Margarets Bücher, Zeitschriften und Zeitungen stapelten. Die Lampe aus Daisys Kindertagen stand auch da, eine alte Petroleumlampe, die vor langen Jahren auf Elektrizität umgerüstet worden war, der Fuß aus Marmor und Messing, der Schirm aus Kristallglas mit eingeschliffenen Blumen. Zwölf Kristallprismen hingen von dem Messingrand des Schirms herab, sechs endeten in dreieckigen Spitzen und waren oben zu einem runden Prisma verbunden, die anderen sechs waren kürzer und eckiger und oben zu einem wie ein Smaragd geschliffenen Prisma verbunden. Daisy betrachtete die Lampe und wurde von Erinnerungen überwältigt. Jeden Abend wußte die Familie, wann Margaret mit dem Lesen aufhörte, weil sie, wenn sie die Hand ausstreckte, um an dem Messingkettchen zu ziehen, mit der das Licht ausgeknipst wurde, unweigerlich an die Kristalle stieß, die wunderbar hell und klar klangen und klimperten. Ebenso hatte jeder mitten in der Nacht das heftige Klimpern gehört, wenn Margaret im Dunkeln nach dem Messingzug tastete, weil Dale oder Daisy krank war oder weil das Telefon klingelte und der Vater angerufen wurde. Einige wenige Male, als Daisy oder Dale sehr krank gewesen waren, hatte Margaret eines der Kristall-Prismen von seinem winzigen Messingdrahthaken gelöst und ihnen in die Hand gegeben, damit sie die kühle, glatte Oberfläche fühlen oder es ins Sonnenlicht halten und die Regenbogenfarben betrachten konnten.

In dem Haus in Liberty hatte diese Lampe ungewöhnlich extravagant gewirkt, ja, in dem soliden Schlafzimmer ihrer Eltern hatte sie etwas Rätselhaftes, Geheimnisvolles gehabt. Jetzt, in Margarets neuem Schlafzimmer, wirkte sie geradezu vollkommen. Aha, dachte Daisy, die plötzlich verstand: So also ist sie immer gewesen, *das* ist es, was sie wollte.

»Dein Haus ist absolut herrlich, Mutter«, sagte Daisy, als sie wieder ins Wohnzimmer kamen. »Ich glaube, es ist das schönste Haus, das ich je gesehen habe – bis auf mein eigenes. Natürlich ist es sehr anders als meins.«

»Wir sind eben auch sehr verschieden«, gab Margaret

zurück. »Hier, ich habe dir einen Kräutertee gekocht, der sehr gut ist. Nimm ihn mit ins Gästezimmer, pack deine Sachen aus, und leg dich ein Weilchen hin. Heute abend gehen wir in ein wunderbares Restaurant am Hafen essen. Ein griechisches Restaurant, ein *echtes* griechisches Restaurant. Es gehört Griechen, und dort essen auch die griechischen Matrosen, deren Frachter im Hafen liegen. Das Essen ist köstlich. Und die Männer tanzen wunderbare Tänze, und wenn den anderen Griechen der Tanz gefällt, stehen sie auf und tanzen mit, oder sie werfen Gläser, so daß sie auf dem Fußboden zerspringen. Dann tanzen die Männer, manche barfuß, um die Gläser herum. Ziemlich wild ist das. Mit nichts vergleichbar, was wir aus Liberty kennen, soviel ist sicher. Und ein paar nette Freunde werden uns begleiten. Ich brenne darauf, daß du sie kennenlernst. Also, ruh dich etwas aus, es wird spät werden heute abend.«

Daisy packte gehorsam ihre Sachen aus und dachte über ihre neue Mutter nach, die es genoß, griechischen Matrosen beim Tanz um zerbrochene Gläser zuzuschauen. Dann legte sie sich aufs Bett. Wie es Danny und Jenny wohl ginge, dachte sie vage. Paul würde jetzt bei ihnen sein. Und sie würden es genießen, weil sie ihren Vater selten für sich allein gehabt hatten. Und obwohl er sie nicht gerade überschwenglich liebte, würde er nett zu ihnen sein. Vielleicht ging er zur Feier des Tages sogar mit ihnen zu McDonald's zum Abendessen. Nein, sie würde sich keine Sorgen um sie machen, ihre Mutter hatte recht, es war Zeitverschwendung, sich in dieser Woche, in der andere sich um sie kümmerten, Sorgen zu machen. Sie mußte sich Gedanken machen, wie ihr Leben weitergehen sollte, ihr wirkliches Leben, in das sie nach dieser Woche zurückkehren würde.

An der Wand dem Bett gegenüber hing ein leuchtender Chagall-Druck. Chagall! dachte Daisy. Sie hatte nie gewußt, daß ihre Mutter Chagall mochte oder ihn überhaupt kannte. Über dem Bett hing ein anderer Druck – das mußte etwas von Emily Carr sein, die ihre Mutter so bewunderte. Ein fast surrealistisches Bild, ein Aquarell, das einen extrem hohen, kahlen und einsamen Baum zeigte, der sich über Bergen in ein strahlendes Weiß erhob. Daisy setzte sich auf, um den Titel des Bildes zu lesen: ›Verachtet vom Holzfäller, vom Himmel geliebt.‹ Sie legte sich wieder hin und betrachtete das Bild. Der Baum sah seltsam stolz aus, hoch und einsam, ein kleines grünes Dreieck wuchs an der Spitze des langen, schmalen Stammes. Er machte einen glücklichen Eindruck, als sei er in den Himmel verliebt. Daisy mußte an ihre Mutter denken, die dünn und stolz und mit sich selbst zufrieden war, und plötzlich erinnerte sich Daisy an einen anderen Baum, einen Baum in einem Buch, das sie ihren Kindern immer wieder vorgelesen hatte: ›The Giving Tree‹. Dieser Baum liebte ein Kind so sehr, daß er alles für das Kind opferte, ihm alles gab: Schatten, Äpfel, Zweige, sein Holz und schließlich, als er nichts mehr zum Verschenken hatte, seinen Stumpf – als Hocker, auf dem sich das unglückliche Kind, das er liebte, ausruhen konnte. Daisy wurde von einer Woge des Selbstmitleids erfaßt: Sie würde für ihre Kinder wie dieser freigebige Baum sein, warum mußte sie sich ausgerechnet jetzt einer Mutter gegenübersehen, die wie Emily Carrs einsames Monster war?

Dann stand Margaret an der Tür, klopfte erst und kam dann herein und sah ganz und gar nicht wie ein einsames Monster aus, sondern wie eine sehr schöne, intelligente Frau, eine *interessante* Frau, die Daisy gern kennenlernen wollte.

»Zeit, daß wir uns fertigmachen«, sagte sie. »Möchtest du erst noch baden? Zeig mir mal die Kleider, die du mitgebracht hast. So besonders hübsch sind sie nicht, oder? Ich weiß, daß es schwierig ist, wenn du schwanger bist, aber morgen gehen wir in Gastown in ein paar Boutiquen und suchen ein paar hübsche Batikkleider mit indianischen Mustern für dich aus. Sie sind sehr bequem, aus fließendem, weichem Baumwollstoff. Und jetzt müssen wir uns beeilen, wir sind in einer halben Stunde verabredet.«

»Was sind das für Freunde, mit denen wir uns treffen?« fragte Daisy, während sie sich hochzog und auf die Bettkante setzte.

»Miriam und Gordon, natürlich«, antwortete Margaret. »Sie sind schon ganz begierig, dich kennenzulernen. Sie kennen nur Fotos von dir. Und Anthony Brooks, das ist ein neuer und ...« – Margaret machte eine Pause und lächelte – »... ein ganz besonderer Freund von mir.«

Das Lächeln gab Daisy zu verstehen, daß Anthony Margarets Liebhaber war. Ihre Mutter hatte einen Liebhaber! »Mutter!« sagte sie. »O Mutter.« Und sie saß auf der Bettkante, die Hände auf ihrem matronenhaften Bauch, und sah ihre fremde, neue Mutter an und erwiderte das Lächeln.

Daisy schlief noch, als Margaret am nächsten Morgen um sieben am Rand des Hallenbads im Kurzentrum saß. Sie trug einen einteiligen schwarzen Badeanzug, hielt eine schwarze Badekappe in der Hand und hatte ein großes grünes Badetuch über den Schultern. Sie mußte ihre Willenskraft sammeln, um ins Schwimmbecken zu gehen. Zwei andere Besucher schwammen bereits mit langsamen Schlägen in Rükkenlage durchs Wasser. Der Bademeister saß am anderen Ende des Beckens am Rand und gähnte in seinen Pappbecher mit Kaffee. Die Halle war heute nur bis acht Uhr dreißig für alle geöffnet, dann begann die Schwimmgymnastik für Frauen. Manchmal nahm Margaret an der Gymnastik teil, manchmal nicht, es hing davon ab, wie ihr zumute war. Sie mochte das türkisgrüne Becken nicht, das olympische Ausmaße hatte und zu stark gechlort war. Sie mochte die riesige Halle mit der hohen Decke nicht, wo jedes Geräusch doppelt verstärkt widerhallte. Sie mochte die klebrigen Haarbüschel nicht, die manchmal auf den glitschigen kalten Kacheln lagen, und sie mochte die Sprungbretter, die Uhren und die Temperaturanzeige nicht: 26 Grad Celsius, obwohl sie fror wie bei null Grad. Sie mochte die Anstrengung nicht, mit der sie sich ins Wasser zwingen mußte. Sie mochte das Widerstreben, die Trägheit und die Langsamkeit ihrer Glieder nicht, wenn sie mühsam durch das Becken schwamm, hin und zurück, hin und zurück.

Aber sie liebte das Gefühl, wenn sie schließlich aus dem Wasser stieg, ihr ganzer Körper belebt und vor Erschöpfung vibrierend. Sie liebte es, sich lange unter die heiße Dusche zu stellen, und sie liebte das Gefühl der schimmernden Sauberkeit, das sie empfand, wenn sie sich abtrocknete.

Sie hatte das Schwimmen viel zu spät in ihrem Leben entdeckt, um mehr darin zu sehen als eine notwendige körperliche Übung im Dienst ihrer Gesundheit. Als Kind war sie selten geschwommen. Sie war auf einem Bauernhof aufgewachsen, und ihre gottesfürchtigen Großeltern, ihre Mutter und ihre Tante, eine pensionierte Missionarin, waren alle nicht der Ansicht gewesen, daß junge Mädchen schwimmen lernen sollten. Es war auch nie wirklich ein Thema gewesen, da es weit und breit weder ein Schwimmbad noch einen See gab. Erst später, nach ihrer Heirat, hatte sie Schwimmbäder kennengelernt, aber da hatte sie bereits zwei kleine Kinder, und die Schwimmbäder schienen für Kinder bestimmt zu sein, nicht für sie. Ihre Badeanzüge hatte sie nur angezogen, um die Kinder ins Wasser zu begleiten, damit sie im Planschbecken schwimmen konnten. Und später, als die Mädchen schwimmen gelernt hatten, war Margaret dick geworden und kam sich im Badeanzug häßlich und sogar anstößig vor. Sie hatte in einem geblümten Bademantel am Rand gesessen, mit einer Sonnenbrille, und versuchte zu lesen, überwachte aber ständig das Wasser, um sicher zu sein, daß ihre Kinder noch nicht ertrunken waren. Die Freudenschreie der Kinder, ihr Vergnügen, ihre Lust, sich ins Wasser zu werfen, zu springen und zu tauchen, waren Margaret immer ein Rätsel geblieben. Sie empfand das Wasser als unangenehm und kalt. Die paar Male, die sie zu schwimmen versucht hatte, hatte sie im Kampf gegen das Wasser alle ihre Kräfte aufbieten müssen, um es zu besiegen, ehe es sie in die Tiefe ziehen konnte. Noch jetzt konnte sie sich im Wasser nicht entspannen. Auf dem Wasser zu liegen und sich treiben zu lassen kostete sie mehr Anstrengung als aktives Rückenschwimmen. Und sie hatte das Gefühl noch nicht überwunden, daß sie beim Schwimmen eine häßliche und lächerliche Figur abgab. Sie konnte sich im Badeanzug nicht leiden und wollte nicht, daß andere sie so sahen. Es stimmte, sie hatte abgenommen, und angezogen sah sie fest und hübsch aus. Aber im Badeanzug ließen sich bestimmte Tatsachen nicht verstecken. Sie war zu lange übergewichtig gewesen, die Haut an Oberarmen und Oberschenkeln war faltig und schlaff, hoffnungslos, trotz aller Gymnastik. Ihr Körper würde nie mehr fest und straff und elastisch sein. Der Anblick ihrer Tochter, die fast so dick war, wie sie selber früher gewesen war, hatte sie mit stiller Wut erfüllt: Daisy hatte einen so schönen Körper gehabt, schlank und anmutig und üppig. Wenn Margaret die Augen schloß, sah sie ihre große Tochter als Teenager vom Sprungbrett springen. Daisy, im rosa Bikini, mit flachem Bauch und den zwei Grübchen unten am Rücken und mit den hübschen kleinen Pobacken, die sich verführerisch unter dem Badeanzug abzeichneten. Nein, Daisy, nein, hätte sie gern geschrien. Tu dir das nicht an, beschwere dich nicht mit diesem Zuviel an Fleisch, du wirst es bereuen, du wirst es furchtbar bereuen. Aber Margaret wollte keine guten

Ratschläge erteilen, und sie wußte, daß Daisy sich nur gekränkt gefühlt hätte. Außerdem war es ungerecht, mit Daisy wegen ihres Fetts zu schimpfen – sie bedauerte im Grunde nur, daß ihr eigener Körper nie wieder so vollkommen sein würde, wie er einst gewesen war.

Der Gedanke daran, ihr Mitleid mit sich selbst und mit ihrer Tochter brachten Margaret dazu, aufzustehen, das Handtuch abzustreifen und ins Wasser zu springen. Jeden Tag schwamm sie mit unterschiedlicher Energie: Hoffnung, Freude, Erschöpfung, Kummer, Bedauern, Wut. Dreimal in der Woche ging sie schwimmen und zwang sich jedesmal zu dreißig Bahnen. Sie konnte immer noch nicht länger als einmal die Länge des Beckens schwimmen, dann mußte sie sich am Rand festhalten und rang nach Luft. Sie brauchte für die dreißig Bahnen eine ganze Stunde, und wenn sie endlich das Wasser verließ, zitterte sie vor Erschöpfung. Aber manche Tage unterschieden sich von den anderen. Dann strömte das Wasser geradezu freundlich an ihr vorbei, als ob es sie gut leiden mochte und ihr die Arbeit erleichtern wollte. An anderen Tagen dagegen war es gegen sie, dann fühlte sie sich hinuntergezogen, kam aus dem Rhythmus, schluckte Wasser und mußte würgen. Wäre sie ein Mann, hätte sie sich vielleicht fürs Boxen entschieden, ein Sport, von dem sie glaubte, er könnte ihr Spaß machen. Es mußte ein Vergnügen sein, die schweren gefütterten Handschuhe überzuziehen und immer wieder unbarmherzig und rhythmisch auf einen Sandsack einzuschlagen oder auf ein anderes lebloses Objekt. Aber da sie nicht boxte, drosch sie auf das Wasser ein, als wehrte sie mit jedem Schlag den Teil ihres Lebens ab, der sie in die Tiefe zu ziehen drohte: ihr Gewicht, ihre Vergangenheit, die vergeudeten Jahre.

Dreißig Bahnen. Eine Stunde. Die Bahn hinter sich bringen, sich am Rand festhalten, japsen, bis der Atem wieder leichter kam, während das Herz in ihrer Brust tobte, dann sich mit den Füßen abstoßen und zum anderen Ende schwimmen. Es tat weh. Manchmal kam sie sich wie ein Schmetterling vor, der sich aus einem schier endlosen Kokon befreien mußte, immer kam noch eine weitere Schicht. Es gibt Dinge, dachte sie, mit denen du fertig wirst; das Beste, was du tun kannst, ist, sie täglich hinter dich zu bringen und sie so zu überwinden, daß du eine Weile deine Ruhe hast. Würde sie sich je freischwimmen können von ihren Schuldgefühlen?

Daisy war zehn Monate nach Margarets Heirat mit Harry geboren worden. Harry hatte gerade seine Stellung in dem kleinen Krankenhaus in Des Moines angetreten. Zwei Jahre später wollte Margaret in diesem Krankenhaus ihr zweites Kind zur Welt bringen, aber der kleine Junge starb. *Placenta previa* hieß der medizinische Ausdruck für die Todesursache des Babys. Die Plazenta war zu tief in Margarets Uterus angewachsen und hatte sich in die Gebärmutterwand hineingegraben. Das Baby kam vor der Zeit, und Margaret erlitt einen Blutsturz. Die Ärzte machten einen Kaiserschnitt, aber das Baby war gestorben, und Margaret wäre auch beinahe gestorben. Noch jetzt krampfte sich ihr Magen zusammen, wenn sie daran dachte, an die Schmerzen und die Trauer. Und sie erinnerte sich an die Silhouette ihres Mannes, der sich über sie beugte, als sie aufwachte, noch schwach vom Blutverlust und von der Narkose, und zu ihr sagte: »Es ist alles gut, Liebling, es ist nicht deine Schuld, mach dir keine Vorwürfe, es ist nicht deine Schuld.« Was nichts anderes bedeutete, als daß er, und überhaupt jeder, der Ansicht war, daß es *ihre* Schuld war, daß sie schuld war am Tod des kleinen Jungen.

Zwei Jahre darauf war sie wieder schwanger geworden. Es war die reinste Ironie, daß Dale ihren Vater mehr liebte als ihre Mutter und sie wirklich die Tochter ihres Vaters war, obwohl Margaret um Dales Leben gerungen, obwohl Margaret ihr das Leben gerettet hatte, als Harry entschlossen war, sie nicht zur Welt kommen zu lassen.

»Du darfst kein Kind mehr haben«, sagte er, »du kannst daran sterben. Du darfst keine weitere Schwangerschaft mehr durchmachen.« Als Arzt hätte er ohne weiteres eine legale Abtreibung durchsetzen können, sogar in Iowa im Jahr 1954, weil Margarets Leben gefährdet war. Aber Margaret kämpfte und drohte sogar mit Scheidung, wenn Harry ihr das Kind nähme. Und so bekam sie das Baby, blutete aber wieder sehr stark, und obwohl diesmal das Kind lebensfähig geboren wurde, war Margaret dem Tod sehr nahe gewesen. Während sie noch bewußtlos war, beschlossen die Ärzte, ihre Gebärmutter zu entfernen, und setzten diesen Beschluß auf der Stelle in die Tat um, nachdem sie das Baby lebend entbunden hatten. Im Alter von dreiundzwanzig Jahren hatte Margaret keine Gebärmutter mehr. Da konnte sie schwimmen, soviel sie wollte, es änderte nichts daran. Sie hatte sechs Kinder haben wollen. Und mit dreiundzwanzig trug sie eine leere Höhle in sich.

Aber sie hatte zwei gesunde Töchter, zwei hübsche gesunde Töchter, und wollte sich nicht von ihrem Kummer niederziehen lassen, nur manchmal weinte sie über den Verlust des kleinen Jungen. Daisy und Dale. Als sie noch nicht lange in Liberty wohnten, hatte Margaret einmal gehört, wie sich zwei Frauen über die sonderbaren Namen, die sie ihren Töchtern gegeben hatte, unterhielten. »Mrs. Wallace muß etwas seltsam sein«, hatte die eine Frau gemeint, »da hat sie zwei hübsche Töchter, und die eine heißt wie eine Kuh und die andere wie ein Junge.« Diese Bemerkung hatte Margaret wütend gemacht, aber dann hatte sie sich vorgenommen, den Frauen von Liberty niemals Gelegenheit zu geben, sich über sie lustig zu machen. Sie würde so gut, so tadellos und fabelhaft sein, daß die anderen bald ihre eigenen Töchter Molly und Frances, Bess und Lynn, Daisy und Dale nennen würden. Dabei gab es eine einfache Erklärung für die Namen. Daisy war der Name von Margarets Großmutter, und Dale hatte ihr Großvater geheißen, und die Großeltern hatten Margaret eine hübsche Summe Geldes hinterlassen, und sie hatte beide sehr geliebt.

Margaret schwamm die sechzehnte Bahn, die Strekke, die sie immer auf dem Rücken schwamm, mit gemütlichen Armschlägen und gelegentlichen Beinstößen. Die runden Deckenlampen und die seitlichen Scheinwerfer zeigten ihr, wie weit sie schon war. Sie hatte die Hälfte des Beckens hinter sich. Sie würde noch drei oder vier Bahnen auf dem Rücken schwimmen, ehe sie sich umdrehte und den Rest hinter sich brachte.

Und diese Bahnen schwamm sie, natürlich, für Harry. Wegen Daisy und Dale hatte Margaret keine Schuldgefühle; sie hatte für sie getan, was sie konnte. Sie hatte auch für Harry alles, was sie konnte, getan, bis auf die letzten zwei Jahre, als sie erkannte, daß sie nichts mehr für ihn tun konnte. Und so hatte sie ihn verlassen, schleppte aber eine Bürde von Schuldgefühlen mit sich herum und eine noch größere Portion Zorn, weil er in Liberty geblieben war, rechthaberisch und traurig, und noch nicht einmal begriff, daß er sich Margaret gegenüber vielleicht auch etwas schuldig fühlen sollte.

Für den Anfang gab sie Harry keine Schuld. Sie hatte freiwillig Verzicht geübt, denn dazu war sie erzogen worden. Jetzt, Jahre später, nach der Lektüre feministischer und psychologischer Bücher, durchschaute sie, was sie getan hatte, und begriff, daß sie es sich selbst angetan hatte, daß es ihre Schuld war. Und eine Zeitlang war sie ja auch sehr glücklich gewesen: Es hatte sie glücklich gemacht, die Kinder zu erziehen, das neue Haus einzurichten, Harry zu versorgen und eine Säule des Ortes zu werden. Doch als sie, nach dreißig Jahren, eine kleine Veränderung anstrebte, nur eine winzige Veränderung, hatte Harry das nicht akzeptieren können. Er wollte, daß sie blieb, wie sie war: unterwürfig und ehrerbietig. Das sah sie jetzt ganz rational, weil es ihr half, die Dinge rational zu betrachten, und trotzdem schlug sie auf das Wasser ein, als wäre es ihre Vergangenheit.

Harry kam aus armen Verhältnissen, und daß er Arzt hatte werden können, war für ihn ein großer Sieg. Und er war ein guter Arzt, der sich für seine Patienten aufopferte. Er wurde reich und hatte Erfolg in seinem Beruf als Arzt, Heiler, Richter, Wächter, Schiedsrichter, Berater, Gott. Und Margaret war seine Helferin, die Tränen trocknete, Hände hielt, gute Ratschläge gab, Geld verlieh, auf Kinder aufpaßte und in den Schneesturm hinausfuhr, um steckengebliebene Patienten aufzusammeln. Ihr Geld vermehrte sich auf der Bank, Harry fühlte sich nie reich und sicher genug – oder eingebildet genug, um viel Geld auszugeben, bis die Mädchen größer waren und er jeden Sommer mit der ganzen Familie nach Europa oder nach Mexiko reiste. Aber Geld auszugeben, bedeutete Harry nichts, es zu *haben* war ihm wichtig. Sie hatte ihn nie davon überzeugen können, daß er nie wieder arm sein würde, daß er geradezu leichtsinnig Geld ausgeben konnte und immer noch genug zu essen hätte. Sie konnte ihn nicht davon überzeugen, daß es außer Liberty auch noch andere Welten gab. Als sie ihm einmal klarzumachen versuchte, daß die Lebensgeschichten der vielen Menschen, denen sie geholfen hatte, sie tödlich langweilten, hatte er sie angestarrt, als wäre sie ein Monster, und ihr zu verstehen gegeben, daß sie an der Schwelle der Wechseljahre stünde und nicht ganz bei Trost sei.

Oh, es war so schwierig. Die Gründe, warum sie soviel Fett an ihrem Körper gespeichert hatte, waren ebenso schwer zu entwirren wie die Gründe, warum sie in Iowa geblieben war und immer nur für die anderen da war. Zunächst lag es daran, daß sie dazu erzogen worden war, immer nur für die anderen da zu sein und Liebe zu schenken. Ihr war das Gefühl anerzogen worden, daß die Freuden des eigenen Körpers vulgär und schlecht waren. Wie unendlich verworren doch alles war: Vor Jahren im Herbst, Daisy war fünf und Dale erst eins, und sie waren noch nicht nach Liberty gezogen, sondern lebten noch in Des Moines, waren zwei Dinge passiert.

Erstens war Margaret mit Daisy zu dem Kinderarzt Richard Atwater gegangen, um Daisy, die eingeschult werden sollte, untersuchen zu lassen. Richard Atwater war etwas älter als Harry, aber er war immer noch jung und sah gut aus, und als er die Untersuchung beendet hatte, schickte er Daisy zusammen mit der Sprechstundenhilfe hinaus und bat Margaret, im Zimmer zu bleiben. Margarets Herz begann zu klopfen vor Furcht, daß Dr. Atwater ihr eröffnen würde, Daisy hätte irgend etwas Schlimmes. Statt dessen hatte der Arzt ihr einen Antrag gemacht. Er sagte ihr wunderbare Komplimente, kam auf sie zu und nahm sie in seine Arme und hielt sie fest. Und Margaret reagierte. Sie war vierundzwanzig Jahre alt und seit sechs Jahren verheiratet, sie war nie gereist und nie in einem richtigen Theaterstück gewesen, für sie verkörperte Richard Atwater die romantische Liebe. Außerdem verkörperte er für sie die Sünde. Und obwohl sie einwilligte, sich mit ihm in einem Motel zu treffen, hielt sie ihr Versprechen nicht. Sie konnte es nicht halten. Sie meinte, daß Gott sie mit dem Tod bestrafen oder, schlimmer noch, ihr eines ihrer Kinder nehmen würde. Sie war verzweifelt und litt, daß sie ihren Mann lieben und trotzdem so eindeutig sexuell auf Richard Atwater reagieren konnte. Damals hatte sie angefangen zu essen, nicht bewußt, ihr war nicht klar, was sie da machte oder warum – aber damals hatte es angefangen, hatte sie angefangen zuzunehmen. Es dauerte nicht lange, bis sie sich dick und sicher fühlte – gerettet! Kein Mann würde ihr je wieder nachstellen. Sie würde sich nie mehr schuldig fühlen müssen, das Gefühl der Untreue würde sie nie wieder bedrohen, sie würde ihrem Mann immer treu bleiben, sie würde sich nie entscheiden müssen. Ihr Fett war wie ein Schutzwall – und war es natürlich auch.

Das zweite, was ihr widerfuhr, als sie vierundzwanzig war, hing auch mit Daisy zusammen. Als Margaret Daisy in der Schule angemeldet hatte, traf sie eine nette junge Frau mit einem schüchternen kleinen Jungen, und im Verlauf des Gesprächs ergab es sich, daß Margaret der Frau anbot, den kleinen Jungen eine Zeitlang zur Schule zu fahren, da sie ein Auto hatte und die Frau nicht. Das Auto gehörte eigentlich nicht Margaret, es gehörte Harry, und sie konnte Daisy nur dann damit zum Kindergarten fahren und abholen, wenn sie sehr früh aufstand, die beiden kleinen Mädchen anzog und mitnahm und Harry quer durch die Stadt zur Arbeit fuhr. Das gleiche wiederholte sich dann am Abend. Sie mußte zwei Stunden zusätzlich fahren, um das Auto zu bekommen und Daisy zur Schule fahren zu können, und sie brauchte noch einmal fünfzehn Minuten, um Chucky, den schüchternen kleinen Jungen, abzuholen, und noch einmal fünfzehn Minuten, um ihn wieder nach Hause zu bringen. Als es Winter wurde und oft schneite, bereute Margaret manchmal ihr Angebot. Wenn Chuckys Mutter wenigstens einmal anriefe, um Dankeschön zu sagen, hatte Margaret gedacht, oder um sie zu einer Tasse Kaffee einzuladen oder sich auf irgendeine andere Art zu revanchieren. Aber seit der Begegnung in der Schule war Chuckys Mutter nahezu vom Erdboden verschwunden. Sie war nur noch eine Hand, die Chucky morgens aus der Tür des kleinen Hauses schob, und am Nachmittag war meist überhaupt nichts von ihr zu sehen. Margaret sprach mit Harry darüber: Was bildete diese Frau sich ein, daß sie ihren Jungen von Margaret zur Schule fahren ließ und sich nicht ein einziges Mal telefonisch bedankte?

An einem der ersten Dezembertage – die Straßen waren glatt und der Wind schneidend, Dale jammerte hinten auf dem Rücksitz, weil sie erkältet war, und Margaret selbst hatte Kopfweh – beschloß sie, daß sie sich diese Unverschämtheit nicht mehr bieten lassen würde. Statt Chucky, der kein besonders liebenswertes Kind war, wie sonst am Straßenrand aus dem Wagen zu lassen, parkte sie und stieg aus.

»Ich sage deiner Mutter schnell mal guten Tag«, sagte sie munter, zog Daisy aus dem Auto, legte sich Dale über die Schulter und ging entschlossen zum Eingang. Wenigstens eine Tasse Kaffee würde sie von Chuckys Mutter bekommen.

Sie betrat hinter Chucky das Haus und rief: »Hallo! Hallo?« Sie versuchte, ihrer Stimme einen hellen, freundlichen Klang zu geben.

Dann blieb sie stehen, wie gelähmt von dem, was sie sah. Das Haus war unbeschreiblich dunkel und unordentlich. Plastikvorhänge waren vor die Fenster gezogen, und der schmutzige Linoleum-Fußboden war mit mehr Dingen übersät, als Margaret auf einmal erfassen konnte: Büchsen, Spielsachen, Essen, Kleidungsstükke, Papier, Staubflocken. Es war erschreckend. Sie war auf diesen Schmutz, dieses Chaos nicht gefaßt gewesen. Chucky war ein schüchterner kleiner Junge, dem oft die Nase lief, aber er war immer ordentlich und sauber angezogen.

Und dann erblickte sie Chuckys Mutter. Sie saß in einem kaputten braunen Sessel in einer Ecke des Zimmers. Irgend etwas stimmte an ihr nicht. Ihre Glieder standen seltsam vom Körper ab, und ihr Kopf hing auf die Brust herab, wie bei einem Betrunkenen. Aber ihr Gesicht war hellwach, und sie sah besorgt aus.

»Stimmt etwas nicht«, fragte die Frau.

»Nein, nein.« Margaret rang nach Luft. Sie stand steif da und hielt sich an Daisys Hand fest. »Ich wollte Ihnen nur mal guten Tag sagen, weil ich Sie so lange nicht gesehen habe.«

Es gelang der Frau, den Kopf zu heben, und sie sah auf. »Hat Chucky Ihnen Schwierigkeiten gemacht?«

»Oh, nein. Überhaupt nicht. Er war sehr *artig*. Ich wollte Ihnen nur mal guten Tag sagen. Sie sehen – entschuldigen Sie meine Frage, aber sind Sie krank?«

Die Frau lachte, wobei sie die Kontrolle über ihren Körper teilweise verlor. Als sie schließlich antworten konnte, sagte sie: »Ich habe MS, multiple Sklerose. Ich bin seit vier Jahren krank. Ich weiß es, seit ich zwanzig bin. Manchmal geht es mir besser, manchmal schlechter. Heute geht es mir schlechter. Schon seit einiger Zeit geht es mir schlechter.«

Margarets Augen füllten sich mit Tränen. Die Frau, Chuckys Mutter, war genauso alt wie sie. »Kann ich irgend etwas für Sie tun?«

»Sie fahren Chucky zur Schule«, sagte die Frau. »Das ist die größte Hilfe, die ich mir vorstellen kann.«

»Aber wer kümmert sich um Sie, wer macht Ihnen Essen?«

»Oh, das meiste kann ich selber machen«, antwortete die Frau, und ihre Stimme klang ungeduldig. »Mein früherer Mann kommt hin und wieder, und für mich und Chucky kann ich sehr gut allein sorgen. Ich brauche keine Sozialarbeiter, die hier rumschnüffeln. Die Wohnung ist im Moment nicht sehr sauber, aber ich werde sie aufräumen, und Chucky wird bei mir bleiben, egal wie unordentlich es hier aussieht.«

»Aber wie . . .«, fing Margaret wieder an.

»Hören Sie«, unterbrach die Frau. »Ich möchte nicht unhöflich sein, aber ich mag es nicht, wenn Fremde mich in diesem Zustand sehen. Ich bin Ihnen sehr dankbar dafür, daß Sie Chucky zur Schule fahren, okay? Ich bin Ihnen wirklich sehr dankbar. Aber alles andere geht Sie nichts an. Am liebsten wäre es mir, wenn Sie einfach wieder zur Tür hinausgehen und so tun, als ob Sie mich nicht gesehen hätten.«

»Aber gibt es denn nicht irgendeine Möglichkeit, Ihnen zu helfen?« fragte Margaret.

Die Augen der Frau blickten an die Zimmerdecke. »Bitte, gehen Sie«, sagte sie so klar und deutlich, wie sie konnte.

Margaret sah sich um: Chucky war auf eine Couch geklettert und aß salzige Cracker aus einer Schachtel. Er schien alles ganz normal zu finden. Er wirkte zufrieden.

»Dann entschuldigen Sie bitte«, sagte Margaret. »Es tut mir leid. Bitte, rufen Sie mich an, wenn ich Ihnen irgendwie behilflich sein kann.«

Sie verließ das Haus, setzte Daisy und Dale ins Auto und fuhr nach Hause. Unterwegs brach sie in lautes Schluchzen aus. Das Elend der jungen Frau war größer, als ein Mensch ertragen konnte. Und während sie mit ihren gesunden Töchtern, die beide leicht vor sich hindösten, durch die Stadt fuhr, wurde ihr klar, was für ein geradezu monumentales Glück sie hatte. Sie hatte Glück, und das war nicht gerecht. Und sie dachte an Harry, der mit jedem Jahr, das er im Krankenhaus arbeitete, nicht unbeschwerter, sondern immer niedergedrückter wurde von einer Last, über die er nicht sprechen wollte. Jetzt wußte sie es. Er mußte jeden Tag sein glückliches Zuhause verlassen und im Krankenhaus arbeiten, wo er mit Elend und Kummer und Ungerechtigkeit konfrontiert wurde, kein Wunder, daß er oft so mürrisch war und sich zurückzog. Es war überhaupt ein Wunder, daß er das aushielt. Wie konnte man angesichts solchen Elends weiterleben? Und *er* unternahm etwas. Er versuchte, anderen Menschen zu helfen, versuchte, sie zu heilen. Er war tapfer, er sah den Dingen ins Auge. Er ließ sich nicht so schnell unterkriegen wie Margaret, er wendete sich nicht ab und rannte fast zur Tür hinaus. Margaret schämte sich. Wäre sie ein vernünftiger Mensch, hätte sie sich über die Worte der Frau hinweggesetzt und gesagt: »Unsinn, Sie brauchen Hilfe, und ich kann Ihnen helfen. In einer knappen Stunde habe ich hier alles saubergemacht, und dann kann ich Ihnen ein paar Lebensmittel einkaufen und Ihnen ein warmes Essen machen. Ich werde von jetzt an einmal in der Woche kommen. Und jetzt sagen Sie mir nicht, daß Ihnen und Chucky das nicht guttäte. Es würde mir eine Freude machen, Ihnen zu helfen.« Aber sie hatte es nicht gesagt und würde es niemals sagen. Sie würde Chucky weiterhin zur Schule und nach Hause fahren, aber sie würde das Haus nie wieder betreten, es sei denn, daß Chuckys Mutter sie bat, was sie nicht glaubte.

War sie feige? Die Frau *hatte* sie gebeten zu gehen, sie wollte offenbar nichts von ihr, sie schien völlig uninteressiert an allem, was sie, Margaret, ihr bieten konnte. Hatte sie sich zu neugierig umgesehen? Hatte sie ein angewidertes Gesicht gemacht? Was hatte sie angerichtet, als sie einfach so bei der Frau hereinplatzte? Und wie sollte sie sich jetzt verhalten? Sie konnte nichts tun, um das Glück ihrer eigenen Familie und das Unglück von Chuckys Familie irgendwie in Einklang zu bringen. Vielleicht, dachte sie, gab es nur eine Möglichkeit für sie, etwas zu tun, indem sie Harry in jeder nur denkbaren Weise unterstützte, indem sie geduldig und verständnisvoll, liebevoll und großzügig war und auf diese Art, durch ihn, anderen half.

Das war jetzt die zweiundzwanzigste Bahn. Sie keuchte, während sie sich am Beckenrand festhielt, um zu Atem zu kommen, ehe sie weiterschwamm. Dicht neben ihr klatschte jemand, der vom Sprungbrett gesprungen war, ins Wasser, aber Margaret drehte sich nicht nach ihm um. Sie war ganz mit sich selbst beschäftigt und nahm das Schwimmbecken und die dunstige große Halle kaum noch wahr. Es gab für sie nur noch ihre durch eine lange weiße Unterwasserlinie markierte Bahn und all das Wasser, durch das sie sich noch achtmal hindurchkämpfen mußte.

Sie war mit Harry nach Liberty gezogen, und sie hatte ihr Leben ihm und der Gemeinde, in der sie lebten, gewidmet. Als die Mädchen größer wurden und die meisten Stunden des Tages in der Schule verbrachten, legte Margaret sich ein persönliches luxuriöses Laster zu: das Lesen. Sie verbrachte die Nachmittage damit, daß sie auf ihrem Bett lag und sich in die Welt der Bücher versenkte. Sie las und aß. Sie konnte nicht sagen, wann aus der Angewohnheit, sich lesend und essend aus der Welt zurückzuziehen, für sie eine Notwendigkeit geworden war – eine Oase der Realität in ihrer Welt, die ihr ohne Bücher unrealistisch vorkam. Je erfolgreicher Harry im öffentlichen Leben war, um so starrer und fordernder wurde er im privaten Bereich. Sex wurde für Margaret zu einer Pflichtübung: Sie hatte ihn, den großen gütigen Gott, zu bedienen. Eine Routine-Angelegenheit: Es gab bestimmte Dinge, die er in einer bestimmten, feststehenden Reihenfolge liebte, und mehr verlangte er nicht. Er verlangte nie irgend etwas anderes, was darüber hinausging. Er war ein guter Arzt, er rettete vielen Menschen das Leben, und oft verließ er mitten in der Nacht das Haus, um einer um ihr krankes Kind besorgten Mutter zu helfen. Er gab Rat, er heilte. Und mit jedem Jahr, das verging, wuchs die Liebe, die ihm von den Einwohnern der Stadt entgegengebracht wurde. »Wie glücklich du sein mußt«, bekam Margaret zu hören, »daß du mit einem so wunderbaren Menschen verheiratet bist.« Sie hatte Glück, sie wußte es. Es war Glück, so einen guten Mann und zwei gesunde Töchter zu haben, in einem schönen Haus zu wohnen und viel Geld ausgeben zu können. Und so versuchte sie pausenlos, sich für ihr Schicksal erkenntlich zu zeigen, indem sie soviel wie möglich für andere tat. Sie kochte jeden Sonntag für Harry, was er am liebsten aß: gebratenes Hühnchen mit Kartoffelbrei und Gemüse in Sahnesauce. Die regelmäßigen Mahlzeiten vermittelten ihm das Gefühl einer gesicherten Existenz. Sie arbeitete viele Stunden für schulische Gremien, für kirchliche und karitative Organisationen. Sie strickte Pullover, machte Telefonanrufe, fuhr alte Leute zur Behandlung ins Krankenhaus von Iowa City, lud zum Tee ein, und wenn sie der Gedanke überfiel, daß all das sie tödlich langweilte, schämte sie sich dessen.

Was hatte sie damit zu erreichen versucht? Wollte sie das Schicksal mit diesen Aktivitäten bestechen, damit ihre Töchter gesund blieben und groß wurden? Zum Teil ja – denn als sie achtzehn wurden und das Haus verließen, um aufs College zu gehen, war sie erstaunt gewesen über die Erleichterung, die sie empfand, daß sie nun nicht mehr verantwortlich für sie war. Es war eine unglaubliche Erkenntnis, eine unglaubliche Freiheit.

Sie las und las, sie wußte, indem sie die Verantwortung für das Leben ihrer Töchter, für die Gesundheit der Gemeinde und das Glück ihres Mannes auf sich nahm, hatte sie die allerwichtigste Verantwortung von sich gewiesen: die Verantwortung für sich selbst. Aber was sie wollte, war so beschämend und erschreckend, daß sie Jahre brauchte, bis sie es sich wirklich selbst eingestand: Sie wollte allein leben, nur an sich selbst denken müssen, sie wollte sich kennenlernen, wollte wissen, wer sie war und wie sie leben würde, wenn alle Zwänge von ihr genommen würden.

Sie fing an, abzunehmen. Der Tag, an dem sie sich die Haare färben und eine weiche, lockere Frisur statt der dicken Kringellöckchen machen ließ, war ein Wendepunkt in ihrem Leben. Wenn sie so anders *aussehen* konnte, was alles mochte sie dann denken und fühlen können? Wenn sie keine Verantwortung für andere mehr hatte, was konnte sie dann für sich selbst tun? Sie brach spät im Leben auf, aber bestimmt durfte sie sich nach all den braven, selbstlosen Jahren nun auch einmal egoistische Jahre leisten.

Aber die Leute in Liberty gestatteten ihr keine Veränderung. Sie waren beleidigt und wurden giftig, als sie sich höflich weigerte, weiterhin, wie in den vergangenen zwanzig Jahren, an den Damenessen des kirchlichen Hilfsvereins teilzunehmen. Sie wurden feindselig und gemein, als sie sich weigerte, sich weiterhin die Probleme anderer Leute anzuhören und Rat zu geben. Harry hatte sich schweigend und gekränkt von ihr weggedreht, als sie ihm nahezulegen versuchte, sie an Stellen zu berühren, wo er sie nie zuvor berührt hatte, und ihr zu helfen, einen Orgasmus zu haben. Er fand es obszön, daß sie überhaupt darüber redete.

Margaret drosch auf das Wasser ein, mit dem rechten zitternden Arm, mit dem linken, rechts, links. Sie atmete tief ein und blies die Luft ins blubbernde Wasser aus, drehte ihr Gesicht nach links und atmete wieder ein. Sie boxte sich durch das Becken, und sie weinte fast vor Erschöpfung. Noch zwei Bahnen.

Sie hatte versucht, mit Harry zu reden, um ihm ihre Gefühle zu erklären. Aber er wollte sie nicht verstehen. Ihm gefiel seine Position im Leben, er wollte sie nicht gefährdet sehen. Er habe sie nie betrogen, sagte er, wie könne sie so selbstsüchtig sein und ihn betrügen, denn ihre Veränderung sei eine Art von Betrug. Er sei im Grunde ein verschlossener Mann, erinnerte er sie, er werde nie fähig sein, einer anderen Frau sexuell zu vertrauen und die Geborgenheit aufzubauen, die er bei Margaret fühle. Sie habe keine Veranlassung, sich zu verändern, er habe ihr doch alles geschenkt: Kinder, finanzielle Sicherheit, gelegentliche Reisen nach Europa, alles. Ihre sexuellen Wünsche seien vulgär und entwürdigend, belehrte er sie, schließlich sei sie fast fünfzig Jahre alt – sie befinde sich im Ausnahmezustand der Menopause. Sie solle wegen hormoneller Schwankungen nicht ihrer beider Leben zerstören. Wie könne sie ihn verlassen, nach allem, was er für sie getan habe, wie könne sie die Stadt verlassen, in der sie zwanzig Jahre gelebt habe, die Stadt, in der sie geachtet und geliebt werde?

»Aber ich werde nicht geachtet und geliebt«, sagte Margaret. »Mrs. Harry Wallace wird respektiert und geliebt. Niemand weiß, wer ich bin.«

»Du nimmst all das feministische Zeug, das du liest, zu ernst«, antwortete Harry. »Du wirst es noch bereuen.«

Norma Stevens, die so etwas wie Margarets beste Freundin in Liberty war, hatte auch kein Verständnis gezeigt. Margaret hatte unzählige Male Normas Kinder versorgt, wenn Norma mit den verschiedensten Operationen im Krankenhaus lag. Sie hatte stundenlang mit Normas Kindern diskutiert, als sie ihre verschiedenen Krisen durchmachten: Drogen, Sex, Schulschwierigkeiten. Sie hatte Sinn für Humor, und sie wußte, daß Norma sie liebte. Aber als sie versuchte, Norma zu erklären, was in ihr vorging, hatte Norma gesagt: »Margaret, gute Taten kannst du nicht wie Geld auf der Bank sparen. Güte muß beständig sein und jeden Tag aufs neue bewiesen werden. Ich fürchte, du bist eitel geworden, weil du abgenommen hast und deine Haare färbst – das Haar färben, in deinem Alter! Vergiß nicht: Hochmut kommt vor dem Fall.« Margaret hatte ihre Freundin sprachlos angesehen. Norma, die, abgemagert durch ihre Krankheit, in einem viel zu weiten bunten Kittel vor ihr stand, die montags Bridge spielte, dienstags den Blinden vorlas, mittwochs und donnerstags im Geschenkeladen des Krankenhauses von Iowa arbeitete, freitags die kostenlosen warmen Mahlzeiten ausfuhr und in der übrigen Zeit kirchliche Arbeit leistete. Nein, Norma konnte ihre Veränderung nicht verstehen, und sie würde sie ihr auch nie verzeihen und ihr nie ihren Segen dazu geben.

Die Reise nach Vancouver, der Besuch bei der nüchtern-vernünftigen Miriam und Gordon, ihrem humorvollen Mann, rettete Margaret das Leben, bewahrte sie davor, den Verstand zu verlieren. Alles lag plötzlich klar vor ihr – als hätten die Konturen ihres Lebens und auch ihres Körpers plötzlich Schärfe gewonnen.

»Es ist wie mit dem Verleihen von Geld«, hatte Miriam bei einem ihrer langen Gespräche bemerkt. »Die meisten Menschen, die sich Geld leihen, hassen am Ende die Person, die es ihnen geliehen hat, besonders dann, wenn die Person das Geld wiederhaben möchte. Sie haben gelernt, sich in allen erdenklichen Situationen auf dich zu verlassen, und sie können dich nur hassen, wenn du plötzlich deine Hilfe verweigerst. Und inzwischen machst du Bankrott.«

Margaret hatte also allen ihren Mut zusammengenommen: Sie ließ sich von Harry scheiden und zog nach Vancouver. Der Berg haßerfüllter, böser Briefe früherer »Freundinnen« aus Liberty, die ihr alles Schlechte wünschten, hatte sie erstaunt. Sie bezeichneten sie als krank, nicht normal, unglücklich, bemitleidenswert, schlecht. Sie wünschten ihr kein Glück, prophezeiten ihr, daß sie es bereuen würde. Harry wurde schrecklich krank. So krank, daß ein Arzt aus Iowa City kommen mußte. Harry weinte, bettelte, drohte, überschüttete Margarets Leben mit einer dicken, fast undurchdringlichen Schicht von Beschuldigungen. Wie konnte sie ihn jetzt, wo er dreiundfünfzig Jahre alt war, verlassen? Wie konnte sie ihn jetzt verlassen, nach all dem, was sie zusammen durchgemacht hatten? Welchen Sinn hatte das Leben, wenn sie sich von heute auf morgen so verändern und ihn verlassen konnte? Ihr wurde ganz schwach vor Erleichterung, als Harry ihr eines Tages plötzlich eine häßliche Szene wegen Geld machte. Daran merkte sie, daß er stark genug war, ohne sie weiterzuleben, daß er wütend auf sie war und so mißgünstig, daß er ihr am liebsten gar nichts von ihrem gemeinsamen Geld gegeben hätte. Doch sie hatten viel Geld auf der Bank, und die Richter sprachen ihr genügend zu, daß Margaret sich für den Rest ihres Lebens keine Geldsorgen würde machen müssen. Sie mußte sich nur um den Mann sorgen, der ihr das Geld gegeben hatte und behauptete, sie habe sein Leben zerstört.

Sie war es leid, für andere Menschen verantwortlich zu sein – sie war die Tränen und den Kummer, die Beichten und die Vertraulichkeiten leid. Sie war nicht weise. Sie hatte keine Antworten parat. Sie wollte in Ruhe gelassen werden und ihre Kräfte nutzen, um ihr eigenes Ich zu schaffen. Sie wollte ihre Kräfte nicht mehr an andere Menschen verschwenden.

Nicht einmal an ihre Tochter. Daisy war das Kind, das sie am meisten geliebt hatte und das ihr am nächsten stand. Daisy hatte viel von ihr. Aber Daisy war jetzt neunundzwanzig Jahre alt. Sie war erwachsen, sie lebte seit zehn Jahren nicht mehr bei ihr, sie mußte inzwischen in der Lage sein, auf ihren eigenen Füßen zu stehen. Margaret hatte manchmal das Gefühl, als kletterte sie auf einer wackligen Leiter ihrem besseren Ich entgegen und daß die Leiter kippen würde, wenn sie eine Hand losließ, um einer anderen Person zu helfen.

Dreißig Bahnen. Margaret zog sich am Rand des Beckens hoch und ruhte sich etwas aus. Ihre Brust hob und senkte sich, keuchend rang sie nach Atem. Ihre Augen brannten vom Chlor, ihr Herz raste. Sie konnte weder sehen noch hören, noch denken. Ein paar Minuten lang saß sie einfach nur da, ließ das Wasser aus der Badekappe und von den Schultern rinnen und unter Po und Händen eine Pfütze bilden. Langsam wurde die Welt um sie herum klarer. Das Schwimmbecken, groß, türkisfarben, nahm klare Formen an, aus den Farbtupfern darin wurden Menschen: ein Mann in orangefarbener Badehose, eine alte Dame mit schlaffen Armen, eine schwangere Frau, die auf dem Rücken schwamm, der Bauch wie ein großer Ballon. Das brausende Getöse in ihren Ohren verebbte, und sie konnte wieder einzelne Geräusche vernehmen: auf Kacheln klatschende Füße, Gelächter und Stimmen. Sie erhob sich, nahm ihr Handtuch und ging in den Damenumkleideraum. Sie betrat eine Duschkabine, streifte Badekappe und Badeanzug ab und stand erschöpft unter dem Strahl des warmen Wassers.

Die Jahre in Liberty waren nicht nur verschwendete Jahre. Sie bereute sie nicht. Sie hatte viele der Leute, denen sie geholfen hatte, sehr gern gemocht. Sie hatte ihr Haus geliebt, die Blumen, das Gefühl, etwas Gutes zu tun. Sie fühlte keine Bitterkeit. Sie war nicht verzweifelt. Sie würde ihre Zeit nicht mit Bedauern verschwenden.

Aber sie würde nie zurückgehen. Sie konnte nie zurückgehen. Das warme, auf ihren ausruhenden Körper niederprasselnde Wasser glättete sie, massierte sie. Das Gefühl der Wärme und der Ruhe war schön und intensiv. Es war der beste Teil des Tages: erschöpft vom Schwimmen unter der Dusche zu stehen und von dem unpersönlichen, warmen Strom getröstet zu werden.

Schließlich begann sie sich zu waschen. Sie nahm das kleine Stück kostbarer Seife aus der blauen Plastiktasche und schrubbte ihren Körper unsanft ab. Dann wusch sie sich das Haar, trocknete sich mit einem rauhen Handtuch ab und rieb sich am ganzen Körper mit Feuchtigkeitslotion ein. Sie zog sich an, fönte ihr Haar trocken, legte Make-up auf. Andere Frauen kamen jetzt zur Schwimmgymnastik. Einige plauderten gutgelaunt mit ihr. Aber heute wollte sie nicht bleiben. Daisy wartete zu Hause auf sie. Daisy. Ihre Tochter. Konnte sie Daisy begreiflich machen, daß ihre eigenen Bedürfnisse genauso wichtig waren wie Daisys, auch wenn sie nicht so offensichtlich waren? Vielleicht nicht. Daisy war in einem schrecklichen Zustand, und Margaret mußte sich eingestehen, daß Daisys herzzerreißendes Flehen sehr an ihr zerrte. Besonders, weil Daisy so tapfer versuchte, nicht über ihre Sorgen und Ängste zu sprechen. Margaret war stolz auf Daisy. Sie bewunderte sie und war zutiefst gerührt. Dennoch wußte sie, daß sie nicht die Hand ausstrecken durfte, damit Daisy sich daran klammerte, diesmal nicht. Sie kämpfte um ihr eigenes Leben. Sie würde Daisy helfen, aber nur indem sie ihre Tochter dazu brachte, ihr Leben selber in die Hand zu nehmen.

Eine Woche lang schlief Daisy jeden Morgen bis neun Uhr. Sie hätte am liebsten bis zehn geschlafen, bis zwölf, aber die Gewohnheit, früh aufzustehen, steckte zu tief in ihr. Nach dem Aufwachen blieb sie noch eine Weile im Bett, bewegte Arme und Beine wohlig unter der warmen Decke. Am ersten Morgen hatte sie versucht, im Morgenrock herumzulungern, aber Margaret duldete das nicht. Es gab soviel zu unternehmen. Daisy mußte sich duschen und anziehen, mußte Eier und frisches Obst zum Frühstück essen und dann mit ihrer unermüdlichen Mutter zu einer erstaunlichen Vielfalt von Sehenswürdigkeiten gehen. Ihre Mutter schien nichts auszulassen. Sie gingen durch die japanischen Gärten der Universität, unter turmhohen Tannen im Lighthouse-Park und über die schwingende Brücke, die sich über den wild rauschenden Lynn Creek spannte. Sie nahmen die Fähre nach Vancouver Island und besuchten das großartige Provinzialmuseum in Victoria. Sie fuhren mit Pferdekutschen, eine rote Decke über den Knien, und aßen im Empress-Hotel zu Mittag. Sie kauften Kleider und Schmuck in Vancouver, Spielsachen für die Kinder in der Robsonstraße, sie sahen Skana, den Killerwal, im Stanley-Park lächelnd und springend. Jeden Abend gingen sie in ein anderes schönes Restaurant essen, aber sogar Daisy nahm in dieser Woche vom vielen Laufen zwei Pfund ab, und als sie es ihrer Mutter erzählte, belohnte Margaret sie mit einem herzlichen Lächeln. Daisy schwirrte der Kopf von all den neuen Eindrücken. Jede Nacht schlief sie sofort ein, von einer körperlichen Müdigkeit erfüllt, die nicht zerrte oder bedrückte, sondern etwas Perlendes hatte: Ihre Lungen waren vollgesogen mit frischer Luft, ihr Körper ermattet von der Bewegung, ihre Sinne angeregt von der Erkenntnis, wieviel es in der Welt zu sehen gab.

Daisy war sich über ihre Gefühle für ihre Mutter nicht im klaren. Eines Nachmittags nahm Margaret in einer Boutique in Gastown ein hellblaues fließendes Baumwollkleid vom Ständer und sagte: »Hier, Liebling, das wird dir sehr gut stehen!« Daisy stand in der winzigen Umkleidekabine vor dem Spiegel, starrte sich entzückt an. Sie sah dünn, jung und hübsch aus. Sie fühlte sich geradezu verjüngt. In diesem Augenblick liebte sie ihre Mutter. Aber es gab Momente, da meinte sie, ihre Mutter zu hassen. Margaret war so unbarmherzig. Sie bestand darauf, zu Fuß zu gehen, wenn Daisy gern ein Taxi genommen hätte, sie nötigte Daisy, als Dessert Obst zu wählen und keinen Pudding. Und sie ließ nicht zu, daß Daisy sich beschwerte. Wenn sie in Liegestühlen auf dem Deck der Fähre saßen und hinaussahen auf das blaue Wasser und die grünen und weißen Berge, hörte sie, ohne sie zu unterbrechen, zu, wie Daisy ihr wunderschönes Haus in allen Einzelheiten beschrieb. Aber als Daisy ihr erklärte, warum sie es behalten wolle und wieviel Geld sie dazu brauche, sagte Margaret nur: »Daisy, du brauchst kein so riesiges Haus. Sei nicht so traurig. Ein kleines neueres Haus ist viel leichter sauberzuhalten und zu reparieren.« Damit war für sie das Thema erledigt.

Am letzten Tag machten sie einen langen Spaziergang auf dem Deich am Meer. Daisy war entzückt und beglückt, wenn Margaret etwa auf ein Stück Treibholz deutete, das wie ein Seepferdchen aussah, oder auf die je nach Meerestiefe verschiedenen Blautöne des Wassers hinwies. Aber die meiste Zeit dachte Daisy: Alles schön und gut, aber ich lebe hier nicht, und der Winter kommt – was soll aus *mir* werden?

Am Abend vor ihrer Abreise gingen sie und Margaret zusammen mit Miriam und Gordon und mit Margarets Liebhaber Anthony zum Essen. Daisy konnte Anthony gut leiden, trotz der Tatsache, daß er sich Anthony nannte, was sie angeberisch fand. Er war ein gutaussehender Brite, Mitte Fünfzig, sehr höflich, geradezu förmlich. – Nein, dachte Daisy, Tony konnte man ihn auch nicht gut nennen. Er erzählte herrliche Geschichten und stellte ihr Fragen, die sie dazu brachten, auch ihrerseits herrliche Geschichten zu erzählen. Ja, sie mochte ihn. Obwohl es ihr manchmal schwerfiel, zuzusehen, wenn er mit ihrer Mutter Händchen hielt. Vor dem Essen trafen sich alle auf einen Drink bei Miriam und Gordon, und anfangs genoß Daisy alles in vollen Zügen – alle waren witzig und schnell, sprachen über Filme, Kunstausstellungen, Konzerte, Buchrezensionen und über Leute, von denen Daisy nie gehört hatte. Sie wirkten sorglos und glücklich. Sie brauchten sich ja auch weder um Windeln noch um kranke Kinder zu kümmern, noch um durch Abwesenheit glänzende Väter. Daisy empfand es als eine Hilfe, zu wissen, daß es Welten wie diese gab. Aber später, als alle sich auf die verschiedenen Autos verteilten, um zu dem Restaurant zu fahren, wurde Daisy still. Die Gespräche um sie herum verloren für sie ihren Glanz. Morgen, dachte sie, morgen fliege ich nach Hause und verlasse dieses Zauberland mit seinen unbeschwerten Menschen. Sie würde allein für die Kinder sorgen müssen, ein Baby bekommen, das Haus verkaufen, drei Kinder allein großziehen – und plötzlich kam ihr die ganze Woche, die sie bei ihrer Mutter verbracht hatte, wie ein absurdes, unpassendes Geschenk vor.

Sie wollten in einem Restaurant ganz oben auf dem Grouse Mountain essen und fuhren mit einer leuchtendroten Seilbahn zum Gipfel hinauf. Margaret und die anderen freuten sich über die phantastische Aussicht, aber Daisy wurde von dem Gedanken beherrscht, daß die Kabine, die nur an einem einzigen Drahtseil hing, in die Tiefe stürzen und Danny und Jenny zu mutterlosen Kindern machen könnte. Sie beneidete die Menschen um sie herum. Es würde Jahre dauern, bis ihre Kinder erwachsen sein und fortgehen würden. Jahre, bis sie die Schönheiten des Lebens wieder genießen konnte, ohne an die Gefahren zu denken.

Endlich hielt die Seilbahn, und alle stiegen aus. Sie gingen durch die kühle Nacht in das warme Restaurant und wurden zu ihrem Tisch geführt, von dem aus man ganz Vancouver überblicken konnte. Es war ein eindrucksvoller Anblick. Die Lichter der Stadt und der Schiffe, die sich glitzernd und schimmernd im Hafen bewegten. In dem Glauben, Daisy damit einen Gefallen zu tun, ließen die anderen sie am Fenster sitzen, so daß sie den besten Ausblick hatte. Aber plötzlich hatte sie Angst. Sie hätte gern zu jemandem gesagt: »Ich habe Angst. Ich fühle mich unsicher hier am Fenster, schutzlos. Schutzwälle, die stark wie die Wand hier schienen, sind in meinem Leben schon eingestürzt. Ich habe Angst, daß ich falle. Sieh mich an, ich sitze hier ganz allein, ich hänge über einem dunklen Abgrund.«

Aber Miriam und Gordon und Margaret und Anthony erörterten lachend die Speisekarte und die Weinkarte. Meine Furcht, dachte Daisy, würde sie nur irritieren oder stören, und außerdem können sie mir sowieso nicht helfen. Sie sah ihre Mutter an, die gerade ihre Hand auf Anthonys Unterarm legte, beiläufig und besitzergreifend, anmutig. Ihre Mutter. Margaret. Alles in allem, dachte Daisy, bin ich froh, daß ich die

Woche mit dieser neuen Frau verbracht habe, die meine Mutter ist. Aber sie wußte auch, daß es noch dauern würde, bis sie genau einschätzen konnte, was sie gewonnen und was sie verloren hatte.

5

Zwei Tage nach Thanksgiving standen Daisy und Dale kurz vor Mitternacht vor dem großen vergoldeten Spiegel in Daisys Schlafzimmer, beide mit einem Glas Champagner in der Hand und beide nackt. Sie schütteten sich aus vor Lachen. Sie waren wirklich ein zu komischer Anblick. Die beiden Schwestern, die zusammen aufgewachsen waren, die zusammen gebadet und sich im Bett aneinandergekuschelt hatten, die beide dünn gewesen waren, mit spitzen Knien und Ellenbogen und der glatten Wölbung der Scham, die wie eine Frucht das damals noch uninteressante Geheimnis der Körpersäfte verbarg, diese beiden Schwestern hatten sich sehr verändert. Manche dieser Veränderungen hatten sie in ihrer Jugend aneinander wahrgenommen, als zuerst Daisy und dann Dale schwellende Rundungen entwickelten und ihnen Haare sprossen, aber dann waren sie scheuer geworden und hatten angefangen, sich im Badezimmer einzuschließen und sich im Schlafzimmer bei geschlossener Tür auszuziehen, und wenn sie sich auch nie abgewandt hatten, wenn die eine ins Zimmer trat und die andere sich gerade den BH anzog, hatten sie einander doch kaum noch ganz nackt gesehen. Aber jetzt, trunken vom Champagner und von der Freude über ihre wiederentdeckte Intimität, fanden beide es wichtig, den Körper der Schwester, der so *schön* war, wieder kennenzulernen und wiederzusehen, von allen Seiten, oben und unten, hinten und vorn.

So vieles geht uns verloren, wenn wir erwachsen werden. Die Umarmung zwischen Frau und Mann ist wunderschön, aber wie traurig ist das alles auch: Diese eine Person, Frau oder Mann, soll nun der einzige erwachsene Mensch sein, den du in seiner nackten

Schönheit den Rest deines Lebens ansehen darfst. Welche Belastung für eine Ehe. Wie schade, daß Menschen nicht nackt miteinander umgehen dürfen – einfach nur aus Freude an der Haut des anderen und ihren subtilen schimmernden Farben, aus Lust an den Rundungen und Kanten des Körpers, aus Lust am Leben. Worte reichen nicht aus, um die wunderbar verschiedenen Formen des Körpers zu beschreiben.

Daisys Bauch sah wie ein Ball aus. Dales wie eine flache Ebene, aber damit ist noch nichts gesagt über die Geschmeidigkeit von Dales Bauch oder über den opalisierenden Schimmer von Daisys straffer Haut über ihrem Bauch, der sich bewegte und sich bei jeder kleinsten Bewegung des Babys veränderte. Die Menschen sollten wirklich öfter nackt miteinander umgehen, einfach aus Spaß und weil es komisch ist. Daisys Po zum Beispiel hatte etwas von dem Witz einer guten Karikatur. Alles ist so interessant, die Wölbungen und Dellen und Streifen, die Windungen, die kunstvoller und wundersamer sind als die Beine des schönsten Louis-XV.-Tischchens. Daisy und Dale konnten sich nicht satt sehen aneinander.

Und da standen sie nun, beide ziemlich betrunken, standen Arm in Arm vor dem Spiegel und lachten. Das da war Dale, das war Daisy. Sie waren fast gleich groß, knapp ein Meter siebzig. Aber da Dales Arme und Beine so dünn waren, Daisys dagegen dick und weich, und da Daisys riesiger Bauch sich in alle Richtungen wölbte, sah Daisy kleiner, breiter und dicker aus – und sie war natürlich auch viel dicker. Sie drehten sich um, so daß sie Rücken an Rücken standen, wie sie sich als Kinder oft hatten hinstellen sollen, damit die Eltern sehen konnten, ob sie gewachsen waren. Aber bei ihrem Anblick im Spiegel, Schulter an Schulter, Po an Po, mußten sie so lachen, daß sie nicht mehr still stehen konnten. Daisy sah aus, als ob lauter kleine Polster unter ihrer Haut versteckt seien, am Po, an den Oberschenkeln, an den Hüften, lauter kleine Fettpolster. Dale dagegen wirkte bis auf ihre großen Brüste ausgesprochen mager neben Daisy, obwohl sie gar nicht mager war. »Du wärst durchaus ein Modell für das Faltblatt im ›Playboy‹«, sagte Daisy, während sie Dale begutachtete. »Um Gottes willen, das würde Daddy *umbringen*«, sagte Dale. Der Gedanke erschreckte und erheiterte sie. Sie malte sich aus, wie ihr Vater in seinem Lehnstuhl saß und den ›Playboy‹ durchblätterte, den irgendein wohlmeinender Mensch ihm geschickt hatte, und wie er plötzlich seine jüngste, seine Lieblingstochter entdeckte, nackt und verführerisch den Augen der Öffentlichkeit preisgegeben! Aber Dale hatte nun einmal diese Figur. Und während sie vor dem Spiegel standen, erklärte sie Daisy, ihr eigener Körper sei vielleicht ein angenehmer ästhetischer Anblick, aber Daisys Körper sei bei weitem *interessanter*. An Daisy gab es soviel mehr zu bestaunen. Dales Körper verlockte vielleicht zum Streicheln, Daisys dagegen zum Drücken und Beißen. Trotzdem würde sie so, wie sie aussah, nie wieder einen Mann finden, darin waren sich die beiden einig. Sie würde nie wieder einen Bikini tragen können, nie mehr einen Badeanzug, es sei denn einen dieser schwarzen einteiligen mit Rüschen über den Hüften. Bei der Vorstellung, wie Daisy in einem matronenhaften Badeanzug herumlief, mußten sie wieder lachen, bis ihnen die Tränen kamen.

»Wo ist denn dein Muttermal geblieben?« rief Dale plötzlich. »Mein Gott, was hast du mit deinem Muttermal gemacht?« Sie meinte einen kleinen, wie ein Blatt aussehenden Fleck, den Daisy seit ihrer Geburt unter dem Bauchnabel gehabt hatte und der deutlich dunkler war als ihre Haut. Daisy hatte sich eine Zeitlang deswegen Gedanken gemacht und sich nicht getraut, einen Bikini anzuziehen, aus Angst, ausgelacht zu werden. Und jetzt war der Fleck verschwunden. Statt dessen zog sich ein dunkelbrauner Streifen der

Länge nach über Daisys Bauch, bis hinunter zu den Schamhaaren, und blaue Adern schimmerten durch die Haut.

»Ich habe es verloren«, sagte Daisy, »es wurde heller mit jeder Schwangerschaft, und nun ist es verschwunden. Ich hatte es schon ganz vergessen.«

»Aber wie kann man ein Muttermal verlieren?« beharrte Dale betrunken.

»Sie verschwinden, sie verschwinden einfach«, sagte Daisy, der die Sache gleichgültig war. Sie beendete das Thema mit einer ausladenden Handbewegung, die den Champagner über den Rand ihres Glases schwappen ließ.

Sie waren glücklich. Eigentlich hatten sie beide keinen Grund dazu, aber gerade deshalb konnten sie ihre glückliche Stimmung so genießen. Dale war vor vier Tagen nach Liberty geflogen, um Thanksgiving bei ihrem Vater zu verbringen, und sie hatte es kaum ertragen, die bemitleidenswerte Veränderung im Leben ihres Vaters zu sehen. Heute war sie dann nach Milwaukee geflogen, und Daisy hatte sie vom Flugplatz abgeholt und ihr von der Scheidung und ihrer unsicheren Zukunft erzählt. In Daisys Auto hatte ein derartiges Chaos geherrscht, daß es Dale die Sprache verschlagen hatte. Die beiden Kinder tobten auf dem Rücksitz herum, niedliche, hübsche Kinder, aber klebrig von den Lutschern, die Daisy ihnen gekauft hatte, um sie ruhig zu halten, weil sie sich mit Dale unterhalten wollte. Die Kinder waren wirklich bezaubernd, aber es war kaum zu fassen, was für eine Unordnung sie anrichteten. Der Boden war übersät mit Lutscherstäbchen, Kaugummipapier, Münzen, Bildern, die sie in der Schule gemalt und liegengelassen hatten, mit Deckeln von irgendwelchen Behältern, Puppenarmen, Bilderbüchern, Handschuhen, Strümpfen, Anziehpuppen ohne Kopf, bunten Plastikteilchen. Der Sitz selber war von Krümeln jeder Größe und Farbe verdreckt: Kekse, Knäckebrot, Kartoffelchips, sogar Apfelscheiben. Auf der hinteren Fensterablage lag noch mehr: ein perlenbesticktes Täschchen, das Jenny gehörte, und ein kleines Flugzeug von Danny, ein winziger Teddybär aus Fell, dem hinten die Füllung herausquoll – eins seiner Augen war auf den Fußboden gekullert –, noch mehr Kaugummipapier und weitere Stöckchen von Lutschern.

»Bitte beachte den Dreck nicht weiter«, hatte Daisy gesagt, die Dales Entsetzen bemerkte. »Ich habe es seit dem Sommer nicht mehr saubergemacht. Ich *wollte*, aber erst ging es mir immer so schlecht, wegen der Morgenübelkeit, und dann kam die Bescherung mit Paul, und ich kann mich einfach nicht dazu zwingen. Ich bringe die Energie nicht auf. Und manchmal, weißt du, denke ich, daß dieses Auto unser einziges richtiges Zuhause ist, weil wir doch aus unserem Haus ausziehen müssen, und ab und an setze ich die Kinder auf den Rücksitz, mit einem Bilderbuch und einer Tüte Chips, und fahre einfach durch die Gegend, höre Musik, fühle mich geborgen und sicher, als ob wir hier drinnen alle in Sicherheit wären, so dicht beieinander, mit den Fenstern, durch die wir hinaussehen können, und der Illusion, daß wir ein Ziel hätten, daß wir zusammen aufgebrochen sind.« Daisy lachte. »Ich weiß, das klingt verrückt, nicht?«

Daisys Worte erschreckten Dale, aber Danny und Jenny schienen hinten nichts gehört zu haben, so wie sie die Unordnung nicht zu bemerken schienen. Sie machten einen glücklichen Eindruck. Sie kicherten und pufften sich, redeten unsinniges Zeug, grunzten, und Dale mußte unwillkürlich lachen, als sie sah, wie sich der hübsche Junge und das Mädchen auf dem Rücksitz balgten.

Das Haus war alarmierend: elegant und stattlich und nach außen solide und sicher, aber innen ein einziges Durcheinander. Halb gepackte Kisten, aus denen erlesenes Kristall oder gelbe Plastiklaternen vom Halloween-Umzug der Kinder herausschauten. Kisten mit winzigen Babystiefelchen, Schühchen, Nuckeln und Decken. »Ich hatte die Babysachen schon alle eingepackt, da fiel mir ein, daß ich ja bald wieder eins kriege«, sagte Daisy lachend. Daisy bahnte sich einen Weg durch das Durcheinander ihres Hauses mit der Selbstsicherheit einer verrückten Königin. Sie stampfte hierhin und dorthin, setzte die Kinder vor den Fernseher, machte Danny und Jenny Brote mit Erdnußbutter und Karotten und überraschte Dale damit, daß sie ein Feuer im Wohnzimmerkamin anzündete und eine Flasche Champagner öffnete.

»Ich freue mich so, dich zu sehen«, sagte Daisy und umarmte ihre Schwester.

Sie saßen vor dem Feuer und redeten und beschlossen, später zu essen, wenn die Kinder im Bett lagen, aber dann vergaßen sie das Essen, was noch zu ihrer mitternächtlichen Trunkenheit beitrug. Dale hatte die Kinder gebadet und ins Bett gebracht, und alle hatten Spaß dabei. In der Badewanne schimmerten und leuchteten die Kinder wie Edelsteine, ihre nasse Haut glänzte, ihr Gelächter brach sich klingend an den Wänden. Dale verrieb Seife auf ihrer Haut und strich dann mit den Händen über die Haut der Kinder, seifte sie sanft ein, die zerbrechlichen Rücken mit der zarten Kurve des Rückgrats, wusch ihnen die entzückenden wehrlosen Hälse, die energiegeladenen Arme und Beine und die niedlichen Hintern, die wie Früchte aussahen. Sie genossen das aufregende Erlebnis, von ihrer Tante gewaschen zu werden, so, wie die Tante diese neue sinnliche Wonne genoß. Als sie gebadet waren, zog Dale ihnen die Pyjamas an und las ihnen Gutenachtgeschichten vor und sog den Geruch ihrer feuchten Haare ein. Es gab nichts Saubereres als ein frisch gebadetes Kind. Die Kinder im Arm, hatte Dale plötzlich einen Geistesblitz, ihr wurde klar, daß Wissenschaft und

Mythologie sich irrten: Die Welt war eine Kugel, aber sie drehte sich nicht im leeren All, sie ruhte auch nicht auf den Schultern eines müden Muskelmannes, der Atlas hieß. Sie war eine Kugel, lebendig und rund, die sich in die Arme einer großen unsichtbaren Frau kuschelte, ihrer Mutter, die zuließ, daß sie sich in ihren Armen drehte und drehte, unermüdlich und optimistisch und kraftvoll, und die diese Kugel nie fallen lassen würde.

Während Dale die Kinder badete, nahm Daisy ein luxuriöses ungestörtes Bad in ihrem Badezimmer. Sie versank in Badeschaum und trank noch ein Glas. Es war ein Fest, daß jemand ihre Kinder badete und zu Bett brachte. Sie genoß die Wärme des Wassers, betrachtete den Schaum und atmete den süßen Duft des Badeöls ein. Dann zog sie ihren alten kuscheligen Morgenrock an und ging dann schließlich mit Dale die Treppe hinunter und setzte sich ans Feuer. Eine Kiste mit Champagner gehörte zu den Dingen, die Paul vergessen hatte; sie stand an einem dunklen kühlen Platz im Keller. Daisy leerte achtlos das Glas Erdnüsse auf einen silbernen Teller, den sie eigentlich hatte einpakken wollen, und trug dann die Erdnüsse und eine weitere Flasche Champagner in das Wohnzimmer. Der Champagner war köstlich und kühl, und das Feuer wärmte und war ebenfalls köstlich. Dale und Daisy schoben die Möbel beiseite und machten es sich auf dem Teppich vor dem Feuer bequem. Dale war beim Baden der Kinder so naß geworden, daß sie sich, als die Kinder im Bett lagen, umgezogen hatte und auch nur im Morgenrock nach unten gekommen war. So ergab sich eine natürliche Intimität zwischen den Schwestern: Sie zogen die Morgenröcke hoch, um die Wärme an ihre Beine zu lassen, aßen sorglos die Erdnüsse, ohne sich darum zu kümmern, ob eine herunterfiel. Sie tranken noch eine Flasche Champagner. Sie waren jetzt zu müde und zu beschwipst und zu wohlig, um traurig zu sein. Die Vergangenheit wie die Zukunft waren jetzt nur noch Worte, austauschbar, belanglos. Nur die Gegenwart zählte, und die Gegenwart war verschwommen und gut. Sie fühlten sich wohl.

»Erzähl mir von Dad«, sagte Daisy, und Dale sagte: »Um Gottes willen, du willst doch *jetzt* nichts von Dad hören.« Sie schwiegen wieder, bis Dale sagte: »Erzähl mir von Mutter.« Und Daisy sagte: »Um Gottes willen, du willst doch jetzt nichts von Mutter hören.« Beide brachen in Gelächter aus. So ging es weiter, bis sie am Ende über die Leute klatschten, die sie in Liberty gekannt hatten, und sich Geheimnisse erzählten, für die sie mit siebzehn gern gestorben wären, die ihnen jetzt jedoch lächerlich unwichtig erschienen. Und die Welt war voll der absurdesten Sachen, und man konnte gar nicht anders, als immer ausgelassener zu werden. Irgendwie unterhielten sie sich plötzlich über ihre Zehen. Dales sahen lang und knochig und lustig aus, Daisys kurz und dick, wie lauter Daumen, und sie konnten beide nicht begreifen, wie zwei Schwestern so verschiedene Zehen haben konnten. Das brachte sie dazu, Dales einen kleinen Zeh näher zu betrachten, der sehr viel kürzer als der andere war, weil er an einem heißen Sommernachmittag zur Hälfte abgequetscht worden war. Daisy und ihre Mutter und Dale waren mit dem Auto vom Schwimmbad nach Hause gekommen, nur in ihren Badeanzügen und mit nichts an den Füßen, und Daisy wollte irgend etwas, vielleicht wollte sie bei einer Freundin schlafen, und Margaret hatte freundlich nein gesagt. »Oh Mutter«, hatte Daisy geschrien, war aus dem Auto gesprungen und hatte die Autotür hinter sich zugeknallt. Dale hatte vor Schmerz laut aufgeschrien und dann hatte sie dagesessen, die abgequetschte Kuppe ihres Zehs in der Hand, und hatte immer wieder gesagt: »Ich halte meinen Zeh in der Hand.« Daisy, voller Schuldgefühle, hatte sich geschworen, nie wieder eine Autotür zuzuschlagen. Sie würde immer lieb sein. Sie hatte versucht, sich zu kasteien, sie war den ganzen Sommer über nicht zum Baden gegangen, weil Dale lange nicht laufen konnte mit ihrem bandagierten Zeh. Sie hatte stattdessen mit Dale gespielt, mit Anziehpuppen oder Rätselspielen. Dale hatte das sehr genossen – sie genoß, daß ihre fünf Jahre ältere Schwester zu Hause blieb, um ihr eine Freude zu machen. Dale war nie der Meinung gewesen, daß Daisy die Last der Schuld auf sich nehmen mußte, schließlich war es dumm von ihr, Dale, gewesen, in dem Moment aus dem Auto zu klettern, als Daisy so offensichtlich wütend war.

»Ich fand sowieso, daß du nie etwas falsch machtest«, beichtete Dale. »Ich habe dich angebetet. Du warst so mutig und so hübsch und hattest so viele Freundinnen.«

»Aber du warst so *klug*«, gab Daisy zurück. »Und du bist genauso hübsch geworden, wie ich es war, und das weißt du auch.«

»Nein, das stimmt nicht, das ist nicht wahr«, sagte Dale, »du wirst immer hübscher als ich sein, egal, wie du aussiehst.«

Sie gerieten in einen Wettstreit der Komplimente, der damit endete, daß sie nach oben in Daisys Schlafzimmer gingen, ihre Morgenröcke auszogen und sich vor den riesigen Spiegel stellten.

»Ich mußte ganz neu laufen lernen, ohne das Gewicht auf den kleinen Zeh zu verlagern«, sagte Dale. »Weißt du noch? Es ist erstaunlich, wie wichtig ein Stück Zeh für das Gleichgewicht des Körpers sein kann.«

Und natürlich mußte Daisy sofort versuchen, in ihrem Schlafzimmer umherzugehen, ohne ihren kleinen Zeh zu belasten. Und der Anblick, wie die nackte Daisy mit Schlagseite durch das Zimmer humpelte, ließ beide wieder in Gelächter ausbrechen.

»Trotzdem«, sagte Dale, »du kannst so dick und so

schwanger sein, wie du willst, du bist immer noch die Schönste, Daisy.«

»Findest du das wirklich?« fragte Daisy erstaunt. »Wie kommst du bloß darauf? Sieh doch, wie dick ich bin, und diese Adern überall unter meiner Haut, und meine Brüste – sieh dir an, wie sie hängen, und nach der Geburt des Babys wird mein Bauch auch hängen. Und dann sieh dich an – *du siehst vollkommen aus.* «

»Okay, ich sehe ganz gut aus«, sagte Dale, »ganz passabel, aber irgend etwas fehlt mir. Ich sehe irgendwie ausdruckslos aus. Du siehst üppig aus und erfolgreich, genau, du siehst erfolgreich aus. Du hast einen erfolgreichen Körper.«

»Im Ernst?« fragte Daisy erstaunt und starrte sich wieder im Spiegel an, starrte auf all das überflüssige Fett. »Gut«, sagte sie schließlich, »ich gebe zu, daß ich mich *anstrenge.*«

»Oh, Daisy«, sagte Dale und schlang die Arme um ihre Schwester und drückte sie.

»Oh, Dale«, sagte Daisy und umarmte ihre Schwester ebenfalls. Das Umarmen war etwas unbequem wegen Daisys dickem Bauch, aber es war schön, sich gegenseitig zu berühren.

»Soll ich dir mal was sagen?« fragte Dale. Sie löste sich aus Daisys Armen und hielt Daisy auf Armeslänge von sich entfernt, die Hände auf ihren Oberarmen. Sie musterte ihre Schwester. »Ich beneide dich. Deswegen.« Sie deutete mit einem Kopfnicken auf Daisys Bauch. »Ich kann mir gar nicht vorstellen, wie das ist, ein echtes Baby in sich zu haben. Ich glaube, du kannst sehr *stolz* sein.«

»Ich bin auch sehr stolz«, sagte Daisy. »Ich mag es immer, jedesmal, wenn ich schwanger gewesen bin. Es gibt nichts Vergleichbares. Ich fühle mich eingeschränkt, aber auch sehr zufrieden, ich bin aufgeregt und voller Hoffnung, und ich bin sehr, sehr froh. Am liebsten hätte ich fünf Kinder. Ich kann es Paul nicht übelnehmen, daß er weggegangen ist, denn er kann diese Freude nicht mit mir teilen. Was immer geschieht, er hat nur seinen kalten, harten, leeren, einsamen Körper; er wird nie eine Spur Magie besitzen, und genau darum geht es; einerlei, wie viele Fotos erscheinen, wie viele klinische Abhandlungen über das Thema geschrieben werden – die Entstehung eines Babys ist Magie. Es ist ungerecht, und ich verstehe es auch nicht recht. Warum verwehrt die Natur der Hälfte der Menschheit die Freude, magische Kräfte zu haben? Armer kleiner Danny, es quält ihn ganz fürchterlich, daß in seinem Bauch kein Baby wachsen kann. Weißt du, ich denke, das ganze Gerede über den Penisneid ist absurd, ein Witz, oder vielleicht hat Freud die Geschichte erfunden, um die Männer zu trösten, damit sie sich nicht so ohnmächtig vorkommen. Jenny hat noch nie gesagt, daß sie einen Penis haben möchte, auch wenn sie an Dannys schon manchmal gezogen hat – er hängt da so und sieht aus, als ob er zum Ziehen gemacht wäre. Aber Danny hat schon oft gesagt, er wünschte, er könnte ein Baby in seinem Bauch haben, so wie ich, und als ich einmal den Kindern alles erklären wollte und sagte, daß Jenny eins bekommen würde, wenn sie erwachsen wäre, weil sie ein Mädchen sei, da hat Danny sich schrecklich aufgeregt. Er war untröstlich. Nein, ich glaube, es ist gut, daß Paul diese Monica hat, daß sie sich eine Tubenligatur machen und er sich sterilisieren lassen will, so daß beide kein Baby machen können, beide nicht magisch sein können. Sie sind dann wirklich gleich und werden vielleicht eine gleichberechtigte Beziehung haben. Ich für mein Teil würde keines meiner Kinder, auch das ungeborene nicht, für ein Leben mit Paul weggeben wollen. Ich bedaure nur, daß ich keine Kinder mehr kriegen werde. Es hat etwas mit den Hormonen zu tun, es ist ein Trick des Körpers, dieses beständige Hochgefühl, dieses köstliche Sich-wohl-und-wichtig-Fühlen, diese Erhabenheit, diese stolze Freude. Es ist ein Trick des Körpers, aber das ist die Liebe auch, und auch das Gesundwerden nach einer Krankheit. Und natürlich hat alles seine Kehrseite – die Morgenübelkeit, die Schwangerschaftsstreifen, die große Erschöpfung, wenn das Baby dann da ist. Ich wünschte, ich wäre drei Jahre lang schwanger und brächte ein dreijähriges Kind zur Welt – das wäre besser für den Energiehaushalt.« Sie lächelte und ließ sich ungeschickt auf den Teppich zurücksinken, indem sie sich mit beiden Händen abstützte, und lag dann der Länge nach auf dem Rücken. Sie sah zu Dale hinauf, zu ihrer nackten Schwester, deren Körper straff und makellos war, ohne Streifen, weich und vollkommen. Tränen traten ihr in die Augen, rannen seitlich an ihrem Gesicht hinunter, in ihr Haar. Endlich weinte sie. Sie hatte manchmal gedacht, wann es wohl soweit sein würde. Jetzt, jetzt konnte sie weinen. Der Alkohol hatte sie entspannt, und Dales Anwesenheit gab ihr Sicherheit und Geborgenheit.

»Weißt du, du kannst eben nicht immer schwanger sein. Du mußt das Baby zur Welt bringen, und dann ist es da, du liebst es wie dein Leben – und das ist dann dein Leben: die Kinder, ihre Gesundheit, ihre Geborgenheit, ihr Glück. Die Freude, sie im Arm zu halten. Und die Arbeit. Aber wenn du sie erst hast – ach, Dale, beneide *mich* nicht. *Ich beneide dich.* Du bist *jung.* Sieh dir deinen Körper an. Du bist schön. Du siehst so jung, fest und anziehend aus. Und sieh mich an. Meine Brüste. Die Streifen gehen nie mehr weg. Wenn ich stille, werden die Brüste wieder kleiner, aber die kleinen silbernen Streifen werden immer bleiben, an meinen Brüsten, meinen Hüften, meinem Bauch. Und selbst wenn ich abnehmen sollte – ich werde nie wieder aussehen wie du. Ach, Dale, ich werde alt, alt, und niemand wird mich jemals wieder lieben, für mich dasein. Ich bin alt und dick und so müde.« Sie schloß die Augen, und die Tränen rannen ihr über das Gesicht.

»Daisy«, sagte Dale und kniete sich neben die Schwester. »Bitte, sag so etwas nicht. Denk so etwas nicht. Du bist schön und wirst noch schöner werden, und die Männer werden dich wieder begehren.«

Daisy lag flach auf dem Teppich, die Arme schützend über den Bauch gelegt. »Nein, nein«, sagte sie und öffnete die Augen. »Für mich ist alles vorbei. Beneide mich bloß nicht, Dale. Es ist alles aus und vorbei: meine Jugend, meine Schönheit, mein schlanker Körper, meine Hoffnungen. Die Dinge verändern sich, das ist die Wahrheit, die du nicht verdrängen kannst. Wir werden älter, wir werden alt. Wir werden schlaff. Die Kinder sind der Ausgleich, die Belohnung, aber es ist so, daß wir nach einer gewissen Zeit alles verlieren, die Kraft, den Körper, das strahlende Gesicht. So geht es allen. Jugend, Liebe, Kinder, Verlust. Und es ist kein Kreis, sondern eine gerade, unbeugsame Linie. Du hast noch alles vor dir. Ich habe es hinter mir, und ich kann nie mehr zurück. Ach, Dale, ich bin so müde. Und mir ist so kalt.«

Dale kniete neben der Schwester und starrte sie erschrocken an. Sie wollte, daß Daisy die Augen wieder aufmachte und wieder glücklich und betrunken war. Sie berührte sie sanft an den Schultern. Aber Daisy driftete in einen alkoholischen Schlaf. Wenn ich schon nichts anderes tun kann, dachte Dale, dann kann ich wenigstens die Kälte von ihr fernhalten. Sie nahm Laken und Decken vom Bett und deckte Daisy damit sorgfältig zu. Sie deckte ihre Schwester zu, die wie ein rundes großes Kind, nackt und verletzlich, auf dem Fußboden lag und schlief. Sie legte ihr eine Decke über Füße und Knöchel und steckte sie fest. Dann ging sie leise durch das Haus, drehte die Lampen aus, stellte das Schutzgitter vor das verglühende Kaminfeuer, sah nach den Kindern, trank den letzten Schluck aus ihrem Glas und ließ sich schließlich auf das Gästebett fallen und deckte sich fest zu.

Am nächsten Morgen waren beide Schwestern schlecht gelaunt und verkatert. Dale saß im Morgenrock in der Küche, trank Pulverkaffee und fühlte sich elend und fand, daß Daisy, trotz allem, eine Schlampe war. Daisy sah fürchterlich aus, unförmig in ihrem alten Morgenrock, das Haar stand ihr in allen Richtungen vom Kopf ab, und ihr Gesicht war verquollen. Aber was Dale am meisten abstieß, waren die Stückchen hart gewordener Knetmasse, die überall am Küchenfußboden klebten. Die Kinder hatten die fröhlichen Farben, Rosa, Gelb, Blau, zu einem abstoßenden braungrauen Gemisch verknetet. Daisy hatte den größten Teil wieder in kleine Pappkartons getan, aber trotzdem klebte noch viel von dem Zeug am Küchentisch und auf dem Küchenfußboden, wo es sich mit Katzenhaaren vermischt hatte. Das war zuviel an einem solchen Morgen. Ihre Schwester Daisy bemerkte die Knete überhaupt nicht, sie polterte zwischen Spüle, Herd und Kühlschrank herum, wärmte kleine Würstchen für die Kinder auf, machte ihnen Waffeln im Toaster heiß und aß dann selbst etwas davon – tiefgefrorene Waffeln, getoastet, dick mit Butter und Ahornsirup bestrichen! Dale lehnte höflich ab, allein schon bei dem Gedanken an die *Chemie* in diesem Essen drehte sich ihr der Magen um. Snobistisch schlürfte sie ihren Pulverkaffee.

»O Gott«, sagte Daisy und ließ sich in einen Stuhl fallen, »ich bin ja so müde. Außerdem habe ich schreckliche Kopfschmerzen und einen Bauch, als hätte ich die ganze Nacht Zwiebeln gegessen. Trotzdem, wir müssen jetzt reden.«

»Ich weiß«, sagte Dale. Sie mußte am Nachmittag nach Maine zurückfliegen, weil sie ab morgen wieder unterrichten mußte. Die Ferientage waren zu Ende. Hank, Maine, die saubere Schule, die energische Carol, ihr normales Leben – alles schien hoffnungslos weit weg.

»Also, reden wir ein bißchen, und dann kannst du

mir vielleicht noch beim Packen helfen«, sagte Daisy. »Es ist so viel zu tun, manchmal denke ich, ich schaffe es nie. Und Paul verlangt, daß ich das Haus in einem ›präsentablen‹ Zustand halte, für eventuelle Käufer. Aber ich kann nicht packen und gleichzeitig aufräumen. Von den Kindern ganz zu schweigen. Jetzt sehen sie sich ›Kapitän Känguruh‹ an, damit werden sie eine Stunde beschäftigt sein, danach müssen wir uns um sie kümmern. Also, erzähl mir von Dad.«

Dale sah Daisy an. Daisy sah fast genauso aus wie Margaret, bis auf die Mundpartie: Die großen, gleichmäßigen Zähne hatte sie vom Vater. »Ich weiß nicht, wo ich anfangen soll«, sagte Dale. »Gott, habe ich einen Kater. Wieviel haben wir eigentlich getrunken? Vielleicht sollte ich doch einen Toast essen. Na gut, gib mir auch so eine Waffel. Weißt du, ich glaube nicht, daß wir uns wirklich *Sorgen* um ihn zu machen brauchen. Er geht nach wie vor in seine Praxis und hat viel zu tun. Das ist ein gutes Zeichen. Jedenfalls bricht er nicht völlig zusammen. Aber er hat sehr abgenommen und sieht manchmal richtig grau aus und traurig. Und er läßt sich von den kleinsten Dingen unterkriegen. Jeden Morgen, wenn er mir Frühstück machen wollte, ließ er die Eier anbrennen, oder der Kaffee wurde zu dünn, oder er verschüttete den Saft. Ich sagte jeden Morgen, ich wolle das Frühstück machen, aber dann wurde er gereizt und sagte: ›Nein, das kann ich schon, ich muß es mir doch sowieso jeden Tag selber machen!‹ Ich habe ihm geraten, eine Haushaltshilfe einzustellen, vielleicht sogar eine Haushälterin, die im Haus wohnt und kocht und saubermacht – das Haus sieht richtig verdreckt aus, du würdest es nicht für möglich halten. Aber er sagt, er sei zu zurückhaltend, um mit einer Fremden unter einem Dach zu leben; er traue niemandem. Er könne außerdem gut für sich allein sorgen. Er geht nirgendwo mehr hin, er ist abends immer zu Hause und sitzt vor dem Fernseher oder schläft. Als ich ihm riet, mehr unter Menschen zu gehen, sagte er: ›Ich kann die Leute nicht ertragen. Entweder sie haben Mitleid mit mir, weil ich in ihren Augen ein jämmerlicher alter Narr bin, oder sie fragen sich insgeheim, was ich für ein Ungeheuer bin, daß ich Margaret aus dem Haus vergrault habe.‹ Wie gesagt, das Haus verkommt immer mehr, und der Kühlschrank ist leer. Er scheint sich von Fertiggerichten zu ernähren. Manchmal geht er nachts noch nicht einmal in sein Bett, ich meine, ins Schlafzimmer. Er sagt, er haßt es, dort oben allein zu sein. Dann schläft er auf dem Sofa im Wohnzimmer, unter einer Wolldecke. O Gott, es ist herzzerreißend. Ich habe ihm vorgeschlagen, das Haus zu verkaufen und sich ein kleineres zu suchen, eines, das etwas leichter in Ordnung zu halten ist, das würde ihm vielleicht auch psychisch helfen, aber er hat nur gesagt: ›Was bildest du dir ein, junge Dame, so mit mir zu sprechen und mit solchen Worten um dich zu werfen. Jeder in der Stadt weiß, daß dies das Haus von Dr. Wallace ist. Ich habe es gekauft, um bis an mein Lebensende hier zu wohnen, und das ist noch immer meine Absicht. Ich habe alles verloren, verlange also nicht von mir, daß ich mein Haus aufgebe.‹ Ich wollte wissen, ob die anderen Frauen, die früheren Freundinnen von Mutter, ihn denn nicht gelegentlich zum Essen einluden und so, aber er sagte, die wären alle neugierige Klatschbasen, mit denen er nichts zu tun haben wolle. Ach, Daisy, es ist so schrecklich, er ist so jämmerlich dran. Möchtest du wirklich, daß ich dir alles erzähle?«

Daisy nickte nachdrücklich. Sie saß ruhig da, hielt ihre Kaffeetasse zwischen den Händen und hörte zu.

Ihr Vater hatte geweint. Vier Abende hintereinander hatte er im Wohnzimmer gesessen, die Hände vorm Gesicht, und geweint, schamlos, hemmungslos. Am ersten Abend war Dale schnell zu ihm hingegangen, hatte den Arm um ihn gelegt und ihn getröstet: »Daddy, weine nicht, weine nicht, hör auf.« Aber ihr Vater hatte nicht aufgehört zu weinen, und sie hatte schließlich gedacht, vielleicht braucht er das. Vielleicht hatte er vorher nicht weinen können, vielleicht brauchte er sie, irgendeinen Menschen, dem er vertrauen konnte, der seinen Kummer mit ansah. Aber für Dale war es ein schmerzliches Erlebnis gewesen, es hatte sie fast krank gemacht, ihren Vater so zu sehen, ihn, der für sie so etwas wie ein König gewesen war, ein starker, mächtiger Mann, weise, unbezwingbar. Er hatte ihr ganzes Leben bestimmt, und als sie erwachsen war, hatte sie sich gefragt, ob sie wohl je einem Mann ihres Alters begegnen würde, der wenigstens halb so toll war wie ihr Vater. Und jetzt hatte sie mit ansehen müssen, wie ihr Vater hemmungslos schluchzte! Vielleicht war es nicht richtig, daß eine Tochter ihren Vater so sah. Eine Tochter konnte ihrem Vater nicht geben, was eine Frau ihm geben konnte.

Dale hatte den Vater weinen sehen, und zuerst war sie voller Mitleid gewesen. Sie hatte die Arme um ihn gelegt, ihn gestreichelt, ihm Geschichten erzählt, um ihn abzulenken. Aber als sie am nächsten Abend im Wohnzimmer saßen, ohne den großen flimmernden Bildschirm zu beachten, hatte ihr Vater wieder angefangen zu weinen. Weinend hatte er gesagt, daß er Margaret so vermisse und nicht wisse, was er ohne sie machen, wie er ohne sie leben solle. Er wollte Dales Ratschläge nicht hören, und irgendwann war ihr Mitleid in Ungeduld umgeschlagen. Ihr Vater benahm sich grotesk. Mein Gott, dachte sie, er ist ein erwachsener Mensch, man sollte doch meinen, daß er etwas weiser wäre. Jahrelang hat er gute Ratschläge und Weisheiten von sich gegeben, so regelmäßig, wie er Tabletten und Tropfen verschrieb, und nun konnte er sich selbst nicht helfen. Was, um Himmels willen, erwartete er von ihr? Sie konnte die Dinge nicht ändern, konnte ihm seine Frau nicht zurückbringen. Was wollte er von ihr? Sie machte ihm einen starken Scotch mit Wasser. Er nippte nur daran. Sie beugte sich über ihn und sagte: »Daddy, Daddy, bitte weine nicht.« Sie hatte ihn trösten wollen, aber schließlich wollte sie ihn nur noch schütteln, ihm auf die zitternden Hände schlagen und ihn anschreien: »Hör auf zu weinen! Du bist mein Vater. Hör sofort auf!« Er machte sich ja lächerlich. Und Dale konnte es nicht ertragen, sie wollte den Anblick ihres Vaters nicht ertragen, der so kaputt, so schamlos und fertig war. Am Morgen kleidete er sich anständig für die Praxis an, aber abends zog er sich alte unförmige, hängende Hosen an, ein altes Baumwollhemd und einen ausgeleierten alten Pullover, den Margaret ihm einmal gestrickt hatte. Dale saß auf der Armlehne seines Sessels und versuchte, ihn zu umarmen, ihn aufzumuntern. Aber die bebenden Schultern und der schlotternde Pullover stießen sie ab. Es war möglich, ja fast sicher, daß sie ihren Vater noch niemals so umarmt hatte. Als Tochter hatte sie immer auf seinem Schoß gesessen, oder er hatte ihre Hand gehalten, wenn sie zusammen spazierengingen, und als sie älter wurde, hatten sie einander kaum noch berührt, von kurzen Umarmungen und verlegenen flüchtigen Küssen abgesehen. Sie hatte nie seine Schultern unter ihren Händen gespürt, die breit und weich waren, nicht schlaff, aber auch nicht fest und stark, nicht unverwundbar wie Hanks, wie die Schultern eines Mannes ihrer Ansicht nach sein sollten. Sie hatte niemals höher als ihr Vater gesessen, auf der Armlehne seines Sessels, und auf die große kahle Stelle an seinem Hinterkopf, den Kamm von Runzeln an seinem Nacken, auf seine gebeugten, hängenden Schultern hinuntergeblickt. Sein ganzer Körper versank hilflos im Sessel, er hatte nichts Triumphierendes mehr an sich. Dale fand es falsch, auf verheerende Weise *falsch*, daß sie hier über ihrem Vater saß und hilflos seinen zitternden Rücken tätschelte.

Sie sah, was sie nicht hatte sehen wollen, was sie niemals sehen wollte: daß ihr Vater, ihr Daddy, alt wurde, daß er sich der Schwelle des Todes näherte. Er war verwundbar, er konnte sterben. Und während er dort weinend saß, starb er für sie, starb er vor ihren Augen, er veränderte seine Gestalt wie ein müder böser Hexer, der einem leichtgläubigen Kind einen häßlichen Streich spielt. Es war der schlimmste Verrat. Und sie wußte nicht, ob sie ihm je würde verzeihen können. Sie verabscheute ihn, und natürlich verabscheute sie sich selbst wegen dieses Gefühls.

Sie glaubte nicht, daß ihr Vater ihren Widerwillen spürte. Endlich hörte er auf zu weinen, putzte sich die Nase, tätschelte ihre Hand und sagte: »Ach, Dale, es tut so gut, dich hier zu haben. Ich war so einsam.« Dann ging Dale in die Küche, holte ihrem Vater ein Stückchen Käsekuchen oder Obstkuchen und machte ihm eine Tasse Ovomaltine, und dann saßen sie da und sahen eine Zeitlang fern, einerlei, was gerade lief. Und nach einer Anstandsfrist entschuldigte Dale sich und ging zu Bett, und wenn sie am Morgen herunterkam, fand sie ihren Vater zusammengerollt auf dem großen Sofa unter einer Wolldecke liegen. Der Fernseher lief noch. Eine muntere Frau mit locker frisiertem Haar verlas die Nachrichten. Das Schlimmste war vorbei: Dale weckte ihren Vater, er ging nach oben unter die Dusche, zog sich an, und wenn er wieder nach unten kam, sah er so aus und benahm sich so, wie sie es von früher gewöhnt war. Und sie verbrachten die vier Tage sehr angenehm, spazierten durch Liberty, besuchten alte Freunde, aßen mit alten Freunden zu Mittag und zu Abend, oder Dale machte allein Besuche, während ihr Vater arbeitete. Nur die Abende waren schlimm, aber eben so schlimm, daß sie ihr die Tage verdarben.

Und natürlich war überall im Haus zu bemerken, daß Margaret nicht mehr da war. Alles war absolut und vollständig verändert, nichts mehr so, wie es gewesen war. Die Möbel standen zwar noch so da wie seit zwanzig Jahren, aber sie sahen trotzdem anders aus – kälter, weniger gemütlich, weniger einladend. Dale mußte sich schließlich eingestehen, daß sie das Haus ohne ihre Mutter *haßte*. Sie hatte früher nie weiter über die Anwesenheit ihrer Mutter nachgedacht; war der Meinung gewesen, daß ihr Vater dem Haus Leben verlieh, daß er es zu einem aufregenden und schützenden Ort machte. Ihre Mutter war für sie so etwas wie ein wandelndes Möbelstück gewesen, zuverlässig in ihren Funktionen, notwendig, wie der Fußboden notwendig war, ohne jedoch weiter aufzufallen. Aber ohne Margaret war das Haus kalt und leer, auch wenn ihr Vater da war. Dales Zimmer war nicht mehr wie früher. Margaret hatte die Vorhänge und den Bettüberwurf genäht, sie hatte die weiß-rosa Decke gehäkelt, die zusammengefaltet über dem Fußende des Bettes lag. Das alles waren jetzt nur noch *Dinge*, Gegenstände, ein wenig abgenützt, ein wenig verblichen, ein wenig zerschlissen. Dale erkannte, daß ihr altes Zuhause ohne die Mutter ihr Gänsehaut verursachte. Es war nicht mehr schön, es war schrecklich. Weil etwas fehlte: Wärme, Energie, ein unsichtbarer Strom von Zuneigung und Anerkennung. Kein Wunder, daß ihr Vater sich einsam fühlte. Sie nahm es ihm nicht übel. Aber warum *tat* er nichts dagegen, warum zog er nicht aus, warum holte er sich nicht eine neue, zirpende Frau ins Haus, um Leben hineinzubringen? Warum nahm er sich nicht wenigstens eine Haushälterin, die im Haus wohnte und für ihn kochte? Er konnte es sich doch wahrhaftig leisten. Warum tat er sich das an? Glaubte er etwa, daß er so Margaret auf irgendeine Art noch besaß? Daß er ihr so noch irgendwie verbunden war und daß ein anderer Mensch oder ein anderes Haus die Verbindung für immer trennen würde? Oh, es war zuviel für Dale, sie fand es unmöglich, aber sie konnte und wollte auch nicht dahinterkommen. Noch nie hatte sie eine solche Erleichterung empfunden wie an dem Tag, an dem sie ihren Vater verließ und nach Milwaukee flog, um Daisy zu besuchen.

»Kannst du nicht über Weihnachten wiederkommen«, hatte Harry sie gefragt, als er sie zum Flugplatz fuhr. Er hatte den Blick nicht von der Straße abgewandt, und seine Stimme hatte fest und kühl geklungen. Trotzdem fühlte Dale sich gedrängt.

»Ich weiß noch nicht, Daddy«, antwortete sie nervös.

»Wenn es das Geld ist...«

»Nein, nein, darum geht es nicht. Ich weiß nur noch nicht genau, was ich machen werde.« Sie wollte mit Hank zum Skifahren nach Vermont. Aber das konnte sie ihm nicht sagen. Er hatte kaum reagiert, als sie ihm von Hank erzählte, höchstens leicht irritiert. »Vielleicht könnte Daisy mit den Kindern zu dir kommen, oder du fährst zu ihr. Ich weiß, daß sie dich sehr gern sehen würde, und es geht ihr zur Zeit nicht sehr gut.«

»Hm«, hatte Harry geantwortet. Daisy war nicht seine Lieblingstochter. Daisy sah Margaret so ähnlich, und außerdem war sie nach Vancouver geflogen und hatte Margaret besucht. Also war Daisy auf Margarets Seite. Er war nicht sehr interessiert daran, Daisy zu sehen, obwohl er sie liebte – immerhin war sie sein erstgeborenes Kind.

Dale umarmte ihren Vater auf dem kleinen Flugplatz. In einer Anwandlung von Bedauern und Zuneigung hatte sie ihn bei den Schultern gepackt und ihm in die Augen gesehen und gesagt, als spräche sie zu ihresgleichen: »Daddy, bitte versuche, ein bißchen mehr unter die Leute zu gehen. Verabrede dich, verkriech dich nicht, es gibt viele hübsche Frauen in Liberty, die dich anbeten. Ich kann den Gedanken nicht ertragen, daß du da weiter allein vor dich hin lebst, während es doch so viele Menschen gibt, die überglücklich wären, wenn du sie besuchen würdest. Du kannst Mutter nicht ewig nachtrauern, sie wird nie zurückkommen, nie wieder, bitte akzeptiere das! Und versuche, darüber hinwegzukommen! Du bist jung, du siehst gut aus, und – viele Frauen...« Sie geriet ins Stottern vor Verlegenheit darüber, daß sie sich bei ihrem Vater auf dieses Terrain vorgewagt hatte: »Viele Frauen wären dir nur zu gern eine Partnerin, würden dich sogar heiraten. Und ich wäre sehr viel glücklicher, wenn ich wüßte, daß du eine Freundin hättest, eine Person, die ein bißchen auf dich achtet. Ich meine, dein Frühstück läßt einiges zu wünschen übrig.« Sie sagte das in einem scherzenden Ton, liebevoll, aber entschieden.

Doch ihr Vater zuckte zurück. »Das kannst du nicht verstehen, Dale«, erwiderte er und schüttelte den Kopf, seinen müden alten Kopf. »Du gehörst einer anderen Generation an, die weiß, wie man Beziehungen eingeht und wieder abbricht. Für mich ist das anders.«

»Daddy, *bitte*«, flehte Dale fast verzweifelt. »Bitte sei nicht so. Ich kann den Gedanken nicht ertragen, daß du Tag für Tag so unglücklich bist. Es ist nicht recht. Es paßt nicht zu dir. Ich möchte, daß du glücklich bist und stark, so wie früher. Bitte!«

Aber der Flug wurde aufgerufen, und die Passagiere bewegten sich auf die Tür zu, und schließlich blieb Dale und ihrem Vater nichts weiter übrig, als sich schnell und ungeschickt zu umarmen.

»Ich hab' dich lieb«, sagte Dale. Und sie hätte geweint, wäre ihr Vater ihr nicht zuvorgekommen. Tränen rannen ihm in kleinen Strömen über sein runzliges altes Gesicht. Dale hatte ihn einen langen Moment angesehen, krank vor Verzweiflung und Zorn und – sie gestand es sich ein – vor Abscheu. Sie drehte sich um, ging hinaus, an Bord des Flugzeugs.

»*Armer* Daddy«, sagte Daisy und schüttelte den Kopf. »Was soll nur aus ihm werden.«

»Er wird schon zurechtkommen«, meinte Dale etwas lahm. »Es wird schon wieder besser werden. Ich könnte mir denken, es würde ihm guttun, wenn du ihn mit den Kindern über Weihnachten besuchen könntest. Oder wenn du ihn einladen würdest, zu euch. Es würde Wunder wirken, wenn er die Kinder sähe und von dem Haus wegkäme.«

»Ich weiß nicht, Dale, ich weiß nicht.« Daisy trank ihren Kaffee, stützte die Ellenbogen auf den Tisch und den Kopf in die Hände. »Aber vielleicht ist es gar keine schlechte Idee. Ich mache mir Sorgen wegen der Kinder, weil kein Mann im Haus ist, und Daddy ist ja immerhin ein Mann. Und er war immer nett zu den Kindern. Vielleicht ist es wirklich eine gute Idee. Ich würde nur zu gern jemand über Weihnachten hier haben, aber an Dad habe ich nicht gedacht.«

»Jetzt erzähl du mir von Mutter«, sagte Dale.

»Das meiste habe ich dir schon auf der Fahrt vom Flughafen erzählt. Sie sieht blendend aus, dünn und grazil und elegant. Alles, was sie früher nicht gewesen ist. Mir hat das einen echten *Schock* versetzt. Und ihr Haus ist so sauber und so kühl. Was mich so verstört hat, ist nicht ihr verändertes Äußere, sondern die Veränderung ihrer Persönlichkeit. Ich begreife nicht, wie jemand sich so vollständig verändern kann. Sie war immer *Mutter*, immer gut und freundlich und liebevoll und immer da, wenn wir eine Schulter zum Ausweinen brauchten oder eine Person, die sich unsere Probleme anhörte und uns aufmunterte, uns sagte, was wir tun sollten. Sie hat sich wirklich um uns gekümmert, uns geliebt. Und jetzt – jetzt scheint sie kein Interesse mehr an anderen zu haben, jedenfalls nicht an mir. Ich glaube, ich habe sie gelangweilt. Sie fand, glaube ich, daß ich viel Lärm um nichts mache. Daß Paul mich verlassen hat, daß ich ausziehen muß – das sind in ihren Augen triviale Geschichten, die jeder halbwegs intelligente Erwachsene schnell und ruhig bewältigen kann, ohne andere zu belästigen. Sie wirkte *kalt*, fast haßerfüllt, wenn das nicht ein viel zu starkes Gefühl wäre. Sie war einfach distanziert und desinteressiert und irgendwie überlegen. Ich hatte nicht den Eindruck, daß sie sich Sorgen um mich machte, daß es sie kümmerte, ob ich glücklich bin oder nicht. Sie sagte mehrmals, daß sie achtundvierzig Jahre ihres Lebens ein guter Mensch gewesen sei und jetzt die Absicht habe, glücklich zu sein, sich nicht mehr um andere Leute, sondern um sich selbst zu kümmern. Ja.« Daisy hielt inne, den Blick in die Ferne gerichtet, das Kinn in die Hände gestützt. Sie erinnerte sich.

»Glaubst du, daß sie krank ist?« fragte Dale. »Ich meine im Kopf, irgendwie ausgeklinkt?«

»Nein, ich glaube nicht«, sagte Daisy. »Wenn du irgendeine Fremde wärst, nicht ihre Tochter oder jemand, der sie aus Liberty kennt, würdest du sie als charmante, unabhängige Frau bezeichnen, vielleicht etwas schroff und kühl, aber ungemein witzig und intelligent. Sie weiß über alle möglichen Dinge Bescheid. Ich dachte immer, sie weiß gar nicht, daß diese Dinge überhaupt existieren. Über Musik und Bücher und Architektur und so weiter. Erstaunlich. Wie Dr. Jekyll und Mr. Hyde. Aber nein, verrückt ist sie nicht. Sie ist nur egoistisch geworden. Und zwar zu einer Zeit meines Lebens, in der ich sie am meisten gebraucht hätte und nicht weiß, wie ich allein alles schaffen soll.«

Dale, die fürchtete, Daisy würde anfangen zu weinen, sprang vom Tisch auf: »Ich helfe dir beim Abwaschen«, sagte sie.

»Danke, Dale.« Daisy erhob sich schwerfällig. Die Schwestern schwiegen ein paar Minuten, waren damit beschäftigt, den Tisch abzuräumen, das Geschirr abzuspülen und die Küche aufzuräumen. Daisy ging ins Wohnzimmer und holte das Frühstücksgeschirr der Kinder. Als sie wieder in die Küche kam, lehnte sie sich an den Herd und sah Dale zu, wie sie das Geschirr in die Geschirrspülmaschine stellte. »Erzähl mir von Hank«, sagte sie. »Bist du in ihn verliebt? Wie ist er?«

Aber Dale drehte das heiße Wasser an und schrubbte wie wild die Pfanne, in der Daisy die Würstchen für die Kinder aufgewärmt hatte. Plötzlich war sie abergläubisch und hatte Angst, in diesem Haus, das von Problemen wimmelte, von Hank zu sprechen, als würde er, wenn sie von ihm erzählte, zu einem weiteren Problem werden, was er vielleicht war. Denn sie war in ihn verliebt. Und die Verliebtheit hielt nicht nur an, ihre Liebe zu ihm wurde immer größer, und sie wußte, sie würde lieber sterben als ohne ihn leben müssen. Und sie spürte, daß er sie genauso liebte. Und doch – und doch, wenn es das war, wohin die Liebe führte ... Als Daisy und Paul geheiratet hatten, war sie neunzehn gewesen, und sie erinnerte sich, wie wunderschön ihr alles vorgekommen war und wie Daisy vor Freude gestrahlt hatte, vor und nach der Hochzeit. Tagelang, monatelang. Es war sicher falsch und geradezu snobistisch, davon auszugehen, daß Daisy und Paul sich weniger geliebt hätten, als sie und Hank sich liebten – sie konnte sich darüber nicht einfach hinwegsetzen. Und was hatte sich bei Mutter und Vater abgespielt, bei Margaret und Harry? Konnte sie sich so getäuscht haben? Hatte ihre Mutter ihren Vater nie geliebt? Nein, das konnte auch nicht stimmen. Dale mußte also davon ausgehen, daß ihre Eltern sich wahrhaftig geliebt hatten – und wohin hatte ihre Liebe geführt? Wohin führte die Liebe? War es so, wie Daisy letzte Nacht gesagt hatte, als sie nackt und schwanger und betrunken auf dem Teppich lag wie eine alte dicke Kassandra? Vielleicht war das der Lauf der Dinge: Jugend – Liebe – Kinder – Verlust. Und wenn sie jetzt sah, was aus Daisy geworden war oder aus ihrem Vater, dann mußte der Verlust der Liebe so schrecklich, so zerstörerisch, so schmerzlich und so *unerträglich* sein, daß man, wenn man seine fünf Sinne noch beisammen hatte, am besten alles daransetzen sollte, gar nicht erst zu lieben. Lieber den Pfad verlassen, der zur Liebe führt und zu Kindern, bis hin zum Verlust, dachte Dale, selbst wenn das heißt, immer und ewig allein zu leben.

»Dale?« fragte Daisy. »Dale, ich rede mit dir, wo bist du denn mit deinen Gedanken?«

Dale drehte sich um und trocknete sich die Hände mit einem Frotteetuch ab, auf dem ein kleines rotes Hähnchen zwischen gelben Blumen stand. »Daisy«, fragte sie, »lohnt es das? Das alles...« Sie hob die gespreizten Hände und zeigte auf das Chaos, den Schmutz, die Pappschachteln, die halb ausgeräumten Schränke. »Wenn du an den Dreck denkst, die Unordnung, deine Einsamkeit, deinen Kummer? War Paul das alles wert? Bist du immer noch froh, daß du ihn geliebt und geheiratet hast?«

»Wieso? Ja, *natürlich*«, antwortete Daisy ohne Zögern, mit großen Augen und voller Ernst. »Wegen der Kinder.«

Dale ging hinauf, um sich zu duschen und sich anzuziehen. Als sie wieder herunterkam, war sie fest entschlossen, Daisy beim Packen und Putzen zu helfen, ehe sie zum Flughafen mußte. Aber sie ging von Zimmer zu Zimmer, immer ratloser, und wußte nicht, wie und wo sie anfangen sollte. Es war ein unglaubliches Durcheinander. Es war nicht mehr normal.

»Daisy«, fragte sie ihre Schwester, die gerade dabei war, Jenny im Wohnzimmer einen roten Baumwoll-Overall und einen Ringelpulli mit einer Ente darauf überzuziehen. »Daisy, warum ist hier alles so furchtbar unordentlich? Ich verstehe das nicht.«

»Du meinst die Kisten, das Haus? Sieh mal, erstens weiß ich nicht, wann wir ausziehen werden. Es kann jeder Tag nach Weihnachten sein. Ich habe zugestimmt, innerhalb von dreißig Tagen nach Verkauf des Hauses auszuziehen, und ein Kaufvertrag kann jederzeit abgeschlossen werden. Das heißt, ich müßte dann gleich nach Weihnachten ausziehen. Also muß ich weitgehend gepackt haben und gleichzeitig alles für Weihnachten bereit haben. Ich glaube, du kannst dir nicht vorstellen, was für ein Unternehmen es ist, für Kinder ein schönes Weihnachtsfest vorzubereiten. Ich muß...« Sie sah zu Jenny hinunter. »Ich muß alles vorbereiten, das Haus schmücken, Kekse backen, die Krippe aufstellen. Und ich bin fest entschlossen, den Kindern in diesem Jahr ein schönes, fröhliches Weihnachtsfest zu bereiten, weil ich überzeugt bin, daß das sehr wichtig ist. Weihnachten gehört zu den Festen, die mit den Jahren immer wichtiger werden, wie ein Baum, der jedes Jahr wächst, bis da schließlich ein herrlicher Wald ist, in den du zurückkehren kannst, durch den du, wann immer du willst, in Gedanken spazieren kannst. Findest du nicht? Ich finde es so wichtig. Und ich möchte dieses Jahr nicht mit einem mickrigen Bäumchen verstreichen lassen. Ich lasse nicht zu, daß die Geschichte mit Paul das Leben meiner Kinder zerstört. Also muß ich die Zeit, die ich für Weihnachtsvorbereitungen brauche, mit einplanen. Und wir müssen hier ja auch leben können, hier, in diesem Haus, bis wir ausziehen. Also kann ich die Sachen, die wir täglich brauchen, noch nicht einpacken – und das sind viele Sachen! Und wenn ich die Sachen einpacke, die nicht gebraucht werden, wie das Kristall zum Beispiel – obwohl es wahrscheinlich auch falsch ist, vor Weihnachten das Kristall wegzupacken, ich werde es vermissen –, wenn ich also das Kristall vorsichtig einpacke, dann ist die Kiste, wie du siehst, noch nicht ganz voll. Also gehe ich durch das Haus und suche nach etwas, das noch in die Kiste paßt, etwas, das ich nicht brauche und das nicht zu schwer ist, damit ich es oben auf das Kristall legen kann. *Gott*, ich weiß, daß es hier fürchterlich aussieht, denk bloß nicht, daß ich das nicht wüßte, ich muß ja hier leben und es täglich sehen. Ich hasse diese Unordnung. Ich hasse es, daß ich hier ausziehen muß, weil das Haus mir so viel bedeutet hat. Ich fühle mich elend, mir wird jedesmal ganz übel, wenn ich eine Kiste packe, und danach muß ich aufhören und irgend etwas anderes machen, mich hinlegen oder etwas essen. Oh, Dale. Es ist wirklich schlimmer, als du dir vorstellen kannst.«

»Gut«, sagte Dale, »ich weiß wirklich nicht, wie ich dir beim Packen helfen könnte, aber ich kann dir beim Putzen helfen. Warum gehst du nicht nach oben und legst dich hin, und ich achte auf die Kinder und räume auf? Das mache ich gern, bestimmt, Daisy. Ich *muß* es tun, weil das eine Möglichkeit ist, zu begreifen, wie es ist, wenn ich verheiratet wäre und Kinder hätte.«

»Oh, Dale, du brauchst mein Haus nicht zu putzen«, sagte Daisy zögernd. »Aber ich bin müde. Wir haben heute nacht schrecklich viel getrunken, und ich habe zuwenig geschlafen. Normalerweise gehe ich gleich nach den Kindern zu Bett.«

»Also, dann geh hinauf, und leg dich hin, und ruh dich aus«, sagte Dale. »Das ist deine letzte Chance, ich muß um drei weg. Los, geh.«

Daisy watschelte die Treppe hinauf, den Morgenrock hochgezogen, damit sie nicht darüber stolperte. Dale setzte sich im Wohnzimmer auf die Erde und spielte mit Danny und Jenny. Es waren niedliche Kinder, rosig, mit Grübchen in ihren dicken Wangen und kleinen weißen Zähnchen, die wie Puppenzähne waren. Dale starrte entzückt auf die Zähne, wenn die Kinder lachten. Beide waren aufgeregt und zeigten Dale ihre Lieblingsspielsachen. Jenny saß auf ihrem Schoß und schmiegte sich an sie, während Dale mit Danny spielte, der seine Autos geholt hatte. Dale hatte sich nie weiter für kleine Kinder interessiert, sie mochte eher größere Kinder, die Jugendlichen, mit denen man Witze machen und Wissen teilen konnte. Deshalb unterrichtete sie auch an der Oberschule und nicht an der Grundschule. Aber während sie jetzt mit ihrer Nichte und ihrem Neffen auf dem Fußboden saß, nahm sie den Charme der Kinder wahr, ihren wahrhaft bezaubernden Charme. Schon ihre Größe – sie waren so winzig! Wie Miniaturmenschen. Dale hielt sie im Arm, spürte sie, wenn sie gegen sie purzelten, und staunte, daß diese winzigen Geschöpfe richtige, vollständige Menschen waren. Ihre Organe mußten winzige Kunstwerke sein, wie Spielzeug, ein Wunderwerk, das trotz seiner Winzigkeit ausgezeichnet arbeitete, Blut pulsieren ließ, Essen verdaute, Luft einsog, den ganzen kleinen Körper am Leben erhielt. Sie fand sie beide ganz entzückend, aber auch überwältigend: Sie zeigten, daß die Kraft des Lebens sich nicht nur in brutaler Stärke äußerte, sondern auch in dieser klugen Zerbrechlichkeit.

Und dann redeten sie, versuchten, sich mit ihr zu unterhalten. Nicht müde oder unsicher wie die Schüler, die Dale in Maine unterrichtete, die mit hängenden Schultern hereingeschlurft kamen und nach Zigarettenrauch stanken, die so taten, als ließen die wunderbaren Dinge des Lebens sie kalt, einerlei, ob es um den menschlichen Körper oder die Feinheiten eines Blattes ging. Für Danny und Jenny war alles von größtem Interesse, auch wenn Jenny sich noch nicht lange auf eine Sache konzentrieren konnte. Dale erzählte den Kindern, daß sie Französisch und Biologie unterrichtete, und brachte ihnen ein paar Brocken Französisch bei. Wie schnell, wie bereitwillig sie lernten – ganz ungehemmt, ohne Furcht, sich lächerlich zu machen. Sie waren so jung, daß sie für alles offen waren – ob Englisch oder Französisch, beides waren neue Klänge, die sie mit ihren Mündern formen mußten, neue Klänge, deren Bedeutung sie lernen mußten. Es war ihnen überhaupt nicht peinlich, und das war das Wichtigste: »Bonjour, chérie«, sagte Jenny niedlich, vollkommen, als ob sie in Frankreich geboren wäre. »Je m'appelle

Danny«, sagte Danny. Einen Moment lang meinte Dale zu ahnen, wie die Welt für jemanden mit zwei oder vier Jahren aussehen mußte, voll von eindrucksvollen Klängen und Objekten, die irgendwie greifbar werden mußten – wie Stühle oder Besenstiele, die noch frei im Raum flogen und aufgestellt werden mußten, damit man gehen oder sitzen konnte. Die Welt war unheimlich, und die einzige Art, damit umzugehen, war natürlich die Unerschrockenheit. Man mußte zupacken und die Idee, das Wort schnell ergreifen, ehe es davontrieb. Und indem man es aussprach, besaß man es, machte man es sich zu eigen, brachte es zur Erde und behielt es dort, auch wenn man zuweilen etwas darauf herumtrampeln mußte, um sich zu vergewissern, daß es nicht wieder floh. Die Welt war unheimlich, beängstigend, wunderbar, aufregend. Kinder hielten alles für möglich; deshalb glaubten sie an den Weihnachtsmann, an Gnome, an Schatten und Licht. Aber vor allem glaubten sie an Erwachsene, an die Weisheit und die Güte der Erwachsenen, ohne Vorbehalte, ohne Einschränkung. Ohne zu zweifeln, vertrauten sie darauf, daß die Geräusche, die Dale machte – »Je t'aime, ma petite« –, richtige Worte waren, die einen bestimmten Wert besaßen. Sie vertrauten Dale mit Geist und Seele. Sie waren wunderbar, diese Kinder, und sie waren so mutig. Ihr Mut beeindruckte Dale am meisten, er rührte sie fast zu Tränen.

Und dann ihre Beharrlichkeit und ihre Unschuld, ihre ungewöhnliche Art, die Welt zu sehen. Dale hatte den Kindern erzählt, daß sie auch Biologie unterrichtete, und versuchte nun, ihnen auf ihrer Ebene zu erklären, was das hieß. Daß sie unterrichtete, wie der Körper funktioniert, und über Tiere und Bäume und Blätter und Gras und Blumen.

»Prima!« rief Danny dazwischen und versetzte ihr einen aufgeregten Knuff. »Dann kannst du mir ja sagen, warum Gras grün ist.«

Hocherfreut über die Frage sprach Dale über Chlorophyll, die Sonne, Kohlendioxyd und Wasser, und Danny hörte ihr geduldig zu. Zum Schluß sagte sie: »Hast du es jetzt verstanden?«

Und Danny sagte: »Nein. Du hast mir erzählt, *wie* Gras grün wird. Ich will wissen, *warum.*«

Daraufhin konnte sie ihn nur liebevoll an sich drükken. Sie lachte und redete sich heraus. »Weil Gott es so gemacht hat, nehme ich an. Welche Farbe würdest *du* denn dem Gras geben?«

Sie würden es orange machen, rosa, gelb – eigentlich war es ihnen ganz gleich, und sie wurden so albern, daß Dale beschloß, mit ihnen nach draußen zu gehen, damit sie sich austoben konnten. »Zeigt mir euren See«, sagte sie.

Sie zog die Kinder warm an – Daisy hatte ihr von Jennys Krankheit im Herbst erzählt –, zog sich ihren Mantel und ein paar Gummistiefel von Daisy an und ging mit den Kindern über den hinteren Hof zum See hinunter. Der Tag war kalt und windig, aber hell und sehr sonnig. Der Wind blies die kleinen Wolken schnell vor die Sonne und wieder weg. Der See tanzte. Dale betrachtete ihn, versuchte, seinen Rhythmus zu erfassen. Weit hinten bildete sich die Dünung. Die kleinen Wellen überschlugen sich, brachen, kleine Schaumkappen hoben und senkten sich. Vögel sausten auf und nieder. Dale war erstaunt über die Möwen, die sie hier im Inland nicht vermutet hätte. Sie ging, die Hände tief in den Manteltaschen vergraben, am Strand entlang und beobachtete Danny und Jenny, wie sie auf dem Sand umhertrippelten. Die weite Sicht über den See schien die Kinder nicht zu interessieren, mehrmals versuchte sie, ihre Aufmerksamkeit darauf zu lenken: »Seht mal, die Sonnenstrahlen dort am Horizont, wie sie leuchten!« Sie stimmten ihr höflich zu, widmeten sich aber dann gleich wieder ihren Spielen. Sie wühlten im Sand, suchten nach glitzernden Glasstückchen und

Kieselsteinen, malten mit den Fingern oder mit Holzstückchen Kreise in den Sand. Warum liebten sie so offensichtlich Kreise und Kugeln? fragte sich Dale. Warum fanden Kinder diese Formen so befriedigend? Sie konnte es sich nicht erklären, und bald machten die Kinder wieder etwas anderes, rannten, versuchten, eine Schar Bachstelzen zu fangen, die am Saum des Wassers nach Futter suchten.

Die Nasen der Kinder wurden rot, die Hände und Wangen ebenfalls. Es war kalt, es wurde schon Winter. Dale schlug vor, wieder nach Hause zu gehen, aber die Kinder wollten noch ein paar Steine ins Wasser werfen, und Dale gab nach. Sie sah ihnen zu und warf selber ein paar Steine und empfand eine seltsame Freude beim Anblick der konzentrischen Kreise, die sich im Wasser bildeten. Die Kinder schienen daran überhaupt nicht interessiert, sie liebten das Plumpsen und das spritzende Wasser, und sie kreischten vor Vergnügen, wenn sie ein paar Tropfen abbekamen. Das Wasser interessierte sie anscheinend nur, soweit es ganz nahe war, sie schienen unbeeindruckt von seiner Weite, zumindest wollten oder konnten sie damit nicht umgehen. Aber das Wasser in ihrer Reichweite war spannend. Dale spürte, wie gern sie hineingelaufen wären, trotz der Kälte, nur aus Spaß am Hineingehen in dieses faszinierende, fesselnde Zeug, das einerseits fest war wie eine Kiste und andererseits fliegen konnte wie ein Vogel, das flüchtig war wie das Lachen. Danny und Jenny gingen immer näher an das Wasser heran, zuerst wurden die Spitzen ihrer Stiefel naß, dann die ganzen Stiefel, dann die Umschläge ihrer Jeans, und ehe sie es verhindern konnte, waren sie bis über die Knie naß. Das Wasser war ziemlich kalt, aber den Kindern machte es offenbar nichts. Sie wollten immer tiefer hinein, sie waren wie verzaubert. Sie nahm die Kinder fest an die Hand und ging mit ihnen weg: »Wartet mit dem Schwimmen bis zum nächsten Sommer«, sagte sie.

»Das Wasser ist jetzt zu kalt. Ihr werdet sonst noch krank.« Sie gingen widerstrebend mit ihr, ließen sich von ihr ziehen, sahen sich immer wieder um. Jenny wurde weinerlich, was Dale irritierte, bis ihr klar wurde, daß Jenny müde und hungrig war.

Sie brachte die Kinder nach Hause, zog ihnen trokkene Sachen an, empfand ein sinnliches Vergnügen, als sie ihnen die nassen bleichen Beinchen trockenrieb und ihnen warme Baumwollhosen und Pullis überzog. Sie setzte sie vor den Fernsehapparat, so, wie Daisy es gemacht hätte, und brachte beiden einen Teller mit Erdnußbroten und Äpfeln, und die Kinder waren glücklich, und Dale war zufrieden mit sich und kam sich fabelhaft vor. Es gefiel ihr auch, daß Daisy immer noch schlief und Kinder und Haus ihrer Obhut überließ.

Danny hatte an diesem Tag keine Vorschule, weil noch Herbstferien waren. Dale sagte zu den Kindern, sie sollten ihre Mittagspause vor dem Fernsehapparat halten, und sie machte es ihnen an den beiden Enden des Sofas gemütlich, so daß sie unter ihren Decken liegend weiter fernsehen konnten. Es war eine *nette* Fernsehshow: Zwei junge Frauen standen in einem makellosen künstlichen Garten und sangen ihren Zuschauern Lieder vor, die sie ihnen beizubringen versuchten. Auch eine Marionette war dabei, und alles wirkte sehr friedlich. Sie ließ die Kinder allein und ging in die Küche. Sie machte sich eine Tasse Kaffee, aß einen Apfel und fing an zu arbeiten. Sie entfernte die Knete vom Küchentisch, wischte die Schränke ab, die Außenseite von Kühlschrank und Herd, putzte Millionen Fingerabdrücke weg. Sie fegte den Küchenfußboden und wischte ihn schnell mit heißem Wasser und einem duftenden Spülmittel. Sie sah jetzt, wie hell und freundlich die Küche war, wie schön die Sonne durch die Fenster schien, wie hübsch Daisy alles gestrichen und tapeziert hatte. Und sie ging durch das ganze Haus, als sähe sie es zum erstenmal richtig, wischte Staub, räumte auf, soweit sie es konnte, und sah nun, wie schön Daisys Haus war, wie schön Daisy das Haus hergerichtet hatte. Und plötzlich wurde ihr klar, wie ungerecht es war, daß Daisy ausziehen sollte, wo das Haus doch wie für Daisy und die Kinder geschaffen war. Alles stimmte, stimmte so vollkommen, daß sogar die Wände zu leuchten schienen.

Dale sah die Katze, die sich auf dem Fensterbrett im Wohnzimmer zusammengerollt hatte. Sie nahm sie hoch und hielt sie in den Armen, um sich an ihr zu wärmen. Dann sank sie in einen großen Schaukelstuhl aus Korbgeflecht und sah sich um. In diesem Zimmer war das Holz eierschalenfarbenweiß gestrichen – alle Holzarbeiten und die hohen Schmuckleisten an der Decke, die geschwungene Kamineinrahmung, die Türrahmen und Türen und die Böden in den Bücherregalen aus Holz und aus Glas, die zu beiden Seiten des Erkerfensters eingebaut waren. Daisy hatte das Holz abgebeizt, geschliffen und dann zweimal gestrichen. Es sah gediegen aus, man sah, daß alles nicht nur mit Farbe, sondern mit Können und Ausdauer und Liebe behandelt worden war. Die Wände schimmerten hellgelb und waren mit sehr unterschiedlichen Bildern geschmückt. Ein Acrylbild in frechen grünen, rosa und gelben Tönen, ein dunkles Chagall-Plakat im Metallrahmen. Fotografien von Danny und Jenny und Daisy und Paul, am Ufer des Sees, mit vom Wind zerzausten Haaren. Eins zeigte sie alle zusammen im Bett: Die Zehen lugten unter den Decken hervor, und alle vier lachten. Wer wohl *das* Bild fotografiert hat? fragte sich Dale. Denn auf dem Foto sahen alle nackt aus. Bücher standen in den Regalen, große, bunte Keramiksachen: eine Vase mit Pfauenfedern darin, eine Lampe, auf deren Sockel sich plumpe nackte Nymphen tummelten – ihrem abwesenden, dümmlichen Lächeln nach zu schließen, auf Marihuana- oder Opiumwolken –, und eine große flache Schale in der Mitte des kleinen Tischchens, hell, mit blauen, rosa und grünen Tupfen. Natürlich lagen in der Schale sehr merkwürdige Sachen: ein rosa Gumminuckel, zwei Sicherheitsnadeln, etwas, was aussah wie eine Plastikkopie eines Kopfes von Captain Kirk in ›Raumschiff Enterprise‹ (wo war sein Körper?), eine Nagelfeile. Und überall standen die Pappkartons herum, halbvoll mit Büchern und all diesen *Sachen*. Es waren große braune Kartons, die wie stumme und taktlose Eindringlinge unbeweglich im Haus herumstanden. Es war nicht richtig, daß diese Pappkartons hier standen, fand Dale, und sie haßte sie. Nein, es war nicht fair, daß Daisy ausziehen mußte, es war überhaupt nicht fair. Es war nicht recht, daß Daisy dieses Haus aufgeben mußte, das so sehr *ihr* Haus war, daß sie die Nähe des Sees aufgeben sollte.

Dale stand auf, unruhig vor Zorn. Sie legte die schlafende Katze behutsam auf den Stuhl und ging aus dem Zimmer. Sie sah nach Danny und Jenny. Beide Kinder waren auf dem Sofa eingeschlafen. Sie deckte sie noch einmal zu und verließ schnell das Wohnzimmer, in dem der Fernsehapparat und die Stereoanlage standen. Das Zimmer war nicht so gepflegt wie das andere Wohnzimmer, auch nicht so groß, und die Möbel waren älter und weniger wertvoll, aber trotzdem war es ein freundliches Zimmer, gehalten in hellen blauen und gelben Tönen, ein heiteres Zimmer. Es war überhaupt ein heiteres Haus, dachte Dale. Daisy mußte glücklich gewesen sein, als sie es renovierte – das zeigte jede Tür, jeder Fenstersims, jeder Vorhang. Dale schüttelte den Kopf, ging in die Küche und kochte eine große Kanne Tee.

Daisy lag in ihrem Schlafzimmer und starrte an die Decke. Sie war müde, konnte aber nicht schlafen. Sie hörte, wie Dale durchs Haus ging, und mußte lächeln.

Es war schön, zu hören, wie ein wohlgesinnter erwachsener Mensch durch das Haus ging. Sie hatte oft gedacht, daß es genau das war, was sie vermißte, die einfache Gegenwart eines anderen erwachsenen Menschen. Einen Moment überlegte sie, ob sie hinuntergehen und Dale helfen sollte, aber sie war so müde, und es war so schön, still unter der Decke zu liegen. Ihre Gedanken konzentrierten sich schließlich auf das, was Dale ihr erzählt hatte.

Ihr Vater. Ihr Daddy. Er war immer so stark und zuversichtlich gewesen, und sie konnte es fast nicht ertragen, ihn sich so vorzustellen, wie Dale ihn beschrieben hatte, bemitleidenswert und jämmerlich, ein verwundetes Tier, das fast gierig seine Wunden leckt. Er dürfte sich doch nicht so gehen lassen. Oh, sie würden ein schönes Paar abgeben, wenn er über Weihnachten zu Besuch kam, dachte Daisy und mußte lächeln. Dann konnten sie sich zusammen vor den Kamin setzen und sich wie zwei Invaliden ihr Leid klagen – da würden sie ein schönes verheultes Paar abgeben. Daisy hatte sich in einigem, was Dale vom Vater erzählte, nur zu gut wiedererkannt – wie viele Nächte in den vergangenen Monaten hatte sie im Bett gesessen oder in einem Sessel und geweint und immer wieder gedacht, wie einsam sie sich fühlte, welche Angst sie hatte. Der Gedanke, daß sie sich selbst so sehen mußte, so wie sie jetzt in Gedanken ihren Vater sah, beunruhigte sie. Sie würde gut daran tun, sich an diese Beunruhigung zu erinnern, sagte sie sich, und sie nutzen, um sich selbst wiederzufinden und ihr Leben in die Hand zu nehmen. Aber dann mußte sie wieder daran denken, daß sie im fünften Monat schwanger war, daß sie zwei kleine Kinder hatte, daß sie allein war, daß sie Angst hatte – was konnte sie schon machen?

Nach einer Weile hörte sie Dale die Treppe heraufkommen und beschloß, sie wenigstens mit einem freundlichen Gesicht zu empfangen. Sie setzte sich auf und lächelte.

»Tee – oh, wie nett«, sagte sie.

Dale setzte sich auf die Bettkante, und sie tranken zusammen den süßen Tee und sprachen über Daisys Haus. Daisy brauchte die Fröhlichkeit nicht vorzutäuschen, während sie mit Dale sprach. Sie wurde richtig lebhaft, als sie beschrieb, wie sie alles renoviert hatte.

»Aber du hast den Dachboden noch nicht gesehen!« rief sie. »Komm, nimm deine Tasse mit, ich zeige ihn dir!« Schnell schlug sie die Decke zurück und ging vor Dale die hintere Treppe hinauf, so leichtfüßig, wie ihr dicker Bauch es ihr erlaubte.

Der Dachboden war bezaubernd, vielleicht der hübscheste Teil des Hauses. Früher einmal hatten hier die Dienstboten gewohnt. Die Holzarbeiten waren im Naturzustand belassen und nicht gestrichen worden, die Wände waren mit wunderschönen alten Blumentapeten bedeckt, und die Fenster der einzelnen Räume in Blei gefaßt, rund, oval oder dreieckig. Die schrägen Decken verliehen jedem Zimmer seinen eigenen, zauberhaften Charakter, und der Ausblick auf den weiten See war geradezu phantastisch. Vier große Zimmer beherbergte der Boden, jedes mit eingebauten Holzkommoden mit großen, verzierten Messinggriffen an den Schubladen. Die Lampen waren elektrisch, sahen aber wie Kerzen aus. Auch das Badezimmer war entzükkend mit seinem spiegelnden Holzfußboden, der riesigen Porzellanbadewanne mit Klauenfüßen, dem großen Porzellanwaschbecken mit Wasserhähnen, auf denen in Tintenblau *heiß* oder *kalt* stand; die Wände waren holzgetäfelt, und das Bad war eines der bezauberndsten Räume des ganzen Hauses.

»Wie ist das *schön*«, sagte Dale, während sie durch den langen Flur ging und in die verwinkelten, schrägen gemütlichen Zimmer schaute. »Wenn mir das Haus gehörte, würde *ich* hier oben wohnen!«

»Ich weiß«, sagte Daisy. »Es ist wunderschön hier oben, aber zu viele Treppenstufen für mich und die Kinder. Schade, daß die Räume leer stehen. – Oh, Dale!« Daisy starrte ihre Schwester an und lief in jedes Zimmer.

»Was ist denn los?« fragte Dale. »Was hast du?«

»Jedes Zimmer hat seine eigene Heizung«, stellte Daisy fest.

»Wie bitte?«

»Und jedes Zimmer hat ein eigenes Fenster und einen eigenen Schrank, wenn auch leider keinen Kleiderschrank, aber vielleicht würden ja auch Haken genügen. Dale, Dale! Könnte ich denn nicht die Dachkammern vermieten? Als Wohnung? Oder einzeln, an Studenten? Oder an wen auch immer? Hier, am Ende des Flurs, könnte man eine kleine Küche einbauen, und das Badezimmer ist riesig, und ich könnte vier fabelhafte Zimmer vermieten. Zur Universität kann man gut zu Fuß gehen. Entweder ausschließlich an Jungen oder an Mädchen, aber vielleicht ist das heutzutage gar nicht mehr nötig. Ich könnte alles herrichten und die Zimmer vermieten, bestimmt könnte ich damit genug Geld verdienen, um die Steuern zu bezahlen – und vielleicht einen Teil der Raten und einen Teil der Heizkosten. Dann könnte ich hierbleiben, und wir müßten nicht ausziehen!«

Dale sah ihre Schwester an. Daisys Haare waren zerzaust und standen ab, weil sie gerade gelegen hatte, und ihr Gesicht war vor Aufregung rosarot. Dale hätte am liebsten geweint: Ihre Schwester sah so rührend hoffnungsfroh aus und so verletzlich.

»Die Idee ist gut«, antwortete Dale vorsichtig. »Du müßtest herausbekommen, wie teuer der Einbau einer Küche würde – und dann brauchst du Möbel...«

»Ja, ja, natürlich«, meinte Daisy. »Es wäre eine Menge zu tun. Aber ich könnte das Haus behalten und hätte außerdem *Menschen* um mich herum. Mehr Leben. Dale, komm, laß uns noch einmal durch den Boden gehen und eine Liste machen.«

Aber zwei Stunden später, als Daisy ihre Schwester zum Flughafen fuhr, weinte Daisy. Ihr Gesicht war rot und fleckig. Mrs. Wentworth hatte kurz nach dem Mittagessen angerufen und ihr mitgeteilt, daß sie ein Angebot für das Haus habe, ein gutes Angebot, und Daisy möchte bitte gegen vier Uhr nachmittags zu ihr ins Büro kommen, damit sie es ihr und Mr. Mitchell gemeinsam erläutern könne.

Daisy hatte die Kinder zu ihrer Freundin Karen gebracht, die auf sie aufpassen wollte, während Daisy ihre Schwester zum Flughafen brachte und anschließend zum Maklerbüro ging. Daisy war verzweifelt und weinte, und Dale war sehr traurig.

»Dieses Schwein«, sagte Daisy. »Dieses Schwein. O Gott, Dale, trau keinem Mann, *niemals.* Die Ehe ist nichts weiter als eine einzige Lüge, die Liebe ist ein häßlicher Trick. Kein Wunder, daß die Mütter auf Hochzeiten weinen. Sie denken an das Elend, das ihren Töchtern bevorsteht. Und diese Liebesschnulzen!«

Daisy schlug so fest mit der Faust auf das Radio, daß Dale schon befürchtete, sie hätte es kaputtgemacht, aber nach wie vor strömten die Geigenklänge und eine zärtliche männliche Stimme aus den Lautsprechern.

»Diese Schnulzen, die die Frauen weich und schwach machen! Liebe! Sex! Was für Tricks! Was für Lügen! Wie oft hat Paul mich in den Armen gehalten und mir gesagt, wie sehr er mich liebe, daß seine Seele mir gehöre, daß die leiseste Berührung von mir ihn zutiefst bewege, daß er keine Angst vor dem Tod mehr hätte, weil das Beste, was das Leben zu bieten habe, ihm durch mich zuteil geworden sei. Warum sagen die Leute so etwas? Man sollte uns die Zunge aus dem Mund schneiden, weil wir nur dummes Zeug sagen können und Lügen verbreiten. Was sind wir denn schon, wir Menschen? Sexmaschinen. Darum geht es doch nur. Jedenfalls den Männern. Ach, Dale, ich habe den Falschen geheiratet. *Jede* heiratet den Falschen. Ich wollte eine Familie haben. Ich wollte ein großes Haus haben und viele Kinder. Statt dessen ist aus mir eine alte, zerstörte, geschiedene Frau geworden, und trotzdem muß ich all diesen kleinen Kindern Liebe geben und habe niemanden, der mir Liebe gibt. Dieser verdammte Paul. Warum hat er aufgehört, mich zu lieben? Oder was ist falsch an der Natur? Warum müssen die Männer nicht ihren gleichen Anteil am Großziehen der Kinder leisten? So, wie es jetzt ist, funktioniert es einfach nicht. Warum liebt Paul die Kinder nicht so, wie ich sie liebe? Warum kümmert er sich nicht in gleichem Maß um sie wie ich? Warum lassen sich seine sexuellen Energien nicht umleiten auf sie, wenigstens ein paar Jahre lang? Es ist alles so ungerecht. Oder wir müßten noch in viktorianischen Zeiten leben. Dann bliebe er mit mir verheiratet, und ich könnte das Haus behalten, und er könnte nebenbei herumschlafen, und ich hätte zehn Kinder und wäre glücklich. Ach, Dale, verliebe dich bloß nicht, und heirate nie! Es ist eine Farce, ein schlechter Witz.« Daisy hielt einen Moment inne, sie mußte sich die Nase schnauben.

»Daisy«, sagte Dale schnell, ehe ihre Schwester weitersprach, »reg dich nicht so auf.« Obwohl Daisys Worte sie mehr aufwühlten, als Daisy ahnen konnte. »Schau, sei doch vernünftig. Das Haus ist riesengroß. Und für dich sehr teuer. Es gibt so viele hübsche kleinere Häuser in Milwaukee und Wohnungen in Gegenden, wo noch andere Kinder wohnen, mit denen Jenny und Danny spielen können. Vielleicht sind sie sogar woanders glücklicher. Und du wärst weniger erschöpft. Denk allein an die Kraft, die es dich kostet, um von deinem Schlafzimmer durch das riesige Haus in die Küche zu kommen. Du wirst ein anderes, kleineres Haus finden, das dir besser gefallen wird. Das weißt du selbst. Und du wirst ein niedliches neues Baby bekommen und wirst dich ganz deinen Kindern widmen können, so, wie du es immer gewollt hast. Und in ein, zwei Jahren kannst du damit anfangen, abzunehmen, und du wirst andere Männer kennenlernen, das weißt du auch, denn du bist schön, Daisy, du bist wirklich sehr schön. Und wenn Paul kein guter Vater und kein guter Ehemann ist, heißt das noch lange nicht, daß alle Männer schlecht sind. Alle Männer können nicht schlecht sein, Daisy, das ist doch Unsinn. Männer sind auch nur Menschen, und es gibt viele Leute, die gute, schöne und solide Ehen führen. Sei nicht so verzweifelt. Du bist jung, noch nicht einmal dreißig Jahre alt, und du hast zwei wunderbare Kinder! Ach, Daisy, ich habe Jenny und Danny sehr lieb, du hast solch ein Glück mit ihnen! Hör auf, dich selbst zu kasteien, sei optimistisch, versuche, heiterer zu sein, es wird alles gut werden, ganz *bestimmt.*« Dale redete und redete, sie saß ihrer Schwester zugewandt auf ihrem Sitz und redete ernst und schnell, als könnten ihre hoffnungsvollen Worte die verzweifelten Worte, die Daisy gesagt hatte, außer Kraft setzen. Sie hörte nicht auf zu reden, bis sie am Flughafen waren. Da Daisy pünktlich im Maklerbüro sein mußte, konnte sie Dale nicht ins Flughafengebäude begleiten. Unbeholfen küßten sich die beiden Schwestern im Auto. Daisy weinte immer noch, ihre Augen trübe, das Gesicht verheult und traurig. Dale streichelte ihr die Wange, wischte ihr die Tränen weg, sah ihr in die Augen: »Ach, Daisy, es wird dir bestimmt wieder bessergehen, ganz bestimmt. Ich rufe dich heute abend an, ich verspreche es dir. Sei nicht so traurig. Ich hab dich lieb.«

»Gott sei Dank, daß du mich liebhast, du bist der einzige erwachsene Mensch, der mich liebhat«, sagte Daisy schluchzend.

»Unsinn!« lachte Dale und küßte ihre Schwester noch einmal. »Komm, reiß dich zusammen! Ich rufe dich an, sobald ich zu Hause bin.« Sie stieg aus dem Auto und ging mit beschwingten Schritten und der Selbstverständlichkeit der Weitgereisten auf das Flughafengebäude zu.

Daisy sah ihr nach. Wie schlank ihre Schwester in ihren Jeans aussah! Jung und schlank und sorglos. All das, was Daisy nicht war. Einen Augenblick lang hätte sie gern mit Dale getauscht, aber dann dachte sie an Jenny und Danny und das Ungeborene und wollte nicht mehr tauschen, war froh, einerlei, was kam, sie selbst zu sein. Sie war auch nicht eifersüchtig auf Dale, und doch, als sie losfuhr und sich in den Verkehrsstrom einfädelte, sagte sie sich, daß es ihr vielleicht etwas besser ginge, wenn Dale eine Spur weniger vollkommen wäre, wenn sie ein bißchen Fett auf ihren langen, dünnen Beinen und vielleicht nicht ganz so schöne glänzende Haare hätte. Sie schnaubte sich wieder die Nase und versuchte, sich zu fassen, um nicht ganz verheult im Maklerbüro anzukommen. Sie kramte einen Schokoriegel aus der Tiefe ihrer Tasche und aß ihn im Fahren. Sie stellte einen anderen Sender ein: Zwei Männer redeten über die Krise im Nahen Osten. Daisy hörte entspannt zu. Sie war geradezu dankbar, von Krisen zu hören, die sich woanders abspielten, die sie nicht unmittelbar betrafen und ihr sagten, daß sie nicht die einzige war, daß Gott und das Schicksal nicht nur auf ihr herumhackten. Sie stellte sich die beiden Reporter in Nadelstreifenanzügen, mit Weste und Krawatte vor, wie sie in einem verräucherten Studio daherredeten, das noch keinen Menschen beherbergt hatte, der weniger als einen Meter groß war. Ihre Krise war nahezu elegant, so ausgewogen, so erwachsen, so zivilisiert, so theatralisch, so sauber im Vergleich zu Daisys Krise. Obwohl sie weiter zuhörte, wußte sie, daß sie ihre eigene, klebrige Krise der, die die Männer beschrieben, vorzog: Sie hatten nur Worte dafür, während sie mit den Substanzen des Lebens umging, es mit Menschen, Kleidung, Nahrungsmitteln zu tun hatte. Und da saßen diese Männer nun, dachte Daisy, und jonglierten mit ganzen Völkern und berührten doch nicht einen Menschen mit ihren Händen – was für eine Befriedigung fanden sie dabei? Arme Männer, dachte Daisy, die in einer derart kaputten Welt lebten, daß das Leben für sie nur noch aus Worten bestand. Auch in ihrer Welt gab es Worte: die Gespräche und das Gelächter mit den Freundinnen, das Geplapper der Kinder, Radio, Fernsehen, Zeitschriften, Zeitungen. Aber sie hatte sehr viel mehr – etwas, das alles ausglich: die Substanz. Die Körper ihrer Kinder, die sie immer wieder mit großer ungestümer Freude erfüllten. Sie war immer begierig, die Kinder zu umarmen, sie zu sehen, zu riechen, und manchmal stand sie spätabends an ihren Betten und betrachtete sie verzückt, als müßte sie bei ihnen Kraft schöpfen, ehe sie sich der dunklen Nacht des Schlafs überließ. Und die Nahrungsmittel – sie ging gern mit Nahrungsmitteln um und hatte ein sehr persönliches und unmittelbares Verhältnis zu den verschiedensten Dingen. Manchmal stand sie in der Küche und war ganz überwältigt von all den wunderbaren Lebensmitteln, die sie in den Händen hielt.

Oh, manchmal langweilte sie das Kochen auch, und es gab Tage, an denen sie ein Fertiggericht für die Kinder in den Ofen schob, Tage, an denen sie irgendein Gemüse putzte und in den Topf warf und keinen Gedanken daran verschwendete. Genauso, wie es Tage gab, an denen sie durch das Haus ging, ohne seine Schönheit wahrzunehmen. Oder Tage, an denen die Kinder sie wahnsinnig machten. Aber insgesamt liebte sie ihre Arbeit und wollte nichts anderes, jedenfalls vorläufig nicht. Ihr Leben machte ihr Freude, und so sollte es doch auch eigentlich sein, sagte sie sich. Sie suchte nach einem weiteren Schokoriegel in ihrer Tasche – sie hatte immer haufenweise Schokolade in ihrer Reichweite, so, wie andere Frauen ständig Alkohol oder Zigaretten oder Valium bei sich hatten – und biß hinein. Die Schokolade war sehr süß. Karen, ihre Freundin, hatte sie und die Kinder zum Abendessen eingeladen, sie freute sich schon auf das Gelächter, den Klatsch, den Wein und die Geborgenheit, die sie bei Karen empfand. Die Schokolade war wirklich sehr süß, und es war alles in Ordnung, sie würde schon durchkommen, würde ruhig und gefaßt das Maklerbüro betreten und über den Verkauf ihres Hauses verhandeln.

Dale saß im Flugzeug. Sie hatte keine Schokolade und hätte auch keine gegessen, wenn sie welche gehabt hätte. Sie bestellte sich einen Drink, der ihr aber auch nicht half. Die Maschine nach Boston war voll besetzt, sie hatte einen Mittelsitz zwischen zwei dicken Männern, die mit ihren Ellbogen ständig über die Armlehnen hinweg in ihren engen Raum eindrangen. Sie konnte Männer wie diese und ihre Ellbogen nicht ausstehen und hätte sich gern in ein Tier verwandelt – wie die Menschen in Dannys und Jennys Comics –, vielleicht in einen bissigen Hund. Sie hatte ausgesprochen schlechte Laune. Sie redete sich ein, daß es nur das volle Flugzeug war, die Unhöflichkeit, mit der die Stewardeß das Plexiglas mit Soda und die kleine Flasche Scotch auf Dales wackliges Tablett knallte, oder die Art, wie die Männer neben ihr sich räusperten und mit den Zeitungen raschelten. Sie sagte sich, daß sie müde sei, daß sie letzte Nacht zuwenig geschlafen hatte. Aber das alles war es nicht, und eigentlich war sie auch gar nicht wütend, sondern einfach nur traurig. Sie war verzweifelt. Daisys Worte hallten ihr in den Ohren wider und erfüllten ihre Vorstellungskraft mit melancholischen Bildern. Jugend – Liebe – Kinder – Verlust. Auf der Fahrt zum Flughafen war sie irgendwie, trotz aller Schuldgefühle, erleichtert gewesen, als käme sie von einem Krankenhaus- oder Gefängnisbesuch. Sogar als Daisy die Faust gehoben und auf das Radio eingeschlagen hatte, hatte Dale die Kraft des Liebesliedes, das dort gerade gesungen wurde, gespürt. Sicher, es war eine Schnulze gewesen, das wußte Dale, aber es paßte trotzdem zu ihrem Leben. Es war ein Lied über das unstillbare Verlangen von Liebenden, beieinander zu sein, ein Lied über Trennung und Sehnsucht. Ein Lied voller Klischees, aber jedes Klischee enthielt ein Körnchen Wahrheit.

Dale hatte Hank so sehr vermißt! Sie hatte ernsthaft gedacht, sie könnte vor Sehnsucht sterben! Die tausend Meilen, die zwischen ihnen lagen, waren plötzlich zu weit gewesen, so daß sie in Panik geriet, wenn sie sich mit Herzklopfen vorstellte, sie könnte nie wieder zu ihm zurückfahren. Die Sehnsucht nach ihm erfüllte sie mit Unrast, sie machte sie fast verrückt, sie *mußte* ihn sehen, sein Lachen hören, ihn *anfassen.* Sie war krank vor Sehnsucht, ihn anzufassen.

Sie hätte ihn angerufen, aber er war zu Thanksgiving zu seinen Eltern gefahren. Sie hatten beschlossen, beide zu Thanksgiving nach Hause zu fahren, in der Hoffnung, daß ihre Eltern dann weniger ungehalten reagierten, wenn sie Weihnachten nicht nach Hause kämen. Und Dale hatte die Nummer seiner Eltern nicht. Sie hätte sie herausfinden können, aber sie wollte ihn dort auch nicht anrufen, weil sie nicht wußte, ob er seinen Eltern von ihr erzählt hatte.

Hank wollte sie in Boston vom Flughafen abholen, und dann wollten sie zusammen nach Maine zurückfahren. Sie wußte, daß sie ihn sehr bald wiedersehen würde, und sie waren ja auch nur fünf Tage getrennt gewesen. Aber ihr kam es wie die schlimmste Zeit ihres Lebens vor. Sie hatte sich ohne ihn richtig krank gefühlt, sie hatte sich vor Sehnsucht nach seiner Gegenwart verzehrt. Die Welt war für sie in zwei Teile gefallen, in jetzt und vorher, mit ihm und ohne ihn, Freude und Kummer, Leben und Tod. Aber jetzt war alles überschattet, und Dale konnte das, was sie bedrückte, nicht einfach abschütteln, weder die Erinnerungen an den Besuch bei ihrem Vater noch die Worte ihrer verzweifelten Schwester. Das Bild, wie Daisy mit der Faust auf das Radio eingeschlagen und die Liebe eine große Lüge genannt hatte, ging ihr nicht aus dem Kopf. Vor ihrem inneren Auge sah sie immer wieder ihren weinenden Vater mit seinen zuckenden Schultern und Daisy mit ihrem verheulten, von Ängsten gezeichneten Gesicht. Sie kam sich vor wie jemand, dem das Schicksal plötzlich einen ungebetenen Einblick in die Zukunft gewährt hatte. »Schau nur«, sagte das Schicksal. »Das ist das Leben. Stell dir vor, es ist wie ein Tunnel, den du, wie fast alle Menschen auf der Welt, zu betreten im Begriff bist, weil er dir so verlokkend erscheint. Aber jetzt verrate ich dir das Geheimnis, das nur du kennen wirst: Er ist voller Windungen und Fallen, und was dir bevorsteht, liegt so weit außerhalb deines Blickfelds, daß du bei deinem Eintritt nicht einmal daran denkst. Aber ich will es dir zeigen: Schau, du wirst durch Tage der Liebe gehen, dann durch Tage der Zufriedenheit und der gesicherten Existenz. Doch dann werden unerbittlich die Tage der Verzweiflung, des Verlusts, der Zerstörung und der höllischen Ohnmacht folgen. Und es gibt keinen Seitenausgang und keinen Weg zurück, jeder muß hindurch, nur die Geschwindigkeit der Schritte ist verschieden. So, jetzt weißt du Bescheid. Und du kannst von Glück reden, weil du die Chance hast, frei zu entscheiden, ob du eintreten willst oder nicht. Du stehst vor der Öffnung, du kannst dich noch abwenden, dich weigern, einzutreten. Wie wirst du dich entscheiden?

Wie sollte sie sich entscheiden? Sie hätte beinahe laut aufgeschrien. Sie rutschte nervös auf ihrem Sitz herum.

Sie wußte, daß sie ohne Hank nicht leben wollte, weil die Welt ihr nichts bedeutete ohne ihn an ihrer Seite. Und doch, dieses Gefühl war trügerisch: *trügerisch*! Jeder kannte dieses Gefühl, und jeder irrte sich. Die Liebe endete entweder in Langeweile, oder, schlimmer noch, sie führte zu Leid und der Zertrümmerung der Bande, die nicht nur eine Ehe, eine Familie, sondern auch jeden einzelnen Menschen zusammenhielten. Sie brauchte nur an Daisy zu denken oder an ihren Vater. Und nach allem, was Daisy erzählte, war ihre Mutter kalt und herzlos geworden, was bei Mutter einem Selbstmord gleichkam. Das wurde also aus Menschen, die sich der Liebe überließen. Lieber Gott, sie wollte sich nicht einer solchen Zerstörung aussetzen, und noch weniger wollte sie, daß Hank dergleichen widerfuhr. Sie *liebte* Hank, sie konnte sich nicht vorstellen, ihn nicht mehr zu lieben. Und doch schien es so zu sein, daß ihre Liebe nur dahin führen konnte, daß sie ihn verletzte oder er sie. Warum mußte das so sein, warum?

Dale war vierundzwanzig Jahre alt, und jetzt kam es ihr so vor, als hätte sie, seit sie erwachsen war, die Jahre damit zugebracht, die Liebe abzuwehren. Im tiefsten Herzen hatte sie immer geglaubt, daß ihr das nicht passieren, daß sie sich nicht verlieben würde. Und nun war es ihr passiert, und sie war überwältigt von der Stärke der Liebe und voller Furcht. Sie hatte Angst, schreckliche Angst. Sie hatte das Gefühl, sie würde es nicht überleben, wenn aus den Freuden der Liebe zu Hank jemals gleich starke Schmerzen würden. Sie würde sterben. War es denn so, daß man sich, wenn man sich der Liebe überließ, auf eine bestimmte Todesart einließ? Als das Flugzeug zur Landung in Boston ansetzte, spürte sie, wie sie sich zurückzog, sich verschloß, sich gegen jedes verführerische Gefühl, das sie in Versuchung führen könnte, verhärtete. Das Flugzeug sank durch die Wolken auf den Punkt zu, wo ihr Geliebter auf sie wartete. Und sie saß steif da, hielt sich krampfhaft die Arme, spürte, wie ihre Tränen zurückflossen, weit zurück, in ein kühles, trockenes, dunkles Versteck, wo niemand sie finden konnte. Sie wurde spröde und hart. Als sie aufstand, um das Flugzeug zu verlassen, kam sie sich stark und unverwundbar vor.

6

Es war Ende Januar. Kinder wälzten sich durch Daisys Haus wie Elefanten durch einen Dschungel. Unten in der Küche, wo Daisy mit den drei anderen Müttern saß, hörte man durch die Decke das Rumpeln und Poltern, die vibrierenden Geräusche von vielen kleinen Kindern, die von Betten sprangen, übereinanderkugelten, mit schrillen Schreien in kindlicher Ausgelassenheit durch das Haus tobten. Sie waren alle überdreht und närrisch, weil sie wegen des Wetters eine Ewigkeit nicht hatten draußen spielen dürfen. Und Daisys Haus kam ihnen wie ein riesiger, überdachter Spielplatz vor, wo alles erlaubt war. Daisy und ihre Freundinnen hatten gerade so viel getrunken, daß sie auf die Kinder noch aufpassen konnten, ohne sich über den Krach zu ärgern. Sie feierten ihr eigenes Fest, hatten ihren Spaß, und die Fröhlichkeit der Kinder verstärkte ihre eigene.

Wie schön es war, einfach so mit den anderen zusammenzusitzen, während die Kinder irgendwo herumtobten. Die Mütter waren gern bei Daisy, weil das Haus so groß war, daß man weit entfernt von den Kindern beisammensitzen konnte. Und die wertvollen, zerbrechlichen Gegenstände waren noch in Pappkartons verpackt, so daß Daisy sich keine Sorgen zu machen brauchte. Nirgendwo stand etwas herum, das kaputtgehen konnte. Selbst in der Küche befanden sich nur noch die allerwichtigsten Dinge. Die Weingläser und die Kristallschalen für Süßigkeiten, die schweren gußeisernen Töpfe und Schüsseln waren eingepackt. Nur der Topf für Pommes frites sowie zwei Pfannen und Teller und Tassen aus Plastik für den täglichen Gebrauch waren noch nicht in den Pappkartons verstaut. Sie merkte, daß sie die eingeschränkten Möglichkeiten beim Kochen genoß; sie mußte nun nicht mehr überlegen, ob sie Kekse oder Brot backen oder ein aufwendiges Essen kochen sollte. Sie gab den Kindern Hamburger und rohe Möhren zu essen, Suppe und getoastetes Käsesandwich, oder sie kochte einen reichhaltigen Eintopf in dem großen Topf, von dem sie dann tagelang alle aßen. Erstaunlich, wie einfach das Kochen geworden war, seit Paul weggegangen war. Erstaunlich, wie einfach das Leben ohne Paul war. Erstaunlich, wie glücklich sie war.

Obwohl das so auch nicht stimmte. Sie war nicht immer glücklich. Sie hatte Geldsorgen, machte sich Sorgen um die Zukunft, dann wieder um das Geld, fast ständig. Das Haus war am Ende doch nicht verkauft worden. Daisy hatte widerstrebend den Plan aufgegeben, den Boden herzurichten und zu vermieten; sie hatte fast alles fertig einpacken und auf der Suche nach einem kleineren Haus Stunden mit Maklern verbringen müssen. Und dann stellte sich heraus, daß die Käufer nicht die nötigen Mittel aufbringen konnten. Das Angebot eines anderen Paares war weit niedriger als die Summe, an die Paul dachte. Und der Winter war so kalt, daß niemand sich am See niederlassen wollte. Interessierte Käufer ließen sich von den Heizkosten abschrecken. Daisy wußte, daß das Haus solide gebaut war, daß die Wände die feuchte Kühle vom See abhielten, aber sie machte sich nicht die Mühe, das zu erklären, weil man ihr doch nicht geglaubt hätte. Ihr blieb nichts anderes übrig, als zu warten. Sie saß im Haus fest, konnte weder ausziehen noch wieder auspacken.

Gleich nach Weihnachten hatte sie ihrer Mutter einen langen, wohlüberlegten Brief geschrieben, in dem sie ohne Umschweife um ein Darlehen bat. Sie hatte sich beim Schreiben alle Mühe gegeben, aber sie wußte, daß sie das machte, was sie als Kind manchmal getan hatte: Sie versuchte schamlos, ihre Eltern gegeneinander auszuspielen. Es war ein verzweifelter Versuch, zu bekommen, was sie haben wollte. Als ihr Vater über Weihnachten bei ihr war, hatte sie ihm ihre Lage erklärt, und er hatte ihr auf seine neue, wortkarge und resignierte Art erklärt, daß sie sich wegen des Geldes, das sie ihm schuldete, keine Sorgen machen solle. Sie könne die zwanzigtausend Dollar als Geschenk betrachten, oder als langfristiges zinsloses Darlehen, rückzahlbar, wenn sie Geld habe, von ihm aus am Sankt-Nimmerleins-Tag. Aber die anderen zehntausend Dollar, meinte er, die sie brauche, um Paul auszuzahlen, könne er ihr nicht geben. Er werde alt, er müsse sein Geld zusammenhalten, bald werde er zu alt sein, um noch arbeiten zu können. Daisy verbarg ihren Verdruß über sein Selbstmitleid hinter der aufrichtigen Dankbarkeit, die sie ihm gegenüber empfand. Sie schrieb an Margaret, Daddy habe ihr die zwanzigtausend Dollar mehr oder weniger geschenkt, damit sie das Haus behalten könne. Ob Margaret ihr zehntausend Dollar »leihen« könne? Aber seither waren zwei Wochen vergangen, ohne daß Margaret geantwortet hätte. Daisy war verletzt. Sie war zu stolz, um ihre Mutter anzurufen und zu betteln. Sie gab sich Mühe, ruhig und hoffnungsvoll zu sein. Sie wartete. Sie träumte wieder davon, den Dachboden zu vermieten. Sie wartete, wie es mit dem Haus weitergehen würde. Würde ihre Mutter ihr das Geld geben, ehe sich ein Käufer fand? Sie wartete, und das Baby in ihrem Bauch wurde größer.

Sie versuchte, vernünftig und optimistisch und tatkräftig zu sein, aber es fiel ihr schwer, ihr Leben in den Griff zu bekommen. Nach Dales Besuch, nachdem sie, Daisy, endlich hatte weinen können, hatte sie erkannt, daß es gut und wichtig war, zu trauern, zu klagen und zu weinen, daß es aber auch keine anhaltende Hilfe war. Am nächsten Tag waren die gleichen Probleme noch immer da. Sie brannte darauf, den Dachboden zu vermieten, um irgend etwas Positives zu tun, aber im Moment schien es unmöglich. Sie versuchte, Diät zu halten und Gymnastik zu machen, um attraktiver zu werden, aber es kam ihr einfach zu dumm vor: Sie war jetzt im siebten Monat, die einzigen Männer, die sie zu Gesicht bekam, waren der Apotheker, der Postbote, der Gynäkologe und die Ehemänner ihrer Freundinnen.

Das Weihnachtsfest hatte ihr eine bittere Überraschung beschert: Als gemeinsame Freunde ihre Weihnachtspartys feierten, luden sie Paul und Monica ein, nicht Daisy. Natürlich hielten ihre engsten Freundinnen zu ihr, aber von der »großen Welt«, zu der Daisy gehört hatte, als sie noch mit Paul zusammenlebte, wurde sie jetzt ignoriert. Das war eigentlich auch verständlich, jedenfalls konnte sie es verstehen. Pauls Kollegen luden natürlich ihn und Monica ein, nicht Daisy, und gesellschaftlichen Kontakt hatten Paul und sie vor allem zu Leuten gehabt, die Paul von seinem Beruf her kannte. Außerdem, sagte sich Daisy, war Monica schlank und chic, Reporterin bei einer lokalen Zeitung und somit ein unterhaltsamerer und interessanterer Gast. Daisy dachte, daß *sie* als Gastgeberin auch lieber Monica einladen würde als eine müde schwangere Mutter. Es war ein Unterschied, ob sie als schlanke Dreiundzwanzigjährige einen Raum betrat oder – einerlei, mit welcher Frisur und in welchem Kleid – in ihrem jetzigen Zustand.

Sie war froh, als das Weihnachtsfest vorbei war. Der Besuch ihres Vaters hatte gewisse Schwierigkeiten mit sich gebracht, und sie war erleichtert, als es Januar wurde und alles wieder seinen gewohnten Gang ging und auch niemand mehr Partys gab. Aber der Januar hielt eine andere Überraschung bereit: den härtesten Winter in der Gegend seit Menschengedenken. Drei Schneestürme hintereinander. Der Schnee lag turmhoch, wie Barrieren, wie abweisende Wälle. Drei Wochen herrschte strenger Frost. Die Kinder konnten nur wenige Minuten draußen spielen. Es kostete mehr Zeit, ihnen ihre Winteranzüge an- und auszuziehen, als sie dann wirklich draußen verbrachten. Die Lebensmittelgeschäfte hatten Mühe, frische Waren wie Milch und Eier zu beschaffen, und die Kunden hatten Mühe, die Geschäfte zu erreichen, weil die Straßen wegen des Schnees kaum zu befahren waren. Milwaukee wurde zum nationalen Notstandsgebiet erklärt, die Schneepflüge und die Lastwagen, die den Schnee abtransportierten, brummten Tag und Nacht. Trotzdem war es fast unmöglich, in die Stadt zu kommen. Und die Schneeberge zu beiden Seiten der Straße verdeckten die Sicht auf andere Häuser und Straßen, so daß jeder sich eingeschlossen fühlte, wie in einer Falle gefangen. Daisy kaufte jetzt die Lebensmittel in einem kleinen Geschäft in der Nähe, weil sie Angst hatte, auf den vereisten Straßen zu fahren, wo sie überall die gräßlichsten Unfälle sah. Sie nahm einen großen, flachen, orangefarbenen Plastikschlitten und zog die Kinder darauf zu dem kleinen Lebensmittelhändler, der seinen Laden nur fünf Straßenecken entfernt hatte. Dort belud sie den Schlitten mit den eingekauften Waren und ließ die Kinder auf dem Heimweg laufen, während sie den Schlitten zog. Das war schwierig, denn in der bitteren Kälte tränten ihnen die Augen. Ein eisiger Wind fegte über den See, und Jenny und Danny konnten sich kaum ihren Weg durch die Berge von Schnee und Schneeverwehungen bahnen. Zuerst fanden die Kinder es immer schön und verschwendeten ihre Kräfte, indem sie sprangen und sich kreischend in den Schnee warfen und mit ihren Körpern Muster bildeten – entzückt vom Anblick dieser weißen kalten Welt. Aber schon an der ersten Ecke waren sie müde, der Schnee zog an ihnen wie Treibsand, und sie wurden wütend und zornig, weil der Schnee so stark war und sie so klein. Sie fingen an zu weinen und zu jammern, und Daisy, die es kaum selber schaffte, mit dem sieben Monate alten Baby in ihrem Bauch und dem schweren Schlitten, dessen Band ihr am Gelenk in die Haut schnitt, mußte all ihren Mut zusammennehmen, um sich nicht einfach in den Schnee fallen zu lassen und zu heulen. Es endete damit, daß Jenny sich auch auf den Schlitten setzen durfte, nicht nur, weil sie die Kleinste war, sondern weil sie wirklich an manchen Stellen einfach im Schnee steckenblieb. Sie thronte dann neben den Lebensmitteln auf dem Schlitten, und Daisy zog keuchend vor Anstrengung den schweren Schlitten durch den Schnee. Danny, der hinterhertrabte, beschwerte sich weinend, daß er nicht gezogen wurde, daß Jenny immer auf den Schlitten durfte, daß Jenny immer alles bekam, warum Jenny immer Schlitten fahren durfte, warum er nicht auch durfte, warum er nie, nie, gezogen wurde und daß Daisy Jenny mehr liebhätte als ihn. Und manchmal, wenn sie über eine Straße mußte, kippte eine Tüte voller Lebensmittel um, und es fiel etwas heraus, eine Apfelsine kullerte über das harte graue Eis, oder die Eier gingen kaputt, und dann dachte Daisy, daß sie dieses Leben nicht länger ertragen konnte. Aber natürlich ging es weiter. Sie sah ein Auto kommen, packte Danny und stieß ihn an den Straßenrand, zerrte Jenny und den Schlitten aus der Richtung des schliddernden Autos und wartete, bis es vorbei war, hob dann die Apfelsine auf oder den Karton mit Eiern und setzte den Heimweg fort.

Der Winter war hart für alle, besonders aber für Mütter mit Kindern. Daisy hatte manchmal das Gefühl, wenn sie den Fernsehapparat nicht gehabt hätte, wäre sie verrückt geworden, wären sie allesamt miteinander verrückt geworden. Sie kam sich so isoliert vor, und sie *war* isoliert, tagelang. Wegen des Wetters war die Vorschule geschlossen. »Schneeferien« hieß das. Die Schule fiel aus, weil niemand die Schule erreichen konnte. Die Welt kam ihr leer und farblos vor, und sie schätzte das Fernsehen plötzlich, als wäre es ein menschliches Wesen, weil es Leben, Lachen und Farbe ins Haus lieferte. Menschen. Es unterhielt die Kinder, wenn sie es nicht mehr ertrug, noch ein weiteres Spiel mit ihnen zu spielen oder ihnen noch eine weitere Geschichte vorzulesen oder noch einmal zu spielen, sie wäre eine Hexe oder ein Bär. Seit Paul weg war, gab es oft lange Tage, an denen Daisy keinen einzigen erwachsenen Menschen zu Gesicht bekam. Dann sehnte sie den Abend herbei, wenn sie es sich mit einem Glas Wein auf dem Sofa gemütlich machen und im Fernsehen erwachsene Menschen sehen konnte. Die Welt existierte also noch, und es war eine faszinierende Welt, so daß es sich lohnte, zu überleben. Daisy wußte, sie würde es schaffen, weil es die Welt draußen noch gab.

Was Daisy außerdem rettete, war das Netz von Freundinnen, das sie geknüpft hatte, Freundinnen, die viele ihrer Probleme ebenfalls kannten und die sie durch Telefonate unterstützten, durch kleine, aber lustige Geschenke oder durch Zusammenkünfte wie an diesem Abend bei Daisy. Oder Daisy telefonierte, wenn die Kinder im Bett waren, stundenlang mit einer Freundin, saß im Bett, trank heißen Tee und redete. Sie und ihre Freundinnen sprachen über *alles.* Sie analysierten ohne Hemmungen Pauls Verhalten und kamen zu dem Schluß, daß Daisy ohne ihn besser dran war. Sie sprachen über Männer im allgemeinen und die Fehler der Männer im besonderen, kamen dann auch zu den angenehmen Seiten von Männern und sprachen über all die Männer, mit denen sie irgendwann einmal glücklich gewesen waren. Sie sprachen über Erziehungsprobleme und über das Renovieren von Wohnungen, über Bücher und Filme und Politik und Religion. Sie unterhielten sich über die Kalorien von Äpfeln und Birnen und über Jungen, in die sie in der neunten Klasse verliebt gewesen waren. Sie lachten viel. Daisy fühlte sich dann getröstet und gestärkt. Wie vielfältig das Leben war, dachte Daisy, das hatte sie vorher nie wahrgenommen. Sie war Paul fast dankbar, daß er sie verlassen hatte – das hatte sie befähigt, dieses andere Leben zu entdecken. All die anderen Frauen, die ihr eigenes Leben lebten, tapfer und humorvoll. Ehe Paul sie verließ, hätte sie sich niemals die Zeit genommen, ohne ihren Mann eine Freundin zu besuchen. Sie hätte sich nie so uneingeschränkt verabreden können. Jetzt, ohne Paul, fühlte sie sich wieder frei. In gewisser Weise kam sie sich sogar wieder jung vor.

Manchmal, ungefähr einmal in der Woche, gelang es ihr, eine Freundin zu besuchen oder zu sich einzuladen. Dann waren alle, Kinder wie Erwachsene, von einer ausgelassenen Fröhlichkeit, sie freuten sich wie verrückt, andere Menschen zu Gesicht zu bekommen. Zu der Party an diesem Abend war es ganz zufällig gekommen. Karen, Daisys beste Freundin, hatte Daisy zum Abendessen eingeladen, aber dann hatte Jane, eine andere Freundin von Daisy, in heller Verzweiflung angerufen, weil ihr Mann, der nicht in der Stadt war, angerufen hatte, um ihr zu sagen, er käme heute abend nun doch nicht nach Hause, und weil sie das Gefühl hatte, sie würde noch einen Mord begehen, falls sie nicht aus dem Haus käme. Und so hatte Daisy zu Jane gesagt, sie solle doch zu ihr kommen, und hatte Karen gebeten, herüberzukommen, und im letzten Moment hatte Jane noch eine Freundin mitgebracht, eine junge schwangere Frau, die Martha hieß. Sie hatten Wein mitgebracht, und nun saßen sie zusammen. Jede Frau hatte zwei Kinder, insgesamt tobten acht Kinder im Haus herum. Sie hatten zuerst das Abendessen für die Kinder zubereitet: Daisy hatte Hamburger gemacht, Jane goß die Milch ein, Karen schüttete die Kartoffelchips in eine Schüssel und Ketchup, Martha schälte und schnitt Gurken und Selleriestangen. Und alles war wunderbar gegangen: Die Kinder hatten kichernd am Tisch gesessen, und über die verschüttete Milch konnten die Frauen nur lachen.

»Mein Gott, wenn man bedenkt, daß die Frauen früher oft acht Kinder hatten!« sagte Martha. »Und manche haben sogar heute noch acht Kinder! Stellt euch vor, ihr müßtet jeden Abend, jeden Morgen acht Kinder satt kriegen.«

Und sie dachten darüber nach und waren allesamt geradezu erleichtert, daß sie nur zwei Kinder hatten. Sie waren geradezu albern vor Glück. Sie gaben den Kindern Apfelsinenschnitze und Kekse als Nachtisch, sie lehnten am Herd oder am Küchenschrank, rauchten, tranken Wein, sahen zu, wie ihre Sprößlinge Obst aßen, bis sie satt waren. Sie wischten den Kindern die Hände ab, ließen sie dann aufstehen und in die anderen Zimmer rennen und blieben mit einem Küchentisch voll unappetitlicher Dinge allein: ausgekaute und ausgespuckte Apfelsinenschalen, zerbröckelte Schokoladenkekse – ein Kind hatte offenbar nur die Cremefüllung gegessen –, angetrocknete Stücke von Hamburgern, die vom Teller auf den Tisch oder auf den Fußboden gefallen waren, tausend und aber tausend Kartoffelchipskrumen, grüne Fasern von Selleriestangen.

»Laßt uns einfach den ganzen Mist verbrennen«, schlug Jane vor.

»Wir könnten im Eßzimmer essen«, sagte Daisy. »Da ist es zwar staubig, aber einigermaßen aufgeräumt, ich habe dort seit Urzeiten nicht mehr gesessen.«

Aber die Frauen wollten nicht im Eßzimmer essen, die Küche war hell und warm und freundlich, lebendig, es war dort gemütlich, sie fühlten sich dort wohl. Sie tranken ihre Gläser aus und machten sich schnell an die Arbeit. Daisy steckte die Teller in die Spülmaschine; die anderen Frauen brachten sie ihr, nachdem sie die Reste in die Mülltüte gekratzt hatten, und wischten den Tisch sauber, fegten den Küchenfußboden. Nach wenigen Minuten war alles einigermaßen aufgeräumt und sauber. Dann tischte Daisy das Abendessen auf, das sie im Herd warmgehalten hatte. Eine große Pizza, die Jane und Martha vom Italiener mitgebracht hatten, eine riesige Pizza, reich belegt mit Käse, Zwiebeln, öligen Pepperoni und scharfem grünen Pfeffer. Die Frauen saßen am Tisch und verschlangen die Pizza genauso gierig, wie vor ihnen die Kinder gegessen hatten. Sie tranken noch mehr Wein. Nachdem sie alles aufgegessen hatten, stellte Daisy eine Schüssel mit Äpfeln und Apfelsinen auf den Tisch und ermunterte die Freundinnen zuzugreifen. Sie fragte auch, ob jemand Tee trinken wolle, aber niemand wollte Tee, alle wollten weiter Wein trinken. Eigentlich war es längst an der Zeit, nach Hause zu fahren und die Kinder ins Bett zu bringen, aber niemand hatte Lust dazu. Es war Freitagabend, am nächsten Tag war keine Schule, und so beschlossen sie einfach, so lange zu bleiben, bis die Kinder quengeln würden. Aber die Kinder hatten genausoviel Spaß an dem Abend wie ihre Mütter, sie hatten seit Tagen wegen des Schnees keine anderen Kinder zu Gesicht bekommen, und sie genossen es, inmitten einer großen Kinderschar herumzutoben. Janes Tochter Greta war die Älteste, eine hochaufgeschossene Achtjährige mit Zöpfen, der schnell die Rolle der Anführerin und Schiedsrichterin zugefallen war, so daß die Kinder gar nicht zu ihren Müttern zu laufen brauchten. Sie hatten alle Decken und Laken von Jennys und Dannys Betten gerissen, jedes Kind hatte eine Decke oder ein Laken als Haus, sie kullerten darin auf dem Fußboden herum, kugelten übereinander, knurrten und kicherten, waren Trolle oder Schlangen oder ein noch nicht erfundenes Wesen, klein und schnell, in einer Deckenhaut, das auf der Erde Purzelbäume schlagen und Rolle rückwärts machen konnte. Hätte Daisy gewußt, was die Kinder spielten, hätte sie vielleicht Angst bekommen, daß die Decken und Laken zerreißen könnten, aber sie saß in der Küche, aß, trank und redete mit ihren Freundinnen und wollte eigentlich gar nicht wissen, was die Kinder trieben, und zum Glück wurde auch nichts zerrissen. Der Abend war ein großer Erfolg. Daisy, Jane, Martha und Karen saßen in der Küche und redeten.

Es gab viel zu reden. Zum Beispiel über Daisys Haus: Sie wußten, daß Daisy weder auspacken noch den Rest einpacken und ausziehen konnte, und sie wußten auch, wie gern sie das Haus behalten würde und daß sie andererseits, falls sie schon ausziehen mußte, hoffte, bald fortzukönnen, solange der See noch zugefroren war. Doch die Freundinnen konnten ihr in dieser Sache weder Hilfe noch Trost geben, und so sprachen sie statt dessen über Babys. Daisy machte sich Sorgen, wenn sie an ihr neues Baby dachte. Sie hatte noch keine Frau gefunden, die ihr nach der Geburt eine Zeitlang helfen konnte. Karen und Jane wollten zwar Danny und Jenny jeweils eine Woche zu sich nehmen, sobald Daisy das Baby bekam und im Krankenhaus war und auch in den ersten Tagen danach. Aber Daisy machte sich Sorgen, wie sie das alles im Winter allein schaffen sollte, und es half ihr, als ihre Freundinnen ihr versicherten, sie würde es schon schaffen.

Wenn sie über Daisys Scheidung sprachen, wurde die Unterhaltung immer sehr lebhaft. Alle hatten Daisy geraten, zu einem bestimmten Scheidungsanwalt zu gehen, der als Anwalt und Ekel bekannt war, und schließlich hatte Daisy ihn mit einem flauen Gefühl in der Magengrube konsultiert. Sie fand Milton White ausgesprochen unsympathisch, begriff aber, daß er wahrscheinlich durchsetzen würde, was sie selber nicht erreichen konnte: Irgendwie würde er Paul zwingen, Unterhalt für seine Familie zu zahlen. Trotzdem wurde ihr buchstäblich übel, wenn sie an all die Dinge dachte, die sie erzählen mußte, an die Formulare, die auszufüllen waren, an die intimen Einzelheiten, die sie diesem Fremden erzählen mußte, damit er sie beschützte und ihr half. Es war zu verrückt! Sie mußte die Dienste eines Fremden bezahlen, eines alten unsympathischen Mannes, damit der sie vor Paul beschützte – vor dem Mann, den sie geliebt und mit dem sie geschlafen hatte, mit dem sie drei Kinder hatte und mit dem sie jahrelang zusammengelebt hatte. Es war schon sehr seltsam. Manchmal, wenn Daisy aus dem Mittagsschlaf aufwachte und noch desorientiert war und benommen im Kopf, dachte sie, die ganze Scheidung sei nur ein Traum, ein Alptraum, und sie mußte sich fast übergeben, wenn ihr die Wahrheit bewußt wurde, die Tatsache, daß all dies wirklich und wahrhaftig ihr widerfuhr.

Es half, daß sie die anderen Frauen kannte. Daisy war sehr erstaunt, wieviel Hilfe von den Frauen kam, wie die anderen Frauen ihr Leben preisgaben, offen von ihren eigenen Problemen erzählten, um sie ein wenig zu trösten, um sie zu unterstützen und ihr zu zeigen, daß sie nicht allein war. Daisy erkannte, daß sie viel zu lange nur die Oberfläche ihres Lebens gesehen hatte, daß das, was sie für das wahre Leben gehalten hatte, nur die glatte, künstliche Oberfläche der Dinge war und daß es darunter so unruhig und turbulent zuging wie in den Tiefen des Sees. Jetzt wußte sie, daß unter der Oberfläche Angst, Haß, Liebe und Begehren tobten und manchmal an die Oberfläche kamen. Jetzt begriff sie, daß es in jedem Leben nasse, schimmernde, schnell schwimmende Seeungeheuer gab, die mitleidlos durch halbdunkle Tiefen glitten. Jedes Leben war schön und zugleich voller Abgründe, voller unheimlicher Dinge, die sich nicht mit Worten erfassen ließen, die jenseits des normalen alltäglichen Lebens lagen. Das Leben war erschreckend, und es war wunderbar, und es war gut, das zu wissen.

Jane war schon einmal verheiratet gewesen, und Tom, der Vater ihrer Tochter Greta, war inzwischen mit einer anderen Frau verheiratet. Jane hatte wieder geheiratet und hatte auch mit ihrem neuen Mann ein Kind, aber inzwischen war sie dreiunddreißig Jahre alt und kämpfte mit der Vorstellung, daß sie eigentlich gar nicht gern verheiratet war, daß sie, hätte sie die Wahl, es heute vorziehen würde, nur gelegentlich einen Liebhaber zu haben, sonst aber allein zu leben. Daisy hörte fasziniert zu, wie Jane sich ihr Leben ausmalte; es war ganz anders als das, was Daisy sich wünschte. Und doch sah Daisy, was Jane meinte, was sie schön daran fand, und lernte ihr eigenes neues Leben ohne Ehemann ein wenig mehr zu schätzen.

Martha, die Daisy kaum kannte, war mit ihrem dritten Kind schwanger. Sie lebte so, wie Daisy es bisher für schön und vollkommen gehalten hatte: Martha und ihr Mann verstanden sich gut, sie lebten nach einer Art Plan, zu dem Familienferien im Norden Wisconsins gehörten: Sie waren dort mit dem Zelt unterwegs, das Baby auf dem Rücken, und brieten Würstchen an langen Stöcken über dem offenen Feuer, um das ein Kreis von Steinen gelegt war. Hätte Daisy wählen können, hätte sie sich Marthas Leben ausgesucht, das ihr so vernünftig und normal erschien. Aber Martha, die unscheinbar und blaß aussah, hatte eine erstaunlich scharfe Zunge. Sie machte schnelle, kurze Bemerkungen und schien das Gefühl zu haben, daß sie verraten und verkauft war, daß das, was sie hatte, nicht schlecht war, aber langweilig. Zuwenig. Irgendwie zuwenig. Sie spürte, wie das Gefühl einer vagen Unzufriedenheit, die sie nicht abschütteln konnte, sie bitter machte. Sie seufzte, rauchte noch eine Zigarette und sagte, sie nehme an, nach der Geburt des Babys würde es ihr bessergehen, sie sei immer so müde und mürrisch während der Schwangerschaft.

Karen überraschte Daisy am meisten. Karen brachte ein Element in den Kreis, das Daisy geradezu verrückt erschien: Karen hatte einen Geliebten! Die gute, solide, zuverlässige Karen, die jeden Tag ihre eigenen Kinder und Danny zur Vorschule fuhr, die ihr eigenes Brot backte und auf dem Fensterbrett in der Küche

Schnittlauch züchtete, die stundenlang am Telefon über ein undichtes Klo oder den Preis von Winterreifen schimpfen konnte, Karen, die nicht einmal richtig hübsch war, die breite Hüften und kleine Brüste hatte und Haare, die strähnig wirkten, wenn sie sie nicht täglich wusch – Karen hatte einen Geliebten. Seit zwei Jahren traf sie sich heimlich mit einem Mann, der auch verheiratet war. Sie hatte ihn bei einer Party kennengelernt, außer Sex hatten sie nicht viel gemeinsam, aber Karen sagte, daß sie ihn zu jeder Stunde ihres Lebens begehrte, sich jede Stunde nach ihm sehnte und sich wünschte, daß sie bei ihm sein könnte, und doch wußte, daß die ganze Sache hoffnungslos und unmöglich war. Sie hatte den Punkt erreicht, an dem ihr klargeworden war, daß diese Affäre, diese Liebesaffäre, diese Sexaffäre, sie eher unglücklich als glücklich machte, daß sie mehr Zeit damit verbrachte, sich nach ihm zu sehnen, als sie mit ihm zusammen war, daß sie mehr daran dachte, wie sehr sie ihn brauchte, als sich an das zu erinnern, was sie gerade gehabt hatte, daß sie mehr über die Ungerechtigkeit des Lebens jammerte, als daß sie dankbar war. Aber sie konnte den Tag nicht durchstehen, ohne seine Stimme zu hören, sie überstand die Woche nicht, ohne ihn zu treffen, sie glaubte, ohne ihn nicht leben zu können, selbst wenn seine Gegenwart sie unglücklich machte. Sie hatte hundertmal versucht, sich von ihm zu trennen, und er auch. Sie war absichtlich schwanger geworden von ihm, vor sechs Monaten, hatte das Kind dann aber abtreiben lassen. Ihr Leben war zerrissen; sie hatte einen Psychiater aufgesucht, aber der Psychiater hatte ihr geraten, den Geliebten aufzugeben, also gab sie den Psychiater auf. Sie hatte inzwischen ein Magengeschwür. Aber sie wollte ihr Leben mit niemandem tauschen. Sie erzählte, wenn sie ihre Kinder auf dem Schoß halte und ihnen ein Märchen vorlese, sehe sie die Kurve der Augenbrauen ihres

Liebhabers vor sich und seine lächelnden Lippen, wenn er sie umarme.

In den vergangenen Wochen hatte Daisy manchmal das Gefühl gehabt, daß sie unter dem Gewicht dessen, was sie vom Leben ihrer Freundinnen wußte, fast zerbrach. Das Leben. Es war so unheimlich vielfältig, so unglaublich seltsam, niemals war es das, was es zu sein schien. Alles war möglich. Und vielleicht bestand das einzige Verbrechen, die einzige Sünde darin, dies verbergen zu wollen, vorzutäuschen, daß es nur das eine oder das andere sei und nichts sonst. Was sie von ihren Freundinnen erfuhr, stieß sie nicht ab. Es erstaunte sie, oder es machte sie etwas traurig, und manchmal war es ihr peinlich. Aber sie mußte sich eingestehen, daß es bestimmte Gefühle einfach gab: Jane war in ihrer Ehe nicht glücklich, Karen hatte einen Geliebten, Martha war unzufrieden. Das alles stieß sie nicht ab. Was sie abstieß, war das, was sie bei ihrem Vater gesehen hatte, als er sie über Weihnachten besuchte. Und das kam vielleicht daher, daß das, was sie bei ihm sah, sie so sehr an sie selbst erinnerte.

Es war kein absolut mißlungener Besuch gewesen. Ihr Vater war drei Tage vor Weihnachten angekommen und hatte ihr geholfen, den Weihnachtsbaum auszusuchen, nach Hause zu schaffen und zu schmücken. Er liebte seine beiden Enkelkinder und hatte voller Zuneigung mit ihnen gespielt. Man sah ihm seine Freude an, wenn er mit Danny und Jenny zusammen war. Er hatte sich Mühe gegeben, und sie, Daisy, hatte sich ebenfalls Mühe gegeben, aber Daisy war so deprimiert gewesen, und Harry war so deprimiert gewesen, daß sie, obwohl beide versuchten, es sich nicht anmerken zu lassen, ziemlich unglücklich gewesen waren. Harry vermißte Margaret. Er erzählte von der Nuß- und Pilzfüllung, die sie für den Weihnachtstruthahn zubereitet hatte, von ihren Kürbis- und Minzaufläufen. Er sprach von seiner geschiedenen Ehefrau wie von einer armen, dahingegangenen Heiligen, was Daisy über alle Maßen verärgert hatte. Sie sehnte sich danach, ihrem Vater von Anthony zu erzählen, dem Geliebten ihrer Mutter, ja, von Margarets Geliebtem. Aber sie hatte kein Wort gesagt. Oh, es war schön gewesen, daß er gekommen war, er war immerhin ein Erwachsener und ein Mann. Und er hatte sich zusammengenommen und seine Lethargie abgeschüttelt, als Paul die Kinder abholte, um in seiner Wohnung mit ihnen ein paar Stunden Weihnachten zu feiern. Daisy war richtig stolz auf ihn gewesen, auf ihren Vater, stolz und dankbar, weil er zu seinem alten, etwas arroganten Ich zurückgefunden hatte und Paul mit einer derart kühlen Verachtung begegnet war, daß es Paul bestimmt zutiefst getroffen hatte. Allerdings haßte sie sich für ihre Genugtuung – sie konnte Paul nicht auf immer und ewig hassen und ihm alles Schlechte wünschen; damit tat sie sich keinen Gefallen. Sie wollte nicht so wie ihr Vater werden, der mit dem Leben nicht mehr zurechtkam. Seine Anwesenheit bedrückte sie, half ihr aber am Ende, weil ihr klar wurde, wie sie nicht werden durfte. Sie durfte nicht verzagen und die Hoffnung aufgeben, sie durfte nicht die Lust am Leben verlieren.

Den Weihnachtstag hatten sie gemütlich mit den Kindern verbracht, mit einem Weihnachtsessen und dem Besuch der Kirche am frühen Nachmittag. Der Tag darauf war sehr kalt gewesen, aber fast windstill, so daß Daisy mit ihrem Vater einen Spaziergang am See machen wollte. Sie packte Danny und Jenny warm ein, zog ihnen Pullover, Schneeanzüge, Handschuhe, Stiefel und Schals an, zog sich ebenfalls warm an und schleppte ihren Vater hinunter an den See. Er hatte nicht viel Lust zu einem Spaziergang. Er hatte viel von seiner Energie und Vitalität eingebüßt, saß viel zu oft vorm Fernsehapparat und sprach viel zu oft davon, daß er Margaret vermisse. Brummelnd begleitete er Daisy und die Kinder, die Schultern hochgezogen, um die Kälte abzuwehren.

»Im Frühling und im Sommer ist es hier wirklich herrlich, Daddy«, sagte Daisy. »Und du mußt zugeben, sogar jetzt ist es interessant, wie die Wellen in riesigen Brocken gefroren sind, wie Dreiecke, wie kleine Eisberge. Und dieses blasse Aquamarinblau, das du unter dem Schnee hervorschimmern siehst – sogar jetzt, wenn er gefroren ist, sieht der See faszinierend aus.«

Aber Harry fand den See nicht faszinierend, er mochte ihn nicht. »Mir ist es hier unten zu kalt«, sagte er nur, »ich glaube, ich bin für diese Kälte zu alt.« Damit machte er kehrt und ging zurück zum Haus hinauf.

Daisy hätte beinahe mit dem Fuß aufgestampft und ihm nachgebrüllt: »Hör doch endlich auf, Daddy!« Aber sie kehrte seinem mißmutig gebeugten Rücken selber den Rücken zu und paßte auf ihre Kinder auf, die vorsichtig das Eis betraten, erst nur nahe am Rand, und sich dann weiter hinauswagten.

»Mom, sieh mal, wir gehen auf dem Wasser!« riefen sie, überrascht von ihrem eigenen Mut und dem Wunder, daß so etwas überhaupt möglich war. Daisy beobachtete sie aufmerksam und folgte ihnen dann wider besseres Wissen. Es war zu faszinierend, auf dem See spazierenzugehen, dort, wo im Sommer die Enten und Spielzeugschiffe schwammen. Das Eis war fest und sicher. Es war so dick, daß es unter ihrem Gewicht nicht einmal ächzte. Es war fest wie ewiges Eis, uneben, gezackt, grotesk, phantastisch, eine gefrorene Traumlandschaft. Irgendwann war ihnen allen kalt geworden, und Daisy machte sich plötzlich Sorgen wegen möglicher Frostbeulen, und sie ging mit den Kindern nach Hause. Sie machte ihnen heißen Kakao und wollte sie vor den Fernseher setzen, aber ihr Vater saß schon davor und sah sich ein Fußballspiel an, deshalb mußte sie mit den Kindern spielen. Sie erklärte ihnen ihre neuen Spielsachen.

Am darauffolgenden Tag waren sie alle in das Performing Arts Center gegangen und hatten sich die Nußknackersuite angesehen. Selbst die kleine Jenny benahm sich mustergültig, freute sich an dem Ballett, lachte und klatschte in die Hände. Dann hatte ihr Vater sie in ein hübsches Restaurant zum Essen eingeladen. Es war ein schöner Tag gewesen. Im Grunde war der Besuch ihres Vaters überhaupt ganz schön gewesen, aber Daisy hatte sich mehr davon versprochen. Ihr Vater war immerhin *ihr Vater.* Warum konnte er sie nicht trösten, jetzt, wo Paul sie verlassen hatte? Er schien nicht einmal zu merken, daß sie Trost brauchte. Er hörte ihr zu, gab ihr ohne Zögern gute Ratschläge: Nimm dir einen guten Anwalt, versuche, soviel Geld herauszuholen wie nur möglich, und wenn du einen Therapeuten brauchst, ich übernehme die Kosten, mach dir wegen des Geldes keine Gedanken. Ich helfe dir, wenn du welches brauchst. Aber er war sowenig in der Lage, auf sie einzugehen, wie ihre Mutter. Er konnte sich nicht freimachen von seiner verbohrten Trübseligkeit und sich deshalb auch nicht für Daisys Probleme interessieren. Er klammerte sich an seinen Schmerz, als lebte er davon, als schütze ihn der Schmerz. Er machte sich nicht wirklich Sorgen um Daisy, und obwohl sie ihm dankbar für das Geld war, hatte sie doch mehr von ihm gewollt als Geld. Sie wollte von ihrem Vater Trost haben und Weisheit, besonders jetzt sehnte sie sich nach dem männlichen Schutz, der immer Teil der Liebe ihres Vaters zu seinen Töchtern gewesen war. Es gab ihn nicht mehr. Sie wollte etwas von seiner Tatkraft abhaben. Aber er verhielt sich egoistisch und geizte mit seiner Tatkraft, als genösse er in Wirklichkeit seinen Schmerz und wollte nicht darauf verzichten, um in seinem Herzen keinen Raum mehr für andere Gefühle zu schaffen.

Die Tage vergingen, und Daisy kam zu der schrecklichen Erkenntnis, daß sie ihren Vater langweilig fand. Und nach einiger Zeit wurde sie richtig wütend auf ihn. Du darfst deinen Stolz nicht aufgeben, wollte sie ihn anbrüllen. Du kannst nicht durch die Gegend schlurfen und dich hängenlassen wie eine weiche, schlaffe, übergroße Stoffpuppe, nur weil Mutter nicht mehr da ist, um dich aufzurichten. Wo ist deine Selbstachtung? Warum kannst du dich nicht besser beherrschen? Das Leben hängt doch nicht von der Liebe eines anderen Menschen ab. Du mußt dir dein Leben selber einrichten. Sie hätte ihm gern vieles gesagt, aber am Ende sagte sie überhaupt nichts. Er nahm sie nicht wahr, er sprach nicht richtig mit ihr, und sie bildete sich nicht ein, daß er ihr wirklich zuhören würde, wenn sie mit ihm sprach.

So war sie erleichtert, als er wieder abreiste. Als sie vom Flughafen nach Hause kam, ruhte sie sich für den Rest des Tages aus, aß Cracker mit Erdnußbutter und Reste vom Weihnachtsessen und ließ Danny und Jenny im Haus machen, was sie wollten. Sie ging nicht einmal an die frische Luft mit ihnen, obwohl es für Ende Dezember draußen sehr milde war. Der Besuch ihres Vaters hatte sie enerviert, sie kam sich vor wie ausgepumpt und wollte schlafen, nichts als schlafen.

Danach entwickelten die Tage ihren eigenen Rhythmus. Es gab so vieles zu erledigen, und sie wollte es allein schaffen, wollte niemandem zur Last fallen, von niemandem abhängig sein, niemanden *belästigen* müssen. Trotzdem, je häufiger sie mit Jane oder Karen oder einer ihrer anderen Freundinnen zusammensaß, um so glücklicher fühlte sie sich. Ihre Freundinnen waren wie Medizin für sie, wie heilende Luft. Nach einem Treffen mit ihnen ging es ihr sofort besser, und jeden Tag fühlte sie sich etwas stärker. Und doch war das Beste daran, daß ihre Freundinnen dadurch nichts einbüßten, daß sie ihnen nichts wegnahm. Sie blieben, wie sie waren, verließen sie nicht, blieben sie selbst, und sie war unter ihnen, atmete sie in ihr Leben ein, heilte sich durch ihre Gegenwart, und all dies belästigte ihre Freundinnen nicht, sie existierten weiterhin so frei und beständig wie die Luft auf der Erde.

Und jetzt saßen sie alle zusammen in ihrer Küche, öffneten die dritte Flasche Wein, schüttelten sich vor Lachen auf ihren Stühlen. Sie unterhielten sich über Männer und Sex, und Martha hatte gerade gesagt, daß sie mit keinem Mann, außer ihrem eigenen, mehr schlafen könne, weil ihr Körper durch die Geburten ihrer Kinder so gelitten habe. Sie werde es nie ertragen können, daß ein anderer Mann sie so sehe. Ihr Bauch sei schlaff und voller Streifen. Daisy lachte über Marthas bissig-humorvolle Äußerung, aber sie horchte auf, denn genauso dachte sie über ihren eigenen Körper, und sie freute sich, mit ihren Gefühlen nicht allein zu sein.

»Ach, du liebe Güte«, sagte Karen ungeduldig. »Macht euch nicht solche Gedanken über einen Bauch oder über irgendeinen anderen Teil eures Körpers. Was denkt ihr denn, wie die Männer sind, was für Liebhaber stellt ihr euch denn vor? Männer sind keine Kinder. Selbst wenn sie sich dafür halten, und sie werden nicht sagen: ›Oh, wie sieht denn dein Bauch aus! Igitt!‹ Liebhaber sind sehr nett, und vor allem sind sie taktvoll. Ihr seid zu viel und zu lang mit Kindern zusammen. Für Kinder ist alles eklig und ›igitt‹. Männer sind nicht so – und denkt daran, Männer sind auch nicht vollkommen, sie haben auch Streifen oder dicke Bäuche oder einen komischen Brustkorb. Wir sind viel zu sehr an die zarten, vollkommenen Körper unserer Kinder gewöhnt, aber kein erwachsener Mensch sieht so aus. Männer sind ebenso verletzlich wie Frauen, sie sind genausowenig perfekt, und sie können sehr, sehr nett sein.«

»Ich habe einmal etwas ganz Gemeines gemacht«,

erklärte Jane mit schwerer Zunge. »Oh, wenn ich daran denke!« sagte sie und lachte vor sich hin. »Aber er hat es verdient.«

»Los, erzähl!« sagte Daisy.

»Es war ein Mann, den ich kannte, als ich von Tom geschieden und noch nicht mit Phil verheiratet war. Ich habe ihn – er hieß Karl – bei einer Party kennengelernt. Er war Zahnarzt. Ich fand ihn sehr nett, und, um es kurz zu machen, wir haben uns ein paarmal verabredet, und schließlich sind wir zusammen im Bett gelandet. Und der arme Mann – also er hatte den kleinsten Penis, den ich je gesehen habe. Er war kaum zu sehen! Natürlich habe ich nichts darüber gesagt, ich wollte ihn nicht kränken, und ich habe mir große Mühe gegeben, lieb zu ihm zu sein. Ich sagte ihm, wie toll ich die Haare auf seiner Brust fände und so etwas. Nun sollte man doch meinen, daß so ein Problem ihn sensibel gemacht hätte für die Eigenheiten anderer Menschen, aber das war nicht der Fall. Und je öfter ich ihn sah, um so weniger konnte ich ihn leiden – nicht wegen seines Penis, sondern weil er ständig häßliche Bemerkungen oder kleine Anspielungen machte, die zeigten, wie wenig er von anderen hielt. Wißt ihr, was er mir zu Weihnachten geschenkt hat? Eine lange Hose aus Wolle, die mir zwei Nummern zu groß war! Als er mir die Schachtel überreichte, sagte er: ›Vielleicht ist sie dir etwas zu klein, aber du kannst sie jederzeit umtauschen.‹ Typisch, manchmal erzählte er mir, daß er mich liebte, und im nächsten Moment schenkte er mir eine lange Hose, die mir zwei Nummern zu groß war, und gab mir zu verstehen, daß er mich für dick und fett hielt. Ich fand, daß er meinem Selbstwertgefühl nicht gut bekam, und versuchte, ihn wieder aus meinem Leben zu streichen. Aber er kapierte keinen Wink mit dem Zaunpfahl, nervte mich weiter. Er kreuzte plötzlich unangemeldet bei mir auf und bedrängte mich, ich sollte bei ihm bleiben – ich wußte nicht mehr, wie ich ihn loswerden sollte. Eines Abends erklärte ich mich bereit, mit ihm wegzugehen, auf einen Drink. Wir gingen in eine nette kleine Bar und saßen an einem Tischchen, und ich war so taktvoll und freundlich zu ihm, wie ich nur konnte, und versuchte, ihm zu erklären, daß ich mich in einen anderen Mann verliebt hätte. Aber er begriff nichts. Er rieb mein Knie unter dem Tischchen mit seinem Knie, er streichelte meinen Arm und himmelte mich an. Ich geriet in Panik und dachte: Ich werde diesen Typen nie wieder loswerden! Dann brachte der Ober einen Brotkorb, in dem lauter kleine dünne Brötchen lagen – so groß wie eine kleine Kerze oder ein Finger. Ich nahm mir eines davon, betrachtete es, sah Karl an und sagte: ›Erinnert dich das an irgend etwas?‹« Jane mußte ihre Erzählung unterbrechen, weil alle lachten.

»Wie *schrecklich,* Jane«, kreischte Daisy lachend. »Wie grausam. Wie konntest du nur? Und was hat er gesagt?«

»Oh, im ersten Moment war er verwirrt, und dann kapierte er, und dann nahm er sein Knie von meinem Knie weg, und wir leerten unsere Drinks, und er brachte mich nach Hause. Armer Mann, aber ich hatte mich wirklich sehr bemüht, ihn auf andere Art loszuwerden. Es war das Gemeinste, was ich je einem Mann angetan habe. Und du wirst auch noch dahin kommen, Daisy, wenn du erst einmal das Baby hast und geschieden bist. Du wirst an den Punkt kommen, wo du mit verschiedenen Männern schlafen wirst, und manche wirst du vielleicht sogar lieben, aber sie werden dich nicht lieben, und andere werden dich leidenschaftlich lieben, aber du sie nicht. Wenn du Glück hast, wirst du einen guten Liebhaber finden, aber vielleicht dauert es eine ganze Weile. Wichtig ist, daß du dir um dich oder dein Aussehen keine Sorgen machst. Es ist das angenehmste Gefühl der Welt, wenn du deinen Körper akzeptierst, mit allem, was hängt oder schlaff ist, mit allen Fehlern, und wenn jemand dich lieben will, dann ist das schön, und wenn jemand dich nicht liebt, ist es auch okay.«

»Oh, mein Gott«, seufzte Daisy. »Ich *will* doch gar keinen Liebhaber. Wovon reden wir überhaupt! Ich will dieses Baby haben. Martha will einen Liebhaber. Nein, sie will keinen Liebhaber, sie will einen flachen Bauch. Wer will denn einen Liebhaber? Wer hat überhaupt damit angefangen?«

»Ich *habe* einen Liebhaber«, sagte Karen. »Und ich kann Liebhaber nur wärmstens empfehlen. Jede Frau sollte einen haben. Nichts geht über das gute Gefühl, das dir dein Liebhaber verschaffen kann.«

»Aber sollte nicht dein Mann dein Liebhaber sein?« fragte Daisy. »So fängt es doch an. Warum kann es nicht auch so enden? Kann es denn für irgend jemand auch *so* enden, ist es möglich, daß nach drei Kindern und zehn Jahren dein Mann immer noch dein Liebhaber ist? Kann es je so enden?«

Aber keine antwortete. Alle schwiegen, Jane, Karen und Martha. Sie sahen auf ihre Zigaretten hinunter oder in ihre Weingläser, hingen stumm ihren Gedanken nach. Sie waren fast dankbar, als das beginnende Gequengel oben zeigte, daß die Kinder müde waren und daß es an der Zeit war, nach Hause zu gehen. Sie standen auf, gingen nach oben, um ihre Kinder auseinanderzusortieren, ihnen Mäntel, Schals und Handschuhe anzuziehen und sie zu den Autos zu bringen oder zu tragen.

Daisy machte das Verandalicht aus und kehrte zu ihren eigenen Kindern zurück. Sie waren überdreht und albern vom vielen Toben, und Daisy mußte über ihre Glückseligkeit lächeln. Ihre Kinder waren glücklich, trotz der Scheidung, dachte sie. Beide waren normale Kinder. Sie ging mit ihnen nach oben und konnte sie dazu bewegen, die herumliegenden Spielsachen aufzuheben. Inzwischen legte sie die Laken und Decken wieder auf die Betten. Sie schimpfte nur halbherzig wegen der Unordnung – die Kinder hatten sich amüsiert, und sie selbst hatte einen ganzen Abend mit ihren Freundinnen verbringen können. Abende wie dieser machten ihr Mut.

Sie brachte die abendliche Routine hinter sich, indem sie darauf achtete, daß die Kinder sich wuschen, die Zähne putzten und die Schlafanzüge anzogen. Als sie schließlich Jenny zudeckte, schlief ihre Tochter fast schon, den Daumen im Mund. Daisy küßte sie und stand auf, sie sehnte sich nach ihrem eigenen Bett. Aber als sie Danny einen Gutenachtkuß geben wollte, hatte er das Bedürfnis zu reden. Daisy glättete die Laken und Decken, setzte sich zu ihrem kleinen Sohn und legte ihre Hand auf seine Hand.

»Erzähl«, sagte sie.

»Ich hasse Megan«, sagte Danny. Megan war Karens vierjährige Tochter. »Ich hasse sie.«

»Warum haßt du sie, Liebling?« fragte Daisy. »Ich finde, Megan ist ein nettes Mädchen.«

»Sie wollte den ganzen Abend nicht mit mir spielen«, sagte Danny. »Sie wollte nicht mit mir spielen, weil Eric da war. Und Eric ist schon sechs, und sie mag Eric lieber als mich. Sie ist mit ihm ins Badezimmer gegangen und hat ihm ihren Po gezeigt. Mir wollte sie ihren Po nicht zeigen.«

Daisy betrachtete ihren süßen Sohn. Sein Gesicht war angespannt vor Wut und unschuldiger Verzweiflung. Mein Gott, dachte Daisy, und so geht es nun immer weiter, auf und ab, immer Ärger mit dem Sex, mit der Liebe. Ihr Vater und ihre Mutter, sie selber und ihr Mann – und jetzt, mit vier Jahren, Danny und Megan. Liebe, Sex, Verrat auf der ganzen Linie. Was sollte sie ihm sagen? Was sollte sie ihrem kleinen Sohn sagen? Sie konnte ihm sagen, daß es besser werden würde, und manchmal ging es ja auch besser. Eines Tages würde ein kleines Mädchen, ein sehr hübsches kleines Mädchen, Danny ihren Po zeigen. Vielleicht war es jetzt das Wichtigste für ihn, das zu wissen. Vielleicht war es das, was er jetzt brauchte, um sich daran festzuhalten. Und nicht die ganze verwirrende, verworrene Wahrheit über das sich ständig drehende Karussell von Liebe und Sex. Die gute Seite nur – mehr brauchte er im Moment nicht zu wissen –, damit er gut schlafen konnte.

»Megan zeigt dir bestimmt eines Tages ihren Po«, sagte Daisy. »Eric hat sie nur beeindruckt, weil er soviel älter ist als sie. Aber sie sieht Eric ja gar nicht so oft, wie sie dich sieht, und ich weiß, daß sie dich von allen am meisten liebhat, sie hat Karen gesagt, daß sie dich heiraten will. Und wenn *sie* dir nicht ihren Po zeigen will, dann zeigt dir irgendein anderes hübsches Mädchen ihren. Die Welt ist groß. Viele Mädchen werden dich lieben.«

Danny grinste. »Ja«, sagte er. »Wie Jessica.« Er kicherte und vergrub seinen Kopf im Kissen.

Daisy gab ihm einen Kuß, deckte ihn fest zu und machte das Licht aus. Verblüfft verließ sie das Zimmer. Wer war Jessica? Das mußte das neue Mädchen in der Vorschule sein. So wie Danny gegrinst hatte, mußte sie ihm ihren Po schon gezeigt haben. Oder etwas anderes.

Daisy dachte weiter an Danny, während sie zu Bett ging und dankbar unter die warme Decke kroch. Sie hoffte, daß sie ihm das Richtige gesagt, ihm geholfen hatte. Denn unwissentlich hatte er ihr geholfen. Er hatte ihr sein ganzes Vertrauen und seine Zuversicht geschenkt. So leicht, als schenkte er ihr ein selbstgemachtes Geschenk. Er vertraute ihren Worten. Seine Hoffnungsfreude begleitete sie in den Schlaf. Es war, als ob diese Hoffnungsfreude greifbar in ihrem Zimmer existierte wie ein roter Luftballon. Sie schlief mit ganz ähnlichen Gedanken ein wie Danny, Gedanken, die sich nur durch ihr fortgeschrittenes Alter unterschieden. Ja, es gab auch die gute Seite, die helle Seite: Irgendwer würde sie wieder lieben.

Dale war erkältet. Sie saß in ihrem leeren Klassenzimmer und korrigierte die Französisch-Arbeit, die sie am Vormittag hatte schreiben lassen. Der Nachmittag war grau. Alle waren nach Hause gegangen. Es war halb sechs. Das Schulgebäude war leer und still. Dale fühlte sich elend. Ihr war kalt. Sie hatte lange Unterwäsche an und trug eine lange Hose, ein kariertes Flanellhemd und einen dicken Pullover, und ihre Stiefel waren pelzgefüttert wie ihr Parka. Obendrein war das Schulgebäude selbstverständlich geheizt. Aber sie fror. Sie war verstimmt und ärgerlich, weil so viele ihrer Schüler denselben Fehler gemacht und »Je suis fini« geschrieben hatten, statt »J'ai fini«, obwohl es darum ging, daß jemand am Eßtisch saß und seine Mahlzeit beendet hatte. Es tat ihr weh, den roten Filzschreiber zwischen den Fingern zu halten, das Atmen tat weh, sie wünschte, sie hätte Vaseline für ihre wunde rote Nase dabei, aber die Vaseline befand sich zu Hause, und sie wollte die Arbeiten nicht mit nach Hause schleppen. Sie wollte sie in der Schule korrigieren, sie wollte alles hier erledigen. Und dann wollte sie nur noch ins Bett und schlafen und nie wieder aufwachen.

»Schreckliches Wetter, nicht wahr?« sagte Mr. Jersey, der Hausmeister, ein netter alter Mann, der nur den Fehler hatte, daß er zuviel redete. Er kam in Dales Klassenzimmer, schob seinen riesigen Flusenmop an einem langen Stiel vor sich her und zog seinen Müllkarren hinter sich her. Ein großer Schlüsselbund klimperte an seinem Gürtel.

»Heute morgen erst habe ich zu meiner Frau gesagt …«

»Ach, Mr. Jersey«, bat Dale, »könnten Sie mein Klassenzimmer bitte zuletzt putzen? Ich bin schrecklich erkältet und muß einfach diese Arbeiten noch benoten. Ich wäre Ihnen sehr dankbar, wenn Sie noch warten könnten und bei mir zuletzt saubermachten.«

Mr. Jersey hielt verwundert inne. Denn gewöhnlich war Dale die freundlichste Lehrerin, immer bereit, sich auf eine kleine Unterhaltung einzulassen. Aber ein Blick zeigte, daß sie wirklich erkältet war: Sie sah blaß und krank aus und elend.

»Sie Arme«, sagte er. »Sie sollten nach Hause gehen und sich ins Bett legen. Selbstverständlich mache ich dann Ihre Klasse zuletzt. Aber wenn ich aussehen würde wie Sie, dann ginge ich ganz sicher nach Hause ins Bett, mit einer heißen Wärmflasche. Wissen Sie, wie man eine gute Wärmflasche macht? Das wäre genau das richtige für Sie. Meine Frau macht sie mir immer, wenn ich erkältet bin, und davon werde ich meistens schnell wieder gesund. Sie vermischen heißes Wasser mit Zitronensaft, Honig und Salz. Das klingt sonderbar, wirkt aber Wunder. Wenn Sie wollen, rufe ich meine Frau an und frage sie nach dem genauen Rezept. Ich ...«

»Schon gut, Mr. Jersey«, sagte Dale. »Machen Sie sich nicht die Mühe. Ich habe zu Hause jede Menge Medizin. Ich korrigiere nur noch diese Arbeiten, dann gehe ich nach Hause, schlucke die Tabletten und lege mich ins Bett.«

»Also, diese neuen, teuren, in der Apotheke gekauften Arzneien sind gar nicht immer so gut, wie man denkt«, meinte Mr. Jersey. Die Unterlegenheit des Neuen – der Plastikstoffe, der Naturwissenschaft – im Vergleich zu der Überlegenheit des Altbewährten war eines seiner Lieblingsthemen. »Ich habe gerade erst zu meiner Frau gesagt ...«

»Mr. Jersey«, sagte Dale in schärferem Ton, »ich muß mit diesen Arbeiten fertig werden. Ich muß jetzt weiterarbeiten.« Sie sah ihn mit funkelnden Augen an.

»Ja, ja, machen Sie nur weiter. Ich will Sie nicht aufhalten«, sagte Mr. Jersey und sah, während er hinausging, plötzlich wie geschrumpft aus in seiner gekränkten Würde. Sie hatte ihn verletzt.

Dale starrte auf die Tür. Mr. Jersey hatte nicht daran gedacht, die Tür des Klassenzimmers hinter sich zu schließen. Sie hörte, wie er draußen klappernd und klimpernd den Flur fegte. Die Stelle, wo er gestanden hatte, kam ihr wie ein einziger Vorwurf vor. In einem plötzlichen Ausbruch von Energie stand Dale auf und schloß die Tür. Dann setzte sie sich wieder und versuchte, sich auf die Arbeiten zu konzentrieren. Aber am liebsten hätte sie einfach den Kopf auf den Tisch gelegt und geschlafen, so müde war sie. Sie war krank, ihr war so elend.

Es war Ende Januar, und sie kämpfte nun schon seit zwei Wochen gegen die sich immer wieder ankündigende Erkältung. Sie war überzeugt, daß ihr Körper absichtlich krank wurde, daß er sie absichtlich schwach und elend werden ließ, um ihr heimzuzahlen, was sie ihm angetan hatte. Sie hatte versucht, sie versuchte noch, sich von Hank zu lösen, von ihrer Liebe zu Hank, sie hatte zu ihm gesagt, daß sie ihn nicht mehr so oft sehen wolle, sie müsse sich wieder mehr unter Kontrolle bekommen. Sie brauche mehr Zeit, mehr Raum für sich. Aber das war nicht das, was sie wirklich brauchte, was sie wirklich wollte, was ihr *Körper* jedenfalls wollte, war, möglichst jede Sekunde des Tages mit Hank zusammenzusein.

Für Dale stellte es sich schlicht und einfach so dar: Der Schmerz ließ nach, und Friede kehrte ein, wenn sie mit Hank zusammen war. Dann fühlte sie sich wohl in ihrem Körper und war mit sich selbst zufrieden. Wenn sie von ihm getrennt war, spürte sie einen realen körperlichen Schmerz. Sie war unruhig und voller Sehnsucht. Manchmal mußte sie die Klasse verlassen und den Lehrerwaschraum aufsuchen; dann schloß sie sich in einer Toilette ein und lehnte sich an die Tür. Sie preßte ihren Körper an die Tür, an die kühle Oberfläche der Tür, und sehnte sich. Sie war wie besessen. Sie war verliebt. Es war so überwältigend. Und sie wollte dagegen ankämpfen. Sie dachte an Daisy, sie dachte an ihre Eltern, sie hatte in ihrem Kopf alles analysiert, und jetzt hatte ihr Kopf, hatte ihre Vernunft ihrem Körper und ihren Wünschen den Krieg angesagt. Und die Schlacht hatte sie krank gemacht und geschwächt. Ihr Verstand hatte Angst vor den Konsequenzen, vor der Zukunft, aber ihr Körper sehnte sich nach der Lust, der gegenwärtigen Lust.

Weihnachten hatten sie in einem Skihotel in Vermont verbracht, und in der Hitze der Lust jener Tage hatte Dale ihren Vorsatz vergessen, den Lockungen der Liebe zu entkommen. Es war zu überwältigend, zu süß, sie hatte sich völlig der Lust überlassen. Es war so ein Luxus gewesen, mit Hank im selben Bett einzuschlafen und im selben Bett mit ihm wieder aufzuwachen. Die ersten drei Tage hatten sie nicht einmal ihr Hotelzimmer verlassen, um Ski zu fahren oder um essen zu gehen. Sie hatten die Zeit vergessen. Es war fast erschreckend, wie die Zeit ihre Bedeutung verloren hatte, weil sie sich keine Gedanken um die Zeit machen, ihr Leben nicht nach der Uhr richten mußten. Es gab weder Schulglocken noch Wecker, es bestand keine Veranlassung, mitten in der Nacht aufzubrechen, damit das Auto am Morgen wohlanständig vor der eigenen Haustür stand. Sie konnten nachts lange wach bleiben, sahen in ihrem Hotelzimmer wunderbare alte Schwarzweißfilme im Fernsehen, brauchten keine Angst zu haben, zu verschlafen und zu spät zur Schule zu kommen, sie schliefen in den Tag hinein, wachten nachmittags auf und verließen auch dann nicht das Bett. Sie hatten Zeit, sich endlos zu berühren. Sie verloren sich ineinander. Die Laken waren feucht geworden und rochen aromatisch – es war wie eine Erweiterung ihres Verlangens. Drei Tage lang hatten sie das Zimmermädchen nicht in das Zimmer gelassen. Das

Motelzimmer mit seinen Kiefernholzwänden und den Drucken mit Rotwild und Bergen an den Wänden schien ein Teil von ihnen geworden zu sein, schön und sinnlich und warm. Als sie nach vier Tagen aufgestanden waren und sich geduscht und angezogen hatten, weil sie in den Schnee hinaus und Ski fahren wollten, weil die Sonne durch die Fenster schien und eine wunderbare Welt draußen verhieß, waren sie in den Speisesaal ihres Wintersporthotels gegangen und hatten ein großes warmes Frühstück verschlungen, sich dann aber heftig nach ihrem Zimmer zurückgesehnt, nach seinen warmen nachsichtigen Wänden – so daß sie gleich nach dem Frühstück wieder in ihr Zimmer zurückgegangen waren. Sie schliefen nicht andauernd zusammen, manchmal lagen sie einfach beisammen und umarmten sich, redeten oder schwiegen, hielten sich eng umschlungen, schmiegten sich aneinander. Am vierten Tag, als sie dann doch aufgestanden waren, fuhren sie Ski, aber Dale war so faul und schwach, daß sie dauernd hinfiel. Hank mußte ständig anhalten und ihr aufhelfen, sie küssen und lachen. Am fünften Tag ihres achttägigen Aufenthalts waren sie viel draußen gewesen, und am Abend waren sie in die Bar gegangen und hatten getanzt und getrunken. Sie tanzten gern zusammen, sie waren geradezu entzückt, wenn sie miteinander tanzten.

An den letzten beiden Tagen waren sie dann wieder in ihrem Zimmer geblieben. Das Ende ihrer ungestörten Zweisamkeit rückte näher. Sie zogen sich wieder in ihr Zimmer zurück, gingen ins Bett, liebten sich und hielten sich umschlungen, als wären sie auf einem Schiff, das in zwei Tagen mit ihnen untergehen würde.

Schließlich mußten sie abreisen und nach Rocheport zurückkehren. Dale mußte Arbeiten korrigieren und Unterrichtspläne ausarbeiten. Hank mußte sich ebenfalls auf die Schule vorbereiten, und er mußte auf der Farm nach dem Rechten sehen und prüfen, ob der junge Mann, den er für die unaufschiebbaren Arbeiten angestellt hatte, nichts vernachlässigt hatte. An dem Abend, ehe die Schule wieder anfing, hatten Hank und Dale bei Hank gegessen und miteinander geschlafen, und dann hatte er sie nach Hause gefahren. Sie saßen in der warmen Kabine seines kleinen roten Lieferwagens, umarmten sich und sagten immer wieder: »Oh, ich liebe dich, ich liebe dich, ich liebe dich so sehr.« Dale mußte sich regelrecht losreißen. Sie war hinaufgegangen, hatte gebadet, sich zum Schlafengehen fertiggemacht, aber jede Bewegung schmerzte, so sehr vermißte sie ihn. Er rief noch an, um ihre gute Nacht zu sagen. Im Bett dachte sie erschöpft und glücklich an seine Umarmungen, aber ihr fehlte seine Anwesenheit, ihr fehlte sein Körper neben ihrem, sie lag im Bett und fühlte sich durchbohrt vor Schmerzen. An den folgenden Tagen konnten sie sich aus mehreren Gründen nach der Schule nicht sehen: Er hatte Konferenzen, sie hatte Konferenzen, er mußte noch auf der Farm arbeiten. Ihr war es schlechtgegangen. Sie ärgerte sich darüber, daß es ihr schlechtging, und es machte ihr angst.

Schließlich hatte sie mit Carol darüber gesprochen. Aber Carol war ganz entsetzt gewesen. Für sie war alles klar: Sie war verlobt und hatte mit ihrem Verlobten wunderbare Ferien verbracht, aber jetzt spürte sie keinen Schmerz. Sie lebte ihr Leben weiter. Sie hörte Dale zu und sagte zu ihr, sie fände, Dales Liebe grenze ans Pathologische.

»Ich hätte die größten Bedenken, wenn Bob soviel von meiner Aufmerksamkeit und Energie aufsaugen würde«, meinte Carol. »In meinen Augen ist eine solche Besessenheit irgendwie krankhaft. Wirklich, du mußt dich zusammenreißen. Die Liebe ist wunderbar, aber es ist verrückt, so verliebt zu sein.«

»Ich weiß«, sagte Dale. »Ich weiß. Ich muß mich zusammenreißen.«

Aber sie genoß ihren Zustand, auch wenn sie Angst

davor hatte. Sie genoß das herrliche Gefühl, wie betäubt zu sein. Sie genoß die herrlichen, körperlichen Empfindungen und wie ihr Körper sich an diese Empfindungen erinnerte; sie genoß es, wenn eine heiße Welle des Begehrens durch ihren Körper flutete und sie ganz schwach machte, während sie vielleicht gerade auf dem Weg zur Schule war. Sie genoß das Entzücken, die Heiterkeit, die Lust ihres Körpers. Denn obwohl ihr Körper schmerzte, wenn sie von Hank getrennt war – sobald sie mit ihm zusammen war, machte das überschwengliche, vollkommene Entzücken alles wett.

Aber wenn sie sich von ihm trennen mußte und allein zu Hause war oder in der Schule, dann bekam sie wieder Angst. Angst, ihn nie wiederzusehen. Oder daß er sich verändert hätte, wenn sie ihn wiedersah. Ihre Liebe war an dem Punkt angelangt, wo der andere ein selbstverständlicher Bestandteil des eigenen Lebens geworden war, sie fühlten sich einer des anderen sicher, sie sprachen täglich miteinander und versuchten, ihre gemeinsamen Pläne nach ihren eigenen Terminen zu richten. Es gab also Tage, an denen Dale morgens in die Schule kam und einen ganzen Schultag lang Biologie und Französisch unterrichtete, ohne daß sie wußte, ob sie Hank am Abend sehen würde oder nicht, weil er erwähnt hatte, daß er vielleicht eine Besprechung mit Eltern haben werde oder daß ein Tier krank geworden sei. Dann merkte sie, wie sich der Tag hinzog und ihr lang wurde. Sie haßte die Tage, an denen sie getrennt waren, und verachtete sich selbst dafür, daß sie diese Tage haßte, denn schließlich verdiente jeder Tag, willkommen geheißen zu werden. Es war nicht richtig, einen Tag zu verabscheuen, nur weil ein bestimmter Mensch nicht darin vorkam.

An einem Wochenende hatten sie sich überhaupt nicht gesehen, weil ein alter Nachbar wegen einer Grippe das Bett hüten mußte und Hank alle auf der großen Nachbarfarm anfallenden Arbeiten erledigt hatte. Er konnte mit Dale nur einmal an dem Wochenende telefonieren, so beschäftigt war er jede Minute des Tages. Und Dale hatte sich über sich selbst geärgert, daß sie nichts ähnlich Dringendes zu tun hatte, und sie hatte sich über Hank geärgert, daß es ihn nicht getrieben hatte, sie zu sehen, daß er nicht gesagt hatte: »Ich kann es nicht aushalten ohne dich, einerlei, wie müde ich bin.« Sie meinte, daß sie, einerlei, wieviel sie an einem Tag zu erledigen hatte, immer einen Weg gefunden hätte, Hank zu besuchen, ihn zu umarmen, und sei es nur für einen kurzen Moment. Dann biß sie sich auf die Lippe, wenn sie im Auto von der Schule nach Hause fuhr, oder sie kaute auf ihrem gelben Filzstift herum, wenn sie sich daranmachte, Arbeiten zu korrigieren. *Verdammt,* dachte sie, *verdammt.* Sie hatte Angst vor ihrer großen Liebe zu Hank. Weil sie so extrem war. Sie wußte, daß sie ohne Hanks Liebe nicht leben wollte, daß sie Hank brauchte, und sie wußte, daß das falsch war und eine Bedrohung, denn er konnte sie jederzeit verlassen.

An einem besonders grauen und kalten Abend, als Hank gesagt hatte, daß sie sich wegen einer Sitzung nicht treffen könnten, er sie aber anrufen würde, fuhr Dale mit ihrem kleinen VW an den Strand von Rocheport hinaus. Sie blieb im Auto sitzen, verkroch sich in ihrem Mantel und ließ den Motor laufen, so daß es warm wurde im Wagen. Sie blickte hinaus auf das Meer. Das Wasser sah gefährlich aus, aufgewühlt. Während Dale dort in ihrem Auto saß, erinnerte sie sich plötzlich an ein Ölgemälde von Winslow Homer, das im Clark-Art-Museum in der Stadt hing, in der sie das College besucht hatte. Das Gemälde hieß ›Der Sog‹. Es zeigte zwei Männer, die zwei Frauen aus einer wilden See bargen. Wenn sie vor dem Gemälde stand, hatte sie gemeint, den Sog, die Kraft der Wellen zu spüren. Die vier Menschen bewegten sich auf das Sonnenlicht zu, die Küste, aber unmittelbar hinter ihnen wich das Wasser zurück – Dale spürte das überwältigende Ziehen – und türmte sich zu einer unheilvollen, dunklen, großen Welle auf, die über den vier Menschen zusammenzuschlagen und sie in die Tiefe zu reißen drohte.

Vielleicht waren die beiden Frauen ertrunken, oder fast ertrunken, das konnte man nicht sehen. Die beiden Männer waren eindeutig Retter, Lebensretter, und das Hemd des einen war zerrissen, die Muskeln des anderen steif vor Anstrengung. Das Gesicht der einen Frau war versteckt, da sie sich an den Körper der anderen Frau klammerte, kraftlos vor Erschöpfung. Was Dale an diesem Bild so fasziniert hatte, daß sie es immer wieder anstarren mußte, war der Ausdruck im Gesicht der anderen geretteten Frau. Diese Frau schien mehr als nur erschöpft zu sein, weil sie dem Tod so nahe gewesen war. Sie wirkte irgendwie enttäuscht, ja, resigniert, daß sie gerettet worden und nicht im Meer ertrunken war. Warum, hatte sich Dale gefragt, warum sieht sie so enttäuscht aus? Hatte sie versucht, sich umzubringen? War die andere Frau ihr nachgestürzt und ebenfalls in die Tiefe gezogen worden? Der Ausdruck der Frau war unergründlich. Einige Wassertropfen hingen an ihrem Gesicht, unter den Augen, an der Wange, und Dale war überzeugt, daß es Tränen waren, keine Wasserspritzer. Warum war die Frau traurig über ihre Rettung? Warum hatte sie ertrinken wollen?

Dale hatte keine Mühe gescheut, um sich Zugang zu der wohlbehüteten Museumsbibliothek zu verschaffen, und hatte eine ganze Stunde in der stillen vierten Etage zugebracht. Aber die Bücher über Winslow Homer brachten sie nicht weiter. Dale war erschüttert über den technischen kunstwissenschaftlichen Ton. In jedem der Bücher wurden phantasielos alle Details der Handlung und alle Farbnuancen des 1886 entstandenen Bildes beschrieben. Niemand hatte etwas Besonderes bemerkt, aber alle waren zutiefst davon beeindruckt, daß der Maler nach lebenden weiblichen Modellen gearbeitet hatte – sie hatten sich in Badeanzügen auf den Sand legen müssen, und man hatte Wasser über ihre Körper gegossen, damit er genau sehen konnte, wie nasse Haut ausssah. Dale hatte die Bücher deprimiert beiseite geschoben. Das Rätsel war nicht gelöst, ihre Frage blieb unbeantwortet.

Aber als sie am Strand von Rocheport gesessen und auf die gefährlichen Bewegungen der unbarmherzigen grauen Wogen gestarrt hatte, erinnerte sie sich plötzlich an das Bild. Es war wie eine Botschaft, die nur in diesem Moment von ihr verstanden werden konnte. Sie spürte, welche Bedeutung gerade dieses Gemälde für ihr Leben hatte, sie wußte jetzt, warum sie soviel Zeit davor verbracht und sich über Jahre hin immer wieder damit beschäftigt hatte. Es faszinierte und erschreckte sie, es zog sie an, es hielt sie fest. *Das ist wahr,* hatte sie gedacht. Und damit hatte sie, wie sie jetzt wußte, gemeint, daß die Liebe für sie wie ein Ertrinken sein würde. Sie würde sich der Leidenschaft so heftig hingeben, daß sie hinuntergezogen, überwältigt, überflutet würde. Deshalb war sie der Liebe aus dem Weg gegangen und hatte sich nie verliebt. Bis jetzt. Und nun kam sie sich vor wie die erschöpfte Schwimmerin auf dem Bild, die nun den Weg zurückfinden und sich in die Ruhe des Lebens schicken mußte. Denn nach dem unbarmherzigen Zerren und Ziehen der Leidenschaft, nach den Erschütterungen der Liebe, nach den leidenschaftlichen Befriedigungen des Verlangens, die so wild und stark und überwältigend waren, daß sie manchmal gleichzeitig Schmerz und Lust bereiteten und Dale manchmal dachte, daß sie sterben, daß sie die Herrschaft über sich verlieren würde, fühlte, wie ihr das Herz in der Kehle schlug, nach all diesen Erfahrungen kam es ihr bedeutungslos vor, wie das Leben weiterging.

»Das ist doch absurd, das ist *falsch*!« sagte Dale

plötzlich laut zu sich selbst, und sie erschrak über ihre Worte in der warmen Stille ihres sanft vibrierenden Autos. Auch das übrige Leben *mußte* wichtig sein, mußte ihr etwas bedeuten, einerlei, ob Hank da war oder nicht. »Du bist dumm!« sagte sie laut zu sich selbst, legte den Gang ein und fuhr nach Hause und stürzte sich in die Arbeit.

Und jetzt saß sie an ihrem grauen Metallschreibtisch, bemühte sich, nicht auf die Arbeiten ihrer Schüler zu niesen, und malte unwillig kleine rote Korrekturzeichen und zählte die Punkte zusammen. Sie würde Hank heute nicht sehen, sie hatte ihm gesagt, sie fühle sich zu elend, sie werde nach Hause gehen und sich ins Bett legen. Dies war der dritte Abend hintereinander, der dritte lange Abend, den sie ohne Hank verbringen mußte. Ihn schien es nicht zu stören, er schien nicht einmal traurig zu sein. Aber Dale fühlte, wie in ihr die Unzufriedenheit bohrte. Sie wollte zu ihm, ihn schütteln, ihre Zähne in sein Fleisch graben. Sie war wütend auf ihn. Wie konnte er nur so ruhig sein? Wie konnte er nur so gelassen antworten: »Okay, ich verstehe«, nachdem sie ihm einen kleinen Vortrag darüber gehalten hatte, daß sie das Bedürfnis habe, etwas Abstand von ihm zu halten, um ihr Leben wieder fester in die Hand zu bekommen. Er schien das, was sie da sagte, für normal und vernünftig zu halten, aber sein Verständnis signalisierte ihr, daß es ihm nichts ausmachte, daß es ihm nicht weh tat, ihn nicht weiter beunruhigte, wenn sie weniger mit ihm zusammen war. Daß die Liebe auch immer so unausgeglichen sein mußte – sie war wie eine Wippe. Sie fand, daß sie ihn mehr liebte als er sie, weil er immer vernünftig blieb, beherrscht, während sie, hilflos und verletzlich, seiner Gnade und Barmherzigkeit ausgeliefert war.

Sie wollte ihn heiraten.

Sie wollte ihn heiraten, sie wollte in ein und demselben Haus mit ihm wohnen und jeden Tag ihres Lebens mit ihm zusammensein. Sie wollte mit ihm verreisen. Sie sehnte sich nach Sicherheit, nach der ruhigen Sicherheit der Ehe, sie wollte wirklich zu ihm gehören. Aber sie hatten noch nicht ein einziges Mal über Heiraten gesprochen. Und sie wußte, wie leicht eine Ehe zur Farce werden konnte.

Sie saß in ihrem Klassenzimmer, nieste, korrigierte die Arbeiten, nieste, und alles tat ihr weh. Ihre Verwirrung und ihre Wünsche flossen beständig wie ein Fluß durch sie hindurch – sie waren wie ein Sog. Deshalb hörte sie zuerst das Gebrüll von Mr. Jersey nicht oder nahm es zumindest nicht bewußt wahr. Und als es in ihr Bewußtsein eindrang und ihr klar wurde, daß es Mr. Jersey war, der schrie, dachte sie, der alte Mann sei gestürzt oder habe sich verletzt, so wütend brüllte er. Sie sprang auf und eilte den Flur hinunter in Richtung des Lärms. Sie sah Mr. Jerseys Müllkarren und seinen Besen vor dem Lehrerzimmer stehen. Und Mr. Jersey stand auf der Türschwelle und fuchtelte mit den Armen.

»Mr. Jersey«, rief sie. »Mr. Jersey! Was ist passiert?« Sie ging ins Lehrerzimmer hinein und sah, was geschehen war. Mr. Jersey hatte zwei Schüler dabei erwischt, wie sie auf dem orangefarbenen Sofa des Lehrerzimmers miteinander schliefen. Dale kannte beide. Der Junge, Jeff Benton, war in der Oberstufe; er hatte im vergangenen Jahr bei Dale in Französisch gute Noten bekommen und machte sich in diesem Jahr bei ihr sehr gut im Biologieunterricht. Das Mädchen, Sally Martin, war auch in der Oberstufe; sie hatte bei Dale Französisch für Fortgeschrittene. Beide waren gute Schüler – verantwortungsbewußt, nett, intelligent, engagiert bei Schulaktivitäten. Beide waren sehr beliebt. Dale hatte Sally nie besondere Beachtung geschenkt, sie war in ihren Augen ein nettes, hübsches Mädchen wie viele andere, aber Jeff sah auffallend gut aus, was gelegentlich Bemerkungen unter den jüngeren Lehrerinnen auslöste. Jetzt stand er verlegen und mit rotem Kopf da, wie gelähmt vor Schreck und Furcht. Trotzdem bewunderte Dale ihn: Er hatte sich bewußt vor Sally gestellt, um sie vor Mr. Jerseys wütenden Worten und Blicken zu schützen. Jeff war es bereits gelungen, seine Hose anzuziehen, nur Hosenschlitz und Gürtel waren noch offen. Aber Sally, die immer noch hinter ihm auf dem Sofa saß, sah völlig derangiert aus, die Jeans bis zu den Knien heruntergezogen, und versuchte, in panischer Hast, ihre Bluse zuzuknöpfen, zitterte aber so sehr, daß sie eine Ewigkeit dazu brauchte. Sie sah nicht auf, und ihre langen Haare hingen wie ein Vorhang vor ihrem Gesicht.

Es dauerte einen Augenblick, bis Dale erkannte, wie sehr Mr. Jersey die dramatische Situation genoß und daß er sie absichtlich in die Länge zog.

»Was sagen Sie nun dazu, Miss Wallace?« sagte er. »Sehen Sie sich das an: Ich komme durch den Flur und will das Lehrerzimmer saubermachen, aber es ist abgeschlossen. Ich schließe auf – und was sehe ich? Diese beiden jungen Leute, wie sie im Lehrerzimmer sexuell miteinander verkehren! Es ist ungeheuerlich! Und unanständig! Sie sollten von der Schule gewiesen werden. Wir müssen die Eltern anrufen, wir müssen Mr. Hansen verständigen, wir müssen etwas unternehmen. Vielleicht ist es sogar *ungesetzlich*. Vielleicht sollten wir die Polizei rufen ...«

»Mr. Jersey«, sagte Dale in einem, wie sie hoffte, entschiedenen Ton, obwohl sie aus Angst um die Schüler selber angefangen hatte zu zittern: »Mr. Jersey, beruhigen Sie sich. Es ist alles in Ordnung.«

»Was soll das bedeuten?« brüllte Mr. Jersey. »Da haben Schüler Geschlechtsverkehr im Lehrerzimmer, und Sie finden das in Ordnung?«

»Nun«, meinte Dale und mußte unwillkürlich lächeln, »es ist wahrhaftig nicht sehr klug, aber andererseits hat es doch niemandem *geschadet*.«

»Aber, aber – und wenn jemand reingekommen wäre!« brauste Mr. Jersey auf.

»Es ist ja jemand reingekommen«, stellte Dale fest.

»Ich meine, wenn ein junger Mensch reingekommen wäre. Ein junger unschuldiger Mensch ...«

»Die Tür war zugeschlossen, Mr. Jersey«, gab Dale zu bedenken. »Ein junger unschuldiger Mensch hätte gar nicht hineingehen können. Nur Sie und Mr. Hansen konnten hineingehen. Sie sind die einzigen, die einen Schlüssel für den Raum haben. Und Sie beide, Sie und Mr. Hansen, haben doch sicher einige Erfahrung, was Geschlechtsverkehr betrifft. Ich meine, Ihre Gefühle werden dadurch nicht ernsthaft verletzt. Und jetzt kommen Sie bitte einen Moment mit mir in den Flur hinaus, damit Sally sich anziehen kann. Das ist doch peinlich für sie.«

»Es soll ihr ruhig peinlich sein«, sagte Mr. Jersey.

»Mr. Jersey, bitte kommen Sie mit mir in den Flur«, beharrte Dale, und widerstrebend verließ der alte Mann den Raum.

»Und jetzt hören Sie mir bitte zu«, bat Dale. »Ich möchte nicht, daß Sie sich über diesen Vorfall dermaßen aufregen. Ich weiß, ich bin jünger als Sie, und Sie haben in vielerlei Hinsicht sehr viel mehr Erfahrung als ich. Aber beruhigen Sie sich doch, und denken Sie an die Kinder. Sie haben doch nichts wirklich *Schlimmes* gemacht, sie haben weder Eigentum beschädigt ...«

»Vielleicht haben sie Flecken auf dem Sofa hinterlassen«, polterte Mr. Jersey.

»Kommen Sie, das Sofa ist so alt und verdreckt, es würde keinem Menschen auffallen, wenn ein Pferd dort schlafen würde. Das Entscheidende ist, daß Jeff und Sally im Lehrerzimmer nichts zu suchen haben. Nur insofern haben sie unrecht getan. Beide sind gute Schüler. Ich unterrichte sie beide, beide sind gute, kluge Kinder. Was erreichen wir, wenn wir jetzt einen Haufen anderer Leute herbeirufen? Ich bin überzeugt, der Schock war groß genug, um sie davon abzuhalten, jemals so etwas wieder zu probieren.«

»Ja, aber irgend jemand sollte die Eltern von dem, was die beiden *getan* haben, in Kenntnis setzen«, sagte Mr. Jersey.

»Mr. Jersey«, antwortete Dale, »jeder tut, was die beiden getan haben. Die Zeiten haben sich geändert, seit wir beide jung waren« – sie bezog sich in seine Altersgruppe mit ein, in der Hoffnung, ihn durch dieses Bündnis beeinflussen zu können –, »und die Leute sind heutzutage nicht mehr der Ansicht, daß es etwas Schlimmes ist.«

»Ich finde es schlimm, und ich werde Mr. Hansen anrufen und die Eltern der beiden Schüler und die Polizei!«

»Bitte *nicht*, Mr. Jersey. Lassen Sie uns, bitte, erst einmal in Ruhe darüber reden. Ich weiß, daß Sie ein freundlicher Mann sind, Sie mögen die Schüler, und die Schüler mögen Sie. Denken Sie daran, wie alle Sie bitten, sich bei den Basketballspielen zu ihnen zu setzen. Oder denken Sie an die Karten, die sie Ihnen im letzten Herbst geschrieben haben, als Sie im Krankenhaus waren. Die Schüler mögen Sie, sie vertrauen Ihnen, und sie glauben, daß Sie sie auch mögen. Da können Sie jetzt doch nicht plötzlich Jeff und Sally etwas Gemeines antun. Kein Schüler würde Ihnen je wieder trauen.« Dale machte eine Pause, weil sie niesen mußte. »Mr. Jersey«, fuhr sie fort, »ich könnte es nicht ertragen, wenn Sie die beiden Kinder melden würden. Das würde allen Schülern das Herz brechen, weil sie glauben, Sie wären ihr *Freund.* Warum überlassen Sie die Sache nicht einfach mir? Lassen Sie mich die Verantwortung übernehmen. Ich werde mit den beiden reden und ihnen klarmachen, daß so etwas nie wieder vorkommen darf. Oh, ich bin mir ganz sicher, daß sie so einen Fehler nicht wieder machen. Die haben ihre Lektion gelernt, und das ist doch das Wichtigste. Sie sind beide noch so jung, Mr. Jersey, und so eine Geschichte kann ihr ganzes Leben ruinieren. Sie haben doch sicher auch mal einen Fehler gemacht, als Sie jung waren, Mr. Jersey, und bestimmt hat auch Ihnen gegenüber einmal jemand Milde walten lassen!« Dale mußte wieder niesen und husten. »Mr. Jersey, ich wäre Ihnen so dankbar, wenn Sie Ihre Frau anriefen und sie für mich nach dem Rezept fragten. Es geht mir so schlecht.«

»Tja, also«, sagte Mr. Jersey. Er fuchtelte mit seinem Besen herum. Er wußte augenscheinlich nicht, ob Dale ihn um den Finger wickeln wollte oder nicht.

»Mr. Jersey, Sie sind für die Schüler wie ein Vater – oder wenigstens wie ein *Onkel.*« Dale hustete wieder.

»Na gut«, sagte Mr. Jersey. »Na gut. Dann regeln Sie die Sache. Sie sind Lehrerin, ich bin nur der Hausmeister. Sie haben das College besucht, und Sie kennen das Buch mit den Anweisungen für den Lehrkörper und die Schulordnung für die Schüler. Sie müssen also wissen, was recht und was unrecht ist. Okay. Aber wenn ich die beiden noch einmal erwische ...«

»Das werden Sie nicht, ich verspreche es Ihnen«, sagte Dale.

»Na gut«, sagte Mr. Jersey. Resigniert blickte er auf die geschlossene Tür des Lehrerzimmers. »Machen Sie also, was Sie für richtig halten. Die Verantwortung liegt jetzt bei Ihnen. Sollte allerdings jemand herausfinden, was geschehen ist, werden Sie die Folgen tragen.«

»Ich danke Ihnen«, sagte Dale. »Ich danke Ihnen sehr, Mr. Jersey. Ich finde das sehr freundlich von Ihnen, und ich werde das auch Jeff und Sally sagen. Und das Rezept für die Wärmflasche hätte ich wirklich gern.«

Mr. Jersey stellte seinen Karren und die Besen an einer Seite des Flurs ab und entfernte sich widerstrebend, um seine Frau anzurufen. Dale ging ins Lehrerzimmer, um mit Jeff und Sally zu reden. Sie hatten sich vollständig angezogen und gekämmt und saßen, weit voneinander entfernt, auf Stühlen. Beide sahen bleich und elend aus. Dale befürchtete, Sally würde sich übergeben müssen. Sie erinnerte sich an die schrecklichen Monate in ihrer Jugend, in denen sie sich wie eine Erwachsene vorgekommen, aber wie ein Kind behandelt worden war und die Regeln und Maßstäbe der anderen hatte anerkennen müssen.

»Beruhigt euch«, sagte sie lächelnd und setzte sich hin. »Es ist alles okay. Ich habe mit Mr. Jersey gesprochen, und er wird niemanden anrufen, und er wird es auch nicht weitererzählen. Er hat alles mir überlassen, und *ich* werde niemandem etwas sagen. Ihr seid also noch mal davongekommen. Aber ihr werdet euch jetzt einen kleinen Vortrag von mir anhören. Ich sage weder Mr. Hansen noch euren Eltern etwas. Ihr seid beide alt genug, um zu wissen, was ihr tut. Obwohl ich mir da nicht ganz so sicher bin. Es ist ziemlich kindisch, sich so einen Platz auszusuchen. Das Lehrerzimmer! Ausgerechnet!«

»Aber, wo sollen wir hin?« sagte Sally, und Tränen traten ihr in die Augen. »Bei mir zu Hause ist immer jemand und bei ihm auch, und wenn wir Schule haben, dürfen wir uns abends nicht sehen, und Jeffs Auto ist so *klein* ...

»Wir wollten nicht respektlos sein«, sagte Jeff. »Wir dachten nur, hier wäre niemand. Wir dachten ...«

Er beendete den Satz nicht, aber Dale ahnte, was er hatte sagen wollen. Sicher hatten sie sich ausgemalt, wie schön es sein müßte, auf dem großen Sofa beieinanderzuliegen, ausgestreckt und aneinandergeschmiegt. Vielleicht kannten sie diesen Luxus noch nicht, vielleicht hatten sie sich bisher immer auf enge

Autos und ungemütlich dunkle Veranden beschränken müssen. Und draußen war es jetzt kalt. Sie konnten sich noch nicht einmal auf eine Parkwiese oder am Strand in den Sand legen.

»Trotzdem«, beharrte Dale, »ihr hättet euch denken können, daß ihr hier Schwierigkeiten kriegt. Und ihr habt Schwierigkeiten bekommen. Das war sehr dumm von euch. Im übrigen« – sie unterbrach sich und sah erst Jeff und dann Sally ernst an –, »wie verhütet ihr eigentlich?«

Sally sah auf ihre Hände. »Na, gar nicht«, antwortete sie leise. »Ich meine, wir sind nicht so oft zusammen. Wir haben selten die Gelegenheit.«

»Einmal reicht«, sagte Dale. »Hört zu, ihr seid beide gute, kluge Schüler, ihr seid nette Kinder. Ich möchte euer Leben nicht zerstören, und Mr. Jersey will das auch nicht. Aber ihr müßt mir etwas versprechen, ihr seid mir etwas schuldig. Versteht ihr das? Ich sage niemandem etwas, und ihr versprecht mir dafür dreierlei. Ihr versprecht mir, daß ihr eine Beratungsstelle aufsucht und euch ein Verhütungsmittel besorgt. Wenn du mit siebzehn Jahren schwanger werden solltest, Sally, werde ich mir ewig Vorwürfe machen, daß ich es deinen Eltern nicht erzählt habe. Ihr kümmert euch also beide um ein Verhütungsmittel und sagt mir nächste Woche Bescheid. Sonst rufe ich eure Eltern an, und dann tragen sie die Verantwortung. Zweitens: Laßt euch nie wieder hier oder anderswo erwischen. Ich weiß, daß das schwer ist, aber ihr müßt euch etwas anderes einfallen lassen. Nicht jeder wird so freundlich und verständnisvoll sein wie Mr. Jersey. Und ich möchte, daß ihr das nicht vergeßt und supernett zu Mr. Jersey seid. Und drittens: Laßt euch nicht einfallen, euren Freundinnen und Freunden von dieser Sache zu erzählen. Ich würde in ebenso große Schwierigkeiten kommen wie ihr, weil ich die Sache geheimgehalten habe. Es könnte mich meinen Job kosten.

Tratscht also nicht wie zwei Supernasen diese komische Geschichte herum. Es ist keine komische Geschichte. Solltet ihr anderen davon erzählen, werdet ihr es bereuen; denn dann werde ich es auch bestimmten Leuten erzählen. Ist das klar? Habt ihr mich verstanden?«

Sally brach in Tränen aus: »Oh, Miss Wallace, danke. Meine Eltern würden mich umbringen, wenn sie davon wüßten. Es war dumm von uns, ich weiß, aber wir *lieben* uns.« Sie hob ihr hübsches, noch kindliches Gesicht und sah Dale verzweifelt an.

»Versuch, mit deinen Eltern zu reden, Sally«, riet Dale. »Du wirst überrascht sein, wie verständnisvoll Eltern sein können. Oder wende dich an einen Pfarrer. Ja, wende dich an einen Pfarrer oder an unseren Schulpsychologen, Mr. Robertson. Ihr werdet merken, daß die meisten von uns Erwachsenen doch Verständnis für euch haben. Aber seid vernünftig. Laßt nicht zu, daß die Liebe euer Leben zerstört.« Dale mußte niesen. »Wir wollen jetzt gehen«, sagte sie. »Ich bin völlig fertig.«

»Danke, Miss Wallace«, sagte Jeff beklommen und erhob sich von seinem Stuhl, hochaufgeschossen, wie er war. Er war so empfindsam und dankbar und so ein hübscher Junge – Dale hätte vor Mitgefühl beinahe geweint. »Wir sind Ihnen sehr dankbar«, sagte er. »Und wir werden uns an Ihre drei Bedingungen halten.«

»Und du kümmerst dich um die Verhütung«, sagte Dale. Sie nahm Sally bei den Schultern und sah sie an. »Ich weiß, Jeff liebt dich, aber es ist dein Körper, und du bist für dein Leben verantwortlich. Deswegen mußt du dich darum kümmern.«

»Okay«, sagte Sally. »Ich verspreche es. Vielleicht kann ich mit meiner Mutter darüber reden. Ich weiß noch nicht. Aber ich erzähle Ihnen nächste Woche, was ich gemacht habe.«

»Schön«, sagte Dale. »Dann geht jetzt lieber nach Hause. Und viel Glück. Und sollten eure Noten darunter leiden, dann bekommt ihr es mit mir zu tun!« Sie hielt den beiden die Tür auf.

Jeff ging als erster hinaus und sagte: »Vielen Dank, Miss Wallace.« Sally aber blieb in der Tür stehen, schlang die Arme um Dales Hals und legte ihren Kopf an ihre Schulter.

»Sie sind so nett«, sagte sie schluchzend. »Sie sind wirklich so lieb. Wie soll ich Ihnen nur danken? Ich hatte solche Angst!«

Dale drückte Sally an sich und spürte, wie ihr selber die Tränen kamen. Sie wußte, daß sie sich von nun an immer um das Mädchen und den Jungen kümmern würde, weil sie die beiden liebte, sie würde wissen wollen, wie es mit ihnen weiterging.

»Du brauchst keine Angst zu haben«, sagte sie zu Sally. »Die Liebe ist gut. Du mußt nur versuchen, dich nicht ganz zu verlieren.« Sie wischte Sally die Tränen von den Wangen und sah sie lächelnd an. »Paß auf dich auf«, sagte sie.

Die beiden gingen durch den langen Flur in den dunklen Abend hinaus, und Dale kehrte in ihr Klassenzimmer zurück, um die letzten Arbeiten zu korrigieren. Sie saß an ihrem Schreibtisch wie in Trance, während sie im Eiltempo die Arbeiten durchsah. Als sie fertig war und den Notendurchschnitt errechnet und die einzelnen Ergebnisse in ihr Zensurenbuch eingetragen hatte, merkte sie – und diese Erkenntnis überwältigte sie geradezu –, daß die meisten ihrer Schüler eine gute Arbeit geschrieben hatten. Es war ihr gelungen, ihnen einige Grundlagen der französischen Sprache zu vermitteln. Sie würden in der Lage sein, die Sprache auf Reisen zu benutzen, und sie würden im College gut damit weiterkommen. Sie war eine Lehrerin.

Dale zitterte, obwohl sie nicht fror. Sie sah sich in

ihrem leeren Klassenzimmer um und empfand eine große Wärme, die sie als eine Mischung aus Hoffnung, Liebe und Stolz erkannte. Sie war Lehrerin, sie war in ihrer Klasse, sie konnte den Lauf der Welt beeinflussen, indem sie junge Menschen unterrichtete, ihnen ein Stück Welt zeigte. All dies hatte eine Bedeutung, all dies zählte. All dies war etwas wert.

Ihre Empfindungen machten sie ruhelos, und sie stand auf, lief im Klassenzimmer umher und strich mit der Hand über Tische und Stühle und Fensterbretter. So hatte sie sich noch nie in ihrem Leben gefühlt: Sie war eine fähige Lehrerin, die den Lauf der Dinge beeinflussen konnte, sie konnte für andere sorgen. Bisher war der Lehrerberuf für sie nicht mehr als eine respektable Art, etwas zu tun und Geld zu verdienen. Jetzt wußte sie, daß sie von ihrem Beruf gefordert wurde. Sie war Lehrerin. Eine gute Lehrerin. Und sie wollte immer eine gute Lehrerin sein, auch wenn sie erkältet war, auch wenn ihr Privatleben in Aufruhr war – und das würde ihr Kraft geben.

Sie schlang die Arme um sich selbst und lachte laut auf. »Mein Gott«, sagte sie in das leere Klassenzimmer hinein. »Das ist ja beinahe wie ein religiöses Bekenntnis.« Sie war ein klein wenig verlegen. Ihr war klar, daß dieses Hochgefühl abflauen, daß es Tage, Wochen, Monate der Enttäuschung, Niedergeschlagenheit und des Zorns geben würde, aber irgend etwas war über sie gekommen oder hatte sie überwältigt, und sie hatte sich verändert.

Sie ging zu ihrem Tisch zurück, ordnete die Arbeiten, die Bücher, die Papiere, setzte ihre Mütze auf, zog die Handschuhe an – den Parka hatte sie schon an – und nahm ihre Tasche. Als sie das Licht im Klassenzimmer ausmachte, mußte sie unwillkürlich über ihre dramatischen Gedanken lächeln. Aber sie würde diesen Tag nie vergessen. Die schriftlichen Arbeiten, ihre Erkältung, das Mädchen und den Jungen, denen sie geholfen hatte, und das leere Klassenzimmer, in dem sie eine neue und intensive Freude kennengelernt hatte.

Mr. Jersey wartete auf sie am Ende des Flurs. Er hatte ihr das Rezept auf einen gelb gestreiften Notizzettel geschrieben. Sie dankte ihm, lobte ihn wegen seiner Freundlichkeit gegenüber Sally und Jeff. Dann fuhr sie nach Hause. Ihr schwirrte der Kopf. Sie war voller neuer Ideen und Pläne für ihren Biologie- und Französischunterricht. Sie lief die Stufen hinauf und erzählte Carol alles, was geschehen war, aufgeregt und froh, es ihr erzählen zu können. Und als das Telefon klingelte und Hank am anderen Ende der Leitung war, konnte sie zuerst kaum sprechen: Sie brachte keinen Ton heraus, denn ihr wurde plötzlich das Wunder bewußt, daß sie soviel Zeit verbracht hatte, ohne sich nach ihm zu sehnen und ohne auch nur an ihn zu denken. Sie stand am Telefon und sprach mit ihm, lächelte. Sie liebte ihn – und sie liebte sich.

7

Eines Morgens erschien eine Katze bei Margaret, die sie mit ihrem Miauen weckte. Sie stand auf, hüllte sich in ihren warmen weinroten Hausmantel und ging durch ihr stilles Haus zur Eingangstür. Als sie die Tür öffnete, fiel ihr als erstes das schlechte Wetter auf. Ein scharfer Wind überfiel sie, und fast hätte sie in einer Geste der Selbstverteidigung die Tür wieder zugeschlagen. Doch als sie hinunterblickte, sah sie auf der Schwelle eine nasse, jämmerlich aussehende Katze von undefinierbarem Grau. Mit ihrem nassen Fell hatte sie etwas von dem unangenehmen Aussehen einer Ratte. In Vancouver brauchten Türen und Fenster nicht durch Fliegengitter gesichert zu werden, weil es in der Gegend kaum fliegendes Getier gab. Noch immer war Margaret jedesmal, wenn sie die Tür öffnete, überrascht: Es erschien ihr wie ein unglaublicher Luxus nach der langen Zeit, die sie im mittleren Westen gelebt hatte. Und weil es keine Fliegengitter gab, hatte die nasse Katze sich an die Holztür drücken können, wo sie durch die Dachtraufe teilweise vor dem Regen geschützt war. Aber der Wind wehte stürmisch, und die Katze zitterte und miaute. Es war keine kleine Katze, aber sie hatte die Verletzlichkeit eines Kätzchens. Als Margaret zu ihr hinunterblickte, sah die Katze ihr in die Augen und miaute sie so direkt und fordernd an, daß Margaret wußte, sie würde sie ins Haus nehmen müssen. Was blieb ihr anderes übrig?

Sie bückte sich und nahm das triefende Tier. Zuerst wollte sie die Katze weit von sich weg halten, doch dann folgte sie einer anderen Regung und drückte sie an sich, um sie zu wärmen. Die Vorderseite des Hausmantels war sofort klatschnaß. Sie trug das Tier in die Küche und war etwas besorgt, weil es so sehr zitterte.

Die arme Katze, ob sie sterben würde? Sie nahm ein Frotteehandtuch und rieb sie trocken, setzte sie dann mit dem Handtuch auf den Fußboden, machte etwas Milch handwarm, stellte eine Untertasse mit der Milch vor die Katze hin und gab ihr etwas von dem saftigen Dosenfutter, das sie für Pandora bereithielt. Die Katze fraß und trank gierig. Margaret beobachtete sie, freute sich, daß die Katze zufrieden schien. Dann ging sie ins Wohnzimmer und machte ein schönes Feuer im Kamin. Unaufgefordert kam die Katze herein und machte es sich vor dem Kamin bequem. Sie versteckte ihre Pfoten unter ihrem Körper und blickte anerkennend zu Margaret hoch. Margaret ging in die Küche, machte sich Tee und kam zurück. Die Katze schlief.

Es war erst halb acht. Margaret war eine Spur verdrossen. Sie war am Abend lange fort gewesen und hatte ausschlafen wollen. Viel anderes gab es an einem Januarmorgen, an dem es pausenlos regnete und stürmte, ja auch nicht zu tun. Sie ließ sich auf das Sofa fallen, trank ihren Tee, blickte hinaus aufs Meer, das sie vor lauter Regen kaum erkennen konnte. Sie sah nur die Regenmassen und dichte Wolken. Der Regen wurde von Böen gegen ihr Fenster geweht, so heftig, daß sie den Wind sehen zu können meinte. Aber dieses Schauspiel hatte sie in den letzten Tagen mehrmals beobachten können. Sie sah auf die Katze, die immer noch schlief, und dann auf das niedrige Tischchen, das voller neuer Bücher lag, die sie sich gestern in der Stadt gekauft hatte. Sie überlegte, ob sie die Bücher mit ins Bett nehmen und darin blättern sollte, bis sie wieder einschlief. Anders als sonst drängte es sie diesmal nicht, sich die neuen Bücher anzusehen. Sie war sogar leicht enttäuscht darüber, daß sie sich nicht von ihnen angezogen fühlte, daß die Bücher sie nicht verlockten. Das war nicht die Schuld der Bücher; denn gestern waren sie noch so interessant gewesen, daß sie sie in der Buchhandlung gekauft hatte: ein Kriminalroman, ein historischer Liebesroman, ein literarischer Roman, ein Buch mit Fotos, die ein berühmter amerikanischer Fotograf von einer berühmten amerikanischen Malerin gemacht hatte. Es waren interessante Bücher. Trotzdem wurde sie nicht in ihren Bann gezogen. Sie machten sie vielmehr nervös. Margaret fühlte ein leichtes Kratzen hinten im Hals, wie wenn eine Erkältung sich ankündigt, und ein tückisches, unangenehmes Frösteln. Sie hatte Angst.

Sie sagte laut – sie hatte sich angewöhnt, laut mit sich zu sprechen, es war schließlich ihr Haus: »O nein! Nicht schon wieder so ein Morgen.« Denn in den vergangenen Wochen hatte sie die Erfahrung gemacht, daß der Morgen schwarz sein konnte, braun, grau, wenn sie von einem irrationalen Kummer heimgesucht wurde oder, schlimmer noch, von Haß gegen sich selbst. Gewöhnlich kämpfte sie gegen solche Stimmungen an, indem sie etwas unternahm. Aber was konnte sie morgens um halb acht schon unternehmen? Sie betrachtete die zugelaufene Katze mit einem bitteren Blick, aber die Katze wachte nicht auf.

Die Feiertage über war sie ziemlich glücklich gewesen, hatte für ihre Freunde unmittelbar vor Weihnachten ein Fest gegeben, bei dem sie, von ihrem Haus aus, die weihnachtlich geschmückten Schiffe bei ihrer fröhlichen Tour durch den Hafen bewundern konnten. Die über die Toppen mit Lichtern geschmückten Schiffe sahen aus wie große schwimmende oder schwebende Weihnachtsbäume. Auf den Schiffen waren Kinder, die Weihnachtslieder sangen; ihre klaren, hellen Stimmen wurden über Lautsprecher zur Küste hin übertragen. Aus einem der Schiffe hatte ein Mann die Leute über Lautsprecher aufgefordert: »An alle in West-Vancouver, die uns jetzt sehen und hören. Gebt uns Blinkzeichen mit euren Lichtern. Schaltet in euren Häusern die Lichter ein und aus, damit wir sie sehen können.« Es war ein überwältigender Anblick gewesen, wie an der ganzen Küste Lichter aufleuchteten und die Weihnachtsschiffe grüßten. Lichter in der Dunkelheit, Kerzen in der Nacht, Sterne, Menschen, die anderen Menschen mit Lichtzeichen antworteten, bis hoch in die Berge hinauf. Margaret hatte am Lichtschalter gestanden und das Licht aus- und angeknipst. Sie war sehr zufrieden mit ihrem Leben und fand, daß dies für sie genau der richtige Kontakt mit der Außenwelt war: reagieren, antworten, wenn sie darum gebeten wurde, aber mit Distanz, ohne Konsequenz, ohne Verantwortung. Glücklich hatte sie sich wieder ihren Gästen gewidmet – eine fröhliche Gastgeberin.

Den Weihnachtsabend hatte sie mit Anthony verbracht, und am ersten Weihnachtsfeiertag war sie bei Miriam und Gordon zum Abendessen eingeladen gewesen. Zu Beginn dieses Jahres hatte Miriam, ihre beste Freundin seit über dreißig Jahren, sie eingeladen, mit dem Flugzeug von Liberty nach Vancouver zu kommen. Margaret hatte sich auf der Stelle in Vancouver verliebt. Stundenlang hatte sie mit Miriam über ihr Leben, ihre Wünsche gesprochen. Miriam hatte Margaret viele gute, unaufdringliche und selbstlose Ratschläge gegeben, und als Margaret umzog, hatte sie sie herzlich willkommen geheißen. Margaret hatte sogar bei Miriam und Gordon gewohnt, als sie sich nach einem Haus umsah. Deshalb fand sie es richtig, Weihnachten mit ihrer ältesten und in gewisser Weise auch jüngsten Freundin zu verleben, und die Tage waren schnell vergangen.

Aber jetzt war Ende Januar, und in Margarets Leben hatte sich einiges ereignet, von dem sie wünschte, es wäre nicht geschehen. Forderungen wurden gestellt, und das gefiel ihr nicht. Aber selbst jetzt wollte sie nicht darüber nachdenken.

Sie trank ihren Tee, nahm sich eine Zigarette aus dem silbernen Kästchen, das auf dem niedrigen Tisch stand, und rauchte. Sie betrachtete die schlafende Katze und fühlte sich nicht wohl in ihrer Haut. Sie war hellwach und langweilte sich. Sie war ärgerlich. Sie mußte sich mit einigen Problemen auseinandersetzen.

Es war halb acht oder zwanzig vor acht inzwischen. Sowohl die neue, zugelaufene Katze als auch Pandora schliefen und nahmen von ihrer Misere keine Notiz. Im Haus herrschte tiefe Stille, abgesehen vom Tosen des Windes und dem Prasseln des Regens an den Fensterscheiben. Margaret sah auf die Bücher, dann auf ihren nackten Fuß, der nervös auf und nieder wippte. Sie folgte mit den Augen der Linie ihres Beines, vom Fuß bis zu ihrem bedeckten Schenkel, von dort weiter bis zu ihrem Schoß, wo ihre Hände ruhten – die eine Hand hielt die Zigarette, von der sie gerade die Asche abgestreift hatte. Sie versuchte, ihren Gedanken auszuweichen, und konzentrierte sich auf ihre Hände.

Es waren die Hände einer fast fünfzig Jahre alten Frau. Sie hatten erste Fältchen, und die Adern waren sichtbar, aber es waren immer noch schöne Hände. Margaret war stolz auf ihre Hände. Sie trug drei Ringe: einen Diamantring, den ihre Mutter zur Verlobung bekommen hatte, ein breites Silberband, das Anthony ihr geschenkt hatte, einen kunstvollen Ring aus Silber und Jade, den Miriam ihr geschenkt hatte. Margaret lakkierte neuerdings ihre Fingernägel. In Iowa hatte sie das nie getan, aber sie fand es schön, daß sie es jetzt tat. Es gefiel ihr, den geschmeidigen Lack aufzutragen, und es gefiel ihr, wenn ihre Fingernägel leuchtendrot glänzten, während sie ihre täglichen Aufgaben erledigte. Am meisten gefiel ihr die ziemlich hilflose Zeitspanne, die sie verstreichen lassen mußte, bis die Nägel trocken waren, die Zeit, in der sie nichts anfassen durfte, nur dazusitzen brauchte, damit der Lack nicht verschmierte oder zerkratzt wurde. Ja, es war eine Freude, sich einer so frivolen und zeitraubenden Tätigkeit hingeben zu können, und es war eine Freude, mit lakkierten Fingernägeln herumzulaufen. Denn solange sie ihre Familie versorgte – das Geschirr spülte, kochte, Kekse backte oder Hähnchen im Ofen briet, als Abendessen oder für einen wohltätigen Zweck –, hatte sie natürlich nicht im Traum daran gedacht, sich ihre Fingernägel zu lackieren. Die Farbe wäre viel zu schnell abgeblättert. Damals wären lackierte Fingernägel ein Anlaß zu ständiger Sorge gewesen. Jetzt gaben sie ihr Anlaß zu ständiger Freude. Sie kam sich vor wie der Kaiser von China, der sich, wie sie auf Bildern gesehen hatte, zum Zeichen seines Reichtums und seines Müßiggangs lange Fingernägel wachsen ließ. Ähnlich malte sie jetzt ihre Fingernägel an und sagte sich: Jetzt ist es okay, jetzt mußt du nur noch dir selbst gefallen, du kannst es dir jetzt erlauben. Es war eine banale, frivole Befriedigung, die sie sich leistete und die ihr dennoch sehr wichtig war. Sie sah auf ihre Hände, spielte mit dem breiten Silberring, schob ihn rauf und runter, genoß den Anblick ihrer gepflegten untätigen Hände. Sie wünschte sich für den Rest ihrer Tage ein Leben, das so schlank und kühl war, wie ihre Hände jetzt aussahen. Und plötzlich fingen ihre Hände an zu zittern. Sie legte die Zigarette in den Aschenbecher und preßte die Hände zusammen, als ob sie betete, und hob sie an ihre Lippen. Es half nichts. Ihre Hände zitterten weiter. Sie mußte den Tatsachen ins Gesicht sehen, früher oder später.

Da war die Sache mit Daisy. Sie konnte nicht länger so tun, als ob sie sich um Daisy keine Sorgen machte. Sie machte sich große Sorgen um Daisy, gegen ihren Willen, was sie wütend machte, weil sie einen solchen Übergriff von Angst und Sorge auf ihr Leben nicht wollte. Und doch, was konnte sie dagegen tun? Daisy war ihre Tochter. Sie liebte Daisy, sie mochte Daisy und konnte nicht anders als Daisy die Misere, in der sie steckte, nachzufühlen. Sie wäre sehr entsetzt gewesen, wenn sie mit neunundzwanzig Jahren mit zwei oder drei kleinen Kindern allein dagestanden hätte, ohne den Schutz eines Ehemannes. Jetzt war dieser Zustand für Margaret sehr angenehm, sie sonnte sich in ihrer neuen Unabhängigkeit, aber Daisy war nicht achtundvierzig, und Daisys Kinder waren nicht erwachsen, Daisy war jung, und sie war in Not. Es gab Zeiten im Leben der Menschen, wo sie Hilfe brauchten. Und Daisy brauchte jetzt Hilfe. Aber was konnte sie für sie tun? Sie wußte keine Antwort auf Daisys Brief, in dem Daisy um ein Darlehen von zehntausend Dollar bat. Daisy würde ihr das Darlehen niemals zurückzahlen können, und Margaret sah keine Möglichkeit, Daisy das Geld zu schenken und trotzdem weiterhin ihr Leben zu leben. Aber hier ging es um mehr als nur Geld, das wußte Margaret, es stand mehr auf dem Spiel. Wie konnte es je einer Mutter oder einem Vater gelingen, den Trennungsstrich zu ziehen und zu sagen: Von nun an bist du ganz auf dich allein gestellt? Wie konnte Margaret sagen: Ich liebe dich, aber ich möchte dir nicht helfen? Daisys Notlage war so zwingend. Margaret wollte sich nicht zwingen lassen. Sie wollte allein sein, frei sein. Aber Daisy war ihr Kind. Ihr erstes, süßes Kind. Sie wußte nicht, was sie tun sollte. Und es ärgerte sie, daß sie soviel Zeit damit zubrachte, sich Sorgen um Daisy zu machen.

Und dann das Problem mit Anthony. Als Margaret ihn vor acht Monaten bei Miriam und Gordon kennengelernt hatte, war sie zuerst fasziniert von ihm gewesen und dann entzückt. Er war so groß, so mager, so gebildet und, vor allem, so unnahbar. Er strahlte förmlich Zurückhaltung aus. Er war so anders als die Männer, die Margaret in Iowa gekannt hatte, Männer wie Harry, die in ihrer etwas großspurigen Art sowohl verletzlich als auch dominierend waren. Sie hatten sich ihr mit ihrer schmierigen Kameradschaftlichkeit aufgedrängt und ihr damit mehr Grenzen gesetzt als Anthony mit seiner fast geringschätzigen Zurückhaltung.

Anfangs war sie von ihm fasziniert gewesen und eine

Weile lang regelrecht verstört angesichts der möglichen Konsequenzen seiner Zuneigung zu ihr. Dieser große, nüchterne Mann mochte sie: Was für eine Frau mußte sie dann sein? Was für eine Frau konnte sie dann sein? Für sie war alles neu: diese Stadt, ihre neuen Bekannten, und nun dieser neue und äußerst gelassene Mann. Monatelang hatte sie wie in einem Tagtraum gelebt. Jeden Morgen sah sie beim Aufwachen das kühle blaue Meer. Dann verbrachte sie den Tag am Ufer dieses Meeres. Sie saß am Fenster, las die Post, damals immer noch die langen flehenden Briefe von Harry oder die Briefe ihrer gemeinsamen Freunde, Briefe aus Iowa, die an die alte Margaret, die Hausfrau, die Trostspenderin, gerichtet waren. Dann klingelte das Telefon, und Anthony rief an, der vorschlug, zusammen in die Oper zu gehen oder zu einer Dichterlesung, zu einem Vortrag oder zu einer Cocktailparty der Universität. Eine Zeitlang hatte sie sich als Frau gesehen, die aus vielen Schichten bestand: Eine dünne, durchsichtige Margaret saß am Fenster und hielt einen Brief in der Hand; eine dünne, durchsichtige Margaret stand am Telefon. Anthony hatte sich ein neues Auto kaufen wollen und hatte Margaret überredet, sein kaum gefahrenes Mercedes-Cabrio zu kaufen, was ihrem Image eine weitere Schicht hinzugefügt hatte – das Auto. In Liberty wäre es töricht gewesen, ein Cabrio zu fahren. In Liberty war es immer entweder zu kalt oder zu heiß oder zu windig, um offen zu fahren, und obendrein wäre Margaret sich nur angeberisch und albern vorgekommen, wenn sie mit einem Cabrio zum Treffen des Damen-Hilfskomitees gefahren wäre. Aber hier, in Vancouver, war das Klima so milde, daß sie in den meisten Monaten des Jahres offen fahren konnte. Und irgendwie paßte es zu ihr, dieses neue Luxusauto, es machte ihr einfach einen enormen Spaß, damit zum Einkaufen in die Stadt zu fahren oder zur Universität oder zu den gepflegten Häusern, die zurückgesetzt an den Bergstraßen lagen und über die Stadt blickten. Sie wurde mit ihrem neuen Ich immer vertrauter. Sie konnte sich jeden Tag besser leiden. Wenn sie sich im Rückspiegel ihres Mercedes sah, mußte sie lächeln. Wie ich sein kann! sagte sie sich verwundert und genoß es immer mehr, sie selbst zu sein, allein leben zu können.

Aber sie genoß es auch, mit Anthony in aufregende Restaurants zu gehen, und hatte sich von seinen wiederholten Einladungen geschmeichelt gefühlt. Sie hatte fast von Anfang an mit ihm geschlafen, es hatte sich so ergeben, und sie hatte sich gesagt: Jetzt oder nie! Sie hatte ihr Lebtag nur mit einem einzigen Mann geschlafen. Ihre Töchter waren mit mehr Männern zusammengewesen als sie. Anthony hatte Champagner mitgebracht, um die Unterzeichnung des Kaufvertrags für das Auto zu feiern, und sie war ziemlich betrunken gewesen und hatte ihn mit in ihr abgedunkeltes Schlafzimmer genommen. Es war erstaunlich aufregend gewesen. Nach den langen Monaten des Zölibats fand sie es ungeheuer befriedigend, Anthonys langen, nackten Körper an ihrem zu spüren. Und Anthony erwies sich als ein kundiger und fähiger Liebhaber, sehr rücksichtsvoll und einfühlsam – er wußte, was Margaret brauchte, um den Punkt atemloser Freude zu erreichen. Margaret kam sich wahnsinnig erwachsen vor. Sex wurde für sie – zu ihrem größten Entzücken – eine weitere Möglichkeit, luxuriös zu genießen. Wie erwachsen sie plötzlich war! Wenn sie wollte, konnte sie eine Zigarette rauchen oder etwas trinken, ein Bad nehmen oder einen Orgasmus haben. Das, fand sie, war die richtige Lebensart.

Aber jetzt hatte Anthony ihr einen Heiratsantrag gemacht. Vor drei Tagen – sie hatten abends in seiner Wohnung gesessen und einen Brandy getrunken, nachdem sie sich geliebt hatten, hatte er sie in dem gleichen Ton, in dem er ihr einen Kinobesuch vorschlug, gefragt, ob sie seine Frau werden wolle. Zuerst hatte er von dieser möglichen Ehe wie von einem Akt der Vernunft gesprochen, der es ihnen ermöglichen würde, genauso zu leben, wie sie es bisher taten, nur eben zusammen. Und außerdem habe er im kommenden Jahr sein Forschungsjahr und habe die Absicht, viel in Kanada zu reisen, um Informationen für ein Buch über kanadische Geschichte zu sammeln, das er schreiben wolle. Ob es nicht lustig wäre, fragte er Margaret, wenn sie mitkäme und er ihr zeigen würde, wie groß und vielfältig Kanada war, vom dunkelsten Innern British Columbias bis zum urbanen Montreal. Oh, die Ehe würde ihre Beziehung soviel einfacher machen. Anthonys Wohnung lag mitten in Vancouver – Margaret mußte eine gute Stunde fahren, über die Lions Bridge und durch die Stadt. Sie konnten zusammen in Margarets Haus wohnen oder in seinem. Wie schön es sein würde, sagte er, morgens aufzuwachen und sich im selben Bett den Kaffee und die Zeitungen zu teilen. Margarets erste Reaktion auf Anthonys Heiratsantrag hatte etwas von der falschen Fröhlichkeit eines Kindes, das einen Lutscher oder eine Tafel Schokolade geschenkt bekommt, nur weil es niedlich aussieht. Sie nahm seinen Antrag als Kompliment, nicht mehr. Sie saß in Anthonys Wohnzimmer, hörte ihm zu und wünschte sehnlichst, sie hätte jemanden, dem sie das erzählen könnte. Sie wollte angeben, ihn vorzeigen, sagen: Seht, was ich kann! Ich bin gerade geschieden, und schon hat dieser hochangesehene Mann mich gebeten, ihn zu heiraten, bin ich nicht wunderbar?! Sie kam sich köstlich jung vor, fühlte sich zurückversetzt in die Jahre ihrer Jugend in Iowa, als ein Heiratsantrag die Krönung bedeutete.

Mit Erschrecken war ihr klargeworden, daß Anthony auf eine Antwort wartete. Er hatte ihr nicht nur ein Kompliment gemacht, er hatte sie etwas gefragt, hatte einen Wunsch, eine Forderung, ausgesprochen. Und an der Art, wie seine langen dünnen Hände das Cognacglas hielten, sah sie, daß ihre Antwort für ihn von größter Bedeutung war. Mein Gott, hatte sie gedacht, hinter seiner Fassade der Zurückhaltung und Gelassenheit ist er so weich und verletzlich! Es hatte ihr angst gemacht.

»Liebst du mich?« fragte sie ihn, weil sie das wissen mußte. Hätte er nein gesagt, dann hätte sie vielleicht ja gesagt.

Aber Anthony antwortete: »Ja, ich liebe dich, Margaret. Es tut mir leid, daß ich es dir nicht schon früher gesagt habe. Es muß dir komisch vorkommen, daß ein Mann dir einen Heiratsantrag macht, ohne dir zuallererst zu sagen, daß er dich liebt. Aber ich finde es sehr schwierig, so etwas zu sagen. Ich bin immer sehr zurückhaltend gewesen. Aber es ist wahr. Ich liebe dich. Ich liebe dich. Du hast meine Seele berührt.«

»Oh!« hatte Margaret hilflos aufgeschrien, und sie verbarg ihr Gesicht mit den Händen. Sie wurde fast ohnmächtig. So blieb sie lange Zeit sitzen und starrte hinunter auf ihr Kleid, bis sie sich beruhigte, was sie daran merkte, daß ihre Gedanken sich mit dem komplizierten blauen und violetten Muster des Stoffes beschäftigten. Als sie schließlich aufsah, zeigte ihr Gesicht keinen Ausdruck. Sie hatte fast vergessen, worum es ging, und mußte sich lange auf Anthonys ernstes Gesicht konzentrieren, ehe sie antwortete.

»Anthony«, sagte sie, »es tut mir leid, aber darauf war ich nicht gefaßt. Ich muß darüber nachdenken. Ich fühle mich unendlich geehrt. Aber ich weiß nicht, was ich sagen soll. Um die Wahrheit zu sagen, ich bin sprachlos.«

Anthony hatte sie an sich gezogen und sie auf den Mund geküßt. »Laß dir Zeit«, hatte er gesagt. »Ich kann deine Überraschung verstehen. Ich weiß, wie ich bin, wie ich wirke, aber ich finde es so schwer, meine Gefühle auszudrücken. Ich erwarte von dir keine sofortige Antwort. Bitte, laß dir Zeit. Aber bitte sag ja. Ich habe dich nicht leichtfertig gebeten, mich zu heiraten. Ich meine, wir sollten des Rest unserer Tage gemeinsam verbringen. Und ich möchte dich mit niemandem teilen.«

Ja, es gab andere Männer. Zu Margarets Erstaunen gab es zwei andere Männer, aber die beiden anderen, mit denen sie sich ziemlich regelmäßig traf, hatten andere Eigenschaften, die für sie sprachen. Beide hatten einen ausgeprägten Sinn für Humor, was man von Anthony nicht so unbedingt sagen konnte, und da Harry nie auch nur ein Fünkchen Humor gehabt hatte, fand Margaret diese Eigenschaft an einem Mann ganz besonders anziehend. Sie freute sich, wenn sie sich biegen mußte vor Lachen über irgend etwas, was John Mallison gesagt hatte, und sie freute sich über eine witzige, geistreiche Bemerkung von Roger Whitehall. Beide Männer, fand sie, legten neue Schichten in ihr frei, so, wie Anthony das tat, und sie schätzte diese neuen Aspekte, die sie da an sich entdeckte, sehr. Diese leichtherzige Klugheit war in ihren Augen eine wahre Göttergabe. Warum war sie in Liberty nie einem solchen Mann begegnet? Lag es daran, daß der Humor dort etwas schwerfällig und plump war, oder daran, daß damals, als sie noch die alte Margaret war, niemand in ihrer Gegenwart daran dachte, lustig und leichtherzig zu sein? Sie hätte sich nie träumen lassen, jemals so einfache, angenehme und fast unpersönliche Beziehungen zu Männern haben zu können, und der Gedanke, die Bekanntschaft und das Zusammensein mit diesen Männern zu opfern und sich auf Anthony zu beschränken, widerstrebte ihr.

Er hatte sie schließlich nach Hause gefahren und sich an ihrer Tür mit einem Kuß von ihr verabschiedet, der keinen Zweifel an der Ernsthaftigkeit seiner Absichten zuließ. Er liebte sie. Sie hatte seine Seele berührt. Das war das allerschlimmste. Sie wollte eigentlich keines

Menschen Seele berühren, jedenfalls im Moment nicht. Und ganz bestimmt wollte sie nicht, daß ihre eigene Seele berührt oder mit einbezogen wurde. Sie war doch gerade erst dabei, ihre eigene Seele zu entdecken, im Alter von achtundvierzig Jahren. Sie dachte nicht daran, sie mir nichts, dir nichts der Fürsorge eines anderen anzuvertrauen. Sie kannte ihre Seele ja noch nicht einmal richtig. Seit drei Tagen verbarrikadierte sie sich in ihrem Haus, hatte das Telefon abgehängt oder ging den ganzen Nachmittag und Abend allein aus, in die Bibliothek, in Buchhandlungen, in interessante Geschäfte, wo sie Ablenkung fand. Stundenlang war sie in Einkaufsvierteln und Kunstgalerien umhergewandert, bemüht, sich müde zu laufen, damit sie einfach nicht mehr die Kraft hätte, sich mit dem Problem zu beschäftigen. Gestern nachmittag hatte sie in einem kleinen Café gesessen, einen aromatisch nach Zimt schmeckenden Kaffee getrunken, eine Zigarette geraucht und dabei zwei Frauen in ihrem Alter beobachtet, die in ein Gespräch vertieft an einem Nachbartisch saßen, die Köpfe einander zugeneigt – sie lehnten sich nur zurück, um etwas zu essen oder wenn sie lachten. Der Anblick hatte Margaret mit warmer Zufriedenheit erfüllt. Ihr kam der Gedanke, daß die Person, die ihr zur Zeit am meisten bedeutete, ihre Freundin Miriam war, weil Miriam genau im richtigen Maße gab und nahm – ohne daran irgendwelche Bedingungen zu knüpfen, die Margarets Leben betrafen. Miriam hatte viel zu tun, sie unterrichtete an der Universität, und sie war glücklich mit Gordon verheiratet, sie hatte nur wenig Zeit für Margaret. Aber sie half ihr, wenn Margaret Hilfe brauchte, oder sie bat um Hilfe, was allerdings nur selten vorkam. Margaret telefonierte fast täglich mit ihr, sie sahen sich mindestens einmal in der Woche, aßen gelegentlich zusammen, tauschten Bücher aus, lachten gemeinsam. Das war alles. Aber diese Freundschaft mit Miriam hatte etwas Besonderes, einen anspruchsvollen Charme. Sie war anders als jede andere Beziehung, die Margaret hatte, und sie bewertete sie höher als alle anderen Freundschaften. Margaret beobachtete fast unhöflich die beiden Frauen, die dort saßen, und dachte über Freundschaft und Liebe nach, bis die beiden aufstanden und gingen. Danach ging auch sie, immer noch tief in Gedanken.

Und nun saß sie an einem regnerischen Morgen zu Hause, allein mit sich und ihrer vertrauten alten Katze und der schlafenden neuen. Sie fand es faszinierend, daß die zugelaufene Katze in einem fremden Haus so tief schlafen konnte. Ihr Fell war inzwischen getrocknet, und Margaret sah, daß es eine große und anmutige Katze war, eine wirklich schöne Katze, und sie ertappte sich bei dem Gedanken, sie zu behalten. Entwickelte sie sich zu der alten einsamen Frau, die nur mit ihren Katzen lebte? Warum verachteten die Leute solche Frauen? War es nicht eine sehr überlegene Art zu leben? Sie konnte sich ein Leben nur mit diesen stillen, selbständigen Tieren sehr angenehm vorstellen.

Aber vorerst mußte sie sich mit den Menschen in ihrem Leben auseinandersetzen, Menschen, die etwas von ihr forderten, die ihre Seele berührten und sie in eine Welt zurückholen wollten, in der die Menschen einander trösteten und verletzten. In den vergangenen Wochen hatte Margaret die Fernsehnachrichten und die Zeitungen nicht mehr ertragen. Die Welt war voller Tragödien, überall herrschte Not und Kummer. Und irgendwie schien es ihre Schuld zu sein. Kinder verhungerten in Indien und Afrika. In Südamerika verloren Familien ihre Häuser durch einen Erdrutsch oder ein Erdbeben. Jugendliche wurden durch unnötige Autounfälle verstümmelt, Robben- und Walbabys wurden getötet, alte Leute erfroren oder ernährten sich von Katzenfutter. Einmal hatte sie während der Nachrichten wütend den Apparat ausgeschaltet und war brüllend durchs Zimmer gegangen. Pandora, ihre alte, vertraute Katze hatte sie von ihrem gemütlichen Platz auf dem Sofa zynisch betrachtet.

»Und was kann ich dagegen tun?« fragte sie die Katze, ihre schneeweiße, seidige, wohlgenährte, luxuriöse Katze. »Was soll ich tun? Soll ich Nahrungsmittel kaufen und nach Indien schicken? Soll ich einen Wal aufnehmen? Oder einen alten Menschen? Hammer und Nägel nehmen, nach Peru fliegen und versuchen, neue Häuser zu bauen? Was soll ich machen? Soll ich mich mit einem Schild an eine gefährliche Straßenecke stellen und den Leuten sagen, daß sie vorsichtiger fahren sollen? Oder mich am Flughafen aufstellen und auf den nächsten Absturz warten und dann die Opfer aus dem Flugzeug holen? Mein ganzes Geld für die medizinische Forschung zur Verfügung stellen? In ein Krankenhaus gehen und mir die Augen herausschneiden lassen für irgendein blindes Kind? Was soll ich tun? Was würde es der Welt nützen, wenn ich versuchte, zu helfen?«

Mit anderen Worten: Mußte sie zu Daisy fliegen und ihr mit den Kindern helfen?

Mußte sie Anthony heiraten und eine nützliche Professorenehefrau werden, die sich um Studenten und junge Professorenfamilien kümmerte?

Aber wozu war sie sonst nütze? Sie war intelligent und belesen, aber sie hatte keinen akademischen Abschluß. Es gab verschiedene Dinge, die sie sehr gut konnte, aber sie hatte keine Fertigkeiten oder Talente entwickelt, mit denen sie Geld verdienen konnte. Und sie war an einer beruflichen Karriere nicht interessiert. Sie wollte einfach nur ihr Leben leben und jeden Tag so genießen, wie es ihr paßte. Die Frage war: Wie konnte sie sich das erkaufen? Oder hatte sie es sich bereits erkauft?

Sie zündete sich noch eine Zigarette an und machte sie gleich wieder aus, weil sie ihr einen unangenehmen

Geschmack im Mund machte. Sie sah auf die Uhr. Acht Uhr. Sie beschloß, sich Frühstück zu machen. Sie ging in die Küche und machte sich mit Genuß ein Tablett zurecht: Rühreier mit Käse und Schnittlauch, englische Muffins mit Butter und Honig, ein Glas mit frisch ausgepreßtem Orangensaft. Sie trug das Tablett ins Wohnzimmer und wollte gerade essen und lesen, da sah sie, wie Pandora aus dem Schlafzimmer geschlendert kam und plötzlich beim Anblick der vor dem Kamin schlafenden Katze jäh stehenblieb. Ihr weißes Fell stellte sich auf, aus ihrer Kehle kam ein häßliches Schnarren, bei dem die zugelaufene Katze sofort aufwachte: Sie sprang auf und machte einen Buckel. Beide Katzen fauchten sich an und tanzten wachsam umeinander herum, fauchten und knurrten. Plötzlich streckte Pandora eine scharfe Tatze aus, um der zugelaufenen Katze einen Hieb zu verpassen, und die Katze sprang zurück und jaulte.

»Laß das, Pandora!« schrie Margaret. Sie ging zu ihrer Katze, sah auf sie hinunter und schimpfte mit ihr: »Hör sofort auf damit. Die arme Katze hat draußen im Regen gesessen und gefroren, ich mußte sie ins Haus nehmen. Sie ist bei uns zu Gast. Sie wird dir keine Unannehmlichkeiten bereiten. Besinn dich auf deine guten Manieren, und beruhige dich, oder ich setze *dich* nach draußen, in den Regen.«

Pandora bedachte Margaret mit einem verächtlichen Blick, kehrte ihr den Rücken zu und kroch unter einen Stuhl, wo sie sich hinlegte und die zugelaufene Katze unentwegt böse anstarrte. Die zugelaufene Katze legte sich wieder vor den Kamin, jetzt aber sichtlich angespannt, Pandora zugewandt, mit offenen Augen.

»So ist es besser, Katzen«, sagte Margaret. »Ihr könnt euch beide beruhigen und euch zivilisiert benehmen.« Sie setzte sich an den Tisch und aß einen Happen von dem Rührei. Das Essen weckte ihre Lebensgeister wieder, und als sie die Bücher auf dem niedrigen Tisch erblickte, hatte sie wieder Lust zu lesen. Nach dem Frühstück würde sie mit den Büchern noch einmal ins Bett gehen. Sie biß einen Happen von dem knusprigen Muffin ab. In diesem Moment klingelte das Telefon. Sie mußte ihr Frühstück stehenlassen und in die Küche gehen, um den Hörer abzunehmen.

»Mutter? Guten Morgen. Wie geht es dir? Habe ich dich aufgeweckt?« Es war Dale.

»Nein, eigentlich nicht», antwortete Margaret. »Eine streunende Katze hat mich schon vor einer halben Stunde geweckt, und ich habe gerade zugesehen, wie sie sich mit Pandora gezankt hat. Und es geht mir gut. Aber wie geht es dir? Warum rufst du um diese Tageszeit an? Wie spät ist es jetzt in Maine? Elf Uhr? Hast du keinen Unterricht? Ist etwas passiert?«

Dale lachte. »Nein, keine Angst, es ist nichts passiert. Ich habe die ganze Woche versucht, dich zu erreichen, aber bei dir war entweder besetzt, oder du bist nicht da. Ich dachte, wenn ich dich jetzt anrufe, bist du bestimmt noch zu Hause. Es ist alles in Ordnung. Ich wollte dich nur fragen, ob es dir paßt, wenn ich dich am Wochenende besuchen komme. Ich könnte am Freitag kommen und über das Wochenende bleiben.«

»Ja, ja, ja, natürlich«, stotterte Margaret. »Aber warum? Natürlich freue ich mich, Liebes, aber...«

»Hör auf, dir Sorgen zu machen, Mutter«, sagte Dale. »Ich möchte dich sehen und über ein paar Sachen mit dir sprechen. Mach dir keine Sorgen. Es ist wirklich alles in Ordnung. Hör zu, ich bin jetzt im Schulsekretariat und muß wieder in meine Klasse. Ich habe einen Flug gebucht, der mittags um zwölf in Vancouver ist. Flugnummer zwei-neun-sechs. Okay?«

»Ja, ich hole dich vom Flughafen ab. Oh, das ist ja sehr aufregend, Dale.«

»Gut. Also dann bis Freitag, Mom.«

Margaret legte den Hörer auf. Sie blieb am Telefon stehen, sah aus dem Fenster hinaus, starrte angestrengt in den Regen, als könnte sie darin eine Antwort auf ihre Fragen finden. Warum wollte Dale kommen? Was ging hier vor? Und was für eine Mutter war sie, daß sie so *mißtrauisch* reagierte? Schließlich ging sie wieder ins Wohnzimmer, setzte sich und probierte noch einmal von ihrem Rührei, aber es war inzwischen kalt, und der Honig war in die Muffins gezogen, so daß sie jetzt pappig und feucht aussahen. Pandora saß immer noch steif da und starrte die neue Katze und dann, mit anklagenden Augen, Margaret an.

»Verdammt«, sagte Margaret, und dann: »Na schön.« Sie nahm drei von ihren neuen Büchern und ging in ihr Schlafzimmer, ließ die Muffins und die Katzen zurück und wußte genau, daß sie sich weder auf ihre Bücher konzentrieren noch einschlafen konnte.

Am Freitagvormittag stand Margaret vor dem Spiegel und war verzweifelt. Sie hatte ihre schönsten Sachen angezogen, viel Zeit mit dem Make-up zugebracht und fand sich immer noch absolut häßlich. Wahrscheinlich, dachte sie, sah sie nicht viel anders aus als gestern, es war einfach nur ihre Stimmung, die sie so aussehen ließ, ihre gottverdammte *Stimmung*, die sie *denken* ließ, daß sie häßlich aussah. Oh, diese Falten, stöhnte sie, diese schlaffe Haut. An diesem Morgen konnte sie ihr Gesicht nicht ausstehen, die Ringe um die Augen, die Runzeln und Säckchen, all diese Makel. Sie fühlte sich so unsicher. Es war fast einfacher gewesen, als sie noch nicht versucht hatte, schön zu sein, als sie sich noch hinter ihrem Fett und ihren kleinen Kräusellöckchen hatte verstecken können, in ihren unförmigen Kleidern. Inzwischen hatte sie sich aber zu einer attraktiven Person erklärt und war folglich auch kritischen Blicken ausgesetzt. Sie fühlte sich *alt*. Sie legte die Hände auf beide Seiten ihres Gesichts und zog die Haut zu den Ohren hin. Sollte sie sich ihr Gesicht liften lassen? Viele Frauen ließen das machen, und sie schienen danach besser auszusehen und sich besser zu fühlen. Und sie konnte es sich, weiß Gott, leisten. Sie konnte sich sogar leisten, alles liften zu lassen. Trotzdem, die Zeit ließ sich nicht wegwischen, das Alter blieb. Sie war bald fünfzig und nicht mehr vierundzwanzig wie Dale. Sie würde fünfzig werden, dann sechzig, dann siebzig, es gab kein Zurück, kein Ausweichen: Sie wurde alt. Sie wollte aber nicht alt aussehen, sie wollte jung aussehen und sexy und bewundernswert. Oh, diese Eitelkeit, die verdammte Eitelkeit!

Sie ging in ihr Schlafzimmer, legte sich aufs Bett und schloß die Augen. Das Altwerden war nicht gerecht. Es war nicht gerecht. Ausgerechnet jetzt, wo sie anfing, sich selbst zu entdecken, begann der Zerfall. Manchmal, in den seltenen Momenten der Verzweiflung, dachte sie, daß sie besser in Liberty geblieben wäre, wo sie in Ruhe alt und häßlich hätte werden können. Sie hätte immerzu gegessen, wäre immer dikker geworden, und niemand, am allerwenigsten sie selbst, hätte Anstoß an ihrem Aussehen genommen. In Liberty hätte sie immer Mrs. Santa Claus bleiben können, freundlich, dick, geschlechtslos. Jetzt mußte sie jeden Tag kämpfen, daß sie nicht zuviel aß und nicht die falschen Sachen aß, damit sie nicht zunahm, nicht zuviel Alkohol trank, weil Alkohol auch dick machte und, schlimmer noch, sie am nächsten Tag aufgeschwemmt und faltig aussehen ließ. Sie mußte sich zwingen, schwimmen zu gehen und Gymnastik zu machen. Meistens lohnte es die Mühe, aber im Moment nicht. Im Moment kam ihr alles banal und lächerlich beschämend vor. Was liebte ein Mensch an einem anderen Menschen? Den Geist, natürlich. Es war das wichtigste. Trotzdem führte kein Weg daran vorbei, daß an erster Stelle der Körper andere anzog. Sie brauchte sich nichts vorzumachen. Anthony hätte sich nie in sie verliebt, wenn er sie so kennengelernt hätte, wie sie in Liberty ausgesehen hatte. Und doch – war ihr Körper nicht auch das wahre Spiegelbild ihrer Seele gewesen? Hatte ihre Seele sich nicht ebenso verändert wie ihr Körper? Wenn das so war, wie würde sie dann mit dem Dilemma fertig werden, daß ihr Geist zunahm und immer interessanter wurde, ihr Körper aber altern konnte? Oder jetzt mit ihrem akuten Problem: Wie sollte sie Dale am Flughafen gegenübertreten?

Dale war immer die Tochter ihres Vaters gewesen, Daisy die Tochter der Mutter. In dem Frühjahr, als Dale ihr College-Examen gemacht hatte, waren Margaret und Harry zur Abschlußfeier nach Massachusetts gefahren und eine ganze Woche lang in einem netten Hotel in der kleinen neuenglischen Stadt, in der sich das College befand, geblieben. Und bei jeder Gelegenheit, ob bei der Abschlußfeier, bei jedem Essen in einem teuren Restaurant, sogar beim Stadtbummel, wenn sie sich die hübschen Boutiquen und kleinen Töpfereien ansahen, spürte Margaret sehr wohl, daß es Dale nicht viel ausgemacht hätte, wenn sie, Margaret, nicht dabeigewesen wäre. Sie hatte sogar sehr deutlich den Eindruck, daß Dale am liebsten mit ihrem Vater allein gewesen wäre. Harry sah so würdevoll aus, er sah genauso aus, wie er war, ein würdevoller, sehr angesehener, gutaussehender älterer Herr, ein wohlhabender Mann, der Mann für Dale zur damaligen Zeit. Margaret war eines Vormittags zum Friseur gegangen und war sich ganz klein und häßlich vorgekommen, als sie dort in ihrem geblümten Polyesterkleid auf dem Stuhl saß, sich ihre kleinen Locken auskämmen ließ und umgeben war von eleganten schlanken Frauen, jungen und alten, die modisch und gut aussahen. Als sie aus dem Salon kam, geblendet von dem hellen Tageslicht, sah sie Dale und Harry Arm in Arm die Straße entlangschlendern und stehenbleiben, um mit Freunden von Dale zu plaudern. Dale hatte glücklich ausgesehen, wie sie sich an ihren Vater lehnte und ihn stolz vorzeigte. Margaret wäre am liebsten davongelaufen. Sie kam sich fehl am Platz vor, wie ein Klotz am Bein für Dale.

Und dann, zwei Jahre später, vor knapp einem Jahr, als Dale von ihrem zweijährigen Europa-Aufenthalt zurückkam – oh, was für eine Distanz hatte da zwischen ihnen bestanden! Margaret hatte Dale ein herrliches Frühstück zubereitet und hatte sich ihr gegenüber an den Tisch gesetzt und zur Gesellschaft noch eine Tasse Kaffee getrunken. Sie hatte versucht, mit Dale zu sprechen, von Dale zu erfahren, wie es ihr ergangen war, was sie erlebt, wie sie sich in den zwei Jahren verändert hatte. Diesmal hatte sie sich ohne Einschränkung für Dale, ihre jüngste Tochter interessiert und sich ihr zuwenden können, ohne daß jemand ihre Aufmerksamkeit ablenkte. Am vorangegangenen Abend, Dales erstem Abend zu Hause, hatte Dale fast die ganze Zeit nur mit Harry geredet, sie hatte ihm von Schlössern und Museen erzählt und hatte ihn nach seinen Patienten und seiner Arbeit gefragt. Margaret wußte, was Dale wollte, sie wollte mit ihrem Vater allein sein; deshalb hatte sie sich möglichst abseits gehalten, hatte abgewaschen und nicht zugelassen, daß Dale ihr dabei half, und anschließend für den nächsten Tag einen Zitronenschaumkuchen gebacken. Wäre es Daisy gewesen, die nach Hause gekommen war, hätten Daisy und Harry bei ihr in der Küche gesessen. Aber Daisy war in ihrem eigenen Zuhause, in Milwaukee, mit ihren Kindern und ihrem Mann, und Margaret hatte das Bedürfnis, ihre ganze Aufmerksamkeit Dale zuzuwenden. Sie wollte ihre Tochter Dale besser kennenlernen. Ihr war bewußt, daß sie Daisy immer bevorzugt hatte und daß Harry immer Dale bevorzugt hatte. Sie konnte sich an Gelegenheiten erinnern, bei denen sie wahrscheinlich ungerechterweise für Daisy Partei ergriffen hatte. Und einmal, oder vielleicht auch viele Male, aber an dieses eine Mal erinnerte sie sich besonders deutlich, war sie zumindest in ihren Gefühlen und in ihrem Verhalten Dale gegenüber ungerecht gewesen. Es war an einem Sommernachmittag, sie kam mit beiden Mädchen vom Schwimmen zurück, und Daisy, die aus irgendeinem Grund wütend war, hatte die Autotür zugeschmettert, und dabei war ein Stückchen von Dales kleinem Zeh abgequetscht worden. Dale schrie laut auf vor Schmerz, sie brüllte vor Angst und Schmerz, und doch hatte Margarets Mitgefühl an erster Stelle Daisy gegolten, die wie vom Blitz getroffen und kreidebleich am Auto stand, so entsetzt über das, was sie da angerichtet hatte, daß sie nicht einmal weinen konnte. »Ist ja gut, ist ja gut, Daisy. Du hast es doch nicht absichtlich gemacht. Das heilt wieder, Dale wird wieder gesund«, hatte Margaret zu ihrer ältesten Tochter gesagt und hatte Daisy tröstend in die Arme genommen, ehe sie sich um Dale kümmerte. Den ganzen Tag lang hatte sie sich mehr Sorgen um Daisy gemacht als um Dale, denn Dale war bei ihrem Vater in der Praxis gewesen, wo der Zeh wieder angenäht und bandagiert worden war. Und dann hatte Dale im Liegestuhl auf der Veranda oder auf dem Sofa vorm Fernsehapparat gelegen, während Daisy der Schwester reuevoll Geschenke brachte, Früchte, Süßigkeiten oder Comics. Harry und sämtliche Nachbarn und alle Schulfreundinnen machten viel Getue um Dale; Daisy war von Harry laut ausgeschimpft worden wegen ihrer Gedankenlosigkeit. Noch Tage danach war Daisy kreidebleich im Gesicht gewesen. Und Margaret fand das ungerecht, weil Daisy ihrer Schwester ja nicht mit Absicht weh getan hatte. Es war einfach ein dummer Unfall gewesen – Dale hatte ihren Fuß im falschen Moment rausgestreckt. Ihr Herz war bei Daisy gewesen, ja, und vielleicht nicht genug bei Dale. Vielleicht hatte sie es sogar damals schon satt gehabt, immer verständnisvoll und fürsorglich für die Opfer dazusein.

Und vielleicht war ihr Herz nie genug bei Dale gewesen. Aber Dale hatte schließlich immer Harry gehabt.

Letztes Jahr – es war wirklich knapp ein Jahr her, im Mai, als Dale aus Frankreich zurückgekehrt war – hatte Margaret sich mit echtem Interesse ihrer Tochter zugewandt und versucht, an sie heranzukommen, sie kennenzulernen. Und sie hatte zweierlei gewollt: Sie wollte Dale in ihre eigene Welt zurückrufen, die Welt der Kirche, der Küche und des sicheren Familienlebens, in der Margaret sich immer noch zu Hause fühlte, und sie wollte einen Einblick in Dales Welt bekommen, denn zu der Zeit wußte sie bereits, daß sie sich verändern, daß sie weggehen wollte – sie wußte nur nicht, wie. Sie war schon sehr viel schlanker geworden, was sie mit Stolz erfüllte, aber sie hatte noch nicht ihr Haar wachsen und färben lassen. Sie hatte noch nicht ihren Stil, sich zu kleiden, geändert.

»Du siehst gut aus, Mom«, hatte Dale beiläufig gesagt, als sie in Bluejeans und blauem Oberhemd auf einem Küchenstuhl saß.

»Findest du?« Margaret fühlte sich geschmeichelt. »Ich habe eine Menge abgenommen. Und ich schwimme viel. Es geht mir sehr viel besser.«

»Wahrscheinlich wirst du so länger leben«, antwortete Dale und trank einen Schluck Kaffee. Mehr bedeutete ihr Gewichtsverlust ihrer Tochter nicht. Dale sah nur, daß ihre provinzielle Mutter ihr Herz auf diese Weise weniger belastete. Oh, das ist *ungerecht,* hätte Margaret am liebsten geschrien, sieh dich an! Denn Dale hatte sich weder die Lippen noch die Augen angemalt. Aber ihr Gesicht strahlte jugendliche Frische und Gesundheit aus. Es war auch noch nicht von den Zeichen der Mutterschaft geprägt, wie Daisys Gesicht, das oft müde und fleckig wirkte. Dale war eine vollendete Schönheit. Und sie trug hübsche, große, runde Ohrringe und Armbänder und Ringe aus Silber oder Gold, die sie auf den Straßen von Paris gekauft hatte oder die ihre Liebhaber ihr geschenkt hatten. Margaret wollte mehr wissen, sie wollte mit Dale zusammensitzen und sich von ihr alles über die Pariser Straßen und über Dales Liebhaber erzählen lassen. Sie hatte genug Schlösser und Museen gesehen, die am Ende nur eine andere Art von Gefängnis waren. Sie wollte, daß Dale ihr ein Bild von der Welt vermittelte, wie es nur eine freie, schöne, intelligente und kluge junge Frau zeichnen konnte. Sie wollte, daß Dale sie aus ihrer sicheren sauberen Küche in eine komplizierte, böse, aufregende fremde Welt entführte.

Aber Dale hatte nicht das geringste Interesse daran; sie spürte nichts von Margarets Bedürfnissen. Sie fragte Margaret nach ihren Freundinnen, ihren Wohltätigkeitsaktivitäten, und zwar auf eine Art, die Margaret fast das Herz brach, weil es so offenkundig war, wie Dale durch leutselige Fragen ihr Desinteresse zu kaschieren versuchte. Margaret spürte deutlich, wie wenig Dale von ihr und ihrem Leben hielt, wie sehr sie sich Mühe gab, aufmerksam und freundlich zu ihr zu sein. Margaret wußte, daß sie für Dale nichts Faszinierendes hatte. Harry faszinierte Dale. Margaret war einfach nur eine bequeme Mutter, gut zu gebrauchen und gut zu ertragen, wie ein alter Mantel, ein alter Hund, eine alte Decke. Und Dale war den Bedürfnissen von früher entwachsen, sie hatte Margaret hinter sich gelassen und dachte gar nicht daran, Margaret in ihr neues Leben mit einzubeziehen. Sie wollte Margaret nicht einmal richtig von ihrer neuen Welt erzählen.

Sie hatte ihrer Mutter von der neuen Stellung erzählt, die sie in Maine bekommen hatte, von dem Gespräch mit dem Schulleiter und dem Lehrerkollegium, von Carol, der Frau, bei der sie wohnen würde. Und sie erzählte ein bißchen von Rocheport, vom Meer und so weiter, aber sie sagte zu ihr nicht, wie sie zu ihrem Vater gesagt hatte: »Oh, das mußt du einfach sehen, du mußt mich besuchen, ehe es Winter wird, es ist so schön dort.« Margaret war gerade gut genug für Erörterungen über Kochtöpfe und Bratpfannen, Geschirr und Tücher, die Dale eventuell von zu Hause mitnehmen könnte. Und so waren sie gemeinsam durchs Haus gegangen und hatten zusammengesucht, was Dale brauchen konnte, wenn sie ihren ersten eigenen Haushalt einrichtete.

»Willst du nicht deine Plüschtiere mitnehmen?« fragte Margaret, als sie mit Dale in deren rosa Mädchenzimmer stand. »Oder ein paar von den Bildern?«

Dale zuckte nur mit den Schultern. »Nein, ich glaube, nicht, Mom«, sagte sie. »Wirklich nicht – Gott, die Hälfte von dem Zeug hatte ich schon vergessen. Und ich habe soviel Krimskrams aus Europa mitgebracht. Ich will mir die Wohnung nicht gleich so vollstopfen. Nein, nein, ich sehe hier nichts, was ich mitnehmen möchte. Gib es doch für irgendeinen kirchlichen Wohltätigkeitsbasar...«

»Aber...«, protestierte Margaret, »du willst doch nicht im Ernst, daß ich die Sachen weggebe? Ich kann ja dein Zimmer einfach so lassen, wie es ist, dann fühlst du dich gleich zu Hause, wenn du uns mal besuchst.« (Später, in Vancouver, nachdem sie selbst so leicht aus dem Haus gegangen war und die meisten ihrer Besitztümer zurückgelassen hatte, war sie erstaunt, wenn sie daran dachte, wie sehr dieses Gespräch sie damals erregt hatte).

Dale hatte ihre Mutter mit liebevoller Verachtung angelächelt. »Du bist süß, Mom«, sagte sie. »Du bist wirklich süß. Aber wenn ich diese Schmetterlinge und Blumen und Kästchen sehe und die Plakate, auch die von Santana und Mick Jagger, dann kann ich nur lachen. Also wirklich, ich habe da ein paar Aktfotos, die ich aufhängen möchte – da würden die Sachen hier alle erröten. Laß uns das ganze Zeug Jenny und Danny geben. Wenigstens sollten wir ihnen die Plüschtiere schenken; die beiden würden sich bestimmt darüber freuen.« Und sie lachte und schüttelte den Kopf über ihre Jugendtorheiten und trennte sich von ihrem Zimmer, dem Zimmer, das ihr früheres Leben in ihrem Elternhaus barg, mit einer so gleichgültigen Leichtigkeit, daß Margaret am liebsten geweint hätte. Aber die riesige Giraffe, wollte sie schreien, die habe ich dir doch gekauft, als du so krank warst, als du fast an einer Grippe gestorben wärst, damals in deinem ersten High-School-Jahr! Und sie sah Dale vor sich, wie sie damals zusammengerollt unter ihrer Decke lag und im Fieber phantasierte, während sie, Margaret, bei ihr saß und ihre Stirn mit einem kühlen, nassen Waschlappen kühlte.

»Ich glaube, ich sollte mal zu Daddy in die Praxis gehen und der alten Trudy guten Tag sagen«, meinte Dale. Aber Margaret wußte, daß Dale nicht daran interessiert war, mit Harrys Sprechstundenhilfe ein Schwätzchen zu halten. Dale wollte einfach nur bei ihrem Vater sein, und Margaret hatte sie gehen lassen müssen.

Warum um alles in der Welt verschwendete Dale die Zeit und das Geld, um sie in Vancouver zu besuchen? Margaret sah auf die Uhr. Sie wußte, daß sie jetzt gehen mußte, wenn sie pünktlich am Flughafen sein wollte. Sie erhob sich von ihrem Bett, glättete ihr Kleid und betrachtete sich im Spiegel. *»Verdammt«*, murmelte sie, dann nahm sie mit zitternden Händen ihre Autoschlüssel. Sie wollte Dale nicht sehen, wollte ihren alten Körper nicht Dales jungem, scharfen, prüfenden Blick aussetzen. Sie überlegte, ob sie sich etwas anderes anziehen sollte, vielleicht fand Dale ihren Aufzug zu bunt und einfach nur lächerlich. Sie hörte schon die amüsierte Stimme ihrer Tochter: »Mutter, sieh dich an! Das ist doch unmöglich!«

»Also gut«, sagte Margaret und ging zum Telefon.

Dales Flugzeug war vor der Zeit gelandet, und Dale ging in der großen Wartehalle auf und ab und versuchte, ihre Gedanken zu sammeln. Sie hatte soviel zu sagen, und es war alles so wichtig. Sie fühlte sich so, als probte sie für eine Aufführung oder vielleicht sogar für eine Gerichtsverhandlung; denn sie mußte eine Art Plädoyer halten. Sie beschloß, die Sache mit Daddy und seiner neuen Frau als erstes hinter sich zu bringen; sie hatte mit Daisy stundenlang am Telefon darüber gesprochen. Sie selber war der Ansicht, ihre Mutter würde die Wiederverheiratung ihres Vaters mit Freude und Dankbarkeit zur Kenntnis nehmen, aber Daisy machte sich Sorgen.

»Mutter konnte die unabhängige Frau spielen, weil Vater sie immer noch liebte«, hatte Daisy argumentiert. »Aber jetzt, wenn er Trudy heiratet, wird das Band zwischen ihnen endgültig durchgeschnitten. Sie wird erkennen, daß sie nun wirklich allein ist. Es ist so *schwer*, allein zu sein«, hatte Daisy gesagt. »Das Schwerste auf der ganzen Welt. Ich finde, jemand sollte bei Mutter sein, wenn sie es erfährt. Ich finde, du solltest zu ihr fliegen. Ich würde es auch tun, aber ich muß die Zimmer auf dem Dachboden fertigmachen, damit ich sie vermieten kann, ehe das Baby kommt.«

»Gut«, hatte Dale schließlich gesagt. »Ich fliege hin. Ich muß sie ja sowieso mal besuchen. Mal sehen, wie es ihr geht, wie stabil sie ist.« Denn sie und Daisy waren der Ansicht, daß Margaret noch in einer psychiatrischen Anstalt landen könnte. Dale befürchtete, einer Mutter mit wilden Haaren und zuviel Rouge zu begegnen, die plötzlich versuchte, jung und sexy auszusehen. Margarets Briefe klangen heiter und munter; da war die Rede von Theaterstücken, Vorträgen und Ballettvorstellungen. Dale befürchtete, ihre Mutter habe sich so plötzlich und so radikal verändert, daß sie möglicherweise drauf und dran war, auszuflippen. Denn was verstand ihre Mutter schon vom Theater oder vom

Ballett? Und sie konnte Daisy die Sache nicht überlassen, denn Daisy hatte mit ihrem eigenen Leben genug zu tun.

Arme Daisy, sie bekam nicht annähernd soviel Geld von Paul, wie sie wollte, und ihr riesiges Haus ließ sich nicht verkaufen. Niemand wollte es sich auch nur ansehen. Und obwohl Daisy fleißig und fröhlich in die Zukunft blickend arbeitete, lebte sie doch ständig in Geldsorgen. Dale hatte sie ermutigt, die Zimmer unter dem Dach einzurichten und zu vermieten, und sie hatte den Einfall gehabt, daß Daisy dazu die Möbel aus ihrem ehemaligen Kinderzimmer in Liberty nehmen sollte. Als ihr Vater angerufen hatte, um ihr zu verkünden, daß er Trudy, seine frühere Sprechstundenhilfe und Sekretärin, heiraten wolle, hatte Dale ihm nahezulegen versucht, Daisy Geld zu geben, damit sie das Haus halten könne. Aber auch Harry schien irgendeine psychische Veränderung durchgemacht zu haben, jedenfalls sagte er nein, er brauche das Geld für sein neues Leben: Er und Trudy wollten die Praxis nur noch halbtags öffnen und die meisten ihrer Patienten nach Iowa City schicken. Er und Trudy wollten sich ein kleines Ferienhaus in Arizona kaufen, wo sie einen großen Teil des Winters verbringen wollten. *Arizona?* hatte Dale gedacht. Jesus Christus! Mutter in Vancouver, Vater in Arizona! Aber sie hatte Daisy angerufen, und Daisy hatte den Vater angerufen, und Dale hatte ihren Vater ebenfalls angerufen, und schließlich wurde beschlossen, daß Harry und Trudy, sobald das Wetter besser würde, eine Umzugsfirma damit beauftragen sollten, eine Wagenladung Möbel zu Daisy zu schaffen.

»Und vergiß nicht die Zedernholzkiste mit den vielen Decken«, erinnerte Dale. »Und die Kisten mit dem alten Geschirr, die im Keller stehen. Und schicke *alles* aus Daisys und meinem Kinderzimmer und alles aus dem Erholungsraum im Keller, die Stühle, das alte

Sofa, die Beistelltischchen, die Lampen, alles. Soll ich kommen und dir beim Packen helfen?«

Aber Harry hatte sehr bereitwillig erklärt, nein, nein, Dale brauche nicht ins Flugzeug zu steigen, er werde alles auf den Weg bringen.

»Trudy möchte ja bestimmt auch nicht, daß Moms alter Kram im Haus rumsteht und sie dauernd an ihre Vorgängerin erinnert wird«, hatte Dale zur Bekräftigung gesagt. Sie kam sich wie die große Beschützerin ihrer älteren Schwester vor und hatte beschlossen, daß Daisy, wenn sie das Haus so gern behalten wollte, es auch behalten *sollte.* Das war nicht zuviel verlangt, und es war ja nicht so, daß Daisy nicht auch selber etwas dazu beitrug, im Gegenteil. Sie hatte die Zimmer unter dem Dach entrümpelt und geputzt, ausgebessert und gebohnert, alles ganz allein. Tagelang war sie zu verschiedenen Installationsfirmen gefahren, um den günstigsten Preis für den Einbau einer kleinen Küche auszuhandeln. Dale rief ihre Schwester mindestens zweimal in der Woche an, um sich nach dem Fortgang der Dinge zu erkundigen, und manchmal ließ sie sich von Daisys Begeisterung anstecken und wäre am liebsten selber dort gewesen, um große glänzende Messinghaken in die Wände zu schrauben.

»Ich kann jedes der vier Zimmer für hundertfünfundzwanzig Dollar pro Monat vermieten, mindestens, das macht zusammen fünfhundert Dollar«, erklärte Daisy. »Daddy hat versprochen, den Kühlschrank, den wir im Keller hatten, zu schicken, also brauche ich nur noch einen kleinen Herd zu kaufen. Der gelbe Sessel aus meinem Kinderzimmer paßt in das hinterste Zimmer, unter die Dachschräge. Habe ich dir schon gesagt, daß Daddy mir versprochen hat, auch das Klappbett von der hinteren Veranda zu schicken? Es ist ziemlich wacklig, ich werde mich deshalb nach einem gebrauchten Doppelbett umsehen. Und ich werde den Korbschaukelstuhl aus deinem Zimmer in das

Zimmer mit dem Klappbett stellen und dazu meine alte weiße Kommode und das Bücherregal.«

Daisy konnte stundenlang über die Räume im Dachgeschoß reden, und obwohl Dales Telefonrechnung für den Januar enorm hoch war, machte ihr das nichts aus. Sie war so stolz auf Daisy. Was ihre Schwester alles unternahm! Und es war ihr anzumerken, wie wichtig all dies für sie war – als ob Daisy, die hatte mit ansehen müssen, wie das komplizierte Gebäude ihrer Ehe einstürzte, sich endlich aufgerafft hätte, um zumindest das Haus, in dem sie lebte, wiederaufzubauen. Dale wollte ihr dabei helfen. Sie wollte ihr helfen, weil sie ihre Schwester liebte und weil sie beschlossen hatte, den Dingen lieber zupackend und optimistisch zu begegnen.

Aber vor einer Woche hatte Daisy, in Tränen aufgelöst, angerufen, um ihr mitzuteilen, daß sie das Ganze vergessen könnten. Corinne Wentworth war mit ernsthaften Interessenten erschienen, einem Manager, der eines der größten Unternehmen in Milwaukee leitete, und mit seiner Frau. Man hatte dem Paar auch andere Häuser gezeigt, doch schien es sicher, daß Daisys Haus ihnen am besten gefiel. »Es hat keinen Zweck. Ich muß das Haus verkaufen«, sagte Daisy. »Mir bleibt nichts anderes übrig. Paul will sein Geld, aber ich habe kein Geld, und ich habe nichts von Mutter gehört, und ich bezweifle, daß ich je etwas von ihr hören werde.«

Dale konnte den Gedanken, daß Daisy ihr Haus verkaufen mußte, nicht ertragen. Ihr Vater hatte zu ihr gesagt, ihre Mutter hätte das Geld, also mußte ihre Mutter Daisy das Geld geben, es gab keine andere Lösung. Und wenn sie es nicht konnte oder wollte, dann mußte ihre Mutter sich irgend etwas anderes einfallen lassen. Zumindest, fand Dale, konnte Margaret nach Milwaukee fliegen und Daisy bei dem neuen Baby und bei der Suche nach einem neuen Haus helfen. Daisy brauchte Hilfe, und Dale konnte ihr nicht helfen, sie mußte unterrichten. Ihre Mutter konnte sich doch nicht im Luxus sonnen, während ihre Tochter sich in einer großen Krise befand.

Hank hatte Dale am Freitag nach Boston zum Flughafen gefahren. Er hatte sich einen freien Tag genommen, um das Wochenende bei seinen Eltern zu verbringen und Dale dann am Sonntagabend wieder abzuholen und mit ihr nach Maine zurückzufahren.

»Gott, du wirst mir sehr fehlen«, sagte er, während sie darauf warteten, daß Dales Flug aufgerufen wurde, und Dale antwortete: »Ich weiß, du wirst mir auch fehlen.« Sie lehnte sich an seinen großen, starken Körper, sah in seine schönen grünen Augen und hätte am liebsten gesagt: Komm, laß uns alles vergessen und das Wochenende gemeinsam in einem Hotel verbringen. Denn seit sie gelernt hatte, sich trotz ihrer Liebe zu ihm selbst zu behaupten, konnte sie ihre Liebe richtig genießen. Sie liebte ihn, sie liebte seinen Anblick und den Klang seiner Stimme. Selbst wenn sie beide müde und etwas gelangweilt waren oder schlechte Laune hatten, weil der Tag hart und das Wetter kalt und grau war, freute sie sich, wenn sie seine Stimme hörte, weil ihr Klang etwas in ihr auslöste, ein körperliches Wohlbehagen, unabhängig davon, was er sagte. Eines Abends, als sie sich den ganzen Tag lang nicht gesehen und sich am Telefon alles erzählt hatten, bat Dale ihn, ihr einfach etwas aus der Zeitung vorzulesen, und er hatte es lachend getan. Seine Stimme tat ihr gut. Und er war so intelligent, so sensibel und so hilfsbereit. Sie hatten viele gemeinsame Interessen, und seine Vorschläge für ihre Filmreihe waren jedesmal so klug, daß sie sich fragte, warum sie nicht schon selber darauf gekommen war – oder ob sie wohl je darauf gekommen wäre. Als sie ihm von ihren Erkenntnissen über ihre Aufgabe als Lehrerin erzählte, davon, daß sie plötzlich ihre Liebe zu ihrem Beruf entdeckt hatte, verstand er sie sofort, stimmte ihr zu und erzählte ihr, daß er manchmal ähnliches spürte. Sogar ihre Gefühle für ihre Familien wurden durch lange Gespräche, bei denen sie nicht nur über ihre Familie sprachen, sondern er ihr auch von seiner Familie erzählte, vertieft. Er hatte als Kind seine Eltern geradezu vergöttert, sich aber als junger Mann mit ihnen zerstritten, da er erkannte, daß er mit der Frau, die sie für ihn ausgesucht hatten, nicht leben konnte und das Leben, das sie ihm bestimmt hatten, nicht führen wollte. Eine Zeitlang hatte er seine Eltern gehaßt. Jetzt bemühte er sich – auch wenn es oft schwierig und unbequem war – wieder um mehr Kontakt. Er wollte ihnen zeigen: Das bin ich, und ich bin immer noch euer Sohn. Wollen wir uns nicht gegenseitig akzeptieren? Ähnlich war Dale zu dem Schluß gekommen, daß sie jetzt eine Weile lang in ihrer Familie die Rolle der Erwachsenen spielen und die Verantwortung übernehmen mußte, solange ihr Vater mit seiner überstürzten Ehe und Daisy mit ihrer Scheidung beschäftigt waren und ihre Mutter – ja, was war mit ihrer Mutter? Der Himmel mochte es wissen, dachte Dale. Stand ihre Mutter vor einem seelischen Zusammenbruch? Aber es war ihr recht, daß all dies jetzt geschah, denn sie kam sich immer erwachsener vor und war bereit, die Verantwortung eines Erwachsenen für andere anzunehmen. Sie kümmerte sich um ihren Unterricht, sie leitete eine Filmreihe an der High-School, und sie fand Kraft und Zeit, sich um diese unbehausten Menschen zu kümmern, die mit ihr verwandt waren. Es schien ihr logisch, ja geradezu *passend,* daß ihre Eltern und ihre Schwester gerade jetzt eine Krise durchmachten – zu einer Zeit, da es ihr selber gutging und sie sogar glücklich war. Das schönste an diesem Wochenende war für sie, daß sie zu Hank zurückkehren würde, daß er in Boston auf sie warten und sie immer noch lieben würde. Sie war noch immer ganz verzaubert, spürte aber auch die starke, wohltuende Sicherheit seiner Liebe, die ihr Auftrieb gab.

Doch im Flugzeug nach Vancouver dachte sie immer weniger an Hank und immer mehr an ihre Mutter. Dale empfand ihrem Vater gegenüber, der so unglücklich gewesen war und nun auf so kindlich egoistische Art glücklich war, töchterliches Mitgefühl, und Daisy gegenüber, die in einer schrecklich schwierigen Lage war, empfand sie sich als leidenschaftliche Beschützerin, aber ihrer Mutter gegenüber empfand sie nichts als Ärger und Ablehnung: Ihre Mutter hatte den Kummer des Vaters verursacht, ihre Mutter weigerte sich, Daisy zu trösten und ihr zu helfen. Als das Flugzeug in Vancouver landete, fühlte sie sich durch ihre Gedanken bestärkt und mit Energie geladen. Und das lange Warten auf ihre verspätete Mutter verstärkte noch ihren Zorn. Sie kochte, sie legte sich die Worte zurecht, die sie ihrer Mutter an den Kopf werfen wollte. Ihre Mutter mußte den Verstand verloren haben, und sie würde sie schütteln, bis sie wieder zu sich kam. Was für eine dumme alte Mutter, dachte sie und hoffte, sie müßte nicht mehr Zeit mit ihr verbringen, als nötig war, um zu sagen, was gesagt werden mußte. Ihre Mutter hatte immer Daisy vorgezogen; es war gedankenlos von ihr und einfach *unmoralisch*, daß sie Daisy jetzt nicht helfen wollte. Dale wußte, was sie ihrer Mutter sagen würde, die Worte lagen bereit wie Kugeln, wie Pfeile. Sie ging auf und ab, den Rucksack über der Schulter, knirschte mit den Zähnen, redete lautlos mit sich selbst und hoffte, ihre Mutter beeilte sich und käme endlich.

Und zwölf Stunden später kniete Dale im Hause ihrer Mutter vor dem Kamin und war trunken vor Glück. Sie kniete in ihrem warmen Wintermorgenrock auf dem schönen gewebten Teppich vor dem Kamin und bürstete ihrer Mutter das Haar trocken. Ihre Mutter hatte wunderbares Haar, dicht und glänzend, und als es in der Wärme des Feuers trocknete, begann es rötlich braun zu schimmern, warm und lebendig wie das Feuer. Dale konnte sich nicht erinnern, jemals das Haar ihrer Mutter berührt zu haben, und sie konnte sich auch nicht erinnern, den Wunsch danach verspürt zu haben. Aber sie hatte ihre Mutter ja auch nicht mit solchem Haar gekannt. Sie hatte nie gewußt, wie *schön* ihre Mutter war, sie hatte nie zuvor das Verlangen gespürt, ihre Mutter zu berühren, zu streicheln, zu liebkosen. Sie *liebte* ihre Mutter. Sie genoß es, mit der Bürste durch das noch feuchte Haar ihrer Mutter zu fahren, zu beobachten, wie es sich elektrisiert aufstellte, und es dann mit der freien Hand zu glätten und dann wieder die Bürste durch das Haar zu ziehen. Margaret saß mit dem Rücken zu Dale, hatte die Arme um die Knie geschlungen und den Kopf nach hinten geneigt.

Mittags hatte Margaret in letzter Minute doch noch den Mut verloren und Anthony angerufen und ihn gebeten, sie zu begleiten, wenn sie Dale abholte, und mit ihnen essen zu gehen. So hatte Dale ihre ganze Wut und Energie verdrängen müssen, um die beiden Menschen, die sie am Flughafen abholten, zivilisiert zu begrüßen – zwei gutaussehende fremde Menschen, die sie zum Essen ausführten. Es war ein seltsamer Nachmittag daraus geworden. Dale staunte über die leuchtende, sonnige Stadt mit der dramatischen Kulisse schneebedeckter Berge. Und ebenso staunte sie über die zwei bezaubernden Menschen, mit denen sie den Nachmittag verbrachte. Sie konnte die Augen nicht von ihrer Mutter abwenden. Sie ertappte sich dabei, daß sie insgeheim stolz war, das französische Restaurant mit zwei so klugen und eleganten Menschen zu betreten, und während sie ihrer Mutter zuhörte oder sah, wie sie sich eine Zigarette aus einem hübschen silbernen und blauen Etui nahm, mußte sie sich immer wieder sagen: Das ist meine Mutter! Und den beiden zuzuhören war ebenso faszinierend wie der Anblick von Margaret und Anthony. Margaret war wirklich klug und witzig und sehr belesen und interessiert. Mehrmals rief Dale: »Mutter, ich wußte ja gar nicht, daß du *das* weißt!« Was ihr einen liebevollen Blick von ihrer Mutter eintrug, bei dem sich Dale daran erinnerte, wie ihre Mutter sie, wenn sie als Kind etwas besonders Amüsantes gesagt hatte, mit genau demselben Blick belohnt hatte. Oh, was für eine *bezaubernde* Mutter sie hatte!

Die drei verstanden sich so gut, und das Wetter war so schön und frisch, daß ihr gemeinsamer Spaziergang ein anregendes Vergnügen war. Sie gingen durch die Stadt und dann durch verschiedene Teile des Stanley-Parks, genossen die Aussicht auf das Meer und die Schiffe und betrachteten die indianischen Totempfähle. Anthony wußte viel über British Columbia, er war Historiker und alles andere als trocken, er konnte sehr anschaulich erzählen. Sie waren so fröhlich zusammen, daß sie sich nicht trennen mochten, und so fuhren sie zu Margarets Haus und aßen ein improvisiertes Abendessen mit Leberpastete, Käse, Brot, kalten Krabben und Obst und noch mehr Wein, natürlich, noch viel mehr Wein. Anthony war schließlich gegen halb elf gegangen, sie hatten ihn an sein Auto gebracht und den Vollmond bewundert. Als er fortgefahren war, beschlossen sie, noch ein Stück am Strand entlangzugehen und sich anzuschauen, wie sich der Mond im Wasser spiegelte. Es wurde ein langer Spaziergang daraus, sie unterhielten sich und lachten. Dale erzählte ihrer Mutter von den Heiratsplänen ihres Vaters und sah im hellen Mondschein, wie sich das Gesicht ihrer Mutter bei dieser Neuigkeit geradezu verzückt verklärte.

»Wirklich?« fragte Margaret, wandte sich Dale zu und klatschte wie ein Kind in die Hände. *»Wirklich?«* Sie schien ihr Glück gar nicht fassen zu können. »Oh,

Dale, wie wunderbar!« Impulsiv drückte sie Dale an sich, als hätte sie das arrangiert. »Einfach perfekt! Trudy ist genau die Frau, die er braucht, oh, sie werden gut miteinander auskommen. Stell dir nur vor! Wie *schön*!«

Sie waren immer weiter am Strand entlanggegangen, stiegen über Treibholz und große Steine und sprachen über Dales Vater und seine zukünftige Frau. Und dann konnte Dale schließlich mit ihrer Mutter über Daisy sprechen – anders, als sie ursprünglich vorgehabt hatte. Margaret hörte still zu und sagte dann: »Ich verstehe. Ich verstehe, was du von mir erwartest. Laß mich darüber nachdenken. Gib mir etwas Zeit, alles zu durchdenken. Ich *werde* etwas tun. Aber gib mir Zeit zum Nachdenken.« Und Dale hatte das ohne Schwierigkeiten akzeptiert und vertraute ihrer Mutter.

Dann war plötzlich ein Wind aufgekommen, wehte Wolken über den Mond, und innerhalb weniger Sekunden hatte es angefangen, in eisigen Strömen zu regnen. Sie waren sofort völlig durchnäßt, rannten aber trotzdem zu Margarets Haus zurück, als ob das Rennen sie davor schützen könnte, noch nasser zu werden. Nach wenigen Minuten waren sie klatschnaß: Ihre Haare und Kleider klebten an ihnen, und Dale stieß sich beim Laufen den Fuß an einem Balken. Trotzdem machte es Spaß, es war irgendwie verrückt, zusammen am Strand entlangzurennen. Margaret lief Dale voran und rief ihr über die Schulter etwas zu, und beide lachten vor Freude: Die Lichter der Häuser, an denen sie vorbeikamen, und die Lichter vom Hafen streiften sie und glitzerten, während sie liefen, und sie wurden beide von einer festlichen Stimmung erfaßt, und als sie Margarets Haus erreichten, gingen sie nicht gleich hinein, sondern blieben einen Moment stehen, sahen zum Himmel hinauf, von dem der Regen strömte, sahen auf das wogende Meer hinaus, streckten mit zurückgeworfenen Köpfen ihre Arme dem Regen entgegen. Es war, als hätten sie durch den gemeinsamen Lauf durch den Regen zu Margarets Haus etwas geschafft, als sei etwas Erstaunliches erreicht. Natürlich waren sie auch etwas betrunken gewesen von all dem Wein, aber das erklärte es nicht. Auch wenn sie es nicht in Worte hätten fassen können, war es doch so, als hätte der kalte, frische Regen, der sie so unerwartet erwischt hatte, ihnen bewußtgemacht, daß die Welt voller guter Überraschungen war und daß man zuweilen in der gewöhnlichsten Ecke des eigenen Lebens auf ein Wunder stoßen kann.

Schließlich fingen sie an zu zittern und mit den Zähnen zu klappern, und sie gingen ins Haus. Da sie die Teppiche nicht schmutzig machen wollten, zogen sie den größten Teil ihrer Kleider an der Küchentür aus und ließen sie einfach fallen.

»Mein Gott, du siehst ja toll aus, Mutter!« rief Dale, als sie ihre Mutter in Unterhose und BH sah. »Du siehst phantastisch aus!«

»Vielen Dank«, sagte Margaret etwas geniert. »Du auch. Laß uns schnell etwas Warmes anziehen, ehe wir uns eine Lungenentzündung holen, ich lege noch etwas Holz auf.«

Margaret zog ihren Morgenrock an und legte ein paar Holzscheite aufs Feuer. Dale zog ebenfalls ihren Morgenrock an und kochte Kräutertee, und dann setzten sie sich ruhig vor den Kamin, um sich aufzuwärmen.

»Ich kann mich über dein Haar nicht beruhigen, Mutter«, sagte Dale. »Es ist wunderschön so. Du hättest es immer so tragen sollen. Darf ich es bürsten?«

»O ja, bitte«, sagte Margaret, stand auf, holte die Haarbürste und setzte sich mit dem Rücken zu Dale auf den Teppich. »Daisy hat mir immer die Haare gebürstet, als sie noch klein war. Du warst damals noch ein Baby. Du hast es nie getan, an solchen Sachen warst du nicht interessiert. Aber Daisy fand es schön, mir die Haare zu bürsten, als ob ich eine von ihren Puppen wäre. Dann holte sie kleine Schleifen und Spangen und steckte sie mir ins Haar. Ich erinnere mich noch an einen Tag, als Daisy fünf war und du noch ein Säugling warst und ich so entsetzlich müde war. Ich hatte dich schließlich schlafen gelegt, aber Daisy war zu alt für einen Mittagsschlaf, und es war mitten im Winter, und aus irgendeinem Grund war die Schule ausgefallen. Ich hatte einfach nicht mehr die Kraft, Daisy zu beschäftigen. Also legte ich mich auf das Sofa im Wohnzimmer und bat Daisy, mir das Haar zu bürsten. Das tat sie auch, und dann steckte sie mir jedes Schleifchen, jede Spange, die sie besaß, hinein, und es war wunderbar, einfach nur so dazuliegen und ihre kleinen süßen Hände zu fühlen. Ich war so unendlich *müde*. Dann wurde es ihr langweilig, mich zu frisieren, und ich erlaubte ihr, meinen Lippenstift zu holen und mich anzumalen. Ich sehnte mich verzweifelt danach, ein bißchen ausruhen zu können, ich wollte einfach nur liegen und mich nicht bewegen. Also holte Daisy meinen Lippenstift und bemalte meinen Mund, dann die Wangen und schließlich mein ganzes Gesicht. Ich war zu müde, um mich dagegen zu wehren, und ich fand es auch weiter nicht schlimm, im Gegenteil, ich fand es sogar ganz angenehm, es war fast wie eine Gesichtsmassage, ich erinnere mich noch heute daran, an den zarten Druck des weichen Lippenstifts, der über mein Gesicht fuhr. Was dann geschah, kannst du dir denken: Eine Nachbarin klingelte und stand mit Kuchen und Geschenken vor der Tür, weil du gerade geboren warst. Als ich es klingeln hörte, dachte ich: Mein Gott, was soll ich jetzt machen? Aber Daisy war schon hinausgerannt, hatte die Tür geöffnet und die Nachbarin eingelassen. Die alte Mrs. Shultz. Es war bestimmt der Schock ihres Lebens. Ich hatte es gerade noch geschafft, mich aufrecht hinzusetzen, ehe sie das Wohnzimmer betrat, aber ich konnte weder mein rot verschmiertes Gesicht noch meine wilden Haare verbergen. Ich versuchte, es ihr zu erklären, und sie schien es auch zu verstehen. Sie hatte selber Kinder. Und trotzdem – ich fühlte mich gedemütigt.« Margaret und Dale lachten und lachten.

»Mir ist etwas ganz Ähnliches passiert«, erzählte Dale. »Ich meine, etwas in der Richtung. Ich glaube, ich kann es dir ruhig erzählen, auch wenn du meine Mutter bist. Im November war ich in einem riesigen Laden in Portland. Ich wollte Briefpapier kaufen und Deodorant und solche Sachen, und ich stand gerade in der Spielwarenabteilung und versuchte, mich zu entscheiden, was ich Jenny und Danny zu Weihnachten schikken wollte, da entdeckte ich ein wunderbares kleines Heftchen voller fluoreszierender Sterne, ein Büchlein mit gelblichen Seiten, von deren Rückseite sich ein dünner Film abziehen ließ, der eine selbstklebende Schicht freigab, man konnte die kleinen Dinger also aufkleben: winzige Sterne, Monde, Planeten, Kometen, schon gestanzt, so daß auch Kinder sie leicht herausdrücken konnten. Ich habe also eins für Danny gekauft. Zu schön. Du kannst sie an die Decke oder die Wände kleben, in den Schrank, und wenn es hell ist, absorbiert das Papier das Licht, und wenn du das Licht ausmachst und alles dunkel ist, dann schimmern die kleinen Monde und Sternchen in einem unwirklichen grünen Licht. Und jetzt kommt es – aber du darfst nicht schockiert sein, Mutter. Also, ich habe auch mehrere kleine Heftchen für mich selbst gekauft, und abends, als ich bei Hank war, habe ich ihn im dunklen Schlafzimmer warten lassen und ihm eine Überraschung versprochen. Ich zog mich im Badezimmer aus, wo ich alle Lampen angemacht hatte, und klebte mir die Sternchen, Monde und Planeten auf den Körper. Sternchen auf die Brüste, einen Kometen auf den Bauchnabel, auf jedes Augenlid eine Sonne. Es war toll! Wirklich märchenhaft! Ich betrat Hanks dunkles

Schlafzimmer und sah richtig unheimlich aus. Irre! Ich hatte ihm ja gesagt, er sollte alles Licht ausmachen, es war also so dunkel, daß er meinen Körper nicht mehr sehen konnte, nur diese winzigen Sterne und Planeten, die da auf ihn zugetanzt kamen. Ich sah es im Spiegel und konnte es selbst nicht fassen, es sah irre aus! Ich konnte nicht widerstehen, ich tanzte, wedelte mit den Armen, ich kam mir vor wie eine lebende Wunderkerze oder wie ein Feuerwerk, und – und, na ja, jedenfalls am nächsten Tag hatte ich Unterricht. In Biologie wollte ich meiner Klasse einen Film vorführen. Ich stellte den Projektor auf, zog die Rollos herunter, machte das Licht aus und ging durchs Klassenzimmer, um mich hinten hinzusetzen. Und die Schüler fingen an zu flüstern und zu kichern – es sind gute Schüler, mit guten Manieren im allgemeinen. Also fragte ich schließlich: ›Na, was ist denn los, Jungs?‹ Ich dachte, ich hätte alle Sterne wieder entfernt, ich hatte morgens sogar geduscht, aber sie kleben wirklich gut, und ein paar von den Dingern hatten sich gehalten. Ein Stern hinten am Arm, ein Komet am anderen Arm, ein Mond am Hals. Ich ging also leuchtend durch die Klasse, in der ich Biologie unterrichten sollte. Ich blieb ganz ruhig und sagte nur: ›Vielen Dank, daß ihr mich darauf aufmerksam gemacht habt. Und jetzt konzentriert euch bitte auf den Film, wir werden eine Arbeit darüber schreiben.‹ Aber im ersten Moment wäre ich am liebsten im Erdboden versunken.«

»Wollten sie nicht wissen, zu welchem Anlaß du die Sternchen getragen hast?« fragte Margaret lachend.

»Nein«, antwortete Dale. »Sie merkten am Klang meiner Stimme, daß ich es ihnen nicht gesagt hätte. So, Mutter, dein Haar ist jetzt trocken. Es ist wirklich unglaublich schön!«

»Ich habe es gefärbt«, sagte Margaret. »Aber genauso sah es früher aus. Ich glaube, ich werde es weiter so färben, bis es allzu unecht wirkt. Irgendwann werde ich mit Anmut weißes Haar tragen müssen.«

»Mutter«, sagte Dale, »so, wie du aussiehst, könntest du dein Haar orange färben oder grün oder knallrot. Ich kann es gar nicht fassen, wie du dich verändert hast.« Sie legte ihrer Mutter den Arm um die Schulter, und sie saßen eine Weile Seite an Seite vor dem Feuer.

»Das stimmt«, sagte Margaret nach einer Pause, und ihre Stimme klang so, als ob sie müde sei. »Du hast dich aber auch verändert.«

»Ich bin älter geworden«, meinte Dale. »Ich habe mich besser kennengelernt. Ich liebe meine Arbeit. Und dann ist da Hank. Ich liebe ihn, und er liebt mich. Es ist wirklich nicht zu fassen, wie Liebe dein Leben verändern kann.«

»Das stimmt«, antwortete Margaret, und ihre Stimme klang noch leiser, als flüchtete sie sich in den Schlaf oder in einsame Gefilde, in die Dale ihr nicht folgen konnte. »O ja, natürlich, die Liebe. O ja!« Sie beugte sich zu Dale hinüber und gab ihr einen liebevollen Klaps auf die Wange: »Morgen mußt du mir alles von Hank erzählen. Es interessiert mich sehr. Aber jetzt muß ich ins Bett gehen, ich schlafe schon fast ein.« Schläfrig und anmutig stand sie auf, ging in ihr Schlafzimmer und machte die Tür hinter sich zu.

Dale blieb noch eine Weile am Kaminfeuer sitzen und versuchte, über den Tag nachzudenken, über alles, was sich ereignet hatte. Er war durch den Ton, in dem Margaret gesagt hatte: »O ja, natürlich, die *Liebe.* O ja«, nicht ganz verdorben worden, aber der Ton hatte den sonst so fröhlich verstrichenen zwölf Stunden eine Spur Schärfe oder vielleicht auch nur einen Hauch Realität hinzugefügt. Mutter ist eben Mutter, dachte Dale, und ich bin ich. Sie muß ihr Leben leben und ich meins. Und mit diesen, wie sie fand, doch ganz vernünftigen Gedanken legte sich Dale auf den Teppich vor dem Kamin und schlief ein. Ihr Kopf ruhte flach auf dem Teppich, direkt neben dem hübschen Messingtablett, auf dem noch die Teekanne und die Tassen standen. Als sie am nächsten Morgen aufwachte, schlief Pandora, die Katze, dicht an ihrer linken Schulter, und die neue Katze, ein schönes, großes, graues Tier, lag mit der schweren Wärme ihres Körpers direkt auf Dales schmalem Rücken. Dale lag lange da, beobachtete die Sonne auf dem Wasser, wollte sich nicht rühren, um den Schlaf der Katze nicht zu stören, weil sie die lebendige Wärme der Katze auf ihrem Körper noch genießen wollte.

8

Am letzten Freitag im März schneite es heftig in Rocheport. Dale, Hank und Carol saßen bei Hank im Wohnzimmer. Das Holzfeuer im Ofen verbreitete eine gemütliche Wärme. Sie spielten Scrabble und versuchten, sich zu konzentrieren. Aber eigentlich warteten sie nur auf Bob, Carols Verlobten, der mit dem Auto von Massachusetts heraufkommen wollte, um mit Carol das Wochenende zu verbringen. Dale und Carol hatten eine köstliche Bouillabaisse gekocht, die jetzt auf dem Herd köchelte, und im Kühlschrank stand Salat bereit, der nur noch angemacht zu werden brauchte. Carol hatte sogar zur Feier des Tages ein großes Weizenbrot gebacken, das sie nun aber aus dem Ofen genommen hatte, damit es nicht zu braun wurde. Bob hätte schon fast seit zwei Stunden da sein müssen, und Dale, Hank und Carol taten so, als ob sie sich keine Sorgen machten. Aber es schneite und schneite, und ab und zu hörte man, wie die Bäume draußen vor dem Fenster unter der Last des Schnees ächzten, und es war absolut unmöglich, nicht an die schlechten Straßenverhältnisse zu denken. Dale sah sich in einer Zwickmühle. Sie war an der Reihe. Mit den Buchstaben, die sie auf ihrem Brettchen hatte, und dem freien Buchstaben D im Spiel hätte sie das Wort Tod legen und dafür Punkte einheimsen können, aber sie war zu abergläubisch, sie riskierte es nicht, solange Bob auf sich warten ließ. Sie hatten das Radio angestellt, um laufend die Nachrichten und den Wetterbericht und die Verkehrsmeldungen zu hören, und jedesmal, wenn die Stimme der Sprecherin den Fluß der Musik unterbrach, saßen die drei wie erstarrt da und konzentrierten sich aufs Zuhören. Carol stand immer wieder auf, rührte in dem Suppentopf oder goß Wein nach, oder sie ging ins Badezimmer, und Dale und Hank merkten, wie sie jedesmal, wenn sie aufstand, aus dem Fenster sah, als ob sie durch die Kraft ihrer Blicke Bobs Auto sicher in die Einfahrt lenken könnte.

»Er hat ein Auto mit Vorderradantrieb«, bemerkte Hank. »Er wird es schon schaffen. Der Schnee zwingt ihn, langsamer zu fahren.«

Aber sie hatten alle Angst, daß der Schnee mehr anrichten könnte, eine vereiste Stelle, ein plötzliches Schleudern, einen Unfall... Sie gingen sehr höflich und sehr ruhig miteinander um, wie artige Kinder, die durch braves Benehmen die Welt freundlich stimmen möchten.

»Wenn irgend etwas ist, ruft er doch an«, sagte Dale jetzt zum drittenmal.

»Ich weiß«, sagte Carol. »Er ist ein vorsichtiger Autofahrer und ist immer bei solchem Wetter gefahren.« Trotzdem blieb sie angespannt, und kein Gesprächsthema konnte sie ablenken.

Dale legte schließlich ein anderes Wort, das weniger Spielpunkte einbrachte, und wartete nun, daß Carol ihr Wort legte. Jedenfalls, dachte sie, sind wir bei ihr, falls etwas Schlimmes passieren sollte.

»Mir fällt kein Wort ein, ich weiß nicht, was ich legen soll«, sagte Carol erschöpft. »Sonst bin ich immer so gut beim Scrabble.«

»Zeig mir mal deine Buchstaben«, bat Hank. »Vielleicht fällt mir etwas ein.«

Carol drehte ihr Buchstabenbänkchen zu Hank hin und sagte: »Soll ich dir verraten, was ich jetzt am liebsten tun würde? Ich würde gern dein Bad schrubben, oder den Küchenfußboden.«

»Wieso?« fragte Hank, »findest du es hier schmutzig?«

»Nein, darum geht es nicht«, sagte Carol. Sie stand auf und ging ans Fenster. »Aber in solchen Situationen mache ich gern etwas, was ich sonst nicht gern tue, um das Schicksal gnädig zu stimmen.« Sie machte eine unbestimmte Handbewegung und warf Dale einen Blick zu, der unmißverständlich sagte: Bitte, bring mich nicht dazu, zu sagen, daß ich das Badezimmer schrubben möchte, um Bob dem Tod auf der vereisten Straße zu entreißen. »Das ist eine alte Angewohnheit«, fuhr sie fort, »noch aus meiner Schulzeit. Nach dem Motto: Wenn du hart arbeitest, wirst du mit guten Zensuren belohnt. Außerdem glaube ich, daß die Zeit schneller vergeht, wenn ich etwas tue.«

Dale stand auf. »Der Fußboden in der Küche kann nicht oft genug gewischt werden«, sagte sie. »Komm, ich zeige dir, wo die Putzsachen stehen.« Aber in der Küche sah sie sich wieder mit ihren eigenen Problemen konfrontiert. Als sie vor dem Abwaschbecken kniete, unter dem *sie* die Putzmittel aufbewahrt hätte, fand sie dort nur die Mülltüte. Sie war nicht bei sich zu Hause, sie war in Hanks Haus, und irgendwie kränkte sie das. Sie mußte Hank rufen und ihn bitten, ihr zu zeigen, wo er den Schrubber und die Putzmittel aufbewahrte.

Gerade als sie sich alle drei unangemessen ernsthaft vor der Besenkammer versammelt hatten, hörten sie das Auto in der Einfahrt. Carol sauste zur Tür hinaus, ohne sich ihren Mantel überzuziehen. Kurz darauf kam sie wieder herein, den Arm um Bob geschlungen, ihr Haar glitzerte von Schneeflocken, und ihr Gesicht leuchtete. Sie begrüßten Bob ausgiebig und lautstark. Bob war erschöpft von der Fahrt und genoß die Wärme. Sie redeten, Hank zog Bob mit, um ihm einen Drink zu mixen; Carol und Dale gingen ins Wohnzimmer und räumten das Scrabblespiel und die Weingläser weg.

»Carol«, sagte Dale, als sie beide auf dem Fußboden knieten und die Buchstaben in die Kiste legten, »deine Hände zittern ja.«

»Ich bin so froh, daß er lebt«, sagte Carol. »Ich hatte solche Angst. Du weißt ja, wie ich dir zugesetzt habe, weil du dich so an Hank klammerst. Aber ich glaube, ich bin letzten Endes auch nicht viel anders. Es ist schon überraschend, wie einen die Liebe manchmal beuteln kann.«

Dale beugte sich zu Carol hinüber und umarmte sie.

»Können wir essen?« rief Hank aus der Küche.

»Natürlich«, rief Carol zurück und stand auf.

Dale preßte das zusammengelegte Scrabblebrett an ihre Brust, als ob es ein Glücksbringer wäre. Es würde ein schöner Abend werden, dachte sie. Sie waren alle vier zusammen, sicher und geschützt inmitten des Schneesturms, sicher auch in ihrer Liebe zueinander.

Am letzten Freitag im März saß Margaret im Konzertsaal, die Hände locker im Schoß. Das Orchester spielte Beethovens ›*Pastorale*‹ und Margaret dachte, wie verschieden doch die Reaktionen waren, die Literatur und Musik in ihr hervorriefen. Wenn sie einen Roman las, verlor sie sich in den Lebensgeschichten anderer Menschen, aber wenn sie Musik hörte, war es, als verlöre sie sich in ihrem eigenen Leben. Ihre Gedanken gingen ziellos zurück in die vergangenen Jahre und Ereignisse, und die Wogen der Musik erinnerten sie an Träume, Phantasien wie auch an reale Ereignisse. Bei einer Passage der Musik mußte sie plötzlich an ein Kleid denken, das sie mit zwanzig gern gehabt hätte, aber nie in Wirklichkeit gesehen hatte: ein rosa Kleid mit Rüschen und schwarzen Samtschleifen an den Manschetten, am Ausschnitt und am Saum. Sie hatte nie ein Kleid in diesem Stil getragen, aber mit zwanzig hatte sie sogar daran gedacht, es selber zu entwerfen und zu nähen. Wie kam es, daß bestimmte Tonfolgen solche Erinnerungen heraufbeschworen. Die Musik wirkte auf sie wie eine Droge; sie schwebte, sie ließ sich fallen, fiel wie Alice im Wunderland durch das Kaninchenloch und stieß auf alle möglichen merkwürdigen Dinge aus ihrem wirklichen Leben und ihrer Phantasie.

Jetzt dachte sie an Daisy. Daisys Baby konnte jetzt jeden Tag kommen, und gegen ihren Willen mußte Margaret ständig an Daisy denken mit Gefühlen, die so aufwühlend waren wie die Musik.

Die Geburt eines Kindes war immer ein dramatisches Ereignis. Trotz der modernen Medizin starben immer noch Frauen bei der Geburt. Oder das Kind. Oder mit dem Kind war etwas nicht in Ordnung. Oder alles war völlig in Ordnung. So oder so, die Geburt war immer eine große Sache. Aber Margaret blieb hartnäckig, sie wollte nicht wieder zu Daisy fahren, um ihr zu helfen. Sie wollte den großen Haushalt nicht übernehmen, sie wollte sich nicht verantwortlich um ihre Enkelkinder kümmern müssen, jetzt nicht und überhaupt nie wieder. Das einzige, was sie Daisy wirklich gern abgenommen hätte, war unmöglich: Sie hätte das Baby gern selber für Daisy bekommen. Sie hätte das Erlebnis der Geburt genossen, wie sie genossen hätte, das zarte und immer auch geheimnisvolle neugeborene Wesen in den Armen zu halten.

Sie hatte Daisy einen Scheck geschickt und dazu geschrieben, sie würde ihr so bald wie möglich mehr Geld schicken. Und nachdem sie sich für diesen Weg entschieden hatte, war sie erleichtert. Sie wußte, daß sie das Richtige getan hatte. Die Sache belastete sie nicht mehr, und sie kam wieder zur Ruhe und konnte sich auf sich selbst konzentrieren. So hoffte sie. Obwohl ihr langsam der Verdacht kam, daß die Spannung zwischen der Sehnsucht nach Einsamkeit und dem Zwang, auf die Forderungen der Außenwelt einzugehen, nie aufhören würde. Selbst jetzt, während sie im Konzertsaal der Symphonie lauschte, machte ihr Anthonys Hand, die auf ihrem Arm lag, das bewußt. Und wenn die Musik einem Höhepunkt zustrebte, verstärkte sich der Druck von Anthonys Hand. Er merkte es sicher gar nicht, aber Margaret fühlte sich bedrängt. Anthony wollte ihr zeigen, wie sensibel er auf Musik reagierte. Und nach der Symphonie würde von ihr verlangt werden, mit Anthony und seinen Freunden über die Musik zu sprechen und sich anzuhören, welche Gefühle und Erinnerungen die Musik bei ihnen hervorgerufen hatte. Sie selber hatte nicht das Bedürfnis, ihre Erlebnisse in Worte zu pressen. Sie wollte nur dasitzen, die Musik hören, sich darauf einlassen und nichts sonst. Manchmal sah sie sich als ein gefangenes Tier, das ständig für andere in seiner Umgebung Nahrung hervorbringen muß. Aber sie wußte auch, daß dies ein etwas verrückter Gedanke war, weil es so schlimm auch wieder nicht war. Und sie hatte nach wie vor viel Spaß an der Gesellschaft anderer. Sie freute sich auf das gemeinsame Essen nach dem Konzert. Die Unterhaltung mit den anderen würde ihr guttun, sagte sie sich, würde sie ablenken. So saß sie da, die Hände im Schoß, und hörte aufmerksam der Musik zu.

Am letzten Freitag im März hatte Daisy eine Verabredung. Das Baby war seit fünf Tagen überfällig, und sie wälzte sich durch die Gegend wie ein Wal auf dem Trockenen. Sie kam sich gigantisch vor, sie *war* gigantisch. In ihrem riesigen Bauch gluckerte, zerrte und rumpelte es, wenn sie auf den Beinen war. Sie wollte nur noch sitzen, mit hochgelegten Füßen. Sie konnte nicht mehr gut atmen, vor allem nicht, wenn sie gegessen hatte, aber sie war so frustriert und gelangweilt, daß sie trotzdem ständig aß. Nachts konnte sie nicht schlafen, weil sie sich nicht wohl fühlte und ständig den Beginn der Wehen erwartete. Deshalb war sie tagsüber schlecht gelaunt und müde und schlief in den unpassendsten Momenten ein, sobald sie sich irgendwo hinsetzte. Tagsüber schlief sie tief und fest, und wenn sie hochschreckte, wußte sie zuerst gar nicht, wo sie war. Sie hatte sich angewöhnt, den Hörer oft mehrere Stunden lang neben das Telefon zu legen, weil ständig Leute anriefen, um sich nach ihr zu erkundigen: »Was, du bist *immer* noch zu Hause? Was ist los?« Jane und Karen und andere Freundinnen riefen dauernd bei ihr an, um zu fragen, ob immer noch nichts in Gang gekommen sei. Sie war geradezu geschockt, als eines Tages ein Mann am Telefon war.

Er hieß Jerry Reynolds und war Buchhalter bei derselben Firma in Milwaukee, in der Paul arbeitete. Sie hatte ihn mehrmals bei Firmenfesten getroffen und erinnerte sich, daß er ein freundlicher Mann war, der, wenn er sich mit ihr unterhielt, so höflich war, seine Langeweile nicht zu zeigen. Er lebte inzwischen getrennt von seiner Frau und hatte gehört, daß Daisy und Paul sich scheiden ließen, und er rief an, um Daisy zum Essen einzuladen.

»Aber ich bin schwanger«, antwortete sie, erstaunt und konsterniert.

»Ja, das macht doch nichts«, gab Jerry zurück.

»Aber ich bin wirklich *schwanger*«, betonte Daisy. »Ich bin im neunten Monat, und das Baby kann jeden Tag kommen.« Sie wollte ihm nicht nur klarmachen, daß sie unmöglich mit ihm schlafen könnte, sondern auch, daß sie unattraktiv war mit ihrem riesigen Bauch und daß es ihm vielleicht keinen Spaß machen würde, sich mit ihr in der Öffentlichkeit zu zeigen.

»Aber essen und reden können Sie doch?« fragte Jerry. Und fügte dann entwaffnend hinzu: »Ich würde so gern mit Ihnen essen gehen. Es geht mir ziemlich schlecht seit meiner Scheidung, und in Ihrer Nähe habe ich mich immer wohl gefühlt. Um Ihnen die Wahrheit zu sagen, es wäre für mich geradezu eine Erleichterung, einfach mit einer Frau ausgehen zu können, die so offensichtlich nur eine Freundin, eine Begleiterin ist.«

Seine Ehrlichkeit berührte Daisy. »Sie meinen, ich könnte für Sie so eine Art Versuchskaninchen abgeben?«

Jerry lachte. »Na, das hoffe ich doch nicht. Aber, um

ehrlich zu sein, es hat auch damit zu tun, daß ich vergessen habe, wie man sich verabredet und kennenlernt – es ist Jahre her, daß ich mit einer anderen Frau als meiner eigenen auch nur allein zusammengesessen habe. Es ist ein bißchen, wie wenn man vom Pferd abgeworfen wird. Da ist es wichtig, gleich wieder aufzusteigen. Ich will keine Angst vor Frauen haben, nur weil ich nicht mehr weiß, wie man mit ihnen spricht. Aber außerdem mochte ich Sie schon immer, und ich dachte, daß wir einen schönen Abend zusammen verbringen könnten.«

Seine Offenheit rührte Daisy. Und da sie zur Zeit sowieso dauernd Hunger hatte, reizte sie die Vorstellung, in einem netten Restaurant gut zu essen. Jerrys Stimme klang nicht im geringsten bedrohlich, sondern eher kläglich. Und sie erinnerte sich, daß er zwar nicht häßlich war, aber auch nicht so gut aussah, daß es in ihrem Zustand unangenehm gewesen wäre, sich zu zeigen. Sie sagte zu.

Sara, eines der Mädchen, die in die Dachzimmer eingezogen waren, war bereit, auf Danny und Jenny aufzupassen. Daisy würde ihr selbstverständlich die übliche Babysittergebühr bezahlen – all das hatten sie geregelt, als die beiden Mädchen die Zimmer übernahmen. Sie zahlten die reguläre Miete, und Daisy zahlte ihnen das Babysittergeld, wenn sie sie brauchte. Aber Daisy fand, daß alle vier Mädchen, besonders Sara und Ruth Ann, ihr eine größere Hilfe waren, als sie sich je erträumt hätte. Im Handumdrehen bezeichnete Daisy ihre vier Mieterinnen liebevoll als ihre »Mädchen von oben«. Es waren alleinstehende junge Frauen von Farmen oder Kleinstädten im Herzen Wisconsins, die direkt von der High-School nach Milwaukee gekommen waren, um sich eine gutbezahlte Stellung als Sekretärin oder als Verkäuferin zu suchen und um Geschäftsleute, Männer, kennenzulernen. Sie hatten Heimweh nach ihren Familien und fanden es schön, abends oder am

Wochenende unten bei Daisy herumzuhängen, zu faulenzen und mit Danny und Jenny zu spielen. Sie fanden Daisys Kinder *niedlich* und fragten Daisy dauernd, ob sie mit ihnen am Seeufer spazierengehen oder ihnen ein Eis kaufen dürften. So verbrachte Daisy abends oft Stunden mit ihnen am Küchentisch, ließ sich von ihnen ihre Lebensgeschichten erzählen und gab vorsichtige Ratschläge, wenn sie von Problemen mit ihrer Arbeit oder einem Freund berichteten. Sie hatte Sara, die ihre Größe hatte, schon drei von ihren alten Blusen geschenkt, Blusen, die zu verspielt und zu jugendlich für sie waren, und zweimal hatte sie zwei anderen Mädchen lange Abendkleider geliehen. Sie kam sich vor, als ob sie plötzlich eine größere Familie hätte. Ihr gefiel das. Sehr sogar. Den ganzen Monat März hindurch war sie abends selten allein gewesen – denn selbst an den Wochenenden hatten nie alle vier Mädchen gleichzeitig eine Verabredung –, und auch die, die ausgegangen waren, beendeten den Abend mit einem Besuch bei Daisy, einer Schüssel Popcorn und einem Fernsehfilm. An einem Samstagabend hatte Daisy Melissa eine Dauerwelle gemacht, weil sie Locken in ihrem glatten Haar haben wollte. An einem anderen Abend diskutierte sie mit Ruth Ann und Allison über Sexualität, Männer und Verhütung. Es gefiel ihr, das Zusammensein, die Fröhlichkeit, die Geschichten, die sie an ihre eigene Jugend erinnerten, als sie noch nicht verheiratet war. Sie mochte sogar den Klang der Schritte auf der hinteren Treppe, das Summen des Föns und das Rauschen des heißen Wassers, wenn die Mädchen sich für Verabredungen fertigmachten, oder das Geräusch der Türen zu jeder Tages- und Nachtzeit. Es war ein gutes Gefühl, in einem Haus einzuschlafen, das so voller Leben war. Mit der Miete des ersten Monats hatte sie den größten Teil der Rechnung für die Installation der Küche bezahlen können und sogar noch etwas für Benzin, Essen und Babysitten übrigbehalten. Irgendwann würde sie sogar noch etwas auf ein Sparkonto einzahlen können.

Sie fand, daß sie Glück hatte. Im Februar hatte sie von ihrer Mutter einen Scheck geschickt bekommen, hoch genug, daß sie Paul weitgehend hatte auszahlen können. Margaret hatte ihr einen weiteren Scheck versprochen. Davon konnte sie Paul den Rest seines Geldes geben und außerdem die Höhe der monatlichen Raten, die sie für das Haus aufbringen mußte, etwas verringern. Sie fühlte sich von ihrer Familie unterstützt, von ihrer Mutter, ihrem Vater, ihrer Schwester. Sie fühlte sich von allen ihren Freundinnen unterstützt und auch von den netten »Mädchen von oben«. Und Jenny und Danny waren glücklich, daß nun plötzlich Personen mit starken, geschmeidigen Körpern im Haus waren, auf denen sie herumklettern konnten, von denen sie durch die Luft geschwungen wurden, fröhliche junge Mädchen, die mit ihnen herumtollten und ihnen oft Kaugummi oder Lollys mitbrachten. Daisy konnte es sich nun ab und zu erlauben, abends mit ihren Freundinnen Karen, Martha oder Jane ins Kino zu gehen. Und gelegentlich verbrachte sie einen Sonnabendnachmittag, an dem es schneite, in einer hellen Einkaufsstraße – ohne kleine Kinder, die an ihr zerrten und sie nicht in Ruhe die Schaufenster ansehen ließen. Der März war ein guter Monat für Daisy. Sie merkte, wie der Schmerz über Paul langsam ein wenig nachließ.

Aber als das Baby gegen Ende des Monats immer noch nicht geboren war, wurde Daisy unruhig und nervös. Unsinnige bittere Gefühle bedrängten sie, und als Jerry Reynolds wieder anrief, um ihr zu sagen, wann genau er sie abholen wollte, spürte sie, daß der tiefe, dunkle Klang seiner Stimme sie störte und sogar etwas verärgerte. Wahrscheinlich hatte sie zu lange ausschließlich mit Frauen gelebt, und je näher der Tag der Verabredung rückte, um so mehr graulte sie sich davor. Was hatte sie mit diesem Mann gemeinsam, worüber sollte sie mit ihm reden?

Er kam Samstagabend Punkt sieben. Daisy öffnete ihm freundlich-zurückhaltend die Tür, so, wie sie es sich den ganzen Tag lang vorgenommen hatte, und bat ihn auf einen Aperitif ins Haus. Zuerst fand sie ihn und seine Männlichkeit abstoßend. Er war groß und etwas korpulent und völlig anders als die Frauen, die jungen Mädchen und Kinder, mit denen sie sonst ständig zusammenlebte. Aber als sie in die Küche gingen, wo Daisy für sie beide je einen Scotch mit Wasser machte, sah Daisy, daß sein Haar an der Stirn bereits zurückging und daß er abstehende Ohren hatte, worauf sie ihn etwas liebenswerter fand. Jedenfalls war sie jetzt weniger nervös. Auch wenn ihr Bauch dick war – sie hatte immer noch ein hübsches Gesicht, und sie sah entschieden besser aus als er. Das beruhigte sie, und als sie im Wohnzimmer waren und es sich in den Sesseln am Kamin gemütlich machten, verflog das Bedürfnis, ihn grob anzufahren und ihn zu bitten, doch wieder zu gehen.

»Ihr Haus ist wunderschön«, sagte Jerry.

»Ja«, antwortete Daisy. »Ich liebe es.« Sie hatte das helle gelbe Zimmer erst kürzlich wieder wie früher eingerichtet, nachdem sie alles wieder hatte auspacken können. Sie erzählte ihm von der Arbeit, die sie in das Haus gesteckt hatte, und versprach, ihm ein andermal das ganze Haus zu zeigen.

»Ich wohne in einem Neubaukomplex, in einer gemieteten Zweizimmerwohnung«, erzählte Jerry. Er bemühte sich, einen fröhlichen Ton anzuschlagen, aber seine Stimme klang traurig. »Eine ziemliche Umstellung, nachdem ich so viele Jahre meines Lebens im eigenen Haus gewohnt habe. Ich vermisse sogar das Schneeschippen. Ich vermisse es, im eigenen Garten mit dem Schneeschieber in der Hand zu stehen, mein Haus, meine Garage zu betrachten und zu wissen: Das gehört mir, hier bin ich *zu Hause.* Ich vermisse das Gefühl der Befriedigung, das sich nach dem Schneeschippen einstellt, das Gefühl, daß ich etwas geschafft habe, wodurch ich und meine Frau mit der übrigen Welt verbunden sind. Ich weiß nicht, ob ich mich richtig ausdrücke, es klingt etwas dumm.«

»Nein, überhaupt nicht!« versicherte Daisy. Sie hatte ihn, während er redete, heimlich gemustert und ihre Gefühle getestet und war zu dem Schluß gekommen, daß er sie sexuell keinesfalls interessierte, auch dann nicht, wenn sie nicht hochschwanger gewesen wäre. Nicht, weil er inzwischen einen kleinen Bauch hatte und eine leicht hängende Wangenpartie – sie hatte das früher nicht bemerkt, hatte er seit seiner Scheidung zugenommen, aß er zuweilen, wie sie, weil er im Essen Trost fand? Er wirkte so ernst und traurig, daß sie gerührt war. »Ich weiß, wie schlimm es sein muß, ein Haus aufzugeben. Mir ging es sehr schlecht in der Zeit, als es aussah, als müßte ich hier ausziehen. Glücklicherweise haben meine Eltern mir finanziell ausgeholfen, sonst würde ich jetzt auch in einer Neubauwohnung wohnen.«

»Irgendwie werde ich wieder ein eigenes Haus haben«, sagte Jerry. »Scotty, meine Frau, oder vielmehr meine frühere Frau, will gleich nach der Scheidung wieder heiraten, und dann wird sie das Haus, *unser* Haus, natürlich verkaufen müssen, und dann werde ich in der Lage sein, für mich etwas Vernünftiges zu suchen. Aber das dauert noch ein paar Monate. Unser Haus war nicht so groß und lange nicht so schön wie Ihr Haus, aber es war gemütlich und anheimelnd. In der Neubausiedlung sind die Wände alle weiß und dürfen nicht anders gestrichen werden, und die Fußböden sind mit dunkelbraunem Nylonteppich ausgelegt, und alles macht einen mickrigen, behelfsmäßigen Eindruck. Ich finde es gräßlich, meine Wäsche in die Münzwaschmaschinen im Keller stecken zu müssen. Die gespenstisch flackernde Neonbeleuchtung da unten bewirkt, daß man sich wie in einem Raumschiff vorkommt – was die Trostlosigkeit noch verstärkt. Aber – ich will Sie nicht mit meinen Geschichten anöden. Und *so* schlimm ist es ja auch wieder nicht. Zumal ich sowieso meistens im Büro bin.« Er lächelte. »Ich arbeite auch abends in meinem Büro – privat, als Steuerberater. So kann ich mir noch ein bißchen dazuverdienen. Ich fühle mich in meinem Büro mehr zu Hause als in meiner Wohnung. Aber ich vermisse die Vögel. Das klingt sehr seltsam, aber was ich sogar noch mehr vermisse als meine Frau« – er unterbrach sich und lachte –, »sind die Vögel. Ich hatte hinter unserem Haus mehrere selbstgebaute Vogelhäuschen aufgestellt, und vor dem Küchenfenster hatte ich ein großes Holztablett angebracht, auf das wir regelmäßig Vogelfutter gestreut haben. Deshalb kamen so viele Vögel in den Garten und zum Haus. Beim Frühstück konnte ich die Rotkehlchen und die Spatzen beobachten, wie sie putzmunter das Futter aufpickten und sich gegen die Kälte aufplusterten.« Er hielt abrupt inne und starrte in sein Glas, und Daisy wußte nicht, ob es ihm peinlich war oder ob er traurig war.

»Sie haben keine Kinder?«

»Nein.« Jerry blickte noch immer in sein Glas. »Ich wollte Kinder, aber Scotty wollte keine.«

»*Sie* wollten Kinder?« Daisy war überrascht. »Und Scotty wollte keine?« Sie hatte immer geglaubt, jede Frau wolle Kinder und daß die Männer, genau wie Paul, sich nach Lust und Laune, ihrer beruflichen oder finanziellen Situation nach, für oder gegen Kinder entschieden.

»Scotty langweilt sich schnell. Sie liebt schöne Dinge. Hübsche Kleider, Skiferien und so weiter. Und sie kommt aus einer etwas merkwürdigen Familie ...«

Er erzählte und erzählte. Von Scotty, von Scottys Familie, von seiner Ehe mit Scotty. Daisy trank langsam ihren Scotch und hörte nur mit halbem Ohr zu.

Sie fragte sich: Warum erzählt mir dieser fremde Mann das alles? Wie kann er so mühelos über die intimen Einzelheiten seines Lebens sprechen? Zum Teil wußte sie die Antwort: Er mußte einfach reden, mußte mit irgend jemandem über alles sprechen. Aber warum gerade mit ihr? Warum war er ihr gegenüber so offen? Er hörte nicht auf, zu erzählen, und was er von seinem Leben erzählte, war ebenso traurig wie die Beschreibung der Vögel, die aufgeplustert gegen die Kälte auf dem Futterbrett saßen. Warum erzählte er ihr das alles? Vielleicht wußte er, daß sie freundlich war, und sie war ihm gegenüber freundlich, aufgeschlossen und empfand sogar eine Spur Zuneigung, weil seine Verletzlichkeit ihr eine neue Sichtweise der Männer eröffnete. Es gab also Männer in dieser Welt, die tatsächlich auf ein Heim und Kinder Wert legten, die stabile, ganz gewöhnlich irdische Freuden zu schätzen wußten und die eine Frau wie Daisy mit ihrer anheimelnden Üppigkeit und ihrer Art zu leben haben wollten. Sie wußte, daß Jerry nicht der neue Mann ihres Lebens sein würde, oder vielmehr, daß er nicht ihre neue Liebe sein würde. Aber es war gut möglich, daß sie in ihm einen Freund gefunden hatte, einen guten Freund, so wie Karen, Jane oder Martha oder die Mädchen von oben. Es war sicher nett, einen Mann als Freund zu haben, dachte Daisy, und plötzlich fand sie sogar, daß es schön gewesen wäre, wenn er schon vor ein paar Tagen ihr Freund gewesen wäre, als sie den schweren Spiegel mit dem vergoldeten Rahmen wieder im Flur aufgehängt hatte. Daisy war bei dem Versuch, den Spiegel wieder aufzuhängen, in Tränen ausgebrochen, sie keuchte vor Anstrengung, und sie beschwerte sich bei Danny und Jenny, die neben ihr standen und sie mit offenen Mündern beobachteten: »Wie unabhängig und selbständig ich auch bin – ich bin einfach nicht stark genug, um diesen Spiegel wieder aufzuhängen, und ich werde nie so stark sein!« Sie war völlig erschöpft gewesen, alles tat ihr weh, und sie war bitter und wünschte nur, das Baby würde sich beeilen und *kommen*, wünschte sich, das Leben wäre nicht so anstrengend. Sie war zerschlagen, ihr Körper schmerzte. Das Baby mußte mindestens fünfzehn Pfund schwer sein. Es hatte die richtige Lage und drückte mit seinem ganzen Gewicht auf ihre Blase, deshalb mußte sie ständig zur Toilette rennen, und bei jedem Husten, Niesen oder Lachen machte sie sich die Hose naß. Das Baby drückte auf ihre Lungen, so daß sie nicht mehr mühelos durchatmen konnte, und der Magen und die Eingeweide taten ihr weh, weil das egoistische Baby alles in ihrem Bauch in die Ecken verdrängte. Sie verstand nicht, wie ihr Verdauungssystem trotzdem noch funktionierte. Sie war müde. Zwischen ihren Augenbrauen hatte sich ein brauner Fleck gebildet, der ihr einen etwas dümmlichen Ausdruck verlieh. Wie ungerecht, daß ein *Mann* nur ein bißchen Flüssigkeit auszustoßen brauchte und dann gehen konnte, daß seine Organe und seine Struktur von dem Wachstum neuen Lebens nicht verändert wurden, während die Frau mit der wachsenden Leibesfülle fertig werden mußte, was beim Stehen oft zu Beinkrämpfen führte.

»Welcher Schwachkopf mag sich dieses System ausgedacht haben?« fragte Daisy Danny und Jenny, die natürlich keine Ahnung hatten, was sie meinte oder warum sie sie anbrüllte.

Schließlich holte Daisy sich einen Stuhl, kletterte hinauf, hob vorsichtig den Spiegel auf den Stuhl und schließlich an seinen Platz an der Wand. Es war ihr wichtig, wieder Ordnung zu schaffen, ehe sie mit dem neuen Baby nach Hause kam. Als sie den Spiegel an den Haken hängte, hatte sie das Gefühl, das Gewebe unter ihrer Haut zerrisse. Sie war vom Stuhl gestiegen und hatte sich erschöpft daraufgesetzt und ihren schmerzhaft überdehnten Bauch mit zitternden Händen gestreichelt.

»Ich fürchte, das Baby wird nicht wie ein normales Kind zwischen meinen Beinen herauskommen«, teilte sie Danny und Jenny mit zusammengebissenen Zähnen mit. »Es wird meinen Bauch sprengen. Ich werde am Ende wie dein kleiner Polstersessel aussehen, aus dem überall die Füllung herausquoll.«

»Wirklich?« fragte Danny fasziniert und starrte auf ihren Bauch und hoffte offensichtlich, daß das Baby jetzt und hier herausplatzte.

Aber Jenny fing an zu weinen. »Du hast den Sessel auf die Müllkippe gebracht«, weinte sie. »Kommst du auch auf die Müllkippe?«

»Besser wäre es schon, es wäre genau richtig für mich«, sagte Daisy. »Genau da gehöre ich hin, so verbraucht und kaputt, wie ich bin.« Aber dann schämte sie sich ihrer Bitterkeit und zog Jenny an sich und streichelte sie. »Das Baby kommt nicht aus meinem Bauch heraus«, sagte sie erschöpft. »Ich gehe nicht kaputt und komme deshalb auch nicht auf die Müllkippe. Ich bin einfach nur müde und schlecht gelaunt, aber in ein paar Tagen geht es mir wieder richtig gut. Hab keine Angst, Liebling, weine nicht. Hab keine Angst. Komm, lach doch mal, meine kleine Süße. Kommt mit in die Küche, wir sehen mal, ob wir was Leckeres zum Essen finden.«

»Ich habe keinen Hunger«, schniefte Jenny, und Danny war ihr Echo.

»Ich aber«, sagte Daisy und stemmte sich vom Stuhl hoch und schleppte sich in die Küche, um irgend etwas Süßes zu essen. Aber auch mit Süßigkeiten konnte sie ihrer schlechten Laune nicht beikommen.

Paul hatte in aller Frühe angerufen, um ihr zu sagen, daß ihm etwas dazwischengekommen sei – Freunde hätten ihnen unverhofft Karten für ein Konzert geschenkt. Er könne die Kinder nun doch nicht abholen, und sie könnten auch nicht bei ihm schlafen. Aber er werde sie morgen abholen. Daisy hätte ihm so gern geantwortet: »Du *mußt* sie abholen. Ich wollte mich, sobald sie aus dem Haus sind, ins Bett legen und liegenbleiben, bis sie wiederkommen. Wenn ich mich nicht ausruhen kann, drehe ich durch.« Aber sie war zu müde, um einen Streit mit ihm anzufangen. Vielleicht, dachte sie, kann ja Sara oder eins der anderen Mädchen mit den Kindern spazierengehen, damit ich mich eine Weile hinlegen und ausruhen kann. Aber es machte ihr zu schaffen, daß Paul, der ja doch auch seinen Anteil am Werden der Kinder gehabt hatte, die Verantwortung für sie so einfach abschüttelte. Sie wußte, daß sie sich auf seine Hilfe nicht verlassen durfte – er würde in wenigen Wochen nach Kalifornien ziehen, und sie sah voraus, daß seine Verbindung zu den Kindern bald schwächer werden würde. Sie wußte auch, es würde nicht lange dauern, dann würde sie von ihm nur noch die Unterhaltszahlungen für die Kinder bekommen, zu denen er gesetzlich verpflichtet war, mehr nicht. Sie haßte Paul an diesem Tag, sie haßte ihn rundheraus und von Herzen. Sie dachte, daß sie vielleicht sogar alle Männer haßte, diese Männer mit ihren verletzlichen Körpern.

Aber eigentlich wollte sie Männer nicht hassen, und es paßte auch nicht zu ihr, Bitterkeit zu nähren. Deshalb war sie erleichtert, daß Jerry ihr gegenübersaß, der durcheinander war und verletzt, so verletzt, wie ein Mensch nur sein kann. Und da sie heute ihren Mittagsschlaf gehabt hatte und sich auf ein gutes Abendessen freute, schlug ihre Stimmung ins andere Extrem um, sie gluckte auf ihrer Schwangerschaft wie ein Vogel hoch oben auf einem Wunderbaum. Sie trug zwar die Last und die Beschwerden, aber auch die Fülle und die Freude. Sie war viel komplexer als der Mann, der da vor ihr saß, dachte sie, sie war tatsächlich ein komplizierteres Wesen. Er hatte nichts als seinen einsamen Körper, der sich nie so dramatisch verändern würde wie der ihre. Sie konnte ihren Umfang verändern wie eine Hexe, sie konnte mucksmäuschenstill sitzen, und in ihrem Innern blubberte und bewegte es sich geheimnisvoll. Sie konnte ein Geheimnis in sich wachsen lassen und austragen, das Geheimnis überhaupt. Und zu ihrem eigenen Erstaunen dachte sie unvermittelt, was Jerry wohl davon hielte, wenn sie plötzlich spontan seinen Monolog unterbräche und sagte: Ätsch, bätsch, du kannst nicht, was ich kann, du kannst nicht, was ich kann!«

Es war völlig klar, die Flüssigkeiten der Schwangerschaft drückten ihr auf das Gehirn und bewirkten sonderbare Gefühle und Gedanken. Denn während sie Jerry höflich lächelnd gegenübersaß, nickte und im rechten Moment die richtige Bemerkung machte, schwirrten ihr die verrücktesten Gedanken durch den Kopf. Sie hätte ihn am liebsten geärgert, wie ein Kind, das ein neues, schöneres Spielzeug besitzt. Sie hätte ihn am liebsten unterbrochen und gefragt: Sagen Sie, Sie sind doch ein Mann, finden Sie mich sexy? Glauben Sie, daß mich noch jemand heiraten würde? Ich werde wieder meine alte Figur haben, natürlich. Können Sie sich vorstellen, daß ein Mann eine Frau mit drei Kindern heiratet? Wie finden Sie meine Beine? Schauen Sie mal, sie sehen immer noch prima aus. Was würde der arme Jerry wohl machen, wenn sie ihren Rock hochzöge und ihm ihre Beine zeigte? Sie konnte nicht stillsitzen, sie war unruhig, außer Rand und Band. Plötzlich hatte sie die größte Lust, das Radio anzustellen oder eine Platte aufzulegen und zu tanzen. Ja, sie wollte tanzen, obwohl sie wußte, daß sie möglicherweise gleich umfallen würde, weil sie ja kaum noch gehen konnte, ohne nach Atem zu ringen. Aber Jerry ahnte von ihren Gelüsten nichts und redete weiter.

Schließlich kamen die Kinder zurück und in das Wohnzimmer gestürmt, Sara folgte ihnen.

»Seid ihr immer noch hier?« fragten sie, und Jenny wollte auf Daisys Schoß springen, während Danny unverhohlen Jerry musterte – mit dem gleichen mißtrauischen Ausdruck, mit dem Daisys Vater ihre ersten Freunde angesehen hatte, mit denen sie ausgehen wollte, als sie fünfzehn war.

»Wir wollten gerade gehen«, sagte Jerry zu Daisys Erleichterung. »O Gott, wir werden zu spät kommen, ich habe einen Tisch bestellt.«

Daisy erhob sich vom Sofa, küßte die Kinder zum Abschied und bemühte sich verschämt, möglichst viel von ihrem Körper unter dem Mantel zu verbergen. In der letzten Woche hatte sie versucht, ihren Mantel zuzuknöpfen, und der Druck ihres riesigen Bauches hatte glatt zwei Knöpfe abgesprengt. Sie mußte froh sein, wenn der Mantel wenigstens die Arme und den Rükken bedeckte – ihr Bauch segelte ihr voran in die Kälte, nur mit dem hellblauen Wollstoff ihres Kleides bedeckt. Jerry war ein Gentleman. Er nahm ihren Arm und stützte sie auf dem Weg die Treppe hinunter und bis zum Auto. Im Auto schwieg er eine Weile, bis sie sich dem Restaurant näherten. Und als er schließlich sprach, sagte er: »Ich muß mich bei Ihnen entschuldigen. Ich kann es kaum glauben, daß ich soviel geredet habe, ich hoffe, ich habe Sie nicht gelangweilt.«

»Nein, nein, überhaupt nicht«, antwortete Daisy und lächelte. Aber auch jetzt noch wanderten ihre Gedanken umher, und sie mußte sich geradezu zwingen, ihm ihre Aufmerksamkeit zuzuwenden. Gedankenverloren blickte sie auf die Scheinwerfer der Autos, die Lichter der Häuser und der Läden, an denen sie vorbeifuhren, und sie verlor sich in dem Lichterspiel und hatte Mühe, sich auf den Mann neben ihr zu konzentrieren.

»Normalerweise rede ich nicht soviel über mich selbst«, sagte Jerry. »Aber Sie sind so verständnisvoll. Sie sind so nett.«

»Ich bin so *schwanger*«, sagte Daisy. Und während sie sprach, spürte sie plötzlich einen überraschend warmen Schwall von Flüssigkeit zwischen ihren Beinen. Sie erschrak. Im ersten Moment dachte sie, sie hätte sich in die Hose gemacht. Dann fiel ihr ein, daß sie weder geniest noch gehustet oder gelacht hatte. Und diese Flüssigkeit fühlte sich auch anders an: warm, klebrig. Und es war sehr viel. »O Gott, Jerry«, sagte Daisy, »die Fruchtblase ist gesprungen!«

»Was bedeutet das?« fragte Jerry und sah sie besorgt von der Seite an.

»Das bedeutet, daß ich Ihnen Geld für die Reinigung ihrer Sitzpolster schulde«, sagte Daisy. Sie spürte, wie die Flüssigkeit durch den Stoff ihres Kleides und durch den Mantel in den Sitz sickerte. Aber das war ihr seltsam gleichgültig. Die Flüssigkeit war warm, im Auto war es warm, und sie fühlte sich wohl und unwohl zugleich. Ihr Körper war entspannt und schläfrig, bis auf ihren Bauch, der von einem langsamen Krampf zusammengepreßt wurde. Sie legte prüfend ihre Hände auf ihren Bauch. Ihr war, als litte sie an Schizophrenie und müßte mit ihren eigenen Händen fühlen, mit ihren eigenen Augen sehen, ob sich in dem fremden Land ihres Bauches das abspielte, was sie vermutete. Ihr Bauch war hart wie die Schale einer Nuß, aber diese Härte war verletzlich, lebendig, sie war beseelt; und als sie mit den Händen ihren Bauch streichelte, fühlte sie, wie sich die Härte ohne ihr Zutun lockerte.

Sie saß lange ganz still da, horchte in sich hinein, auf die Arbeit ihres Körpers, horchte mit den Händen – und da war es wieder, das lange, unaufhaltsame Ziehen. Es ging also los. Das Baby kam endlich. In wenigen Stunden würde sie ihr Neugeborenes in den Armen halten, in wenigen Stunden würde sich ihr Leben wieder von Grund auf verändert haben. Sie war bereit, mehr als bereit, sie konnte es kaum erwarten. Sie hieß die Wehen willkommen, diesen auseinanderreißenden Vorgang der Geburt: *gebären,* einem Menschen das Leben schenken durch eigene Anstrengung. Diesmal fürchtete sie sich nicht vor den Schmerzen, denn sie hatte alles schon zweimal durchgemacht. Beim erstenmal, bei Dannys Geburt, hatte sie Angst gehabt. Sie hatte stundenlang im Kreißsaal gelegen, richtig zu atmen versucht und tapfer auf das Schaubild an der Wand gestarrt, das zeigte, wie sich die Öffnung des Muttermundes bis zur Größe einer Grapefruit weitet. Sie war von wahnsinnigen, unkontrollierbaren Ängsten heimgesucht worden: Selbst wenn das bei anderen Frauen möglich sein sollte, bei ihr würde es niemals funktionieren. Ihr Körper würde sich niemals so verändern. Ausgeschlossen, daß der Kopf und der Körper eines Babys sich zwischen ihren Muskeln, ihren Knochen hindurch einen Weg bahnten, ohne daß sie dabei zerriß. Und bei beiden Kindern, bei Danny und Jenny, war sie, als die Schmerzen stärker wurden, überzeugt gewesen, daß sie bei der nächsten Wehe sterben würde, daß ihr das Rückgrat gebrochen war. Sie hatte die Schmerzen als absolut unerträglich empfunden.

Aber sie hatte sie ertragen, zweimal, und ihr Rückgrat war nicht gebrochen und würde auch bei diesem Baby nicht brechen. Sie wußte nun, wie Babys geboren wurden, sie wußte, daß auf der anderen Seite des Berges der Schmerzen, den sie zu besteigen im Begriff war, das Tal der Wonne lag, ein sinnliches Paradies der Erleichterung, der Entspannung, der Erholung und Liebe. Bei Dannys Geburt hatte sie sich, als die Wehen schmerzhafter wurden, wie früher als kleines Mädchen gefühlt, wenn sie, ohne zu wissen, was sie tat, in die Achterbahn gestiegen war und erst dann die Unwiderruflichkeit ihres Tuns begriffen und sich die Kehle aus dem Hals geschrien hatte, wenn die wackligen Gondeln die tiefen Schluchten hinunter- und hinauffuhren. »Das habe ich nicht gewußt, ich habe Angst, ich will aussteigen!« Die Erkenntnis, daß sie die Höllenfahrt nicht vorzeitig beenden konnte, daß sie gefangen war, bis zum bitteren Ende, selbst wenn sie dabei starb oder unbeschreibliche Qualen litt, hatte sie damals wahnsinnig erschreckt.

Doch diesmal war alles anders, besser. Sie hatte mehr Unterstützung als früher, als bei Danny und Jenny. Ihre Familie unterstützte und liebte sie, ihre Freundinnen, und sie selbst war durch die Ereignisse der letzten Monate stark geworden. Wenn sie das ausgehalten hatte – den Schmerz der Scheidung, den Verlust Pauls, das Ende ihrer Ehe –, wenn sie das alles ertragen hatte und das Leben immer noch lächelnd bejahte, dann würde sie auch die Geburt dieses neuen und jetzt schon geliebten Kindes ertragen. Und diesmal fühlte sie sich nicht wie in der Achterbahn einem unbekannten Schicksal entgegengeschleudert. Diesmal ging es, sie wußte es, geschmeidiger und leichter – sie fühlte sich wie von einer Welle getragen. Ja, wie ein Floß, ein Rettungsfloß, das, von einer riesigen rollenden Welle getragen, hoch oben gehalten wird. Sie war das Schiff, das das Baby sicher an Land brachte. Sie hatte keine Angst, sie war froh.

Ihr Bauch entspannte und verkrampfte sich in rhythmischen Abständen, und die Abstände waren sehr kurz. Die Wehen kamen schneller als alle vier Minuten und wurden immer stärker.

»Jerry«, sagte Daisy, »ich glaube nicht, daß wir heute zusammen essen gehen. Ich glaube, Sie müssen mich sofort zum Krankenhaus fahren.«

»Wirklich?« fragte Jerry, und sein Gesicht leuchtete vor Überraschung. »Geht es Ihnen gut?«

»Ja, es geht mir gut. Aber die Wehen haben begonnen, und es sind sehr starke Wehen. Es tut mir leid, das habe ich nicht gewollt.«

»Oh, schon gut. Mein Gott, das ist doch wunderbar! Wie aufregend!« Jerry mußte an einer roten Ampel halten und musterte Daisys Körper unverhohlen, als könnte er so ergründen, was vor sich ging.

»Und machen Sie sich keine Gedanken, wenn ich

plötzlich nicht mehr freundlich sein sollte«, sagte Daisy. »Normalerweise kommen die Wehen erst alle vier Minuten, und dann werden die Abstände langsam kürzer, aber jetzt schlägt alles über mir zusammen. Ich muß ein paar Atemübungen machen, und ich muß – nur einen Moment ...« Sie vergaß Jerry und fing an zu hecheln, wie sie es von ihren früheren Wehen her kannte. Ja, da war sie wieder, die Riesenhand, die ihren Körper griff und preßte. Sie wußte, sie mußte sich fügen, sie konnte sich nicht dagegen wehren, sie konnte nur kapitulieren. Sie zog den Mantel, so fest sie konnte, um sich, weil sie nicht zu unordentlich wirken wollte, nicht zu aufgelöst vor diesem armen Mann, den sie unabsichtlich in diese Lage gebracht hatte. Die nächste Wehe war so stark, daß sie sich in den Sitz drückte und die Knie an das Armaturenbrett preßte und sich am Türgriff festhielt. »Aua«, sagte sie. »Oh Gott, Jerry, fahren Sie bitte schneller.«

»Das werde ich«, sagte Jerry und drückte auf das Gaspedal. Er fuhr sehr konzentriert und schnell, und dann fragte er plötzlich: »Aber wohin? In welches Krankenhaus?«

Daisy mußte lachen und verlor dadurch die Kontrolle über ihre abgemessen tiefen Atemzüge. »St. Mary's«, sagte sie. »Und beeilen Sie sich. Und, vielen Dank, Jerry. Ich – ich werde jetzt nicht mehr mit Ihnen reden können.«

»Sollen wir halten und die Polizei rufen? Oder einen Krankenwagen?«

Aber jetzt war Daisy nicht mehr in der Lage, ihm zu antworten, sie schüttelte nur den Kopf und wimmerte. Die Wehen waren sehr stark, die Schmerzen überwältigten sie immer mehr. Sie mußte sich dem Schmerz überlassen, darin versinken, sich ergeben. Sie wandte sich ab, damit Jerry sie nicht sah, mit ihrem verzerrten und nicht mehr menschlichen Gesicht, und stützte sich ab, so gut es in dem Auto ging. Sie konzentrierte sich ganz auf die Atmung und ließ ihren Körper machen. Er hob und senkte sich, blähte sich und fiel zusammen, sie ließ sich hinunterziehen und hörte sich schluchzen, wenn sie sekundenlang aus den Schmerzen auftauchte.

»Gott«, sagte sie, »die Pausen sind so schön.«

Als sie zum Krankenhaus kamen, hatte sie bereits Preßwehen. »Jerry«, sagte sie, »Sie müssen Leute holen, mit einem Rollstuhl oder einer Trage. Ich kann unmöglich laufen.«

Jerry stürzte aus dem Auto und rannte zur Notaufnahme. Daisy gestattete sich einige Laute, die sie bis jetzt zurückgehalten hatte: »Oh, verdammt! Oh, Scheiße, oh, verdammt!« schrie sie in die dunkle Nacht hinaus. »Das kann ich aber gar nicht leiden, Baby, ich hoffe, du beeilst dich!« Ihr Rücken krümmte sich gegen ihren Willen, und das Auto war höllisch unbequem. Ihr war wahnsinnig heiß in dem Mantel und dem Wollkleid, und sie versuchte, ihren Mantel auszuziehen, sie fühlte sich verschwitzt und schmutzig, aber sie schaffte nur, einen Ärmel auszuziehen. Dann kamen die Pfleger mit einem Rollstuhl. Es gelang ihnen, sie, die ganz weich und schwerfällig war, weil sie ihren Körper nicht mehr in der Gewalt hatte und ihnen deshalb nicht helfen konnte, aus dem Auto in den Rollstuhl zu bugsieren, während Jerry hilflos dabeistand und mit Augen, so groß wie Dannys, zusah. Daisy konnte kaum im Stuhl sitzen, so sehr schmerzte ihr der Rücken.

»Ist alles in Ordnung?« fragte Jerry dauernd und rannte neben ihr her in den hellen sauberen Aufnahmeraum. Seine Augen funkelten besorgt.

Ach, du armer Mann, dachte Daisy, du verstehst gar nichts. »Mir geht es gut«, sagte sie.

»Aber Sie weinen doch!«

»Weil es weh tut!« schrie Daisy. »Weil es sehr weh tut! Aber das ist gut so. Jerry, machen Sie sich keine Sorgen.« Dann sprach sie mit einer Schwester und leierte ihren Namen, den Namen ihres Arztes, ihre Versicherungsnummer und ihre Sozialversicherungsnummer, ihre Telefonnummer und ihre Adresse herunter. Die Krankenschwester notierte alles auf verschiedenen Formularen, bis Daisy brüllte: »Wenn Sie mich nicht sofort in den Kreißsaal bringen, werde ich das Baby hier bekommen!« Das letzte, was sie wahrnahm, ehe sie weggeschoben wurde, war Jerry, der dastand und hilflos die Hände rang. Ihr letzter klarer Gedanke war: Mein Gott, er ringt tatsächlich die Hände. Das habe ich noch nie gesehen, daß jemand die Hände ringt!

Und dann war sie im Kreißsaal, wo sie halb auf das Bett getragen, halb fallengelassen wurde. Ein junger Arzt, den sie noch nie gesehen hatte, kam herbeigeeilt, zog sich einen weißen Kittel und Handschuhe an. Ehe sich noch irgend jemand rühren und ihr helfen konnte, hatte Daisy sich selbst zurechtgelegt. Jetzt ging es ihr besser, der Raum war ihr vertraut, sie wußte, was sie zu tun hatte. Sie packte die Handgriffe an beiden Seiten, stemmte sich dagegen und ließ den Kopf nach hinten fallen. Sie bremste nicht mehr, sie hörte auf zu hecheln, ihr Körper erinnerte sich an den schrecklichen Rhythmus der Vergangenheit, sie atmete tief ein und preßte. Als sie aufblickte, sah sie, daß der Arzt mit einer Schere einfach ihre Strumpfhose und die Unterhose von ihrem Körper schnitt. »Hahahaha!« lachte sie, eine wilde Freude hatte von ihr Besitz ergriffen. Sie hatte solche Schmerzen, daß sie kaum noch zurechnungsfähig war. Vielleicht würde ihr Rückgrat diesmal *doch* brechen. Sie preßte wieder, und der Arzt sagte: »Der Kopf kommt durch.« Sie preßte wieder, stöhnte laut, wußte, daß sie sich wie ein tollwütiger Hund anhörte, und hoffte mit einem klaren Teil ihrer Gedanken, daß der arme Jerry nicht hinter der Tür stand und sie hörte, daß er nicht hörte, wie sie jede Beherrschung verlor. Eine qualvolle Minute lang schien das Baby festzustecken, es schien festgekeilt zu sein, schien plötzlich viel zu groß, um ausgestoßen zu werden. Es tat weh, es tat höllisch weh, es tat weh, weh, weh, die runden schimmernden Lichter über ihr wurden quadratisch und verschwammen – und dann war das Baby draußen.

Ihr Baby war geboren. Ihr neues Kind. Sie hörte ein bemitleidenswertes Wimmern.

Der Arzt sagte: »Es ist ein Mädchen.«

Daisy hob den Kopf, aber sie sah nichts als die weißgekleideten Rücken des Arztes und der Schwestern, die sich um das Baby scharten, um es zu waschen und zu versorgen.

»Geben Sie sie mir«, sagte Daisy.

»Das dürfen wir nicht«, sagte der Arzt. »Sie tragen Straßenkleidung und könnten es infizieren.«

»Geben Sie mir mein Baby«, sagte Daisy und stützte sich auf die Ellbogen, obwohl immer noch Wehen die ganze untere Hälfte ihres Körpers zusammenzogen. »Sie haben mich nicht angebunden, und wenn Sie sie mir jetzt nicht sofort geben, dann springe ich vom Tisch und blute Ihnen hier alles voll und schlage Sie zusammen und hole mir mein Kind.«

Der Arzt starrte Daisy an, und Daisy starrte ihn an. Sie hatten sich noch nie im Leben gesehen. Aber irgend etwas funkte zwischen ihnen, vielleicht so etwas wie gegenseitige Bewunderung oder eine Art Erkennen, und dann lächelte der Arzt.

»Sie sind ja eine richtige Tigerin«, sagte er.

»Nein, eine Mutter«, sagte Daisy. »Eine Tigerin – mein Gott, in welchem Jahrhundert leben Sie denn? So redet doch niemand mehr. Geben Sie mir mein Kind.«

Er gab ihr das Baby. Er gab ihr das zappelnde, verschmierte Baby, und Daisy drückte es einen Moment an ihre Brust, sie schwebte plötzlich über dem Kreißsaal und über der Welt durch das Wunder dieser neuen Kreatur, dieses neuen Kindes, das sie geboren hatte, ihre Tochter. Das Baby sah aus wie eine nasse Ratte.

»Sie wird anders als wir aussehen«, sagte Daisy laut, aber doch mehr zu sich selbst. »Sie sieht aus wie – oh, ich glaube, sie wird wie Dale aussehen! Ich glaube, sie wird braune Haare bekommen. Meine anderen beiden waren gleich so blond.« Das Baby drängte und preßte sich an sie, zappelte mit seinen winzigen verschrumpelten Ärmchen und Beinchen, schnorchelte und quietschte wild und zornig. »Oh«, sagte Daisy, »bitte helfen Sie mir, mich auszuziehen. Ich will sie anlegen.« Sie sah, wie die Schwester den Blick des Arztes suchte.

»Helfen Sie ihr«, sagte der Arzt. »Lassen Sie sie stillen.«

»Diese modernen Mütter«, seufzte die alte Krankenschwester, aber sie half Daisy mit sanften Händen, ihre Kleider auszuziehen. Das Baby nahm Daisys Brustwarze und wurde sofort ruhig. Und Daisy sah sich wieder in die alte liebliche Welt versetzt, in der es nur sie und das saugende Baby gab, alles andere verschwamm und wurde unwichtig. Sie liebte das sexuelle Gefühl, das von der Brust in die Vagina ging. Undeutlich spürte sie, daß der Arzt die Plazenta holte, ihre Gefühle konzentrierten sich auf ihre neue Tochter und die fast unerträgliche Freude, ihren winzigen saugenden Mund zu spüren. Wie klein das Baby war, wie vollkommen, wie zerbrechlich sie war! Und wie einzigartig! Ihre Haut irisierte fast, schimmerte in zarten Pastelltönen. Ihre Fingernägel sahen aus wie Perlmutt, wie winzige schillernde Steine. Sie sah wirklich aus wie ein Juwel, das vom Meer ans Land gespült worden war, frisch und glänzend, wie sie da in den warmen trockenen Armen ihrer Mutter lag. Daisy betrachtete ihr neues Kind und studierte es, fuhr mit den Händen über die winzigen Formen des Körpers, fühlte die zarten, zerbrechlich wirkenden Glieder. Wieder war sie verloren, liebte sie. Das Baby kuschelte sich an sie, saugte zart.

Schließlich kam die Krankenschwester und nahm

Daisy geschäftig das Baby weg, um die Routineuntersuchungen zu erledigen. Daisy ließ sich in das Bett zurücksinken, entspannte ihren Körper und fühlte plötzlich, daß ihr alles weh tat. Sie war dankbar, daß sich erfahrene Hände um sie kümmerten. Sie schloß die Augen.

»Wir können jetzt Ihren Mann hereinrufen, damit er Sie und das Kind sehen kann, wenn Sie möchten.«

Daisy öffnete die Augen und erkannte den jungen Arzt, der ihre Tochter entbunden hatte und nun neben ihr stand und sie anlächelte.

»Meinen Mann?« fragte sie erstaunt. »Ich habe keinen Mann.«

»Sie haben keinen Mann?« fragte der Arzt verwirrt.

»Nein. Ich bin geschieden. Oder fast geschieden.« Sie war viel zu müde, und es war zu kompliziert, um ihm das zu erklären.

»Aber draußen ist ein Mann – der Mann, der Sie hergebracht hat...«

»Ach so«, sagte Daisy schwach. »Mit dem war ich nur verabredet.« Und dann mußte sie lachen. »Ich habe eine Einladung zum Essen verpaßt.«

»Sie müssen ja ein aufregendes Leben führen«, sagte der Arzt.

»Oh, ja. Sehr aufregend.« Daisy mußte noch mehr lachen. »Aber ich bin oft sehr hungrig. Ich würde meine Seele für einen Cheeseburger mit Zwiebeln und für eine Cola verkaufen.«

»Ich kümmere mich darum«, sagte der Arzt und ging.

Daisy schloß wieder die Augen und döste weg. Sie merkte nur undeutlich, daß sie auf eine Trage gelegt wurde und aus dem Kreißsaal in ein privates Krankenzimmer gebracht wurde. Schwestern glätteten ihr weißes Nachthemd und legten sie ins Bett, maßen wieder ihre Temperatur und kontrollierten ihre Binden und unterhielten sich leise, und Daisy ließ alles mit sich geschehen, wie im Traum. Sie fragte nach Aspirin, und jemand gab ihr Schmerztabletten und noch eine andere Tablette, sie war zu müde, um nachzufragen, was das war, und döste wieder ein. Es war vorbei. Ihr neues Kind war da, die Arbeit war getan, sie konnte sich ausruhen.

»Haben Sie noch Hunger?«

Der junge Arzt war wieder da. Er hielt in seiner Hand eine große weiße Papiertüte, und er brachte einen wunderbaren Duft mit sich, der nichts mit einem Krankenhaus zu tun hatte, den Duft von Fleisch und Zwiebeln.

»Haben Sie einen *Cheeseburger* in der Tüte?« fragte Daisy, die plötzlich hellwach und furchtbar hungrig war.

»Ja«, sagte der Arzt. »Ich habe jemanden rübergeschickt. Ich habe auch Hunger. Haben Sie etwas dagegen, wenn ich Ihnen Gesellschaft leiste?«

»Nein, natürlich nicht«, sagte Daisy. Sie ließ den Arzt ihr Bett hochstellen und den Tisch vor ihr aufbauen. Er setzte sich auf ihr Bett und breitete das Essen auf dem Tisch aus: Cheeseburgers und Pommes frites in Pappschachteln und Cola in Pappbechern.

»Das ist besser als das Krankenhausessen«, sagte der Arzt. »Außerdem fand ich, daß wir uns ein gemeinsames Essen verdient haben. Wenn ich Champagner auftreiben könnte, würden wir jetzt Champagner trinken. Es war meine erste Entbindung.«

»Wirklich? Wie aufregend. Sie haben Ihre Sache jedenfalls sehr gut gemacht.«

»Vielen Dank. Aber die Arbeit haben Sie gemacht, ich stand nur daneben. Es war wunderbar.«

Daisy aß und aß – er war so einfühlsam gewesen, zwei Cheeseburgers für sie holen zu lassen – und hörte dem Arzt dabei zu. Er sah unbedeutend aus, aber liebenswert, und Daisys Gefühle flogen ihm aus zwei Gründen zu, weil er ihr Arzt war und ihr doch wie ein

Kind vorkam. Sie fand es außergewöhnlich, es war wie ein Hauptgewinn, in einem blaßgelben Krankenhauszimmer zu sitzen und mit ihrem Doktor Cheeseburgers zu essen. Mit ihrem Hausarzt wäre das nicht vorgekommen, er war ein tüchtiger, aber mürrischer alter Mann, der in seinem Leben schon so viele Babys entbunden hatte, daß er vor Langeweile seufzte, wenn er schon wieder diese Routineangelegenheit hinter sich bringen mußte. Bei Dr. Leston war sie sich immer etwas wie ein kleines Mädchen vorgekommen, das sich mutwillig in eine Klemme gebracht hatte und nun Hilfe brauchte. Bei dem jungen Mann hier war sie die Erwachsene, und wenn er ein Gott war, weil er Arzt war, dann war sie eine Göttin, weil sie ein Kind ausgetragen und geboren hatte. In seiner Gegenwart fühlte sie sich entspannt, ebenbürtig, geradezu euphorisch, was jedoch, wie sie wußte, an den Schmerztabletten und dem Essen lag und an ihrem körperlichen Zustand direkt nach der Geburt.

»Was ist mit Jerry passiert«, fragte Daisy und bemühte sich, wieder vernünftig zu werden, nachdem sie sich satt gegessen hatte und ehe der Schlaf sie überwältigte.

»Ich habe ihn nach Hause geschickt«, sagte der Arzt. »Er will Sie morgen besuchen. Und er fährt bei Ihnen zu Hause vorbei, um Bescheid zu sagen.«

»Das ist gut«, sagte Daisy. »Sara weiß, was zu tun ist. Ich rufe sie morgen früh gleich an. Oh – ich muß meine Mutter anrufen. Und meinen Vater. Und Dale.«

»Dann werde ich jetzt gehen«, sagte der Arzt. »Ich komme morgen vorbei. Sie brauchen jetzt Ruhe, telefonieren Sie nicht zu lange.«

Daisy lächelte. »Das könnte ich gar nicht, selbst wenn ich wollte. Ich merke, daß ich sehr bald einschlafen werde. Vielen Dank für die Cheeseburgers, sie waren das Beste, was ich je gegessen habe.«

Daisy wartete, bis der Arzt gegangen war, und griff nach dem Telefon. Bei ihrem Vater nahm niemand ab, sie würde ihn morgen anrufen müssen. Als nächstes rief sie ihre Mutter an und erzählte ihr alles ausführlich.

»Oh, Gott sei Dank! Das freut mich, da bin ich aber sehr froh«, sagte Margaret. »Ich freue mich wirklich sehr, daß es euch beiden gutgeht, ich mußte die ganze Zeit an dich denken. Ach, Liebling, was für eine wunderbare Geschichte! Du hast eine Verabredung, und statt dessen bekommst du ein Kind. Ich bin froh, daß du dich wieder verabredest.«

»Ja, ich auch«, sagte Daisy. »Ich bin überhaupt froh. Im Moment bin ich sogar absolut high. Und nicht wegen der Tabletten. Und wie geht es dir?«

»Oh, mir geht es gut«, sagte Margaret. »Weißt du, als Danny geboren wurde, bin ich eine Woche lang herumgegangen und habe mir gesagt: Du bist jetzt Großmutter. Eine *Großmutter.* Und ich kam mir uralt vor. Ich glaube, das erste Enkelkind ist immer der größte Schock. Bei diesem Kind fühle ich mich überhaupt nicht älter.«

Daisy lächelte in sich hinein. Selbst dieses Ereignis, dachte sie, mußte ihre Mutter nutzen, um sich selbst zu bespiegeln. Trotzdem beendete sie das Telefongespräch sehr liebevoll, bedankte sich noch einmal für das Geld und versprach, so bald wie möglich Fotos zu schicken. Sie verabschiedete sich und rief dann Dale an, die sehr begeistert und gleichzeitig sehr besorgt reagierte.

»Es tut mir so leid, daß ich nicht kommen und dir helfen kann«, sagte Dale. »Geht es dir gut?«

»Doch, sehr gut. Karen und Jane helfen mir über die nächsten beiden Wochen hinweg – sie wollen mir Danny und Jenny abnehmen. Und dann habe ich ja die Dachzimmer an sehr, sehr nette Mädchen vermietet, die ich richtig gern habe, und ich habe auch ausreichend Geld, und ich habe sogar einen netten Arzt, der mir Cheeseburgers besorgt hat!«

»Ja, ja, Sonne am Morgen und Mondschein in der Nacht«, sagte Dale. »Was für Glückspillen haben sie dich denn schlucken lassen?«

»Ach, Dale.« Daisy lachte, aber sie merkte, daß die Schmerztabletten jetzt ihre Wirkung voll entfalteten. Sie war plötzlich todmüde, so daß sie am liebsten den Telefonhörer fallengelassen hätte und eingeschlafen wäre. »Dale, ich bin zu müde, ich rufe dich morgen an.«

»Nein, spar deine Münzen. Ich rufe dich an.«

»Okay. Danke. Ich liebe dich. Und noch etwas – ich bin jetzt fertig mit dem Kinderkriegen. Jetzt bist du an der Reihe.«

»Gut«, sagte Dale. »Ich werde darüber nachdenken.«

Daisy verabschiedete sich von ihrer Schwester, legte den Hörer auf und ließ sich in das warme Bett zurücksinken. Ihr war so zumute, als käme sie gerade von einer außergewöhnlichen, unerwartet glücklichen und seltsam erotischen Party nach Hause. Was für ein Glück ich habe, dachte sie und schlief sofort ein.

9

Oh, diese flirrenden Farben der Bäume! Immer wieder blieben Margarets Blicke an den Bäumen hängen, an den blühenden Apfelbäumen, den Ahornbäumen, den unzähligen sanften Grüntönen der Nadelbäume und Hecken. Sie blickte aus dem Fenster ihres neuen Hauses hinaus, obwohl sie sich Mühe gab, nicht hinauszusehen, weil sie noch so vieles auspacken mußte. Es war erst halb zehn an diesem Sonntagmorgen, aber sie hatte sich geschworen, das neue Haus bis zum Abend einzurichten und alles an seinen Platz zu tun, damit sie morgen, wenn sie von der Arbeit kam, schon in eine bestimmte Ordnung zurückkehren konnte. Die blühenden Bäume und Blumen waren jedoch so verführerisch, daß sie sich schließlich mit ihrer Tasse Tee nach draußen auf die Treppe an ihrer hinteren Veranda setzte und einfach nur in die Gegend sah.

Es war Ende April, die Sonne wärmte schon und übergoß alles mit goldenem Licht. Was gab es Schöneres, als ungestört in der wärmenden Sonne zu sitzen, im eigenen Garten, umgeben von den rosa, weißen und goldenen Farben des Frühlings. Pandora, die weiße Katze, hatte sich gemütlich neben einem saftigen grünen Busch Pfingstrosen ausgestreckt, dessen Knospen vor dem Aufspringen standen. Ulysses, der graue Kater, den Margaret adoptiert hatte, schlich weiter hinten im Garten unter den Azaleensträuchern umher und versuchte, etwas Interessantes aufzutreiben. Er war ein lustiger, verspielter Kater, ganz anders als Pandora, die meistens irgendwo döste, und er hatte Margarets Herz erobert, weil er so unterhaltsam war und sich immer neue Sachen ausdachte. Er jagte seinen Schwanz – wozu Pandora entweder nicht naiv genug oder zu faul war, und er unterhielt sich ständig mit Margaret. Er hatte etwas von einem kleinen Komödianten. Da er gesehen hatte, daß Margaret aus dem Haus gekommen war und ihn beobachtete, vollführte er einen kunstvollen, anmutigen Tanz zwischen den Sträuchern, den er damit beendete, daß er auf einen der unteren Äste des Apfelbaumes sprang. Dann miaute er Margaret fragend an.

»Ja, ich sehe dich, Ulysses, ich sehe dich. Du bist wunderbar«, sagte Margaret.

Der Kater gab sich damit zufrieden. Er drehte ihr den Rücken zu und fing an, sich zu lecken und zu putzen, was er so konzentriert und bestimmt tat, daß Margaret lächelte – sie wußte, daß er früher oder später vom Baum fallen würde. Es gibt Dinge, die du dir selbst aussuchst, und andere, die das Schicksal dir zuteilt, dachte Margaret, und wer weiß, vielleicht werde ich nie wissen, auch nicht am Ende meines Lebens, wenn ich alles zusammenrechne, was von beiden besser war. Denn sie brauchte die erhabene und luxuriöse Pandora ebenso, wie sie ihr neues, herausgehobenes Leben, ihren »Luxus«, brauchte, aber sie wußte nun, daß sie auch – immer noch – in ihrem Leben das Unerwartete brauchte, die bezaubernden und belebenden Elemente. Wie reich das Leben sein kann, dachte Margaret. Das Leben kann reich und lang sein. Und sie wußte jetzt, daß die Entscheidung für eine bestimmte Art zu leben nicht zwangsläufig irgendwelche Begrenzungen bedeutete – und daß Grenzen, die sie setzte, durchaus auch neue Möglichkeiten eröffneten. Es kam darauf an, aus beidem das Beste zu machen.

Sie trank ihren Tee. Sie war zufrieden. Und doch spürte sie eine ständige unterschwellige Spannung; denn auch wenn sie ihr selbstgewähltes Leben immer wieder veränderte – sie wußte, daß sich das Schicksal nicht davon abhalten ließ, sich die abwegigsten Dinge auszudenken, um sie durcheinanderzubringen. Anders gesagt: Ihr war bewußt geworden, wie kurz das Leben sein konnte: Sie war sich ihrer eigenen Vergänglichkeit bewußt.

Nach Dales Besuch Ende Januar hatte Margaret Stunden an ihrem Schreibtisch sitzend verbracht, über ihren Bankauszügen und Sparbüchern gebrütet und hin und her überlegt, gerechnet und über ihr Leben nachgedacht. Die Frage war, wie konnte sie Daisy am besten helfen, ohne auf die finanzielle Sicherheit und die Annehmlichkeiten ihres Lebens ganz zu verzichten. Es gab so vieles, was sie noch machen wollte. Sie wollte reisen: kurze Ferien in Hawaii, wenn es in Vancouver regnete, oder längere Reisen nach Europa oder nach Asien. Sie wollte das Gefühl haben, jederzeit ein Ballett, ein Konzert oder ein Theater besuchen oder Freunden Geschenke machen zu können, sich weiterhin schöne Kleider und Bücher leisten und *gut* leben zu können. Und schließlich gab es auch noch die dunklen Seiten ihres Lebens, wie Miriams Krankheit in den vergangenen Wochen nur allzu deutlich gezeigt hatte. Die Zukunft konnte Krankheit bringen, mit Sicherheit brachte sie das Alter, und sie wollte sich dann selber helfen können. All das kostete Geld, und wenn sie das alles einplante, dann würde sie nicht genug Geld übrigbehalten, nicht genug, um Daisy das zu geben, was sie brauchte.

Die einzige Möglichkeit bestand darin, ihr Haus am Meer zu verkaufen. Es war ein sehr teures Haus; da es am Wasser lag, waren die Steuern besonders hoch. Warum, fragte Margaret sich plötzlich, muß ich eigentlich am Wasser wohnen? Sie hatte es sehr genossen, sie fand es wunderschön, aber oft nahm sie es auch gar nicht mehr bewußt wahr. Einmal hatte sie aus dem Fenster auf den Hafen geblickt und einen riesigen norwegischen Stahlfrachter beobachtet, der langsam von Point Grey nach Second Narrows fuhr, und der Anblick des Schiffes, das die Güter der Welt beförderte, und der Männer, die mit diesen Gütern umgingen, hatte sie merkwürdig erbittert. An diesem Nachmittag war sie mit einem Makler durch West-Vancouver gefahren und hatte sich Häuser angesehen, die weiter oben in den Bergen lagen. Und sie hatte ein Haus gefunden – das Haus, in das sie jetzt eingezogen war, das ihr all das bot, was ihr in dem Haus am Meer gefehlt hatte. Es war klein, fast mehr ein Cottage, mit einem lieblichen kleinen Garten hinter dem Haus. Der sehr abgeschiedene Garten war auf allen Seiten von hohen Zedern und Hecken umgeben, und bei seinem Anblick hatte Margaret gedacht: Oh, genau das ist es, was ich suche, das ist ja geradezu vollkommen. Sie hatte also ihr Haus am Meer verkauft und das kleine Haus mit dem stillen Garten gekauft, und die Preisdifferenz der beiden Grundstücke war so groß, daß sie Daisy davon das Geld schicken konnte, das sie brauchte, um ihr Haus behalten zu können. Und es war alles gut geworden. Margaret fühlte sich aller Verpflichtungen entbunden: Harry hatte Trudy geheiratet, Dale würde sie nie so brauchen wie Daisy, und Daisy würde sich von nun an immer von ihr unterstützt fühlen, weil sie in dem Haus wohnen bleiben durfte, das sie ohne Margarets Hilfe hätte verkaufen müssen. Dale und Daisy waren noch jung, und bestimmt würden sie irgendwann wieder hilfesuchend zu ihr kommen, aber für sie, Margaret, war es wichtig, das Gefühl zu haben, daß sie im Moment alles, was sie konnte, für ihre Töchter getan hatte. Sie konnte sich frei fühlen.

Sie hatte sich auch von Anthony befreit. Das allerdings war ihr weniger gut gelungen. Es ließ sich nicht mit einem Scheck per Post erledigen, es war keine Angelegenheit, die sich aus der Ferne erledigen ließ. Aber als Margaret zu ihm gesagt hatte, daß sie ihn nicht heiraten wolle, daß sie überhaupt niemanden heiraten wolle, hatte er es genauso hingenommen, wie Margaret es von ihm erwartete, und sie waren Freunde geblieben. Sie sahen sich noch, schliefen auch noch miteinander

ander, aber seltener. Sie hatte von Miriam erfahren, daß er sich neuerdings mit einer anderen Frau regelmäßig traf, und sie ahnte, daß er diese andere Frau wahrscheinlich bald heiraten würde, was sie etwas traurig stimmte. Aber nicht so traurig, daß sie ihre Meinung geändert hätte. Sie würde Anthonys Eleganz und seinen Charme vermissen, aber es gab noch andere Männer. Es gab genügend andere Männer, mit denen sie ausgehen und mit denen sie schlafen konnte, und wenn keiner da war, dann hatte sie immer noch ihre Freundinnen, und sie hatte sich, ihre eigenen einsamen Wünsche und Freuden, die sie allen anderen vorzog. Und sprechen konnte sie mit ihren Freundinnen und ihren Töchtern.

Sie hatte nach und nach und mit wachsendem Entzücken herausgefunden, daß sie einen eigenen Verstand hatte. Sie wußte, daß das nichts mit Talent oder einer Karriere zu tun hatte, aber trotzdem schöpfte sie große Zufriedenheit daraus. Für sie war es eine wahre Freude, zu erkennen, daß sie Verstand hatte und daß ihr Verstand ein Eigenleben besaß und sich ausdehnen und wachsen wollte und daß er das konnte – in ihrem Kopf, so, wie das Leben sich ausdehnte und wuchs inmitten des Wirrwarrs der Menschen und Dinge.

Sie hatte beschlossen, sich dreierlei Dingen zu widmen: der Religion, der Musik Beethovens und der Botanik. Sie wollte, ehe sie starb, die Strukturen und Systeme der Pflanzen, der Bäume und Blumen verstehen lernen, besonders der zweigeschlechtlichen. Sie wollte die Geheimnisse der Klänge, Tonarten und den Rhythmus der Musik ergründen. Und sie wollte vergleichende Religionswissenschaften studieren, um alle Religionen kennenzulernen, nicht nur die westlichen, weil die Religion, obwohl wie die Musik von Menschen erfunden, ebenso wie die Musik trotz aller strengen Regeln über den Menschen hinausreichte. Es gab ganze Wissens- und Erfahrungsbereiche, die sie nie wirklich wahrgenommen hatte und in die sie jetzt vordringen wollte, so, wie man ein unbekanntes schönes Zimmer betritt. Sie wollte sich vorwärts bewegen, aber die Geschwindigkeit selbst bestimmen. Es gab so viele verschiedene Möglichkeiten, das Leben durch Wissen zu bereichern, so viele verschiedene Möglichkeiten, das Leben zu leben.

Das Leben zu leben: Das war der Schlüssel, darauf kam es an. Kurz vor und nach Dales Besuch hatte Margaret sich, wie sie jetzt erkannte, eine Zeitlang dem Selbstmitleid hingegeben, daß es für sie zu spät sei. Sie hatte sich alt gefühlt und gemeint, daß sie ihr Leben verschwendet hätte, sie hatte ihre Falten beweint und ihren Mangel an Talent beklagt. Sie hatte ihre Töchter um ihre Jugend und ihre Schönheit beneidet, darum, daß sie das Leben noch vor sich hatten. Sie war besessen gewesen von verzweifelten Reuegefühlen angesichts ihrer Vergangenheit. Schluchzend hatte sie beeindruckende feministische Bücher gelesen, und einmal hatte sie aus einem Drugstore hinauslaufen müssen, weil die in fröhlichen hellen Buchstaben gedruckten Worte auf dem Titelblatt einer Frauenzeitschrift ihr bewußt werden ließen, wie gut es jüngeren Frauen gelang, Familie und Beruf zu vereinbaren. Bitterkeit und Bedauern überschatteten ihr Leben, so daß sie sich selbst von ihrer Freundin Miriam abwandte, weil sie auch auf Miriam und ihr Leben neidisch war.

Dann, Anfang April, hatte Miriam Margaret dringend zum Essen eingeladen. Margaret hatte eine Standpauke von ihrer Freundin wegen ihrer wachsenden Melancholie erwartet. Und sie war erstaunt gewesen, wie abwesend Miriam während des Essens war, wie schweigsam. Lustlos stocherten sie beide in dem köstlichen Krabbensalat herum, den Miriam zubereitet hatte. Als sie auf der Sonnenterrasse vor Miriams Haus den Kaffee tranken und es sich in den Korbsesseln mit den gestreiften Kissen bequem gemacht hatten, dachte

Margaret: Jetzt kommt es. Jetzt wird sie mir sagen, wie unfreundlich ich mich benehme.

Doch statt dessen sagte Miriam zu Margaret: »Ich muß dir etwas sagen. Ich gehe nächste Woche ins Krankenhaus. Vielleicht wird mir eine Brust abgenommen.«

»O nein!« sagte Margaret. »O nein!«

In den darauffolgenden Wochen hatte sie ihrer Freundin beigestanden und Miriam nicht nur ihr Mitgefühl, sondern auch ihre Dankbarkeit zu zeigen versucht. War es nicht eine grausame Ironie, daß es dieser schrecklichen Wende in Miriams Leben bedurft hatte, um ihr, Margaret, die Wichtigkeit der Gegenwart bewußtzumachen und auch die Bedeutung dessen, was Margaret hinter sich gelassen hatte? Daß vielleicht ihre seelische Schwäche ihrer besten Freundin eine physische Krankheit eingetragen hatte?

»Das ist aber wirklich absurd«, hatte Miriam lachend protestiert. Sie saß auf ihrem Krankenhausbett, die Beine über Kreuz, trug ein weißes Nachthemd mit einem Plastikarmband mit ihrem Namen darauf. Die Operation sollte am nächsten Tag stattfinden: »Sei bloß nicht so egozentrisch, Margaret«, sagte Miriam. »Du bist nicht schuld an meiner Krankheit! Du trägst nur die Verantwortung für dein eigenes Glück. Und auch wenn es mir leid tut, wenn du dich weiterhin quälst – du bist letztendlich diejenige, die wirklich leidet. Du allein bist verantwortlich für dich, bist es immer gewesen. Nur, daß du das erst jetzt gemerkt hast. Und es ist nur natürlich, wenn du bedauerst, wieviel du verschwendet hast. Aber es wäre dumm, wenn du verkommen ließest, was du inzwischen erreicht hast und was du in Zukunft erreichen kannst, nur weil du dich in deine Traurigkeit hineinsteigerst. Oh, Margaret, wir *alle* bedauern irgend etwas. Schau, ich bin neunundvierzig Jahre alt, und ich bin mein Leben lang ziemlich glücklich gewesen. Und diese Operation regt mich nicht sonderlich auf, nur, daß ich jetzt, zum erstenmal überhaupt, bedaure, daß ich keine Kinder habe, daß ich niemals ein Baby an meiner Brust genährt habe. Ich nehme an, die Möglichkeit, daß ich meine Brust verlieren könnte, läßt mich so empfinden, obwohl ich es vorher niemals so gesehen habe und außerdem längst über das Alter hinaus bin, in dem ich ein Kind haben oder stillen könnte. Aber es ist nur ein kleiner Schmerz, und jeder hat, weiß Gott, sein Päckchen kleiner Schmerzen. Ich habe wirklich viel von meinem Leben gehabt – und du auch, Margaret. Das ist die Wahrheit, du auch.«

Als Margaret nach der Besuchszeit das Krankenhaus verließ und in ihr Haus am Meer zurückkehrte, war sie wie in Trance. Miriams bevorstehende Operation machte sie beklommen, sie wußte, sie würde weder essen noch schlafen oder etwas empfinden, ehe sie nicht wußte, wie es um Miriam bestellt war. Gegen Abend debattierte sie mit sich selbst, ob sie sich die Annehmlichkeit eines Kaminfeuers gönnen sollte. Oder würde es Miriams Schicksal günstig beeinflussen, wenn sie Unbequemlichkeiten auf sich nahm? Aber sie erinnerte sich an Miriams Worte und wußte, daß jede abergläubische Handlung am Ende nur sie selbst traf. Sie hörte geradezu, wie Miriam lachte und sagte: »Oh, Margaret, sei nicht albern. Was sitzt du in der Kälte? Wenn du schon an mich denken willst, dann an einem warmen Feuer. Mach dir einen warmen, hellen Abend.«

Sie sammelte Zweige von ihrer Veranda, kniete sich auf das Blech vor dem Kamin und baute eine unvollkommene Pyramide aus Zweigen und Scheiten, rollte Zeitungspapier zusammen, steckte es zwischen das Reisig und zündete ein Streichholz an. Als sie sah, daß das Feuer brannte, ging sie in die Küche und machte sich einen Kräutertee. Essen wollte sie nichts, sie hatte keinen Hunger, nein, essen konnte sie jetzt wirklich nichts, einerlei, was Miriam dazu sagen würde. Aber sie ließ sich auf das Sofa vor dem Kamin sinken, hielt die Teetasse, die ihre Hände wärmte, und saß dort lange und sah nur den tanzenden Flammen zu. Auch das war, fand sie, eine abergläubische Handlung. Sie hatte es sich vorher nie bewußtgemacht, aber zufrieden zu sein und es sich schön zu machen, das war genauso abergläubisch, wie wenn sie deprimiert in der Kälte gesessen und gefroren hätte. Denn es war auch eine Anstrengung, Glück und Optimismus auszustrahlen, und ein glückliches Leben konnte auch andere aufrechterhalten. Fröhlichkeit und Zufriedenheit zogen ebenso Kreise in der Welt wie düstere Gedanken, und so, wie Miriams Lachen Margarets Stimmung gehoben hatte, so konnte auch das Glück anderer Menschen einen dazu bringen, auch für sich das Glück zu suchen. Sonst würden ja alle in tiefer Verzweiflung enden. Zum erstenmal in ihrem Leben hatte Margaret das Gefühl, daß sie drauf und dran gewesen war, eine Todsünde zu begehen, die Todsünde der Gedankenlosigkeit, der Trägheit, der Verneinung des Guten und Lebendigen.

Als das Feuer niedergebrannt war, erhob sie sich und legte mehr Holz nach, große, schwere Holzscheite, die Wellen von Wärme aussandten. Sie trug ihre Teetasse in die Küche und goß sich eine ordentliche Portion Brandy in ein Glas. Dann machte sie es sich wieder auf dem Sofa gemütlich und bemerkte zufrieden, daß auch Pandora und Ulysses ins Wohnzimmer gekommen waren, um ihr am Kaminfeuer Gesellschaft zu leisten.

Sie überließ sich liebevoll den Gedanken an Miriam, und von dem Brandy und dem Feuer wurde ihr ganz warm ums Herz.

Miriam. Miriam, die keine Kinder hatte, die weitgereiste Lehrerin Miriam, die sich Margarets endlose Erzählungen über ihre Vergangenheit, ihre Gegenwart, ihre Wünsche angehört hatte und die nie, nicht ein einziges Mal, auf Margarets Leben herabgeblickt hatte. Sie hatte Margaret sogar zu verstehen gegeben, daß sie dieses Leben gut und wertvoll fand, und hatte dann ruhig auf die Möglichkeiten verwiesen, die Margaret noch offenstanden. Miriam war unheimlich stark und weise: Sie hatte Margaret Kraft gegeben, um ihr über den riesigen Bruch in ihrem Leben hinwegzuhelfen, aber auf eine Weise, daß Margaret weder von ihr abhängig wurde noch sich verpflichtet fühlte. Miriam hätte Margarets Verhalten auch dann gebilligt, wenn sie sich entschlossen hätte, Anthony zu heiraten, oder wenn sie zu Harry zurückgekehrt wäre. Sie liebte Margaret, einerlei, was Margaret tat, und Miriam wußte, daß Margaret sie genauso unerschütterlich liebte.

Die Freundschaft mit Miriam, fand Margaret, war etwas, wofür sie wirklich dankbar sein konnte – eine anhaltende und tiefe Verbindung. Margaret streckte sich auf dem Sofa aus, machte es sich bequem, deckte sich mit der beigen Wolldecke zu, die zusammengefaltet über der Sofalehne lag. Sie dachte darüber nach, daß diese Nacht, die Nacht vor Miriams Operation, zwei Seiten hatte, so wie das Kissen, auf dem ihre Wange lag, eine glatte und eine rauhe Seite hatte, und sie konnte wählen, welche sie spüren wollte. Denn auch mit der Angst und der Sorge mußte sie sich auseinandersetzen. Seit Miriam ihr gesagt hatte, daß sie sich vielleicht einer Operation unterziehen müsse, war Margaret sich immer deutlicher der Kürze ihres eigenen Lebens wie des Lebens ihrer Freundin bewußt geworden. Die Statistiken waren eindrucksvoll. Einhundertundsechstausend Frauen erkrankten jährlich an Brustkrebs, und auch wenn viele wieder genasen, so blieb doch die Bedrohung, daß der Krebs wiederkam, die Drohung des Todes war immer gegenwärtig. Wochenlang hatte Margaret Alpträume gehabt, und, schlimmer noch, sie hatte wach gelegen und gräßliche Visionen durchlitten, die zu grausam waren, als daß man sie noch als Träume hätte bezeichnen können. Sie wurde von »den Geistern des Todes« heimgesucht, wie Dale einmal gesagt hatte. Sie hatte sich selbst kalt und tot in einer verschlossenen Kiste liegen sehen, allein, weit weg von menschlicher Wärme und Nähe, und sie stellte sich vor, wie ihr Fleisch verweste und wie ihre Ringe irgendwann an den nackten Knochen hingen. In solchen Augenblicken wünschte sie sich, sie läge nicht allein in ihrem Bett, sondern könnte jemand berühren und sagen: »Bitte, halt mich fest.« Statt dessen war sie gegen drei oder vier Uhr morgens aufgestanden, hatte sich einen Tee gemacht und zu lesen versucht, und einmal hatte sie sich sogar angezogen und war in ihr Auto gestiegen und durch die dunkle regnerische Nacht gefahren und hatte sich das abgeschmackte Gerede eines Discjockeys angehört, der für Nachtarbeiter und Schlaflose Rockmusik spielte. Als die Sonne aufging, war sie wieder nach Hause gefahren und war gleich eingeschlafen.

»Hast du nie Angst vor dem Tod?« hatte sie schließlich Miriam gefragt. Sie machte sich im gleichen Moment Vorwürfe, daß sie vom Sterben sprach, aber sie mußte einfach wissen, wie Miriam darüber dachte. »Wachst du nie nachts auf und hast Angst und hast dann Schwierigkeiten, wieder einzuschlafen?«

»Eigentlich nicht«, sagte Miriam. Aber als sie Margarets Gesichtsausdruck sah, lachte sie: »Und wenn, dann nehme ich ein Valium. Gordon macht das auch.«

»Ach, Miriam«, sagte Margaret und streichelte sanft den Arm der Freundin. Doch später rief sie ihren Arzt an, erklärte ihm die Situation und bekam ein Rezept.

Aber in der Nacht vor Miriams Operation, als alles noch in der Schwebe schien, fand Margaret, daß sie ihre Gedanken und Empfindungen und Gefühle nicht durch die Einnahme von Valium austricksen sollte. Sie hätte das als Verrat an Miriam und ihrer Freundschaft, an allem, was auf dem Spiel stand, als Verrat am Leben empfunden. Margaret stand vom Sofa auf, legte Holz nach und kuschelte sich dann wieder unter die Decke. Sie rauchte eine Zigarette, obwohl sie sich sagte, daß es verrückt war, die Lunge mit Rauch zu füllen, besonders wenn man eine Freundin hatte, die mit Krebs im Krankenhaus lag. Sie sah ins Feuer, sprach mit Pandora, die sich auf ihren Füßen niedergelassen hatte, und sagte sich noch einmal, daß sie sich nicht durch Valium die Ängste und Sorgen nehmen lassen wollte, die ihr das Herz zusammenpreßten. Aber sie sagte sich auch, daß sie nicht Miriams Freundschaft verraten durfte, indem sie sich ganz dem Kummer und Schmerz überließ. Schließlich hatte Miriams Freundschaft ihr Glück, Freude und Zufriedenheit gebracht, und schließlich war Miriam noch am Leben, und sie würde dem am ehesten gerecht, wenn sie fröhlich und zufrieden an sie dachte.

Sie nahm also keine Tabletten und trank auch nur wenig Brandy, doch wenn sie später an diese Nacht zurückdachte, sagte sie sich, daß jemand, der sie so gesehen hätte, wie sie da auf dem Sofa lag und rauchte und trank und das Glas irgendwo auf dem Teppich abstellte, so daß sie es jedesmal wieder suchen mußte, wahrscheinlich gedacht hätte, sie wäre betrunken oder hätte eine Droge genommen oder sie sei verrückt. Sie hatte laut mit sich selbst geredet. Zuerst hatte sie sich an die Katzen gewandt, aber je weiter die Nacht fortschritt, um so beschwingter fühlte sie sich: Ihre Erinnerungen schienen sie der Erde zu entrücken und erhoben sie in Sphären, in denen Dale als Baby und Daisy als ungelenke Jugendliche sie wie glückliche Fische in einem psychedelischen Meer umkreisten. Sie erlebte die Freuden und das Glück und auch die Geborgenheit der Vergangenheit – denn Miriam und ihrer beider Freundschaft zu Ehren mußte sie sich die Bedeutung all dieser Freuden eingestehen, die sie in ihrem Leben gehabt hatte. Sie sprudelte über vor Aufregung bei diesen Erinnerungen und streckte die Hände aus, als könne sie die Dinge, die sie einst entzückt hatten, mit den Händen berühren. Die Haut ihrer Kinder. Und den tiefschwarzen Samt, aus dem sie ein Kleid für Daisy genäht hatte. Die Erinnerung daran erfüllte sie mit tiefer, sinnlicher Befriedigung: das Gewebe so kompliziert und so fein, eine fast greifbare Freude, wie der Geschmack von Speisen. Und all die verschiedenen Nahrungsmittel, die sie im Laufe der Jahre zubereitet hatte, Mahlzeiten mit ritueller Bedeutung: das erste Chili im Herbst, die Aufläufe und Puten zu Weihnachten, die kunstvoll verzierten Geburtstagstorten, das Hochzeitsessen für Freunde, das im Eßzimmer aufgetragen wurde, mit Kristall und Kerzen in silbernen Leuchtern. Oh, wieviel Freude hatte sie dabei gehabt. Wie lange war es schon her, daß sie und Harry das Haus gekauft und eingerichtet hatten? Sie hatte die schweren, solide gearbeiteten Möbel in ihrem Haus immer gern um sich gehabt. Und wie gern sie mit ihren Töchtern Ostereier gefärbt hatte. Und Dale und Daisy in ihren weißen Kleidern, als Mitglieder des Kirchenchors, Palmwedel in den Händen: Hosianna, Hosianna in der Höhe. Und die zuverlässige Herzlichkeit der Frauen im Hilfskomitee, Kaffee, Kuchen und Gespräche darüber, welche Veranstaltung für einen bestimmten wohltätigen Zweck das meiste Geld einbringen würde. Die Besuche im Krankenhaus, wo sie die zarte, sommersprossige Haut von fremden Menschen in den weißen Krankenhausbetten einrieb, die Gespräche mit ihnen über die Neuigkeiten draußen in der Welt, das Wetter, die lokalen Ereignisse, und die Dankbarkeit, die ihr von den Kranken entgegengebracht wurde: »Oh, vielen Dank, das tut aber so gut! Sie sind so freundlich.« Sie war gern freundlich gewesen. Und im warmen Licht des Kaminfeuers und ihrer lange vergessenen Erinnerungen erkannte sie, daß sie um ihrer

Zukunft willen ihrer Vergangenheit nicht abzuschwören brauchte.

Sie merkte jetzt, daß sie an Harry mit Zuneigung und sogar mit Dankbarkeit denken konnte. Er war ein guter Ehemann gewesen, ein guter Vater, ein guter Ernährer. Jahrelang war sie Tag für Tag, ohne darüber nachzudenken, glücklich gewesen, seine Frau zu sein. Er hatte ihr jahrelang Sicherheit und Geborgenheit gegeben. Er hatte sie nicht in ein Leben gezwängt, das sie nicht führen wollte, die Wahrheit war, daß sie jahrelang ihr Leben schön gefunden hatte. Und daß sie sich verändert hatte und sie nun etwas anderes, Neues wollte, daß sie sich *verändert* hatte und er nicht und daß er auch ihre Veränderung weder gutheißen noch anerkennen wollte, auch das war nicht schlimm – es war nur schlimm, wenn sie mit Bitterkeit ihre Vergangenheit betrachtete. Ihr kam die durch den starken Brandy geförderte Erkenntnis, daß sie im vergangenen Jahr eine Krise durchgemacht hatte wie eine Jugendliche, die ihr Elternhaus verläßt: Sie hatte der Vergangenheit abschwören und an allem heftige Kritik üben müssen, um sich loslösen und etwas Eigenes aufbauen zu können. Aber jetzt war sie angekommen in ihrem eigenen neuen Leben, und die Zeit der Wut und der Verzweiflung war vorbei. Sie konnte ihre Vergangenheit jetzt in einem gerechteren Licht sehen, fühlte sich nicht mehr bedroht, im Gegenteil: Die Vergangenheit bedeutete ihr endlich wieder etwas.

Sie hatte sich also mit ihrer Vergangenheit versöhnt, und in den Tagen, die ihrer nostalgischen Nacht am Kaminfeuer folgten, versuchte sie, sich um ihre Zukunft zu kümmern. Sie ging auf Arbeitssuche, und drei Stellungen wurden ihr angeboten. Eine davon sagte ihr sehr zu. Sie hätte in einem Geschäft Geschenke verkaufen können, fand aber die Dinge, die sie verkaufen sollte, uninteressant und langweilig. Sie nahm auch nicht die Stellung als Empfangsdame bei einer Werbeagentur, weil ihr die anderen Leute dort unsympathisch waren. Sie nahm eine Stellung an, die so vollkommen zu ihr paßte, daß sie ihr Glück erst gar nicht fassen konnte: als Gehilfin in einer Buchhandlung in West-Vancouver. Sie mußte Bücher einkaufen, einordnen, auspacken, mußte Kunden benachrichtigen, daß ihre bestellten Bücher gekommen waren, und die Nachbestellungen machen. Nach wenigen Tagen schon wußte sie, daß sie diese Arbeit jahrelang würde machen wollen. Sie fand Menschen interessant, sie mochte Menschen und nahm gern Anteil an ihren Freuden und Sorgen. Und mit Hilfe der Bücher konnte sie Anteil nehmen, aber mit einer gewissen Distanz. Sie konnte ein Buch lesen, es beiseite legen, wenn ihr danach war, sie konnte das Leben anderer Menschen beobachten, Teil der Welt sein, ohne Verantwortung übernehmen zu müssen. Der Kontakt mit den Menschen, die in die Buchhandlung kamen, war begrenzt und freundschaftlich. Wenn sie am Ende des Tages die Tür des Ladens abschloß, brauchte sie keine Probleme mit nach Hause zu nehmen. Sie hatte wieder eine Aufgabe in der Welt, aber keine, die sie belastete. Ganz anders, zum Beispiel, als Mutter und Ehefrau zu sein und sich für das Glück und das Wohlergehen einer Familie verantwortlich zu fühlen. Anders auch als die ehrenamtliche Arbeit im Krankenhaus, nach der sie jedesmal, wenn sie nach Hause kam, darüber nachgegrübelt hatte, wie sie mehr für die armen Menschen tun könnte, die mit den verschiedensten Krankheiten darniederlagen und oft zwischen Leben und Tod schwebten. Bücher waren da eher ein Luxus. Und selbst wenn manche Menschen zu bestimmten Zeiten ihres Lebens Bücher brauchten, so, wie Margaret immer Bücher brauchte, so würden Bücher doch nie so dringlich benötigt wie Lebensmittel oder Medikamente. Und die Kunden, die in die Buchhandlung kamen, betraten sie selten in tiefster Verzweiflung. Ja, in gewisser Weise waren Bücher ein Luxus, und das galt, fand Margaret, auch für ihre Arbeit: Sie konnte mit Kunden plaudern, aber sie konnte auch immer arbeiten, denn es war immer etwas zu tun. Andrea, die ehrgeizige junge Inhaberin der Buchhandlung, würde irgendwann die Arbeit in der kleinen Buchhandlung leid sein und sich nach einem größeren Geschäft umsehen. Vielleicht würde Margaret dann den Laden übernehmen und jemanden einstellen für die Arbeit, die sie jetzt machte. Sie konnte sich vorstellen, jahrelang hier zu arbeiten, sie mochte die Buchhandlung, die klein und gemütlich war, und den winzigen hinteren Raum, wo sich Kartons und Papiere häuften und wo man Wasser für Tee oder Kaffee erhitzen konnte. Es gefiel ihr, daß sie den Schlüssel für die Buchhandlung hatte und morgens die Glastür mit den klingenden Silberglöckchen aufschließen und am Abend wieder abschließen konnte. Die Schlüssel verliehen ihr so etwas wie Verantwortung. Aber es ging dabei nicht um Menschenleben.

Denn wie verletzlich Menschen waren, das würde sie nie vergessen – es war ein Problem, für das sie keine Lösung wußte, für das es keine Lösung gab. Sie empfand oft Mitleid mit den Menschen, tiefes Mitgefühl. Und sie mußte so große Niederlagen hinnehmen! Miriam hatte ihre Brust verloren und mußte sich im kommenden Jahr einer anstrengenden Chemotherapie unterziehen – und sie, Margaret, konnte nichts dagegen tun! Trotzdem brachte Miriam es fertig, zu lachen und sich schön anzuziehen, Konzerte zu besuchen und für sich und Gordon zu kochen, die Arbeiten ihrer Studenten zu korrigieren und zu unterrichten, als ob das Flußmotiv in einem Buch von Mark Twain wirklich von Bedeutung sei. Wenn Miriam das fertigbrachte, dann mußte sie, Margaret, doch auch fröhlich und zuversichtlich leben können. Wenn sie überhaupt noch zu irgend etwas verpflichtet war, dann dazu, ihr Leben möglichst gutgelaunt und guten Willens leben zu können. Wenn es am Ende wirklich darauf hinauslief, daß sie im Grunde nur sich selbst nutzte oder schadete, dann würde sie versuchen, ihr Leben so gut wie möglich zu leben.

Und es war keine sehr schwierige Aufgabe, dachte sie, während sie allein in der Sonne auf den Verandastufen ihres neuen Hauses saß. Die wächsernen Rot- und Gelbtöne der Tulpen waren so üppig und erstaunlich wie jedes Jahr. Die flauschigen, unbekümmerten Katzen waren so lebendig wie die blühenden Blumen, die grünenden Büsche und Bäume, die das Haus umgaben. Sie stand auf und setzte sich an ein Beet mit Schwertlilien, die gerade zu erblühen begannen. Die Blüten verbargen sich noch in einer dichten Knospe – wie in einer zarten, aber festen Schale –, und die bleiche Hülle der Knospe verbarg noch die leuchtenden Farben. Margaret liebte diese wunderbaren Blumen, die auch im Garten ihrer Großmutter und in ihrem eigenen Garten in Liberty geblüht hatten. Sie erinnerte sich an einen Satz in einem Gartenbuch, der ihr immer sehr gefallen hatte: »Die bärtige Gartenlilie ist einfach und beständig.« Beiläufig begann sie, grüne Grashalme, die zwischen den Blumen sprossen, auszuzupfen. Ihr kam in den Sinn, daß sie sich in dem von grünen Büschen und Bäumen umgebenen Garten wohler und geborgener fühlte als früher an der See. Das Wasser hatte sie manchmal beunruhigt. Sie schüttelte die Erde von den Wurzeln eines Grasbüschels und beobachtete, wie die braunen Krumen wie Regen auf den Boden rieselten. Sie nahm sich vor, in ein paar Minuten wieder ins Haus zu gehen und weiter auszupacken. Sie würde die Stereoanlage aufstellen und eine Beethoven-Platte auflegen. Aber sie blieb noch eine Weile in der Sonne sitzen und genoß die Wärme des Frühlingstages. Sie fühlte sich beschützt von den grünen Büschen und Bäumen, die ihre neue stille Welt umgaben.

Es war Anfang Mai, und in Rocheport grünte und blühte es. Dale stand in ihrer Wohnung und lehnte am Fenster. Sie hätte sehen können, wie die abendliche Frühlingssonne durch die Bäume schien und die Häuser in pastellfarbene Wärme tauchte. Aber sie sah es nicht, ihre Augen waren von Tränen verschleiert, und sie war so nervös und wütend und angespannt, daß sie nicht über ihre eigene Nasenspitze hinaussehen konnte. Trotzdem sagte sie mit ruhiger Stimme: »Gut, Liebling. Ich wünsche dir einen schönen Abend. Auf Wiedersehen.« Ruhig legte sie den Hörer auf die Gabel und ließ beide Hände darauf liegen, als müßte sie sich anstrengen, ihn nicht wieder aufzunehmen.

»Geht es dir gut?« fragte Carol, die hereingekommen war.

»Ja, es geht mir gut«, sagte Dale. Dann brach sie in Tränen aus. »Nein, es geht mir nicht gut. Überhaupt nicht. Oh, Carol, ich bin so eifersüchtig und so wütend, und ich habe solche Angst. Am liebsten würde ich das Telefon aus der Wand reißen und aus dem Fenster werfen!«

»Fein, um ihm eine Lehre zu erteilen?« Carol legte den Arm um Dales Schultern und führte sie zu einem Sessel. »Setz dich hin, ich mache dir einen Drink. Und reg dich um Gottes willen nicht so auf. Er geht doch bloß mit ihr *essen.*«

»Nur essen, im *Hotel,* mit einer früheren Freundin«, jammerte Dale.

Sie setzte sich, sprang aber gleich wieder auf, steckte die Hände in die Hosentaschen und lief im Zimmer auf und ab. *»Leland«,* sagte sie laut, aber mehr zu sich selbst als zu Carol. »Mein Gott, was für ein Name. Da weißt du schon, wie sie aussieht. Leland – noch so eine große kühle Blonde aus Boston, die seine Eltern so lieben. Ihre Familie und seine Familie sind befreundet. Wie *hübsch.* Und natürlich werden sie mehr als nur miteinander essen. Er wird sie küssen, richtig küssen, und nach dem Essen ist es nicht weit bis in ihr Zimmer – nur die Treppe rauf! Nein, das halte ich nicht aus. Das geht zu weit. Am liebsten würde ich in die Stadt fahren und mich vors Fenster stellen und sie beobachten.«

»Das wäre wirklich sehr klug«, sagte Carol. »Ungeheuer schlau. Geradezu raffiniert.«

»Ich bin nicht klug oder raffiniert. Ich habe Angst, und ich bin eifersüchtig. Es geht mir schlecht. Ich will nicht, daß Hank mit einer früheren Freundin den Abend verbringt. Das ist ungerecht. Meine früheren Freunde sind alle in Europa. Er weiß ganz genau, daß ich – während er fein herausgeputzt mit ihr einen intimen Abend verbringt – nur zu Hause sitze, *bei dir*!«

»Danke für das Kompliment«, sagte Carol und gab Dale einen Scotch. »Trink, ehe du alles verschüttest. Hör zu, es wird absolut nichts passieren. Hank liebt dich. Das weißt du doch. Außerdem seid ihr beide freie Menschen, ihr habt euch nichts versprochen – das wolltest du doch so, oder etwa nicht? Dann mußt du so etwas auch akzeptieren. Hör zu, ich muß heute abend unbedingt arbeiten, und ich weiß, daß du noch Hefte nachsehen mußt. Sei ein tapferes Mädchen, setz dich hin mit einem Drink, und fang an. Nur das kann dir helfen.«

»O Gott«, sagte Dale. Sie setzte sich auf das Sofa, nahm sich einen Stapel Hefte vom Tisch und legte sie sich auf den Schoß. Aber die Arbeiten hätten auch in chinesischer Sprache sein können, sie verstand nichts. »Carol«, sagte sie und sprang auf. »Ich rufe Lloyd Peterson an. Er wollte sich schon vor Wochen mit mir verabreden und mit mir ausgehen. Ich rufe ihn an und geh' mit ihm weg, verdammt.«

»Aber du magst ihn doch gar nicht«, sagte Carol. »Dale, mach dich nicht lächerlich. Denk mal darüber nach, wie schrecklich das für dich wäre. Denk mal an morgen früh. Und du weißt doch überhaupt nicht, ob

Hank Leland mag. Und selbst wenn du nur auf einen Drink mit Lloyd ausgehst, wird er ständig wieder anrufen. Im übrigen ist er ein netter Mann, und du solltest ihm das nicht antun. Sei vernünftig, Dale. Hank liebt dich. Warum vertraust du ihm nicht?«

»Ich weiß nicht«, sagte Dale. »Ich weiß es nicht! Warum *kann* ich ihm nicht vertrauen, warum bin ich so wahnsinnig eifersüchtig? Carol, ich halte das nicht aus. Am liebsten würde ich etwas zertrümmern.« Sie sah sich ohnmächtig im Zimmer um.

»Du solltest vielleicht an die frische Luft gehen«, sagte Carol. »Es ist ein schöner Abend. Mach einen Spaziergang. Oder geh laufen. Lauf es dir von der Seele.«

»Gut«, sagte Dale. »Das werde ich machen. Ich gehe laufen. Ich werde so lange rennen, bis ich umfalle. Aber wenn Hank mit ihr schläft, dann schlafe ich mit Lloyd und allen Männern von Maine.« Sie nahm ihren Pulli vom Stuhl, warf die Tür hinter sich zu und polterte die Treppe hinunter.

Draußen war es hell und frisch, ein kühler, windiger Maiabend. Die Bäume wurden grün, die ganze Welt hatte etwas optimistisch Frühlingshaftes. Stiefmütterchen, Tulpen, zartes Gras. Fahrräder, Dreiräder und Rollschuhe lagen in den Vorgärten und auf den Veranden. Die Vögel zwitscherten in den Bäumen. Mütter riefen ihre Kinder, Zeit zum Schlafengehen. Dale stakste den Bürgersteig entlang und betrachtete alles mit scheelem Blick. Meine Brüste sind zu groß, dachte sie, und meine Haare brauchten einen guten Schnitt. Und der Rollkragenpullover ist zu abgetragen und zu warm. Sie war wütend, sie hätte am liebsten einem blühenden Apfelbaum Fußtritte versetzt, bis all die Blütenblätter abgefallen wären. »O Gott«, murmelte sie vor sich hin, während sie weiterging. Sie ging die Straße hinunter, um die Ecke und zur Kirche hinüber und dann Richtung Stadtmitte.

Da war sie also wieder, die dunkle Seite der Liebe: der Schmerz, der Zweifel, die Angst und die Wut und diese unglaublich verrückt machende Verletzlichkeit. Letzte Woche, sie hatten gerade in Hanks Küche gemütlich zu Abend gegessen, sagte Hank beiläufig: »Ach so, ja, ich wollte dir noch sagen, daß heute eine frühere Freundin von mir angerufen hat, Leland Hunter. Sie hat in der nächsten Woche hier in der Gegend einen Fortbildungskurs für Kunsterzieher, und wir haben uns für Donnerstagabend verabredet.«

»Wie nett«, hatte Dale gesagt. Was hätte sie sonst auch sagen können? Und zu dem Zeitpunkt hatte sie sich, obwohl die Eifersucht wie ein Wespenstich brannte, wirklich gesagt: Beruhige dich, damit kannst du doch umgehen. Aber da hatte Hank auch mit ihr am Tisch gesessen und war bei *ihr* gewesen und nicht bei dieser früheren Freundin. Sie mußte sich sehr beherrschen, um nicht zu fragen: »Wie gut kennt ihr euch? Ist sie hübscher als ich? Habt ihr zusammen geschlafen? Willst du mit ihr schlafen?«

Sie konnte es nicht verstehen, sie konnte es einfach nicht. Sie war doch sonst so vernünftig. Warum würde sie sich erst sicher fühlen, wenn sie Hank irgendwo bei sich eingesperrt hätte, wo niemand ihn mehr anfassen konnte? Warum war sie so besitzergreifend? Wie sollte sie da je glücklich werden können? Sie war inzwischen seit fast acht Monaten in Hank verliebt, und ihre Liebe wurde immer größer, nicht kleiner. Sie verlangsamte ihre Schritte und betrachtete die Häuser, an denen sie vorbeiging. Ob all die Frauen und Männer, die jetzt glücklich und zufrieden in ihren schönen Häusern zusammenlebten, auch einmal so wahnsinnig verliebt gewesen waren? Sie blieb an der Ecke stehen, lehnte sich an einen Baum und sah die Häuserreihen entlang. So viele Häuser, so viele Familien. Sie begriff, warum die Ehe eine so populäre Institution war. Sie war die einzige Alternative zum Wahnsinn. Zweifellos langweilten sich einige der verheirateten Paare inzwischen schrecklich miteinander, aber wie froh wäre sie gewesen, wenn sie jetzt gelangweilt und entspannt mit Hank vor dem Fernseher gesessen und irgendeine Show gesehen hätte. Langeweile erschien ihr im Vergleich zu ihrer Eifersucht plötzlich als ein beneidenswerter Zustand. Mein Gott, das Leben war schwer! Sie war sich nicht sicher, ob sie an *Gott* glaubte, aber sie konnte ohne Schwierigkeiten an die Liebe glauben.

Sie sah auf die Uhr. Vierzig Minuten waren seit Hanks Anruf vergangen. Er würde jetzt mit Leland zusammensein. Hatten sie einander umarmt? Hatte sein Herz bei ihrem Anblick schneller geschlagen? Wenn sie Hank sah, wenn er sie zu Hause besuchte und Carol begrüßte oder sie von der Schule abholte, bekam Dale jedesmal weiche Knie vor lauter Liebe. Was würde er empfinden, wenn er Leland sah? Und was würde Leland fühlen? Und wenn sie ihn gleich auf einen Drink in ihr Zimmer einlud, noch vor dem Abendessen?

Sie ging weiter. Hank hatte nicht gesagt, daß er sie nach dem Essen mit Leland anrufen würde; und Dale war zu stolz gewesen, ihn darum zu bitten. Seit Monaten telefonierten sie jeden Abend miteinander, ehe sie zu Bett gingen. Wenn sie heute abend nicht miteinander telefonierten, würde ein magischer Bann gebrochen werden, eine Kette würde zerreißen. Oh, dachte Dale, wenn er mit Leland schläft, sterbe ich. Sie würde ihn verprügeln, wenn er mit Leland schlief, sie würde ihm mit der Bratpfanne auf den Kopf schlagen und ihn rausschmeißen und ihn bitten, sie nie wieder zu belästigen. Und dann würde sie mit jedem schlafen, um es Hank zu zeigen. Um ihm was zu zeigen? Sie wollte doch gar nicht mit anderen Männern schlafen. Sie wollte Hank nicht aus ihrem Leben stoßen. Aber wie konnte er bloß so gefühllos sein? Warum spürte er nicht, wie sehr er sie verletzte? Und was hätte sie machen können? Sie war zu stolz gewesen, um zu ihm zu sagen: Bitte, triff dich nicht mit ihr. Bitte, schlaf nicht mit ihr. Versprich mir wenigstens, daß du nicht mit ihr schläfst. Wie verdammt selbstsicher er war. War es möglich, daß er gar nicht bemerkte, wie eifersüchtig er sie machte, wenn er mit einer früheren Freundin zu Abend aß?

Sie überquerte den Platz und ging die Hauptstraße hinunter. Sie verlangsamte ihre Schritte und hoffte, daß die Dinge in den Schaufenstern sie ablenken würden. Drachen, Bücher, Medikamente, verrückte T-Shirts, Lederstiefel, Spielsachen, Halstücher. Lauter Gegenstände, die ihr weniger real und unwichtiger vorkamen als das Wort, mit dem sie ihren Geliebten rief: *Hank.* Andere Menschen verliebten sich und durchlitten eifersüchtige Abende, aber wie schafften sie das? Wie wurden sie damit fertig? Gingen sie spazieren, tranken sie Alkohol, legten sie sich schlafen? Wie vertrieben sie sich die Zeit? Wie konnte sie sich die Zeit bis morgen vertreiben, bis sie mit Hank sprechen und ihn fragen konnte, ob er mit Leland geschlafen hatte? Wie konnte sie sich die Zeit vertreiben, allein auf einer leeren Straße an einem Frühlingsabend, während er mit einer anderen Frau in einem Hotel war? Die Eifersucht beschwerte ihre Schritte. Sie hätte am liebsten ihren Kopf an eine kühle Schaufensterscheibe gelegt und geweint.

»Hallo, Miss Wallace, wie geht es Ihnen?«

Ein Junge auf einem Fahrrad – im Moment fiel ihr sein Name nicht ein – hielt quietschend neben ihr an.

»Hallo«, sagte sie und lächelte. Es war Benny, ein langsamer, niedlicher Junge, den sie in Biologie unterrichtete. Er hatte gräßliche Akne und braune Vorderzähne, und sie empfand plötzlich Mitleid mit ihm: Wer würde sich je in ihn verlieben? Laut sagte sie: »Schön, daß der Frühling nun endlich da ist, nicht?« Und zu sich selbst: Na bitte, ich kann also immer noch normal sprechen, nichts verrät meine Wut.

»Ja«, sagte Benny. »Ich kann gar nicht erwarten, daß es wieder warm wird und wir im Meer schwimmen können. Und ich kann gar nicht erwarten, daß die Schule vorbei ist und die Ferien anfangen. Das geht aber nicht gegen Sie.«

»Oh, da bist du ja!« rief jemand.

Dale drehte sich um. Ein hübsches Mädchen mit Schleifen in den blonden Zöpfen fuhr auf ihrem Fahrrad zu Benny und sprang knapp vor ihm ab. »Ich darf nur eine Stunde, hat meine Mutter gesagt, weil ich noch Schularbeiten machen muß.«

»Okay«, sagte Benny zu dem Mädchen und zu Dale: »Bis bald.« Er wendete sein Rad und bog mit dem Mädchen um die nächste Ecke, wobei er ein bißchen angab, indem er freihändig fuhr und die Hände in seine Anoraktasche steckte.

Dale sah den beiden nach, bis sie um die Ecke geradelt waren, und als sie sich wieder zum Schaufenster umdrehte, sah sie in der Scheibe, daß sie lächelte. Sogar der pickligc kleine Benny hatte also eine Freundin. So war das Leben. Ihr war warm ums Herz geworden.

Die Liebe war wie ein Zauber. Zuerst verfolgte sie sie wie ein eifersüchtiges wildes Tier, und plötzlich veränderte sie ihre Gestalt und grinste sie fröhlich an: zwei Jugendliche auf Fahrrädern. Vielleicht war Benny so schlecht in der Schule, weil er dauernd an seine Freundin dachte, die sich für ihn Schleifen in die Zöpfe band. »Benny, rette mich«, flüsterte Dale und schlug den Rückweg ein, um nach Hause zu gehen. Einen Moment lang hatte sie das Gefühl, sie sei allem entrückt, unsterblich, und wüßte alles, die Geheimnisse des Lebens. Ja, und sie würden sie alle retten, Benny und die anderen Schüler, die sie unterrichtete und die sie auf den Straßen der Stadt, in der sie wohnte, traf.

Sie stellte etwas dar. Miss Wallace, die erwachsene Lehrerin, die gute Lehrerin, die einen Abendspaziergang in der frischen Frühlingsluft machte. Dale hatte sich an der Universität in Portland für die kommenden beiden Semester eingeschrieben. Sie wollte ihren Magister Artium in Pädagogik machen. Mr. Hansen, der Schuldirektor, hatte ihr, unterstützt von anderen Kolleginnen und Kollegen, vorgeschlagen, Studienberatung für die Schüler zu machen, weil sie so gut mit den Schülern auskam und weil die Schüler sie mochten und sie ganz offensichtlich die Schüler mochte. Ja, sie mochte die Schüler, sie waren erfrischend. Sie *würden* sie retten können.

Nein. Sie würde sich selbst retten.

Schnellen Schrittes ging Dale zurück, die Eifersucht war ihr immer noch auf den Fersen und nagte an ihr, aber sie schüttelte sie entschlossen ab. Sie ging die Treppe ebenso schnell hinauf, wie sie sie hinuntergepoltert war, und griff sofort nach ihren Heften, als sie oben war.

»Hallo«, sagte Carol. »Ich habe Popcorn gemacht. Willst du eine Schüssel?«

»Klar«, sagte Dale. Sie zog sich ihre Jacke aus, hängte sie auf, suchte sich zusammen, was sie zum Arbeiten brauchte, und setzte sich auf das Sofa. Sie las: »Die beiden Funktionen der Wurzeln einer Pflanze sind: 1. die Pflanze im Boden zu verankern, 2. die Versorgung der Pflanze mit Nahrung.« Die Antwort der Schülerin war richtig. Also hatte sie ihr etwas beibringen können, und sei es auch nur, wie man sich auf eine Arbeit vorbereitete. Die Eifersucht tanzte immer noch um sie herum, lockte mit betörenden Farben, aber Dale konzentrierte sich auf die Hefte. Ab und zu, wenn sie ihre Arbeit unterbrach, um Popcorn zu essen oder um eine Note einzutragen, spürte sie die Eifersucht wie einen Mückenstich, der ihre Aufmerksamkeit ablenkte. Ja, die Eifersucht war wie eine Mücke, eine Plage, ein

Bazillenträger, und obwohl sie versuchte, sie zu verbannen, senkte sich der Stachel doch in ihr Herz, drang tief in sie ein, in ihr Innerstes, und machte sich breit, direkt neben der Hoffnung und der Liebe. Die Eifersucht war unglaublich destruktiv, destruktiver als alles, was sie kannte, und erreichte sie sogar jetzt noch, obwohl sie sich zwang, zu arbeiten und nicht daran zu denken, was Hank jetzt wohl gerade mit Leland in dem Hotel direkt am Meer machte. Die Eifersucht setzte ihr so sehr zu, daß ihr die Tränen kamen. Sie biß sich auf die Lippen, auf die Fingernägel, in die Hände. Sie zerbiß die Radiergummis von zwei Korrekturstiften.

Aber sie schaffte an diesem Abend das Pensum einer ganzen Woche. Sie sah alle Arbeiten durch, bereitete sich auf die Stunden der nächsten Woche vor und war gegen zehn Uhr völlig erschöpft, weil sie so konzentriert gearbeitet und sich mit aller Kraft gegen ihre Eifersucht gewehrt hatte, und sie fühlte sich seltsam gelöst. Sie mußte ständig auf die Uhr sehen und fragte sich, ob Hank jetzt wohl auf dem Nachhauseweg war oder ob er jetzt mit Leland nach oben ging. Ihre Sorgen und Ängste machten sie unangenehm unruhig. Und auch triumphierend stark. Sie stand in ihrem blauen Nachthemd im Badezimmer, putzte sich die Zähne und sah sich fletschend im Spiegel an.

»Herzlichen Glückwunsch, Dale«, sagte sie zu ihrem Spiegelbild und grinste sich gezwungen durch den Schaum der Zahnpasta zu. »Du hast den Abend gut hinter dich gebracht. Ich bin stolz auf dich. Du hast dir einen schönen großen Scotch verdient. Oder vielleicht solltest du Carol um eine ihrer Wunderpillen bitten. Mein Gott, wie soll ich bloß die Nacht überstehen? Still, Dale, du bist doch jetzt ein großes Mädchen, du holst dir jetzt einen starken Scotch und gehst zu Bett und schläfst sofort ein.«

»Dale.« Carol stand in der Badezimmertür. »Du

scheinst dich hier ja blendend zu unterhalten, entschuldige, wenn ich dich störe, aber vielleicht interessiert es dich, daß Hank hier ist.«

Dale sah im Spiegel, wie sich ihr Gesicht bei Carols Worten veränderte – sie sah in ihrem eigenen Gesicht das dümmste und glücklichste Lachen der Welt. Und einen Moment lang dachte sie, daß sie vor Glück auch gleich sterben könnte.

Aber sie öffnete die Tür und ging ins Wohnzimmer, wo Hank auf dem Sofa saß und sie anlächelte, als sie ins Zimmer kam.

»Hallo«, sagte er. »Willst du heute nacht bei mir draußen auf der Farm schlafen?«

Dale lächelte immer noch, ihr war ganz schwindelig vor Erleichterung, ihn zu sehen, aber sie sagte ganz ruhig: »Ich weiß nicht. Will ich?« Am liebsten hätte sie ihn gefragt: Hast du mit ihr geschlafen? Hast du sie geküßt? Liebst du mich? Kann ich dir vertrauen?

»Doch, du willst«, sagte Hank, und er stand auf und zog Dale an sich. Einen Moment lang standen sie still und hielten sich. Carol räusperte sich und sagte: »Also, gute Nacht alle miteinander, ich gehe jetzt schlafen.«

»Ich bin im Nachthemd«, murmelte Dale in Hanks Mantel hinein.

»Das macht nichts, niemand wird dich sehen. Ich fahre dich morgen früh nach Hause, damit du dich für die Schule fertigmachen kannst.«

»Also gut. Gehen wir«, sagte Dale.

Im Auto gelang es ihr endlich, ihn wie nebenbei zu fragen: »Hast du dich gut amüsiert?«

»Es ging«, antwortete Hank. »Leland ist ein nettes Mädchen, ein bißchen verrückt, und ich glaube, sie ist nicht besonders klug. Aber sie ist sehr hübsch und sehr nett. Wir haben uns gut unterhalten. Ich habe ihr alles von dir erzählt.«

»Wirklich? Was hast du ihr denn erzählt?«

»Na, wie du aussiehst und was du machst und wie du

mich zum Lachen bringst und daß ich mich wieder richtig gut fühle, seit ich dich kenne, und daß ich dich liebe und daß ich dich heiraten möchte.«

»Und was hat Leland dazu gesagt?« fragte Dale. Sie mußte ihr Gesicht zum Fenster drehen.

»Sie fand es eine gute Idee. Sie meinte, du seist für mich genau die Richtige. Sie fand, ich soll dich fragen, ob du mich heiraten willst.«

»Ich glaube, ich würde die Frau sehr gern kennenlernen«, lachte Dale. »Wir könnten gute Freundinnen werden. Wie kommst du darauf, daß sie nicht klug ist? Das hört sich doch brillant an.«

»Heißt das: ›Ja‹?« fragte Hank. Er fuhr die Einfahrt hinauf und stellte den Motor ab und wandte sich Dale zu.

»Ja?« fragte Dale. »Was meinst du damit?« Sie wußte natürlich ganz genau, wovon er sprach, und ihr wurde kalt vor Aufregung. Sie war so erleichtert gewesen, Hank zu sehen, so froh, daß er einer anderen Frau von ihr erzählt hatte – aber was sollte sie jetzt sagen, was sollte sie tun?

»Ich meine, ob wir heiraten wollen«, sagte Hank und nahm ihre beiden behandschuhten Hände in seine, so daß sie sich nicht abwenden konnte.

»Oh«, sagte Dale.

»Hör zu«, sagte Hank, »wir müssen irgendwann darüber sprechen. Ich weiß, was du mit deiner Mutter und deiner Schwester durchgemacht hast. Und ich will dich weder erschrecken, noch will ich, daß du einen Rückzieher machst. Aber ich will dich heiraten. Als ich das erstemal heiratete, wollte ich damit meiner Familie gefallen, und das war ein Fehler. Jetzt möchte ich mir selbst einen Gefallen tun, und das kann ich nur, wenn ich mir vornehme, mein ganzes Leben mit dir zu verbringen. Ich kann mir wirklich nicht vorstellen, wie ich ohne dich glücklich werden könnte. Ich möchte mit dir zusammenleben, immer.«

»Oh, Hank«, sagte Dale. »Ich habe solche Angst.«

Er nahm sie in seine Arme und drückte sie fest an sich. Die helle Lampe draußen am Haus leuchtete hell, so daß Dale ihr Gesicht in der Autofensterscheibe gespiegelt sehen konnte. Es sah nachdenklich aus, ernst und feierlich, und sie dachte, daß ihr das immer bleiben würde: dieser skeptische Blick in ihren eigenen Augen, diese eigene Sicht, diese innere Gewißheit. Sie fröstelte – und wie warm und geborgen fühlte sie sich in Hanks Armen, wie befriedigend war es, so liebevoll umarmt zu werden. Vielleicht konnte sie es wagen, dachte sie, sich einem anderen Menschen hinzugeben und dennoch sich selbst treu zu bleiben. Es gab keine Garantien im Leben, aber vielleicht die Chance, daß jede Ehe anders war, so, wie die Menschen verschieden waren und die Paare. *Heiraten.* Dale fror plötzlich.

»Du frierst«, sagte Hank. »Laß uns reingehen.«

Schweigend gingen sie miteinander durch das Haus und erledigten gemeinsam – wie immer, wenn Dale abends bei Hank war – die nötigen Dinge. Sie sahen nach, ob genügend Wasser in den Schüsseln für den Hund und die Katze war, zogen die Vorhänge vor die Fenster, stellten die Öfen kleiner, machten die Lichter aus. Wenn ich Hank heirate, wird das mein Zuhause sein, dachte Dale. Dann lebe ich mit diesem Mann in diesem Haus. Sie strich mit der Hand über den Rahmen der Schlafzimmertür, und es gefiel ihr, das feste warme Holz zu berühren.

Es hatte etwas Dauerhaftes. Alles an dem Haus gefiel ihr. Es gab ihr ein Gefühl der Sicherheit – wie der Mann an ihrer Seite, den sie liebte und mit dem sie durch die hellen und dunklen Zimmer des Hauses ging. So wird es sein, dachte Dale. Sie würde Hank helfen, das Haus sauberzuhalten, sie würden zusammen essen, sich immer wieder mit ihm in diesem Schlafzimmer hinlegen und morgens aufwachen, um die täglichen Arbeiten zu erledigen. Sie hatten beide ihre eigene Arbeit, und sie hatten gemeinsame Aufgaben und Freuden, sie würden zusammen in die Welt gehen. Sie würden einen Einkaufswagen durch die hellen Gänge des Supermarkts schieben und ernsthaft überlegen, wieviel Brot und wieviel Pilze sie brauchten. Wie schön, daß die Welt auch aus diesen handfesten, kleinen, trivialen Dingen bestand, die etwas so Erhabenes und Wildes wie die Liebe verankerten. Die Menschen waren schon klug, sich mit vertrauten einfachen Gegenständen und Gewohnheiten zu beschweren, die sie daran hinderten, vor Angst oder Liebe den Boden unter den Füßen zu verlieren.

Im Schlafzimmer zogen sie sich aus, immer noch schweigend, und plötzlich sah Dale, wie angespannt Hank sich bewegte. Er liebt mich, dachte sie, er hat Angst, er will wissen, wie meine Antwort lautet, er will mich heiraten. Er liebt mich. Er liebt mich tatsächlich.

»Hank«, sagte sie, aber sie konnte nicht weitersprechen.

Als hätte er ihre Gedanken erraten, ließ Hank seine Sachen aufs Bett fallen und kam zu Dale herüber, nahm sie in seine Arme und preßte sie an sich. Lange standen sie so. Körper an Körper, nackt und zitternd, warme Brust an warmer Brust, feste Körper, die sich aneinanderdrängten. Dale spürte, wie Hank sie begehrte. Er nahm ihren Kopf in beide Hände und preßte seinen Mund auf ihren und küßte sie, als ob er nicht mehr aufhören könnte. Er öffnete sich ihr ganz, er suchte sie, fragte sie mit seinem Körper. Ihr Gesicht und seins waren plötzlich tränennaß. Sie hatte gar nicht gemerkt, daß sie weinte. Und sie wußte auch nicht genau, warum sie weinen mußte. *Oh, Mutter, oh, Daisy,* dachte sie. *Oh, Hank. Ach, die Liebe.*

Sie löste sich von Hank. »Warte einen Moment«, sagte sie. »Ich muß ins Badezimmer.« Sie flüchtete sich in die Sicherheit des hellen Raumes, schloß die Tür hinter sich und lehnte sich dagegen. Was wollte sie nun? Am frühen Abend war sie wie verrückt gewesen, weil sie Hank liebte. Sie war sich ihrer Liebe zu Hank gewiß gewesen und hatte sich nach der Sicherheit der Ehe gesehnt. Aber auf derselben Erde, die sie beide trug, lebten auch ihre Mutter und ihre Schwester – lebendige Beweise dafür, daß Liebe nicht ewig hielt. Was also sollte sie tun? Wie sollte sie sich entscheiden? Was war nun wirklich?

Sie spürte etwas Nasses an ihrem Schenkel, faßte mit der Hand hin und sah an ihrer Hand die schimmernde Feuchtigkeit ihres Begehrens, der Lust. Und da wußte sie plötzlich: Das ist Wirklichkeit. Das ist es, was im Leben zählt, was sich nicht in Worte fassen, nicht planen, nicht bewußt einrichten, nicht kontrollieren läßt. Und sie wußte, daß sie wegen dieses Fließens in ihr trotz aller komplizierten Zweifel, die sie beunruhigten, ihr Leben ändern, sich einlassen konnte auf die Liebe. Sie liebte Hank. Welchen Preis sie auch in der Zukunft dafür zahlen mußte, er würde nicht zu hoch sein; denn sie liebte Hank. Sie würde ihrem Körper vertrauen. Sie würde ihn heiraten.

Sie ging ins Schlafzimmer, wo Hank auf dem breiten Doppelbett saß und auf sie wartete. Als sie hereinkam, stand er auf, sagte aber nichts.

Mit fester Stimme und zitterndem Körper sagte sie: »Laß uns heiraten, laß uns verheiratet sein, wenigstens eine Zeitlang.« Und sie ging zu ihm, kam in seine Arme, und sie hielten sich. Sie standen zusammen, und sie fühlte sich von Kopf bis Fuß wunderbar. Sie fühlte sich stark und zuversichtlich. Ihr Körper und ihr Verstand waren einverstanden, froh, zufrieden.

Das letzte Wochenende im Mai war so warm in Rocheport, daß der Strand voll von Menschen war. Alle wollten die ersten warmen Sonnenstrahlen genießen.

Die mutigsten gingen auch schon ins Wasser, obwohl es noch sehr kalt war. Dale und Hank hatten sich für den Tag gerüstet: Sie hatten Decken mitgenommen und Bier, kaltes Fleisch und Chips, Handtücher und Bücher. Dale lag auf dem Bauch. Sie fühlte die Wärme des Sandes unter dem Handtuch, spürte, wie Hank ihr mit sanften Händen den Rücken einrieb. Sie war sehr glücklich. Sie hatte nie gewußt, daß es möglich war, so lange so glücklich zu sein. In zwei Wochen wollten sie heiraten. Sie hatten ihren Freunden und ihren Verwandten Bescheid gesagt und machten immer noch Pläne. Sie wollten in Rocheport heiraten, dann nach Bar Harbor fahren und von dort mit der Fähre nach Neufundland, wo sie zwei Wochen Ferien machen wollten, ehe der arbeitsreiche Sommer begann. Dale würde ihr Studium wiederaufnehmen, Hank mußte auf dem Hof arbeiten und das Haus weiter renovieren. Sie hatten so viele Pläne! Die Zeit würde nicht reichen, um alles, was sie zusammen planten, zu schaffen. Und sie waren stolz, unglaublich *stolz,* daß sie heiraten wollten, daß die Institution der Ehe ihnen die Möglichkeit bot, Tag für Tag ihre Lust auszukosten.

Margaret hatte geschrieben, sie würde kurz zur Hochzeit kommen, und es gehe ihr gut, sie liebe ihre Buchhandlung und ihr ausgefülltes Leben. Daisy konnte nicht kommen, wegen der Kinder, aber sie war auch glücklich, und bei ihren vielen Telefongesprächen war Dale immer erstaunt gewesen, wie vorbehaltlos und begeistert Daisy die Heiratspläne ihrer Schwester begrüßt hatte.

»Vielleicht heirate ich auch irgendwann wieder«, hatte Daisy gesagt. »Weißt du, so eine Ehe ist wirklich ganz nett.«

»Daisy«, lachte Dale, »*du* bist nett.«

Wie lieb sie zu ihr waren, ihre Mutter und ihre Schwester! Der Optimismus und die Art, wie beide ihr verändertes Leben lebten, gefielen ihr sehr. Es gab eben viele Möglichkeiten. Es gab gute und schlechte Zeiten, aber auf die schlechten Zeiten folgten wieder gute. Alles war möglich, man mußte nur kämpfen.

»Möchtest du ein Bier?« fragte Hank und unterbrach Dales Gedanken. »Ich habe Hunger.«

»Hmm«, sagte Dale, drehte sich um und setzte sich auf. »Ja, ich möchte sehr gern ein Bier. Wo ist der Öffner?« Sie suchte im Korb, den sie eingepackt hatte. »Tut mir leid, ich glaube, ich habe ihn im Auto liegengelassen.«

»Ich hole ihn«, sagte Hank, sprang auf und lief zum Auto. Dale lächelte, und sie war sehr stolz, daß dieser schlanke, schöne Mann bald ihr Ehemann sein würde. Sie war so glücklich. Sie konnte ihr Glück kaum fassen. Aber sie nahm es an wie eine gute Gabe Gottes. Und sie sonnte sich darin. Die Liebe zu Hank war jetzt die treibende Kraft in ihrem Leben – und wie hätte es auch anders sein können.

Sie hörte jemanden weinen und sah sich um. Wie konnte jemand an einem so schönen, sonnigen Tag weinen?

Sie sah ein Kind in einer roten Badehose, einen kleinen Jungen, der etwa fünf Jahre alt war und wenige Schritte von ihr entfernt, auf das Meer starrte und sich die Augen rieb und weinte. Sie sah sich nach den Eltern um, konnte sie aber nicht entdecken. Sie stand auf, ging durch den weichen Sand zu ihm und kniete sich hin.

»Was ist denn? Hast du dich verlaufen?«

»Nein«, antwortete der kleine Junge schluchzend. »Meine Mutter liegt da hinten, mit meinem Bruder.«

»Und warum weinst du?« fragte Dale. »Was ist denn?«

»Mein Plastikschiff«, sagte der kleine Junge. Er deutete auf einen hellen gelben Gegenstand, der etwa dreißig Meter entfernt auf den Wellen tanzte. »Mommy hat gesagt, ich soll es nicht loslassen, aber dann habe ich es doch losgelassen, und jetzt ist es so weit abgetrieben, daß ich es nicht wiederholen kann.«

»Komm, hör auf zu weinen«, sagte Dale. »Ich schwimm' hin und hole es dir wieder. Okay?«

Sie stand auf, begierig, eine gute Tat zu tun, und mußte lächeln, weil es ein Problem war, das sich so leicht lösen ließ.

Der Junge betrachtete sie erstaunt. »Aber du kannst doch nicht einfach so weit rausschwimmen«, sagte er. »Das ist zu weit. Das ist zu gefährlich.«

Dale lachte. »Nein«, sagte sie. »Für einen Erwachsenen ist es nicht zu weit. Und ich kann gut schwimmen. Ich werde schon nicht ertrinken.«

Sie warf sich mutig in die kalten Wellen und fing an, mit gleichmäßigen, kräftigen und sicheren Stößen zu schwimmen.

10

Es war ein Sonnabend Ende Mai. Die Sonne schien strahlend, der ganze Tag war frisch und warm und schimmerte golden. Da Sonnabend war, mußten die beiden Mädchen von oben nicht zur Arbeit. Daisy hörte sie in ihren Zimmern und auf der Treppe kichern, aber sie beachtete sie nicht weiter, sie hatte zuviel zu tun. Sie hatte Danny und Jenny vor den Fernsehapparat gesetzt und trug Susan, das Baby, in einem Tragetuch mit sich herum, während sie das Haus aufräumte. Jetzt legte sie im Wäscheraum neben der Küche Windeln zusammen, als plötzlich Sara und Ruth Ann hereingeplatzt kamen.

»Du *mußt* mit nach draußen kommen«, riefen sie. »Es ist einfach himmlisch. Richtig warm!« Beide trugen helle Bikinis, und ihre winterweißen festen Bäuche leuchteten.

»Ja«, sagte Daisy. »Gern. In ein paar Minuten. Ich muß nur noch die Wäsche zusammenlegen.«

»Beeil dich«, riefen die Mädchen, und dann gingen sie.

Daisy stand auf, hielt eine weiße Windel in der Hand und sah den beiden jungen Frauen nach, die durch die Küche in die Sonne hinausstürmten. Ruth Ann muß noch ein paar Pfunde abnehmen, ehe sie einen öffentlichen Strand im Bikini unsicher machte, dachte Daisy, zuckte dann aber die Schultern. Sie war die letzte, die Kritik üben dürfte. Sie selber würde sich nicht einmal in einem Badeanzug an den Strand trauen, von einem Bikini ganz zu schweigen. Wie ungerecht! Die Mädchen sahen so hübsch aus, auch wenn sie hier und da vielleicht etwas dick waren. Sie waren jung und gesund und makellos gewachsen, sie leuchteten geradezu. Und wie sie gingen – sie hüpften fast vor Energie und Lebensfreude –, während Daisy immer noch jede sich bietende Gelegenheit wahrnahm, sich in einen Sessel plumpsen zu lassen. Sie hätte sich am liebsten auf den Wäschehaufen fallen lassen und geweint. Susan war inzwischen zwei Monate alt, und nach der Euphorie der Geburt war nur noch die Erschöpfung übriggeblieben. Das Kind wachte jede Nacht um zwei Uhr auf, und Daisy mußte stillen, und letzte Woche hatten Danny und Jenny beide Husten und Schnupfen gehabt. *Sie* konnten trotz ihres Hustens schlafen, aber Daisy nicht, sie lag im Bett und hörte sie husten. Sie war hundemüde. Sie nahm sich vor, aufzustehen und Jenny Hustensaft zu geben, falls sie noch einmal hustete. Aber sie wußte auch, daß sie, wenn sie Jenny weckte, um ihr die Medizin zu geben, sie wieder in den Schlaf wiegen mußte, und dazu war sie viel zu müde. Sie lag da, wartete einen Hustenanfall ab, dann den nächsten, bis sie schließlich einschlief. Susan war meistens gegen sechs Uhr morgens ausgeschlafen. Für Daisy begann der Tag gewöhnlich mit einer Übelkeit erregenden Müdigkeit, und selbst der stärkste, süßeste Kaffee half ihr nicht gegen ihre Kopfschmerzen. Es war schon sehr schwer, allein für drei kleine Kinder verantwortlich zu sein. Im ersten Monat war es etwas leichter gewesen, weil Jane und Karen ihr Danny und Jenny abgenommen hatten. Außerdem waren die vier Mädchen von oben von dem winzigen Baby bezaubert und fanden es schön, sich ab und zu um Susan tagsüber zu kümmern, weil es für sie etwas Neues war, so daß Daisy gelegentlich hatte schlafen können. Aber jetzt war Susan keine Neuigkeit mehr. Zwar kamen die Mädchen immer wieder einmal spontan herunter, um einen Blick auf den Säugling zu werfen, aber sie waren doch sehr viel interessierter an ihrem eigenen Leben, ihren Kleidern und ihren Freunden, ihrer Arbeit und ihren Verabredungen. Daisy mußte sich ständig ermahnen, ihnen das nicht übelzunehmen. Sie waren gerade erst achtzehn, neunzehn Jahre alt, sie wollte ihnen ihre Freiheit nicht neiden. Ich selbst war damals auch frei, dachte sie, und hatte keine Verantwortung für kleine Kinder. Aber sie merkte, daß ihr Mund manchmal schmal wurde, wenn sie ihr gegenwärtiges Leben mit dem der Mädchen verglich.

Die Mädchen waren wie berauscht von ihren neuen Frühlingssachen. Sie kamen zu Daisy, um ihr niedliche kleine Slips zu zeigen oder Kleider oder eine neue Bluse, unter der sie keinen BH trugen und die sie einfach in die Jeans stopften. Und Daisy bewunderte sie aufrichtig – sie sahen so hübsch aus. Aber sie mußte jedesmal ihren Neid herunterschlucken. Sie wollte auch hübsche knappe Kleidchen tragen, sie wollte auch einen hübschen festen Körper haben. Statt dessen steckte sie noch in ihren alten Umstandskleidern, weil sie, wie immer, wenn sie stillte, riesige Brüste hatte und kaum Gewicht verlor. Und sie war viel zu müde, um an Gymnastikübungen auch nur zu denken, obwohl sie sich diesmal – wie die beiden anderen Male – fest vorgenommen hatte, sofort mit Hüftschwüngen und Bauchübungen anzufangen. Ihr Körper kam ihr wie eine Ansammlung schwerer Säcke vor, die sie ohne Umstände in andere unförmige Säcke stopfte, um es sich bequem zu machen. Wenigstens lag ihr Haar gut. Eines Tages hatte sie für die Kinder einen Babysitter bestellt und war zum Friseur gefahren und hatte sich die Haare kurz schneiden lassen. Der Schnitt war einfach und gut, so daß sie sich die Haare selber waschen und trockenbürsten konnte. Die Frisur gefiel ihr. Ihre Augen wirkten größer und ihr Gesicht schmaler. Das machte ihr Hoffnung. Wenn sie mit der Bürste durch ihr Haar fuhr und sie den Duft des Shampoos wahrnahm, das sie sich ausgesucht hatte, kam es ihr vor wie ein Versprechen. Bald würde sie wieder Spaß daran haben, sich zu pflegen, eitel zu sein. Und da sie schon eine neue Frisur hatte, hatte sie sich aufgerafft und sich auch hübsch zurechtgemacht, wie die alte Daisy von früher – für die gestrige Begegnung mit Paul.

Paul. Er war jetzt fort, in Kalifornien, zusammen mit Monica – mit Monica, seiner neuen Liebe, und bei einer neuen Firma. Er hatte tags zuvor, ehe er die Stadt verließ, angerufen und gesagt, daß er gern vorbeikommen würde, um sich von Danny und Jenny zu verabschieden und um Susan zu sehen. Daisy hatte sich die Haare gewaschen, sich geschminkt und dann über eine Stunde lang versucht, etwas zum Anziehen zu finden, worin sie hübsch aussah. Am Ende hatte sie fast alles, was sie an Kleidern besaß, verzweifelt auf den Fußboden geworfen. Aber sie hatte sich geschworen, daß Paul sie nie wieder in ihrem alten sackartigen Morgenmantel zu Gesicht bekommen sollte, und hatte sich schließlich in Jeans gezwängt und dazu ihre weite Lieblingsbluse angezogen, die ihr über den Bauch reichte und den Reißverschluß, den sie nicht schließen konnte, verdeckte. Jedesmal, wenn sie sich bückte oder setzte, kniff ihr der Reißverschluß in den Bauch, und die Nähte der Jeans drückten zwischen ihren Beinen. Aber ein Blick in den Spiegel sagte ihr, daß sie jedenfalls nicht mehr wie eine schwangere Frau aussah – und vielleicht sogar schon wieder etwas schlank. Und sie war dankbar gewesen, daß Paul als erstes zu ihr gesagt hatte: »Daisy, du siehst wunderbar aus!«

»Danke«, sagte sie zurückhaltend. »Du siehst auch wunderbar aus.« Sie standen im Flur.

Und Paul sah wirklich gut aus. Da stand er vor ihr, ihr Mann, jetzt ihr früherer Mann, groß und schön und schlank – so, wie er sie verlassen hatte. Es war ihr schwergefallen, ihn anzusehen, ohne ihn trotz allem, was geschehen war – zu lieben. Das, was sie ganz am Anfang dazu gebracht hatte, sich in ihn zu verlieben, war ja zumindest teilweise immer noch da, und sie mußte ihr Gesicht von ihm abwenden, um ihre Gefühle vor ihm zu verstecken. »Möchtest du das Baby sehen? Es ist im Laufstall in der Küche.«

Sie ging Paul voran, durch den Flur, in die Küche, und dort standen sie nebeneinander und blickten zu der winzigen zappelnden Susan hinunter, die auf dem Rücken lag und eine von Jennys alten rosa Strampelhosen anhatte. Sie fuchtelte mit ihren Fäusten in der Luft herum und versuchte, sie zu ihrem Gesicht und in ihren Mund zu bringen. Daisy beugte sich zu ihr hinunter und staunte wieder, wie gesund, wie wohlgestaltet, wie wunderbar ihr Baby war. Wer konnte diesem niedlichen Kind widerstehen? Wer konnte Susan ansehen, ohne sich auf den ersten Blick in sie zu verlieben? Doch als sie aufblickte und Pauls Gesicht sah, spürte sie mit einem Stich im Herzen, daß Paul es konnte. Er konnte widerstehen.

»Möchtest du sie mal halten?« fragte Daisy.

Paul sah sie unglücklich an, sagte aber: »Gern.«

Daisy beugte sich hinunter und nahm das Baby aus dem Laufstall. Mit sichtlichem Unbehagen ließ Paul sich seine Tochter in die Arme legen. Er sah sie eine Zeitlang an. »Sie ist hübsch«, sagte er schließlich. »Und ganz anders als Danny oder Jenny damals.«

»Ich weiß«, sagte Daisy. »Ich glaube, sie schlägt Dale nach. Obwohl ich mir noch nicht sicher bin, ob sie wirklich braune Augen kriegen wird; sie kommen mir eher heller vor.«

Paul, der sich offenkundig sagte, daß jetzt eine Geste von ihm erwartet wurde, drückte das Baby an sich und sagte mit gezwungener Herzlichkeit: »Jedenfalls ist sie sehr wach. Und so leicht. Ich hatte ganz vergessen, wie kleine Babys sind.«

Susan preßte sich an ihn, suchte mit ihrem kleinen Mund nach einer milchigen Brust, stieß ihn fordernd mit ihren kleinen Fäusten, Daisy wurde dabei immer ganz schwach in den Knien, aber Paul hielt Susan mit ausgestreckten Armen von sich weg und sagte zu Daisy: »Legst du sie bitte wieder hin? Ich habe Angst, ich würde sie fallen lassen.«

Daisy nahm das Baby und legte es wieder in den Laufstall, klopfte die Kissen zurecht, gab dem Baby den Schnuller und eine rosa Klapper, die wie eine Blume geformt war. So sah also der Kontakt aus, den ihr drittes Kind mit seinem Vater haben würde, dachte sie wütend, und sie bemühte sich, die Tränen zurückzuhalten. Mein armes Baby, dachte sie, mein armes vaterloses Mädchen – und arme einsame traurige Daisy. Einen Moment lang ließ sie sich fast von Selbstmitleid übermannen.

»Und wo sind Jenny und Danny?« fragte Paul. »Ich habe ihnen etwas mitgebracht.«

»Oben im zweiten Stock, bei den Mädchen«, sagte Daisy. »Ich rufe sie.« Sie ging zur hinteren Treppe und rief zu den Kindern hinauf, daß ihr Vater gekommen sei. Dann drehte sie sich um und sah, daß Paul sie mit einem Ausdruck anstarrte, den sie nicht deuten konnte. In dem hellen Nachmittagslicht kam es ihr fast so vor, als ob er sie liebevoll betrachtete.

»Du siehst müde aus, Daisy«, sagte er. »Du siehst sehr hübsch aus, aber auch müde.«

»Ich *bin* müde«, sagte Daisy. »Es ist nicht leicht.«

»Ich weiß. Ich weiß.« Paul ließ sich auf einen Küchenstuhl fallen und legte einen Moment lang den Kopf in seine Hände, dann blickte er zu Daisy auf. »Es tut mir alles so leid, das weißt du. Oder vielleicht weißt du es auch nicht. Vielleicht kannst du auch gar nicht wissen, wie leid es mir tut. Ich habe das Gefühl, als ob ich nur Fehler gemacht hätte. Wenn ich an die Kinder denke – ich wünschte, die Menschen könnten irgendwie solche Fehler vermeiden. Oder ich wünschte, man könnte seine Fehler wenigstens ungeschehen machen.«

»Fehler?« fragte Daisy. Sie mußte sich an die Tür lehnen. Pauls plötzliche Bereitschaft, mit ihr zu sprechen, und die Art, wie er sie ansah, brachten sie außer

Fassung. »Empfindest du die Kinder als Fehler? Die du ungeschehen machen würdest, wenn du könntest?«

»Ich weiß, daß dir das herzlos vorkommen muß, und ich meine es auch nicht so. Aber – ich meine wirklich, daß die Kinder ein Fehler waren. Wir sind so glücklich gewesen ohne Kinder, Daisy. Ich muß immer an unsere beiden ersten Jahre zusammen denken, Daisy. Ich muß immer wieder daran denken. Wir hatten es so gut zusammen. Ich wußte, daß wir beide zusammen etwas erreichen könnten. Und dann kamen die Kinder, und alles wurde anders, sie warfen uns aus der Bahn. Wir sind nicht zusammen in Europa gewesen, wir haben nie soviel Geld gehabt, daß wir es hätten genießen können, wir haben keine Zeit mehr füreinander gehabt. Jetzt liebe ich Monica, aber ich kann nicht sagen, daß ich sie mehr liebe als ich dich geliebt habe, damals, als wir uns kennenlernten. Und ich finde es schrecklich, daß mein Leben jetzt so zerrissen und zerstückelt ist. Mein Gott, Daisy, vor den Kindern warst du so glücklich und so fröhlich, so voller Gelächter und guter Einfälle, und ich war so gern mit dir zusammen! Keine Frau auf der Welt ist so wie du. Monica ist wunderbar, aber sie ist oft so ernst. Du warst die Freude meines Lebens, ich fand es herrlich, eine Frau wie dich zu kennen.«

»Oh, Paul«, sagte Daisy, »ich bin immer noch dieselbe – oder ich kann wieder so werden. Ich habe immer noch viel Spaß, ich kann immer noch lachen ...« Und den Bruchteil einer Sekunde lang hatte sie die Hoffnung – die abgeschmackte Fernseh-Werbespot-Vision, wie sie und Paul und ihre drei Kinder am Ufer des Sees herumtollten: das Bild einer Familie. Sie ging um den Tisch herum, und plötzlich stand sie neben dem Stuhl, auf dem Paul saß, und legte ihre Hand auf seine Schulter. Wie stark er war, wie fest, wie groß. Ein Mann. Sie merkte, wie sie die frühere sexuelle Anziehungskraft wieder spürte, ein Strom, der von ihrer Hand, die auf seinem Arm lag, durch ihren Körper floß.

»Ich weiß, Daisy, ich weiß«, sagte Paul. »Aber es ist zu spät. Wirklich. Ich mag Kinder einfach nicht. Ich lebe nicht gern mit Kindern zusammen, und ich möchte mein Leben nicht um ihre Bedürfnisse herum arrangieren müssen. Ich habe lange darüber nachgedacht, und ich weiß, daß ich gräßlich egoistisch bin, aber ich hatte so wenig Möglichkeiten, in meiner Jugend das zu tun, was ich gern tun wollte, und deshalb möchte ich mein Leben gern selbst bestimmen. Ich möchte mein eigenes Leben leben und die Freuden auskosten.«

Bei diesen Worten nahm Daisy ihre Hand weg und wollte sich von ihm zurückziehen, aber zu ihrer Überraschung griff Paul mit beiden Händen nach ihrer Hand und sah zu ihr auf.

»Aber ich werde dich immer lieben, Daisy«, sagte er. »*Dich*. Auf meine Weise. Ich werde immer bedauern, daß es so zwischen uns gekommen ist, daß du mit mir allein nicht zufrieden warst, daß du unbedingt Kinder haben mußtest und daß ich nicht fähig bin, Kinder in meinem Leben zu ertragen. Ich wollte dir das schon vor langer Zeit sagen – daß ich dich, auf meine Weise, immer lieben werde. Ich – ja, ich habe dir etwas mitgebracht. Lach mich nicht aus. Ein kleines Abschiedsgeschenk, das ich gestern spontan gekauft habe. Ich saß im Auto und hörte das Lied im Radio, und ich fand, es drückt genau das aus, was ich fühle. Also habe ich beim nächsten Plattenladen angehalten und die Platte für dich gekauft. Sie ist in der Tüte mit den Sachen für die Kinder. Sie hat nur zwei Dollar gekostet, das ist nicht viel, aber – ich wollte nur, daß du die Platte hast.«

»Was ist es denn für ein Lied? Wie geht es?«

»Ich kann mich nicht genau erinnern. Du mußt es dir anhören. Aber der Refrain lautet – es tut mir leid, es klingt so kitschig. Der Refrain ...« Paul stand verlegen auf, er war nur zwei Schritte von Daisy entfernt und sah plötzlich sehr verletzlich und scheu aus. »Der Refrain geht so: ›Wenn du an mich denkst, falls du an mich denkst, versuche zu verstehn, so wollte ich nicht gehn. Ich wäre gern bei dir, aber, bitte glaube mir, meine Liebe ist bei dir.‹«

»Paul«, sagte Daisy, und Tränen der Qual schossen ihr in die Augen. Sie wollte zu Paul gehen, ihn in die Arme nehmen und ihn, verdammt noch eins, nie, niemals wieder gehen lassen.

»Hallo, Daddy!«

»Daddy! Daddy! Daddy!«

Danny und Jenny waren plötzlich da, kamen die Treppe hinuntergepoltert und in die Küche hereingestürmt mit ihrer wilden, unbändigen Energie. Sie rannten auf Paul zu, wollten ihn mit ihrer Liebe überfallen, und Jenny stolperte über ein Stuhlbein und fing an zu weinen, wütend, daß sie ihren Vater nicht zusammen mit Danny erreicht hatte.

Daisy und Paul sahen sich an, tauschten einen letzten innigen Blick, einen Blick voll Liebe und Bedauern – und voll unausweichlicher Ironie. »Siehst du?« fragten Pauls Augen. »Siehst du?« Dann lösten er und Daisy die Blicke voneinander, und Paul bückte sich, um seinen Sohn hochzuheben.

»Komm zu mir, Jenny. Hör auf zu weinen. Setz dich auf meinen Schoß«, sagte er. »Ich gebe deinem Knie einen Kuß, da, wo du dir weh getan hast.«

Daisy drehte sich um und ging einen Moment lang hinaus. Sie lehnte sich an die Wand und versuchte, wieder zu Atem zu kommen und sich zu fassen. Als sie wieder in die Küche kam, war Paul bereits aufgestanden.

»Ich muß jetzt gehen, Kinder«, sagte er. »Aber ich habe euch etwas mitgebracht. Es ist vorn im Flur.«

Wie eine tobende Meute rannten Paul und Danny und Jenny und Daisy von der Küche durch den Flur zur Haustür, wo Paul die Plastiktüte abgestellt hatte. Er nahm zwei Geschenke aus der Tüte: eine große

Babypuppe für Jenny und einen Eisenbahnzug mit Zirkuswagen für Danny. Die Kinder äußerten lautstark ihre Freude über ihre Geschenke und knieten sich auf den Fußboden, um sie näher zu untersuchen.

»Und das ist für dich, Daisy«, sagte Paul und gab ihr eine Platte, eine kleine Single, fünfundvierzig Umdrehungen. Dann küßte er sie schnell auf die Wange, zog sich seinen Mantel an, den er über einen Stuhl geworfen hatte, und eilte zur Tür hinaus.

Daisy starrte einen Moment lang auf die Tür, die sich hinter ihm schloß, mit der er sie ein für allemal ausschloß, dann sagte sie abwesend zu den Kindern: »Schöne Geschenke hat Daddy euch mitgebracht.« Sie ging ins Wohnzimmer und legte die Platte auf. Die Musik, melodramatisch und mitreißend, tönte durch das Haus. Daisy lehnte sich an die Tür und weinte so lange, bis Susans wütendes Gebrüll sie von ihrem eigenen Kummer ablenkte. Sie mußte sich um das Baby kümmern. Sie legte ihre Tochter auf den Küchentisch, band ihr eine frische Windel um und warf die schmutzige in den Windeleimer.

Sie nahm sich eine Dose Bier aus dem Kühlschrank, goß es in ein Glas, sagte mit beruhigender Stimme zu Susan: »Ja, ja, du kriegst ja gleich was«, ging mit ihr ins Wohnzimmer, ließ sich aufs Sofa sinken und stillte Susan. Nach einiger Zeit kamen Danny und Jenny zu ihr und stritten sich: Jenny wollte Dannys neue Eisenbahn sehen, aber Danny wollte sein Spielzeug noch nicht mit ihr teilen, er hatte es gerade erst bekommen und hatte es sich noch nicht richtig angesehen. »Jenny ist ganz gemein! Sie hat eine neue Puppe, aber mit der will ich nicht spielen!« Und so weiter, und so weiter. Daisy brüllte fast:

»Jenny, du kannst dir die neue Eisenbahn von Danny später ansehen. Laß Danny jetzt in Ruhe, und spiel mit deiner Puppe. Es ist eine sehr schöne neue Puppe. Und seid nicht so laut, ihr erschreckt sonst das Baby mit eurem Lärm.«

»Blödes altes Baby«, sagte Jenny und warf Susan einen haßerfüllten Blick zu. Sie nahm ihre neue Puppe und versteckte sich mit ihr hinter einem Sessel, und Daisy hörte, wie sie leise vor sich hin weinte. Hätte sie nicht gerade das Baby gestillt, wäre sie aufgestanden und hätte ihre älteste Tochter in die Arme genommen, aber Susan war gerade ganz vertieft in die anstrengende Arbeit des Saugens und hätte wütend geschrien, wenn sie dabei gestört worden wäre. Also mußte Daisy bleiben, wo sie war, und sich anhören, wie Jenny hinter dem Sessel schluchzte und Danny inzwischen seine neue Eisenbahn rattern und pfeifen ließ.

Sie fragte sich manchmal, ob sie alles richtig machte. Es war so schwer, drei Kinder gleichzeitig glücklich zu machen. Die meisten Sorgen machte sie sich um Jenny. Danny kam gut zurecht, er war nicht eifersüchtig auf Susan, aber er hatte auch seine Vorschule. Er konnte täglich das Haus verlassen, der Gegenwart des Babys entfliehen und in seine eigene Welt ziehen, wo niemand das Baby kannte, wo die Leute ihn kannten, ihn gern hatten und mit ihm spielten. Das half ihm sehr. Aber Jenny war erst zwei Jahre alt, sie war noch zu klein für die Vorschule, bisher war sie immer das Baby gewesen, und nun gab es ein neues Baby, das in ihrer Welt immer den Vorrang hatte. Am Morgen, als sie das Frühstück machte, kurz bevor Paul kam, hatte Daisy sich gerade noch rechtzeitig umgedreht und verhindern können, daß Jenny eine schwere Pfanne auf das Baby in dem Laufstall fallen ließ.

»Jenny!« hatte sie geschrien und stürzte zu ihrer Tochter und entriß ihr die Pfanne. »Schäm dich! Tu das nie wieder! Du hättest deine kleine Schwester töten oder ihr sehr weh tun können!«

Jenny hatte ihrer Mutter einen wütenden, verzweifelten Blick zugeworfen, war dann aus der Küche ins Wohnzimmer gelaufen und in Tränen ausgebrochen.

Daisys Aufschrei hatte Susan erschreckt, die nun ihrerseits durchdringend brüllte, und die Eier zischten in der Pfanne und mußten umgedreht werden, und der Toast im Toaströster wurde trocken, und das Telefon klingelte.

»Oh, mein Gott«, sagte Daisy und wußte nicht, was sie zuerst tun sollte. Dann nahm sie Susan hoch, versuchte, sie mit der einen Hand zu beruhigen, während sie mit der anderen Hand die Eier umzudrehen versuchte, was nahezu unmöglich war, da die Pfanne wackelte. Und das Telefon klingelte und klingelte.

»Das Telefon klingelt, Mommy«, sagte Danny.

»Dann laß es klingeln«, sagte Daisy wütend. Sie nahm den verbrannten Toast aus dem Toaströster und warf ihn in den Mülleimer, steckte zwei neue Scheiben Brot in den Toaströster, wiegte das Baby und sagte unaufhörlich: »Ja, ja, ja, schon gut, schon gut, schon gut.« Und dann legte sie das Baby schnell wieder in den Laufstall und lief zum Herd, um nach den Eiern zu sehen. Das Telefon hörte auf zu klingeln. Daisy bestrich die Toastscheiben mit Butter, machte für jeden einen Teller zurecht und lief ins Wohnzimmer. Sie kniete sich zu ihrer Tochter hin, über die sie fast gestolpert wäre, und versuchte, Jenny in die Arme zu nehmen. Das Gesicht des Kindes war tränenverschmiert und fleckig, ein Zeichen, daß sie völlig aufgelöst war.

»Entschuldige, daß ich dich angebrüllt habe, Jenny«, sagte sie. »Aber nun hör auf zu weinen, Jenny. Komm, laß dich einen Moment umarmen und trösten. Ich habe dich sehr lieb, ich habe dich genauso lieb wie das Baby, und wenn Susan größer wird, könnt ihr beide schön zusammen spielen. Du mußt ihr nur ein bißchen Zeit lassen. Komm, dein Frühstück wird ganz kalt. Du darfst dir Honig auf deinen Toast streichen.«

Aber Jenny wollte nichts von Daisy wissen, sie zog sich in sich zurück.

»Jenny, bitte«, sagte Daisy. Das Telefon fing wieder an zu klingeln. Wer konnte das sein, jeder wußte doch, daß sie um diese Tageszeit nicht gut telefonieren konnte. »Komm jetzt, Jenny«, sagte sie, nun mit strengerer Stimme. »Dein Frühstück ist fertig, und wenn du es nicht ißt, bist du den ganzen Vormittag schlecht gelaunt. Und ich werde dir nicht noch etwas anderes machen. Komm, Liebling.«

»Das Baby hat sich verschluckt!« schrie Danny.

»Oh, verdammt!« sagte Daisy. Sie ließ ihre bockige Tochter hinter dem Sessel schmollen und rannte in die Küche. Sie nahm Susan hoch, die losbrüllen wollte, aber noch den Schnuller im Mund hatte.

»Schon gut, schon gut«, sagte Daisy, während sie das Baby aus dem Laufstall hob. Sie nahm ihrer Tochter den Schnuller aus dem Mund und drückte sie an sich, und Susan pinkelte durch die Windel auf ihren Schlafanzug direkt auf Daisys Morgenrock, und die Nässe drang durch den dicken Stoff und durch das Nachthemd bis auf die Haut. Wie konnte ein kleines Kind nur soviel Urin speichern? Dann nahm sie den üblen Geruch wahr und merkte, daß es kein Urin war. Auf ihrem Morgenrock, auf dem Schlafanzug des Babys und an ihren Händen – überall glitzerte es senfbraun.

»Ich habe Durst, Mommy, wo ist mein Saft?« fragte Danny, der sich bereits an den Tisch gesetzt und sein Frühstück aufgegessen hatte.

»Du mußt eben noch *warten*«, sagte Daisy. »Ich muß mich erst umziehen, das Baby hat sich vollgemacht.«

Danny fand das wahnsinnig komisch, und Daisy, die vorsichtig aus der Küche in den Flur und dann die Treppe hinaufging, hörte sein blödes Gekicher und Jennys anhaltendes Schluchzen und das schrille Klingeln des Telefons, das von dem wütenden Gebrüll des

Babys übertönt wurde. Sie wechselte Susan die Windeln und legte sie in ihr Bettchen, ging dann ins Badezimmer, zog ihre stinkenden Sachen aus. Als sie wieder hinunterkam, weinte Jenny immer noch, ihr eigenes Frühstück war auf dem Teller kalt und hart geworden, und Danny stand in einer Orangensaftpfütze, weil er erfolglos versucht hatte, sich seinen Saft selber einzugießen, und sein Schlafanzug war pitschnaß, und er weinte. Und es war erst acht Uhr morgens.

Und am Nachmittag desselben Tages hatte Daisy wieder eine weinende Jenny, die sich hinter dem Sessel versteckte. Pauls Anwesenheit war nur eine kleine Unregelmäßigkeit in dem Gewebe des Tages gewesen und hatte nichts bewirkt. Sie nahm Susan von ihrer rechten Brust und hielt sie über ihre Schulter, damit Susan ihr Bäuerchen machte, und Susan spuckte dabei so viel Milch aus, daß Daisy spürte, wie ihre Bluse naß wurde. Sie hatte vergessen, sich eine Windel über die Schulter zu legen. Sie spähte hinter sich und stellte fest, daß das Sofa auch etwas abbekommen hatte und daß die Milch schnell einsickerte. Oh, dieser *Dreck* überall, dieser Dreck! Sie hatte es vergessen gehabt. Das Aufwachen am Morgen mit schmerzenden Brüsten, der Still-Büstenhalter, das Nachthemd und sogar der Bettbezug steif von der getrockneten Milch, die ihr im Schlaf ausgelaufen war. Ich sollte Papiersachen tragen und in der Badewanne schlafen, dachte sie. Susan wurde wieder unruhig, und Daisy legte sie sich an die linke Brust, saß da, ließ die Milch an der Bluse und auf dem Sofa trocknen, hörte, wie Jenny weinte.

Jetzt stand Daisy im Wäscheraum mit einer Windel in der Hand und dachte an den gestrigen Tag, der – mit Ausnahme von Pauls Besuch – wie alle anderen Tage zu einem einzigen unordentlichen Durcheinander verschwamm. Paul war ein Angeber, der mit ihren Gefühlen spielte, ihr eine billige, sentimentale Platte mitbrachte, ihr weismachte, er liebe sie. Wenn er sie liebte, sollte er es ihr nicht sagen, sondern beweisen. Er hatte sich mit einem miesen Trick davongestohlen, und sie hatte ihn gehen lassen. Er hatte sein Gewissen beruhigt, und sie war in den Trümmern zurückgeblieben. »Meine Liebe ist bei dir«, hieß es in dem Lied, und seit Pauls Besuch hatte sich Daisy mit diesen Worten getröstet, hatte sich damit aufrecht gehalten, daß Pauls Liebe bei ihr war. Aber es stimmte nicht, es stimmte überhaupt nicht. Es machte ihr Leben nicht leichter. Seine Liebe war nicht da – und was sie in ihrem Leben zur Zeit am allerwenigsten brauchte, war eine solche Lüge. Sie ließ die Windel auf den Wäschetrockner fallen und ging ins Wohnzimmer. Sie nahm die Platte vom Plattenspieler, ging in die Küche, brach sie in zwei Hälften und stopfte sie in den Mülleimer. Aus irgendeinem Grund ging es ihr gleich viel besser.

Bewegungen draußen vor dem Fenster erregten ihre Aufmerksamkeit. Sie sah, daß die vier Mädchen von oben es sich auf dem Rasen hinter dem Haus gemütlich machten. Sie hatten Decken und Handtücher mit nach draußen genommen und ließen sich von der Frühlingssonne bescheinen. Sie hatten ein tragbares Transistorradio und unterhielten sich fröhlich über die Musik hinweg, tranken Cola und hatten ein Tablett mit Käse, Crackers und Äpfeln in Reichweite. Es war ein schönes Bild, es sah so fröhlich aus. Aber Daisy wandte sich grollend ab. Es war *ihr* Rasen, und trotzdem konnte sie ihn heute nicht benutzen. Es wäre ungerecht gewesen, den Mädchen den schönen Nachmittag mit drei lauten, wilden Kindern zu verderben. Die Mädchen waren wirklich sehr nett, und sie war froh über ihre Gesellschaft im Haus und über die Miete, die sie zahlten. Sie wollte das gute Verhältnis nicht belasten. Sie beschloß, Susan in den Kinderwagen zu legen und mit allen drei Kindern spazierenzugehen. Aber zuerst mußte sie die trockene Wäsche zusammenlegen, damit sie die Wäsche aus der Maschine in den Trockner stecken konnte. Sie hatte noch einen Berg schmutziger Bettwäsche zu waschen, denn Danny machte neuerdings nachts ins Bett, und abgesehen von der zusätzlichen Arbeit, die nassen Laken und Matratzenschoner die Treppe hinunter- und später wieder hinaufzubefördern, machte sie sich Sorgen, ob Danny womöglich auch eifersüchtig auf das Baby war und es auf diese Art ausdrückte. Sie legte müde die Windeln zusammen. Nach einer Weile kamen Danny und Jenny in den Wäscheraum gepoltert: Sie zankten sich wegen irgendeines Spielzeugs. Daisy konnte es ihnen nicht übelnehmen; denn sie hatten den ganzen Vormittag über sehr brav zusammen gespielt, während sie den Haushalt machte.

»Wir gehen gleich alle zusammen spazieren, Kinder«, sagte sie. »Draußen ist es schön warm. Danny, du kannst dein Fahrrad mitnehmen. Du hast dich doch den ganzen Winter lang danach gesehnt. Jetzt ist es endlich soweit.«

»O ja«, schrie Danny begeistert. »Können wir jetzt gehen?«

»Gleich«, sagte Daisy. »Ich muß das hier noch fertig machen. Geht noch ein paar Minuten ins Wohnzimmer spielen.«

Jenny zupfte an Daisys Morgenrock. »Ziehst du mich wieder im Wagen, Mommy?«

Daisy sah ihrer Tochter, ihrem großen Mädchen, in die blauen Augen. Am liebsten hätte sie losgeheult. Jenny konnte noch nicht dreiradfahren, deshalb hatte Daisy sie im letzten Sommer immer in einem kleinen Wagen gezogen. Aber jetzt mußte sie Susans Kinderwagen schieben. Sie konnte nicht gleichzeitig auch noch den Wagen ziehen. Aber Jenny würde das nicht einsehen. Was sollte sie machen? Es mußte Jenny so vorkommen, als würde sie wegen des Babys ständig zurückgesetzt.

»Natürlich, meine Süße«, sagte sie schließlich. »Aber

wir müssen Susan auch in den Wagen setzen. Sie wird dir nicht viel Platz wegnehmen.« Sie konnte den Boden und die Seiten des Wagens mit Kissen auslegen, und auf dem Fußweg waren nicht viele unebene Stellen, und wenn Jenny die Beine etwas anzog...

Das Telefon klingelte. Daisy trottete müde in die Küche, um den Hörer abzunehmen. Die beiden Kinder folgten ihr. Beide Kinder waren sehr eifersüchtig, wenn sie telefonierte. Das Klingeln des Telefons zog die Kinder an, die sich dann an sie drückten und an ihren Armen und Beinen zerrten.

»Daisy? Hier ist Jim Duncan«, sagte eine Männerstimme. »Wie geht es Ihnen?«

Jim Duncan, dachte Daisy, Jim Duncan, wer um alles in der Welt ist Jim Duncan? »*Wer* ist da?« fragte Daisy und versuchte, Jenny, die an der Telefonstrippe zog und es fertiggebracht hatte, sie sich um den Hals zu legen, vor dem Ersticken zu retten.

Der Mann lachte. »Dr. Duncan«, sagte er. »Ich habe sozusagen Ihr Baby entbunden.«

»Oh«, sagte Daisy erstaunt. Sie hatte, nachdem sie das Krankenhaus verlassen hatte, oft an den Mann denken müssen. Und jedesmal, wenn sie an ihn dachte und sich daran erinnerte, wie er ihr in der Nacht der Entbindung die heißen Cheeseburgers spendiert hatte, mußte sie lächeln. Sie hatte bei der Nachuntersuchung ihren alten Gynäkologen nach dem jungen Arzt gefragt, der Dr. Duncan aber nicht kannte. Und so hatte Daisy den jungen Mann aus ihren Gedanken verbannt und gedacht, sie würde ihn nie wiedersehen. Warum rief er sie jetzt an? Danny und Jenny fingen an, sich direkt vor ihren Füßen zu balgen. Daisy versuchte, ihnen durch Grimassen und Gesten klarzumachen, daß sie leise sein und verschwinden sollten, damit sie etwas verstehen und nachdenken und sich einigermaßen intelligent unterhalten konnte. Sie war froh, daß Jim Duncan sie jetzt nicht sehen konnte. Er hätte gedacht, sie sei verrückt geworden, aber sie wußte nicht, wie sie den Kindern klarmachen sollte, daß sie ungestört reden wollte. Sie sprach freundlich mit Jim Duncan und schnitt gleichzeitig ihren Kindern Gesichter, die glücklicherweise vor lauter Verwunderung darüber still wurden.

Er rief an, um sie zum Essen einzuladen! Etwas Besseres als Cheeseburgers, zur Abwechslung, sagte er. Und vielleicht anschließend ins Kino, wenn sie das Baby so lange allein lassen könne.

Ein Fläschchen, dachte Daisy sofort, Susan konnte ausnahmsweise einmal ein Fläschchen bekommen, und wenn sie sie ablehnte, würde sie daran nicht zugrunde gehen, der Babysitter würde das schon machen, überlegte sie schnell und glücklich. Sie hatte ihre ersten beiden Kinder drei Monate lang nur gestillt, aber jetzt war alles anders. Der Gedanke, einen ganzen Abend lang mit einem netten erwachsenen Mann zu verbringen, war zu verlockend. Sie verabredete sich für den kommenden Freitag.

Als Daisy den Hörer auflegte, hatte sich die Welt für sie verändert. Sie ließ sich auf einen Küchenstuhl sinken, zog ihren Sohn und ihre Tochter auf ihren Schoß und küßte beide auf den Hals.

»Eure Mommy hat eine Verabredung, eine Verabredung!« trällerte sie vor sich hin.

»Was ist denn eine Verabredung?« fragte Danny.

»Eine Verabredung ist wie eine Wundertüte«, sagte Daisy und mußte über ihren eigenen Witz lachen. Irgend etwas hatte klick gemacht, hatte sich verändert. Sie hatte sich zu lange in ihr geplagtes Mutterdasein geschickt, fand sie plötzlich. Sie würde sich endlich aufraffen und Jerry anrufen, der schon zweimal nach Susans Geburt angerufen hatte, um ihr zu sagen, sobald sie Zeit habe, würde er gern mit ihr ausgehen. Sie würde sich mit ihm verabreden, und sie würde sich mit Jim Duncan treffen, auch wenn es ihr schwerfiel. Denn sie wußte schon, daß sie trotz aller Schwierigkeiten in der isolierten Welt, die sie mit ihren drei kleinen Kindern in den vergangenen zwei Monaten geteilt hatte, sich auch sicher und geborgen gefühlt hatte. Vielleicht war sie jetzt bereit, anstrengendere Herausforderungen anzunehmen. Vielleicht würde sie sogar heute noch mit Gymnastik anfangen. Doch dann fiel ihr Blick auf die Küche und die Wäsche, und sie verlor den Mut.

Mein Gott, alles lag noch genauso da wie vorher, wartete darauf, erledigt zu werden, die stinkenden Laken, die Berge von Windeln, die gefaltet werden mußten, alles. Wenn sie damit fertig war und anschließend Jenny und Susan in dem kleinen Wagen gezogen und auf Danny aufgepaßt hatte, damit er mit seinem Fahrrad nicht auf die Straße fuhr, würde sie bestimmt kein Fünkchen Energie mehr für Gymnastik übrig haben. Wenn sie sich für ihre Übungen auf den Boden legte, würde sie wahrscheinlich einschlafen. Oh, es war hoffnungslos. Hoffnungslos und ohne Ende.

»Wann kommst du denn endlich?«

Daisy blickte auf und sah Sara und Allison, die an der Hintertür standen.

»Ich bin mit der Wäsche immer noch nicht fertig«, sagte Daisy. »Und außerdem sollte ich euch eigentlich nicht stören. Ihr habt es so friedlich da draußen.«

»Du redest genau wie meine Mutter«, sagte Sara und kam in die Küche. »›Amüsiert euch nur, viel Spaß, und kümmert euch nicht um mich, während ich hier im kalten Haus leide.‹ Du hast Glück, daß du uns um dich herum hast und wir dich erziehen, ehe du diese Nummer auch bei Danny und Jenny abziehst.«

»Ich lege jetzt die Wäsche zusammen«, sagte Allison. »Das schaffe ich in fünf Minuten.«

»Nein, nein«, sagte Daisy, »ich muß auch noch die Laken waschen.«

»Damit werde ich wohl auch noch fertig«, sagte Allison. »Ich bin einmal berühmt dafür gewesen, daß ich mit Waschmaschinen umgehen konnte. Man muß Waschpulver einfüllen und die Wäsche in die Maschine stopfen und einen Knopf drücken. Ich glaube nicht, daß mich das überanstrengen wird.«

»Ich gehe schon mal mit Danny und Jenny nach draußen«, sagte Sara. »Und du ziehst diesen gräßlichen Morgenrock aus und ein paar Shorts an. Du siehst allmählich so gesund aus wie eine Kellerassel.«

»Vielen Dank«, sagte Daisy, aber sie mußte mit den Tränen kämpfen. Wie nett diese Mädchen zu ihr waren. Wie *freundlich*.

»Die Kinder haben doch sicher irgendwo in der Garage Eimer und Schaufel, nicht wahr?« fragte Sara, die, an jeder Hand ein Kind, in der Tür stand.

»Ja«, sagte Daisy, »ganz hinten, bei den Gartengeräten. Vielleicht sind sie auch noch in irgendeiner Karre. Ich helfe dir gleich suchen.«

»Daisy«, sagte Sara und sah Daisy streng an. »Reg dich ab. Zieh dich um. Du mußt wirklich nicht alles selber tun. Eimer und Schaufel suchen – das kann doch nicht so schwierig sein.« Und sie ging mit Danny und Jenny hinaus.

Daisy ging lächelnd nach oben und zog sich ein paar alte Umstandsshorts an und ein kurzärmeliges Baumwollhemd. Sie blickte vorsichtig in das Zimmer des Babys, sah, daß Susan noch fest schlief, und ging die Treppe hinunter. Allison war noch im Wäscheraum beschäftigt. Sie sang vor sich hin und faltete die Windeln mit einem Schwung, der verriet, daß sie diese Arbeit nicht zum tausendstenmal in dieser Woche tat. »Geh ruhig schon nach draußen«, sagte Allison. »Ich bin in ein paar Minuten fertig.«

Die Sonne blendete Daisy fast, und es war so warm, daß sie stehenblieb, um die Wärme in sich aufzunehmen.

»Nur zu, alte Dame«, rief Ruth Ann, »wir haben schon alles für dich bereitgestellt.«

Und das hatten sie wirklich getan. Sie hatten einen alten Plastikstuhl aus der Garage geholt und dicht ans Wasser gestellt. Danny und Jenny knieten schon im Sand und bauten Burgen. Sara und Melissa halfen ihnen. Daisy sank auf den Stuhl, legte die Füße hoch und war überwältigt von ihrem Glück.

»Hier«, sagte Ruth Ann. »Trink eine Cola.« Sie gab Daisy ein Glas mit eiskalter Cola und einen Stapel neuer Modezeitschriften mit Bildern von atemberaubend schönen lächelnden Frauen in leuchtenden Sommerkleidern auf den Titelseiten.

»Ihr seid so nett«, sagte Daisy.

»Ja, nicht wahr?« sagte Ruth. »Wir sammeln wie verrückt Pluspunkte, damit wir dereinst in den Himmel kommen.« Sie streckte sich wieder auf ihrem Handtuch aus.

Daisy starrte eine Zeitlang auf die Zeitschriften, bis ihr klar wurde, daß sie gar nicht darin blättern wollte. Noch nicht. Vielleicht später. Jetzt wollte sie einfach nur dasitzen und die köstliche Wärme der Sonne genießen. Der Tag war eine Ausnahme. Es würde noch oft kalt und regnerisch sein, ehe es richtig Sommer wurde. Aber der Frühling lag in der Luft. Und der Sommer war nicht mehr fern, und im Herbst würden Danny und Jenny beide die Vorschule besuchen. Und wenn der endlose Winter wiederkehrte, würde sie wieder etwas Zeit für sich haben, wenn die Kinder nachmittags in der Vorschule waren und das Baby schlief. Nachmittags. Sie hatte den Winter, den schlimmsten Winter ihres Lebens, überstanden, und jetzt lagen alle möglichen Freuden vor ihr. Sie kam zurecht, wie sie gesehen hatte, und eigentlich war ihr Leben sogar glücklich.

Jenny und Danny sprangen auf und fingen an, Stökke und Steine und Muscheln für ihre Sandburgen zu suchen. Danny hatte sich sein Hemd ausgezogen, und seine weiße Haut schimmerte in der Sonne. Daisy beobachtete ihre Kinder, genoß den Anblick ihrer kleinen Körper. Vor ihnen erstreckte sich endlos der blaue See, die Wellen waren sanft und blitzten in der Sonne. Wie schön das Wasser war, dachte Daisy, sie hatte wirklich Glück, so nahe am Ufer des Sees zu leben. Sie hatte Glück, an diesem wunderschönen Tag hier draußen am Wasser sitzen zu können, in der Sonne zu baden und die tanzenden blauen Wellen betrachten zu können. Die größte Freude bereitete ihr der Anblick ihrer beiden Kinder, die zum Wasser rannten, immer wieder, hin und her. Sie fand sie am allerschönsten. Sie waren so klein, so kompakt und so vollkommen, so lebendig. Sie konnte sie in die Arme nehmen und an sich drücken, und die Kinder würden reagieren. Sie liebte diese lebendigen Körper, den Geruch, die Haut, den Anblick, sie liebte alles daran.

Sie sah zu ihren Kindern hinüber, bewunderte sie, streichelte sie in Gedanken, fuhr mit der Hand über ihre festen kleinen Köpfe, streichelte die Linie ihres Nackens, ihre zarten, zerbrechlichen Brustkörbe, ihre kräftigen Arme. Sie liebte ihre kleinen, dicken, hervorstehenden Bäuche, und sie *liebte* ihre schwellenden Schenkel, die vor Leben fast zu bersten schienen. Oh, diese schönen, zarten, unschuldigen Körper, dachte Daisy, wieviel Leben war darin! Sogar die Müdigkeit, die sie jetzt überkam, empfand sie als angenehm. Sie hatte das Gefühl, daß ihr Körper von den Freuden des Lebens getragen wurde.

Nein, sie bedauerte nichts. Sie bedauerte ihre Ehe mit Paul nicht, weil sie ihr all dies zu verdanken hatte: die Kinder und das Haus am Wasser. Sie bedauerte auch die Scheidung nicht, weil sie dadurch zu sich selbst gefunden hatte. Sie hatte lernen müssen, mit den Dingen fertig zu werden, etwas allein zu bewältigen. Bisher war es ihr gelungen, aus ihrem Leben das zu machen, was sie daraus machen wollte, sie hatte sich ein Leben geschaffen, das sie mehr oder weniger zufriedenstellte. Eines Tages würde sie sich auch wieder in einen Mann verlieben, denn eines Tages würde sie sich nicht mehr nur mit den Körpern ihrer Kinder begnügen können: Sie würde sich nach einem größeren, einem anderen Körper sehnen – und wenn Jim Duncan sie jetzt attraktiv fand und Jerry Reynolds auch, zu einem Zeitpunkt, wo sie wirklich so schlecht aussah wie noch nie, dann mußte es ihr im Laufe der Monate doch wohl gelingen, Gewicht zu verlieren, Gymnastik zu machen und schließlich Männer kennenzulernen, die sie berühren wollten, sie liebten und vielleicht irgendwann sogar mit ihr leben wollten. Nichts war unmöglich, alles war möglich. Daisy kam sich stark und ungeheuer lebendig vor. Sie war glücklich.

Sie hörte, wie Allison aus der Küchentür kam, und mit einem Blick über die Schulter sah sie, daß das junge Mädchen Susan auf dem Arm hatte.

»Keine Angst«, sagte Allison. »Sie hat geweint, und ich dachte, sie will vielleicht bei uns draußen sein. Ich habe sie frisch gewickelt und alles. Sie kann zu uns auf die Decke kommen, wir haben uns schon seit Tagen nicht mehr richtig miteinander unterhalten. Sie ist jetzt schon zwei Monate alt – höchste Zeit, daß sie etwas über Männer lernt.«

Daisy beobachtete, wie Ruth Ann und Allison das Baby auf die Decke legten. Sie hörte einen Moment lang zu, wie die beiden sich über die Männer unterhielten, mit denen sie am Abend zuvor ausgegangen waren. Susan strampelte auf der Decke und schien völlig zufrieden zu sein. Wie schön das Leben doch sein kann, dachte Daisy und wandte sich wieder dem Anblick des Wassers zu. Das muß ich mir merken. Ich muß die Erinnerung an diesen Nachmittag aufbewahren, damit ich in einer Regennacht daran denken kann.

Sie saß einfach nur da, wohlig warm und ruhig, hörte das Lachen ihrer herumtollenden Kinder und ihrer

Freundinnen, sah, wie die Sonne auf dem Wasser funkelte und das Wasser glitzerte, hell wie das Leben selbst.

Nancy Thayer

Ein Morgen am Meer

312 Seiten, gebunden mit Schutzumschlag

In »Ein Morgen am Meer« lernen wir Sara Kendall kennen, die freiberuflich für ein Verlagshaus in Boston arbeitet. Die an ihrem Selbstbewußtsein zweifelnde, narzißtische Heldin lebt mit ihrem Mann Steve auf Nantucket. Beide wünschen sich sehnlichst ein Baby, aber Sara wird nicht schwanger. Sie schwankt zwischen Selbstmitleid und Euphorie. Saras Babywunsch wird für sie zur Besessenheit. Sie versucht alles – von Hexenmitteln bis zu Ritualen und letztendlich eine Operation. Nichts hilft. Während sie eine Romanze redigiert, bemerkt sie ein paar Seiten, die thematisch nicht zu dem Manuskript passen. Bei ihrem Versuch, mit der Autorin, Fanny Anderson, Kontakt aufzunehmen, stößt sie auf viele Hindernisse, da diese sehr zurückgezogen lebt. Je mehr sich jedoch die Autorin ihr öffnet, desto mehr verliert Sara den Wunsch, schwanger zu werden. Das Ende bringt für beide ein Happy-End. Sara wird schwanger und Fanny Andersons Buch ein Bestseller. Nancy Thayer beweist mit diesem Roman erneut ihr ungeheures Sprachgefühl und eine große Sensibilität für ihre Protagonisten. Ein echter Thayer-Roman, der seine Leser erfreuen wird.

Fay Weldon im dtv

Die Teufelin

Die loyale, aber leider ziemlich unattraktive Ruth erträgt lange die sexuellen Eskapaden ihres Mannes. Irgendwann ist sie allerdings mit ihrer Geduld am Ende. Sie dreht den Spieß um und plant einen Rachefeldzug. Das erste, was in Rauch aufgeht, ist das Eigenheim. dtv 11132

Herzenswünsche

Was Helen und Clifford aus der großen Liebe machen (natürlich eine Scheidung und diverse andere Dinge und noch eine Scheidung und die eine oder andere Karriere) und wie ihre verlorene Tochter Nell viel schöner und klüger wird, als es ihre Eltern verdient haben. dtv 11197

Du wirst noch an mich denken

Ein Mann und drei Frauen, die Geschiedene, die Neue und die Halbtagssekretärin – aus dieser nicht ungewöhnlichen menschlichen Konstellation macht Fay Weldon eine rasante psychologische Studie über Schein und Sein; mit einer Komik, die manchmal mörderisch ist. dtv 11225

Kleine Schwestern

Zusammen mit dem Antiquitätenhändler Victor, ihrem zwanzig Jahre älteren Liebhaber, fährt Elsa für ein Wochenende aufs Land. Der Besuch bei Victors reichen Freunden wird für Elsa zu einer Tour de force durch Liebe, Lügen, Sex und andere Ungeheuerlichkeiten. Aus Prinzen werden Frösche, und nichts bleibt, wie es war. dtv 11305

Frau im Speck

Aus einer von Wohlstandsspeck, Diätkuren und den üblichen Midlife-crises-Affairen bedrohten Ehe hat sich Esther in eine schmuddelige Souterrainwohnung geflüchtet. Was sie dort tut? Sie ißt, und zwar alles, was fett macht. Eine »beste Freundin« taucht auf und spielt den »rettenden Engel«... dtv 11378

Sterndame

Sandra geht mit ihrem Ehemann auf eine Party und verläßt dieselbe mit einem anderen. Das Pikante am vorliegenden Fall: Die Dame ist eine prominente Fernseh-Astronomin, der Gatte ein bekannter Anwalt, und der »Neue« Boss einer Jazz-Band, übrigens ebenfalls verheiratet. dtv 11426

Doris Lessing im dtv

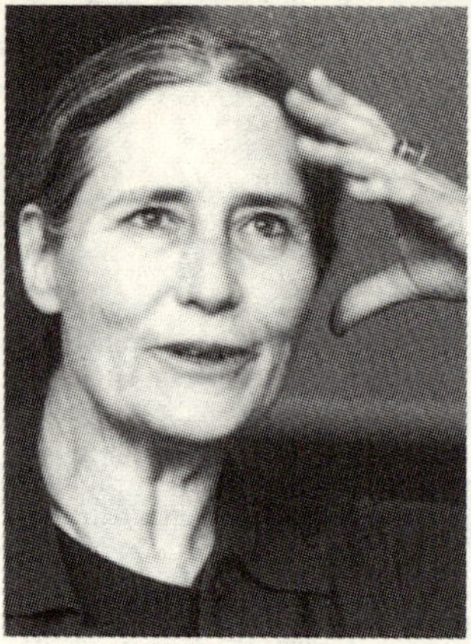

Foto: Isolde Ohlbaum

Martha Quest

Die Geschichte der Martha Quest, die vor dem engen Leben auf einer Farm in Südrhodesien in die Stadt flieht. dtv/Klett-Cotta 10446

Eine richtige Ehe

Unzufrieden mit ihrer Ehe sucht Martha nach neuen Wegen, um aus der Kolonialgesellschaft auszubrechen. dtv/Klett-Cotta 10612

Sturmzeichen

Martha Quest als Mitglied einer kommunistischen Gruppe in der rhodesischen Provinzstadt gegen Ende des Zweiten Weltkriegs. dtv/Klett-Cotta 10784

Landumschlossen

Nach dem Krieg sucht Martha in einer Welt, in der es keine Normen mehr gibt, für sich und die Gesellschaft Lösungen. dtv/Klett-Cotta 10876

Die viertorige Stadt

Martha Quest geht als Sekretärin und Geliebte eines Schriftstellers nach London und erlebt dort die politischen Wirren der fünfziger und sechziger Jahre. dtv/Klett-Cotta 11075

Kinder der Gewalt
Romanzyklus
Kassettenausgabe der fünf oben genannten Bände
dtv/Klett-Cotta 59004

Vergnügen · Erzählungen
dtv/Klett-Cotta 10327

Wie ich endlich mein Herz verlor
Erzählungen
dtv/Klett-Cotta 10504

Zwischen Männern
Erzählungen
dtv/Klett-Cotta 10649

Nebenerträge eines ehrbaren Berufes · Erzählungen
dtv/Klett-Cotta 10796

Die Höhe bekommt uns nicht
Erzählungen
dtv/Klett-Cotta 11031

Ein nicht abgeschickter Liebesbrief
Erzählungen
dtv/Klett-Cotta 25015 (großdruck)

Die andere Frau

Eine auf den ersten Blick klassische Dreiecksgeschichte, die bei Doris Lessing jedoch einen ungewöhnlichen Ausgang findet.
dtv/Klett-Cotta 25098 (großdruck)

Joyce Carol Oates im dtv

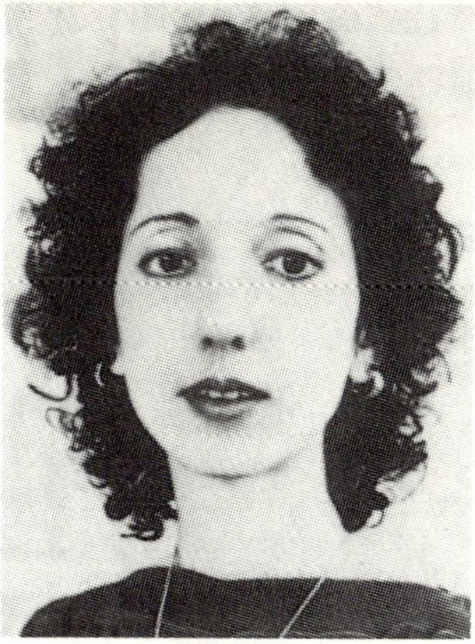

Grenzüberschreitungen

Zart und kühl, bitter und scharf analysierend, erzählt die Autorin in fünfzehn Kurzgeschichten von der alltäglichen Liebe, dem alltäglichen Haß und ihren lautlosen Katastrophen. dtv 1643

Jene

Die weißen Slumbewohner in den Armenvierteln des reichen Amerika, die sich nicht artikulieren können, sind die Helden dieses Romans. Die Geschichte einer Familie, aber auch die Geschichte Amerikas. dtv 1747

Lieben, verlieren, lieben

Von ganz »normalen« Menschen erzählt die Autorin, vor allem von Frauen, von Hausfrauen, Ehefrauen, Müttern und Geliebten. dtv 10032

Ein Garten irdischer Freuden

Ein Mädchen will ihren ärmlichen Verhältnissen entfliehen. Sie tut es – nichts anderes bleibt ihr übrig – mit Hilfe von Männern. dtv 10394

Bellefleur

Der Osten der USA ist der Schauplatz dieser phantastischen Familiensaga. Aus dem Leben der Menschen des Hauses Bellefleur wird ein amerikanischer Mythos. dtv 10473

Im Dickicht der Kindheit

In einem Provinznest lebt die starke, in ihrer Sinnlichkeit autonome Arlene mit ihrer jungen Tochter Laney, deren Schönheit und Wildheit der vierzigjährige Aussteiger Kasch verfällt. dtv 10626

Engel des Lichts

Die Geschichte einer alten Familie in Washington, die zwischen Politik und Verbrechen aufgerieben wird. dtv 10741

Unheilige Liebe

Auf dem Campus einer exklusiven Privatuniversität spielen die Mitglieder des Lehrkörpers eine »Akademische Komödie des Schreckens«. Sie lieben sich, sie hassen sich, aber keines dieser Gefühle hält vor. dtv 10840

Letzte Tage

Amerikanische Kleinstädte und europäische Metropolen sind die Schauplätze dieser sechs Erzählungen. dtv 11146

Die Schwestern von Bloodsmoor

Ein romantischer Roman, aber auch eine sarkastische Abrechnung mit den USA nicht nur des vorigen Jahrhunderts. dtv 11244

Marlen Haushofer im dtv

Foto: Peter J. Kahrl, Etscheid

Begegnung mit dem Fremden

Siebenundzwanzig zwischen 1947 und 1958 entstandene Erzählungen. dtv 11205

Die Frau mit den interessanten Träumen

Zwanzig Kurzgeschichten aus dem Frühwerk der großen österreichischen Erzählerin. dtv 11206

Bartls Abenteuer

Kaum stubenrein, wird der kleine Kater Bartl von der Mutter getrennt und muß sich in seinem neuen Zuhause einrichten. Zögernd beginnt er die Welt zu erkunden, besteht Abenteuer und Gefahren, erleidet Niederlagen und feiert Triumphe, wird der Held der Katzenwelt und in der Familie die »Hauptperson«.
dtv 11235 / dtv großdruck 25054

Wir töten Stella
und andere Erzählungen

»Marlen Haushofer schreibt über die abgeschatteten Seiten unseres Ichs, aber sie tut es ohne Anklage, Schadenfreude und Moralisierung.« (Hessische Allgemeine) dtv 11293

Schreckliche Treue. Erzählungen

»... Sie beschreibt nicht nur Frauenschicksale im Sinne des heutigen Feminismus, sie nimmt sich auch der oft übersehenen Emanzipation der Männer an ...« (Geno Hartlaub) dtv 11294

Die Tapetentür

Eine berufstätige junge Frau lebt allein in der Großstadt. Die Distanz zur Umwelt wächst, begleitet von einem Gefühl der Leere und Verlorenheit. Als sie sich verliebt, scheint die Flucht in ein »normales« Leben gelingen ... dtv 11361

Eine Handvoll Leben

Eine Frau kehrt unerkannt in das Haus ihrer Familie zurück, das sie vor vielen Jahren verließ, um eine gar nicht so unglückliche Ehe und eine leidenschaftliche Affäre aufzugeben. Marlen Haushofer glaubt nicht an die Idylle. dtv 11474

Die Wand

Eines Morgens wacht eine Frau in einer Hütte in den Bergen auf und findet sich, allein mit ein paar Tieren, in einem Stück Natur eingeschlossen von einer unüberwindbaren gläsernen Wand, hinter der offenbar keine Menschheit mehr existiert. dtv 11607 (Mai 1992)

Das Buch

»Harry war da, und er regte sich beim Anblick meiner Haare derart auf, daß er fast einen Herzanfall bekam. Ich meine das nicht im Spaß. Er lief dunkelrot an und mußte sich hinlegen... Er hatte sich lange eingeredet, ich litte an Wechseljahrbeschwerden und würde irgendwann wieder vernünftig werden. Jetzt wußte er, daß ich mich unwiderruflich verändert hatte.« Nach dreißig Jahren Ehe mit einem Kleinstadtarzt läßt Margaret Wallace sich scheiden. Daß Ehemann Harry am Boden liegt, versteht sich von selbst. Aber auch Margarets Töchter bringen für die Eskapaden ihrer Mutter nur wenig Verständnis auf, stecken sie doch selber gerade bis zum Hals in Problemen: Die schwangere Daisy steht nämlich von einem Tag auf den anderen mit ihren zwei Kindern alleine da. Ihr Mann Paul hat das Kindergebrüll satt und setzt sich mit einer Freundin nach Kalifornien ab. Und Dale, Daisys tüchtige, berufstätige Schwester, ist soeben, entgegen all ihren guten Vorsätzen, der großen Liebe begegnet... »Glück und Verzweiflung und der banale nervtötende Alltag«, schreibt die ›Wochenpresse‹, »könnten noch viel mehr Seiten füllen, so realistisch und amüsant schreibt diese Amerikanerin.« – »Nancy Thayers Roman gehört zu den beglückenden Büchern, in deren Gestalten wir uns wiedererkennen, ein klassischer Frauenroman über Frauen von heute.« (Fay Weldon)

Die Autorin

Nancy Thayer wurde 1944 geboren, wuchs in Kansas City auf, studierte dort an der University of Missouri Englische Literatur, unterrichtete dann selbst an vier verschiedenen Universitäten und lebt inzwischen als freie Schriftstellerin in Nantucket/Massachusetts. Sie ist zum zweiten Mal verheiratet und hat zwei Kinder.